本书由"中央高校基本科研业务费专项资金资助项目"资助出版

梅列日科夫斯基象征主义诗学研究

文学论丛

武晓霞 著

A Study on Symbolist
Poetics of D. Merejkovski

北京大学出版社
PEKING UNIVERSITY PRESS

图书在版编目(CIP)数据

梅列日科夫斯基象征主义诗学研究/武晓霞著. —北京：北京大学出版社,2015.1
（文学论丛）
ISBN 978-7-301-25070-9

Ⅰ.①梅… Ⅱ.①武… Ⅲ.①梅列日科夫斯基(1866～1941)－文学研究 Ⅳ.①I512.065

中国版本图书馆 CIP 数据核字(2014)第 256632 号

书　　　　名：	梅列日科夫斯基象征主义诗学研究
著作责任者：	武晓霞　著
责 任 编 辑：	李　哲
标 准 书 号：	ISBN 978-7-301-25070-9/I·2830
出 版 发 行：	北京大学出版社
地　　　　址：	北京市海淀区成府路 205 号　100871
网　　　　址：	http://www.pup.cn　新浪官方微博：@北京大学出版社
电 子 邮 箱：	pup_russian@163.com
电　　　　话：	邮购部 62752015　发行部 62750672　编辑部 62759634
	出版部 62754962
印 刷 者：	三河市博文印刷有限公司
经 销 者：	新华书店
	650 毫米×980 毫米　16 开本　23.5 印张　350 千字
	2015 年 1 月第 1 版　2015 年 1 月第 1 次印刷
定　　　价：	65.00 元

未经许可，不得以任何方式复制或抄袭本书之部分或全部内容。
版权所有，侵权必究
举报电话：010-62752024　电子信箱：fd@pup.pku.edu.cn

目 录

绪论 ··· (1)
  第一节　重新发现梅列日科夫斯基 ······················· (1)
  第二节　诗学与风格的关系 ································· (5)
  第三节　国内外梅列日科夫斯基诗学研究综述 ········ (11)

第一章　宗教的叙事
    ——梅列日科夫斯基的象征主义特点 ················· (32)
  第一节　象征主义是一种社会情绪的折射 ·············· (33)
  第二节　象征主义是一种存在方式的意识 ·············· (36)
  第三节　象征主义是一种文化思潮的审视 ·············· (43)
  第四节　象征主义是一种文学意识的自觉 ·············· (52)
  本章小结 ·· (64)

第二章　尖锐的二元对立
    ——梅列日科夫斯基象征主义诗学的普遍化原则 ··· (66)
  第一节　"普遍化二元对立诗学"的形成 ················ (67)
  第二节　"普遍化二元对立诗学"的结构 ················ (76)
  第三节　"普遍化二元对立诗学"与作家的个性气质 ··· (109)
  本章小结 ·· (114)

第三章 《基督与反基督》
——"普遍化二元对立诗学"的造型体现 …………（116）
第一节　语言构成的极端性和扩大性 ……………（118）
第二节　情节结构的循环性和对比性 ……………（153）
第三节　主题系统的极化性和扩张性 ……………（171）
第四节　人物形象的概念性和对称性 ……………（192）
本章小结 …………………………………………（216）

第四章　诗学的创新
——梅列日科夫斯基的历史文化价值 …………（219）
第一节　梅列日科夫斯基在白银时代文化
　　　　形成中的作用 ………………………（220）
第二节　梅列日科夫斯基对象征主义小说的影响 ……（227）
第三节　梅列日科夫斯基对俄罗斯文学的贡献 ………（235）
本章小结 …………………………………………（251）

结语 ………………………………………………（252）

参考文献 …………………………………………（259）

附录一　梅列日科夫斯基主要生平及创作年表 ………（274）

附录二　俄汉人名译名索引 …………………………（282）

附录三　论当代俄国文学衰落的原因及其新兴流派 ……（289）

后记 ………………………………………………（372）

绪　论

第一节　重新发现梅列日科夫斯基

德米特里·谢尔盖耶维奇·梅列日科夫斯基（Дмитрий Сергеевич Мережковский）（1866—1941）是19世纪末20世纪初俄国白银时代象征派诗人、作家、宗教哲学家、文学批评家。1866年8月14日出生于彼得堡一个宫廷内侍之家。1884年中学毕业后，进入彼得堡大学文史系学习，开始迷恋实证主义哲学，后来接触了民粹主义思想。90年代初他否定了实证主义哲学，在世界观上开始倾向于宗教。在其宗教哲学思想和美学思想的形成过程中，尼采、符·谢·索洛维约夫、费·米·陀思妥耶夫斯基等人的思想对他产生了极大的影响。梅列日科夫斯基的文学创作活动始于19世纪80年代，以象征派诗人的身份登上俄国文坛。1888年出版的处女诗集《1883—1887诗集》，已粗具象征主义倾向。1892年出版的直接以《象征》为题的第二本诗集，被批评界视为"预感启示录"，并成为象征派的"纲领性诗歌"①。梅列日科夫斯基在这些诗篇中试图猜测文学发展中许多划时代事件的降临，他对灵与肉、对多神教与基督教信仰"两重世界"相互关系的深沉思考，影响了

---

① Минц З. Г. О трилогии Д. С. Мережковского《Христос и Антихрист》// Мережковский Д. Христос и Антихрист. Трилогия. М., Кника, 1989. Т. 1. С. 5.

后来象征派诗人们的思维取向,并且成为后来象征派诗人们反思俄罗斯历史、建构俄罗斯文化的一个基本主题。他的论文《论当代俄国文学衰落的原因及其新兴流派》(1893)广为人知,被公认为俄国象征主义的宣言。

但此后,梅列日科夫斯基更多地转向宗教、哲学、历史小说等的创作。在国内和侨居国外的40多年时间里,他创作了大量的作品,包括诗歌、小说、剧本、评论、散文、书信、翻译等。作为小说家,梅列日科夫斯基创作有三个长篇小说三部曲:《基督与反基督》三部曲,包括《诸神之死——叛教者尤里安》(1896)、《诸神的复活——列奥纳多·达·芬奇》(1901)、《反基督——彼得大帝和皇太子》(1905);第二个三部曲是《野兽的王国》三部曲,包括:《保罗一世》(1908)、《亚历山大一世》(1913)、《十二月十四日》(1918),第三个三部曲是历史文化三部曲,由《三的秘密:埃及与巴比伦》(1925)、《西方的秘密:大西洲与欧洲》和《不为人知的耶稣》组成;他的系列历史小说有《克里特岛上的图坦卡蒙》(1924)和《弥赛亚》(1928)等系列"圣徒行传";作为剧作家,他写有悲剧《保罗一世》(1908)、《浪漫主义者》(1916)、《快乐将至》(1916)、《阿列克塞皇太子》(1920);作为文艺批评家,他深入研究了亚·谢·普希金、尼·瓦·果戈理、列·尼·托尔斯泰、费·米·陀思妥耶夫斯基、尼·阿·涅克拉索夫、费·伊·丘特切夫等人的作品,经典之作有《永恒的旅伴》(1897)、《列·托尔斯泰与费·陀思妥耶夫斯基》(1901—1902)、《果戈理与魔鬼》(1906)、《尤·列·莱蒙托夫:超人类诗人》(1909)、《俄国革命的先知:纪念陀思妥耶夫斯基》(1906)、《未来的无赖》(1906)、《不是和平,而是利剑:基督教的未来批判》(1908)、《在寂静的旋涡里》(1908)、《重病的俄罗斯》(1910)等。

此外,梅列日科夫斯基更以宗教哲学家而著称于世。1901年在他和妻子济·尼·吉皮乌斯的倡议下,成立了"彼得堡宗教哲学协会",他们企图把东正教与天主教结合起来,把东方的"神人"与西方的"人神"结合在一起,创造一种"新基督教",这实际上是一种基督教人道主义哲学,这种思想与当时的俄国官方教会的利益背道而驰,因此,协会被当时的官办教会查封。但是梅列日科夫斯基夫妇一生都没有放弃他们对宗教哲学的探索,并且这种探索与文学创作紧密结合在一起。"新基督教"思想对当时文艺美学思想的建树起着非常重要的作用,正是在宗教哲学的领衔之下,带动了白银时代文化领域的全面复苏和全面更新,为濒临灭亡的俄罗斯文化带来了转机和生气。所以,评论家们都公认梅列日科夫斯基"在唤醒文学和文化的宗教兴趣和掀起宗教风浪的过程中起了主要作用"[1]。

梅列日科夫斯基作为俄国白银时代象征主义文学的奠基者,其创作涉及的范围之广、程度之深,对俄罗斯白银时代文化影响之大,都值得我们去关注,去分析,去研究。"梅列日科夫斯基是从未来降临到我们身边的一个谜","他是从未来之国来到20世纪俄罗斯的一个外国人"[2],"关于梅列日科夫斯基的意义问题对于今天和未来来说仍然是悬而未决的"[3],需要人们不断去"解"开它,就像他自己曾说过的"走近来,弄明白"[4]。

他的同时代人就试图解这个"谜"。诚如女诗人维·伊·鲁季奇所言:"在当时,从安·巴·契诃夫到维·弗·赫列勃尼科夫,未必有哪怕是一个大文化活动家不认为自己有责任对梅列日科夫斯基发表意见"[5]。他的思想和作品曾引起同时代人的强烈反响:在革命前的俄罗斯出版的每一部作品——不论是短诗还是长诗、短篇还是长篇,批评还是政论、戏剧还是翻译,都成为批评界的评论对象和文学论战的理由。但此后的60多年,由于用政治学和社会

---

[1] 别尔嘉耶夫:《俄罗斯思想》,雷永生、邱守娟译,北京:生活·读书·新知三联书店,1995年,第219页。

[2] Белый А. Мережковский // Николюкин А. Н. Мережковский: Pro et contra. Изд. Русского Христианского гуманитарного института. СПб., 2001. С. 265.

[3] Рудич В. И. Дмитрий Мережковский // История русской литературы: XX век. Серебряный век // Под ред. Ж. Нива, И. Сермана, В. Страда, Е. Эткинда. М., 1995. С. 216.

[4] 梅列日科夫斯基:《先知》,赵桂莲译,北京:东方出版社,2000年,序言第20页。

[5] Рудич В. И. Дмитрий Мережковский // История русской литературы: XX век: Серебряный век// Под ред. Ж. Нива, И. Сермана, В. Страда, Е. Эткинда. М., 1995. С. 214.

学标准对待美学问题的倾向,注定将梅列日科夫斯基从随后的几十年俄罗斯文学史中驱逐出去。这位一度最流行的小说家,曾和伊·阿·布宁一起被提名诺贝尔文学奖的著名作家,在俄国文学史上的艺术成就被人为地抹煞了。

但历史告诫我们,不承认和忘却什么也证明不了。梅列日科夫斯基在经历了流亡的痛苦和客死他乡的结局后,他的祖国俄罗斯,终于承认了他的文学创作价值,确立了他在俄国文学史上的重要地位。因为梅列日科夫斯基在自己的时代所写的许多可怕的、似乎是幻想性的预言,诸如"未来的无赖"都变成了悲伤的现实。因此,在20世纪80—90年代末俄罗斯自我意识发生根本性转变的时期,人们开始重新评价梅列日科夫斯基对当代文化的贡献,其结果就是再版作家的作品,"梅列日科夫斯基现象"也成为国内外研究的热点。1986年在沉寂了近70年后,在前苏联文学中出现了第一篇关于梅列日科夫斯基的专论《降落的轨迹(论梅列日科夫斯基的文学—美学观点)》①。1991年3月在莫斯科召开了纪念梅列日科夫斯基诞辰100周年国际学术大会②,1996年10月在诺夫格罗德召开的"白银时代俄罗斯文学批评"国际大会上也多次提到梅列日科夫斯基的名字③。这之后,批评界开始客观地评价梅列日科夫斯基在俄国象征主义诗学形成和发展过程中的创新和影响。正如我国学者周启超先生在总结俄国象征派的诗学创新时指出的,梅列日科夫斯基和其他象征派小说家在象征主义诗学方面的种种探索,奠定了一种独特的非现实主义小说诗学的基础,他们"以涵纳世界投影的心灵为审美客体,以对人生与世界的垂向观照为审美取向,以显示存在面具的魔幻世界为审美目标,以高度假定的表现

---

① Поварцов С. Н. Траектория падения (О литературно-эстетических концепциях Д. Мережковского) // Вопросы литературы, 1986, № 11. С. 153—191.
② Козьменко М. В. Хроника: Международная конференция, посвящённая жизни и творчеству Д. С. Мережковского // Изв. АН СССР. Сер. Лит. и яз. 1991. Т. 50. № 4. С. 380—383.
③ Русская литературная критика серебряного века: Тез. докл. и сообщ. Междунар. науч. конф.: 7—9 октября 1996 г. // Отв. ред. С. Г. Исаев. Нов. ГУ им. Ярослава Мудрого, МГУ им. М. В. Ломоносова. Новгород, 1996. С. 88.

手段为审美形式的小说艺术探索"①,影响着象征派以后的小说艺术方向。在象征主义小说中凸现的对主题情节、叙述形式、结构方式和叙述语言的执著开掘与更新,不仅为象征主义小说的诗学开辟了先河,也推动了20世纪俄苏诗学理论中的语言诗学、形式主义诗学、结构符号诗学的建设"②。因此,对梅列日科夫斯基的象征主义诗学进行研究,不仅本身具有重要意义,而且还可能阐明整个俄国象征派艺术体系形成的原因和规律,以及那些在很大程度上决定了随后俄罗斯文学发展方向的独特创作规律。

第二节 诗学与风格的关系

按照俄罗斯著名文艺理论家叶·鲍·塔格尔的观点,每个历史时代"不仅提供给艺术家充满社会、道德和心理冲突的新生活材料,而且还要求他创造出一种崭新的全面包含这一材料的艺术思维类型"③。用我国学者黎皓智的话说就是"文学思潮的形成受制于一定的社会历史条件,在艺术上倡导一种新的文学观念和文学主张。而且,必须提出新的审美原则,开辟新的题材领域,塑造新的人物类型,拓展新的表现手法,变换新的叙述视角"④。

从这一角度看,当然就很容易理解,为什么正是在20世纪初的俄罗斯"新的艺术轮廓"⑤首先显现出来。因为在世纪之交,俄罗斯的社会、政治、经济、文化、信仰等历史因素错综复杂,新的历史时代的"脉搏"远比在社会秩序相对稳定、生活节奏井然有序的西欧感觉明显得多。而且这一文学更新进程发生在社会政治形势极度紧张的背景中,人们隐约地意识到这不只是某个历史阶段的终结,而是整个时代的终结,所以必然具有极度的丰富性和紧

---

① 周启超:《俄国象征派文学研究》,北京:社会科学文献出版社,1993年,第271页。
② 同上书,第272页。
③ Тагер Е. Б. У истоков XX века // Тагер Е. Б. Избранные работы. М.: Сов. Писатель, 1988. С. 288.
④ 黎皓智:《20世纪俄罗斯文学史》,北京:北京大学出版社,2006年,第11—12页。
⑤ Тагер Е. Б. У истоков XX века// Тагер Е. Б. Избранные работы. М.: Сов. Писатель, 1988. С. 289.

张性。

此外,"新艺术"的任务必然要求人们打破和改造业已失去活力和生命力的旧世界,这就迫使艺术家更加积极地占领阵地,苦苦地探索创作新方法,寻求独特的艺术形式来表达自己独一无二的观点。正如尼·亚·别尔嘉耶夫指出的,19 世纪末 20 世纪初的俄罗斯是"一个思考和寓言的世纪""一个尖锐地分裂的世纪",它的最大特点是"内在的解放和紧张的精神追求和社会追求"①。那么,如何创造出一种崭新的全面包含这一材料的艺术思维类型呢?对于当时的俄罗斯文学家来说,最重要的是及时把握从俄罗斯现实和整个社会思潮中所捕捉到的印象。身处这一时代的文学巨匠列·尼·托尔斯泰 1905 年在《世纪末》一文中这样表述自己对新世纪的印象:"《福音书》所说的世纪和世纪末期,并不是指百年一个世纪的结束和另一个世纪的开始,而是指一种世界观、一种信仰、一种人与人交往方式的结束和另一种世界观、另一种信仰、另一种交往方式的开始。"②所以,米·米·巴赫金认为,正是作家的个人风格成为 19 世纪末 20 世纪初文学进程的主要"推动力"③。

米·米·巴赫金关于在新时期文学中"强化个人风格"的思想也得到了当代研究者的支持和发展。例如,在苏联科学院世界文学研究所出版的四卷本文集《文学风格理论》(1976—1982)中,许多研究者都指出,与强大的"共性风格"形式趋势并存的还有对立的"个性风格"趋势存在——即"个人风格的固定化"④。之后,作家的创作个性、个人风格得到普遍的承认和重视。例如,1996 年在叶卡捷琳堡出版的一本专辑《20 世纪。文学。风格:20 世纪俄罗斯文学的风格规律》中,研究者们对 20 世纪俄罗斯文学的风格规

---

① 别尔嘉耶夫:《俄罗斯思想:19 世纪至 20 世纪初俄罗斯思想的主要问题》(修订译本),雷永生、邱守娟译,北京:生活·读书·新知三联书店,2004 年,第 3 页。
② 《列夫·托尔斯泰文集》(第 15 卷),北京:人民文学出版社,2000 年,第 468 页。
③ Эйдинова В. В. Идеи М. Бахтина и «стилевое состояние» русской литературы 1920—1930- годов // XX век. Литература. Стиль: Стилевые закономерности русской литературы (1900—1930). Екатеринбург, 1996. Вып. 2. С. 10.
④ Теория литературных стилей. Многообразие советской литературы. Вопросы типологии. М.: Наука, 1978. С. 422.

律提出了全新的认识：首先，从整体上认识20世纪文学特有的风格规律（见《风格倾向》一章）；其次，从交叉角度认识"文学风格现象与其他类型现象（例如，与读者接受、与批评意识）的风格联系"（见《风格和文学语境》一章）；第三，从个性角度认识和研究某些具有鲜明个性的艺术家风格（见《个人风格》一章）。

梅列日科夫斯基作为世纪之交的俄国象征主义理论奠基人和杰出代表，他的个人风格毫无疑问是时代的最强音，因为他不仅具有卓越的宗教预言才能，也具有敏锐的美学预见才能，他天才地预见到文化对新形式的需求，并首先开始了紧张的创作探索活动，为那一时代的文学风格创新开辟了先河。因此，对梅列日科夫斯基的象征主义诗学进行系统研究，不仅可以发现作家本人的创作风格，也有助于揭示整个俄国象征派艺术体系形成的原因和规律，以及随后俄罗斯文学发展方向的独特创作规律。

正是基于上述认识，选择了本书的研究题目和角度。作者力图从一个小的研究方向接近梅列日科夫斯基的创作：从其诗学的某些成分和层次入手，认识组成其作品艺术整体的那一风格规律，因为它集中体现了作家的哲学观和艺术观的本质，并达到这一本质的"焦点"和"核心"①。

本书主要运用"诗学"理论对梅列日科夫斯基的创作风格进行研究，因此，这里我们必须对这"诗学"和"风格"两个关键概念的内涵作一确定，并指出它们之间的相互关系。

众所周知，在俄罗斯文艺学中有广义和狭义两种"诗学"概念。广义的诗学概念将诗学视为一种文学理论，而狭义的诗学概念则把诗学视为一种诗歌理论——即"关于诗歌作品中各种表达方法体系的科学"②。广义的诗学不仅研究艺术文本的语言结构成分，还研究其他结构成分。持这种诗学概念的人有著名语言学家、文

---

① Эйдинова В. В. Идеи М. Бахтина и «стилевое состояние» русской литературы 1920—1930-годов // XX век. Литература. Стиль: Стилевые закономерности русской литературы (1900—1930). Екатеринбург, 1994. Вып. 1. С. 6.
② Гаспаров М. Л. Поэтика // Литературный энциклопедический словарь. М., 1987. С. 295.

论学家、哲学家亚·阿·波捷勃尼亚和文论学家、语言学家维·符·维诺格拉多夫等人。维·符·维诺格拉多夫认为,"诗学是一门关于文学艺术创作的形式、种类、手段和作品的组织方法的科学,是关于文学作品的结构类型和体裁的科学,它力求涵盖的不只是诗歌语言现象,还有文学作品和民间口头创作的各种结构因素"①。他还列举出这种诗学研究的几个问题:主题、情节、情节构思的手法和原则、艺术时间、结构、人物的情节动态特点和言语特点等等。

此外,诗学还被看做是一种具有多方面表现性的形式本身②,例如,狂欢化诗学、陌生化诗学、普希金诗学、莎士比亚诗学等。本书采用的"普遍化二元对立诗学"概念正是这种意义上的"诗学"概念。

对艺术文本进行逐字逐句的具体分析方法,必然会把研究者引向这种诗学的"结构规律"问题上来,而这种方法论是俄罗斯形式主义者维·马·日尔蒙斯基、鲍·维·托马舍夫斯基、尤·尼·特尼亚诺夫、鲍·米·艾兴包姆等人的著作所具有的特点。继亚·阿·波捷勃尼亚和阿·尼·维谢洛夫斯基之后,这些形式主义者开始全力从事诗学问题研究,并坚决强调"诗学"与"风格"密不可分。例如,维·马·日尔蒙斯基在《诗学的任务》(1919)一文中写道:任何一位艺术家的所有诗学手法"都由该作品的艺术任务的统一性来决定,并在这种艺术任务中获得自己的地位和证明"③,因此"唯有将'风格'概念引入诗学,这门科学的基本概念(素材、手法、风格)系统才可以被认为已经完成"④。对鲍·米·艾兴包姆来说没有"风格"的"诗学"也是不可思议的,他在《俄罗斯抒情诗旋律》(1922)一书中直接宣称:"诗学接近语言学,这是当代语文

---

① Виноградов В. В. Стилистика. Теория поэтической речи. Поэтика. М., 1963. С. 184.
② 《Литературная энциклопедия》 Т. 9. 1935. http://feb-web.ru/feb/litenc/encyclop/le9/le9-2151.htm.
③ 日尔蒙斯基:《诗学的任务》// 扎娜·明茨、伊·切尔诺夫编:《俄国形式主义文论选》,王薇生译,郑州:郑州大学出版社,2005年,第78页。
④ 同上书,第78页。

学的特点,而且研究卓有成效,但重要的是不要将二者之间的界限混淆。我认为语调不是语言现象,而是诗学风格现象,所以,我研究的不是语调的语音特点,而是它的结构作用。"①而在研究安·安·阿赫玛托娃的创作时(《试析安娜·阿赫玛托娃》),他与维·符·维诺格拉多夫(《论安·安·阿赫玛托娃作品的象征意义》)展开论战,并强调指出:"作为研究语言的语言学与作为研究文学风格的诗学之间有着原则性的差别。"②

由此可见,在俄国形式主义者的认识中,正是"风格"成为作家形式的"主要组织原则"(鲍·米·艾兴包姆语),成为它的"艺术任务"(维·马·日尔蒙斯基语),所以,风格是"打开艺术家创作特点和整个文学特点的一把钥匙"③。例如,在分析安·安·阿赫玛托娃的抒情诗时,鲍·米·艾兴包姆就从女诗人所具有的"主要艺术原则"转向这一原则"在各种形式成分中的体现"④,并令人信服地指出,安·安·阿赫玛托娃诗学的各个方面(音律、句法、语调……)是如何找到自己的明确方向,并创造出极其强烈的、充满活力的风格形式:"简洁成为结构原则。抒情诗似乎失去了其固有的冗长特点。一切都变短了——诗歌的长度,句子的长度。"⑤之后,鲍·米·艾兴包姆又对这种结构组织方向加以发挥,撰写了《青年托尔斯泰》《尼·阿·涅克拉索夫》,以及著名的评论文章《果戈理的〈外套〉是怎样创作的》(1919)。在最后这篇文章中,他为自己提出的目标是"抓住作家特有的个别手法的组合这种最典型特点"⑥,弄清楚尼·瓦·果戈理的怪诞风格,因为在其中作家"可以随心所欲地玩弄现实,把其各种因素加以分解并随意移动,

---

① Эйхенбаум Б. М. Мелодика русского лирического стиха. Пб., Опояз, 1922. С. 8.
② Эйхенбаум Б. М. Анна Ахматова. Опыт анализа // Эйхенбаум Б. О прозе. О поэзии. Л., 1986. С. 437.
③ Эйдинова В. В. Стиль художника. М., Худ. Лит. 1991. С. 135.
④ Там же. С. 130.
⑤ Эйхенбаум Б. М. Анна Ахматова. Опыт анализа // Эйхенбаум Б. О прозе. О поэзии. Л., 1986. С. 383.
⑥ 艾兴包姆:《果戈理的〈外套〉是怎样创作的》// 扎娜·明茨、伊·切尔诺夫编:《俄国形式主义文论选》,王薇生译,郑州:郑州大学出版社,2005年,第294页。

其唯一目的就是要使通常的相互关系和联系(心理的和逻辑的)在这个再造的世界里显得并不真实,以致任何细微末节都可以扩张到无以复加的程度"①。

稍后,关于"风格"规律及其在"诗学"中的表现,两者之间的相互关系问题等成为一些著名理论家(例如,维·符·维诺格拉多夫、根·尼·波斯佩洛夫、尤·米·洛特曼、亚·尼·索科洛夫、米·鲍·赫拉普钦科等)和文学史家(利·雅·金兹堡、叶·鲍·塔格尔、亚·叶·丘达科夫等)关注的对象,这些人都持"风格是艺术规律"的观点。例如,亚·尼·索科洛夫认为风格是"选择和组合风格成分时所体现出来的艺术法则"②;米·鲍·赫拉普钦科认为风格是"一种表达从形象上掌握生活的方法,一种说服并吸引读者的方法"③;根·尼·波斯佩洛夫把风格看做是"组织艺术形式的一定的普遍原则"④。这些研究者认为,正是借助于艺术法则、规律、方式的结构功能,文学作品的各种成分才能具体、外在地联结为一个有机整体,获得特定的审美特征。因此,在一部完成的作品中,风格又可看做"各种成分处于同一之中的体系"⑤。著名文学批评家尤·鲍·鲍列夫以"基因"原理来解释风格,认为"风格在作品的每一个细胞中代表着整体性,它决定细胞从属于作品的整体性,而作品从属于该文化类型的整体性。风格是作品宏观世界和微观世界的整体性,是艺术体系在'分子''细胞'和整个有机体诸层面上的统一"⑥。在尤·鲍·鲍列夫的定义中,实际上也包含了风格作为一种艺术规律,以及作为这种规律所决定的作品整体性、统一性的本质特征。

---

① 艾兴包姆:《果戈理的〈外套〉是怎样创作的》// 扎娜·明茨、伊·切尔诺夫编:《俄国形式主义文论选》,王薇生译,郑州:郑州大学出版社,2005年,第297页。
② Соколов А. Н. Теория стиля. М. 1968. худ. изд. С. 34.
③ 赫拉普钦科:《作家的创作个性和文学的发展》,上海人民出版社编译室译,上海:上海人民出版社,1977年,第126页。
④ Поспелов Г. Н. Вопросы методологии и поэтики. М., 1983. С. 201.
⑤ Соколов А. Н. Теория стиля. М. 1968. худ. изд. С. 27.
⑥ Сквозников В. Д. Претворение метода в стиле лирических произведений // Теория литературных стилей. Современные аспекты изучения. М., 1982. С. 77—78.

当代女学者维·维·艾季诺娃在其专著《艺术家的风格》中总结了前人的经验,独特地发展了这一权威性观点,准确、完整地揭示出"风格"与"诗学"之间的相互关系的全部复杂性,以及前者向后者转变的机制。她摆脱了欧洲美学界(黑格尔、席勒、歌德)和俄罗斯美学界(亚·阿·波捷勃尼亚、鲍·米·艾兴包姆、尤·尼·特尼亚诺夫、米·米·巴赫金)流行的"形式的两重性"思想,认为风格的特点辩证地统一在其组织和塑造方面:"风格是一种在作品的诗学中得以实现的作品规律,它在诗学中形成一系列个别规律性,并完整地体现为一种对艺术家来说是有限的而在我们每个人心里却得到反应的美学内容。"①

这样,风格的"结构—材料"特征理论就成为研究艺术家创作最有效的理论,因为它使研究者能在"诗学"中,在形式的外部表现中抓住重点——即能被读者认出的这一作家的独特"笔法公式",用维·维·艾季诺娃的话说,它也始终是"作家的世界观公式"②。

因此,本书的研究目的就是在各种不同的"诗学"水平上寻找梅列日科夫斯基的独特"风格"规律活动,正是这一规律将作家的艺术世界的所有方面连接成一个统一的整体。

第三节 国内外梅列日科夫斯基诗学研究综述

一、俄罗斯梅列日科夫斯基研诗学究状况

关于梅列日科夫斯基的个人风格问题和作品的诗学问题,由于种种原因并未受到其同时代人的关注,即使有所触及也是偶然为之的。只是到了20世纪80、90年代,随着梅列日科夫斯基回归到俄罗斯文学中,其美学诗学问题才开始受到普遍关注。

(一)十月革命前的研究

十月革命前,关于梅列日科夫斯基的论著有不少,诚如女诗人

---

① Эйдинова В. В. Стиль художника. М., Худ. лит, 1991. С. 12.
② Там же. С. 136.

维·伊·鲁季奇所言:"在当时,从安·巴·契诃夫到维·符·赫列勃尼科夫,未必有哪怕是一个大文化活动家不认为自己有责任对梅列日科夫斯基发表意见。"①虽然如此,在大多数情况下,俄国报刊对梅列日科夫斯基还是持敌对态度,这其中既有作家本人的个性原因,也有其作品的艺术特点原因。他的同时代人直觉地感到他浑身上下笼罩着一团谜,感到他是"从未来降到我们这里的一个外国人"②。他们既受他吸引又疏远他,既觉得他亲近又觉得他遥远,就像安·别雷说的那样:所有的人都曾向他学习过,捕捉过他的话的真意,而过后却"不提他的名字,扫去他的足迹",因为他们"害怕他"③。几乎没有一个俄罗斯思想家像他那样毫不留情地把俄罗斯的一切都纳入到自己的批评视野中,而且有一种"置之于死地而后生"的决绝,这就导致了他与政权、教会以及俄罗斯社会各阶层关系的恶化,遭到批评界的普遍敌视。他的"极端二元论"思维模式和"主观批评"方式也是同时代人所不能接受的,因此,对其作品的文学批评往往被对其个性的"人学"批评所代替,或者将两者混同起来。在这种背景下同情他的声音自然减弱了,甚至包括亚·亚·勃洛克和瓦·雅·勃留索夫这两位曾深受其影响的诗人。同时代人彻底否定了梅列日科夫斯基的历史权威性和哲学独特性。尼·亚·别尔嘉耶夫的文章《论新宗教意识》几乎成了唯一对梅列日科夫斯基"新基督教学说"表示赞许的回应。他在指出梅列日科夫斯基世界观的弱点(缺乏哲学批判、倾向于"宗教公式化"、逻辑性不强)的同时,也给予其"激进的思想热情"和"异常新颖的新宗教思想"以应有的评价:"虽然梅列日科夫斯基向尼采、费·米·陀思妥耶夫斯基以及瓦·瓦·罗扎诺夫学习了许多东西,但是不能否定他的宗教—艺术观点的独特性,不能否定他预见

---

① Рудич В. И. Дмитрий Мережковский // История русской литературы: XX век: Серебряный век// Под ред. Ж. Нива, И. Сермана, В. Страда, Е. Эткинда. М., 1995. С. 214.

② Белый А. Мережковский //Николюкин А. Н. Мережковский: Pro et contra. Изд. Русского Христианского гуманитарного института. СПб., 2001. С. 265.

③ 赵桂莲:《德·谢·梅列日科夫斯基——思想家、评论家、艺术家》// 梅列日科夫斯基:《先知》,赵桂莲译,北京:东方出版社,2000年,序言第19—20页。

神秘主义道路的巨大天才。"①

但是,梅列日科夫斯基的艺术天才和创作技巧遭到更为激烈和残酷的批评,指责他空话连篇、引文泛滥、刻板僵化,几乎成为当时所有文章的共识。例如,谢·阿·文格罗夫在为一本百科辞典撰写关于梅列日科夫斯基的辞条中写道:"头脑中的凭空虚构胜过直感"②是其丰富著述的特点之一。从此,"枯燥无味的才能"就成为评价梅列日科夫斯基创作风格的典型用语。亚·亚·伊兹梅洛夫表达了更加强烈的厌恶之情,他否认梅列日科夫斯基的创作想象力:"他的作品像数学一样精确、严密,都是用尺子和圆规画出来的。"③阿·谢·多利宁指责梅列日科夫斯基破坏"艺术性的基本要求":"什么需要证明——什么就主宰着梅列日科夫斯基的小说,决定着三部曲的整体及局部大纲和结构,规范着每个人物的活动,操纵着个人和大众的生活和命运。因为他把这一切既作为其纯理性结构的材料,也作为其强行塞入到自己那些干巴巴的抽象公式中的僵死思想。"④

可见,艺术家梅列日科夫斯基不仅不受欢迎,而且还遭到同时代文艺理论家们的粗暴侮辱和愤怒声讨,他们试图把他的象征主义小说强行塞到传统的现实主义艺术规范之中。

尽管这些结论具有一定的绝对性和武断性,但大多是描写性和罗列性的。梅列日科夫斯基的个人风格问题,作品的诗学问题(《基督与反基督》三部曲)并未受到人们的关注,即使有所触及也是偶然为之的。不过,在这些千篇一律的否定批评中有时也偶尔出现一些对梅列日科夫斯基的独特艺术形式的准确观察。例如,伊·尼·伊格纳托夫就把人人皆知的"**二律背反**"看做是梅列日科夫斯基的文学和哲学特征不可分割的特点:"他感觉到某种本能的

---

① Бердяев Н. А. О новом религиозном сознании // Бердяев Н. А. О русских классиках. М., Высш. шк, 1993. С. 229.
② Венгеров С. А. Мережковский // Энциклопедический словарь. СПб., Ф. А. Брокгауз и И. А. Ефрон, 1896. Т. XIX [37]. С. 114.
③ Измайлов А. А. Пророк благодатных дней // Измайлов А. А. Пестрые знамена: Литературные портреты безвременья. М., И. Д. Сытин, 1913. С.127.
④ Барковская Н. В. Поэтика символистского романа. Екатеринбург, 1996. С. 13.

需求，把一切都分裂为二并把分裂的两部分加以对比。"①阿·谢·多利宁虽然刻薄地指出梅列日科夫斯基的作品中"到处充斥着极端性"，"公式化达到了极限，到达了荒谬的程度"②，但实际上，他却认真地看待梅列日科夫斯基执着追求的那种形式特点和作家的风格规律——"**普遍化的二元论规律**"。米·彼·涅维多姆斯基更加准确地抓住了小说家梅列日科夫斯基的"作家特征"，他指出梅列日科夫斯基把世界上的一切都归纳为一个"**二俄寸长的关于圣体和圣灵的思想**"③："真佩服梅列日科夫斯基有那样的技巧和不知疲倦的精神一行接一行，一页接一页地展开、说明、解释和证明这一简短的思想。真的需要非凡的文学技巧，才能只用这一个思想——别无其他——填充两部大部头著作《列·托尔斯泰与费·陀思妥耶夫斯基》，而且还要留下某种东西以备万一，果然又从这备用品中抽出两大本文集——《未来的无赖》和《不是和平，而是利剑：基督教的未来批判》。所以，我确信，这还远远没有止境，在不久的将来还会出现新的著作论述这一思想"④。

我们看到，就是在这个带有明显偏见的评论中，透露出米·彼·涅维多姆斯基对梅列日科夫斯基风格的准确认识——既"缩小"又"强化"的风格倾向，这种认识使米·彼·涅维多姆斯基抓住了梅列日科夫斯基的创作演化实质——始终一贯地向逐渐深入揭示这一"主导思想"的方向运动。米·彼·涅维多姆斯基认为，如果在《列·托尔斯泰与费·陀思妥耶夫斯基》中这一思想还"遮遮掩掩"，那么在后来的作品中已经"暴露得赤裸裸，毫无遮拦"⑤。

叶·格·伦德贝格也曾提到梅列日科夫斯基对"绝对性"的执着追求，但却评价为是对"简化"的偏好："他的各种结构都是靠协调、类比和化繁为简的方法维持的，因此，按照他的观点，他把自己

---

① Игнатов И. Н. Мережковский // Энциклопедический словарь Русского библиографического Ин-та Грант. М., Т. 28. Стлб. 492.
② Барковская Н. В. Поэтика символистского романа. Екатеринбург, 1996. С. 30.
③ Неведомский М. П. В защиту художества (О наших «модернистах», «мистиках», «мифотворцах» и т. д.) // Современный мир 1908. № 3. С. 209.
④ Там же. С. 208.
⑤ Там же. С. 210.

的哲学幻想大厦建造在通常无法证明的基础之上。"①

科·伊·楚科夫斯基在认识梅列日科夫斯基诗学的艰难道路上迈出了重要的一步,在他对梅列日科夫斯基偏好"对称性"的讽刺性批评中,已经准确抓住了作家的艺术形式特点:"如果在一张纸上滴一滴墨水,然后将其对折,那么在纸的左右两边就会有同样的墨点,而且是上下颠倒的。当我阅读梅列日科夫斯基的作品时,我总是想起这张对折的纸。只要他思考某一个思想,马上就伴随着它出现另一个思想——同样的但却倒过来的思想。"②科·伊·楚科夫斯基认为这种结构体系"实在太美了,简直完美无缺"③,甚至有些死气沉沉,因为作家的思想"不会狂吼,不会沸腾,不会作乱,而是在他的指挥下迈着均匀优雅的步伐彬彬有礼地散着步"④。但与此同时,科·伊·楚科夫斯基也不得不承认,三部曲中最精彩的篇章正是那些描写"抽象的争论"和"对立的思想"的地方,梅列日科夫斯基在那里成功地表达出自己的清晰本性。

但是,最深入梅列日科夫斯基诗学秘密深处的评论要算是安·别雷的文章《梅列日科夫斯基》。这篇文章再次证明,在某些情况下一位作家对另一位作家的理解具有特殊的阐释力:他的作品和风格会突然生动地展现出来。例如,安·别雷对梅列日科夫斯基笔下文学人物的独特性评论对我们来说就具有不容置疑的价值。他认为,梅列日科夫斯基笔下的文学人物都是"用古旧的破旧衣服装扮起来的木偶。蜡制木偶之所以只是木偶,因为是历史,人之所以是人,因为是人,所有这些对梅列日科夫斯基来说都是死的。……尤里安、列奥纳多、彼得,梅列日科夫斯基对他们本身不感兴趣:他们仅仅是象征"⑤。更重要的是,安·别雷从研究梅列

---

① Лундберг Е. Г. Мережковский и его новое христианство. СПб. , 1914. С. 6.
② Чуковский К. И. Д. С. Мережковский // Чуковский К. И. От Чехова до наших дней: Литературные портреты и характеристики. СПб. и М. , М. О. Вольф, 1908. С. 208—209.
③ Там же. С. 210.
④ Там же. С. 210.
⑤ Белый А. Мережковский // Николюкин А. Н. Мережковский: Pro et contra. Изд. Русского Христианского гуманитарного института. СПб. , 2001. С. 264.

日科夫斯基诗学的个别方面转到认识其风格形式的共同规律性上来,他把《基督与反基督》称为复杂的"历史思想对位"(Исторический контрапункт идей)①。

我们认为,安·别雷的这种独到见解在很大程度上是由于他与梅列日科夫斯基的美学观点十分接近。正是把"象征主义作为一种世界观"使安·别雷能够深入到梅列日科夫斯基那别出心裁、思想深邃的创作个性"深处";也正是把"象征主义作为一种结果",使安·别雷能够按另一种方式从外部评价梅列日科夫斯基结构的"公式化"②,并认为"繁琐的议论、考古学和死气沉沉的艺术人物也赋予梅列日科夫斯基一种特殊的'捉摸不透的迷人之处'"③。

综上所述,我们看到,革命前的批评界对梅列日科夫斯基这位哲学家、宗教活动家、尤其是文学家的极端厌恶之情是如此一致,令今天的研究者感到惊讶。但是,在维·伊·鲁季奇之后我们发现这种现象开始有所转变,因为不管怎么样,梅列日科夫斯基都是一位兼有"精英派导师"(安·别雷和亚·亚·勃洛克都曾受到他的影响)和"杰出作家"两个角色的大作家④。他的作品,尤其是历史长篇小说,生前就大量出版,而选集在很短时间内就在俄国出版两次:1912年的17卷本,1914年的24卷本。他在俄罗斯和侨民时期近半个世纪的文学生活中占据着"精神世界的中心位置"⑤,是批评界关注的焦点对象,"批评家们有意无意地对他那精湛的艺术技巧、卓越的批评思想、高深的哲学-美学体系、神秘的寻神说激情给予应有的评价"⑥。例如,叶·阿·利亚茨基称小说《彼得大

---

① Белый А. Мережковский // Николюкин А. Н. Мережковский: Pro et contra. Изд. Русского Христианского гуманитарного института. СПб., 2001. С. 264.

② Там же. С. 265.

③ Там же. С. 265.

④ Магомедова Д. М. О Д. С. Мережковском и его романе «Юлиан Отступник» // Мережковский Д. С. Смерть богов. Юлиан Отступник. М., 1993. С. 3.

⑤ Рудич В. И. Дмитрий Мережковский // История русской литературы: XX век: Серебряный век // Под ред. Ж. Нива, И. Сермана, В. Страда, Е. Эткинда. М., 1995. С. 214.

⑥ Там же. С. 215.

帝和皇太子》是"最近杰出的现象"①,叶·格·伦德贝格指出:"梅列日科夫斯基对历史有着卓越的品味"②,亚·亚·伊兹梅洛夫称梅列日科夫斯基是他从未见过的"形式的天才——精致技巧的天才"③,瓦·瓦·罗扎诺夫宣称:"我们的作家很少有人能像梅列日科夫斯基那样,具有如此非凡的智慧和热情,永不停息地进行探索,满怀希望地向前奋进"④。

我们认为,同时代人之所以对梅列日科夫斯基有着截然不同的两种评价,是因为他们与作家的距离太近:缺乏时间距离使他们不能完全对等地接受和评价他的作品,看到旧事物之中孕育的新事物。正如加拿大学者查·哈·贝德福德(Charles Harold Bedford)在《梅列日科夫斯基。第三约言和第三人类》一书中所言:"如果梅列日科夫斯基不被同时代人理解,那么,这不是作家的过错。一切原因在于与'实证唯物主义'有关的世界还没有准备好接受他的学说。而且,梅列日科夫斯基的宗教探索具有肯定的结果:它保证了作为宗教思想家和作为作家的梅列日科夫斯基在地球上永垂不朽。"⑤

(二)十月革命后的研究

十月革命后对梅列日科夫斯基的批评分成两股潮流——侨民界的批评和苏联文艺界的批评。

俄罗斯的侨民文学(十月革命后1919年梅列日科夫斯基和大批作家侨居国外——即侨民文学的第一次浪潮)似乎是从革命前的批评接过接力棒,只是对以前画好的作家个人肖像画和创作肖

---

① Ляцкий Е. А. 《Петр и Алексей》 Д. С. Мережковского. СПб, 1905 // Вестник Европы. 1905. N 12. C. 829.
② Лундберг Е. Г. Мережковский и его новое христианство. СПб., 1914. C. 33.
③ Измайлов А. А. Пророк благодатных дней // Измайлов А. А. Пестрые знамена: Литературные портреты безвременья. М., И. Д. Сытин, 1913. C. 126.
④ Розанов В. В. Дмитрий Мережковский. Любовь сильнее смерти. Итальянская новелла XV-го века. Книгоиздательство《Скорпион》. Москва. 1902 (Рецензия) // Исторический вестник. СПб., 1902. Т. 87. № 3. C. 1140.
⑤ См. Поварцов С. Н. Траектория падения (О литературно-эстетических концепциях Мережковского) // Вопросы литературы, 1986, 11, C. 155.

像画进行一定的修描。不过,这次把梅列日科夫斯基的"公式化"和"过分理性"归结为是其创作危机的表现。例如,马·利·斯洛尼姆责难梅列日科夫斯基在侨民时期缺乏"艺术创作特点":"德·谢·梅列日科夫斯基、阿·米·列米佐夫、济·尼·吉皮乌斯给侨民们奉献了些什么呢?"①言下之意就是"一无所有"。也有人指责作家的反革命侨居是一种伪爱国主义和反苏维埃行为。例如,尼·尼·别尔别洛娃在回忆录中写道:"梅列日科夫斯基的世界建立在对十月革命的政治不妥协基础之上,其余的一切都不重要。美学问题、道德问题、宗教问题、政治问题、科学问题——一切都服从于一种感觉:俄罗斯的丧失、俄罗斯对世界的威胁、被驱逐的痛苦、意识到谁也听不到他的抱怨、诅咒和警告的痛苦。"②马·利·斯洛尼姆则称梅列日科夫斯基是"在俄罗斯的葬礼上受雇哭灵的人",不论发生什么事,他总是"机械地重复自己那一套反复哭诉的话并为祖国和人民唱送终祈祷"③。

在这种悲哀单调的政治批评背景下,符·费·霍达谢维奇和伊·亚·伊里英的研究显得非常新颖独特,他们试图从美学角度研究梅列日科夫斯基的创作。

符·费·霍达谢维奇的文章《论梅列日科夫斯基》(1927)对于当时那些评论梅列日科夫斯基作品的文章而言具有异乎寻常的建设性,他是为数不多能在梅列日科夫斯基那些司空见惯的"弱点"中和破坏"艺术性的基本要求"中看到这位具有独特创作天才的作家强有力的方面的人。例如,那些关于梅列日科夫斯基的长篇小说人物"缺少生命力和心理清晰性"④的观点只是促进他对梅列日

---

① Слоним М. Л. Живая литература и мёртвые критики // Литература русского зарубежья: Антология. В 6 т. М., Книга, 1990. Т. 1. Кн. 2. С. 385.

② Берберова Н. Н. Курсив мой // Николюкин А. Н. Мережковский: Pro et contra. Изд. Русского Христианского гуманитарного института. СПб., 2001. С. 492—493.

③ Слоним М. Л. Живая литература и мёртвые критики // Литература русского зарубежья: Антология. В 6 т. М., Книга, 1990. Т. 1. Кн. 2. С. 382.

④ 霍达谢维奇:《关于梅列日科夫斯基》// 霍达谢维奇:《摇晃的三脚架》,隋然、赵华译,北京:东方出版社,2000年,第349页。

科夫斯基人物的独特象征特点进行更加认真的思考。他把梅列日科夫斯基的人物称作是一群"偏执狂患者":"他们之中的每一个人都专注于一个目的、一个思想,其动机永远在于此,并根除所有其他不相干的想法和情感。"①所以,他认为,"如果梅列日科夫斯基的小说中有某些冲突的话,那也只是那些全神贯注于一个思想的人物的冲突。实际上,这不是人物冲突,而是思想冲突"②。

符·费·霍达谢维奇拒绝把梅列日科夫斯基列入历史小说家行列,这促使他对作家的作品体裁特点做出独特的阐释:"梅列日科夫斯基所写的一切不是那种'时而才有的'东西,而是那种过去有、现在有、将来也有的东西。这使得他的作品不属于历史小说或者其他任何种类小说的范畴。我不想给他的作品确立一个文学定义。如果愿意的话,我想这些作品更接近于启示录,而不是小说,但这中间的距离也是非常之大"③。

伊·亚·伊里英在具体研究梅列日科夫斯基的独特诗学道路上迈出了更加重要的一步,这从他的文章标题就能反映出来:《梅列日科夫斯基——文学家》。尽管伊·亚·伊里英坚决不接受梅列日科夫斯基的独特风格形式("这是艺术吗? 如果是,那么这种艺术破坏了美好艺术的一切规律"④),他的文章中充满了对"公式化""反心理描写"和"反历史主义"这些已经成为陈词滥调的攻击。但是他也令人信服地指出,梅列日科夫斯基有一颗能产生出无数"二律背反"的"分裂灵魂"⑤,他的创作具有纯理性主义的特点,"读者常常感觉到,有什么东西在牵着梅列日科夫斯基走,这就是理性。理性会进行分析、支解、对比:得到一个形而上学形

---

① 霍达谢维奇:《关于梅列日科夫斯基》// 霍达谢维奇:《摇晃的三脚架》,隋然、赵华译,北京:东方出版社,2000 年,第 349 页。
② 同上书,第 349 页。
③ 同上书,第 353 页。
④ Ильин И. А. Мережковский - художник // Николюкин А. Н. Мережковский: Pro et contra. Изд. Русского Христианского гуманитарного института. СПб., 2001. C. 388.
⑤ Там же. C. 380.

式——A 不是 A"①。由此,伊·亚·伊里英给梅列日科夫斯基的创作风格下了一个非常确切的定义——"形而上学的宗教仪式"②。伊·亚·伊里英也非常关注梅列日科夫斯基天才的另一个方面——规模庞大、篇幅宏伟:"梅列日科夫斯基是一位外部戏剧的布景大师,巨大的规模、浓重的色彩、分明的线条靠的不是池座和第一层厢座的包厢,而是天花板下的楼座配景;这里是他的力量;这是他的成功之处"③。

继符·费·霍达谢维奇和伊·亚·伊里英之后,格·维·阿达莫维奇对梅列日科夫斯基的个性和作家本质的认识更向前推进了一步。在他的文章《梅列日科夫斯基》中十分公正地称梅列日科夫斯基为"聚精会神于一个理想的人(一根筋)":"梅列日科夫斯基,当然,一生都在思考《福音书》并通过自己以前的所有理论和爱好走近《不为人知的耶稣》,一边还从远处观察他,就像观察结果和目标。有时是些曲折线,旁观者不完全理解它们,例如,最后几条曲线条中的拿破仑曲线(传记小说《拿破仑》),但是在梅列日科夫斯基的意识中它们只是一些偏离。恰恰相反,一切都应该把清晰性放进统一的重要主题中并且准备好讲述和思考 19 世纪以前在巴勒斯坦发生过什么。"④格·维·阿达莫维奇非常准确地抓住了梅列日科夫斯基创作的"内在完整性",并指出作家对"永恒绝对本质"的执著追求。此外,他还首次提出了梅列日科夫斯基对之后俄罗斯文学发展的影响以及他的创作对俄罗斯文学的意义等问题:"我们的许多批评家,但是通常是作家们,没有完全意识到,在多大

---

① Ильин И. А. Мережковский - художник // Николюкин А. Н. Мережковский: Pro et contra. Изд. Русского Христианского гуманитарного института. СПб., 2001. С. 380.

② Там же. С. 380.

③ Там же. С. 377.

④ Адамович Г. В. Мережковский // Николюкин А. Н. Мережковский: Pro et contra. Изд. Русского Христианского гуманитарного института. СПб., 2001. С. 394.

程度上他们的创作要归功于梅列日科夫斯基：翻阅旧书总是有益的。"①（顺便说一下,这个问题对当代文学研究来说也是非常迫切的,本书将在第四章中详细论述）。

十月革命后的前十年,苏联批评界对梅列日科夫斯基并不感兴趣。阿·马·高尔基在《论反革命侨民文学》一文中把梅列日科夫斯基的文学活动比作是打字机："铅字读起来倒轻松,但却死气沉沉。"②维·巴·波隆斯基把梅列日科夫斯基和其他侨民作家一起比作"不结果实的无花果"③。梅列日科夫斯基简直成了极端仇视苏维埃俄罗斯的反革命侨民的代名词。亚·康·沃隆斯基在《苏维埃文学和反革命侨民》一文中认为,梅列日科夫斯基的文化作用只在于他"在劳动人身上发现了'下流人'"④。随声附和的还有刚从德国回来的符·符·马雅可夫斯基,他这样写道："在巴黎最恶毒的侨民就是所谓的思想侨民：梅列日科夫斯基、济·尼·吉皮乌斯、伊·阿·布宁等。他们用各种污水来诬蔑俄罗斯苏维埃。"⑤

我们看到,这些为数不多、话语简短的评论明显只遵循着思想标准。在苏维埃文艺学中,这种用政治学和社会学标准对待美学问题的倾向,注定将梅列日科夫斯基从随后几十年的苏联文学史中驱逐出去。由于他宣布与布尔什维克极权主义和共产主义的"反基督帝国"势不两立,甚至寄希望于墨索里尼和希特勒,所以在60—70年代的大学教科书中提到他时,最多也只是把他作为象征主义宣言《论当代俄国文学衰落的原因及其新兴流派》的作者和

---

① Адамович Г. В. Мережковский // Николюкин А. Н. Мережковский: Pro et contra. Изд. Русского Христианского гуманитарного института. СПб., 2001. С. 292.

② Горький М. Собр. соч. В 30 т. М., Госиздат, 1953. Т. 24. С. 337.

③ Полонский В. П. Из «Очерков литературного движения революционной эпохи» (1917—1927) // Полонский В. П. О литературе. Избранные работы. М., 1988. С. 369.

④ Воронский А. К. Советская литература и белая эмиграция // Воронский А. К. Избранные статьи о литературе. М., 1982. С. 348.

⑤ Литература русского зарубежья: Антология. Т. 1. С. 48.

"革命和俄罗斯人民最恶毒的敌人"①。而他的长篇小说干脆避而不谈,如果提及,也只是为了表明它们缺乏文学价值。这样,梅列日科夫斯基这位一度最流行的小说家在苏联就处于被完全隔离的状态中。

但是维·伊·鲁季奇说了一句公道话:"历史告诫我们,不承认和忘却什么也证明不了。"②梅列日科夫斯基在自己的时代所写的许多可怕的、似乎是幻想性的预言,诸如《未来的无赖》都变成了悲伤的现实。因此,在80—90年代末俄罗斯自我意识发生根本性转变的时期,开始重新评价梅列日科夫斯基对当代文化的贡献,其结果就是再版作家的作品:最初是长篇小说,之后是大量的批评作品,最后是向俄罗斯读者解禁他在侨民时期的作品:《不为人知的耶稣》《拿破仑》《让·雅克》等,而且已经酝酿成熟出版梅列日科夫斯基的全集,包括作家的所有创作遗产,以及他的书信集和随笔。

我们认为,正是这一时期成为研究梅列日科夫斯基美学最富成果的一个时期,这里首推爱沙尼亚女学者扎·格·明茨,她的研究最为深刻和独到。她在《亚·亚·勃洛克与德·谢·梅列日科夫斯基论战》(1989)一文中不仅研究了两位最杰出的象征主义代表之间的复杂相互关系,还包括一系列有趣的观察:梅列日科夫斯基对"彼得主题"的独特理解、三部曲中展示的象征构成新原则等。这篇文章的主要观点后来在《基督与反基督》(1989)的再版前言中得到发展。扎·格·明茨继承了尼·亚·别尔嘉耶夫和弗·费·霍达谢维奇对梅列日科夫斯基小说的哲学阐释传统,提出了一个非常独特的思想:正是"历史哲学思想是三部曲的主要人物,它的形成是本书的情节动机<……>《基督与反基督》三部曲是一部思

---

① Новикова К. М., Щепилова Л. В. Русская литература XX века. М., Высшая школа, 1966. С. 244.

② Рудич В. И. Дмитрий Мережковский // История русской литературы: XX век: Серебряный век// Под ред. Ж. Нива, И. Сермана, В. Страда, Е. Эткинда. М., 1995. С. 216.

想小说(Роман мысли),它是俄罗斯和世界文学从费·米·陀思妥耶夫斯基的'复调小说'(Полифонический роман)到20世纪的'概念小说'(Концептуальный роман)①道路上的重要里程碑"②。

继扎·格·明茨之后,利·安·科洛巴耶娃的文章《梅列日科夫斯基——小说家》(1991)成为在当代认识梅列日科夫斯基创作诗学道路上最重要的里程碑。在这篇文章中利·安·科洛巴耶娃认真思考了梅列日科夫斯基长篇小说的情节体系、独特的艺术时间形式、象征意义的"普遍化"特点。此外,她还把梅列日科夫斯基长篇小说的"艺术思维的统一原则"③作为研究对象,认为"系列化"(Циклизация)是其中最突出的特点,它反映了梅列日科夫斯基对宏伟主题的迷恋。而且,这种"系列化"趋势不仅表现在梅列日科夫斯基的长篇小说中,也表现在其宗教类型的研究作品《东方的秘密智慧》和《西方的秘密》中,圣徒言行录随笔《从耶稣到我们的圣者面孔》中,以及系列传记作品《但丁传》《帕斯卡尔》《拿破仑》中,因此,利·安·科洛巴耶娃把这种"系列化"看做是梅列日科夫斯基所具有的"通用构形原则"。关于这一点安·别雷早就指出过:"离开他的批评就无法理解他的小说,离开他的小说就无法

---

① 概念小说(Концептуальный роман),是指20世纪60年代末、70年代初由莫斯科一群特殊的艺术家和文学家发起的创作运动——"莫斯科概念主义"中的小说创作现象。莫斯科概念主义不仅是西方概念主义影响和刺激的产物,更是俄罗斯20世纪10—20年代文化语境以及文学实践的结晶。其中俄罗斯先锋主义各个流派,例如未来主义、达达主义、ОБЭРИУ等的充分发展,为20世纪后半期莫斯科概念主义的诞生提供了良好的艺术传统,所以,莫斯科概念主义通常被称为"俄罗斯第二个先锋主义"。80年代,概念主义在新一代莫斯科艺术家和文学家中得到延续和发展。90年代直至俄罗斯当代文坛,莫斯科概念主义的新旧代表们仍然继续创作,成为俄罗斯后现代文学中一颗耀眼的明珠。"概念小说"的最早代表为符·格·索罗金,后来的部分作家的部分作品也具有概念主义创作的特征,例如,叶·阿·波波夫的《神的眼睛》、维·符·耶罗费耶夫的《致母亲信》《口袋默示录》《别尔嘉耶夫》等。参见李新梅:《俄罗斯后现代主义文学中的一只奇葩——莫斯科概念主义》,《西安外国语大学学报》,2007年,(2),第73—76页。
② Минц З. Г. О трилогии Д. С. Мережковского 《Христос и Антихрист》// Мережковский Д. С. Христос и Антихрист. Трилогия. М., Книга, 1989. Т. 1. С. 10.
③ Колобаева Л. А. Мережковский-романист // Колобаева Л. А. Русский символизм. Изд. МГУ. 2000. С. 239.

理解他的批评。"①梅列日科夫斯基自己也声称,在90年代写的那些政论和批评文章中他就具体清晰地表达了自己的艺术观点和创作理念——即对全球性和普遍化的追求,以及最大限度地暴露"对立两极的尖锐冲突"。正是在这一创作理念的统领下,梅列日科夫斯基将各种形象主题纳入到统一的象征性"元文本"中——强调思想的永恒意义。因此,玛·亚·尼基京娜称梅列日科夫斯基的创作风格为"缜密的象征主义"(Продуманный символизм)②。她认为,梅列日科夫斯基的象征主义小说是在他的理论作品直接影响下创作出来的,关于这一点可由作家的"自我引用"证明。例如,《诸神之死》中的象征形象——"**透光雪花石膏双耳罐**"引证的就是其"象征主义宣言"《论当代俄国文学衰落的原因及其新兴流派》中的形象:"象征主义把诗歌的风格和艺术物质变得充满灵性、晶莹剔透,就像**透光雪花石膏双耳罐**的薄壁"③。确实,三部曲不仅包括作家在批评和政论文中宣扬的那种重要的艺术规律性,而且将其发扬光大,确切说,由于形式的一贯性更加暴露和强化了它。正是在这种意义上,我们说,作家的非艺术散文相对于艺术散文来说是以独特的"草稿""技术实验室"的形式出现的,在这个实验室里完成了作家的"工艺规程",形成了作家执着追求的具有"普遍化二元论诗学"特点的风格结构。

在研究梅列日科夫斯基诗学的道路上尼·符·巴尔科夫斯卡娅迈出了实质性的新步伐。在其专著《象征主义小说诗学》(1995)中,她把三部曲《基督与反基督》的艺术形式看做是"前象征主义小说—寓言"(Предсимволические романы-притчи),并对作家诗学的某些成分进行了认真仔细的分析。此外,像利·安·科洛巴耶娃一样,尼·符·巴尔科夫斯卡娅也从个别规律转向作家独特风

---

① Белый А. Арабески. М., 1911. С. 410.
② Никитина М. А. «Заветы» реализма в романах старших символистов (《Христос и Антихрист》Д. Мережковского и《Мелкий бес》Ф. Сологуба) // Связь времен. С. 207.
③ Мережковский Д. С. 《О причинах упадка и о новых течениях современной русской литературы》// Мережковский Д. С. Л. Толстой и Достоевский. Вечные спутники. М., Изд. Республика, 1995. С. 528.

格的整体规律:普遍主义、超普遍性、镜子反射力、二元性等,这对我们的研究具有极好的借鉴意义。

在当代俄罗斯的梅列日科夫斯基研究中,除了集中注意他的诗学问题外,还指出了许多其他主要方向。

首先,对作家创作的美学根源做出了富有成效的研究。例如,玛·亚·尼基京娜令人信服地指出梅列日科夫斯基与心理现实主义传统的联系①;利·安·科洛巴耶娃把梅列日科夫斯基归入新古典主义之列②;格·米·弗利德连杰尔将易卜生的《皇帝与加利利人》与梅列日科夫斯基的《诸神之死——叛教者尤里安》进行比较③。

第二,明显追求把作家的创作列入其同时代的文学语境中。这方面的研究有谢·尼·波瓦尔佐夫的《不同追求的人》(论述梅列日科夫斯基和契诃夫的关系)④和纳·彼·德沃尔佐娃的《普里什文和梅列日科夫斯基、瓦·瓦·罗扎诺夫的相互关系》⑤等。

最后,在许多文章中都间接地提到了梅列日科夫斯基对随后文学发展影响的问题。例如,利·安·科洛巴耶娃在《梅列日科夫斯基——小说家》一文的最后指出,梅列日科夫斯基创作的"新型历史小说"无疑对20世纪的小说创作产生了影响。

二、中国梅列日科夫斯基研究状况

在中国,早在1941年就翻译了梅列日科夫斯基的《诸神复活:

---

① Никитина М. А. 《Заветы》 реализма в романах старших символистов (《Христос и Антихрист》 Д. Мережковского,《Мелкий бес》 Ф. Сологуба) // Связь времен: Проблемы преемственности в русской литературе конца XIX—начала XX в. М., Наследие, 1992. С. 209.

② Колобаева Л. А. Концепция личности в русской литературе рубежа XIX-XX вв. М., Изд. МГУ, 1990. С. 154—156.

③ Фридлендер Г. М. Д. С. Мережковский и Генрих Ибсен // Русская литература. 1992. № 1. С. 43—57.

④ Поварцов С. Н. Люди разных мечтаний (Чехов и Мережковский) // Вопросы литературы, 1988. № 6. С. 153—183.

⑤ Дворцова Н. П. М. Пришвин между Д. Мережковским и В. Розановым // Филологические науки, 1995. № 2. С. 110—119.

达·芬奇》(绮纹译,生活·读书·新知三联书店1988年重版),而且译者在初版的"译者序"中指出,梅列日科夫斯基"在旧俄时代与高尔基齐名"。作家的三部曲现在有了最新译本:《诸神之死——背教者尤里安》(附有梅列日科夫斯基的《自传随笔》节译和《1911—1913年版全集序言》)、《诸神的复活——列奥纳多·达·芬奇》《反基督——彼得大帝和皇太子》(刁绍华、赵静男译,黑龙江人民出版社,1997年;北方文艺出版社,2002年)。两部传记小说:《路德与加尔文》(杨德友译,上海学林出版社,1998年)、《但丁传》(刁绍华译,辽宁教育出版社,2000年)。传记评论《列·托尔斯泰与费·陀思妥耶夫斯基》(杨德友译,辽宁教育出版社,1999年;2009年华夏出版社出版了该书的完整版上、下两卷)。论文集《重病的俄罗斯》(包括《未来的小人》和《重病的俄罗斯》两部作品(杜文娟、李莉译,云南人民出版社,1999年),《先知》(赵桂莲译,东方出版社,2000年),《永恒的旅伴》(傅石球译,学林出版社,1998年,节译)。济·尼·吉皮乌斯的《梅列日科夫斯基传》(施用勤、张以童译,华夏出版社,2001年)。

　　近些年,随着白银时代文学作品的大量译介,各种研究也相继展开,对梅列日科夫斯基的研究兴趣就是在这一背景下开始的。国内对梅列日科夫斯基的研究主要集中在以下三个方面:

　　第一,从宗教哲学角度研究《基督与反基督》三部曲。例如,刘小枫在专著《圣灵降临的叙事》中用专章论述了梅列日科夫斯基的象征主义特点。他指出:"梅列日科夫斯基在世纪之交提出象征主义的思想,并在其宗教小说中对它进行深入阐发,其主旨是要从列·尼·托尔斯泰和费·米·陀思妥耶夫斯基敞开的现代性深渊出发,寻求上帝的文化和精神的更新,以与民粹主义思潮的实证主义思潮相抗衡,从而体现超越社会小说和市民小说的精神维度。"[①]这是目前从理论方面对梅列日科夫斯基的象征主义特点进行阐述的比较深刻的一篇文章,对本论文论述梅列日科夫斯基的象征主义风格形成的理论阶段具有一定的启发意义。刘锟的《论梅列日

---

① 刘小枫:《圣灵降临的叙事》,北京:华夏出版社,2008年,第139页。

科夫斯基的宗教思想及其在三部曲中的体现》和《未来王国的曙光——〈基督与反基督〉的宗教思想》、裴连山的《从〈基督与反基督〉三部曲看梅列日科夫斯基的宗教思想》、刘锦昌的《梅列日科夫斯基的象征主义与宗教思想》、耿海英的《梅列日科夫斯基的象征主义理论及文学主张》等几篇文章都指出梅列日科夫斯基不是从文学、美学的角度看待象征主义，而是赋予象征主义宗教上的意义，使得象征主义具有神秘主义的性质，而象征主义的特征之一就是充满奥秘、超越一般认知。这一点也是俄罗斯象征主义文学不同于西欧象征主义的特质所在。

第二，从文学创作角度研究《基督与反基督》三部曲。例如，林精华的论文《梅列日科夫斯基：从俄国到苏联诗学转换的重要作家——关于〈基督与反基督〉的叙事时间研究》可以说是真正意义上的诗学研究。作者认为，三部曲在叙事时间上突破经典现实主义小说的叙事模式，对70年代以来叙事文本存在方式所进行的重大变革，使历史传记小说化、小说由现实主义而象征主义化，深刻影响了白银时代小说发展走势，并在一个世纪后继续显示出人文主义意义。① 刘琨的论文《梅列日科夫斯基历史小说及其个性化特征》论述了梅列日科夫斯基的历史小说体现的个性化特征："首先是用数字来揭示人类和宇宙的永恒真理；其次是富于象征色彩的现代主义手法。"② 作者指出，"梅列日科夫斯基的全部历史小说构成其新基督教神学思想体系的肌体，而其中的象征意义和宗教观念是它们的灵魂"③。可以说，这篇文章已涉及本论文所要研究的梅列日科夫斯基的象征主义"普遍化二元对立诗学"原则的某些方面。张敏在其专著《白银时代——俄罗斯现代主义作家群论》中用专章论述了梅列日科夫斯基的象征主义艺术。首先她从体裁的角度界定了梅列日科夫斯基小说是一种独特的"宗教思想小说"，之

---

① 林精华：《梅列日科夫斯基：从俄国到苏联诗学转换的重要作家——关于〈基督与反基督〉的叙事时间研究》//《佳木斯大学社会科学学报》，1999年，(1)，第11页。
② 刘琨：《梅列日科夫斯基历史小说及其个性化特征》//《俄罗斯文艺》，2005年，(2)，第23页。
③ 同上书，第24页。

后论述了梅列日科夫斯基的象征小说的独特艺术个性:"梅列日科夫斯基象征主义小说在总体上形成一种玄奥、单纯、明朗、细腻的美学风格。"①这是目前国内对梅列日科夫斯基象征主义创作诗学论述比较有新意的一篇论文。阿明利在《〈诸神之死:叛教者尤里安〉的艺术手法与新基督宗教理念》一文中重点分析了尤里安的形象塑造艺术和象征意味,并对作家的象征主义手法,例如,对小说中的代词"他"的象征意义作了一定分析。文章虽然触及到了具体的文学文本分析,但重心还是论述梅列日科夫斯基的宗教哲学思想。

第三,对梅列日科夫斯基的文学批评进行研究。例如,张冰先生在《梅列日科夫斯基的文艺批评》一文和专著《白银时代俄国文学思潮与流派》中专门论述了梅列日科夫斯基的"新宗教意识"对于当时文艺美学思想的意义:"作为宗教哲学批评的最大代表人物之一,他所倡导的主观批评方法,为整整一个流派奠定了基础,他在批评实践中所倡导的知人论世法,对于今天我国文艺批评也颇富于启发性,他的文艺批评贯穿着历史知识和对文艺本身的真知灼见,不但在当时,即使对于今天的我们也具有重大意义。"②赵桂莲教授在梅列日科夫斯基随笔《先知》的译者前言中以《梅列日科夫斯基——思想家、批评家、艺术家》为题,分析了梅列日科夫斯基的思想和创作特点,同时也指出了其现实意义:"他的创作涉及的范围之广、程度之深、对俄罗斯白银时代文化影响之大都值得我们去关注,去分析,去研究。而且,借鉴梅列日科夫斯基惯用的比较方法把他与前人及同时代人的思想进行分析比较,不仅可以把握俄罗斯世纪之交的思想脉搏,而且可以梳理出俄罗斯宗教与社会思想的发展轨迹与演变,从历史、哲学(社会思想)、宗教、民族性等多角度出发把握俄罗斯文化的独特内涵。梅列日科夫斯基对于我们的主要现实意义也正体现于此。"③这两位学者从宗教哲学、美学

---

① 张敏:《白银时代——俄罗斯现代主义作家群论》,哈尔滨:黑龙江大学出版社,2007年,第143页。
② 张冰:《梅列日科夫斯基的文学批评》//《俄语语言文学研究》,2004年,(2),第14页。
③ 梅列日科夫斯基:《先知》,赵桂莲译,北京:东方出版社,2000年,序言第19页。

和社会学的角度对梅列日科夫斯基的主观批评的论述,有助于我们在梅列日科夫斯基文学批评中,探寻到其所发现的艺术规律性是如何磨砺、"锤炼"出来的。

国内对梅列日科夫斯基创作的整体研究多集中在其宗教哲学思想方面,而且基本上延续的是俄罗斯批评界的观点,对梅列日科夫斯基的"新宗教哲学"思想的乌托邦实质进行了分析和批判。相对而言,对梅列日科夫斯基的文学和美学特点研究比较缺乏,这当然有一定的客观原因,相对于梅列日科夫斯基的庞大文学遗产,目前国内的翻译只是一小部分,不利于全面展开批评。其次,对三部曲的个案研究也不够深入,目前除了阿明利的文章外,对三部曲的其他两部《诸神的复活——列奥纳多·达·芬奇》《反基督——彼得大帝和皇太子》几乎没有个案研究。最后,对四本著名批评和政论随笔《永恒的旅伴》《列·托尔斯泰与费·陀思妥耶夫斯基》《重病的俄罗斯》《先知》的专门研究目前还没有全面展开。实际上,作家一生的创作风格始终一贯保持不变,正如安·别雷所说:"离开他的批评就无法理解他的小说,离开他的小说就无法理解他的批评。"①作家创作的中心思想、基本主题、艺术方法在这些批评和政论文章中就集中彰显出来,并不断发展和成熟起来,最后在三部曲中得到了具体的磨炼。所以,只有把两者结合起来,才能深入地揭示作家的整体创作诗学。

* * * * * *

综上所述,我们看到,长期以来俄罗斯批评界对梅列日科夫斯基的研究多带有"政治化"和"意识形态化"色彩,对其作品的评价带有明显的偏见,并且多用于"离经叛道"的意义。之所以如此,作家的反苏侨民身份是个重大的原因。因此,对其作品的文学批评往往被对其个性的"人学"批评所代替,或者将二者混为一谈。这在很大程度上影响了对梅列日科夫斯基创作诗学和艺术价值的全面认识和客观评价,也对国外的批评产生了负面影响。现在,梅列日科夫斯基已经回归到俄罗斯文学中,对其进行科学的批评和研

---

① Белый А. Арабески. М., 1911. С. 410.

究也成为重要任务,因为梅列日科夫斯基的创作既是新的同时也是 19 世纪末 20 世纪初俄罗斯文化中典型的合乎规律的现象,不认真思考他就很难全面想象这个时代在俄罗斯的哲学、文学和各种创作思想发展的重要特点。所以,该是摆脱那些司空见惯的评价并提出关于其个性特点和独特风格等问题的时候了,文学界开始对这些问题的实质有了稍稍的"轻微触及",这使我们有可能深入到批评家和文艺学家们多次指出的那一特点,也就是梅列日科夫斯基创作风格的那些"赤裸裸的东西":"**严整的内在统一性**"和"**普遍化的二元对立性**"倾向。我们确信,这两大特点集中体现了梅列日科夫斯基的哲学观和艺术观的本质,值得深入研究。

三、研究方法和主要内容

本书主要以梅列日科夫斯基的诗歌、政论、批评、书信(90 年代)和小说创作(三部曲《基督与反基督》)为研究对象,将结构分析与历史比较分析结合在一起,从内容与形式的有机结合上,揭示梅列日科夫斯基所具有的"普遍化二元对立诗学"特征及其在主题系统、语言结构、象征意向、情节结构、人物形象等方面的具体演化过程,从而说明梅列日科夫斯基在世纪之交的俄罗斯文学中的地位和影响。也就是说,在进行外部研究的同时,重点进行内部研究,只有将两者有机地结合在一起,才能更好地、更有效地解决问题。因此,本书除上述提到的关于诗学和风格的著作外,还充分利用亚·阿·波捷勃尼亚、阿·尼·维谢洛夫斯基、维·符·维诺格拉多夫、尤·米·洛特曼、谢·谢·阿韦林采夫等人关于象征的特点和结构的著作对文本进行论述。我们不指望详尽无遗地研究梅列日科夫斯基的诗学特点,而是依靠这一领域中的当代理论研究以及俄罗斯文学史家的著作中提供的科学结果,提出具体的任务,这样有助于我们从新的角度研究这位独特艺术家的创作,不带任何偏见地评价他对 20 世纪俄罗斯文化所做出的贡献。

本书主体由四章组成:

第一章,研究梅列日科夫斯基象征主义形成的背景和特点。一位思想家观点和理论的形成,必然受到历史和现实、内部和外部、主观和客观等各种因素的影响,梅列日科夫斯基也不例外。作为白银时代著名思想家、文学家、评论家,他的哲学观、历史观、文学观、美学观体现了时代的特点,反映了他对世界和俄国历史命运和未来的深刻思考。因此,对梅列日科夫斯基艺术探索于其中的那个时代的社会文化历史精神氛围进行简要的梳理是十分必要的,没有这样的历史背景的交待,对其理论形态与艺术形态的分析就难以展开。本章将从四个方面论述梅列日科夫斯基象征主义形成的背景和特点。

第二章,研究梅列日科夫斯基象征主义诗学形成的过程及内涵特点。关于自己的艺术特点和创作理念梅列日科夫斯基在19世纪90年代写的那些政论文章中就具体清晰地表达出来——即对全球性和普遍化的追求,以及最大限度地暴露"对立两极的尖锐冲突"。许多研究者都注意到了这一倾向,并认为它集中体现了作家的哲学观和艺术观本质,因此,我们把它看做是梅列日科夫斯基象征主义诗学的一个普遍化特点,并借用鲍·米·艾兴包姆的定义,将其定义为"普遍化二元对立诗学"。在本章中我们以梅列日科夫斯基90年代写的诗歌、政论、批评和书信为研究对象,将注意力主要集中到作家诗学的形成和结构上,同时分析它与作家的个性气质之间的联系。

第三章,研究"普遍化二元对立诗学"原则在三部曲《基督与反基督》的"造型"体现。三部曲是梅列日科夫斯基的创作高峰之一,不仅包括了作家在批评和政论文中宣扬的那种重要的艺术规律性,而且将其发扬光大,确切说,由于形式的一贯性更加暴露和强化了它。本章分四节研究"普遍化二元对立诗学"原则的具体体现:语言构成、情节结构、主题系统、人物形象。

第四章,研究梅列日科夫斯基的历史文化价值。在俄国白银时代文化的形成过程中梅列日科夫斯基起着非常独特的作用,他在象征主义诗学方面的种种探索,奠定了一种独特的非现实主义小说诗学的基础,影响着其他象征派小说家及以后的小说艺术方向。

第一章　宗教的叙事
——梅列日科夫斯基的象征主义特点

　　19 世纪末 20 世纪初是俄国历史上一个特殊时期。席卷欧洲的世界大战和资本主义政治危机、经济危机、思想文化危机也影响着同样面临危机的俄国。在思想文化方面，19 世纪盛行的理性主义开始面临非理性主义的怀疑和挑战，实证主义、机械唯物论、进化论等思想受到各种形而上学思潮的冲击，叔本华的"唯意志论"哲学和悲观主义、尼采的"超人"哲学和"酒神"精神等唯心主义思想观、美学观既是这一时代的综合产物，又反过来深刻影响着社会生活的各个方面，俄罗斯和整个欧洲一样弥漫着普遍的"世纪末"情绪。在文学领域，发端于法国的象征主义迅速成为广泛的国际现象，并且扩展到音乐（瓦格纳、亚·尼·斯克里亚宾等）、绘画（英国的前拉斐尔派）、戏剧（易卜生、梅特林克等）等领域。19 世纪以来在俄国占主流地位的启蒙现代主义，正在被审美现代主义悄悄置换，不满俄国文学现状的许多人开始新的思考和探索，象征主义便应运而生，并且很快形成思潮，进而影响到几乎所有文学艺术领域。以象征主义为开端，俄国文学又相继出现了诗歌上的阿克梅主义、未来主义等思潮和流派，它们共同组成了俄国现代主义文学潮流，与现实主义等文学相共存、相争鸣、相斗争，构成了这一时期的整体文学风貌。

　　梅列日科夫斯基作为白银时代著名宗教哲学思想家、文艺评论家、象征主义文学奠基者,其生活和创作正处于这样一个社会大变革的时期。他的哲学观、历史观、文学观、美学观无不折射出转折时代的特点,反映出他对世界和俄国历史命运和未来的深刻思考。他的哲学观念既吸纳了西方现代哲学的丰富营养,又汲取了民族哲学的深厚底蕴;他的"象征叙事"既在文学领域里与传统融合和对峙,又在思想领域里与其所处时代的政治文化取向偏离和相左,体现出一种"新精神方式"。象征主义在他那里不仅是一种艺术思潮,而且第一次被作为一种思想而具有独特的世界观意义,它是一种社会情绪的折射,是一种存在方式的意识,是一种文化思潮的审视,也是一种文学意识的自觉。

第一节　象征主义是一种社会情绪的折射

19世纪末20世纪初是俄国文学史上一个思潮锐变、问题繁多、生气勃勃的辉煌时期。各种不同思想倾向、不同意识主张的新文学流派,都在极力显示自己的存在。这种文学发展的多向趋势,当然是由两个世纪之交的社会历史和文化语境决定的。梅列日科夫斯基正处于这样一个社会大变革时代,他的人生际遇、思想探索和文学实践活动都深深地体现了与时代、社会和国家的密切联系。作为俄国象征主义的奠基者,他最先捕捉到时代变革的脉搏,并对其做出反映,他认为象征主义是一种文学运动和社会思潮,是世纪末社会历史的心理折射,是对当时过于求实社会的一种反拨,也是动荡不定的社会中人们渴求寻找出路,遁入理想的反映。

一、世纪之交动荡不安的俄国社会图景

19世纪末20世纪初,俄国社会历史进入一个十分特殊、各类矛盾日益尖锐冲突的时期,危机频仍、灾祸不断、充满动荡和转折的悲剧氛围。一个突出现象是俄国资本主义自1861年农奴制改革以来有了长足的进步和发展,此时俄国已经在缓慢地进入资本主义世界,在资本主义的发展过程中暴露出许多新矛盾,使人们产生一种世纪末的恐惧感。1891—1892年大饥荒暴露出政府在社会政策上的严重失误,经济困顿导致大批贫困潦倒的工业无产阶级

出现,下层社会的不满爆发为公开的反抗,一系列的政治反动和社会危机更加剧了原本徘徊人生歧路的俄国人的紧张情绪。1905 年俄日战争的惨败令民众看清了沙皇政府昏聩无能的实质,加速了国内矛盾的激化,也惊醒了俄国人的帝国美梦。1905 年资产阶级革命的失败使原本高涨的革命形势急转直下,俄罗斯人既忧心难逃历史剧变,又悲叹人类前景渺茫黯然。1914 年爆发了第一次世界大战,把灾难深重的俄国推入了万劫不复的深渊。1917 年处在低潮期的革命形势重又获得成熟的良机,"二月革命"是一次成功的资产阶级革命,统治俄国长达 300 年之久的罗曼诺夫王朝终于覆灭。1917 年,震惊世界的十月革命吹响了推翻旧世界的号角,彻底改变了俄国历史的进程,俄国从此进入社会主义苏联时期。纵观世纪之交这 30 多年的俄国社会历史,战争与革命交替冲击着俄国社会政治生活。

二、新旧交替波澜壮阔的现代文化大潮

社会剧烈变动时期往往也是社会文化思想最活跃的时期。俄国 19 世纪末 20 世纪初变动时代的特点体现在当时的社会思潮上,主要表现为两个方面:一是对俄国社会发展道路的紧张探索,处在十字路口的俄罗斯不断追问"我们是谁""我们向何处去"的问题。当时的思想家们都试图揭开俄罗斯与俄罗斯的命运之谜:彼·雅·恰达耶夫将历史看做是了解各民族的一把钥匙;斯拉夫派与西方派争论的目的在于拯救俄罗斯,其主题就是俄国向何处去;亚·伊·赫尔岑透过西方社会主义学说的棱镜来展望俄国的前途,把村社作为社会主义的基石,构建了农民社会主义的理论;尼·加·车尔尼雪夫斯基积极宣传反农奴制的思想,主张用革命方式解决农民问题;民粹派相信俄国社会发展道路的独特性,认为俄国可以跨越"卡夫丁峡谷"①,直接进入社会主义;白银时代宗教

---

① 卡夫丁峡谷(Kafdin Valley)典故出自古罗马史。公元前 321 年,萨姆尼特人在古罗马卡夫丁城附近的卡夫丁峡谷击败了罗马军队,并迫使罗马战俘从峡谷中用长矛架起的形似城门的"牛轭"下通过,借以羞辱战败军队。后来,人们就以"卡夫丁峡谷"来比喻灾难性的历史经历。马克思曾引用"卡夫丁峡谷"一词,指资本主义生产发展的过程。所谓可以不通过资本主义制度的"卡夫丁峡谷",就是可以超越资本主义生产发展的整个阶段,由前资本主义的生产方式直接进入以公有制为基础的社会主义生产方式阶段。

哲学家符·谢·索洛维约夫、尼·亚·别尔嘉耶夫等都在思考历史的本质、历史的意义,从宗教角度阐释对历史命运的认识。二是人们心态上的矛盾、犹豫和彷徨。变革时期,旧的社会面临着体系瓦解,而新的制度尚未建立起来,人们在思想上、价值观上无所依托,茫然失措,徘徊在道德价值沦丧的边缘,以象征派为先导的俄国现代主义文化和文学大潮就是在这一宏阔的历史大背景下掀起的。在社会新旧交替之际,在时代的十字路口,俄国知识分子的精神创造活动表现得极为复杂多样,充满了坚定与彷徨、充实与空虚、清醒与困惑、追求与退缩等矛盾心态,诚如谢·尼·波瓦尔佐夫在评论梅列日科夫斯基的文学美学观点时所说:"现在整个俄罗斯知识界好像从并排的三个房间的一个门出来又进入另一个门——颓废主义、神秘主义、宗教。在第一个房间里已经挤满了人,在第二个房间里人群稀少,在第三个房间里几乎没有人。"①

在这种社会历史背景下,俄国思想界、文化界各派都试图为现实开一剂良方,然而,无论是改革派、保守派、革命派,还是民粹主义、无政府主义、马克思主义、自由主义,在梅列日科夫斯基看来,都"像用剑击灵魂一样",不是错拿了武器,就是击错了对象。他深刻领悟了费·米·陀思妥耶夫斯基的预言:"整个俄罗斯正站在某个最终的点上,在无底深渊之上踯躅"②,一如青铜骑士用钢铁辔头令俄罗斯前足跃起——历史之路已经完结,再远则无路可走。若不想坠落深渊,就必须长出羽翼,必须飞翔,选择超历史之路——宗教③。于是,他将全部精力投入到对宗教问题的关注上,不仅通过《基督与反基督》的象征主义叙事进行一种"新宗教意识"思想的探索,而且在其全部著作中(无论是艺术作品、文学批评作品还是政治、哲学作品)持续不变地涉及宗教问题,实践着自己的"新基督教"主张,希望为危机重重的俄罗斯开出一剂良方。

---

① Поварцов С. Н. Траектория падения (О литературно-эстетических концепциях Д. Мережковского) // Вопросы литературы. 1986, 11. С. 165.
② 梅列日科夫斯基:《俄国革命的先知》// 梅列日科夫斯基:《先知》,赵桂莲译,北京:东方出版社,2000年,第6页。
③ 梅列日科夫斯基:《托尔斯泰与陀思妥耶夫斯基》,杨德友译,沈阳:辽宁教育出版社,2000年,第37页。

第二节　象征主义是一种存在方式的意识

尼·亚·别尔嘉耶夫指出:"世界历史上特定时刻里特别剧烈的历史灾难和骤变,总会引起历史哲学领域的普遍思考,人们试图了解某一历史过程的意义,构建这种或那种历史哲学。"①"象征主义几乎可以说是俄国知识分子的生活方式,他们竭力想在象征符号的掩蔽下,探索生存的意义和个体理性的价值。"②梅列日科夫斯基作为一个兼思想家、宗教哲学家、批评家于一身的文学家,相对于其他象征主义诗人和作家而言,其象征主义更多地充满了对历史大变革时代的哲学思考,他的整个创作的主题就是其"新宗教意识"的具体体现,离开他的哲学探索就无法理解他的文学创作意义和内涵,二者是有机的整体。研究思想家梅列日科夫斯基的演变阶段(对实证主义的绝望、关注古希腊罗马文化、迷恋尼采的创作、转向基督教、追求形成自己的基督教文化理想)不可能不考虑他与俄罗斯和世界历史和文化的相互关系,梅列日科夫斯基的哲学观念不仅源于西方丰厚的哲学财富,同时也汲取了民族哲学的深厚底蕴。

一、梅列日科夫斯基与西方现代哲学

19世纪末20世纪初俄罗斯文化开始积极与西方文化接近,象征派是这一过程中的急先锋,在其形成和发展过程中,"主要受到了费·米·陀思妥耶夫斯基和列·尼·托尔斯泰的影响,其中也包括了符·谢·索洛维约夫和一些西方人物——尼采和象征主义者的影响"③。可以说,19世纪下半叶在欧洲产生的现代主义思潮是发生于俄国文坛的现代主义运动的直接外因。

---

① 别尔嘉耶夫:《历史的意义》,张雅平译,上海:学林出版社,2002年,第1页。
② 张冰:《陌生化诗学——俄国形式主义研究》,北京:北京师范大学出版社,2000年,第19页。
③ 别尔嘉耶夫:《别尔嘉耶夫集》,汪剑钊选编,上海:上海远东出版社,1999年,第388页。

第一章 宗教的叙事——梅列日科夫斯基的象征主义特点

19世纪后半期,西方哲学科学新思潮的广泛渗入和俄国知识分子自身对于行将到来的灾难的预感与末世论想象结合,导致社会思想在白银时代空前活跃,对俄国哲学思想的发展起到了极大的促进作用,诚如尼·亚·别尔嘉耶夫所说:"俄罗斯真正的哲学思维的激情在法国哲学的影响下产生。康德、费希特、谢林、黑格尔等人的德国唯心主义对于俄罗斯思想具有决定性的意义。"① 梅列日科夫斯基就是从迷恋到论战,从而构建起自己的哲学大厦——"新宗教意识"。对其"新基督教"思想和文学创作诗学形成产生深刻影响的西方哲学家主要有黑格尔、谢林、斯宾塞、尼采等,其中尼采的影响最为深刻。

黑格尔的"三段论"思辨模式对梅列日科夫斯基的思维和创作产生深刻的影响(可以说,俄罗斯的思想家和哲学家都多少秉承了这种思辨模式),并得到独特的发展。梅列日科夫斯基作品的所有主题多样性都可归纳为一个统一的情节模式——即黑格尔的三段论,但与此同时,梅列日科夫斯基不断向更加简化和突出自己的风格形式迈进——将三段论变为两段论(关于这一点本节将在第二章、第三章展开论述)。

在19世纪,德国唯心主义思想家谢林对俄国哲学思想的影响曾胜过康德、黑格尔。谢林为俄国知识分子开辟了一个新天地,展现了一个新的地平线。俄国的谢林主义者曾是一支强大的思想派别,"几乎所有俄国知识分子都一窝蜂地扑向这片新发现的神奇而又富饶的土地。宇宙是一件艺术品,人作为最高的造物,是唯一能理解宇宙隐秘的和谐、揭示其最高目的的"②。梅列日科夫斯基在很大程度上正是"接受了谢林的'同一哲学',并在符·谢·索洛维约夫将其发展为具有俄罗斯特点的'万物统一论'的影响下,确立了自己的'新基督教'思想"③。

---

① 别尔嘉耶夫:《俄罗斯思想》,雷永生、邱守娟译,北京:生活·读书·新知三联书店,1995年,第30页。
② 张冰:《俄罗斯文化解读——费人猜详的斯芬克斯之谜》,济南:济南出版社,2006年,第44页。
③ Гайденко П. П. Владимир Соловьёв и философия Серебряного века, М., 2001. С. 70.

梅列日科夫斯基在大学时代曾迷恋过实证主义哲学,深入研究过孔德、斯宾塞、米勒和达尔文的著作,他的政论文《未来的无赖》(Грядущий Хам)这一尖锐有力的标题就使人想到斯宾塞的作品名称《未来的奴役》(Грядущее рабство)。但是,19世纪末20世纪初,实证主义的观点呈现出滞后状态,消除实证主义在世界范围内的巨大影响成为世纪之交文学最重要的特点之一。在俄罗斯,19世纪90年代早期的象征主义就与实证主义进行了公开的论战。梅列日科夫斯基本人也加入到这一行列,因为他"从童年起便笃信宗教,模糊地感觉到这种哲学的不足,寻求出路,但没有找到,因此绝望而痛苦"①,实证的"科学不能成为合理信仰的基础,因为它只懂得外在现实和个别事实而别无所知;科学拒绝说明事实的真正意义,拒绝对自然与人之关系的理性解释"②,"人们过于迷恋文化的物质方面、强大的技术、相当令人怀疑的文明财富……但是不应完全忘记,在'文化'这个词中有古老的拉丁语词根'culltus'——崇拜神灵"③。梅列日科夫斯基相信,达尔文的理论不仅永远宣告了目的论的终结,而且宣告了神学、乃至一切唯心主义偏见的终结。从迷恋实证主义到坚决反对实证主义,这不仅是时代使然,也是梅列日科夫斯基个人思想进化的结果。但不能否认,实证主义思想一直影响着梅列日科夫斯基的文学创作,所以,瓦·瓦·罗扎诺夫说:"尽管他仇视实证主义,但事实上他是非常实事求是的,并且总是清醒的,从来没有被人和魔鬼迷惑过"④。

19世纪90年代,德国哲学家尼采在俄罗斯的影响日益普及,并不断得到强化。俄国学者将尼采看做是推翻现代文明的倡导者,是反对实证主义、追求个性的头面人物。对尼采的师承毫无疑

---

① 梅列日科夫斯基:《自传随笔》// 梅列日科夫斯基:《诸神之死——叛教者尤里安》,刁绍华、赵静男译,哈尔滨:北方文艺出版社,2002年,第371页。

② 徐凤林:《索洛维约夫哲学》,北京:商务印书馆,2007年,第27页。

③ Поварцов С. Н. Траектория падения (О литературно-эстетических концепциях Мережковского) // Вопросы литературы, 1986, №.11, С. 163.

④ Розанов В. В. Трагическое остроумие // Николюкин А. Н. Мережковский: Pro et contra. Изд. Русского Христианского гуманитарного института. СПб., 2001. С. 106.

问是世纪之交俄罗斯文学的共性。应当说,象征主义是伴随着尼采哲学与唯美主义几乎同时崛起于文坛。尼采的"重估一切价值形式","上帝死了"不仅把以往人类的所有思想成果、价值观念都否定了,而且也宣告了西方世界正在陷入世纪性的精神危机。象征主义者也随之以反传统的价值观、审美观、创作观审视当时的社会现象与文学艺术,与现实主义的创作原则及创作美学背道而驰,极力主张"为艺术而艺术",探索的是"赋予思想一种敏感的形式,但这思想又并非是探索的目的,它既有助于表达思想,又从属于思想。同时,就思想而言,决不能将它和与其外表雷同的华丽长袍剥离开来。因为象征艺术的基本特征就在于它从来不深入到思想观念的本质。因此,在这种艺术中,自然景色,人类的行为,所有具体的表象都不表现它们自身,这些富于感受力的表象是要体现它们与初发的思想之间的秘密的亲缘关系"①。

梅列日科夫斯基是尼采哲学影响俄罗斯思想的真正鲜明例子。他对尼采哲学的接受和否定有一个复杂的发展和演变过程。最初认识尼采是在19世纪80年代末,即民粹主义这个一度曾是知识分子的"信仰"失去自己的生命力的时候,尼采的哲学开始进入到他的视野中。对梅列日科夫斯基来说尼采是个人主义、文化和艺术中的创造因素、崇拜美、否定传统基督教价值——利他主义、禁欲主义和顺从的体现者。梅列日科夫斯基是19世纪90年代和20世纪初第一个宣扬这些观点的人,他开始将尼采的这些观点纳入到对基督教的全新阐释中,诚如尼·亚·别尔嘉耶夫所说:"在20世纪初,在我们中间出现了思想双重分裂的人们。梅列日科夫斯基是完全站在欧洲文化高度上的俄罗斯作家。他是最初将尼采的要义引进俄罗斯文学的人士之一"②,"他宣传尼采化了的基督教。他具有尼采本人所没有的查拉图斯特拉的英雄精神、对峰巅高度的向往、在对痛苦的承受中独特的禁欲……在他身上,尼采主

---

① 黄晋凯等:《象征主义·意象派》,北京:中国人民大学出版社,1987年,第46页。
② 别尔嘉耶夫:《别尔嘉耶夫集》,汪剑钊选编,上海:上海远东出版社,1999年,第392页。

义是与性狂欢紧密结合的"①,"他的整个创作都在揭示隐秘的双重性、双重涵义、选择的无力、对语言呼应现实的无意志力,例如,'基督与反基督徒''精神与肉体''最高的和最低的深渊'"②。

到了90年代,尼采主题开始明显进入到梅列日科夫斯基本人的作品中,因为尼采的哲学与法国象征派的创作非常接近,而梅列日科夫斯基对法国象征派诗歌赞叹不已。他的戏剧《西尔维奥》(1890)讲述的是文艺复兴时期的一位寂寞的王子想成为"超人",幻想像鹰一样飞翔(而鹰是围绕在查拉图斯特拉身边的动物之一),并在战斗中寻找伟大的快乐。这位不幸的王子被一位顺从的女基督徒所救,教他学习"爱他人"。我们看到,尽管梅列日科夫斯基承认自己对人民没抱有爱,也没有为人们服务的信念,但他还是没有脱离民粹主义的影响。与此同时他也认识到,尼采的哲学由于其粗暴的好战性而不适合于表达细腻的心灵。

但1891年梅列日科夫斯基到希腊和意大利旅行时,古希腊的艺术和建筑对他产生了巨大影响,于是又唤起了他重新阅读尼采的愿望。此时尼采哲学的主要优点对梅列日科夫斯基来说就是他把艺术、美、文化作为创作的态度,尼采的《悲剧的诞生》对他产生了重大影响。正是尼采确信"世界的存在完全只是美学现象",艺术可以使遇到存在恐惧的人"不惧怕"③。梅列日科夫斯基把尼采看做是"多神教"的歌手,从后者那里接受了对多神教各种美德的赞美,把"尼采主义"和"多神教"看做是两个相互代替的概念,格·瓦·弗洛罗夫斯基在《俄罗斯的神学道路》一书中指出了这种联系:"他(梅列日科夫斯基)学习尼采通过美获得自由,他的主要反题也来源于尼采:希腊化时代与基督教、'奥林匹斯与加利利''肉体的神圣性'与'精神的神圣性'。梅列日科夫斯基过分迷恋逻辑图示,迷恋对比,不是形而上学的反题,而是那些在综合中解决不

---

① 别尔嘉耶夫:《别尔嘉耶夫集》,汪剑钊选编,上海:上海远东出版社,1999年,第393页。

② 同上书,第392页。

③ Розенталь Б.-Г. Стадии ницшеанства: интеллектуальная эволюция Мережковского // Историко-философский ежегодник. 1994. М., 1995. С.192.

了的美学对比……他的整个世界观都建立在埃拉多斯与基督的对立之上。"①而谢·尼·波瓦尔佐夫认为,"尼采的阿波罗精神—狄奥尼索斯精神(日神精神—酒神精神)成为梅列日科夫斯基重要的美学范畴和标准,是其分析创作过程、艺术类型的主要工具:即从一种抽象图式出发对现象进行分析性操作"②。

1905年后梅列日科夫斯基开始远离尼采,因为他毕竟不是尼采主义者,不能完全接受尼采关于"上帝死了"的观点(尽管这一观点曾对梅列日科夫斯基及其同时代人有着巨大的影响,"寻神派"和"造神派"就是以此为生的!),也不能把艺术看做仅仅是一种幻象,所以在论文《论当代俄国文学衰落的原因及新兴流派》中他将浪漫主义、象征主义和尼采主义主题结合在一起:"艺术"是人类活动的最高形式,"想象"是最高的人类能力,而艺术家是英雄,是人类心灵的勇敢研究者,是新文化的创造者。不可否认,尼采因素仍是梅列日科夫斯基世界观中不可改变的特点,正如他自己后来所说,尼采对基督教价值的挑战唤起了像他这样的基督徒"重新评价这些价值"③。

二、梅列日科夫斯基与俄国宗教哲学

梅列日科夫斯基的哲学思想和艺术美学观点不仅深受西方现代哲学的影响,同时也与其所处时代的宗教哲学复兴运动密切联系在一起。

"俄国象征主义是俄国宗教哲学思想在艺术中的特殊表现形式"④。1861—1895年,俄国平民知识分子掀起了一场资产阶级民主主义运动,民粹派分子是主要参加者,他们在后期主张用恐怖手段推翻沙皇统治。1881年,沙皇亚历山大二世遇害后,俄国思想界的一些知识分子深信革命的不人道,提出了"精神革命"的思想,俄

---

① Фроловский Г. В. Пути русского богословия. Париж, 1937. С. 456.
② Поварцов С. Н. Траектория падения (О литературно-эстетических концепциях Мережковского) // Вопросы литературы, 1986, №.11. С. 177.
③ Мережковский Д. Полн. собр. сочинений: В 24 т. М., 1914. Т. 13. С. 25.
④ 张冰:《陌生化诗学——俄国形式主义研究》,北京:北京师范大学出版社,2000年,第33页。

罗斯宗教哲学思想因此而繁荣起来。在思想界出现了一个以符·谢·索洛维约夫等人为代表的宗教神秘主义哲学学派,企图进行"宗教复兴",倡导基督教人道主义。"作为社会意识的反映的文学,它的内容不可能只是对一定哲学观念的演绎,但却不能不在某种程度上间接表现出一定的社会思潮和时代精神。在俄国象征主义理论家的艺术观中,俄国宗教哲学思想不能不顽强地寻求表现"①。90年代初,梅列日科夫斯基放弃了实证主义和民粹派思想,开始全面接受以符·谢·索洛维约夫为代表的"宗教复兴"思想,并成为其所倡导的基督教人道主义思想的积极践行者。尽管济·尼·吉皮乌斯指出,梅列日科夫斯基并没有抄袭符·谢·索洛维约夫的"宇宙教会"思想,他的"第三约言"思想"完全是他自己独立思考的结果,它甚至与符·谢·索洛维约夫的思想不完全吻合"②。但许多研究者有充分理由证明,梅列日科夫斯基重复的是符·谢·索洛维约夫的"神权政治乌托邦"的主要观点,而且梅列日科夫斯基自己也从不掩饰符·谢·索洛维约夫在其创作命运中的重要性,在1930年一封私人信件中他指出:"我认为在我所处时代的作家中与我最亲近、最合乎我心意的是符·谢·索洛维约夫和瓦·瓦·罗扎诺夫"③。他还把符·谢·索洛维约夫称作是"无声的预言者"(Немой пророк)④。符·谢·索洛维约夫的两大思想"万物统一论"和"索菲亚学说"对梅列日科夫斯基等象征派的思想发展方向起着决定性的影响。梅列日科夫斯基的"新宗教哲学"的实质同"万物统一论"一样,他立足在基督教精神与多神教精神的矛盾对立与和谐统一焦点上,重审基督与反基督、精神与肉体、宗教主义与人文主义等二元对立因素之间的永恒斗争,在其对

---

① 张冰:《陌生化诗学——俄国形式主义研究》,北京:北京师范大学出版社,2000年,第33页。
② 吉皮乌斯:《梅列日科夫斯基传》,施用勤、张以童等译,北京:华夏出版社,2001年,第64页。
③ Сарычев Я. В. Религия Дмитрия Мережковского. Липецк. 2001. С. 65.
④ Минц З. Г. О трилогии Д. С. Мережковского «Христос и Антихрист» // Мережковский Д. Христос и Антихрист. Трилогия. М., Книга, 1989. Т. 1. С. 5.

立统一中探索其和谐统一的完美结合。他认为基督教的发展经过了圣父时代（前期基督教时代）、圣子时代（基督教时代）之后，必将向"圣灵时代"发展，这种时代的基督教就是人神一体、人文主义和神文主义的完美结合，这也是他的"新宗教思想"——"第三约圣灵王国"的新宗教思想。

基督教人道主义这种宗教文化思想不仅注定了梅列日科夫斯基的人生命运，也决定了他的文学创作、文学批评和文艺理论观的美学旨趣。受基督教人道主义思想的影响，梅列日科夫斯基认为"在死亡面前一切皆微不足道"，人生的唯一价值便在于"对奇异的永恒追求"。可以说基督教人道主义是一种思想的奇异，而象征又是一种艺术手段的奇异，梅列日科夫斯基无限制地把该思想主题与象征艺术渗入到自己的文学创作、文学批评与文艺理论中去。19世纪90年代前期，他出版的诗集《象征集》(1892)、《太阳之歌》(1894)和《新诗集》(1896)，就体现了这种美学旨趣。20世纪前10年，他评论列·尼·托尔斯泰、费·米·陀思妥耶夫斯基和尼·瓦·果戈理也完全是站在宗教思想的文化平台上。20年代流亡国外时所写的东西也反映了他不懈的宗教哲理探索。为了将这一宗教哲学思想付诸社会实践，1901年，他与妻子济·尼·吉皮乌斯在彼得堡创建了"宗教哲学协会"，力图融俄国的东正教与西欧的天主教于基督教一体，集东方的"神人"和西方的"人神"于一身，创造一种"新基督教"。该协会的活动于1903年被圣主教公会查禁，但梅列日科夫斯基夫妇一生都没有放弃这种对宗教的皈依和对人道主义思想的弘扬。这也正是梅列日科夫斯基拒不接受无产阶级革命，但也冷淡资产阶级民主革命的原因，并决定了他两次侨居国外，最终葬身异地的凄惨人生境遇。

第三节　象征主义是一种文化思潮的审视

梅列日科夫斯基是在俄国文学最为复杂的时期加入主流文学的。这时，俄国现实主义文学经过一度徘徊与探索、蜕变与逆转，结束了漫长的古典阶段，进入了艺术革新与社会发展相呼应的现代发展历程。这种状况要求艺术全方位地描绘社会精神生活,因此各种艺术流派出现了相互交织、相互渗透的发展态势,不同风格的艺术形式在相互吸收中走向综合。梅列日科夫斯基就是在与这些文学派别和思想潮流的融合与斗争中探索出表达新时代的思想方式,并形成自己独特的艺术风格。他的艺术探索,是合乎俄国文学本身内在的发展规律的,因为文学自身寻求新的发展,寻求对传统的革新,寻求一种新的传统的生成。他正是以自身的创作和理论,以一种自觉自为的同传统进行抗衡与竞争的精神,参与了俄国文学发展进程中一个新格局的开辟——19世纪末20世纪初的俄罗斯文学。他的"象征叙事"体现的是一种"新精神方式",它既在文学领域又在思想领域与其所处时代的政治文化取向相左。在梅列日科夫斯基生活和创作的年代里在俄国思想界相当活跃的三种主要思潮是:革命民主主义、民粹主义、社会民主主义,它们分别影响到文学创作和文学活动,甚至主要通过文学创作和文学活动而体现。梅列日科夫斯基就是在同这三大思潮的融合与斗争中做出了自己的象征主义选择。

一、梅列日科夫斯基与革命民主主义思潮

革命民主主义思潮主要指19世纪60年代以来以尼·加·车尔尼雪夫斯基、尼·亚·杜勃罗留波夫、德·伊·皮萨列夫等为代表的革命民主主义激进分子,他们的文学写作同时也是政治写作,体现的是俄国化的德国思辨理性启蒙思想,其中弥漫着或德国历史主义或实证主义的政治主张。尼·加·车尔尼雪夫斯基、尼·亚·杜勃罗留波夫等人继承维·格·别林斯基的文学批评批评传统,并注入了新的时代特点。尼·加·车尔尼雪夫斯基认为,艺术的功能在于协助人以更理性的方式满足需要、传播知识,在于对抗无知、偏见,在于改善生活。尼·亚·杜勃罗留波夫坚信人民革命是确立合理的社会制度的唯一可靠的途径,并把教育人民迎接革命斗争当作自己的任务,但由于宣传和教育心切,有时甚至直接说教。所以,这些革命民主主义者的美学观点无论从他们的政治理想本身,还是从他们的文学精神取向看,都限于实用层次,都是实

证主义和功利主义的。

因此,梅列日科夫斯基认为,俄国文学到了19世纪90年代已处于深刻的危机边缘,这是由于它过于靠近现实。在他看来,"为社会服务"是艺术的死胡同,尼·加·车尔尼雪夫斯基所提倡的"艺术唯物主义"导致了艺术力的普遍衰退,19世纪现实主义文学对社会问题的普遍关怀,只不过是"一些老朽的人们关于人民经济利益的老朽的谈话"[1],"在这个幼稚的神学和教条主义形而上学的时代里,**不可知的**领域总是与**尚未认知的**领域混杂在一起。人们不善于将其分辨开来,也不了解自己的不可救药的无知。神秘感经常闯入精确的实验研究之中并将其毁掉。另一方面,庸俗的教条唯物主义却在征服着宗教感"[2]。当下主导着文学的现实主义正是艺术上的庸俗唯物主义,其中神秘感不复存在,它与科学上的唯物主义是一致的。所以,梅列日科夫斯基要摈弃的(亦即俄国文学衰落的原因)正是艺术上的庸俗唯物主义、实证主义和功利主义。他认为永恒的宗教神秘感情构成真正艺术的基础,并寓言式地指出,能使俄国文学复兴的"新思潮"——"取代功利主义和庸俗的现实主义的理想的新艺术"的三大基本要素是:神秘的内容、象征和艺术感染力的扩展。这样,他的文学思想已不是仅囿于象征主义这一流派,而且涉及俄国19世纪末20世纪初众多新兴的文学思潮、流派之间相通的哲学美学诗学趋向——"寻找上帝"的精神和政治文化的趋向,他的象征主义是一种理想主义的情怀,它是面向未来——我们的智性所指向的、却不可企及的。梅列日科夫斯基既是预言者,又是先行者。

梅列日科夫斯基的象征主义主张看起来不过是一种文学追求,其实带来的是社会思想和政治文化的转向,他对这些"旧的"文学批评的挑战,无异于挑战德国思辨历史主义和社会民主主义的政治想象,挑战整个知识界精神上的"虚弱、贫瘠"、精神流浪汉"幽

---

[1] Мережковский Д. С. О причинах упадка и о новых течениях современной русской литературы // Л. Толстой и Достоевский. Вечные спутники. М., Республика, 1995. С. 545.

[2] Там же. С. 535.

灵般的抽象、孤寂"①。

二、梅列日科夫斯基与民粹主义思潮

19世纪70年代,俄国出现了体现农民社会主义理想的"民粹派"运动,其实这是俄国知识分子为实现自己的理想而开展的"牧歌式"革命活动。民粹派认为,资本主义工业化和城市化加深了农民的苦痛,带来种种新的社会罪恶,而彼得大帝改革前的俄国农村固有的"村社"组织比资本主义制度有更大的优越性,它既可以防止资本主义的种种弊端,又能在俄国建立一种理想的社会,因此他们转而赞美农民德性、村社乡土性和所谓东方土地的道德传统,提倡知识人"到民间去",与农民相结合。"民粹派在文艺与思想方面的作用要大过其政治理想,当时一切文艺活动差不多都受到它的影响,其强调'到民间去',其谋求群众与知识分子团结的理想后来在19世纪70—80年代发挥莫大的感召力,当时的人或许不赞同民粹主义的理想与理念,但很少有人能不带着民粹主义者的情怀"②。在当时影响广泛的民粹派小说家格·伊·乌斯宾斯基的作品《土地的威力》中宣称,俄罗斯"黑油油、潮乎乎的土"具有超历史的道德力量,是俄罗斯人民的根,这"土地""不是什么比喻或者抽象的、寓意的土地,而是你以泥巴的形式粘在套鞋上从街上带回来的泥土"③。"土地性"被说成是具有道义力量的人民性后,俄罗斯的"土地"就成了道德的表征。土地——人民——道德这一民粹主义的三位一体论,即使俄罗斯"土地"也使俄罗斯"人民"具有了反西化恶魔的精神力量,所以以赛亚·伯林说:"民粹主义者的情怀是宗教情怀,他们共持的一个巨大的启示录式假定:一旦当道之恶——独裁、剥削、不平等——在革命之火中消灭,灰烬里将自然且自动升起一个自然、和谐、公正的秩序,这秩序只需开明革命家

---

① 刘小枫:《圣灵降临的叙事》,北京:华夏出版社,2008年,第139页。
② 马克·斯洛宁:《现代俄国文学史》,汤新湄译,北京:人民文学出版社,2001年,第20页。
③ 乌斯宾斯基:《土地的威力》//《俄国民粹派小说特写选》(上),盛世良译,北京:外国文学出版社,1987年,第184页。

的温和引导,即能臻于完善"①。70年代的一大批民粹派作家在其创作中,叙述的正是他们的这一世俗版本的宗教想象,而梅列日科夫斯基的"新宗教精神"针对的旧宗教,首先就是这种民粹主义的宗教。

梅列日科夫斯基虽然也曾迷恋过民粹主义思想,并满腔热情地加入这一运动,徒步走乡串户,跟农民谈话,而且把民粹主义者尼·康·米哈伊洛夫斯基和格·伊·乌斯宾斯基当作自己的老师:"尼·康·米哈伊洛夫斯基和格·伊·乌斯宾斯基是我的两位蒙师。我曾到邱多夫看望格列勃·伊万诺维奇,跟他彻夜畅谈,谈话的内容是我当时最感兴趣的——生活的宗教意义。"②但这完全不意味着他的世界观受到这两位导师的重要影响,确切说这种影响只限于对这两位杰出人物的尊敬,以及对他们身上表现出来的对哲学和宗教思想的兴趣,"尼·康·米哈伊洛夫斯基不仅以其著作(我对这些著作读得很入迷),而且以其高尚的人格对我产生了很大影响"③。随着民粹派运动的失败,梅列日科夫斯基的思想也发生了重大变化:"我模糊地感觉到,实证主义的民粹主义对于我来说不是完全的真理"④,"我的'民粹主义'中有许多天真的东西,很轻率,但一切都是真挚的,让我高兴的是我的生活中曾经有过它,而且它对于我来说并非没有留下任何痕迹"⑤。梅列日科夫斯基反对民粹主义的批评,认为这种批评"如同破坏圣像的行为一样,是对美的自由感情的亵渎,而且在这种批评中还包含着让艺术服从教育道德框架的怯生生的要求"⑥。他认为,民粹主义者和革命民主主义者一样,他们的基本取径、语气、眼光仍以道德为主,并神化他们的道德,几近宗教意味。革命民主主义激进分子所追求

---

① 洛斯基:《俄国哲学史》,贾泽林等译,杭州:浙江人民出版社,1999年,第10页。
② 梅列日科夫斯基:《自传随笔》// 梅列日科夫斯基:《诸神之死——叛教者尤里安》,刁绍华、赵静男译,哈尔滨:北方文艺出版社,2002年,第371—372页。
③ 同上书,第371—372页。
④ 同上书,第372页。
⑤ 同上书,第373页。
⑥ Мережковский Д. С. Полн. Собр. Соч. В 24 т. М., И. Д. Сытин, 1914. Т. 8. С. 201.

的革命信仰无疑是一种宗教精神,一种"革命宗教"。民粹主义者的情怀同样是宗教情怀。但他们的"宗教精神"与"宗教情怀"又都看重经济和社会论据,他们都信仰社会主义,并非因为社会主义不可避免,而是因为社会主义有效。尽管民粹主义与革命民主主义的政治主张大相径庭,他们奔向社会主义的道路各不相同,但在梅列日科夫斯基看来,整个"社会主义"就是一种"神秘主义"宗教,其无神论的前提是教条的,是教条地肯定没有上帝。他们的文学创作也有着相同的内在特征,即都渗透着实证的、唯物的、功利的情绪——一种无意识的"无神"的宗教情绪。梅列日科夫斯基的象征主义的叙事,以其对基督精神的寻求,首先针对的就是这两种充斥着"无神的""人民宗教"说教的"社会小说"的精神诉求。

三、梅列日科夫斯基与社会民主主义思潮

19世纪70年代俄国社会经历了民粹派运动的蓬勃发展后,80年代进入反动势力猖獗的时期。列宁曾这样评价这一时期:"在俄国没有哪一个时代能够像亚历山大三世的时期那样适用'思想和理智的时代已经来临'这句话……正是在这一时期,俄国革命的思想发展得最快,奠定了社会民主主义的世界观的基础。是的,我们革命者绝不否认反革命时期的革命作用。"①正是在这个时代,民粹派中的格·瓦·普列汉诺夫等人顽强地继续寻求着革命理论,开始研究马克思主义,系统地批判民粹主义。进入90年代,俄国的社会民主主义运动开始发展起来。针对当时俄国知识界(主要是现代派作家)把"寻求上帝的文化"看做是"真正的文化"的观点,社会民主党人挖苦地称其为"寻神者"和"造神者"。他们认为,在国难当头、民不聊生的时代讲什么"寻找上帝"、追求"自由"精神,无异于回避现实问题、看不到人民的力量。俄国的问题,岂是可以脱离"神圣的泥土"解决得了的? 所以这帮文人是不识时务的人。但是,梅列日科夫斯基一帮文人却认为,他们要"寻求上帝",恰恰因为社会民主党人借"神圣的泥土"制造了新的"神"(人民)。在

---

① 《列宁全集》第10卷,北京:人民出版社,1986年,第227页。

他们看来,社会民主主义才是真正的"造神派",如此"造神"无异于玩危险的政治游戏。①

梅列日科夫斯基在论文《论当代俄国文学衰落的原因及其新兴流派》中指出,当民粹派运动和社会民主主义运动席卷俄国知识界的时候,伊·谢·屠格涅夫以冷静旁观的小说叙事守护着市民精神的"最低纲领",以贵族式的"市侩气"对抗着革命热忱与民粹激情,还让自己笔下的民粹分子以自杀了结②。他的小说堪称"市民小说"的代表,属于这种类型的代表还有安·巴·契诃夫和阿·马·高尔基。虽然就小说精神的精致和深度而言,这两位小说家都无法与伊·谢·屠格涅夫相比,但他们在精神气质上是一致的,而且在19世纪90年代名气旺盛。

梅列日科夫斯基在《契诃夫与高尔基》一文中对这种市民精神的实质作了分析。他指出,这两位小说家可谓"俄罗斯中间阶层(人数众多、最具活力的阶层)的知识分子之中间立场的表达者"③。这个阶层的构成呈梯形结构,"阶梯的底部是契诃夫的知识分子;顶部是高尔基的流浪汉。他们之间有一列俄罗斯知识分子尚未看到但却已经走在上面的台阶"④。梅列日科夫斯基指出,安·巴·契诃夫的小说以细腻见称,叙事带有"化繁复为质朴"的诗意,以一种平淡细微、无声无息之不张扬的日常生活叙事而显示出一种力量,这是他作为艺术家的主要力量,也是他的弱点。他比任何人都更加了解当代的俄罗斯日常生活,但是,除了这样的日常生活以外他一无所知,也不想知道,并且他的"日常生活只是目前的日常生活,没有过去也没有未来,只是凝滞不动的瞬间,是俄罗斯当代的一个死点,与世界历史和世界文化没有任何联系"⑤,而且他的"主人公没有生命,有的只是日常生活——没有事件发生的日

---

① 梅列日科夫斯基:《人心和兽心》// 梅列日科夫斯基:《重病的俄罗斯》,李莉译,昆明:云南教育出版社,1999年,第46页。
② 刘小枫:《圣灵降临的叙事》,北京:华夏出版社,2008年,第129页。
③ 梅列日科夫斯基:《契诃夫与高尔基》// 梅列日科夫斯基:《先知》,赵桂莲译,北京:东方出版社,2002年,第299页。
④ 同上书,第311页。
⑤ 同上书,第305页。

常生活"①,平淡得找不到一点神秘。所以,安·巴·契诃夫创造了一种他所属的那个"中间阶层"的文学——"关于人,只关于人的问题,关于人对人的态度问题,在上帝之外,没有上帝"②,甚至没有反对上帝,离弃了尼·瓦·果戈理、费·米·陀思妥耶夫斯基、列·尼·托尔斯泰创造的反映了俄罗斯民族本性的深度和俄罗斯文化意识的高度的另一文学——"关于上帝和人对上帝的态度问题的文学"③,从而沦为一种"小市民"式知识分子的"没有上帝"的文学,其宗教也沦为"没有上帝"的"人宗教"。安·巴·契诃夫的小说精神只是对"没有事件发生的日常生活"的一种细腻感觉,能看到"隐秘的寻常物,并且同时看到寻常物的不寻常"④而已。

至于阿·马·高尔基,梅列日科夫斯基认为在小说艺术方面没什么好说的,但他的小说精神却不可小视,因为,阿·马·高尔基小说中"梦想成为大作家的流浪汉"说出了这个"中间阶层"的知识分子"心的叫喊"⑤。梅列日科夫斯基认为,"高尔基的流浪汉们尽管有着大众化的外表,内心却是贵族。普通百姓对他们来说是贱民。他们对农夫的仇恨和蔑视恐怕不亚于对老爷的仇恨和蔑视"⑥。说到底,阿·马·高尔基笔下的"流浪汉"所表征的不是经济贫穷,而是精神贫穷,是"内在的流浪汉""心理的流浪汉","虚无主义的最后极限,最后暴露,精神赤裸及精神赤贫。根本不是因为人从前成了外部社会环境的牺牲品、感觉'在底层',才使其沦为内在的流浪汉,正相反:因为沦为了内在的流浪汉,他才感觉'在底层'"⑦。

因此,梅列日科夫斯基认为,阿·巴·契诃夫"小市民"知识分子的日常细腻与阿·马·高尔基流浪汉的豪气有着"形而上的亲

---

① 梅列日科夫斯基:《契诃夫与高尔基》// 梅列日科夫斯基:《先知》,赵桂莲译,北京:东方出版社,2002年,第306页。
② 同上书,第309页。
③ 同上书,第309页。
④ 同上书,第304—305页。
⑤ 同上书,第312页。
⑥ 同上书,第321页。
⑦ 同上书,第314页。

和力",因为"契诃夫的知识分子就是高尔基的那个流浪汉,他身上已经'一切都蜕掉了',除了一些勉强遮掩住最后的赤裸、最后的人之羞耻的意识上的破烂衣衫;高尔基的流浪汉就是契诃夫的那个知识分子,他连这些最后的遮蔽也剥掉,是完全'赤裸裸的人'"①。由此,我们看到的是知识分子和流浪汉共同的出发点——同样的实证主义教义:"内在流浪汉"的精神是一种"精神实证主义"宗教,"底层流浪汉"的精神是一种"肉体实证主义"宗教,它们都是教条地肯定没有上帝。这是一种没有上帝的"人性宗教""人性、太人性的宗教",也正是梅列日科夫斯基的象征主义叙事精神针对的另一种精神取向。

* * *

综上所述,我们看到,无论是革命民主主义激进分子还是民粹主义者或社会民主主义者,无论是知识分子还是流浪汉,在梅列日科夫斯基看来,他们的共同出发点都是实证主义的教条,是一种没有上帝的"人性宗教",没有任何奥秘,没有任何对"彼岸世界"的深省和强烈渴望。此处的世界是全部,并且除了此处的世界没有别的世界;土地是全部,并且除了土地再没有别的,没有"天"。在这一精神背景下,无论"社会小说"和"市民小说"在小说精神上多么冲突与对立,带有救世热情也好,一副流浪汉的样子也好,其所体现的宗教精神却如出一辙。梅列日科夫斯基要告诉人们的正是,"现代无神论"并非就不是宗教,相反,无神论是地地道道的"现代宗教",尽管人们最容易将其视为政治,尽管无神论者视宗教为大敌。这样,梅列日科夫斯基在其叙事中体现的新宗教精神与他所处的时代的三种思潮的冲突,并不是有神论与无神论的冲突,而是不同的宗教精神的冲突。我们也就无须对阿·马·高尔基终于有一天发出这样的感慨而惊讶不已:"我看到强大的,不朽的人民……于是我祈祷:你就是上帝,世界上将没有与你同样强大的力

---

① 梅列日科夫斯基:《契诃夫与高尔基》// 梅列日科夫斯基:《先知》,赵桂莲译,北京:东方出版社,2002年,第334页。

量,因为你就是唯一的神,创造奇迹吧。这就是我的信仰和自白"①。这难道不是信仰?这难道不是神秘主义?

身处世纪之交、历史夹缝中的梅列日科夫斯基,作为典型的俄国现代知识分子,面对现代文明社会里人类内在和谐的失落、精神性灵的漂泊,不仅进行了紧张的形而上的探索,而且最大可能地践行着自己的主张。在其代表作三部曲《基督与反基督》的叙事中,我们感觉不到格·伊·乌斯宾斯基"村社"里的"土地"气息,感觉不到安·巴·契诃夫"知识分子"在人世的漩涡里的挣扎与无奈,也感觉不到阿·马·高尔基"流浪汉"对人世的愤懑与不满,所能感觉到的是一种浓浓的宗教气氛。作家深入到人的宗教世界的一维,所有的人物、事件、冲突、纠葛都在多神教与基督教的斗争中展开。

第四节　象征主义是一种文学意识的自觉

俄国象征派文学的艺术探索是合乎俄国文学本身内在发展规律的,但仅仅从社会学观点(世纪末的危机与资产阶级的颓废),从宗教哲学观点(俄罗斯宗教文化复兴),或者从社会文化学观点(19世纪下半叶思想界流行的三大思潮)来加以解释是远远不够的。文学自身寻求新的发展,寻求对旧传统的革新,寻求新的传统的生成,寻求"存在状态"的变异与发展,则是深层的机制与动因。因此,对"文学性"的"自觉自为"成为19世纪末20世纪初俄罗斯文学进程中普遍存在的一种特征。梅列日科夫斯基作为这一时期象征派文学的奠基者,不仅具有卓越的宗教预言才能,也具有敏锐的美学预见才能,他天才地预见到文化对新形式的需求,并首先开始了紧张的文学创作探索活动,为那一时代的文学风格创新开辟了先河。他不仅从民族经典文学中汲取营养,也从世界现代文学中借鉴经验,诚如尼·亚·别尔嘉耶夫所说:"新流派主要受到了

---

① 梅列日科夫斯基:《人心和兽心》// 梅列日科夫斯基:《重病的俄罗斯》,李莉译,昆明:云南教育出版社,1999年,第45页。

费·米·陀思妥耶夫斯基和列·尼·托尔斯泰的影响,其中也包括了符·谢·索洛维约夫和一些西方人物——尼采和象征主义者的影响。"①

一、梅列日科夫斯基与俄国传统文学

梅列日科夫斯基是以象征主义诗人的身份登上俄国文坛的,但他"对俄国诗歌艺术的贡献毕竟有限。宗教哲学探索的热情牵制了他的艺术创造力的发挥。他的诗似乎更多地出自'头脑',而不是出自'心灵';更多的来源于理智,而不是来源于感情。这就不免给人以枯燥、平板、过于理性化之感"②。也许,梅列日科夫斯基自己也意识到"缺少诗歌方面的才能",所以转向了叙事作品的创作,而这种转向也是整个象征派转向的趋势。传统观点认为,这种转向是因为1910年后象征派作为一个文学流派出现了危机并开始走向衰落。但事实证明,正是在1910年代里,象征派诗人们创作出大量最重要的象征主义小说,扩展了象征派的世界观,丰富了象征形象的可能性,标志着俄国象征主义发展中的特殊阶段。所以这种转向并不是危机现象,而是象征派诗人对象征艺术的重新认识和探索,是小说题材本身的特点决定的,在象征主义小说中可以最终认识象征派作家的内心所想,最大限度地揭示象征形象的诗学特点。

在这种转向之前,俄国文学界已经有一大批大师。列·尼·托尔斯泰、费·米·陀思妥耶夫斯基自不用说,民粹派小说家、后起的"市民小说"新秀,都已经成了文坛大师。青年梅列日科夫斯基面临一个问题:在林林总总的文学写作方向中,应该选择哪一个方向?这并非是单纯的文学趣味或偏好问题,而是思考后的必然抉择:小说感觉或小说类型就是宗教精神乃至社会思想的表达。借《论当代俄国文学衰落的原因及其新兴流派》,梅列日科夫斯基表明了自己的立场:拒绝"社会小说"和"市民小说"——这两种小

---

① 别尔嘉耶夫:《别尔嘉耶夫集》,汪剑钊选编,上海:上海远东出版社,1999年,第388页。
② 汪介之:《现代俄罗斯文学史纲》,南京:南京出版社,1995年,第31页。

说类型都是俄国"当代文学"衰落的表征,从根本上说,都是"实证主义"和"功利主义"精神的"应声虫"①。

基于这种认识,梅列日科夫斯基选择了列·尼·托尔斯泰和费·米·陀思妥耶夫斯基的小说叙事,并奉他们为自己思想艺术探索的直接先驱。虽然这两位大艺术家都是俄国现实主义文学的代表,但梅列日科夫斯基并不反对一般意义上的现实主义艺术(费·米·陀思妥耶夫斯基和列·尼·托尔斯泰的作品对他来说仍是不可超越的艺术典范),而是反对现实主义凭空划分出两个互相排斥的方面:"为生活的艺术"和"为艺术的生活",反对的是把现实主义的任务缩小在社会道德的框框内。他认为:"艺术的最高道德意义完全不在于感动人的道德倾向,而在于艺术家大公无私、刚正不阿的正义性。"②他在自己的纲领性论文中多方论证了俄国的现实主义文学本身已经孕育着转向象征主义的必然性。两种文学在对待现实的态度上都深深地折射着"为人生"的激情,所不同的只是通过什么样的途径,选择什么样的方式,即以哪些诗学手段来显示、折射、宣泄这种激情,采取什么样的姿态立场,对人生作何种理解,对人的生存状态、人在宇宙中的位置如何去透视。所以,梅列日科夫斯基的选择,既是一种写作类型的重新抉择,也是一种宗教精神的重新选择。

在宗教精神方面,梅列日科夫斯基顺着费·米·陀思妥耶夫斯基和列·尼·托尔斯泰对"人与神的关系"探讨的起点,继续着他们的"宗教小说"探索之路。如果说费·米·陀思妥耶夫斯基在其《被侮辱与被损害的》《罪与罚》《白痴》《群魔》《卡拉马佐夫兄弟》等作品中,列·尼·托尔斯泰在其《安娜·卡列尼娜》《复活》等作品中所进行的宗教探索还仅限于人物在世俗社会中的精神苦旅,是在罪恶的浊浪中最终向宗教伸出的求救之手,是在尘世的漩涡中人们的宗教信仰与现世的社会、政治、经济、伦理、家庭、道德

---

① 刘小枫:《圣灵降临的叙事》,北京:华夏出版社,2008年,第133页。

② Мережковский Д. С. О причинах упадка и о новых течениях современной русской литературы // Л. Толстой и Достоевский. Вечные спутники. М., Республика, 1995. С. 532.

等的复杂关系,世俗社会是大背景,宗教只是其中的一个层面的话,那么,在梅列日科夫斯基的《基督与反基督》三部曲中,人物的宗教生活已经成为前景,成为整个叙事的主流。如果说费·米·陀思妥耶夫斯基从文学创作活动起步到生命的终结,关注的是在他那个时代潜藏的现代人类的社会和政治危机,人类最终的出路都归结于他主人公在宗教中的求索,这些主人公刚刚开始的宗教探索成了他作品的结束,那么,梅列日科夫斯基则沿着费·米·陀思妥耶夫斯基的起点走过来,在他的三部曲《基督与反基督》中对人类的宗教世界进行了深入的探索,打开了人类神秘的宗教世界。在费·米·陀思妥耶夫斯基那里基督与反基督的冲突与对立,人须努力地内化基督的爱、宽恕和受难的精神,但人类在这种冲突中却无力靠自身的力量完成这种自救。在列·尼·托尔斯泰那里是道德上趋向基督的完善,但对更多的人来讲,依然是残缺的和不可企及的,不是走向一种不可知的"复活"(聂赫留朵夫),就是走向必然的死亡(安娜·卡列尼娜)。人类真的没救了吗?梅列日科夫斯基在基督中发现了绝对个性:"等我快要写完(三部曲)的时候,我已经知道了基督与反基督的融合纯属亵渎神明的谎言;我知道,这两个真理——关于天上的和关于地上的——早已在耶稣基督身上,在神子身上融合在一起了。"①对基督的这种新发现与领悟也许有可能使人类摆脱一直无法逃脱的其自设的两极对立与悖谬,从而使人类有可能达到和谐。然而,梅列日科夫斯基的"新基督精神"的意义也许不在于它是可行的,还是乌托邦的,而在于他从费·米·陀思妥耶夫斯基敞开的现代性深渊出发,企图推导一场精神的更新,所谓的象征主义大概是这种精神更新的另一种表达式。因此,象征主义小说与社会小说和市民小说论争格局的形成,就成了俄国现代思想史上的重大事件:知识人的"世纪末"精神应该面对的是宗教的深渊,而非献身"神圣的泥土"②。

---

① 梅列日科夫斯基:《基督与反基督》1911—1913年版全集序言// 梅列日科夫斯基:《诸神之死——叛教者尤里安》,刁绍华、赵静男译,哈尔滨:北方文艺出版社,2002年,第377页。
② 刘小枫:《圣灵降临的叙事》,北京:华夏出版社,2008年,第139页。

从这个意义上讲,梅列日科夫斯基的小说叙事开拓了文学创作的一个新领域,他的象征主义小说所显示的对宗教精神的追求,不仅在文学上超越了社会小说和市民小说的思想视野,而且在思想上超越了西方派和斯拉夫派的思想冲突。"人神"与"神人"的冲突是"全部的世界性矛盾",这就是现代性的深渊。费·米·陀思妥耶夫斯基和列·尼·托尔斯泰的"宗教小说"以俄罗斯式的精神力量踏入了这个现代性的深渊,梅列日科夫斯基则把解决"地球上存在的两种最为对立的理念的冲撞"更视为自己的使命。

费·米·陀思妥耶夫斯基和列·尼·托尔斯泰不仅在精神上,而且在叙事手法方面也启发了梅列日科夫斯基的象征主义叙事。

费·米·陀思妥耶夫斯基是"精神秘密的窥探者"。他善于刻画、描写灵魂的情绪变化,以便把读者"吸引到主人公的内心深处,托进主人公的生活,就像漩涡把纤弱的草茎吸进水底深坑似的。读者的个性会一点一点滴转变为主人公的个性,意识会与他的意识融为一体,激情会变成他的激情"[①]。梅列日科夫斯基的小说和评论亦是如此,他竭力把读者吸引到历史中的精神人物的内心深处,托进他们的精神生活,"就像漩涡纤弱的草茎吸进水底深坑",然后,让读者的精神一点一点地转变为这些精神人物的精神,激情会变成他们的激情。费·米·陀思妥耶夫斯基善于安排"现实的事与神秘的事的对比",在"平平常常的生活琐事中会展现出我们从未料到的那种深刻意义、那种秘密"[②]。梅列日科夫斯基的小说同样如此,在他的精神人物的生平叙事中,同样充满了"现实的事与神秘的事的对比",这也正是他的象征主义三要素之一的"神秘的内容"的具体体现。

列·尼·托尔斯泰是"肉体秘密的窥探者"。他在描写人体方面"追求准确、朴实和简明,只选择为数不多的细小的、难以为人所发现的个人的特殊之处,却又不是一下子,而是慢慢地、一个接一

[①] 梅列日科夫斯基:《陀思妥耶夫斯基》// 梅列日科夫斯基:《永恒的旅伴》,傅石球译,上海:学林出版社,1999年,第191页。
[②] 同上书,第192—194页。

个地对待,分布在叙事全过程中,将其纳入事件的展开,场景的有机组织之中"①,他"不怕令读者生厌,定要加深描写,反反复复,坚持不懈,层层着色,涂了又涂,把色彩弄得浓重又浓重"②。梅列日科夫斯基在描写人物的肉体时也采用类似的手法。例如,在《基督与反基督》三部曲中,对多神教徒和基督教徒的肉体描写极为细致,目的是突出他们之间的极端对立。而对达·芬奇的"微笑"描写贯穿于小说的始终,从最初的"神秘"到最后的"解密"。列·尼·托尔斯泰"有意或无意地迫使读者记住了人物的特征。这些特征,无论显得多么外在和没有价值,但是事实上是和出场人物十分深厚与重大的内在精神特征联系在一起的"③,"外在的躯体特征被发展到似乎是最高程度的几何图形的简洁与鲜明,仅凭这一特征就表达了一种巨大的和最抽象的综合"④。梅列日科夫斯基在扩大"象征"含义时也是如此,他通过多次重复某一象征形象,消除其多义性迷雾,把读者引向需要的方向。这种综合不仅在艺术上,也在形而上学上和宗教上与作家创作本质联系在一起。

二、梅列日科夫斯基与法国象征主义

为了寻找适宜的艺术形式表达自己的哲理思考,梅列日科夫斯基不仅在民族经典文学中汲取滋养,也积极从世界现代文学大潮中寻找启迪。诚如马克·斯洛宁在《现代俄国文学史》中所言,19世纪90年代俄国的"文艺复兴"差不多与欧洲的浪漫主义复兴同时发生,并在一定程度上受到其影响,例如,法国的波德莱尔和兰波在诗歌方面展开的新运动,英国的拉斯金与王尔德在美学方面的贡献,德国的瓦格纳与尼采的作品,挪威的易卜生及汉姆生,比利时的梅特林克等新作风,都在俄国发生重大影响。俄国的唯美主义者都寄望欧洲对于他们在俄国所倡导的新格调与新观念加

---

① 梅列日科夫斯基:《托尔斯泰与陀思妥耶夫斯基》,杨德友译,沈阳:辽宁教育出版社,1999年,第178页。
② 同上书,第177页。
③ 同上书,第171—172页。
④ 同上书,第175页。

以支持,并且加以启发①。在这些新潮流中,对俄国象征主义文学影响最大的当属法国象征派诗歌,梅列日科夫斯基正是在象征主义诗人爱伦·坡与波德莱尔的作品里发现了新大陆,加入了现代主义行列,成为俄国现代主义的倡导人之一。

　　法国象征主义文学流派产生在19世纪中后期。这个时期的法兰西,正处在历史的拐点,即自由资本主义向垄断资本主义过渡的阶段。1870年的普法战争和1871年的巴黎公社革命震荡着整个法国社会,旧制度遭受沉重的打击但未能被摧毁,提出了新目标却找不到实现的途径。知识分子阶层被世界末情绪笼罩着,颓废与追求相交织,迷惘与叛逆缠绕着人们的心灵。社会的骚动不安首先在文学这个晴雨表上显示出来。1857年波德莱尔的诗集《恶之花》成为象征派的发轫之作,到了1886年,让·莫瑞亚斯发表了《象征主义宣言》,反对描写外界事物和抽象概念,反对客观摹写和直抒胸臆,主张以暗示、幻觉和联想的手段表现诗人内心微妙的真实和诗歌形式的美。这种转向内心和主观世界的倾向就是"象征主义"的基本特征,它自诞生之初便以反传统、追求"纯艺术"的面目出现于世界文坛。这一创作手法从19世纪90年代以后开始传入俄国文学界,由于对本民族文学的存在状态的自觉批判,对西欧文学新风新潮的热烈倾心,以瓦·雅·勃留索夫、康·德·巴尔蒙特等人为首的俄国象征派文学家积极引进法国象征主义诗歌。"正如'共鸣'只能发生在两个振荡频率一样的物体间那样,俄国象征主义之所以能对法国象征派起'反应',恰恰是因为它们之间有着共同的思想感情基础,那就是对世界的灾难性预感"②。因此,不少批评家认为俄国的象征主义诗歌运动是在法国的影响下形成的。

　　梅列日科夫斯基被认为是俄国象征主义文学的奠基人,应该说,他最初的象征主义理念和创作在很大程度上就是接受了波德

---

① 马克·斯洛宁:《现代俄国文学史》,汤新湄译,北京:人民文学出版社,2001年,第85页。
② 张冰:《陌生化诗学——俄国形式主义研究》,北京:北京师范大学出版社,2000年,第17页。

莱尔等人对象征主义的理解。所以,瓦·雅·勃留索夫把梅列日科夫斯基的创作看做是西方作家们事业的延续:"梅列日科夫斯基可能总是违背自己的意愿,成为那些理解和评价众多杰出人物诸如尼采、易卜生、梅特林克、王尔德等的同盟。梅列日科夫斯基比自己的学生……'宗教哲学协会'的成员们更接近任何一个'现代主义者'。"①梅列日科夫斯基在《自传随笔》中也承认:"几乎与此同时,在费·米·陀思妥耶夫斯基以及外国文学,波德莱尔和爱伦·坡的影响下,我开始迷恋象征主义……"②这里的"与此同时"指的是1884—1886年他在大学期间,即从1882年发表了第一首诗后的早期诗歌创作时期(于1888年出版了第一本诗集)。法国象征主义表达的是个体随意、隐秘的内心感受,其主要审美和创作原则就是用"暗示""隐喻"等假定性艺术手法表达这种感受,这种隐秘性、个体性与梅列日科夫斯基对世纪末的文学审美认识发生共鸣,因而促使他自觉地走向象征主义。

但是后来,当梅列日科夫斯基逐渐探索到适合自己的创作手法以后,便转而对法国的象征主义进行批判。1892年,他出版了第二本诗集《象征集》,在俄罗斯文学中首次使用了"象征"一词,在为阐释他的象征学说而做的演讲《论当代俄国文学衰落的原因及其新兴流派》中,已显示出他对"象征主义"的独特理解。尼·康·米哈伊洛夫斯基把这篇演讲视为"法国象征主义在俄国的反响"。梅列日科夫斯基在文中虽然表达了对法国象征主义者的同情态度,但只是一带而过(他对他们的态度在1894年的《最新抒情诗》中表达得非常清楚:他们没有表现出真正的巨大天才,也还无力扮演一个潮流领导者的角色,就连魏尔伦,也"完全不是表达者,而仅仅是个新理想主义敏感的预言者"③)。梅列日科夫斯基认为,法国象

---

① Брюсов В. Я. Д. С. Мережковский как поэт // Николюкин А. Н. Мережковский: Pro et contra. Изд. Русского Христианского гуманитарного института. СПб. , 2001. С. 299—300.
② 梅列日科夫斯基:《自传随笔》// 梅列日科夫斯基:《诸神之死——叛教者尤里安》,刁绍华、赵静男译,哈尔滨:北方文艺出版社,2002年,第372页。
③ 转引自《俄罗斯白银时代文学史》(4卷本),俄罗斯科学院高尔基世界文学研究所集体编著,谷羽、王亚民等译,兰州:敦煌文艺出版社,2006年,第2卷,第303页。

征主义与现实主义相比其表现对象有所不同,它是对传统文学思想的一种突破。

梅列日科夫斯基对象征主义的理解却以宗教为出发点,正如他在《但丁传》一书中所说:"上帝走遍了世界,在世界各地留下了足迹——象征"①,他正是循着上帝的足迹以非凡的艺术才华走着自己的宗教探索之路,因为"人们从来还没有这样用心灵感受到信仰的必要,却又不明白用理智是不可能有所信仰的。在这种病态的无法解决的不协调中,在这一悲剧性的矛盾中,也是在从未有过的精神自由中,在勇于否定中包含着19世纪对神秘的需求的最典型的特点"②。在这里,我们可以捕捉到梅列日科夫斯基所理解的象征主义的含义,即沿着对"神秘的需求"而对象征主义进行宗教哲学的阐释,可以说他把象征主义作为一种世界观,作为一种认识世界的方式,希望借助它来"改变俄国文化的面貌"③。

可见,梅列日科夫斯基的象征主义不同于法国的象征主义。尼·亚·别尔嘉耶夫在回顾20世纪初俄国思想的嬗变时说过:法国象征主义仅是文学思想的突破,俄国象征主义更是社会思想的突破。他的这一观点是有道理的。19世纪80年代的俄国社会和文学的发展,与19世纪中后期的法国有类似之处,社会历史亦处于拐点,存在着产生象征主义的土壤。在民粹派运动失败以后,19世纪60—70年代俄国的民主运动从高潮陡然跌落,社会上笼罩着浓厚的消沉悲观气氛,知识界在极度的精神苦闷之中纷纷钻进象牙之塔。象征主义诗歌的特征,最适宜表达当时俄国知识界的这种情绪。俄国的社会心态孕育着这种从俄国文学的自身发展来看,主张形式的精美,提倡纯艺术论的思潮,从19世纪40年代以来就不绝如缕。当社会处于转折点时,俄国作家也在重新思考并把握文学的特征。他们不一般地满足于纯形式的追求,努力寻求新

---

① 梅列日科夫斯基:《但丁传》,刁绍华译,沈阳:辽宁教育出版社,2000年,第239页。
② 梅列日科夫斯基:《诸神的复活——列奥纳多·达·芬奇》,刁绍华、赵静男译,哈尔滨:北方文艺出版社,2002年,第16页。
③ 张冰:《陌生化诗学——俄国形式主义研究》,北京:北京师范大学出版社,2000年,第18页。

的艺术表现途径。

因此,可以说,俄国象征主义虽然是在法国象征主义的启迪下萌生,但最终摆脱了其既定的创作模式与规程,在自我民族精神气质与文学传统的浸润之中形成其独立形式而发展起来,具有显著的俄罗斯文化精神特征,是一种具有本土特色的独创性文学现象,俄国作家将象征主义提升为一种哲学,他们视宇宙为各种象征的集合体,一切都另具意义,且在本身意义之外,还有对其他事物的影射意义。这正是与法国象征主义的不同之处,所以,不能把俄国的象征主义湮没在西欧的现代主义文学运动之中,只能说法国的象征主义理论和创作传入到俄国以后,加速了俄国象征主义运动的发展。抒情诗是法国象征主义者的主要创作形式,而后起的俄国象征主义创作领域的霸主地位则由诗歌与小说平分秋色,有着与法国象征主义全然不同的崭新品味,而梅列日科夫斯基就是这一切的体现。

三、梅列日科夫斯基与俄国象征主义

梅列日科夫斯基作为俄国象征主义文学的一个开拓者,可以说是"老派象征主义者的代表"。1892年,他发表了文艺理论论著《论当代俄国文学衰落的原因及其新兴流派》,提出了"新艺术"的三要素:神秘的内容、象征和艺术感染力的扩展,这是以他为代表的瓦·雅·勃留索夫、康·德·巴尔蒙特、济·尼·吉皮乌斯等老派象征主义作家的艺术纲领。对于梅列日科夫斯基提出的这个新文学运动纲领,叶·鲍·塔格尔曾公正地指出,它还是很"泛泛的,只是很模糊的大体上的轮廓"[1]。尽管如此,但是梅列日科夫斯基在这里还是从对俄罗斯象征主义性质的各种解释中提炼出一个大体的轮廓,这样就在很大程度上对"象征主义"这一概念的丰富内涵做出了较早的界定,便于以维亚·伊·伊万诺夫和安·别雷为首的下一代理论家运用。在这篇论文中,他已经确定了世界观和

---

[1] Тагер Е. Б. Возникновение медернизма // Русская литература конца XIX—начала XX века. Девяностые годы. Избранные работы. М., Сов. Писатель. 1988. С. 190.

内心精神世界的取向,并指出在浪漫主义与现实主义中潜在的象征主义因素,这就让他很自然地把"新艺术"解释为自古以来就有的一种创作类型,从而为从更广泛的宗教哲学方面和寻找艺术"永恒模式"的象征意义方面理解这一流派的实质与起源奠定了基础,后来的"年轻一代"也经常运用这一理念,他们关于象征主义起源的意见,继承了梅列日科夫斯基的观点,认为是"西化"倾向与从本国经典中探索"新艺术"起源结合的结果。

梅列日科夫斯基为什么特别强调"神秘主义"是象征主义的重要因素呢?这与他否定19世纪俄国思想界和文学界盛行的实证主义和功利主义密切相关。他认为,永恒的宗教神秘感情,才能构成真正艺术的基础。象征主义,就品性讲,是一种文学思想对另一种文学思想的反叛,是对19世纪以来盛行的拜物主义、实证主义笼罩之下的文学中的现实主义、自然主义的反叛。现实主义注重物质世界的各种关系,力图通过可见世界的描绘来说明它本身。自然主义更是在实证主义的基础上把可见、可证的事实看做唯一的存在,放弃对"本质"的探索。象征主义促使人认识到可见事物、可见规律远不能说明本体世界,文学艺术所应表达的不是现实生活,而是意识所不能达到的超时间、超空间、超物质、超感觉的"另一世界",这种超感觉的事物,只有通过象征才能表达出来,象征就是沟通这两个世界的媒介,"是对世界的存在状态在审美本质上给予最完整最等值的显现的诗学手段与诗学境界"①。所以,梅列日科夫斯基所谓的神秘主义,在某种意义上与形而上学的本意是一致的。"

神秘主义的存在是人类理性的局限性的标志,而并非我们通常所意指的怪力乱神。人类的认识能力是发展的,有限的,任何时候都有广袤的未知横亘在人类的面前。面对永恒的宇宙,人不能不承认自己的无知"②,这就是梅列日科夫斯基的神秘主义的本意。正是人类世界的这种不可知性,才构成了象征主义的风格要素。

---

① 周启超:《俄国象征派文学》,北京:社会科学文献出版社,1993年,第3页。
② 张冰:《白银时代俄国文学思潮与流派》,北京:人民文学出版社,2006年,第44页。

那么，如何呈现"象征"呢？梅列日科夫斯基认为，"象征应当自然而然地从现实深处流溢出来。而如果作者为表达某种思想而人为地把它们臆造出来，它们就会变成僵死的寓意。〈……〉典型也可以成为象征。桑乔·潘萨和浮士德，堂吉诃德和哈姆雷特，唐璜和福斯塔夫，用歌德的话来说都是'活着的雕塑'。〈……〉对这些象征性典型的思想，用任何语言都难以表达，因为语言只是界定、在局限思想，而象征则表达思想的无限一面。〈……〉'说出的思想便成谎言'，未经说出而闪烁着象征之美的思想，用语言无以表达"[1]。也就是说，"象征，实际上是一种从其超自然意义上被理解的自然现实。象征的本质就是从具象和现象的森林中，经由直觉、顿悟、神秘的启示等心理力量的中介，与本体、抽象、永恒达到直接沟通"[2]。在梅列日科夫斯基看来，象征最初是服务于宗教目的的物质与精神的对立统一体，是美学领域中最古老的主客体统一模式，它把物质引入精神对象化的范畴，使之在合于心灵意愿或神意的前提下获得美的性质。象征不同于以相似性为根基的比喻，其功能不是以一物喻另一物，而是将物质指向精神。如果神意不过是人的精神对象化和异化，那么象征的最终指向就是人本身，美的体验也得自审美主体对象征物和人自身之多元联系的感悟中。

最后，艺术感染力如何扩展？这不仅是梅列日科夫斯基整个象征主义诗学探索的重心，也是整个象征派文学探索的重心。通过"尖锐的二元对立"扩大艺术感染力这是梅列日科夫斯基象征主义的"普遍化二元对立诗学"原则，它表现在对包罗万象的概括倾向，表现在他极端暴露自己的创作原则——即以对立两极的尖锐冲突为基础的创作原则，表现在贯穿于整个文本的每一个最小细胞都处于极端的紧张状态中（这正是本论文研究的重点）。

---

[1] Мережковский Д. С. О причинах упадка и о новых течениях современной русской литературы // Мережковский Д. С. Лев Толстой и Достоевский. Вечные спутники, М., Изд. Республика, 1995. С. 538.
[2] 张冰：《陌生化诗学——俄国形式主义研究》，北京：北京师范大学出版社，2000年，第32页。

综上所述，我们看到，对梅列日科夫斯基来说，象征主义不再是传统意义上的单纯文学创作方法，一种运用隐喻、暗示等假定性手法投射作家个人内心世界隐秘的感受与超验的体验的方法、一种文学现象，而是同时又上升至另一境界：一种对世界的认识，一种处世态度，一种对本真世界亦即象征境界的寻求。梅列日科夫斯基的象征主义创作是一种理性的精神追问与现实的手法的融合，是作为文学创作方法的象征主义与作为世界观、新宗教哲学的象征主义的融合，并以文学创作，尤其是小说创作的形式予以表现。他的象征主义小说是一种哲学和宗教神秘主义小说，它可以实现象征派超越艺术界限并成为一种新宗教、世界观、创作观的追求，正是在小说体裁中俄罗斯象征派的自我意识发生了根本变化。

本章小结

透视梅列日科夫斯基的象征主义，我们看到其中浓重的宗教哲学色彩和政治文化色彩。但在这里，"宗教哲学"指的不是通常所说的以宗教现象为理性思考对象的宗教哲学，而是从某些宗教世界观原则出发对人和世界进行哲学认识和解释的宗教哲学。梅列日科夫斯基从宗教哲学的角度赋予了象征主义以世界观的品格，因而，他的象征主义是对人类的现在、未来、历史的宗教哲学思考，象征主义在他那里不仅是一种艺术思潮，而且第一次被作为一种思想而具有了独特的世界观的意义。对象征主义的这种独特阐释，也正是梅列日科夫斯基的"新基督教"思想的哲学基础。所以，梅列日科夫斯基的象征主义叙事及其体现的精神，在文学上超越了社会小说和市民小说的视阈和精神维度，在思想上形成了与革命民主主义、民粹主义、社会民主主义思潮的功利主义和实证主义精神的论争与抗衡。同时，他的"新基督教"思想对俄国的专制制度、国家制度、世俗教会和世俗革命形成了强有力的批判力量，揭示出了一种社会政治革命之后的宗教革命才会带来人类社会的真正自由、平等的可能。因此，在俄国，象征主义作为一个文学流派与作为一种思想，是有分别的。作为文学流派的俄国象征主义似乎在20世纪的头十年之末(1903—1909)就过去了,不过是一段时间的"抒情即兴曲"(符·费·霍达谢维奇语),领了几年的风骚而已,但作为一种思想的象征主义却持续了近半个世纪。梅列日科夫斯基就是在"即兴曲"过后继续深化着他的象征主义,并将其与20世纪初的宗教哲学领域的精神更新运动结合在一起,持续了近半个世纪。他毕一生精力在文学创作上实践着自己的主张,不仅在诗歌领域开创了象征主义的先河,在散文和政论批评作品方面也独树一帜,尤其是在象征派中率先涉足小说,既发展了费·米·陀思妥耶夫斯基的传统,也体现了象征主义的基本原则,形成了独特的象征主义"宗教小说"的叙事风格,彰显出一种新的精神追求,与当时的"社会小说"和"市民小说"构成对话、论争的格局。

第二章 尖锐的二元对立——梅列日科夫斯基象征主义诗学的普遍化原则

在谈论"神秘的俄罗斯灵魂"时俄罗斯人都爱引用著名诗人费·伊·丘特切夫的一首四行诗:

> 用理性无法理解俄罗斯,
> 普通尺子无法将它丈量:
> 俄罗斯的体格十分独特——
> 对它唯有信仰才最适合。

的确,俄罗斯之所以是"费人猜详的斯芬克斯之谜",不只因为它地域辽阔,还因为它拥有独特的宗教信仰和历史文化。俄罗斯人具有"双重信仰",是基督教(东正教)和多神教的统一。这种综合在其他民族中是很难达到的,但俄国人却把这对立的两极统一到了一起,而且这两种独特而又矛盾的基因全面渗透到他们生命活动的方方面面,在他们对待自然、社会交往和个人内心世界等方面突出地表现出来,由此导致俄国人思维方式中的"双重性"特征①。

这种"双重性"特征决定了以"二元对立"为基本理论模式的思维方法,梅列日科夫斯基即是这种思维模式的典型代表。他的哲

---

① 张冰:《俄罗斯文化解读——费人猜详的斯芬克斯之谜》,济南:济南出版社,2006年,第3页。

学思想体系要求他处处站在"二元对立"的立场上观世论人,正如尼·亚·别尔嘉耶夫所说,梅列日科夫斯基整个都是"基督教与多神教、肉体与灵魂、天与地、社会性与个人性、基督与反基督的对立统一",对他来说"此世里的一切现象……都是彼岸世界响亮的橇杠,你只需略加敲击——琴弦便会响起;你只需稍稍触摸现象——本质就会回应"①。梅列日科夫斯基自己也声称,在90年代写的那些政论和批评文章中他就具体清晰地表达了自己的艺术观点和创作理念——即对**全球性**和**普遍化**的追求,以及最大限度地暴露"**对立两极的尖锐冲突**"。许多研究者也都注意到了这一倾向,并认为它集中体现了作家的哲学观和艺术观的本质,因此,我们把它看做是梅列日科夫斯基象征主义诗学的一个普遍化特点,并将其定义为"普遍化二元对立诗学"。这一概念既源于俄罗斯历史文化,又注入了作家的独特发展观点,更表达出作家创作中最"赤裸裸"的艺术实质。因此,本章以梅列日科夫斯基在90年创作的诗歌、政论和批评作品为研究对象,将注意力主要集中到作家诗学的形成和结构上,同时分析它与作家的个性气质之间的联系。

第一节 "普遍化二元对立诗学"的形成

一种诗学风格的形成、成熟,强烈而鲜明地呈现出它特有的独异性,其本身就意味着具有了相对稳定性。这个稳定性的出现,是作家的艺术个性在创作实践中的连续的、相继不断的叠现的结果。这就是风格得以存在的一贯性特点。如果缺乏这种持续一贯的特性,就不可能明晰地构成独特鲜明的风貌,只能流于琐屑繁碎、变幻不定,这无疑是不成熟、不定型的征象。因而,任何一种风格的形成,并能被人所感受、所把握、所承认,其本身必须有一个积聚的过程,要求一贯性。关于这一点,丹纳在《艺术哲学》中有一个生动的表述:"人人知道,一个艺术家的许多不同的作品都是亲属,好像

---

① 转引自张冰:《白银时代俄国文学思潮与流派》,北京:人民文学出版社,2006年,第47页。

一父所生的几个女儿,彼此有很明显的相像之处"①。然而,作家风格的稳定统一决非意味着停滞、凝固或贫乏。风格的基调固然绝对不能没有,而单调的风格则务必不应有。大凡高明的、有追求的作家总是基调强烈却又毫不单调。一个作家的风格既必须是稳定统一的,又应该是丰富多样的。从必然性来说,这是客观的需要,也是风格这最富具独创性、最包孕探求精神的事物特性的需要;从可能性来看,它又取决于作家主观的努力追求的程度。作家的世界观、审美感、艺术情趣构成的创作个性只有在一批作品中不断体现,才能形成醒人耳目、撼人心弦的具有美的力量的风格。梅列日科夫斯基的"普遍化二元对立诗学"就是在其政论批评作品(理论阶段)和艺术散文(创作阶段)中不断发展、成熟起来的,并表现出惊人的"一贯性"和"丰富性"特点。

一、建立"二元对立"的宇宙模式

梅列日科夫斯基的"普遍化二元对立诗学"观点的形成深深根植于俄罗斯的历史文化,并被西方的"辩证"哲学得以强化。诚如张冰先生所说:"俄国古代美学一向就以把世界区分为可见和不可见两种而著称,这在早期可能是受到由拜占庭而来的基督教神学观念的影响。后来,德国古典哲学和美学进一步强化了这种观念。苏格拉底、柏拉图、莱布尼茨、笛卡尔、谢林、康德、黑格尔、叔本华、尼采、柏格森等人的哲学,也同样给俄国哲学提供了这种二元论世界观。19世纪俄国的大思想家费·米·陀思妥耶夫斯基和符·谢·索洛维约夫等人秉承了二元论世界观并在其思想体系中加以内在表现。到了白银时代,随着新宗教意识的勃兴,与之相互呼应的俄国象征主义,更是在美学上掀起了一场革命,其理论基础就源于世界有可见与不可见之分这样一个理念,前者即现象界,后者即本体界;前者是表象,后者是本质,人们应当摒弃表象而追求本质之真。"②

---

① 丹纳:《艺术哲学》,傅雷译,北京:人民文学出版社,1963年,第4页。
② 张冰:《白银时代俄国文学思潮与流派》,北京:人民文学出版社,2006年,第96—97页。

第二章 尖锐的二元对立——梅列日科夫斯基象征主义诗学的普遍化原则

梅列日科夫斯基正是秉承了俄国传统文化和西方哲学中的"二元论"世界观,对世纪之交的社会变革和意识涌动有着切身体会和深刻认识。在俄罗斯,19世纪末20世纪初是一个独一无二的现象,首先是它的文化氛围,用尼·亚·别尔嘉耶夫的话说,"日落西山的感觉"、灾难临近的感觉、"旭日东升的感觉"①以及改造生活的希望以惊人的形式结合在一起。对此梅列日科夫斯基有相当的先见之明,他敏锐地感觉到整个世界的普遍分裂性特点。由于处在现代派文化的源头,梅列日科夫斯基不仅创造着这种文化,而且以新的方式思索着人类亘古难解之谜:瞬间与永恒、有限与无限、人类与自然之间的联系是什么?它们的交叉点在哪里?相互转化点在哪里?如果这一切存在,那么表现为何种形式?用非传统的现代主义方式探寻这些问题的答案使他超出了同时代的实证主义知识范围,而所讨论问题的文化现状及其尖锐程度必然使其转向宗教领域。对人类这种"二元性"的探索,成为世纪之交俄罗斯知识分子的普遍思维模式。最先是费·米·陀思妥耶夫斯基的"分裂世界的直觉"和探寻"全人类性"②,以及感觉到另一种深渊——下意识的深渊,为梅列日科夫斯基指明了探索的方向,后来在他的创作意识中与符·谢·索洛维约夫的"万物统一论"联系在一起,与列·尼·托尔斯泰的《忏悔录》联系在一起,得到真正的精神领悟,理性地贯彻在其"两个深渊理论"中和"新基督教"思想中,并艺术地体现在其新型的象征主义诗学中。

梅列日科夫斯基无论写作什么题材,作品中都渗透着哲学、宗教和伦理思考,并且一般都是从形而上学的"二元对立"范畴出发。早在《列·托尔斯泰与费·陀思妥耶夫斯基》(1902)一书中,梅列日科夫斯基就对其诗学观点非常重要的"对立性原则"进行了最透彻和最尖锐的表达,他所建立的宇宙模式是一个不同水平上矛盾对立的严整体系:

---

① 别尔嘉耶夫:《别尔嘉耶夫集》,汪剑钊选编,上海:上海远东出版社,1999年,第387页。
② Дефье О. В. Д. Мережковский: преодоление декаданса (раздумья над романом о Леонардо да Винчи), М., Мегатрон, 1999. С. 16.

"早在那里,在动物前的自然界各种现象里,在非动物的物质结构里——原子的吸引力和排斥力、运动着的恒星的向心力和离心力、电的正极和负极;高一级的——在有机物的发展('进化')中结合部分('分化'和'整化')的分裂和联合,两性的对立——即这些动物两极的对立;更高一级的——在超物理的、形而上学的、道德的现象中——善与恶、爱人和爱己的对立;在世界历史现象中——所谓的'多神教文化'与所谓的'基督教文化',确切说是'佛教文化'的对立,极端肯定独立个性和极端否定独立个性的独立,个性的最后的'是'与最后的'否'的对立;最后,在最高级的神秘主义领域里——虚幻的'基督'与虚幻的'反基督'、神人与人神的斗争,这就是宇宙分裂的上升阶梯……"①

这幅"世界图景"以其规模巨大和包罗万象令人惊奇,因为丰富多彩的生活及其多方面的冲突都被梅列日科夫斯基归结为两种绝对因素的普遍对立——基督和反基督。作家不仅在"**真理**"和"**谎言**"这对道德对立中找到这种"超验的深刻性":"真理——来自魔鬼,谎言——来自上帝。谎言成为了真理,真理成为了谎言"②,"魔鬼——不是对立的上帝,不是对立的绝对真理,而是与绝对真理和上帝对立的绝对谎言"③,也在"**现实主义——浪漫主义**"这对美学二律背反中找到体现:"浪漫主义"用永恒的多神教恶魔的谎言诱惑着人:"很难看清魔鬼的面孔,因为'高傲的恶魔如此美好,如此灿烂与强大',只有撕掉他脸上的普罗米修斯、琉息弗④、达伊莫尼奥斯⑤面具,才能看清这位平凡得让人害怕的魔鬼。

---

① Мережковский Д. С. Лев Толстой и Достоевский // Мережковский Д. С. Лев Толстой и Достоевский. Вечные спутники. М., Изд. Республика, 1995. С. 264.
② 梅列日科夫斯基:《契诃夫与高尔基》// 梅列日科夫斯基:《先知》,赵桂莲译,北京:东方出版社,2000年,第330页。
③ 梅列日科夫斯基:《对俄罗斯知识分子的可怕审判》// 梅列日科夫斯基:《未来的小人》,杜文娟译,昆明:云南人民出版社,1999年,第94页。(译文与原文有出入,本文作者在引用时作了修正)
④ 琉息弗(Люцифер)——但丁《神曲》中的恶魔。
⑤ 达伊莫尼奥斯(Демон)——《荷马史诗》中对一切奇怪的、不理解的、命运的东西的称谓。

用普通的白光、上帝真理的**现实主义**，很难战胜复杂多变、色彩斑斓的恶魔谎言的**浪漫主义**"①。

梅列日科夫斯基甚至把政治术语"**革命**"和"**反革命**"也理解为具有宗教含义，在其政论作品中，它们失去了应有的单义性而获得崇高的神圣含义："基督对于任何存在和永恒的前进——从宇宙到逻各斯，从逻各斯、神人类到神人——都是永恒的'是'，反基督对于任何存在和永恒的后退——从宇宙到混乱、从混乱到最后的毁灭——都是永恒的'否'。在这种意义上，基督是任何革命的宗教极限；反基督是任何反革命的宗教极限。"②

可见，无论是在自然科学、历史学、伦理学中，还是在现实的宗教哲学中，梅列日科夫斯基到处都坚定不移地向其需要的存在公式运动，以表达存在的二元性特征。所以，亚·尼·索科洛夫说："梅列日科夫斯基认为世界生活中存在着两极性，即有两种真理在征战：天空和大地、灵魂和肉体、基督和反基督……在历史进程中，在未来和谐的前夕，这两股潮流可能分化，但灵魂总是力求功德圆满的花环。梅列日科夫斯基的长篇小说就建立在这样一种二元对立之上"③。梅列日科夫斯基的"二元论"特征同时也是"极端绝对"特征。正如尼·亚·别尔嘉耶夫指出的，梅列日科夫斯基"极端厌恶现代性的细小规模"④，这不仅表现在他对大历史时代（古希腊罗马晚期、欧洲文艺复兴时期和彼得大帝时代）和伟大巨人（尤里安、列奥纳多、彼得一世、拿破仑……）的极大兴趣，还表现在他强烈地追求超越人类的范围，进入超验的、真正伟大的范围。所以，两种世界本原的永恒斗争、上帝与恶魔的永恒斗争成为他整个创作中固定不变的真正"世界性主题"（尼·亚·别尔嘉耶夫语）。

---

① 梅列日科夫斯基：《对俄罗斯知识分子的可怕审判》// 梅列日科夫斯基：《未来的小人》，杜文娟译，昆明：云南人民出版社，1999年，第89页。（译文与原文有出入，本文作者引用时作了修正）
② Мережковский Д. С. В обезьяньих лапах // Мережковский Д. С. Поли. собр. соч. В 24 т. М., 1914. Т. 16. С. 35.
③ 转引自张冰：《白银时代俄国文学思潮与流派》，北京：人民文学出版社，2006年，第45页。
④ Бердяев Н. А. О новом религиозном сознании // Бердяев Н. А. О русских классиках. М., Высш. шк, 1993. С. 225.

叶·格·伦德贝格公正地指出,正是这一主题将梅列日科夫斯基的分散作品"汇集成一个庞大的元文本"①。梅列日科夫斯基自己也曾强调:"尽管各本书性质不同,有时还互唱反调,但却存在着不可分割的联系。它们是一条链条的各个环节,一个整体的各个部分。这不是好几部书,而是一部书,只不过是为了方便才分册出版罢了。这是一部书——讲的是一件事。"②

二、深化"二元对立"的诗学原则

梅列日科夫斯基是为数不多仅在自己的心灵中敏锐地感觉和意识到两个世纪的"交战"、新与旧的"交战",而且还异常准确地猜测到这一矛盾的巨大世界性特点的人。他的这种个性激情不仅决定了其世界观的方方面面,也在其美学观点中得到表现,首先表现在其"创作自决权"过程中。按照玛·亚·阿列克谢耶娃的观点,"创作自决权"就是"在完善存在和人的问题上为艺术开辟必要的道路",就是"艰难地、有时甚至是痛苦地获得自己的风格形式,即对他的个性来说唯一可能的形式"③。对梅列日科夫斯基来说,这一过程并不漫长,但却非常紧张。他的"普遍化二元对立诗学"形成的两个阶段——理论阶段(论文《论当代俄国文学衰落的原因及其新兴流派》(1892)既是俄国象征派的宣言,也是作家主观批判方法的根据)和创作阶段(散文、政论文、批评和最后岁月的书信体遗产)实际上是在 10 年(1892—1905)时间内完成的。后来,梅列日科夫斯基虽然拓宽了自己的兴趣领域,谈论俄罗斯文学和世界文学,谈论政治、新宗教意识、人民和知识分子,但他仍然使用已经形成的"风格公式"并不断加以锤炼和磨砺。

我们认为,正是在论文《论当代俄国文学衰落的原因及其新兴流派》中梅列日科夫斯基首次确定了自己的主要美学原则——"新

---

① Лундберг Е. Г. Мережковский и его новое христианство. СПб., 1914. C. 41.
② 梅列日科夫斯基:《1911—1913 年版全集序言》// 梅列日科夫斯基:《诸神之死——叛教者尤里安》,刁绍华、赵静男译,哈尔滨:北方文艺出版社,2002 年,第 376 页。
③ Алексеева М. А. Об эстетическом и стилевом самоопределении раннего Б. Пастернака // XX век. Литература. Стиль. 1996. Вып. 2. C.99.

理想主义"(Новый идеализм)①,这是理解他独特风格特点的一把钥匙,因为它使作家的创作有了具体目标——达到理想之境,即后来梅列日科夫斯基称之为"赤裸的裸体"(Обнаженная нагота)和"最后的本质"(Последняя сущность)。而梅列日科夫斯基在90年代写的那些政论文中(包括《列·托尔斯泰与费·陀思妥耶夫斯基》(1901—1902)、《果戈理与魔鬼》(1906)、《尤·列·莱蒙托夫:超人类诗人》(1909)、《俄国革命的先知:纪念费·陀思妥耶夫斯基》(1906)、《未来的无赖》(1906)、《不是和平,而是利剑:基督教的未来批判》(1908)、《在寂静的漩涡里》(1908)、《重病的俄罗斯》(1910)等),更加具体清晰地表达了他的艺术观点和创作理念,并显露出两个重要特点:"**强化**"和"**弱化**"②,它们对理解梅列日科夫斯基的"形式追求"至关重要。那些被梅列日科夫斯基看做是"充满热情的人"(彼·彼·别尔佐夫、瓦·瓦·罗扎诺夫等),就是最先对他的这种艺术观点和创作理念产生兴趣和好感的。

梅列日科夫斯基对"绝对"的追求变得真正不可遏制,他处处寻找"最高级":在爱情方面,他将其理解为"心灵的息息相通",所以在1903年给瓦·瓦·罗扎诺夫的信中这样讲述自己的妻子济·尼·吉皮乌斯:"她不是别人,而是我在其中的那个人"③,这一认识在后来的论文《三的秘密》(1925)中发展成"神圣的雌雄同体"思想;在人身上,他发现19世纪的悲剧性矛盾——需要信仰但不可能有信仰突出地体现在列·尼·托尔斯泰和费·米·陀思妥耶夫斯基身上,而在符·米·迦尔洵身上这种矛盾"达到了极端,达到了丧失理智的程度"④;在艺术方面,由于他极度专注于本质,

---

① Мережковский Д. С. О причинах упадка и о новых течениях современной русской литературы // Мережковский Д. С. Лев Толстой и Достоевский. Вечные спутники, М., Изд. Республика, 1995. С. 535.

② Там же. С. 543.

③ Мережковский Д. С. Записные книжки и письма // Русская речь. 1993. №. 5. С. 27.

④ Мережковский Д. С. О причинах упадка и о новых течениях современной русской литературы // Л. Толстой и Достоевский. Вечные спутники. М., Республика, 1995. С. 551.

所以在认识和感受某个作家的创作特点时,他的创作过程就获得了具体的方向性:从外部的物质世界转向内心的精神世界,艺术家对他来说是"**先知**"(例如,符·谢·索洛维约夫是"无声的先知"(Немой пророк),安·巴·契诃夫和阿·马·高尔基是"人神"宗教的"最早的有意识的导师和先知"(Первые бессознательные учителя и пророки))和"**秘密的窥探者**"(列·尼·托尔斯泰是"肉体秘密的窥探者"(Тайновидец плоти),费·米·陀思妥耶夫斯基是"精神秘密的窥探者"(Тайновидец духа)),而他本人既是"先知",也是"秘密的窥探者",他的创作风格是"**神授的超凡风格**"(Харизматический стиль)①。难怪许多同时代人都说,梅列日科夫斯基有"传教天才",有"通灵术"②,能迷惑听众。但重要的是,他身上具有一种能透视隐藏在表面背后的真正秘密的罕见才能,所以,安·别雷尽管对他创作的评价充满了矛盾,但也不得不承认:"梅列日科夫斯基总能看穿人,看穿墙,看穿时间和空间"③。而梅列日科夫斯基的妻子济·尼·吉皮乌斯也总是亲切地把丈夫称作"我们的卡桑德拉"④。

但是,"秘密的窥探者"和"先知"这两个概念对梅列日科夫斯基来说是不相等的,这是一枚奖章的两面,强调的是神赋天才和艺术家公民角色的相互关系。由此就产生了一种对立的创作行为,按照尼采的"查拉图什特拉模式",这种创作行为包括两个阶段:**上升阶段**和**下降阶段**。上升阶段就是"领悟神秘深处的喜悦",即从有意识向无意识的运动过程中"突破"神的启示;下降阶段向艺

---

① Быков Л. П. Русская поэзия начала XX века: стиль творческого поведения (к постановке вопроса) // XXвек. Литература. Стиль. Екатеринбург, 1994. Вып. 1. С. 168.

② Зайцев Б. К. Памяти Мережковского. 100 лет // Мережковский Д. С. В тихом омуте. М., 1991. С. 486.

③ Белый А. Мережковский. Силуэты // Мережковский Д. С. В тихом омуте. М., 1991. С. 8.

④ 吉皮乌斯:《梅列日科夫斯基传》,施用勤、张以童等译,北京:华夏出版社,2001年,第206页。卡桑德拉是希腊神话中特洛伊的公主。在现代语言中,被用来称呼那种预见到了即将降临的灾难,但是自己无力防止又无法说服别人采取预防措施的人。

术家提出另一个任务——用词句表达出这种"最高认识"并将其传递给听众。这时创作方向就发生了根本变化：从无意识转向有意识，从精神转向物质体现。按照梅列日科夫斯基的观点，"俄国革命的先知"费·米·陀思妥耶夫斯基就是这样做的："为了继续向下走，他必须先后退，暂时从地下的黑暗返回意识的白昼的光明，从研究无意识的二分现象走向研究已经被二分的意识。"①

这样，"有意识——无意识"这对揭示艺术家创作意识两面性特点的对立就与最初的对立"外部——内部""公开——秘密"接上了。这一思想最先清晰地表现在梅列日科夫斯基的批评文集《永恒的旅伴》（1897）中，之后是在《列·托尔斯泰与费·陀思妥耶夫斯基》（1902）和《未来的无赖》（1905）中，而且梅列日科夫斯基将这种分裂达到了"最后的深度"，达到了"可怕的形而上学的二律背反"②。最终，最初的二元对立"外部——内部"被每一方单独分裂加强，从而创造出一种复杂的"晶体风格结构"，类似于某种"立方体二元论"（Дуализм в кубе）（安·别雷语），它首先表现在"外部"与"内部"的对立；其次，表现在本质也失去自己的完整性，变为形而上学的极端对立形式——绝对的"＋"——绝对的"－"；第三，表现在这种内部二律背反投射到物质现象和事物世界上，产生出众多变体。这样，作家的二元论观点就获得辩证法表现形式：对立的两极由于强烈的相互吸引和相互排斥不会混合成模糊不清的"中庸之物"。对梅列日科夫斯基而言，不论是资产阶级的民主，还是将"平庸之情"达到极限的社会主义，不论是基督教的婚姻（贞节和淫欲的混合物），还是文学中的市侩习气，所有这一切都是"中庸的永恒特征"，都是令人憎恨的庸俗行为，也就是"反基督"。

我们看到，梅列日科夫斯基虽然在不同方向上进行探索，但却始终目标坚定地朝着认识自己风格形式的方向迈进。因此，这里我们借用鲍·米·艾兴包姆评论列·尼·托尔斯泰早期创作风格

---

① Мережковский Д. С. Лев Толстой и Достоевский // Мережковский Д. С. Лев Толстой и Достоевский. Вечные спутники, М., Изд. Республика, 1995. С. 274.
② 梅列日科夫斯基：《对俄罗斯知识分子的可怕审判》// 梅列日科夫斯基：《未来的小人》，杜文娟译，昆明：云南人民出版社，1999年，第54页。

的两个对立特征——"细节化"和"普遍化"①的概念,将梅列日科夫斯基的这种风格形式的主要结构规律定义为"**普遍化二元对立诗学**"。它表现在梅列日科夫斯基对全球性和普遍化的追求,表现在他极端暴露以"对立两极的尖锐冲突"为基础的创作原则。后来利·安·科洛巴耶娃在《梅列日科夫斯基——小说家》一文中也使用类似的术语"艺术思维的统一原则"(Единый принцип художественного мышления)②论述梅列日科夫斯基的创作风格。

第二节 "普遍化二元对立诗学"的结构

"普遍化二元对立诗学"在结构方面表现为贯穿于全部文本的每一个最小细胞都处于极端紧张的状态,包括词语修辞、象征图示、句法结构、作家语调、情节模式、框架结构、人物形象等。下面我们就以梅列日科夫斯基 90 年代的诗歌、政论和批评作品为文本,详细研究"普遍化二元对立诗学"在这些方面的具体表现。

一、貌离而神合的词语修辞

众所周知,对"语言魔力"的追求现代主义的标志,符合现代主义运动的整个实际发展。在文学领域,无论诗歌或小说,新词语,新格调,新的叙述手法,仅就叙事来说都是新语言的同义语。在绘画领域,我们看到革新的色彩组合,画面的新颖安排和利用,新的几何形状,新的平面感,以及线、形、块的动力主义。在音乐创作

---

① Эйхенбаум Б. М. Молотой Толстой // Эйхенбаум Б. М. О литературе. М., Сов. Писатель, 1987. С. 67. 在《青年托尔斯泰》一文中,艾兴包姆指出托尔斯泰早期创作风格中的两个对立特征——"мелочность"(细节化)与"генерализация"(普遍化、概括化)。前者正是"陌生化诗学"的表现特征,而后者是托尔斯泰对布道或预言语调追求的结果,即作家对极端抽象议论哲学化、概括化的追求。梅列日科夫斯基也像托尔斯泰一样,过于沉溺于进行完全宗教的概括,具有布道的倾向。因此,本文借用"普遍化"这一概念,对梅列日科夫斯基象征主义的普遍性二元论诗学特征进行概括,一是表达作家在哲学层面上对全球性和普遍化的二元论追求,二是表达作家在美学诗学层面上的普遍化二元论特点。

② Колобаева Л. А. Мережковский-романист // Колобаева Л. А. Русский символизм. Изд. МГУ. 2000. С. 239.

上，我们看到新的音调、组合和变移，一种和谐连续乐调的新奇干。在歌剧方面，由于瓦格纳的影响，动力感觉经验成了新语言的作用结果之一。凡是渴望跻身于现代主义的人，无论是通过哪种途径：是通过分解和重新组合，还是通过色彩、格调、声音序列、视觉效果和新词语，都必须遵循一条共同的路线，即具备革新艺术语言的能力。

象征派作为现代主义的第一个文学流派，其"语言"探索符合现代主义运动的整个实际发展。因此，娜·符·德拉戈米茨卡娅指出："谈论当代文学的风格意味着研究还没'变凉的'词汇的生命，因为它们在作家的笔下获得越来越新的形式"①。对"词语机制"的思考是俄国象征派文学理论探索的一个基点，因为词语本身上寄寓着世界的本质，它是情感投射的世界与超感情的参悟之奇妙神秘的统一。认识活动本身即是词语的操作行为，因而语言注定要起着最重要的认识论甚至本体论的作用。在象征派作家心目中，创造性词语等同于最高级认识，词语的"操作"本身即是对"外部世界与内心世界的'相关相应'的活生生的体现"②。

所以，"普遍化二元对立诗学"最早就表现在梅列日科夫斯基作品的词语使用上。在他的政论和批评作品中，处处可见风格色彩相反的词交叉出现，例如，崇高语体词和低级语体词。崇高语体词指的是作家广泛使用的书面语词汇——外语词和科学术语（例如："У других народов совершается реакция по естественному закону механики: **угол падения** равен **углу отражения**"（其他民族的反动往往是按力学的自然规律发生：**入射角**等于**反射角**）③，"У других народов реакция есть **явление вторичное, производное**；у нас **первичное, производящее**"（其他民族的反

---

① Драгомирецкая Н. В. Слово героя как принцип организации стилевого целого // Теория литературных стилей. Многообразие стилей советской литературы. Вопросы типологии. М., Наука, 1978. С. 447.
② 周启超：《俄国象征派文学》，北京：社会科学文献出版社，1993年，第117页。
③ 梅列日科夫斯基：《低垂的头》// 梅列日科夫斯基：《重病的俄罗斯》，李莉译，昆明：云南人民出版社，1999年，第32页。

动是某种**第二性的**,派生的现象,我们的则是**第一性的**,原生的)①),以及古斯拉夫词("Агнец **безгласный**"(沉默的羔羊)②、"**благая** весть"(美好的消息③和圣经词("Вавилонская башня"(巴比伦塔④),"Конь Бледный"(灰马)⑤)。低级语体词指的是口语词汇——俗语、俚语、粗话等,例如:"**канитель** марксистская"(马克思主义的**麻烦事**)⑥;"Я назвал книжку отрывком,——вернее было бы назвать ее бы **оглодышем**"(我将小册子称为片段——但更确切地说,应称其为**啃剩的**)⑦;"Нам до такой степени **наплевать** на Бога, что мы употребляем его на **затычку**, за неимением более удачного слова"(我们如此**瞧不起**上帝,以至于我们拿他来**临时顶替**,因为没有更恰当的词)⑧。

这种赤裸裸的言语对比使梅列日科夫斯基创造出一种特殊的逆饰形式(Оксюморон)⑨,在其中我们看到了作家的意识和风格轮廓——"弱化逆饰",它不是将对立物合在一起,而是将其分裂

---

① 梅列日科夫斯基:《低垂的头》// 梅列日科夫斯基:《重病的俄罗斯》,李莉译,昆明:云南人民出版社,1999年,第32页。
② 梅列日科夫斯基:《托尔斯泰与陀思妥耶夫斯基》,杨德友译,沈阳:辽宁教育出版社,2000年,第250页。
③ Мережковский Д. С. Лев Толстой и Достоевский // Мережковский Д. С. Лев Толстой и Достоевский. Вечные спутники, М., Изд. Республика, 1995. С. 219.
④ 梅列日科夫斯基:《人心和兽心》// 梅列日科夫斯基:《重病的俄罗斯》,李莉译,昆明:云南人民出版社,1999年,第43页。
⑤ 梅列日科夫斯基:《灰马》// 梅列日科夫斯基:《重病的俄罗斯》,李莉译,昆明:云南人民出版社,1999年,第14页。
⑥ Мережковский Д. С. Грядущий Хам // Мережковский Д. С., Гиппиус З. Н. 14 декабря: Роман. Дмитрий Мережковский: Воспоминания // Сост., вст. Ст. О. Н. Михайлова. М.: Моск. рабочий, 1991. С. 541.
⑦ 梅列日科夫斯基:《灰马》// 梅列日科夫斯基:《重病的俄罗斯》,李莉译,昆明:云南人民出版社,1999年,第15页。
⑧ 梅列日科夫斯基:《人心和兽心》// 梅列日科夫斯基:《重病的俄罗斯》,李莉译,昆明:云南人民出版社,1999年,第45页。(译文与原文有出入,作者引用时做了修正)。
⑨ 逆饰,也叫矛盾修饰法,即把两个语义上相互矛盾、逻辑上互相排除的概念结合起来。表面上看矛盾、不符合逻辑的词语组合却从一定角度揭示出事物的特征,产生一定的心理效果,吸引读者注意,增强形象的表现力,其功能类似于对照(антитеза)。这种修辞手法被不少文学家采用,但在梅列日科夫斯基笔下达到了极端程度,成为其"普遍化二元对立诗学"在语言方面的具体表现。

开,以暴露甚至加大它们之间的对比。梅列日科夫斯基的大部分修饰语正是按照这种原则建立起来的,我们按照语言学家维·符·维诺格拉多夫的方法,将其分为三类:逆饰;感情和词汇的不协调;选自不同语义范围的修饰语①。

第一种修饰语(逆饰)被维·符·维诺格拉多夫定义为"复杂定语"(Сложные определения),在其中"实现组合词的含义和感情对比"②,例如,"**интеллигентски-мужичья** бородка"(文雅—粗鲁的大胡子)。但我们认为,当一个名词同时被两个反义形容词修饰时,这种对比会变得更加紧张和强烈,例如,"**грешная и святая** земля"(**堕落**而**神圣**的土地)③,"**уютные и унылые** зимние пейзажи"(**舒适**而**凄凉**的冬景)④。

第二种修饰语(感情和词汇的不协调)既与被修饰词在感情上对立),例如,"**циническая и живописная** грубость"(**粗俗而生动**的粗鲁话)⑤,"**благополучный** ужас"(**平安**的恐怖)⑥,"**сухое**

---

① Виноградов В. В. О поэзии А. Ахматовой. Стилистические наброски // Виноградов В. В. Поэтика русской литературы. Избранные труды. М., Наука, 1976. C. 338—390.
② Там же. C. 338.
③ 梅列日科夫斯基:《阿福花和洋甘菊》// 梅列日科夫斯基:《先知》,赵桂莲译,北京:东方出版社,2000 年,第 70 页。
④ 梅列日科夫斯基:《普希金》// 梅列日科夫斯基:《先知》,赵桂莲译,北京:东方出版社,2000 年,第 188 页。(引文稍作修改)
⑤ 梅列日科夫斯基:《冬天的虹》// 梅列日科夫斯基:《重病的俄罗斯》,李莉译,昆明:云南人民出版社,1999 年,第 9 页。
⑥ 梅列日科夫斯基:《猪妈妈》// 梅列日科夫斯基:《重病的俄罗斯》,李莉译,昆明:云南人民出版社,1999 年,第 75 页。逆饰往往与某种民族语言自成一体,远离了这种语言也就失去了修饰的意味,逆饰多是个人独创的修饰语,它们一般是不可复现的,其使用具有偶然性。因此,严格地说,某些逆饰是很难翻译的,甚至是无法翻译的(见曾艳兵,《莎士比亚戏剧中的"矛盾修饰法"》,《外国文学研究》2008 年 3 期,第 93 页)。逆饰的翻译一直是一个值得关注的问题,由于这种现象表面上违背语义常规组合,实则超越逻辑、强化语言表达效果,所以,在翻译时一方面要考虑作家使用这种修辞手法的意图,另一方面还要考虑表达语言的习惯,所以出于多种考虑,许多译者在翻译时不好把握分寸,往往将这一语言特色丢掉。从国内的译本看,这方面的不足也很明显,而这一手法恰恰是表现梅列日科夫斯基对立手法的突出语言特点,作家有意采用这种矛盾手法,诱使读者透过其表层意义寻找字里行间隐藏的含义,体会其复杂而深刻的"弦外之音"。因此,本文作者在引用译文时,对照原文做了一定修改。下文都作了标注)。

довольство"(枯燥的满足感)①,"**великий Хам**"(伟大的无赖)②,又与被其否定的被修饰词的具体意义对立(例如,"**стынущая теплота**"(冷却的暖意)③,"**тёмный свет**"(阴暗的光明)④,"**отрицательная проповедь**"(否定的布道)⑤。

第三种修饰语(修饰语与被修饰词属于不同语义范围),例如,"**эпикурейские пряники**"(享乐主义的蜜饼)⑥,"**святая чепуха**"(神圣的胡扯)⑦。

还有更强烈的"逆饰性"言语形式被看做是作家二元论风格的表现,那就是各种明喻(Сравнение),例如:"Книги из библиотеки, как **женщины из публичного дома**"(图书馆里的书就像妓院里的妓女)⑧;"...как трудно было Вам писать статью, все равно, что **Атлантидную глыбу гранита** размалывать на **муку Nestle** для кормления грудных младенцев"(……您写文章多难啊,就像把大西洲上的花岗岩巨石磨成雀巢奶粉喂养嗷嗷待哺的婴儿)⑨;"Не утвердится ли коммунистический рай на плечах этого **идиота**, как небо на плечах **Атланта**?"(共产主义的天堂是否会落在这个白痴的肩上,就像天空落在阿特拉斯的肩上一样?)⑩。

---

① 梅列日科夫斯基:《托尔斯泰与陀思妥耶夫斯基》,杨德友译,沈阳:辽宁教育出版社,2000年,第49页。
② 梅列日科夫斯基:《人心和兽心》// 梅列日科夫斯基:《重病的俄罗斯》,李莉译,昆明:云南人民出版社,1999年,第51页。
③ 梅列日科夫斯基:《对俄罗斯知识分子的可怕审判》// 梅列日科夫斯基:《未来的小人》,杜文娟译,昆明:云南人民出版社,1999年,第33页。
④ 梅列日科夫斯基:《低垂的头》// 梅列日科夫斯基:《重病的俄罗斯》,李莉译,昆明:云南人民出版社,1999年,第39页。
⑤ Мережковский Д. С. Лев Толстой и Достоевский // Мережковский Д. С. Лев Толстой и Достоевский, Вечные спутники, М., Изд. Республика, 1995. С. 144.
⑥ 梅列日科夫斯基:《托尔斯泰与陀思妥耶夫斯基》,杨德友译,沈阳:辽宁教育出版社,2000年,第47页。
⑦ Мережковский Д. С. Лев Толстой и Достоевский // Мережковский Д. С. Лев Толстой и Достоевский, Вечные спутники, М., Изд. Республика, 1995. С. 238.
⑧ Письма Д. С. Мережковского к А. В. Амфитеатрову // Звезда. 1995. N7. С. 166.
⑨ Там же. С. 338.
⑩ Мережковский Д. С. Записная книжка 1919 - 1920 // Вильнюс. 1980. N6. С. 137.

为了扩展逆饰,梅列日科夫斯基还积极将其引入各种隐喻(Метафора)结构中,使涵义相去甚远的词语发生碰撞:高级词语与低级词语("На бледном челе **распятого Диониса** выступает то же чернильное **пятно мещанской заразы**"(在受难的狄奥尼索斯苍白的面颊上也一样出现了**市侩传染病的黑点**)①,学术词语与日常词语("**Позитивизм** желтой расы вообще и японской в частности — это **свеженькое яичко**, только что снесенное желтой монгольской курочкой от белого арийского петушка"(所有黄种族的——日本尤甚——**实证主义**是刚刚被白种的亚利安小公鸡踏过的黄种的蒙古小母鸡下的一只**新鲜的小鸡蛋**)②。这种"隐喻逆饰法"确实产生出一种特殊的"心理效果",正如阿·尼·维谢洛夫斯基在《历史诗学》中分析"隐喻"构成的心理基础时指出的:"在现代语言中构成的绝大部分具隐喻性质的结构都可以追溯到遥远的古代,那时人类意识对许多生理现象认识不足,造成视觉、听觉、嗅觉等感觉融合在一起,不加区分,而这种融合性稳固地反映在语言里"③。梅列日科夫斯基追求的正是这种"语言的返璞归真"。

我们看到,这些形式各异的"逆饰"形式并没有给读者造成模糊不清的虚幻感觉,因为梅列日科夫斯基始终遵循自己的"最高纲领主义",在他那里到处都是清晰可见的对立。各种形式的逆饰,不仅具有寓意深刻、妙趣横生、耐人寻味的语言效果,而且因其自身跌宕多姿、新颖独特的表现手法,使作品富有更强的文学表现力和感染力,达到幽默、讽刺、挖苦的效果,正是利用这种修辞方法,梅列日科夫斯基更加深刻和全面揭示了事物和现象之间的辩证关系,并在一定程度上弥补了政论作品艺术性不足的问题。

除逆饰之外,梅列日科夫斯基还在文本中广泛使用反义词来表现对立两极的紧张冲突。包括明显对立的反义词:"день—

---

① 梅列日科夫斯基:《未来的无赖》// 梅列日科夫斯基:《先知》,赵桂莲译,北京:东方出版社,2000 年,第 146 页。
② 同上书,第 98—99 页。
③ 维谢洛夫斯基:《历史诗学》,刘宁译,天津:百花文艺出版社,2003 年,第 67 页。

ночь"(白天——黑夜),"правда—ложь"(真理——谎言),
"далёкое-близкое"(遥远——亲近),"жизнь-смерть"(生——死)
等,以及上下语境的反义词:"**Церкви** противопоставляется
государство, как область мирских дел-области не от мира сего"
(**国家**与**教会**对立,就像尘世之事与彼岸之事的对立)①;
"**Революция** сделалась **республикой**, насилие—свободой,
бунт—послушанием"(**革命**成了**共和国**,暴力成就自由,暴动形成
顺从)②;" Терпеть не могу библиотечных книг—**такие
проститутки**, так что недавно мне пришлось заплатить 1200
франков за《**девственные книги**》"(我不能忍受图书馆的书——
都是些**妓女之书**,所以不久前我不得不花费1200法郎买些"**贞女
之书**")③。我们看到,在这里承担反义词功能的词不是词汇意义
对立的词,常常是属于不同含义范围的词,但在以对立为基础的句
子中,这就足以使它们构成对立物。更重要的是,这两种反义词在
作家的公开意图中令人惊奇地一致,它们不仅加强了对比,而且超
越了个别现象而成为高度概括、包罗万象的象征性对立物,康·
亚·克德罗夫将其称作"特殊的文学遗传密码"(Своеобразный
генетический код литературы)④。

因此,按照娜·阿·科热尼夫科娃的观点,"抽象化"在很大程
度上确定了整个象征派的独特性⑤,尤其与梅列日科夫斯基的创作
新形式惊人地协调一致,因为梅列日科夫斯基的描写对象不是事
物,而是"思想"⑥。套用一句利·雅·金兹堡的话,可以说梅列日

---

① Мережковский Д. С. Поли. собр. соч. В 24 т. М. ,1914. Т. 15. С. 89.
② 梅列日科夫斯基:《灰马》// 梅列日科夫斯基:《重病的俄罗斯》,李莉译,昆明:云南人民出版社,1999年,第14页。
③ Мережковский Д. С. Записные книжки и письма // Русская речь. 1993. № 4. С. 30-35.; № 5. С. 25-40.
④ Кедров К. А. Поэтический космос. М. , 1989. С. 284.
⑤ Кожевникова Н. А. Словоупотребление в русской поэзии начала XX в. М. , Наука, 1986. С. 8.
⑥ 霍达谢维奇:《关于梅列日科夫斯基》// 弗·霍达谢维奇:《摇晃的三脚架》,隋然、赵华译,北京:东方出版社,2000年,第349页。

科夫斯基把象征主义词汇富含的"语义精矿"（Концентрат семантичности）①提炼到了极点。他强烈追求"极端性"和"绝对性"，并创造出众多"词汇公式"，在其中"思想"常常以纯形式被直接表达出来，所以，"抽象概念"在文本中占据了首要位置。例如，大量的抽象词汇用于文章的标题：《Бес или Бог》（《魔鬼还是上帝》）、《Пророчество и провокация》（《预言与挑拨》）、《Грядущий Хам》（《未来的无赖》）、《Христианство и государство》（《基督教与国家》）等。因此，根据这些标题我们就能部分地想象到作家注意力集中的主要概念范围。

梅列日科夫斯基对"准确性"和"极端逻辑清晰性"的偏好，决定了其风格的普遍化特征，并促使其选择特殊类型的形象性。例如，在他的艺术体系中，"叠语"和"极端"修饰语占有重要地位。例如，叠语"плоская равнина"（平坦的平原）、"чёрная тьма"（漆黑的黑暗）、"чёрный мрак"（漆黑的幽暗）、"горячечный жар"（炽热的炎热）等。最常见的"极端"修饰语有："巨大的"："титаническая гордость"（巨大的骄傲）、"титаническое хулиганство"（巨大的无赖行为）、"титаническое мещанство"（巨大的市侩习气））；"绝对的"："абсолютная ложь"（绝对谎言）、"абсолютная личность"（绝对个性）、"абсолютная власть"（绝对权力）、"абсолютная сущность"（绝对本质）、"абсолютная церковь"（绝对教会）、"абсолютная государственность"（绝对国家性）、"абсолютная война"（绝对战争）、"абсолютная женственность"（绝对温柔）等；"彻底的"："совершенная любовь"（彻底的爱）、"совершенная свобода"（彻底的自由）、"совершенный христианин"（彻底的基督徒）、"совершенный синтез"（彻底的联合）、"совершенный позитивизм"（彻底的实证主义）等；"最后的"："последнее сознание"（最后的意识）、"последний ужас"（最后的恐惧）、"последняя тьма"（最后的黑暗）、"последнее безверие"（最后的无信仰）等；"无限的"：

---

① Гинзбург Л. Я. О лирике. Л., Сов. Писатель, 1974. С. 11.

"бесконечный террор"（无限恐怖）,"бесконечный голод"（无限饥饿）,"бесконечный соблазн"（无限诱惑）等,以及作家最喜爱的隐喻修饰语"死的":"мёртвый город"（死城）,"мёртвый позитивизм"（僵死的实证主义）,"мёртвенная злоба"（死人般的仇恨）,"мёртвая тень"（死人般昏暗的影子）,"мёртвый звук"（死一般寂静的声音）,"мёртвый догмат"（僵死的教条）等。另外"独一无二的"也是梅列日科夫斯基最常用和最喜欢的修饰语,用它来盛赞自己钟爱的作家,表示其"最高等级"。因此,我们有充分理由说,梅列日科夫斯基是在"极端"词汇水平上进行创作的。

最后,梅列日科夫斯基还非常喜欢采用传统形象（"惯用语"）,因为蕴藏其中的旧情感很容易被翻新,诚如尤·尼·特尼亚诺夫所说:"传统形象的感情比新形象的感情更强烈更深刻,因为新形象通常把注意力从感情转移到了物体上"①。在这类传统形象中有公开的引文（来自《圣经》、神话、文学作品等）,也有凝固的语言形象,诸如"俄罗斯的心脏"（сердце России）,"生命之火"（пожар жизни）,"血流成河"（реки крови）等。为了达到最大限度的概括目的,梅列日科夫斯基将大量的熟语和谚语引入到自己的言语中,例如,"Из огня да в полымя."（才脱龙潭又落虎穴）②,"Огород городить."（多此一举）③,"Всяк кулик своё болото хвалит."（每一只鹬都夸自己的沼泽好）④,"Кого люблю, того и бью."（打是亲骂是爱）⑤,"Не до жиру, быть бы живу."（不求发胖,只图活命）⑥等。

二、万象而归一的象征图示

梅列日科夫斯基始终不渝地追求"暴露"和"扩大艺术感染

---

① Тынянов Ю. Н. Поэтика. История литературы. Кино. М., наука, 1972. С. 121.
② 梅列日科夫斯基:《未来的无赖》// 梅列日科夫斯基:《先知》,赵桂莲译,北京:东方出版社,2000年,第105页。
③ 同上书,第105页。
④ 同上书,第118页。
⑤ 同上书,第118页。
⑥ 同上书,第119页。

力",这一趋势更加强烈清晰地表现在"象征意义"中,通过积极的概括和分类,削弱了象征涵义的联想性和多义性。下面我们就详细研究这种结构的作用。

世纪末的"世界流行病"笼罩着俄国象征派,这在很大程度上发端于梅列日科夫斯基的创作,他的象征具有真正包罗万象的特点,它们贯穿于各种文化层面和语境中,获得极其丰富的内涵,成为众多元象征(Метасимвол)。例如,启示录的野兽、肉体美、谎言、中庸、人神、有三张面孔的未来无赖(君主专制、东正教、无赖阶层)、作为谎言革命的恐怖主义等,所有这些具有自身价值的彼此遥远的概念和现象在梅列日科夫斯基的批评和政论文中都被归结为一个统一的、具有丰富内涵的概括形象——反基督。

我们看到,作家始终一贯地把读者联想的多样性引向需要的轨道,目的是帮助其克服象征主义多义性的迷雾,简化和分辨出最主要的东西。

在普遍化象征过程中"神话人名"和"神话情节"被赋予重要作用,梅列日科夫斯基主要使用古希腊罗马神话和基督教神话人名和情节来达到这一目。例如,在文集《永恒的旅伴》中,两个神话对立人物"阿波罗——狄奥尼索斯"履行着主要的构义功能,梅列日科夫斯基用尼采的阐释"光明——黑暗""秩序——混乱"对其含义进行揭示;在致瓦·瓦·罗扎诺夫的一封信中,象征性二律背反"贞节——淫欲"是借两个神话名字——阿耳忒弥斯(未婚妻)和阿佛罗狄忒(妻子)确定的;在政论文《阿福花和甘洋菊》中,俄国的当代文学被比作希腊神话人物欧律狄刻,她"追随着新的俄耳甫斯,将会找到归途——从死者回到生者"[1];在政论文《阿拉克切耶夫和福季》中把亚历山大一世比作有两张面孔的雅努斯——"朝向人间的一副是阿拉克切耶夫,朝向天堂的另一副是福季"[2]。

但是,在梅列日科夫斯基的创作中,关于"基督和反基督"的神

---

[1] 梅列日科夫斯基:《未来的无赖》// 梅列日科夫斯基:《先知》,赵桂莲译,北京:东方出版社,2000年,第72页。
[2] 梅列日科夫斯基:《阿拉克切耶夫和福季》// 梅列日科夫斯基:《重病的俄罗斯》,李莉译,昆明:云南人民出版社,1999年,第56页。

话毫无疑问占据着主要位置,作家把神人与人神的对立(《契诃夫与高尔基》)、个人主义与市侩主义的对立(《未来的无赖》)、革命与反革命的对立(《在猴子的爪子里》)等都看成是这一神话的对立。这些形象由于被这一神话"过电",结果就失去了其具体含义,从而使作家能够自由地将他们进行对比。例如,在作家笔下,众多的"反基督"象征类比都是现实中的人物——彼得一世、阿拉克切耶夫①、阿泽夫②,或者文学中的人物——维伊(尼·瓦·果戈理《可怕的复仇》中的人物)、斯梅尔佳科夫(费·米·陀思妥耶夫斯基《卡拉马佐夫兄弟》的人物)、罗帕辛(安·巴·契诃夫《樱桃园》中的人物)、卢卡(阿·马·高尔基《在底层》中的人物)。而且每一次象征相似都建立在某种固定的、超越个人的、包罗万象的思想基础之上。例如,形象系列阿拉克切耶夫——斯梅尔佳科夫——罗帕辛——反基督,就是由梅列日科夫斯基关于"无赖行为"的思想连接在一起的③;反基督等同于阿泽夫和卢卡("卢卡"(Лука)即"弯曲"之意),是由他们的谎言特点决定的;维伊——阿拉克切耶夫——反基督之所以能进行对比是因为他们都具有"野兽本质"(尼·瓦·果戈理笔下的人物维伊和反基督都具有非人类的特点,阿拉克切耶夫具有惨无人道的特点),而且在此对比中修饰语"铁的"被赋予重要作用,它成为《阿拉克切耶夫和福季④》一文的独特主导思想,并随着每件新加入的东西而增加自己的象征能量:首先

---

① 阿·亚·阿拉克切耶夫(Аракчеев, Алексей Андреевич)(1769—1834),19世纪俄国亚历山大一世时代陆军大臣,推行残暴统治制度,在军队中实行棍棒纪律和粗暴练兵方法,残酷镇压对社会不满的人。
② 叶·费·阿泽夫(Азеф, Евно Фишелевич)(1869—1918),俄国社会革命党首领,1901—1908年向监察部门出卖党内许多成员和"战斗组织",是叛徒的象征。
③ 在《未来的无赖》一文中梅列日科夫斯基这样斥责"无赖行为":"只有一点要怕,就是奴役行为和一切奴役行为中最糟糕的——市侩行为以及一切市侩行为中最糟糕的——无赖行为,因为当权的奴隶是无赖,而当权的无赖是魔鬼——已经不是旧的想象的魔鬼,而是新的真实的魔鬼,确实很可怕,比人们描绘的小鬼还可怕,——未来的魔鬼,未来的无赖。"参见Мережковский Д. С. Грядущий хам // Мережковский Д. С., Гиппиус З. Н. 14 декабря: Роман. Дмитрий Мережковский: Воспоминания // Сост., вст. Ст. О. Н. Михайлова. М.: Моск. рабочий, 1991. С. 542.
④ 修士大司祭福季(Фотий),世俗名 Пётр Никитич Спасский(1792—1838)俄国反动教会的代表人物之一,阿拉克切耶夫的拥护者。

是阿拉克切耶夫的"铁尺"——御医维利耶给他开的处方,每天早上用"铁尺"惩罚犯过的小园丁①,之后是反基督的"铁杖"——权力的象征②,最后是维伊的"铁脸"——"官办教会老一套的面孔"③。

因此,我们认为,梅列日科夫斯基的象征意义具有双向性,它表现出作家风格结构的主要原则。为了追求象征的超概括性,梅列日科夫斯基将其简化和图示化,所以,"象征涵义垂直线"(Смысловая вертикаль символа)(尼·符·巴尔科夫斯卡娅语)④不仅扩展了象征的意义范围,而且还加深、确切了象征含义,创造出大量的象征系列,并逐渐将它们的多样性归纳为两个最简单的、不可分解的公式——"＋"或者"－"。

梅列日科夫斯基正是将这种象征构成原则应运到《伊万内奇与格列布》一文中。这篇文章谈的是格列布·伊万诺维奇·乌斯宾斯基的创作,确切说,是关于他的精神病——人格分裂症。据治疗医生证明,在作家格·伊·乌斯宾斯基的心里"格列布"与"伊万内奇"一直进行着较量。当伊万内奇占上风时,乌斯宾斯基就是一个大坏蛋,就是一头长着猪脸、猪头、猪身的讨厌猪,就是用毒药毒死自己孩子的强盗;而当格列布占上风时,猪就反过来变成了"上帝的天使",对一切都充满了基督之爱:怜惜街上的瘸腿小狗,施舍乞讨的流浪汉。格·伊·乌斯宾斯基的基督式纯洁和"禁欲主义审美观"令其同时代人感到惊奇。

像往常一样,梅列日科夫斯基喜欢把个别事实看做是普遍化的(民族的,或者全人类的)现象。换言之,"格列布"和"伊万内奇"是两个容量非常大的象征,其概括意义在不同的文化含义语境中得到加强,包括传记(格·伊·乌斯宾斯基的书信和日记,治疗

---

① 梅列日科夫斯基:《阿拉克切耶夫和福季》// 梅列日科夫斯基:《重病的俄罗斯》,李莉译,昆明:云南人民出版社,1999年,第55页。
② 同上书,第64页。
③ 同上书,第65页。
④ Барковская Н. В. Слово и словообраз в русской поэзии начала XX века（к проблеме интенсификации лирической формы）// XX век. Литература. Стиль. Екатеринбург, 1994. Вып. 1. С. 58-69.

医生的日记,符·加·柯罗连科、尼·马·明斯基等人的回忆录等)和文学作品(作家本人的文本)。

在特写《土地的威力》中,格·伊·乌斯宾斯基回忆起一则关于勇士斯维亚托格尔(山之巅、星空之巅的勇士)和米库拉·谢利亚尼诺维奇(幽暗土地深渊的勇士)的壮士歌。斯维亚托格尔费力地赶上一位肩上扛着一只口袋的过路庄稼汉,他用尽了浑身力量也扛不起那只口袋,因为"口袋里放的是大地母亲的吸引力"①。但是,在梅列日科夫斯基看来,格·伊·乌斯宾斯基只猜出了一半谜底——关于米库拉·谢利亚尼诺维奇的谜底,而另一半关于斯维亚托格尔的谜底却是批评家自己猜到的:"斯维亚托格尔不是别的,正是露西受洗之前的基督教,它是通过米库拉·谢利亚尼诺维奇的原始多神教真理观察到的——即通过地上的权力观察到天上的权力"②。

这样,"伊万内奇"与"格列布"就代表着"地上"和"天上","多神教"和"基督教"。斯维亚托格尔不喜欢也不懂得大地,因此大地撑不住他。据明斯基证明,格·伊·乌斯宾斯基在发疯时也觉得大地撑不住他,"他变得轻飘飘的,很快就会飞起来"③。难怪他给妻子的信都署名为"天使先生格列布"④。梅列日科夫斯基接下来解释道,基督徒苦修使格·伊·乌斯宾斯基只知道关于天上的真理,认为"神圣的"就意味着是天上的、精神的、不育的。因此,他对自己的身体产生憎恨:神经错乱时用石头砸自己的头、割喉咙、自焚。而且,嗅觉幻觉缠绕着他:好像到处都能"嗅到臭味",所以妻子被迫用香水洗手。但是枉然,因为"肉体是腐朽的,肉体的臭味就是腐朽的臭味"⑤。这样,"伊万内奇与格列布"这一对比含义就获得了"肉体——精神"这一普遍象征主义二律背反特点。

---

① 乌斯宾斯基:《土地的威力》//《俄国民粹派小说特写选》(上),盛世良译,北京:外国文学出版社,1987年,第185页。
② Мережковский Д. С. Иваныч и Глеб // Полн. собр. соч. В 24 т. М., 1914. Т. 15. С. 54.
③ Там же. С. 56.
④ Там же. С. 32.
⑤ Там же. С. 45.

可见,梅列日科夫斯基就是通过把复杂归为简单,把个别引向普遍,创造出自己的"象征公式"(安·别雷将其比作"由于活词完成了分解过程而组成了漂亮的死晶体"①)和词汇形象。但为公正起见,我们需要指出,梅列日科夫斯基有意采用这种极端方法(按照安·别雷的说法,这是对诗化语言的"戕害"),目的是打破刻板陈规,清晰地勾勒出其所处时代的艺术发展主干线。

因此,"色度"引起梅列日科夫斯基的极大关注,我们认为,它是作家革新艺术形式的鲜明例证。梅列日科夫斯基一贯坚决反对一切偶然的瞬间因素,反对极短促的印象,这是他的风格表现。他认为朴素简洁的双色(主要是黑白色)可以代替光谱中的所有耀眼色彩,产生非常强烈的对比效果,或者干脆用单色。例如,在他的文本中修饰语常常是单色点:"**白色的僧帽**"(**белый клобук**)、"**红色的野兽**"(**багряный Зверь**)、"**黄色的危险**"(**жёлтая опасность**)等,但这些色彩常常是调色板上的"固有色"(原色),正是它们成为他的主要色彩手段,帮助他摆脱"瞬间"因素,用规律代替"偶然"。

在强烈追求达到"最后的本质"方面,世纪之交的先锋派画家库·谢·彼得罗夫—沃德金与梅列日科夫斯基惊人地接近,诚如美术评论家德·符·萨拉比亚诺夫所言,库·谢·彼得罗夫—沃德金也在"寻找'**世纪的公式**',而不是'**十年的公式**'"②,所以他的著名"红马"③具有极其饱和的色度:好像"在它身上色度达到了终点"④。在先

---

① Белый А. Магия слова // Белый А. Символизм как миропонимание. М., 1994. С. 135.
② Сарабьянов Д. В. Русская живопись конца 1900-х—начала 1910-х годов: Очерки. М., 1971. С. 53.
③ 这里指他的名画《浴红马》。画家借用民间传说中人民喜闻乐见的骑士形象,表达了对人生、对前途的一种哲理性思考。他笔下的骑士,没有了圣像画中的神秘色彩,已是新兴力量的象征。裸体男孩像个智慧的预言家,骑在英俊的红马上,那马高昂着头,向前奔驰的姿态显示出强大的力量,人物和马都处在一种抽象的空间里。画中蕴涵的寓意和象征性,令观众产生许多联想。追求简练、明快、概括,是彼得罗夫-沃德金创作的核心。他在吸收古代俄罗斯绘画传统的基础上,创作出具有纪念性的概括形象,以红、黄、蓝三原色组成统一的画面。
④ Сарабьянов Д. В. Русская живопись конца 1900-х—начала 1910-х годов: Очерки. М., 1971. С. 53.

锋派画家巴·尼·菲洛诺夫和卡·谢·马列维奇的作品中,我们也能发现类似的对普遍化造型公式的追求。例如,卡·谢·马列维奇在《黑色正方形》①这幅似乎"用零方式"穷尽了世界的多样性的画之后开始创作《白上之白》②——"颜色信号旗湮没在颜色的无底深渊里"③。

三、简洁而延宕的句法结构

梅列日科夫斯基"普遍化二元对立诗学"的双向性特点在句法结构方面也表现得十分突出。也许,这正是梅列日科夫斯基二律背反形式的独特特点,因为修辞色彩不同的大量词汇(上文中提到的),经常处于相邻的句子中,或者在同一个句子中。但更重要的是,这种语义结构不仅基本色调不同,而且本身的构成类型也不同。

一方面,梅列日科夫斯基的句法结构具有契诃夫式的"**优美简洁**"和"**逻辑性**"。主要表现在:使用大量的插入语指明思路(例如,во-первых(第一),наконец(终于),далее(其次),следовательно(因而),в частности(特别是),прежде всего(首先),с одной стороны(一方面),таким образом(这样),тем не менее(但是)等);采用哲学术语进行最大程度的概括;利用总括词"всё"(全部)和带前缀"все-"的词(例如,"всенародный"(全民族的),"всемирный"(全世界的),"всемогущий"(全能的),"всеобъемлющий"(包罗万象的等)进行总体概括;借助哲学上的

---

① 马列维奇的《黑色正方形》标志着至上主义的诞生。黑色正方形似乎集中了全世界所有的形状和色彩,并将它们上升为和谐的公式,体现的是黑(完全没有任何颜色和光线)白(所有颜色和光线同时存在)两色的极端性。这一简单的几何形状符号,与在它之前世间所存在的具体形象、物体和概念没有任何关联,它体现了作者绝对的自由。

② 1918年完成的《白上之白》一画意味着马列维奇的至上主义试验和探索已达到一个新的层次,整个画面上没有色彩,在白色的背景上只有几条朦胧不清的方形轮廓线。

③ Рудич В. И. Дмитрий Мережковский // История русской литературы: XX век: Серебряный век// Под ред. Ж. Нива, И. Сермана, В. Страда, Е. Эткинда. М., 1995. С. 432.

"绝对判断"形式打破句子语调的完整性(没有动词),制造一种"分裂性"和"突发性"效果,例如,"Истинное богостроительство есть богочеловечество"(真正的造神说就是神人说)①。

在很大程度上,这种感觉是由大量极其简短的简单句结构引起的,因为梅列日科夫斯基经常利用它们构成比较复杂的甚至整个段落,例如,"Царь от Бога; был царь; был Бог; не стало царя и Бога не стало"(沙皇来自神;有沙皇;就有神;沙皇没有了,神也就没有了)②,"Чашу хаоса наполнил Космос. Чашу космоса наполнил Логос. Чашу Логоса наполнит Дух"(宇宙装满一大碗混乱。逻各斯装满一大碗宇宙。精神会装满一大碗逻各斯)③。

此外,"对称性"结构也是梅列日科夫斯基风格的明显特征,我们只要列举一下他的作品名称就能证明这一点:《预言与挑衅》《列·托尔斯泰与费·陀思妥耶夫斯基》《契诃夫与高尔基》《阿福花和洋甘菊》《魔鬼还是上帝?》《人心和兽心》《基督与反基督》等。通常,对称是由一对关键的反义词组成,并用连词"和""与""但是""不仅……,而且……"等连接起来。

不但如此,梅列日科夫斯基还追求"镜子般"的对称,所以复杂句的成分或者相邻的简单句会保持成分的一贯性,除主语外,只有谓语的情态或语态不同(例如,"Он хотел любить свободу — она любила; с ним делалось-она делала!"(他想爱自由——她爱过了;他做过的事——她做了!))④。由于句法结构的复杂化是同时进行的,所以不会破坏这种"镜子般"的对称性。这种突出的对称性有时好像是故意人为的,难怪有评论家称梅列日科夫斯基的创作原则是"墨点法"⑤(把纸对折后形成对称墨点的儿童画)。

---

① 梅列日科夫斯基:《阿拉克切耶夫和福季》// 梅列日科夫斯基:《重病的俄罗斯》,李莉译,昆明:云南人民出版社,1999年,第52页。
② Мережковский Д. С. Записная книжка 1919—1920. // Вильнюс. 1980. N6. C. 134.
③ Там же. C. 143.
④ Мережковский Д. С. Поли. собр. соч. В 24 т. М. ,1914. Т. 15. C. 126.
⑤ Рецензия на сборник Мережковского «Больная Россия» // Русское богатство. СПб. , 1990. N 3. C. 150.

另一方面,梅列日科夫斯基的句法结构又具有"**延宕性**"和"**平缓性**"。主要表现在以下三方面:

第一,采用丰富的引文、繁多的隐喻和无数的确切成分"加重"句法结构。例如:"… вся русская литература-Гоголь, Достоевскийй, Толстой и мы, грешные, малые дети великих отцов, вся русская литература только и делала, что истребляла Иваныча"(……整个俄罗斯文学——就是尼·瓦·果戈理、费·米·陀思妥耶夫斯基、列·尼·托尔斯泰和我们这些罪孽深重的伟大父辈的小孩子们,整个俄罗斯文学做的只是消灭伊万内奇)①。尽管这样,但读者并没有产生模糊不清、杂乱无章的感觉,主要因为这种"冗长"的结构服从于作家的最高任务——把读者的注意力集中到重要的东西上。

第二,精挑细选"形容词"突出事物和现象的最准确和最全面的特征。例如:"Я не знаю ничего более **сокровенного** и **загадочного**, чем **серая**, **тёмная**, **тусклая**, **гордая** Флоренция"(我不知道什么东西比**灰暗的**、**漆黑的**、**浑浊的**、**高傲的**佛罗伦萨更加**隐秘和神秘**)②,"Самый **маленький** и в то же время самый **сильный** из дьяволов, современный дьявол собственности, **мещанского** довольства, **серединой** пошлости, так называемой "**душевной** теплоты", не одержал ли в нем своей **последней** и **величайшей** победы»"(在众多魔鬼中那最小的、同时也是**最强大的**魔鬼——财产、**小市民的**满足感、**中庸的**庸俗、所谓的"**灵魂的温暖**"的现代魔鬼,不是在他身上取得了**最后的**和**最伟大的**胜利了吗?)③。

第三,使用各种"重复"手法,达到思想的极端清晰性和准确性:既有最简单的同义词反复("Этому **верит неверующий**

---

① Мережковский Д. С. Иваныч и Глеб // Полн. собр. соч. В 24 т. М., 1914. Т. 15. С. 42.
② Письма Д. С. Мережковского к П. П. Перцову // Русская литература. 1991. N2. С. 175.
③ 梅列日科夫斯基:《托尔斯泰与陀思妥耶夫斯基》,杨德友译,沈阳:辽宁教育出版社,2000年,第99页。

Михайловский, а **верующий** Булгаков не **верит**"（相信此事的是非**信徒**米哈伊洛夫斯基，而**信徒**布尔加科夫却不**相信**）①；"противоречие **христианства** и нео**христианства**, может быть, даже анти**христианства**, кажется кажущимся - **сном** во **сне**"（**基督教**与新**基督教**的对立，也许，甚至与反**基督教**的对立，好像是虚幻的——**梦中之梦**）②；也有展开的层递手法："Они хотели показать, что человек без Бога есть **Бог**, а показали, что он - **зверь**, хуже зверя, **скот**, хуже скота - **труп**, хуже трупа— **ничто**"（他们想表明没有上帝参与的人是**上帝**，而表明的却是：他（人）是**野兽**，比野兽更糟——是**畜牲**，比牲畜更糟——是**行尸走肉**，比行尸走肉更糟——是**虚无**）③。但是在这两种情况中，"重复手法"与其说增强了表现力，不如说突出和暴露了关键词，指明作家思想的明确方向，并调整和修正好结构。在这方面特别具有说服力的典型"重复手法"就是谢·谢·阿韦林采夫称呼的"名词的乘方"④："царь царей"（王之王）⑤，"позор позоров"（耻辱之耻辱）⑥，"сердце сердец"（心之心）⑦等。

因此，句法结构又显示出梅列日科夫斯基二元风格结构的一个准确特征：既清晰、有力、简洁（像他的诗歌一样），同时又从容、平缓、延宕。

---

① Мережковский Д. С. Иваныч и Глеб // Полн. собр. соч. В 24 т. М., 1914. Т. 15. С. 40.
② Там же. С. 74.
③ 梅列日科夫斯基：《未来的无赖》//梅列日科夫斯基：《先知》，赵桂莲译，北京：东方出版社，2000年，第362页。
④ Аверинцев С. С. Вячеслав Иванов // Иванов В. Стихотворения и поэмы. Л., Сов. писатель, 1976. С. 31.
⑤ 梅列日科夫斯基：《现在或永远不》// 梅列日科夫斯基：《未来的小人》，杜文娟译，昆明：云南人民出版社，1999年，第51页。
⑥ 梅列日科夫斯基：《何时复活》// 梅列日科夫斯基：《重病的俄罗斯》，李莉译，昆明：云南人民出版社，1999年，第105页。
⑦ 梅列日科夫斯基：《低垂的头》// 梅列日科夫斯基：《重病的俄罗斯》，李莉译，昆明：云南人民出版社，1999年，第32页。

四、严整而错综的情节模式

梅列日科夫斯基"普遍化二元对立诗学"的双向性特点在情节方面表现得也十分明显,主要是两种对立倾向的作用:一方面追求几何般严谨、确定和简单的形式,另一方面又依靠各种手法追求特殊、复杂和错综的形式。

梅列日科夫斯基作品的所有主题多样性都简化为一个统一的固定情节模式,即模仿黑格尔的三段论逻辑。最直观的例子就是《永恒的旅伴》中论述亚·谢·普希金的文章《普希金》。文章由四部分组成,第一部分可以看做是引言:按照学术作品的规则,在这部分确定题目的迫切性、研究对象、资料来源(亚·谢·普希金的作品和宫廷女官亚·奥·斯米尔诺娃的《笔记》),并顺便简短地介绍一下诗人的生平。第二部分和第三部分以"反抗"为中心主题,分别作为**正题**和**反题**进行相互对比。第二部分是对原始人(加利利人,即基督教)文化的反抗,正是在这一共同点上梅列日科夫斯基将亚·谢·普希金那些彼此相距遥远的作品联系在一起:《高加索的俘虏》《茨冈人》《噶卢勃》(又译《塔季特》)、《叶甫盖尼·奥涅金》。第三部分的主题也是对文化的反抗,但这次是英雄和巨人(多神教)的反抗,梅列日科夫斯基在亚·谢·普希金的诗歌《庶民》《先知》《仿古兰经》《埃及之夜》《小悲剧》和《青铜骑士》中找到了自己思想的证明。第四部分是**合题**,依照梅列日科夫斯基的观点,亚·谢·普希金的天才在于他是俄罗斯文学中唯一同时崇拜两种理想的人:**基督教**和**多神教**,前者是只知道爱上帝的**原始人**,后者是只知道爱自己的**巨人**。

尽管批评界指责梅列日科夫斯基的形式具有死板的"公式化"倾向和几何般严整的规则性特点,但作家仍始终不渝地继续"简化"和"强化"自己的风格形式——将三段论变为两段论。下面我们以文章《七个恭顺的人》(《Семь смиренных》)为例研究这种结构的作用。在这篇文章中作家和谢·尼·布尔加科夫争论有关革命的问题,**正题**是谢·尼·布尔加科夫的观点,他只看到革命的破坏力量,而这种观点对于梅列日科夫斯基来说是平淡浅显的,由此引出**反题**——即他本人关于革命的辩证特点的思想——革命将愤怒与仁爱联系在一起,而"合题"甚至没有勾勒出来。我们认为,这种简化形式决定了梅列日科夫斯基政论文的公开论战性特点,与其说这是关于思想的、宗教哲学的论战,不如说是关于美学的论战。就像尼·阿·涅克拉索夫的诗歌,为了在其同时代的文学背景中显得与众不同,必须"降低调子"并且"平民化"①。梅列日科夫斯基为了宣布"新艺术原则",也必须清晰明确地描述自己的思想和风格观点。

除了将三段论变为两段论外,梅列日科夫斯基还将黑格尔的双重否定规律直接理解为:主要的二律背反成倍增加,确切说是成倍分裂,形成庞大的"晶体模型"(Кристаллографические модель)②。结构因此失去以往的透明性,具有了"复杂化的二元性"③性质。但这是一种特殊的复杂性,因为结构仍保持着自己的稳定性,众多的二律背反都具有统一的目标——追求深刻的本质和绝对的因素,它们与其说是互相补充,不如说是互相加强。这样,梅列日科夫斯基的情节就具有了"阶梯式"特点,主要的"二元性"创作原则甚至具有了"复杂化"特点。

大量的变体就是最好的证明,梅列日科夫斯基将它们添加到黑格尔的三段论上。例如,在文章《人心和兽心》中论述的是社会民主与新宗教意识的争论。在第一部分梅列日科夫斯基叙述了社会民主主义者的观点,他们号召为了社会革新"摧毁人类的上帝观"④,但梅列日科夫斯基马上证明,无神论是教条式的宗教,是反有神论,因此,论题本身就是自相矛盾的。第二部分是主题的发展,而且也没有避免分裂。梅列日科夫斯基提出问题:谁是上

---

① Эйхенбаум Б. М. Некрасов // Эйхенбаум Б. М. О прозе. О поэзии. Л. , Худ. лит, 1986. С. 343.
② Белый А. Мережковский // Николюкин А. Н. Мережковский: Pro et contra. Изд. Русского Христианского гуманитарного института. СПб. , 2001. С. 262.
③ Эйдинова В. Дуалистическая природа стиля О. Мандельштама // XX век. Литература. Стиль. 1994. Вып. 1. С. 82.
④ 梅列日科夫斯基,《人心和兽心》//《重病的俄罗斯》,李莉译,昆明:云南人民出版社,1999年,第44页。

帝——人还是人类？"人是上帝"是"极端神秘主义的个人主义（尼采、施蒂纳、列·尼·安德烈耶夫）"的特点，"人类是上帝"是"极端神秘主义的社会主义（费尔巴哈、阿·瓦·卢那察尔斯基、阿·马·高尔基）"①的特点。第三部分否定第二部分，也就是说是主要反题，因为符·亚·巴扎罗夫②的信仰象征在梅列日科夫斯基的叙述中听起来是这样的："上帝什么都不是⟨……⟩人类的个性什么都不是"③。反题的发展我们可以在第四部分中找到，这部分是讲某种超人、被神化的集体。但是这部分也避免不了内部对立：假的造神说（"社会主义的巴比伦塔"）——真的造神说（整个基督教会），而且就在这里形成了"综合"——人间天国，它使社会民主主义者最终与新基督徒和解。结尾的第五部分是对这一思想进行最后的确定。可见，大规模的"阶梯式"情节结构同样是梅列日科夫斯基追求"绝对清晰"和"穷尽思想"的结果，也是其简化形式的方法。

此外，梅列日科夫斯基还利用语义辞格的相互呼应"多方强化"情节结构。例如，在文章《低垂的头》中，梅列日科夫斯基以济·尼·吉皮乌斯小说《白纸黑字》中对患病小孩的真实描写为出发点，转而改为间接地描述现实。起先是**明喻**：当代俄罗斯社会舆论就像患病的瓦秀塔："你想不想要寻神说或造神说？⟨……⟩而瓦秀塔只是看着你的眼睛，然后这么轻轻地说：'要么你给我点牛奶吧，妈妈，——但是又不想要了'……而头仍低垂着"④。之后明喻变成了更大容量的**隐喻**，由于利用了费·库·索洛古勃的象征形象"隐身人"其情感力度得以大大加强："一个过去的颓废主义者，如今只有上帝才知道是什么人，抑或是什么隐身人来找我——

---

① 梅列日科夫斯基，《人心和兽心》//《重病的俄罗斯》，李莉译，昆明：云南人民出版社，1999年，第48页。
② 符·亚·巴扎罗夫（Владимир Александрович Базаров）（1874—1939），真姓Руднев，俄国哲学家和经济学家。
③ 梅列日科夫斯基，《人心和兽心》//《重病的俄罗斯》，李莉译，昆明：云南人民出版社，1999年，第49页。
④ 梅列日科夫斯基，《低垂的头》// 梅列日科夫斯基，《重病的俄罗斯》，李莉译，昆明：云南人民出版社，1999年，第31—32页。

彻底低下了头"①,"低头的坏风气已经传到了什么地方!"②。越往后作家越加浓色彩,恐惧地揭露出到处充斥的"腐烂病",甚至包括在自己的身上。

这种突出强调词的"直接意义"和"间接意义"的"层递"手法广泛用在情节结构中。通常,在作品的开头提出某个实际事物(物体、自然现象等),在结尾找到自己的神秘含义(《阿拉克切耶夫和福季》《冬天的虹》《俄国革命的先知》等文章就是按这种原则创作的)。例如,在文章《俄国革命的先知》的第一部分中,梅列日科夫斯基想起了费·米·陀思妥耶夫斯基生活中的一个真实情景:童年里的一天他被森林里的一个声音吓坏了:"狼来了!",好在一位正在不远处劳作的农夫马列伊安抚了他。但是童年的第一次惊吓在梅列日科夫斯基的笔下变成了启示录的"终极恐惧":"兽来了!反基督来了! 农夫马列伊,即俄罗斯人民,变成了'俄罗斯基督',——基督之孪生兄弟,他不能使他摆脱这种恐惧,他自己(俄罗斯人民)成了兽,反基督,因为反基督就是基督的孪生兄弟"③。

可见,语义辞格和中心主题既可能是简洁的只是一个文本特有的,也可能是复杂的贯穿于作家的整个创作中(例如,镜子、"两个深渊"、世界末日、彼得堡的荒凉等情节),尽管它们外部松散、杂乱,但它们的相互呼应却严格服从于作家的整体风格规律——尖锐化的二元论,所以,梅列日科夫斯基的各种文本一直都是严谨的系统,而不是混乱的迷宫。

当然,也不能把这点看做是梅列日科夫斯基的个人长处或个人功绩。为了打破传统的形式标准,梅列日科夫斯基对当时俄国文坛上占据统治地位的、灰色的、因循守旧裹足不前的氛围的抗衡意识,对19世纪80年代里已然主宰着俄罗斯文学现状的那些"思潮"的抗衡意识,是一种自觉自为的抗衡意识,正是这种意识产生

---

① 梅列日科夫斯基,《低垂的头》// 梅列日科夫斯基,《重病的俄罗斯》,李莉译,昆明:云南人民出版社,1999年,第37页。
② 同上书,第39页。
③ 梅列日科夫斯基,《俄国革命的先知》// 梅列日科夫斯基,《先知》,赵桂莲译,北京:东方出版社,2000,第28页。

出他千方百计地标新立异的取向,而这种标新立异的取向,又导致他想方设法改革文坛现状的创新精神,那种殚精竭虑提高文学艺术水准的试验精神。在这种创新与实践中,他运用各种表现手段,竭力将其风格特点最大限度地"**直观化**"和"**显著化**",以故意张扬其作品的新颖别致,或刺激读者的接受心态,把读者的注意力从其他流派的文学影响下争取过来。

通常,任何"新艺术"都会标新立异,引人注目。例如,20世纪初俄罗斯先锋派艺术中的"新原始派"倾向就是一个例证,它虽然使卡·谢·马列维奇、马·扎·沙加尔、纳·伊·阿尔特曼、米·费·拉里奥诺夫这些相差悬殊的画家互相接近起来,但却以不同的形式体现在他们的创作中。卡·谢·马列维奇把自己看做是试验画家,把"至上主义"(Супрематизм)看做是一种"新宗教"(在给画家亚·尼·伯努阿的信中他称自己的《黑色方块》是"我这个时代的圣像画"①),所以,他比其他任何人更具说服力。为了使观众摆脱尘世的纷扰,"步入空洞无物",进入纯思辨的氛围,他为自己的画选择了最简单的几何图形——十字形、圆形、三角形、正方形(例如,《黑色正方形》(1915),《白色正方形》(1917))。正如评论家德·符·萨拉比亚诺夫所言:"简化到极致的至上主义'图形'是那种能够表达整个世界观体系的新型语言之基础"②。另外一位卡·谢·马列维奇创作的权威研究者亚·谢·沙茨基赫也得出了与我们的观点相一致的重要结论,她指出了《黑色正方形》的双重性特点:"它意味着先前艺术的完结,并在先锋派艺术之前的旧创作终结时起着特殊点的作用。所以,这幅《黑色正方形》是'新现实主义'创作的**最早图形和最早因素**"③。纳·伊·阿尔特曼提出了自己的"立体派"方案,并赋予其"冷酷的古典性"(德·符·萨拉比亚诺夫语),例如,那幅著名的《阿赫玛托娃肖像》就具有一种特

---

① Карасик И. Малевич в суждениях современников // Малевич: художник и теоретик. М., 1990. С. 193.
② Сарабьянов Д. В. История русского искусства конца XIX- начала XX века. М.: Изд-во МГУ, 1993. С. 233.
③ Шатских А. С. Казимир Малевич. М.: Слово Slovo, 1996. С. 55.

殊的力量，它的画面以非凡的严肃性和清晰性令人震惊。米·费·拉里奥诺夫和马·扎·沙加尔略微偏离了这一行列，他们两人都汲取了民间木版画的传统，追求情节的直观性，但由于他们把时间抽象化和把现实夸大化，所以走得更远。马·扎·沙加尔借助怪诞形象，并用各种象征充满日常生活，以揭示某些绝对真理。而在米·费·拉里奥诺夫的艺术体系中"变形原则"成为最重要的原则，人体在他的画布上被变形（例如，1907—1911年的《理发馆》系列：肩膀的拐弯处突出到人体的轮廓外，胳膊的"断臂"向上慢慢移动，竖到两旁的胡子，向上或向下劈开腿的体形，所有这一切"加强了特点，好像将其推到表面，变得清晰、纯净"①。

19世纪末20世纪初梅列日科夫斯基与团结在谢·巴·佳吉列夫《艺术世界》周围的这些先锋派画家相互接近，并在这里发表了其他杂志不接受的作品《列·托尔斯泰与费·陀思妥耶夫斯基》。尽管这本杂志主要是艺术性的，而不是文学性的，但在俄罗斯它是第一本美学杂志。正是在"佳吉列夫周三聚会"上梅列日科夫斯基与这些先锋派画家和其他文学家激烈地争论各种文艺美学问题和宗教哲学问题，宣扬了自己的"新哲学宗教观"和"新艺术"主张。因此，可以肯定地说，梅列日科夫斯基是最早捕捉到新时代的倾向并用美学手段加以表达的艺术家之一，这一倾向就是德·符·萨拉比亚诺夫指出的"使不同流派的艺术家注意形象，注意形象中从没有过的炽热感情"②。

五、简明而深化的结构框架

在作品的结构框架方面，"普遍化二元对立诗学"原则主要表现在作品中的人物形象和"时空范畴"的"复杂二元化"倾向。

首先，我们来研究一下人物形象的"复杂二元化"倾向。梅列日科夫斯基喜欢用"对称"的方法"简化"和"深化"人物身上的"二重性"矛盾。所以，在他的许多作品中主要人物和次要人物都是

---

① Сарабьянов Д. В. Русская живопись конца 1900-х - начала 1910-х годов: Очерки. М., Искусство, 1971. С. 114.
② Там же. С. 114.

"对称"排列的：托尔斯泰——陀思妥耶夫斯基，契诃夫——高尔基，阿拉克切耶夫——福季。甚至在自己的家里他也找到了一对对抗者，他们就是他在自传中提到父亲和母亲。父亲是一位枯燥无味、忧郁寡欢的人，"背负着尼古拉时代官吏的重担，变得冷酷而阴郁"①，对孩子们也很无情，把为"败类们"辩护的大儿子赶出家门；而母亲是一位"受难者—庇护者的形象"②，她护理患白喉的孩子，祈求严厉的父亲疼爱孩子们，对他隐瞒他们的小小过失。

我们看到，这些"对称"人物之间的对立逻辑好像被故意强化，以引起人们的注意，这在很大程度上是由于这些文学人物具有特殊的特点，可以称其为"人物—象征"③。不论是在批评还是在政论文中，梅列日科夫斯基都给自己提出最高任务，那就是深入到人的内心秘密中，深入到其"活的灵魂"中，以揭示其"最高的本质"，所以他广泛使用各种日记、书信和同时代人的回忆录。例如，在论述亚·谢·谢普希金的文章《普希金》中，他利用了亚·奥·斯米尔诺娃的随笔，并认为其历史价值在于"在我们面前出现的不仅是活生生的普希金，而且是未来的普希金，是未完成构思的普希金，——是这样的一个我们根据他天才的发现和暗示预感到的人"④。换言之，梅列日科夫斯基对作为"社会动物"的人不感兴趣，所以他竭力使人物的性格摆脱一切外部因素和偶然因素，不仅否认社会和历史必然性，也否认个体化特征，将性格归结为某种"时间之外"的普遍现象。这使人想起古典主义的美学，其"典型化"方法被看做是"标准的普遍主义"或者"普遍化"。但是，如果在古典主义人物身上个性的多样性被归结为其主要性格，那么在梅列日科夫斯基的人物身上个性的多样性则被归结为一种抽象的、超越个人的思想。因此，在这种意义上，阿拉克切耶夫与福季的对立就不是个人与宗教和教会的对立，而是国家权力与宗教和

---

① 梅列日科夫斯基：《自传随笔》// 梅列日科夫斯基：《诸神之死——叛教者尤里安》，刁绍华、赵静男译，哈尔滨：北方文艺出版社，2002年，第367页。
② 同上书，第369页。
③ Гинзбург Л. О литературном герое. Л., Сов. Писатель, 1979. С. 127, 128.
④ 梅列日科夫斯基：《普希金》// 梅列日科夫斯基：《先知》，赵桂莲译，北京：东方出版社，2000年，第177页。

教会的对立,是"尘世"与"天国"的对立。列·尼·托尔斯泰与费·米·陀思妥耶夫斯基的对立就是"肉体"与"灵魂"的对立。

可见,"二律背反"成为梅列日科夫斯基真正摆脱不掉的思想,尽管他是神秘唯心主义的拥护者,但是他经常用人物的内部分裂来加强人物的外部矛盾,所以,在他的创作中,人物在两个真理之间的痛苦抉择是最典型的情景,它使人物生活在精神力量"过分紧张的状态中",生活在"高于正常体温的状态中",这就使作家能够"暴露在正常情况下不会表现出来的内在性格秘密"①。例如,尤·列·莱蒙托夫的灵魂(文章《尤·列·莱蒙托夫——超人类诗人》)就在光明与黑暗、"鄙俗行为"与"高尚精神""无赖"斯科特·切尔巴诺夫与"天使"之间苦苦煎熬。彼得一世(文章《现在或永远不》)被迫在教会与启蒙之间做出抉择。这样就显露出人物的"随机应变能力",但这并没使形象失去其明确性,因为梅列日科夫斯基像往常一样先在性质方面分成"+"和"-"两极,然后再根据实力将其进行归类。例如,在列·尼·托尔斯泰身上同时存在两个人:"伪基督徒"阿基姆老人和"真多神教徒"叶罗什卡叔叔,在费·米·陀思妥耶夫斯基身上也同时存在两个人:宗教大法官——"反基督的先驱"和佐西马长老——"基督的先驱"。我们认为,梅列日科夫斯基的这种"风格侵略行为"正是他用独特的方法解决自己时代的艺术任务(宣告新的创作原则)的结果。

下面我们来分析一下"时空范畴"的"复杂二元化"倾向。众所周知,不论是革命前的批评界,还是当代批评界都指责梅列日科夫斯基"逻辑公式化",例如,尼·符·巴尔科夫斯卡娅就指出,《基督与反基督》三部曲的空间模式是梅列日科夫斯基对黑格尔三段论的独特阐释:下界、中界、上界②。实际上,这种空间模式在作家的批评和政论文中也没有改变,因而使人觉得过于"简化"。但通过

---

① Мережковский Д. С. О причинах упадка и о новых течениях современной русской литературы. // Мережковский Д. С. Лев Толстой и Достоевский, Вечные спутники, М., Изд. Республика, 1995. С. 539.
② Барковская Н. В. Поэтика символистского романа. Екатеринбург: Урал. гос. пед. ун-т, 1996. С. 23.

进一步的研究我们发现,这个三段论又被一大堆常见的反题所代替,因为"两个深渊"的斗争就被梅列日科夫斯基看做既是现象世界和超验世界的传统象征对立(例如,《伊万内奇与格列布》中的"尘世"与"天国";《现在或永远不》中的"罗马"与"新耶路撒冷"),又是两个宗教世界之间的对立,而且是"双倍的"(例如,在《关于新的宗教活动》中,与上帝的三个身份相对应的是《启示录》中的三个恶魔的身份:第一野兽、第二野兽、伪先知。上帝的三位一体可以用象征数字 333 表示,被亵渎地加倍后,就变成魔鬼的 666①)。所以,简单的"空间模式"又呈现出"复杂化"的特点。

不过,与以前的研究者不同,我们并不认为这种"逻辑公式化"是梅列日科夫斯基风格的缺点,恰恰相反,我们将其看做是梅列日科夫斯基强烈表达自己的创作个性的标志,是其暴露主要风格的"复杂二元性"倾向的最强烈表现。

当然,这也并不是梅列日科夫斯基"操纵"风格的唯一情况。在他特有的"时空范畴"中起主要结构构成作用的是两对常见的固定文化对立:西方——东方,上升——下降,它们表达了作家力图创造一幅包罗万象的世界图景的追求。例如,在《俄国革命的先知》一文中"东方"和"西方"这两个象征物获得了宗教哲学阐释:"神权国家",亦即在"东方"的基督教庇护下的教会联合;与"魔权国家",亦即被"西方"的教会公认的国家统一,是相互对立的。对于梅列日科夫斯基来说,"源自此世的王国是魔鬼的王国"②,所以,我们又看到,处在次要地位上的宗教两极——上帝与魔鬼,使这对空间对立具有了极端露骨的特点。

在《未来的无赖》一文中,二律背反"东方——西方"也被放到宗教哲学语境中,并具有以下对立形式:"俄国——西方、中国"或者"宗教意识——实证主义",因为实证主义(即"尘世的、无天国的

---

① 梅列日科夫斯基:《关于新的宗教活动》// 梅列日科夫斯基:《未来的小人》,杜文娟译,昆明:云南人民出版社,1999年,第98页。
② 梅列日科夫斯基:《俄国革命的先知》// 梅列日科夫斯基:《先知》,赵桂莲译,北京:东方出版社,2000年,第9页。

宗教"①)正有目的地领着欧洲沿着亚洲各民族的道路走向庸俗和市侩的"中庸之国"②。梅列日科夫斯基认为,只有俄罗斯,确切说,只有俄罗斯宗教界的复兴,才能抵抗住这种"黄祸的危险"③。

这幅世界图景虽然已经相当宏大,不仅包括众多国家,甚至还扩展到许多大陆,但是梅列日科夫斯基并不满足,他需要更巨大的、真正全世界的规模,所以他把这篇文章的主要主题("由无数小市民的琐碎压实的黑色咸鱼子酱"④形象)发展成大量的变体,以加强文章的主要思想:"未来的宇宙水螅虫穴及蚂蚁窝"⑤、"全人类的蜂房"⑥、"千头蛇"⑦,直到最后积累到预期的结果:"市侩的压实的黑色咸鱼子酱""把地球团团围住"⑧。

"莫斯科——彼得堡"的对比(《冬天的虹》)对于俄罗斯文学的"彼得堡文本"来说是非常传统的,它在梅列日科夫斯基的创作中也有独特的体现,而且,作家的"普遍化二元对立诗学"原则在这里表现得也非常明显。下面我们就从这两个方面进行论述。

第一,梅列日科夫斯基故意忽略彼得堡的"两极性"⑨,完全转到传统的轨道上,将这座城市看做是"邪恶之城"和"犯罪之城"。由此出现了众多象征形象:被彼得吊在拷刑架上的俄罗斯、费·米·陀思妥耶夫斯基笔下的铜骑士、死去的彼得堡的建设者们。为了加强情景,梅列日科夫斯基将亚卡基·亚卡基耶维奇·巴施马奇金(尼·瓦·果戈理《外套》中的人物)也算在死人之列。当然,这种接近从一开始就是沿着"小人物"的路线前进的。但是,对于梅列日科夫斯基来说最重要的是将形象提到最大程度的概括水

---

① 梅列日科夫斯基:《未来的无赖》// 梅列日科夫斯基:《先知》,赵桂莲译,北京:东方出版社,2000年,第97页。
② 同上书,第97页。
③ 同上书,第99页。
④ 同上书,第97页。
⑤ 同上书,第97页。
⑥ 同上书,第100页。
⑦ 同上书,第111页。
⑧ 同上书,第100页。
⑨ Топоров В. Миф. Ритуал. Символ: Исследования в области мифопоэтического. М., 1995. С. 260.

平上,所以出现了"死人"一词,没有比它更好来确定牺牲史上普通人的地位,揭露"奇迹建设者彼得"及其产物(彼得堡)的非人的、反基督本质。

因此,"北方之都"理所当然引起梅列日科夫斯基的公然厌恶,他将这种厌恶之情放入各种主题中。有对彼得堡的诅咒:"彼得堡建立在荒地上"①,它以"叠句"的形式贯穿于文章《冬天的虹》的始终;有对彼得堡肮脏的抱怨,例如,在给彼·彼·别尔佐夫的几封信中都表达了这一厌恶之情:1894年4月6日从意大利寄来的信将彼得堡与达·芬奇村对比:"但愿您知道所有这一切是多么美好,多么令我们俄罗斯人亲近,多么纯朴和多么需要!所有这一切照亮并涤荡掉心灵中那些彼得堡令人厌恶的东西"②,稍后在1897年的一封信中写道:"是的,也许,我最好坐在彼得堡的这个该死的蛤蟆洞里,直到写完小说"③,再后在1897年12月31日的一封信中写道:"这里废物和稀泥接连不断!啊,真想赶快摆脱掉!"④,最后,在1898年9月的一封信中这种厌恶之情达到了极点:"彼得堡是座'死城',是斯摩棱斯克和奥布霍夫斯克的大坟墓"⑤。

这样,"莫斯科——彼得堡"这一对反题就得到了极端概括,具有了总体的象征性二律背反形式:"生——死"。莫斯科作为旧首都的代表,尽管其外表"衰老",但却令梅列日科夫斯基联想到那里"雪橇在压实的积雪上欢声作响","面颊嫣红的女商贩们不住地往小店里招揽顾客",甚至联想到亚·谢·普希金的奶娘阿琳娜·罗季奥诺夫娜的脸,在上面饱藏着"青春、永恒"⑥,而彼得堡作为新首都的代表,却如同尤·列·莱蒙托夫《宿命论者》中的毕巧林,作

---

① 梅列日科夫斯基:《冬天的虹》//梅列日科夫斯基:《重病的俄罗斯》,李莉译,昆明:云南人民出版社,1999年,第13页。
② Письма Д. С. Мережковского к П. П. Перцову. // Русская литература. 1991. N2. C. 161.
③ Там же. C. 168.
④ Там же. C. 177.
⑤ Там же. C. 190.
⑥ 梅列日科夫斯基:《冬天的虹》//梅列日科夫斯基:《重病的俄罗斯》,李莉译,昆明:云南人民出版社,1999年,第6—7页。

家看到了他"死神的面孔"①。

第二,对"普遍化二元对立诗学"的追求迫使梅列日科夫斯基在描写彼得堡时经常采用"某种老生常谈的、陈腐刻板的模式"②。例如,"人造的——自然的"这一对老生常谈的反题就成为梅列日科夫斯基证明"彼得堡——莫斯科"的二律背反性的最重要的空间特点:"莫斯科是自己落成的——而彼得堡则是培育出来的,是从地中拔出来的,甚至是被臆想出来的"③。"彼得产儿"(彼得堡)这种明显的偶然性和故意性特点,使梅列日科夫斯基在"彼得堡文本"的固有空间特点中又注入了一个新的特点——它的虚构性。而且,为了使自己的思想更为集中,梅列日科夫斯基还利用了费·米·陀思妥耶夫斯基的小说《少年》中的一段著名引文,它曾引起强烈的反响,因此也成为文学中关于彼得堡的老生常谈:"彼得堡的早晨恶浊、潮腻、雾气蒙蒙……弥天大雾中一个奇异的幻觉成百次地缠绕着我,挥之不去,雾仿佛就要飘散,飘向高空,而这个恶浊潮腻的城市是否也会与迷雾同行,一起升空烟飞云散呢?"④。

两个首都最主要的不同是"色阶"——莫斯科是"白色的",而彼得堡却是"黑黄色、的"。而且,梅列日科夫斯基又借助"层递"手法夸大现实,渲染黑暗,把彼得堡变成了"地下监狱"、乌有之城:"我做了一个梦〈……〉当时远处城市**黑魆魆**的阴影映在**黑暗**的天际:一块块的楼群、塔楼、教堂的圆顶、工厂的烟囱构成这一切。突然**黑暗**中燃起一团火光,恰似从一张**烧焦**的纸上飞出的火星〈……〉我等待着,我知道,再过一刻——整个城市就会飞上天,**黑色**的天空将会被大火映得通红"⑤。

但是,在梅列日科夫斯基笔下,空间对立关系所体现的二元性

---

① 梅列日科夫斯基:《冬天的虹》// 梅列日科夫斯基:《重病的俄罗斯》,李莉译,昆明:云南人民出版社,1999年,第5页。
② Топоров В. Миф. Ритуал. Символ: Исследования в области мифопоэтического. М., 1995. С. 261.
③ 梅列日科夫斯基:《冬天的虹》// 梅列日科夫斯基:《重病的俄罗斯》,李莉译,昆明:云南人民出版社,1999年,第8页。
④ 同上书,第6页。
⑤ 同上书,第4页。

特征不仅表现在本体论方面,也表现在价值论方面,倾向于象征化。例如,在文章《猪妈妈》中,"俄国——欧洲"的对立被看做是"宇宙的屁股"与"人类的面孔"的"永恒的战争"①,这样,梅列日科夫斯基又为"俄国——欧洲"这一空间对立选择了两个普遍化概念,并且在"永恒的战争"和"宇宙的屁股"这两个定义中加强其潜在含义。而在文章《嘴里满是泥土》中,梅列日科夫斯基则通过宗教哲学的二律背反"无意志——意志"把"俄罗斯——欧洲"这对空间对立上升为文化的普遍现象"坠落——上升"。如果欧洲是"上升的意志",那么俄罗斯由于醉心于自己的"救世主降临说",就是"坠落、奋不顾身、在基督身上埋葬自己的意志"②。但这两个深渊对于梅列日科夫斯基来说是相互联系着的,这是两个面对面互相影射的镜子,他的诗歌《两重深渊》(《Двойная бездна》)就是最好的阐释:

> 不要为彼岸的国度而哭泣,
> 不但如此,而且还要记住,
> 你短暂生命中拥有的东西,
> 在你死去时也会一无所有。
>
> 和死一样,生也异乎寻常……
> 此岸世界中——有彼岸世界。
> 同样的恐惧,同样的秘密——
> 无论是在黑夜还是在白天。
>
> 生和死——同一深渊;
> 它们既相似又平等,
> 它们既陌生又熟悉,
> 一个反映着另一个。
>
> 它们一个把另一个深化,

---

① 梅列日科夫斯基:《猪妈妈》// 梅列日科夫斯基:《重病的俄罗斯》,李莉译,昆明:云南人民出版社,1999年,第77页。
② 梅列日科夫斯基:《嘴里满是泥土》// 梅列日科夫斯基:《重病的俄罗斯》,李莉译,昆明:云南人民出版社,1999年,第91页。

如镜子一般,而人却把
它们联为一体,又任意
把它们永远分开。

恶和善都是棺材里的秘密。
生的秘密有两条道路——
它们都通向同一目的地。
无论去哪里,全都一样。①

尼·符·巴尔科夫斯卡娅把这种"镜子般的一致"解释为是梅列日科夫斯基描述现实的"元历史方法"(Метаисторический подход),其实质在于"不排除或忽视历史的、稍纵即逝的东西,而是确立与永恒的、形而上学的、宇宙的东西的联系"②。所以,"教堂"这一空间范畴在梅列日科夫斯基笔下就成为世界的象征模式。例如,君士坦丁堡的圣索菲娅大教堂(文章《圣索菲娅》)是"联合"的体现,是"灵"与"肉"在美之中的和谐融合体现。在梅列日科夫斯基看来,教堂的建筑结构本身服从于这种思想:"除了主要的、中间的拱顶,还有其他的、更小的拱顶。在里面还有三个:祭坛上面有一个,在构成圣三位一体——圣父、圣子和圣灵的三个独立身份的两侧有两个。在这三个身份上面——是一个更大的拱顶,它好像是联结着此三者;在它的里面表达了三位一体的身份之不可分割的统一。最后,在它们上面,在所有拱顶上面——主要的、中间的、最宽的拱顶,——是圣三位一体与世界、上帝与人类的最后联合,全世界与上帝在神人类、胜利的教会、圣索菲娅、上帝的卓越智慧的显示中最后的实现"③。

建筑群(雅典卫城、圣索菲娅大教堂)也像上面研究过的元象征意义一样,是从俄罗斯文学和世界文学中最权威的文本中直接引用来的,它们把文化主题引入到梅列日科夫斯基的创作中,使现

---

① Мережковский Д. С. Собрание сочинений в 4 т. М., 1990. Т.4. С. 546.
② Барковская Н. В. Поэтика символистского романа. Екатеринбург: Урал. гос. пед. ун-т, 1996. С. 10.
③ 梅列日科夫斯基:《圣索菲娅》// 梅列日科夫斯基:《未来的小人》,杜文娟译,昆明:云南人民出版社,1999年,第70页。

在和过去共存于这一主题中。所以,尼·符·巴尔科夫斯卡娅说:"时间的一贯性原则被梅列日科夫斯基用空间的共存性原则所代替"①。例如,对彼得堡的灭亡的可怕预言(《冬天的虹》)起初被作家利用在彼得时代的语境中,之后转到了现在("今年秋天我重又回来,回到霍乱的中心,反动的中心。不论是这个霍乱,还是那个反动仍然没有结束"②),但是两者有着同样的结论:"彼得堡建立在荒地上"③。

因此,我们认为,世界的二元形象是梅列日科夫斯基特有的二律背反风格作用的结果,在其中同时并存着两个不断互相反射的对立系统,尽管这个世界的外部是割裂的,但其内部却是完整的、不变的和稳定的。

综上所述,我们看到,梅列日科夫斯基的整个诗学都具有双重性特点。尽管拉·瓦·伊万诺夫—拉祖姆尼克在《梅列日科夫斯基——俄罗斯文学的伟大死人》一文中批评梅列日科夫斯在所有形式中都明显地扩大矛盾对比④,但这并没有使他的作品失去美学价值,因为正是由于一贯的二律背反性和明显的图示化特点,他的风格才具有了强烈的表现力。这种极度兴奋的感情梅列日科夫斯基自己也感觉到了:"……这篇文章由于其过于明显的政治色彩和达到狂热化的宗教色彩,大概不适合《天秤》杂志,因为该杂志就其本质而言是这一领域里科学—客观的——或者用《启示录》的术语说是'冰冷的'"⑤。梅列日科夫斯基不满足于当一个缺乏热情的记事栏编辑,所以他热情洋溢地加入到文本中,强烈地表达"真我"。作家的参与既可能是间接的——表现在突出的字体(大写字

---

① Барковская Н. В. Поэтика символистского романа. Екатеринбург: Урал. гос. пед. ун-т, 1996. С. 25.
② 梅列日科夫斯基:《冬天的虹》// 梅列日科夫斯基:《重病的俄罗斯》,李莉译,昆明:云南人民出版社,1999年,第4页。
③ 同上书,第4页。
④ Иванов-Разумник Р. В. Мертвое мастерство // Иванов-Разумник Р. В. Творчество и критика. Пб.:《Прометей》, 1912. С. 165.
⑤ Мережковский Д. С. Записные книжки и письма // Русская речь. 1993. N 5. С. 30.

母、斜体字)、大量的重复结构和层递结构中,也可能是直接的,例如,在经过斟酌的字词和几何般规整的结构背景上,他那戏剧般的自白和充满感情的惊叹听起来特别刺耳:"去他们的吧!我要去,我想去!啊,上帝!难道我真的去不成!"①或者:"那样无可救药的孤独,那样死气沉沉的愤怒缠绕着我,以至于有时我觉得,我所做的一切都是徒劳无益的,我充满了绝望情绪"②,有时简直是预言式的感奋:"只有一点要怕,就是奴役行为和一切奴役行为中最糟糕的——市侩行为以及一切市侩行为中最糟糕的——无赖行径"③。在梅列日科夫斯基身上表现出来的这种沉浸于"自我"的倾向,暴露了19世纪末20世纪初俄国知识分子的特点,也导致了在作家的文本中"生活"和"创作"之间的界线被抹杀,而这就意味着,象征主义文本只有在作家的整个创作语境中甚至在其生平经历中才可能被理解,换句话说,梅列日科夫斯基的风格形式,除了在其创作中寻找外,还必须在其"人的前提"(即个性气质)中去寻找。

第三节 "普遍化二元对立诗学"与作家的个性气质

"普遍化二元对立诗学"风格作为梅列日科夫斯基的精神个体性形式,作为其创造性的精神生产所孕化、升华的美学境界的体现,无疑最具有哲学意义上所指称的"个性"特点。关于梅列日科夫斯基的个性和气质同时代人都有深刻印象,他是一个思想敏锐、学识渊博、内心充满矛盾的人。他的精神冲突的根本症结在于他始终在为"二元论"而痛苦,这与他自童年时代起就受到实证主义和唯灵论这两种对立思想的影响有关。他一生都"专注于一个理想",并为自己的"理想"不断呐喊。

---

① Письма Д. С. Мережковского к П. П. Перцову // Русская литература. 1991. N 2. С. 170.
② Там же. С. 159.
③ 梅列日科夫斯基:《未来的无赖》// 梅列日科夫斯基:《先知》,赵桂莲译,北京:东方出版社,2000年,第133页。

一、内心充满矛盾的"二元论殉难者"

个性是一个人与生俱来的一种精神气质,是决定人的成长、未来生活等诸多方面的主导因素。而个性的形成与一个人的家庭生活、教育环境等息息相关。根据有关梅列日科夫斯基的传记文章及其自传资料证实,家庭气氛一直伴随着作家的成长。父亲对孩子们的冷漠以及母亲对他这个最小儿子的溺爱,让他很自然地爱好浪漫主义的幻想,在他身上形成了亲近浪漫主义的"自我"意识,即由于自己才能出众却受到排斥而产生的一种孤芳自赏的感情。大学时代他曾一度迷恋实证主义哲学,但由于从童年起便笃信宗教,所以后来"模糊地感到了这种哲学的不足,寻求出路,但没有找到,因此绝望而痛苦"①。可以说,从童年时代起实证主义和唯灵论这两种对立思想就深深地影响着他,成为他精神冲突的根本症结所在。

面对世纪之交俄国思想界各种思潮杂糅混存的局面,他试图以象征为关照,在诸多外来思潮与本民族宗教哲学的交融之中寻求第三种"主义"与理论支柱。他的象征主义的理论探索之路就是在诸多现象与思想的二律背反机制上展开的。他始终为二元论而痛苦,"在俄国思想界,再没有第二个像他那样为二元论所苦的人"②。他试图在《永恒的旅伴》中那些伟大的先辈们身上寻找到相似的灵魂("二元论殉难者"),所以,文集的名称是有象征含义的。而且在这种情况下,作家的自我评价和外界的反应是相吻合的,许多同时代人都指出了他所具有的内心冲突性。对亚·亚·勃洛克来说,这是基督教和人类文化之间悲剧性抉择的结果,所以,他把梅列日科夫斯基比作是通向耶稣圣墓教堂途中的十字军骑士:"在他们身上有两种不安在斗争——既'笃信天堂'又迷恋人类的美妙和文化魅力。梅列日科夫斯基也清楚这两种不安,而

---

① 梅列日科夫斯基:《自传随笔》// 梅列日科夫斯基:《诸神之死——叛教者尤里安》,刁绍华、赵静男译,哈尔滨:北方文艺出版社,2002 年,第 369 页。
② 张冰:《白银时代俄国文学思潮与流派》,北京:人民文学出版社,2006 年,第 49 页。

且它们在他身上表现得更加强烈"①。而尼·亚·别尔嘉耶夫认为,这是由于"梅列日科夫斯基不是纯艺术家也不是纯思想家,他既缺乏创作文学形象的艺术家天赋,也缺乏创作哲学概念的思想家天赋,但他是一位'艺术家—思想家',他有创作思想概念的天赋,有直觉认识和预见的才能"②。关于他的预言才能有许多人都谈到了,例如,亚·亚·伊兹梅洛夫称梅列日科夫斯基为"美好节日的预言者"③,谢·捷列先科夫称梅列日科夫斯基为"末世传道者","新出世的俄国颓废派预言家"④,德·符·费洛索福夫称梅列日科夫斯基是自己的"精神导师"。梅列日科夫斯基的作品也被同时代人赋予某种语义光环,例如,亚·亚·勃洛克将《永恒的旅伴》列入"俄国象征主义最宝贵的书籍"⑤之列。

  我们认为,正是宗教直觉和纯理性主义思维之间的这种悲剧性矛盾,确定了梅列日科夫斯基的独特创作风格,在其中既能看到宗教说教,又能看到科学研究。这种悲剧性矛盾可以说是世纪之交整个俄罗斯文化(人)的根本特征,费·米·陀思妥耶夫斯基、列·尼·托尔斯泰、符·谢·索洛维约夫、瓦·瓦·罗扎诺夫、安·别雷等人的生活和创作无不充满"二重性"矛盾。在世纪之交的精神生活中,梅列日科夫斯基把"二元对立"作为自己思想的出发点,在对历史基督教的批判中,对肉体与精神的二元划分构成他著述的一个显著特征。当然,梅列日科夫斯基对其固有的"二元论"缺陷并非毫无觉察。实际上他终生都在致力于解决这一根本矛盾,尽管他提出了"圣三位一体"的新宗教意识作为解决方案,但也未能挽救其二元论的根本缺陷。

---

① Блок А. Мережковский // Николюкин А. Н. 《Мережковский: Pro et contra》. Изд. Русского Христианского гуманитарного института. СПб., 2001. С. 244.
② Бердяев Н. А. О новом религиозном сознании // Бердяев Н. А. О русских классиках. М., Высш. шк, 1993. С. 229.
③ Измайлов А. А. Пророк благодатных дней // Измайлов А. А. Пестрые знамена: Литературные портреты безвременья. М., И. Д. Сытин, 1913. С. 123—149.
④ Терещенков С. М. Проповедник конца. Г. Мережковский о Толстом и Достоевском // Русская мысль. 1903. Кн. 3. С. 55.
⑤ Минц З. Г. А. Блок в полемике с Д. Мережковским. // Блоковский сборник. Тарту, 1980. Вып. 535. С. 120.

二、专注一个理想的"偏执狂患者"

符·费·霍达谢维奇在《关于梅列日科夫斯基》一文中把梅列日科夫斯基笔下的人物称作是一群"**偏执狂患者**":"他们之中的每一个人都专注于一个目的、一个思想,其动机永远在于此,并根除所有其他不相干的想法和情感"①。这一特征也是梅列日科夫斯基个性的真实写照。梅列日科夫斯基对待创作非常认真,对自己的创作主题异常专注,是"聚精会神于一个理想的人(一根筋)"②。关于这一点其妻子济·尼·吉皮乌斯有着深刻的体会,她说梅列日科夫斯基是一个生活、写作都相当认真,十分有规律甚至有点刻板的作家和诗人,他"每天上午散步总是在工作之后、早餐之前,每天清晨开始工作,这也是不变的,然后在白天和傍晚还要散步"③,"他远不是我们常见的那类俄国作家。他与同时代的作家和更老的作家的区别甚至表现在小事上:他的习惯、井井有条的生活和工作方式。对所有他打算做的事,他都以学者——我觉得这样说更贴切——的认真来对待。他尽可能广泛地研究他的对象和题目,他的博学是相当惊人的"④。亚·亚·伊兹梅洛夫称誉梅列日科夫斯基为"走遍世界,博览经典"⑤,知识渊博的作家,由于他独具的性格气质,使他在创作活动中充满了反叛精神,有着对文化的执著以及对于"美好艺术形象魔力"的痴迷。而亚·亚·勃洛克却认为,正是这种过分专注和"痴迷"常常妨碍梅列日科夫斯基"把一些视线转向别的主题上去"⑥。对此梅列日科夫斯基本人也不否认,

---

① 霍达谢维奇:《关于梅列日科夫斯基》// 弗·霍达谢维奇:《摇晃的三脚架》,隋然、赵华译,北京:东方出版社,2000年,第349页。
② Адамович Г. В. Мережковский // Николюкин А. Н. «Мережковский: Pro et contra». Изд. Русского Христианского гуманитарного института. СПб., 2001. С. 394.
③ 吉皮乌斯:《梅列日科夫斯基传》,施用勤、张以童等译,北京:华夏出版社,2001年,第37页。
④ 同上书,第50页。
⑤ Измайлов А. А. Пророк благодатных дней // Измайлов А. А. Пестрые знамена: Литературные портреты безвременья. М., И. Д. Сытин, 1913. С. 127.
⑥ Блок А. А. Ответ Д. Мережковскому // Блок А. Собр. соч. В 8 т. М. Л., Гослитиздат, 1962. Т. 5. С. 442.

在给维·费·科米萨尔热夫斯卡娅的信中他公开承认自己缺少即兴创作的天赋:"对我来说甚至最小的讲演也要花费巨大的劳动"①。确实,他在创作戏剧、小说、散文之前都要进行耐心细致的准备工作:收集书籍资料,尽可能去拜访事件的发生地(例如,在创作《诸神的复活——列奥纳多·达·芬奇》时,他专门去意大利进行旅行考察,亲自观看那里的状况,呼吸那里的空气,去领略那里的自然环境;创作小说《反基督——彼得大帝和皇太子》时,他深入俄国那些分裂派、旧礼仪派信徒聚集的省份去了解情况)。如果由于某种原因遇到困难,他就靠各种历史研究、地图和他人的观察试着恢复所需要的时代气氛和事物景观。例如,他在寄给去意大利的彼·彼·别尔佐夫的信中就请求对方去一趟达·芬奇出生的芬奇村,并详细地、"带着自然科学家的精确性"描写一番那里的山脉和丘陵秋景。

梅列日科夫斯基的偏执不仅表现在他对艺术的执著和热情,还表现在他丝毫不留情面地把俄罗斯的一切都纳入自己的批评视野中,而且有"置之于死地而后生"的决绝,所以被整个批评界"不友好的乌云包围起来",甚至遭到沙皇当局的拘捕和审判,并最终导致"在读者群中对梅列日科夫斯基先生作品的带有偏见的不信任、对于他写的所有东西都予以敌视的观念变得根深蒂固"②。很少有人像他那样为了使自己的思想得到实现而不惜一切代价,甚至"丧失理智"。二战期间,由于与布尔什维克领导下的苏联势不两立,他不惜寄希望于法西斯希特勒的力量来消灭它,因此遭到苏联国内的人所不齿和广大俄侨的唾弃。所幸的是,梅列日科夫斯基很快认清了希特勒的真实面目,并与之划清了界线,所以伊·符·奥多耶夫采娃公正地指出:"梅列日科夫斯基一直到生命的最后一天都是希特勒势不两立的仇敌,与以前一样仇恨他,蔑视他,

---

① Мережковский Д. Акрополь: Избранные литературно-критические статьи. М., 1991. C. 323.
② 转引自赵桂莲:《德·谢·梅列日科夫斯基——思想家、评论家、艺术家》// 梅列日科夫斯基:《先知》,赵桂莲译,北京:东方出版社,2000年,序言第2—3页。

把看成是卑鄙无知的小人,而且是一个神经不大正常的小人"①。在生命的最后时刻梅列日科夫斯基自己也承认,他之所以做出那样的行为,只是"出于卑鄙"②。

三、热衷公开演讲的"新宗教传道士"

梅列日科夫斯基也具有世纪之交的创作行为所特有的那种公开讲演倾向,关于这一点不仅同时代的人都有目共睹,而且也被看做是其杰出才能的表现。例如,马·亚·阿尔达诺夫在悼念梅列日科夫斯基的文章中就说道:"德米特里·谢尔盖耶维奇是一个非常奇特的现象……这是个聪明绝顶的人,有着卓越的文学和演讲才能,渊博的文化知识,是我们时代最博学的人之一"③。他亲自成立了宗教哲学协会(彼得堡)、文学沙龙《绿灯社》(巴黎),甚至给苏维埃政权初期的红军开设世界文化讲座。这种公开讲演倾向不是梅列日科夫斯基的孤僻性格所具有的,他之所以这样做,并不是为了自我吹嘘,而是为了"传播"自己的各种形式和思想。在这里作家的两个身份(作家和人)最终联系在一起,他利用一切可能的方法:批评、政论文、文学创作、哲学论文甚至个人生活,向世界讲述"圣三位一体"宗教,在这种类似于符·谢·索洛维约夫的"万物统一说"中,体现了一种迫切理想——将双重意识进行"综合"。

本 章 小 结

对人类"二元性"的探索,是19世纪末20世纪俄罗斯思想界

---

① Одоевцева И. В. На берегах Сены (фрагмент) // Николюкин А. Н. Мережковский: Pro et contra. Изд. Русского Христианского гуманитарного института. СПб., 2001. С. 538.

② Михайлов О. Н. Пленник культуры (О Д. С. Мережковском и его романах) // Мережковский Д. С. Собр. Соч. В 4 т. Изд. «Правда». «Огонёк». 1990. Т. 1. С. 21.

③ Алданов М. А. Мережковский Д. С. Некролог // Николюкин А. Н. Мережковский: Pro et contra. Изд. Русского Христианского гуманитарного института. СПб., 2001. С. 402.

和文化界的普遍思维模式,梅列日科夫斯基即是这种模式的典型代表,他沿着费·米·陀思妥耶夫斯基指明的探索方向,并在创作意识中与符·谢·索洛维约夫的"万物统一论"联系在一起,形成一种"普遍化二元对立诗学"风格,并贯穿于其文学创作的整个过程。

首先,这是梅列日科夫斯基对理解其"晶体风格结构规律"(安·别雷语)的不懈追求。其诗学的各个方面正是服从于"普遍化二元对立诗学"原则:词语构成的二律背反特点;包罗万象的图示化象征;极端"简洁"同时又"延宕"的句法;几何般严谨确定同时又复杂多变的情节,等等。

其次,这是梅列日科夫斯基善用概括的纯理性主义的体现。尽管其风格表现形式多种多样,但他"总能回到自身上"①,并找到固定不变的二元结构,消除人们的混乱感觉。他将世界的变化概括为一种固定形式的运动逻辑:从外部的、个人的到本质的、普遍化的——即到两种绝对因素的对立,这使他的结构具有明显的确定性,甚至是"残酷性"。

第三,这是梅列日科夫斯基个性思维对立的结果。在他身上,就像在镜子里一样,映射着19世纪末20世纪初俄国现实历史的灾变论。

此外,我们认为,梅列日科夫斯基如此露骨的"风格侵略行为"也说明了他的启蒙目标——为艺术意识的进一步发展铺平新路,所以,他努力将这条道路变得极其清晰。正是在这种意义上,我们说,作家的非艺术散文(批评和政论文)相对于艺术散文来说,是一种独特的"草稿""技术实验室",在这个实验室里完成了作家的"工艺规程",形成了作家执著追求的具有"普遍化二元对立诗学"特点的风格结构。

---

① Эйдинова В. В. Дуалистическая природа стиля О. Мандельштама // XX век. Литература. Стиль. 1994. Вып. 1. С. 86.

第三章 《基督与反基督》
——"普遍化二元对立诗学"的造型体现

俄罗斯文艺理论家马·雅·波利亚科夫认为,"整合"(Интеграция)(即"把组成文学文本的所有成分和整个创作连接成一个统一整体的能力"①)是风格的最重要功能之一。但是在这个风格统一体内有运动、变化、演化。所以,鲍·符·孔达科夫说:"任何风格研究(具体的作家风格或某种风格传统)在某种程度上都是研究风格的转变"②。的确,作家在获得自己风格的道路上,他曾经找到的主要原则走完自己的历程后退居到次要位置,相反,第二位的原则获得稳定的结构形态并保留到他的最后创作,而第三

---

① Поляков М. Я. Вопросы поэтики и художественной семантики. М., Сов. Писатель, 1986. С. 134, 135. "整合"(Интеграция)这一概念最早源于瑞士心理学家让·皮亚杰的儿童心理学,用以阐释儿童心理的发生和发展的三大连续阶段,阶段与阶段之间有质的差别。每一阶段有一整体结构为特征,可据此说明阶段的主要行为模式。在皮亚杰看来,整体结构是整合的,每一整体结构都源于前阶段的整体结构,同时又把前阶段的整体结构融合为一个附属结构作为本结构整体结构的准备,而这整体结构本身又继续向前发展,或早或迟地整合成为次一阶段的整体结构,各阶段之间不能彼此互换。遵循这一概念可以说明,儿童心理发展既是阶段的,又是连续的,每一个阶段是前一阶段的延伸,是在新水平上把前阶段进行改组,并以不断增长的积蓄超越前阶段。现在,"整合"已不再是心理学领域独用的概念,也被广泛运用于其他学术研究,但它的基本含义仍是指具有历时性的不同事物之间的这样一种关系:后事物源于前事物,又将前事物有机地融合在自身之内。

② Кондаков Б. В. «Стилевой переход» в русской литературе рубежа XIX—XX веков (творчество В. В. Розанова) // XX век. Литература. Стиль. Екатеринбург, 1996. Вып. 2. С. 19.

位的原则是为了进一步成熟和发展。从这方面理解梅列日科夫斯基的独特风格极其重要,因为梅列日科夫斯基以"一贯完整的世界观"①而著称,他的创作"具有高度的统一性"②。因此,我们认为,追踪他早期用文学材料在长篇小说三部曲《基督与反基督》中所描写的"普遍化二元对立诗学"的主要风格原则是如何实现的非常重要。

《基督与反基督》三部曲是梅列日科夫斯基的文艺理论论著《论当代俄国文学衰落的原因及其新兴流派》发表之后创作的第一部长篇小说三部曲,包括《诸神之死——叛教者尤里安》(1896)、《诸神的复活——列奥纳多·达·芬奇》(1901)、《反基督——彼得大帝和皇太子》(1905),写作时间长达12年(1893—1905),是其象征主义主张下的重要代表作。"基督与反基督"这一总标题,已经展示了梅列日科夫斯基一生思想的基本论题:圣灵与人灵的对立和冲突,"两种本原在世界历史上的斗争"。梅列日科夫斯基认为,在人类历史进程中的转折时期,基督与反基督"两种本原"的矛盾斗争表现得最为尖锐,所以他的三部曲选取的都是这样的历史时代:古希腊罗马晚期、欧洲文艺复兴时期和彼得大帝时代。《诸神之死》描写的是古代文明的悲剧性衰落。闪耀着文明光辉的古希腊已打上了注定要覆灭的不祥印记,为破坏欲所驱使的奴隶在欢庆胜利。贵族统治者尤里安力求阻止历史的前进,但又不能容忍早期基督教的民主精神,便试图恢复充满崇高唯美精神的多神教文明。可是尤里安垮台了,奥林匹斯山上的诸神死了,体现着人类精神完善的神庙和雕像被破坏了。但历史的矛盾决定了它的往复。在小说的结尾,有先见之明的阿尔西诺亚预言了希腊自由精神的复兴。果然,在《诸神的复活》中,希腊诸神复活了,古代文明精神恢复了生机,个性、个人的精神自由得到确认。然而不久,文

---

① Каграманов Ю. М. Божье и вражье. Вчитываясь в Мережковского // Континент. 1994. № 81. С. 312.
② Минц З. Г. О трилогии Д. С. Мережковского 《Христос и Антихрист》 // Мережковский Д. Христос и Антихрист. Трилогия. М., Книга, 1989. Т. 1. С. 5.

明的瑰宝又被焚于宗教裁判所的烈焰中。达·芬奇出现了,他超越于任何党派和政治之上,似乎吸收了"两种真理",象征它们实现"综合"的现实可能性。《反基督》中的主人公同样是作为历史上和生活中的"两种真理"的代表者出现的。彼得是个人自由意志的表达者,阿列克塞则体现着"人民的精神"。父与子之间的矛盾象征着"灵"与"肉"的冲突。强有力的彼得获得了胜利,但阿列克塞却预感到"两种真理"将在即将到来的神明世界融为一体,在他临死之前,上帝的幻影显现在一个贤明老人的形象中。历史被分裂为两半的痛苦在作家所设想的"第三约言"世界得到了平复。

  《基督与反基督》三部曲是梅列日科夫斯基"宗教思想主题"和"象征主义文学艺术"结合的杰出代表。在三部作品中,所涉及的都不是人物的日常生活,而是他们的精神生活,同时又是独特的精神生活——信仰生活。整个作品的背景、人物的行为、对话、独白、思维,推动故事发展的情节,无一不与信仰生活相关联。每部作品都精彩地注解着作家"神秘的内容、象征和艺术感染力的扩展"的象征主义主张,贯穿着作家特有的象征主义"普遍化二元对立诗学"原则。更重要的是,三部曲把象征主义文学发展到了小说体裁领域,体现了俄国象征主义小说的最高水平,在俄国文学史上占有重要地位。

  本章将按照上一章所确立的"普遍化二元对立诗学"的内涵和结构特点,从语言构成、情节结构、主题系统、人物形象等方面对三部曲所体现的"普遍化"象征主义诗学进行研究。

第一节　语言构成的极端性和扩大性

  出于一种象征主义哲学即彼岸哲学的指导,象征派对达到彼岸的媒介即语言,投入了极大的关注,他们深刻意识到,创造性词语等同于最高级认识,词语的操作本身即是对"外部世界"与"内心世界"的相关相应的活生生的体现。对于梅列日科夫斯基来说,能够体现其"普遍化二元对立诗学"原则的词语本身具有强烈的对立或对比意义,所以,他也像其他象征派诗人一样,力图"揭穿"覆盖

第三章 《基督与反基督》——"普遍化二元对立诗学"的造型体现

词语"原生貌"的屏障，在那些"遮蔽着"词语本体的概念性"痂疮"上，"再生"出充盈着知觉形象意义的活生生的花朵，从而使词语重新获得它那种对世界直接作用的力量，神话建构的力量，象征标志的力量。也就是说，为了使词语本体包含的自然与精神的统一得以"复活"，他要重建词语本体包含的自然与语义的直观性、原生貌，要重建声音与意义的活生生的联系，实现词语的"音象""意象""形象"的全面"激活"，使词语的"含纳"与"蕴藉"达到最大可能的饱和状态。他的这种理想和探索并不是凭空想象的，而是建立在深厚的现实基础之上的，因为他在语言修辞方面具有得天独厚的优势，他的"精致修辞和语言手法相当有名，常常被人们模仿。但他并不是刻意为之的，因为他是个'天赐的'修辞家"[1]，"他的语言准确、纯净，充满强烈的情感和激情，富丽堂皇的句子'闪耀着金属和大理石的光芒，有时给人造成一种冰冷的错觉，有时又充满愤怒的刺人嘲讽'"[2]。他的诗歌创作贯穿于整个创作过程，戏剧也是他成功涉猎的领域，政论更是他大显身手的领域，这就使他的小说语言兼有了这三种文体的特点：既有诗歌语言的高度凝练，也有戏剧语言的精彩对白，更有政论语言的严密逻辑。所以，语言结构成为他的"普遍化二元对立诗学"最直接的手段。

一、词汇构成的极化对立

与在政论和批评作品中一样，"普遍化二元对立诗学"原则在三部曲的词汇构成方面表现得也非常突出，而且手法更加丰富多样。

（一）风格相反的词汇交替碰撞

与政论批评作品一样，在三部曲中风格色彩相反的大量词汇

---

[1] Алданов М. А. Мережковский Д. С. Некролог // Николюкин А. Н. Мережковский: Pro et contra. Изд. Русского Христианского гуманитарного института. СПб., 2001. С. 406.

[2] Цетли М. О. Мережковский Д. С. (1865—1941) // Николюкин А. Н. Мережковский: Pro et contra. Изд. Русского Христианского гуманитарного института. СПб., 2001. С. 412—413.

也发生碰撞,创造出同样的"逆饰形式",正是这种形式决定了三部曲语言的特殊词汇构成。例如,在散文结构中突然侵入特别明显的诗歌或科学结构:"Он любил острую **диалектику** не менее, чем добрую **горилку**"(他喜欢锐利的**辩证法**胜过优质的**美酒**)①。但如果考虑到长篇小说的本质是"多声部"现象,那么这种语调和风格的交错就是很自然的了,所以,梅列日科夫斯基赋予自己的小说词汇结构各种言语风格,以突出主体的典型特征。例如,列奥纳多既是大艺术家,也是思想家、工程师,其言语充满了书面语色彩,甚至充满了术语:"Первый двигатель"(第一推动力)、"угол падения равен углу отражения"(降落的角度等于反射的角度)等等。而那位把自己描绘成基督受难者的书吏多库金(《反基督》),其话语中混合着古语和圣经语:"Как **древле**(旧文语)Самсону утолил Бог жажду через ослиную челюсть, так и **ныне**(旧雅语)тот же Бог не учинит ли через моё неразумие тебе, государь, нечто полезное и прохладительное"(就像**古时候**上帝通过驴腮骨为参孙解渴一样,**如今**那位上帝难道不会通过我的愚蠢行为赐给你有益的和清凉止渴的东西吗,殿下?)②。

当然,并不是所有的词汇结构都可以解释为形象和叙事者声音的转换。梅列日科夫斯基追求最大限度地突出强调自己的特殊风格形式,所以他有目的地改变每个人的言语特点。同样是多库金,突然变庄严的说教语调为大声哭诉,夹杂着戏谑语和民间语:"Ей, государь, царевич, **дитятко красное, церковное, солнышко** ты наше, **надежда** Российская!"(殿下,你是**教会可爱的孩子**,是我们的**红太阳**,是俄罗斯的**希望**!)③。

"日记"这种叙述形式为作家提供了更大的自由空间进行公开的、赤裸裸的对比,从而创造出一种独特的诗学,因为在日记中人

---

① Мережковский Д. С. Антихрист(Петр и Алексей)// Собр. Соч. В 4 т. Т. 2. С. 636.
② 梅列日科夫斯基:《反基督——彼得大帝和皇太子》,刁绍华、赵静男译,哈尔滨:黑龙江人民出版社,1997年,第9页。
③ 同上书,第9页。

第三章 《基督与反基督》——"普遍化二元对立诗学"的造型体现

物的观察与思索交替进行,"自己的"词汇与"别人的"词汇相容并存。例如,在《诸神的复活》中,乔万尼的日记词汇具有强烈的反差:从肆无忌惮的俗语("**мерзостные рожи**"(讨厌的**嘴脸**),"ни **к черту** не годятся"(**屁**用也没有),"**размалевывают** свои картины золотом"(用金子给自己的画**浓妆艳抹**)等)到端庄文雅的古斯拉夫语和圣经语("Хвали, душа моя, Господа! Буду восхвалять Господа, **доколе** жив, буду петь Богу моему, **доколе** есть!"(感谢上帝吧,我的灵魂!我只要活着,就永远颂扬主,**永远**为我的上帝唱赞歌!)①,"... утверди шаги мои на путях **Твоих**, да не колеблются стопы мои, укрой меня под сенью крыл **Твоих**!(让我以坚定的步伐走在你的道路上吧,让我的脚步不再动摇,让我永远在**你的翅膀荫庇之下吧**!")②

在《反基督》中,宫中女官阿伦海姆的日记中类似的神话-诗歌庄严词汇("новые робинзоны"(新鲁滨逊们),"сизифова работа"(西叙福斯的工作))也与狎昵的广场言语混杂在一起("Эдакая немка! Фря!"(这种德国女人!算个什么玩意儿!),"жид пархатый"(东游西逛的犹太佬)),而外语词(本身是外语词或者俄语"仿造词"——"камрат"(同志,英语词),"метреска"(情妇,法语词))与俄语俗语、谚语混合在一起,例如,"Взят из грязи, да посажен в князи"(突然发财得势,一下子抖起来),"лаптем щи хлебал"(哪里干得了,不配干),"чарка на чарку – не палка на палку"(一杯接一杯——可不是一棒子接一棒子),"Без поливки и капуста сохнет"(不灌水,卷心菜也枯萎),"и курица пьёт"(就连母鸡都喝酒)③。

我们发现,虽然这样广泛的词汇范围使梅列日科夫斯基与符·符·马雅可夫斯基非常接近,但却完全没感觉到后者所特有

---

① 梅列日科夫斯基:《诸神的复活——列奥纳多·达·芬奇》,刁绍华、赵静男译,哈尔滨:北方文艺出版社,2002年,第202页。
② 同上书。
③ 梅列日科夫斯基:《反基督——彼得大帝和皇太子》,刁绍华、赵静男译,哈尔滨:黑龙江人民出版社,1997年,第121、123页。

的那种风格不谐调,因为梅列日科夫斯基与这位追求诗歌词汇摆脱某种美学标准的伟大无产阶级诗人不同,他的三部曲词汇都是按照风格的整体要求严格规定的,也就是说词汇构成的本质都是为了表现"两种绝对极端性"。所以,用叶·鲍·塔格尔的话说,如果"在符·符·马雅可夫斯基的诗歌中风格不同的词汇能相安无事"①,那么在梅列日科夫斯基的作品中风格不同的词汇正是"不能相安"。

（二）语义对立的词汇分裂扩张

正是因为风格不同的词汇"不能相安",所以,在三部曲中出现了各种成对的对立物,包括大量的反义词:скучно—весело（枯燥——愉快）,первый—последний（第一——最后）,целомудрие—сладострастие（贞洁——淫欲）,правда—ложь（真理——谎言）;反义结构:"В **просвещенном европейце русский леший**"（**文明的欧洲人外表——骨子里的俄国林中野人**）②,"**Азия** заслонила **Европу**"（**亚细亚**压倒了**欧罗巴**）③,"Были мы **орлы**, а стали ночные **нетопыри**"（我们曾是**雄鹰**,可是却变成了夜间飞行的家蝙蝠）④;以及包罗万象的象征对立:"Христос—Антихрист"（基督——反基督）、"верх—низ"（上升——下降）、"свет—тень"（光——影）、"сон—явь"（梦幻——现实）、"Восток—Запад"（东方——西方）等,其中之一甚至用来称呼整个三部曲——《基督与反基督》,这两个词本身就具有相当重要的"含义量"(利·雅·金兹堡语)。

但这仍不是词汇语义浓缩的极限,因为梅列日科夫斯基最终感兴趣的不是作为本象征含义的"其他特征",而是具有对立特点的"不可再分的最高本质"⑤。他强烈地追求这种本质,因此堆砌

---

① Тагер Е. Б. О стиле Маяковского // Тагер Е. Б. Избранные работы. М.: Сов. Писатель, 1988. С. 237—283.
② 梅列日科夫斯基:《反基督——彼得大帝和皇太子》,刁绍华、赵静男译,哈尔滨:黑龙江人民出版社,1997年,第133页。
③ 同上书,第150页。
④ 同上书,第221页。
⑤ Лотман Ю. Символ в системе культуры // Лотман Ю. Избранные статьи. В 3 т. Таллинн: Александра,1992. Т. 1. С. 191.

了大量的象征性派生对立词汇来明确"中心"本质,并将分裂达到"最后的极限"。

例如,在小说《诸神之死》中,作家把"基督教"和"多神教"的对立理解为"黑暗"与"光明"的斗争,而且这种"光明"是来自大自然的充满生机的太阳光,它用太阳神的"热血"给尤里安清除洗礼水的冰冷,温暖他那颗寒冷的心①;它用纯洁的"熊熊燃烧的温柔"抚摸着阿尔西诺亚的躯体:"阳光在她的裸体上向下移动,越来越往下。她站在那里,浑身一丝不挂,洒满阳光,仿佛是穿着一件最让人害羞的衣服"②;它用"辉煌耀眼的光芒"照耀着冰冷的大理石雕像,赋予它们特殊的美妙和生命的温暖:阿佛罗狄忒神庙的"白大理石的俄奥尼亚式圆柱洒满阳光,怡然自得地沐浴在蓝天里"③,而帕台农神庙的大理石像在阳光下使尤里安感觉"成了活的,像女神的躯体一样,金光四射"④,在纯洁的大理石巨块和古希腊哲学家们雪白色衣服的反射下,太阳光变得非常刺眼,因而,在这一光芒四射的背景下僧侣们的黑色僧服显得更加昏暗可怕:"这是一些黄昏时的幽灵,死亡的幽灵"⑤。这样,象征性二律背反"基督教——多神教"的语义就达到了极限并获得了总体对立形式:"死——生"。

多神教教徒生来就是欢快的,不管理由重不重要,因此,梅列日科夫斯基不厌其烦地描写细枝末节,展现他们的欢乐场面:"他们只要有两打甜的油橄榄、白面包、几串葡萄、几杯掺水的葡萄酒就知足了,认为这是一顿丰盛的宴会,奥林匹奥多罗斯的妻子狄奥芳娜就可以在门上挂上一个月桂叶花环作为庆祝的标志。"⑥而且这种快乐的本性是整个多神教世界、整个埃拉多斯(希腊)素有的,所以在多神教祭司奥林匹奥多罗斯的小房子里总是"洒满阳光",

---

① 梅列日科夫斯基:《诸神之死——叛教者尤里安》,刁绍华、赵静男译,哈尔滨:北方文艺出版社,2002年,第197页。
② 同上书,第107页。
③ 同上书,第47页。
④ 同上书,第108页。
⑤ 同上书,第75页。
⑥ 同上书,第42页。

"一切都在笑":"墙壁上的涅瑞伊得斯在笑,跳舞的女神在笑,人首鱼身的特里同在笑,甚至长着鳞片的海马也在笑;油灯把柄上的海神波塞冬铜像也在笑;同样的笑容也出现在房子居民的脸上"①,大女儿阿玛里利斯是个多神教教徒,她的脸上总是"喜气洋洋"②。

相反,对受难基督的崇拜不能容忍多神教这种醉人的狂欢,所以,祭司奥林匹奥多罗斯的小女儿基督徒普希赫亚,总是很忧郁,"与家里那种普遍的欢乐格格不入。她过着一种孤单的生活,大家笑的时候,她却若有所思"③;教会的神父们猛烈攻击多神教民众喜欢的手鼓舞④;修士们在祈祷声中加进了"哀号声"试图压下从远处传来祭祀酒神巴克科斯的欢乐声⑤。梅列日科夫斯基把这群悲哀的基督徒也描绘到了极致。在阿波罗的赞颂日庆典上尤里安愤怒地责难那些虚伪的基督徒:"你们真的让世界充塞了粉饰的棺材和污秽!你们跪拜尸骨,期望着从它那里得到拯救;你们像棺材里的蛆虫一样,以腐尸烂肉为食。"⑥

在小说《反基督》中,这种揭示"最高本质"的方法使"基督——反基督"这一中心二律背反变得尖锐起来。在小说中,一切非本民族的、非俄罗斯的东西都被认为是不好的:从**欧洲**运来的维纳斯雕像是"白色魔鬼";**德国**公主索菲亚·夏洛塔是"女鬼";按**荷兰**模式建造的彼得堡是"魔鬼之地";彼得是反基督,按照分裂教派的传说,他是"出身于但支派的可恶的**犹太人**","不是俄国种,不是沙皇血统,而是**德国人**,德国人的儿子,要么就是换来的**瑞典人**",是从**海外**来的⑦。相反,在宫中女官阿伦海姆的日记中,一切俄罗斯的东西都被评判为"非人性的":莫斯科是"人间地狱",彼得堡

---

① 梅列日科夫斯基:《诸神之死——叛教者尤里安》,刁绍华、赵静男译,哈尔滨:北方文艺出版社,2002年,第42页。
② 同上书,第43页。
③ 同上书,第43页。
④ 同上书,第53页。
⑤ 同上书,第224页。
⑥ 同上书,第290页。
⑦ 梅列日科夫斯基:《反基督——彼得大帝和皇太子》,刁绍华、赵静男译,哈尔滨:黑龙江人民出版社,1997年,第54页。

第三章 《基督与反基督》——"普遍化二元对立诗学"的造型体现

是"白骨之城",皇家庆典是"群魔乱舞",彼得是"地上的巨神提坦",俄国人是"林中野人""外星人"。尤其对基督教信仰的认识阿伦海姆与阿列克塞大相径庭。阿列克塞宣称,只有俄罗斯人才真正地、恭恭敬敬地信仰基督,冷静审慎的欧洲人不配这一点:"你们英明,有力量,非常可爱。你们无所不有。可是却没有基督。你们要他有什么用?你们自己能拯救自己。而我们却愚蠢,贫穷,一无所有,是醉鬼,臭味难闻,比野蛮人还坏,比牲口还坏,总是无限愁苦。可是基督则跟我们在一起,而且将永世常在。我们将靠着他,靠着光明而得救。"①阿伦海姆却说:"俄国人自认为优于所有的基督教民族,而实际上却生活得比异教徒还糟;宣扬爱的信条,却做着最残忍的事,在世界上找不出第二个来;遵守斋戒,却在斋戒期间像牲口似地喝得酩酊大醉;到教堂去做祈祷,却在教堂里骂爹骂娘"②。因此,在小说中"基督——反基督"这对矛盾变成了"自己的——异己的"矛盾。在这里,我们再次看到,梅列日科夫斯基是如何坚持不懈地扩大现实的艺术维度规模,把两个私人的偶然对话也赋予了民族的意义。

在小说中,"基督——反基督"这对矛盾还表现为其他形式。按照中世纪的说法,如果**魔鬼**是"**上帝**的猴子"(Обезьяна Бога),那么**反基督**就是"**基督**的猴子"(Обезьяна Христа)。阿列克塞的梦就是对这种比喻的描述,在梦中这种"反向性"多次被证实,例如,众多的对立物:荡妇——圣母(блудница—Богоматерь)、野兽——驯驴(зверь—осел)、黑暗——光明(тьма—свет)等,它们变得不仅十分明显,而且也像深渊一样不可逾越:

"他做了一个梦:好像是他在克林姆林宫里漫步在红场上〈……〉,牵着驴的缰绳,骑在驴上的宗主教年纪很大,须发皆白,一身白色装束。可是阿廖沙仔细观看一番,发现他不是个老人,而是个少年,只见他身穿洁白如雪的衣服,脸如太阳——原来是基督

---

① 梅列日科夫斯基:《反基督——彼得大帝和皇太子》,刁绍华、赵静男译,哈尔滨:黑龙江人民出版社,1997年,第164页。
② 同上书,第163页。

〈……〉阿廖沙看到,这是迎面而来的队伍:酗酒大联欢的大辅祭正是沙皇彼得·阿列克谢耶维奇,他牵的不是驴,而是一头不知其名的野兽,骑在上面的人面色昏暗:阿廖沙无法看清,但觉得他很像是骗子费多斯卡,或者是窃贼彼季卡,无赖彼季卡,只是比这两个人更令人生畏,更令人厌恶:而他们的前面——是一个不知羞耻裸体姑娘,不是阿芙罗西娅就是彼得堡的维纳斯〈……〉。他们跪下向野兽、放荡的女人和未来的无赖叩头"①。

此外,在小说中还有一对尖锐的对立:"十字架——印记"。像基督一样,反基督也有自己的武器——"反基督徒印记"(为应征士兵刺印记——"亦即用针在其左手上刺成十字形,然后敷以火药揉之"②),它有着极大的伤害力:"刺了以后,手就开始萎缩"③,而且威力不亚于东正教的十字架:"我想要划十字——抬不起手来"④。

可见,将象征意义"现实化"和"扩大化"是梅列日科夫斯基的艺术散文和非艺术散文惯用的方法。

(三)结构对称的词汇重合逆转

三部曲除了使用上面那种"现实化"和"扩大化"方法外,还展示了另一种使象征意义尖锐化的重要结构——即对立物"**互相弥补、反转、重合**,打破严格的对称"⑤。下面我们就对这三种情况分别进行论述。

第一,对立物互相弥补。例如,小说《诸神之死》的中心象征二律背反"多神教——基督教"常常被对立物"肉体——灵魂"(плоть—дух)、"有力——软弱"(сила—слабость)、"自然的——人为的"(естественное—искусственное)、"理性——信仰"

---

① 梅列日科夫斯基:《反基督——彼得大帝和皇太子》,刁绍华、赵静男译,哈尔滨:黑龙江人民出版社,1997年,第286—287页。
② 同上书,第59页。
③ 同上书,第59页。
④ 同上书,第59页。
⑤ Барковская Н. В. Поэтика символистского романа. Екатеринбург: Урал. гос. пед. ун-т, 1996. С. 41.

(разум—вера)等加以明确说明。

"灵魂"与"肉体"的对立在两位对立主人公的肖像特点中暴露无疑。例如,在多神教徒阿尔西诺亚的肖像特点中,作家竭力表现她的"肉体美",她像尤里安一样喜欢埃拉多斯(希腊),在小说中第一次出现时她赤身裸体在被废弃的少年体校投掷铁饼,像古代的斯巴达克女人一样,后来出现时穿着古代无袖长外衣,在月色中透过薄如蝉翼的衣服细褶,能看到裸体的匀称线条,"柔和而且金光灿灿"①;而在基督教布道师忒奥多里特的肖像特点中,作家则尽量减弱"肉体性",突出其"灵魂性":"他朝着太阳举起瘦削的犹如蜡一般的几乎是透明的双手;眼睛里闪烁着高兴的火花;声音如同雷鸣。"②

多神教教徒的"有力"与基督教教徒的"软弱"对比同样夸张和突出。基督教教徒的"软弱"表现在小说的最开始,在圣玛玛的棺材旁,作家举办了一场真正的残疾人展览:"这是一些瘸子、瞎子、残疾者、体虚者、像老人一样拄着拐棍的孩子、精神病患者、痴呆者——一个个面色苍白,眼皮红肿,表情麻木、绝望和驯服"③。作家还用"听觉"和"嗅觉"来加强这种视觉效果,把主要人物和读者一起带到了昏迷前的状态中:"室内温暖而气闷,犹如在地窖里——空气中弥漫着神香、蜡烛、神灯的油烟和病人呼吸的浓重气味。"④后来,更多的基督徒充实到这个残废人大军中:"有残疾人、畸形人、虚弱者、瘸子、浑身长满溃烂的痂疤的人、患积水而浑身浮肿的人、因脱水而骨瘦如柴的人"⑤,他们横躺竖卧在曾是希腊人进行自由竞技训练的场所——少年体校里,"这是一种渎神的行为:神的眼睛不应该看见这种丑恶。〈……〉应该消灭掉这些畸形者和虚弱者,使令人窒息的空气得到净化,他(尤里安)的眼睛才能光芒

---

① 梅列日科夫斯基:《诸神之死——叛教者尤里安》,刁绍华、赵静男译,哈尔滨:北方文艺出版社,2002年,第124页。
② 同上书,第356页。
③ 同上书,第38—39页。
④ 同上书,第39页。
⑤ 同上书,第257页。

四射,犹如射出的一根根利剑!"①。最后,还有两位最为虔诚的基督教长老:由于衰老而双目失明的长老玛里斯,由于饥饿而皮肤长疮的长老潘瓦。

与基督徒的"软弱无力"形成鲜明对比的是多神教徒的"体力充沛",作家毫不掩饰地欣赏着他们:竞技斗士强壮有力的裸背上跳动的肌肉;努比亚手鼓舞少女"像是一条富有弹性的细蛇"②;女马术师科洛卡拉结实平滑的躯体上面渗出的小小汗珠③。

还有一组重要的象征性对比:"理性——信仰"。从教会神父的观点看,柏拉图的哲学是"巧妙编造的蛇的智慧"④,而辩证法激起的只是对邪教的爱好,所以,对于渴望信仰的阿尔西诺亚来说,"理性"变成了最后的障碍:"残害自己的肉体,用饥饿使它干瘪,我将变得比没有生命的石头还麻木不仁。但主要的——是理性!应该把理性扼杀,因为它是魔鬼!它比一切希望都有诱惑力:我要消灭它。这将是最后的真理,也是最伟大的真理!"⑤

第二,对立物互相反转。尼·符·巴尔科夫斯卡娅认为,上面的例子表面上看好像就是那条被作家精心勾勒的"象征涵义垂直线",它赋予三部小说以对称性和平衡性,但通过进一步的研究她发现,这些二律背反很容易被反转,用众多杂乱的独立反题取代严格的逻辑性,并且把对称轴从直线变成了折线。她列举了几个非常具有说服力的例子:"'多神教——基督教'这对中心二律背反并没经常被'肉体——灵魂'这对矛盾所揭示。皇帝康斯坦丁是个基督徒,但他却非常关心自己的肉体。他的晨妆像神秘的仪式,化妆室的窗帘是用最昂贵的紫红色丝绸做的,阿拉伯香水、名贵的胭脂、缀满金银珠宝的法衣把他装扮得华丽照人,他的基督虔诚表现在,他的房间各个角落,各种各样的小摆设上,处处都能看见数不清的珐琅十字架和基督名字的前几个字母。相反,尤里安崇拜多

---

① 梅列日科夫斯基:《诸神之死——叛教者尤里安》,刁绍华、赵静男译,哈尔滨:北方文艺出版社,2002年,第259页。
② 同上书,第54页。
③ 同上书,第205页。
④ 同上书,第230页。
⑤ 同上书,第254页。

第三章 《基督与反基督》——"普遍化二元对立诗学"的造型体现

神教,但在日常生活中却是个禁欲主义者,他的一生充满了精神痛苦"①。

同样,对立物"善——恶"(добро—зло)、"天国——尘世"(небо—земля)、"美丽——无礼"(красота—безобразие)、"有力——软弱"(сила—слабость)、"理性——信仰"(разум—вера)等也发生了反转②。例如,基督徒的"软弱"好像是"虚幻的",所以那位软弱无力的长老潘瓦自豪地宣称:"**软弱——是我们的力量**"③,而多神教徒尤里安的"有力"也好像是"虚幻的",所以他对年轻的哲人安东宁说的话听起来非常出人意料:"我们**有病**,太**软弱无力**了"④。梅列日科夫斯基用几位多神教徒的肖像特点来加强尤里安这句话的分量,在他们身上都有消沉感和疲劳感:安东宁"已经多年患有一种不治之症","面黄肌瘦,露出悲哀的表情"⑤;阿纳托利也患有一种致命的病,"这种病就是你们所说的我的机智,而我自己有时觉得则是凄惨的和奇特的疯狂","他的性格特点过于柔顺,很像女人,从中透露出疲惫和慵懒","仿佛是浑身没有骨头"⑥;曾经充满活力像泡沫中诞生的阿佛罗狄忒的阿尔西诺亚也变得"眉头紧锁,庄严肃穆,像死人一样"⑦,"黑眼睛已经暗淡了"⑧。

第三,对立物互相重合。"多神教=理性""信仰=基督教"好像就是这种不稳定的象征重合。例如,尤里安的亲密朋友奥里巴西乌斯医生对尤里安的狂妄行为做出了准确的诊断:"我经常想,尤里安,你患上一种跟你的敌人——基督徒相同的病症——迷恋奇迹"⑨。阿尔西诺亚放弃多神教而改信基督教,因为她想要有

---

① Барковская Н. В. Поэтика символистского романа. Екатеринбург: Урал. гос. пед. ун-т, 1996. С. 40.
② Там же. С. 40,41.
③ 梅列日科夫斯基:《诸神之死——叛教者尤里安》,刁绍华、赵静男译,哈尔滨:北方文艺出版社,2002年,第277页。
④ 同上书,第76页。
⑤ 同上书,第75页。
⑥ 同上书,第144—145页。
⑦ 同上书,第253页。
⑧ 同上书,第361页。
⑨ 同上书,第222页。

"信仰",所以要扼杀"理性"这个多神教魔鬼。

综上所述,我们认为,在三部曲中各种主要象征对立物不仅互相交错,共同揭示中心的二律背反"多神教——基督教",而且它们的"反转"都与中心的二律背反有着直接联系,并且都服务于它,只是各种简洁扼要的象征"环",代替了详细复杂的象征"链",更加尖锐地暴露了涵义的对比,将其达到悖论(含义上的逆饰)。例如,"多神教——基督教"="肉体——灵魂"="基督教——多神教";"多神教——基督教"="有力——软弱"="基督教——多神教"等等。由于这种局部性分裂和多次性分裂,梅列日科夫斯基达到了前所未有的紧张形式,其结果就是同一个中心象征二律背反得到极端强化,同时成为象征运动的起点和终点。

因此,"多次分裂"现象也是梅列日科夫斯基特有的"风格侵略"表现,如果在政论作品中它不加掩饰地持续增强,有时达到了招贴画般的夸张风格,那么在艺术文本中它则表现得不那么率直和袒露了。

(四) 修辞各异的词汇强化融合

在词汇的修辞构成方面,梅列日科夫斯基更加大胆甚至故意表现自己的特殊艺术本质,"逆饰性"变得极其尖锐,修辞上格格不入的各种词汇被语义的互不相容性大大加强。作家按照这一原则建构了大量的修饰语,其中绝大多数不是情感方面的不和谐,而是含义方面的不一致。按其结构特点可以分成简单修饰语("**подземное небо**"(**地下的天空**)①,"**трезвое пьянство**"(**清醒的醉酒**)②)和复杂修饰语,包括复合词("**уныло-яркие георгины**"(**凄凉而鲜艳的大丽花**)③)和两个自相矛盾的定义词:"**страшное и милое лицо**"(**生畏而可亲的面孔**)④,"**невинная и сладострастная Венус**"(**纯洁无瑕和贪淫好色的维纳斯**)⑤,

---

① 梅列日科夫斯基:《反基督——彼得大帝和皇太子》,刁绍华、赵静男译,哈尔滨:黑龙江人民出版社,1997年,第465页。
② 同上书,第607页。
③ 同上书,第16页。
④ 同上书,第21页。
⑤ 同上书,第29页。

"холодный и ласковый взор"(冷漠而和蔼的目光)①。

梅列日科夫斯基的"逆饰"故意突出构词成分的"不相容性",并借助"逆饰性的明喻"手段加以强化,这与传统的"逆饰"手法是相对立的,因为传统的"逆饰"倾向于将两个语义上相互矛盾、逻辑上互相排除的概念"结合"起来。例如,"**раннее**, темное, как будто **вечернее** утро"(像傍晚一样昏暗的清晨)②,"в тёмном ящике, как в **колыбели** или в **гробу**"(关在昏暗的木箱子里,如躺在摇篮中或棺材中)③。这些明喻经常充当修饰语,例如,"**радость**, подобная **ужасу**"(喜悦,犹如恐惧一样)④,"**ужас** и **радость** конца"(世界末日的惊恐和兴奋)⑤。因此,我们再次看到,作家有意简化形式,蓄意公式化,使形式达到最大限度的紧张和暴露。

梅列日科夫斯基对"隐秘含义"的这种强烈追求,决定了其小说中"同语反复修饰语"(Тавтологические эпитеты)和"极端修饰语"(Крайние эпитеты)占有重要地位。例如,"**огромные** глыбы"(巨大的巨石块)⑥,"**бездомный** скиталец"(无家可归的流浪汉)⑦,"**последнее** время"(最后的时刻)⑧,"**ослепительный** свет"(耀眼的阳光)⑨,"**крайний** Запад с крайним Востоком"(极

---

① 梅列日科夫斯基:《诸神的复活——列奥纳多·达·芬奇》,刁绍华、赵静男译,哈尔滨:北方文艺出版社,2002年,第573页。
② 梅列日科夫斯基:《反基督——彼得大帝和皇太子》,刁绍华、赵静男译,哈尔滨:黑龙江人民出版社,1997年,第239页。
③ 同上书,第26页。
④ 梅列日科夫斯基:《诸神的复活——列奥纳多·达·芬奇》,刁绍华、赵静男译,哈尔滨:北方文艺出版社,2002年,第432页。
⑤ 梅列日科夫斯基:《反基督——彼得大帝和皇太子》,刁绍华、赵静男译,哈尔滨:黑龙江人民出版社,1997年,第472页。
⑥ 梅列日科夫斯基:《诸神的复活——列奥纳多·达·芬奇》,刁绍华、赵静男译,哈尔滨:北方文艺出版社,2002年,第132页。
⑦ 同上书,第628页。
⑧ 梅列日科夫斯基:《反基督——彼得大帝和皇太子》,刁绍华、赵静男译,哈尔滨:黑龙江人民出版社,1997年,第20页。
⑨ 梅列日科夫斯基:《诸神的复活——列奥纳多·达·芬奇》,刁绍华、赵静男译,哈尔滨:北方文艺出版社,2002年,第558页。

端的西方和极端的东方)①,"**величайшее** просвещение с **величайшим невежеством**"(最大的开化和最大的愚昧)②等。此外,还有下面各种修饰语:确切修饰语"**детски-простодушное выражение лица**"(儿童般纯朴的表情)③,"**прозрачно-бледное лицо**"(**透明而苍白的脸**)④;加强修饰语(Усугубляющие эпитеты):"**слепая** темнота"(伸手不见五指的黑暗)⑤;否定修饰语(Отрицательные эпитеты):"**беспредельное** молчание и **беспредельный** ужас"(无尽无休的寂静和无尽无休的恐惧)⑥;无限修饰语(Бесконечные эпитеты):"**бесконечное** ожидание"(无尽无休的等待)⑦,"**безмерное** отчаяние"(无限的失望)⑧等,用娜·阿·科热夫尼科娃的话说,这些修饰语好像将描述带到了"极限之极限"⑨之外。

此外,像以前一样,在普遍化二元对立诗学过程中,梅列日科夫斯基赋予"成语"和"传统形象"重要作用,因为它们本身就是内容胜于形式的例子。包括成语、永恒形象(皇太子阿列克塞作为丹麦王子哈姆雷特);民间口头诗歌固定语(如,"**седой как лунь**"(白发苍苍像白鹞一样)⑩,"**дом—полная чаша**"(猪满圈,粮满仓)⑪

---

① 梅列日科夫斯基:《反基督——彼得大帝和皇太子》,刁绍华、赵静男译,哈尔滨:黑龙江人民出版社,1997年,第80页。
② 同上书,第80页。
③ 梅列日科夫斯基:《诸神的复活——列奥纳多·达·芬奇》,刁绍华、赵静男译,哈尔滨:北方文艺出版社,2002年,第48页。
④ 同上书,第549页。
⑤ 同上书,第571页。
⑥ 梅列日科夫斯基:《反基督——彼得大帝和皇太子》,刁绍华、赵静男译,哈尔滨:黑龙江人民出版社,1997年,第598页。
⑦ 梅列日科夫斯基:《诸神的复活——列奥纳多·达·芬奇》,刁绍华、赵静男译,哈尔滨:北方文艺出版社,2002年,第37页。
⑧ 同上书,第116页。
⑨ Кожевникова Н. А. Словоупотребление в русской поэзии начала XX века. М., Наука, 1986. С. 12.
⑩ 梅列日科夫斯基:《反基督——彼得大帝和皇太子》,刁绍华、赵静男译,哈尔滨:黑龙江人民出版社,1997年,第477页。
⑪ 梅列日科夫斯基:《诸神的复活——列奥纳多·达·芬奇》,刁绍华、赵静男译,哈尔滨:北方文艺出版社,2002年,第90页。

等);修辞套语(如,"горящие глаза"(炯炯有神的眼睛)①,"прошли дни, как воды протекли"(时间像流水,一天天地流逝)②等)。这些形象多次出现在作家和各类人物的言语中,从而导致词汇的事物外壳"被剥离",也就是说失去自己的特点后退居到次要地位,显露出永恒不变的含义。

当然,梅列日科夫斯基在其他形式中也强烈追求最大限度地暴露和加强形象。例如,他广泛使用"连续扩展同一形象特点的使用范围"③的手法:第一,在文本中多次重复某个具有概念意义和形象意义的关键词,使其既与抽象名词搭配,也与具体名词搭配:"тёмная душа"(漆黑的心灵),"тёмный ум"(愚昧的头脑),"тёмный угол"(黑暗的角落);第二,含有同一基调词汇的各种隐喻既可以建立在事物的视觉相似基础之上(例如,"темно, как ночью"(漆黑黑的,像在夜里一样),"Нева, как тёмное-тёмное зеркало"(涅瓦河像漆黑漆黑的镜子)④,"волосики светлые, как лён"(如亚麻般浅色的卷发)⑤),也可以建立在遥远的感情联想之上(例如,"тьма в сердце, потому что тьма в умах"(心里笼罩着黑暗,因为头脑里一片黑暗)⑥,"свет, озаряющий душу"(照亮灵魂的光亮)⑦)。但是,不论在哪种情况中,不同含义线交叉都会产生许多共同交点,也就是说,作家能够深化形象。

因此,在最高程度上,含有"глубина"(深处)一词的大量形象词组,直观地展示出这种将不同的个别现象归纳为一个本质现象

---

① 梅列日科夫斯基:《诸神的复活——列奥纳多·达·芬奇》,刁绍华、赵静男译,哈尔滨:北方文艺出版社,2002年,第508页。
② 梅列日科夫斯基:《反基督——彼得大帝和皇太子》,刁绍华、赵静男译,哈尔滨:黑龙江人民出版社,1997年,第177页。
③ Кожевникова Н. А. Словоупотребление в русской поэзии начала XX века. М., Наука, 1986. С. 84.
④ Там же. С. 168.
⑤ 梅列日科夫斯基:《诸神之死——叛教者尤里安》,刁绍华、赵静男译,哈尔滨:北方文艺出版社,2002年,第58页。
⑥ 梅列日科夫斯基:《反基督——彼得大帝和皇太子》,刁绍华、赵静男译,哈尔滨:黑龙江人民出版社,1997年,第395页。
⑦ 梅列日科夫斯基:《诸神之死——叛教者尤里安》,刁绍华、赵静男译,哈尔滨:北方文艺出版社,2002年,第64页。

的倾向，因此，这个词对于梅列日科夫斯基的"新宗教哲学"来说特别重要："из **глубины** Египта"（来自埃及**的深处**）①；"в самой тайной **глубине** сердца"（在灵魂最隐秘的**深处**）②；"**глубочайшие** тайны искусства"（艺术**最深处**的奥秘）③。此外，"глубина"一词也在言语中（"слово, которое испугало Леонардо своей **глубиной**"（话语的**深刻**令列奥纳多大吃一惊）④）；在黑暗中（"Но мрак было слишком **глубок**"（可是黑暗太深了）⑤）；在宁静中（"Чем страшнее, тем **глубже** тишина в царстве Киприды"（风暴越是可怕，库普里斯王国里的宁静越深）⑥）；天空中（"на потемневшем и **углубившемся** небе"（在变黑了的更加**深邃**的天空上）⑦），甚至在爱抚中（"**глубокие** и таинственные ласки"（**深刻**而神秘的爱抚）⑧）。可见，"深渊"无处不在，无处不有。

（五）内涵相近的词汇扩张暴露

在上面谈到的形象因"缩小"（多义）而"加深"本质含义的同时，却不断表现出一种对立的倾向——即词汇的义域语境扩张。聚集在那些"关键词"周围的各种形象词组"群"（娜·阿·科热夫尼科娃语）就是证明。例如：

1）Свет（光明）

神（"Им, **светом**, спасаемся"〈我们将靠着他，靠着光明而得救〉）（《反基督》第164页）；

知识（"**Свет** знания"〈知识之光〉）（《诸神之死》第310页）；

---

① 梅列日科夫斯基：《诸神的复活——列奥纳多·达·芬奇》，刁绍华、赵静男译，哈尔滨：北方文艺出版社，2002年，第7页。
② 同上书，第482页。
③ 同上书，第550页。
④ 同上书，第550页。
⑤ 同上书，第558页。
⑥ 同上书，第538页。
⑦ 梅列日科夫斯基：《诸神之死——叛教者尤里安》，刁绍华、赵静男译，哈尔滨：北方文艺出版社，2002年，第67页。
⑧ 梅列日科夫斯基：《诸神的复活——列奥纳多·达·芬奇》，刁绍华、赵静男译，哈尔滨：北方文艺出版社，2002年，第554页。

影子("**тёмный свет**"и"**светлые** тени"〈暗光和明影〉)(《诸神的复活》第 558 页);

灵魂("**тихий, внутренний свет**"〈安静的内里的光〉)(《反基督》第 10 页);

2) Тьма(黑暗)

无礼("**тьма** в умах"〈头脑里一片黑暗〉)(《反基督》第 395 页);

野蛮("**тьма**, сходящая на Рим и Элладу"〈黑暗降临来到罗马和埃拉达〉)(《诸神之死》第 363 页);

秘密("**темное**, сложное сердце"〈神秘而复杂的灵魂〉)(《诸神的复活》第 465 页);

死亡("**темно**, как в гробу"〈漆黑黑的,像在棺材里一样〉)(《反基督》第 502 页);

3) Жизнь(生命)

火("розовый отблеск огня вспыхнул, как лёгкий румянец **жизни**"〈粉红色的火苗蹿起,像轻飘飘的生命的红晕〉)(《诸神之死》第 48 页);

财富("драгоценная **жизнь**"〈珍贵的生命〉)(《诸神之死》第 95 页);

美("**живой** дух красоты"〈美的活灵魂〉)(《诸神之死》第 289 页);

彩虹("радуга—цветы **жизни**"〈彩虹——生命之花〉)(《诸神的复活》第 559 页);

4) Смерть(死亡)

安静("сладкий отдых **смерти**"〈死亡的甜蜜休息〉)(《诸神之死》第 48 页);

梦("**смертный** сон"〈死亡之梦〉)(《反基督》第 547 页);

恐惧("небо неумолимое, ужасное, как **смерть**"〈像死亡一样可怕和铁面无情的天空〉)(《诸神之死》第 317 页);

醉酒("пьяный, как **мёртвый**"〈醉得像死人一样〉)(《反基督》第 125 页);

时间("время, яко **смерть**"〈时间跟死亡是一样的〉)(《反基督》第 130 页);

空虚、静态("**мёртвая** пустота"〈像死了一样木然〉(《反基督》第 232 页);("И пустота была в сердце его и скука страшная, как **смерть**"〈心里一片空虚,寂寞无聊,像死亡一样可怕〉)(《反基督》第 237 页);

5)Солнце(太阳)

神("**Солнце** выходила из-за туч в силе и славе своей, подобно лику Грядущего Господа"〈太阳从乌云后面出来,光芒四射,力量无边,荣耀非凡,好像就要降临的主的圣容〉)(《反基督》第 617 页);

复兴("великое **солнце** Возрождения"〈复兴的伟大太阳〉)(《诸神之死》第 365 页);

理性("пока сияет разум, как полуденное **солнце**"〈只要理性还在闪光,犹如中午的太阳〉)(《诸神之死》第 64 页);

快乐("радость, ослепляющая, как **солнце**"〈快乐,像太阳一样光辉夺目〉)(《反基督》第 295 页);

但是,在这里梅列日科夫斯基仍忠实于自己,忠实于个性中所特有的那些纯理性主义诗学规律,因为他自己增加的独特含义并不多,多数的形象组合都是非常传统的。这并不是说作家缺乏天才,而是另有目的。作家希望通过增加同一事物的符号手段,用多物描述一物,达到所期望的"暴露"和"强化"关键词的概念意义的目的,把这些关键词变成真正承载作家思想的结构。

通过类似的方法可以增强那些"镜子般的隐喻"(亚·阿·波捷勃尼亚语)中的思想含义和感情意义,因为这些隐喻具有交叉含义:"本义词及其构成隐喻的对应词,在其他含义中发生位置交换"[1],包括修饰语("светлая тень"(光影)和"тёмный свет(暗

---

[1] Кожевникова Н. А. Словоупотребление в русской поэзии начала XX века. М., Наука, 1986. С. 85.

光)"等)和对比("大海变得跟天空一样苍白和透明了,天空变得跟大海一样深邃和明朗了"①;"下面黑暗的广场上亮着蜡烛,像是天上的繁星落到地上,而上面漆黑的天上繁星闪烁,像是地上的蜡烛升到天上"②)。

因此,这些富有诗意的词汇具体地揭示出梅列日科夫斯是如何坚持不懈地用各种方法,有时甚至用矛盾的方法(例如,通过一物描写多物,或相反,通过多物描写一物)实现其普遍化二元对立诗学的新原则。

二、象征意义的缩放并蓄

俄罗斯著名作家谢·巴·扎雷金说:"作者在哲学意义上提出的任务越高,那么这一任务越会有力地、坚决地迫使作者摒弃完全写实的和习见的形象,而把目光投向那些象征形象,这些象征形象将能够在整体上体现所提出的问题的某个方面。"③梅列日科夫斯在哲学意义上追求达到"最高本质",所以他对象征形象的这种作用给予极大关注。在三部曲的象征意义方面,他仍采用在语言结构中使用的"缩小"和"扩张"两种对立趋势,借助"相似原则"和"神话语境"手法,使这两种对立趋势的相互作用变得更加紧张激烈。

(一)相似原则——个别→整体→普遍→原初

在小说《诸神的复活》中梅列日科夫斯基公开宣扬"相似原则":"各种自然现象中有许许多多相似与和谐,仿佛是来自不同世界的和声"④,与其说这揭示的是列奥纳多的创作本质,不如说是作家本人的创作本质,所以,他采用歌德《浮士德》中的诗句"转瞬

---

① 梅列日科夫斯基:《诸神之死——叛教者尤里安》,刁绍华、赵静男译,哈尔滨:北方文艺出版社,2002年,第66页。
② 梅列日科夫斯基:《反基督——彼得大帝和皇太子》,刁绍华、赵静男译,哈尔滨:黑龙江人民出版社,1997年,第517页。
③ 转引自石南征:《明日观花——七八十年代苏联小说的形式、风格问题》,北京:社会科学文献出版社,2007年,第127页。
④ 梅列日科夫斯基:《诸神的复活——列奥纳多·达·芬奇》,刁绍华、赵静男译,哈尔滨:北方文艺出版社,2002年,第391页。

即逝的一切只是相似和象征"作为自己的诗集《象征》的题词绝不是偶然的。如果这种模糊的预感(存在统一的神意和公理〈第一推动力〉)促使列奥纳多发现光和声的普遍特点,那么它使梅列日科夫斯基把相距遥远的事物和现象联系在一起("窗上冰霜的纹理重复着活叶子的细细纹理网"①),把自然世界和人类世界联系在一起("河水中的旋涡像女人卷发的波纹"②),把高级的和低级的东西联系在一起("同样的颜色闪变也见之于禽类的羽毛、腐烂的植物根部周围的死水、宝石、水表面的油脂、旧的不透明的玻璃中"③)。最终,这种规律的作用变成了类似于有向心力的巨大漩涡,把各种看似不能相容的物体吸进里面,梅列日科夫斯基就是这样创造出自己的众多象征。

下面我们以象征形象"蜘蛛"(паук)为例,详细研究这种结构的作用。"蜘蛛"形象在三部曲中多次重复,借助不同含义加强并扩大了自己的主要意义(魔鬼意义):

第一,蜘蛛——这是**平庸**。既有平淡无奇的人物:"безликий, серый, как **паук**, шершавый инкуб"(像**蜘蛛**一样无个性、平庸丑陋的色鬼)④;也有阴沉晦暗的天气:"В зимних сумерках, пыльно-серых, как **паутина**"(冬天的黄昏灰蒙蒙的,如同**蜘蛛网**一样)⑤。

第二,蜘蛛——这是充满谎言和阴谋的**政治**:"**паутина политики**"(政治生涯的巨大网络)⑥。摩罗公爵陷入无尽无休的欺骗和贩卖的罗网之中,犹如"**паук в паутине**"(**蜘蛛**在**网**中一样)⑦。

第三,蜘蛛——这是**战争**。列奥纳多发明的那种装着许多"像

---

① 梅列日科夫斯基:《反基督——彼得大帝和皇太子》,刁绍华、赵静男译,哈尔滨:黑龙江人民出版社,1997 年,第 305 页。
② 梅列日科夫斯基:《诸神的复活——列奥纳多·达·芬奇》,刁绍华、赵静男译,哈尔滨:北方文艺出版社,2002 年,第 391 页。
③ 同上书,第 392 页。
④ 同上书,第 123 页。
⑤ 同上书,第 339 页。
⑥ 同上书,第 81 页。
⑦ 同上书,第 345 页。

蜘蛛的爪子"①一样锋利的大刀的战车成为战争的象征,战争是"装配着血淋淋蜘蛛爪子的钢铁怪物"②。

第四,蜘蛛——这是**畸形**。其拟人化身就是一位丑八怪的妻子:"瘦骨嶙峋、满脸皱纹,她的名字叫女蜘蛛(Паучиха),跟她本人完全般配"③。

第五,蜘蛛——这是**淫欲**。教派分子们的狂热跳神场面"好像是一些巨大的虫子、公的和母的蜘蛛盘成一团,在这恐怖的淫欲中彼此吞食着"④。

第六,蜘蛛——这是**市侩**。列奥纳多的祖父安东尼奥教育孩子们:"你们要谨慎行事,凡事中庸。我把一个好的家长跟什么相比呢?可以比作一只蜘蛛,它处在张开的蛛网中心,感到网上的细线在颤动,便急忙爬过去修补"⑤。

但是,任何一个附加含义都没超出作家明确标记的思想轨道("蜘蛛"与"疯狂、渺小、可怕之物、魔鬼之物"联系在一起),所以"扩展"是纯形式上的。作家有目的地确定统一的适合所有个别表现的深刻思想,目的是取代象征多义现象产生的必然结果——模糊不清性和不确定性。由于把个别现象归纳为普遍化典型现象,作家就最大限度地加强了"蜘蛛"这一象征含义。

在利用神话形象"野兽"时,梅列日科夫斯基采用了另一种略微不同的象征形象结构。最初,他把许多人物归纳为一类——非人本质。例如,叛教者尤里安用鲜血接受洗礼(参加烙印仪式,用公牛来祭祀太阳神);弑兄者塞萨尔·博尔吉亚与自己的姐姐卢克莱西娅乱伦;彼得一世残酷审讯并致死儿子。后来,他把"兽性"作为反基督的典型特征,多次加以强调。例如,在小说《诸神之死》

---

① 梅列日科夫斯基:《诸神的复活——列奥纳多·达·芬奇》,刁绍华、赵静男译,哈尔滨:北方文艺出版社,2002年,第193页。
② 同上书,第194页。
③ 同上书,第164页。
④ 梅列日科夫斯基:《反基督——彼得大帝和皇太子》,刁绍华、赵静男译,哈尔滨:黑龙江人民出版社,1997年,第588页。
⑤ 梅列日科夫斯基:《诸神的复活——列奥纳多·达·芬奇》,刁绍华、赵静男译,哈尔滨:北方文艺出版社,2002年,第409页。

中,尤里安向太阳神密多罗——血红色"公牛"鞠躬行礼①;他有着"狼"一样奇特、疯狂、变化多端的目光,并因此得了一个外号——"狼崽子"②;他反对豪华奢侈,却在皇宫里和行军中睡在"雪豹"皮上。在小说《诸神的复活》中,教皇亚历山大·博尔吉亚健壮有力,犹如血红色的"公牛"——博尔吉亚家族徽章上的动物③,虚情假意,犹如"狐狸"——"弄虚作假和变换嘴脸的高手"④。在小说《反基督》中,皇太子阿列克塞发现父亲彼得与"猴子"和"猫"有着"可怕的相似性":猴子"抽搐着可笑的脸,仿佛是在模仿彼得脸上的抽搐。一个小动物和一个伟大的沙皇——这两张脸都扭曲得如小丑所作的怪脸,相似得惊人"⑤,"突然间,不知从何处跳出一只大黑猫,在他的脚下弓起腰,喵喵地叫,向他表示亲热,用两条后腿站起来,把两只前爪子搭在他肩上——这已经不是一只猫,而是一头巨兽。皇太子在巨兽的脸上看出一张人脸——只见颧骨宽宽的,两只眼睛凸起,胡须向上翘起,像是'科塔勃雷斯猫'"⑥。

显然,什么动物对梅列日科夫斯基来说并不重要:可怕的(狮子、狼、公牛)或者可笑的(猴子、科塔勃雷斯猫),民间创作的(黑猫)、引用他人的(国家——"怪兽列维坦",引自英国无神论者霍布斯的《列维坦》⑦)或者作家本人独创的⑧。作家不断地强化形象的物体外形,借此达到极端地暴露和强化概括性思想(尽管有各种变形,但非人的反基督本性却没有改变)。

梅列日科夫斯基还用这种方法表现"可恶的中庸"——平庸和

---

① 梅列日科夫斯基:《诸神之死——叛教者尤里安》,刁绍华、赵静男译,哈尔滨:北方文艺出版社,2002 年,第 198 页。
② 同上书,第 29 页。
③ 梅列日科夫斯基:《诸神的复活——列奥纳多·达·芬奇》,刁绍华、赵静男译,哈尔滨:北方文艺出版社,2002 年,第 502 页。
④ 同上书,第 489 页。
⑤ 梅列日科夫斯基:《反基督——彼得大帝和皇太子》,刁绍华、赵静男译,哈尔滨:黑龙江人民出版社,1997 年,第 251 页。
⑥ 同上书,第 437—438 页。
⑦ 同上书,第 142 页。
⑧ 尼·符·巴尔科夫斯卡娅指出,"猴子"对于梅列日科夫斯基来说就是"魔鬼"的同义语,例如,他把一篇论述安德烈耶夫的文章叫做《在猴子的爪子里》。

第三章 《基督与反基督》——"普遍化二元对立诗学"的造型体现

市侩的象征。在三部曲中"中庸"既指整个共和国(例如,佛罗伦萨国务秘书尼科洛·马基雅弗利称共和国为"蚁群"①),也指某个个人(例如,列奥纳多的祖父安东尼奥,他的人生基本信条是"凡事甘居中游"②)。但对作家来说"超越个人的思想"始终是最主要的,所以他想方设法使它摆脱掉"具体的个人"特点。因此,"中庸"被看做是一种形而上学现象,即超历史和超民族的现象,既有生活在文艺复兴时期的意大利人皮埃罗·索德里尼——"难得的中庸者"③,也有彼得一世的同时代人书吏彼季卡·安菲莫夫——"新派的魔鬼——无赖彼季卡"④。此外,像通常一样,梅列日科夫斯基力求援引权威文献证明自己的推测。例如,在小说《诸神的复活》中引用一则典型的传说论证"中庸",它是乔万尼从"一个学识渊博的修士那里听来的,这个传说曾被奥利金所接受,后又被佛罗伦萨诗人马太奥·帕尔梅里在长诗《生命之城》中所改造,——说的是魔鬼跟上帝进行战争,那时天上的居民既不希望加入上帝的军队,也不愿意加入魔鬼的军队,跟二者都很疏远,只是作为决战的旁观者〈……〉自由的和悲哀的精灵——既不是恶的也不是善的,既不是光明的也不是黑暗的,而是亦恶亦善——被天上最高审判驱逐到地上,介乎于天堂和地狱之间的人间世界,他们在这个跟他们自己一样的半明半暗的人世间成了人"⑤。这样,"中庸"在梅列日科夫斯基笔下就成为人类至关重要的特征(作家在《未来的无赖》中就深刻论述了"中庸"的本质)。

正是在这种意义上,梅列日科夫斯基充分利用"专有名词"和"普通名词"的特点,达到象征的"概括性"意义。"专有名词"的实质是使客体个性化,但在梅列日科夫斯基的创作中"专有名词"失

---

① 梅列日科夫斯基:《诸神的复活——列奥纳多·达·芬奇》,刁绍华、赵静男译,哈尔滨:北方文艺出版社,2002年,第526页。
② 同上书,第409页。
③ 同上书,第540页。
④ 梅列日科夫斯基:《反基督——彼得大帝和皇太子》,刁绍华、赵静男译,哈尔滨:黑龙江人民出版社,1997年,第236页。
⑤ 梅列日科夫斯基:《诸神的复活——列奥纳多·达·芬奇》,刁绍华、赵静男译,哈尔滨:北方文艺出版社,2002年,第213—214页。

去这一特性而具有了"普通名词"的特点——概括性意义。在他笔下,"名字成为形象,名字成为特征"(叶·鲍·塔格尔语)。通常,这种概括性意义依靠的是某种已知的历史文化内容。例如,皇太子阿列克塞的情人女奴阿芙罗西卡(Афроська)在读者的意识中会联想到希腊神话中爱与美的女神阿佛罗狄忒(Авродита),而隐修女索菲娅(Софья)会令人联想到圣母索菲娅(Святая София)。而且,梅列日科夫斯基好像不寄希望于读者的文化记忆,而是自己亲自揭示这些形象的含义,并进行公开的类推:皇太子在逃亡中把阿芙罗西卡联想成阿佛罗狄忒:"门朝着蓝色的大海敞开着,她(阿芙罗西卡)的身躯在门的四边形框架衬托下,好像是刚从大海深处泛起的白色浪花泡沫。她一手拿着水果,另一只手下垂着,贞洁地掩盖着那个裸露着的地方,真的像是诞生于大海泡沫中的阿佛罗狄忒。〈……〉这是女奴阿芙罗西卡,也是女神阿佛罗狄忒——是二者的合一"①;寻神者吉洪在分裂教派的隐修院里将隐修女索菲娅与圣母索菲娅联系在一起:"大地与天空是一体的。他在天上看见了火红的太阳,看见了圣索菲娅的脸,但这是一张人世间的脸,他想要看,但又害怕看〈……〉隐修女索菲娅坐在水边一块石头上。他认出了她,但又好像是没有认出来。"②

与在政论和批评中一样,梅列日科夫斯基在三部曲中也经常在具体的历史活动家名字中力求寻找出某种"最高意义",即某种非偶然的意义。例如,作家直接引用了有关神痴圣阿列克塞的传记,阐释皇太子阿列克塞的形象:"噢,上帝的仆人!不要忘掉你的同名者皇太子阿列克塞·彼得罗维奇,他是上帝圣训特别热心的捍卫者和你的矢志不渝的追随者。你离家出走,他也浪迹他乡,寄人篱下;你失掉了奴隶和臣民,朋友和亲人,他也如此;你是上帝的人,他也是基督的忠实奴仆。啊,我们祈求,上帝的仆人,保佑你的同名者吧,他是我们唯一的希望,把他纳入你的翅膀保护之下吧,像保护眼珠一样保护他吧,让他免遭一切邪恶的伤害!"③

---

① 梅列日科夫斯基:《反基督——彼得大帝和皇太子》,刁绍华、赵静男译,哈尔滨:黑龙江人民出版社,1997年,第330页。
② 同上书,第464—465页。
③ 同上书,第171页。

"彼得"等同于"反基督",作家逐渐把读者引向这一轨道。起初是"无赖"的拟人化——"难得的中庸者"皮埃罗·索德里尼("皮埃罗"也即"彼得"),之后是"小无赖"——"新派的魔鬼"彼季卡·安菲莫夫("彼季卡"即"彼得"的昵称),最后是"大无赖"——反基督彼得一世。

但是,梅列日科夫斯基的普遍化过程并不局限于此,因为他的象征逻辑不仅从个别到整体,而且还从整体到普遍到最原初。这里包括内部和外部两种发展形式。

内部发展形式指的是"镜子般的"象征,或者用亚·阿·波捷勃尼亚的术语说是"相互"象征。由于这些象征的意义在同一主题群范围内相互交叉,从而使某种包罗万象的共同思想得以普遍化和现实化。例如,"灰色"意味着"无个性、庸俗、中庸":"我们既不是基督徒也不是多神教徒。〈……〉我们既不是黑的也不是白的,而是**灰溜溜**的;既不冷也不热,而是温吞吞的"①,或者意味着"蜘蛛般模糊不清的东西":"冬天的黄昏**灰蒙蒙**的,如同蜘蛛网一样。"②但是,不论是前者还是后者,都改变不了其"魔鬼"本质。

在外部发展形式中,我们又遇到了意义增加的"金字塔"形式(就像上文分析的"蜘蛛"象征含义一样),只是这次金字塔的底部是由众多的具有自身价值的象征组成,每一个象征都具有自己的确切意义,而塔尖是某种"元象征",它的超概括性不允许它有某种进一步的发展。例如,中庸、灰色、野兽、蜘蛛、蚂蚁(金字塔的底部),互相赋予某种色彩,从而失去自己的直接物体内容,纳入到"反基督"这个主要主题中(即金字塔的塔尖——"元象征"),并成为它的象征表达者。

(二) 神话语境——具体→抽象→简化→深化

与在政论文中一样,在三部曲中梅列日科夫斯基也经常使用"神话语境"这种方法,达到象征意义的缩放并蓄。

---

① 梅列日科夫斯基:《诸神的复活——列奥纳多·达·芬奇》,刁绍华、赵静男译,哈尔滨:北方文艺出版社,2002年,第539-540页。
② 同上书,第339页。

传统的基督教对立"基督——反基督"有固定的语义——"创造者——破坏者",在小说《反基督》中投射在彼得一世与皇太子阿列克塞的相互关系上。由于梅列日科夫斯基熟谙俄罗斯和欧洲文化,所以他轻而易举就能从基督教神话转到古希腊神话,并利用后者作为"标准语",描述异己的非东正教信仰,即反基督教信仰①。因此,作家把"非人的""彼得堡"等同于阴森的"冥界":彼得堡的白夜"如同冥界的黑昼"②;"黑色的令人生畏的涅瓦河波涛类似于地下冥河斯梯克斯的波涛"③。把彼得比作"巨人神普罗米修斯"("在燃烧着的宫殿中出现了彼得的形象,像巨人神普罗米修斯一样的俄国雕塑师"④)和"奥林匹亚的太阳神——阿波罗"("有一幅寓意画描绘了在波尔塔瓦之役中取得胜利的沙皇,把他画成了古代的太阳神阿波罗的形象"⑤),目的是赋予彼得建立皇权的才能,这在很大程度上就证明了他与魔鬼(反基督)的联系(在小说《诸神之死》中,尤里安对太阳神的崇拜也被看做是反基督的表现)。

很明显,在这种语境中梅列日科夫斯基的"基督——反基督"二律背反是受了尼采的影响,他把它变成了"狄奥尼索斯——阿波罗"的对立,因为狄奥尼索斯和基督都是受难者。但是,不能片面地把小说《反基督》归结为是一种反彼得,因为在梅列日科夫斯基笔下彼得是一位创造天才、新俄罗斯的缔造者(关于这一点在有关的政论文中就有证明),为了俄罗斯的利益他不惜杀死自己的儿子。为了揭示这一思想,梅列日科夫斯基又转向了基督教神话,于是在彼得与阿列克塞殊死斗争的背后显露出来的就是"凶残父亲"和"祭祀羔羊"的秘密血缘关系⑥。所以在祈祷时彼得不知不觉地

---

① Живов В. М. Успенский Б. Метаморфозы античного язычества в истории русской культуры XVII – XVIII вв // Материалы научн, конф. «Античность в культуре и искусстве последующих веков». М., 1984. C. 216.
② 梅列日科夫斯基:《反基督——彼得大帝和皇太子》,刁绍华、赵静男译,哈尔滨:黑龙江人民出版社,1997年,第527页。
③ 同上书,第29页。
④ 同上书,第63页。
⑤ 同上书,第143页。
⑥ 同上书,第411—412页。

第三章 《基督与反基督》——"普遍化二元对立诗学"的造型体现

向圣父,而不是向圣子祈祷:"不是向被钉在十字架上流血而死的耶稣,而是向在战斗中坚强有力的活着的上帝祈祷,这是个战士,是百战百胜的正义之士——他通过先知之口说自己:我愤怒时践踏人民,我发狂时压迫他们;他们的鲜血溅到我的袈裟上,我弄脏了自己的衣装"①。

但是,在创造神话情景时,梅列日科夫斯基的象征不直接与神话意识发生联系,"神话个体的等同只是在客体水平上,而不是在名字水平上"②,也就是说象征要对客体进行变形。按照传统观点,认识思维运动是按照"具体——抽象"的图式完成的,所以,反基督——这是一种超概括的普遍化思想,它联结着一大群人:尤里安、列奥纳多、塞萨尔·博尔吉亚、教皇亚历山大六世、彼得一世等。如果按照分裂教派的神话传说,彼得一世是"反基督",那么对于梅列日科夫斯基来说"反基督"这个概念就和"缔造者"这个词一样,都可以用来评价彼得的个性。

如果在真正的神话意识中,例如,在梅特林克的《青鸟》中,"抽象结构是按照神话原则组织的:自然元素和特征都可以作为神话世界的人物"③(例如,水、火等),那么,在梅列日科夫斯基的作品中,恰恰相反,神话元素是按照非神话的、唯理论的、甚至貌似科学的原则组织起来的。例如,火与水两大元素在小说《反基督》中的出现只是为了揭示彼得的内心本质:"他的天性——是火和水。他爱它们,也爱它们所产生的物质:水——和鱼,火——和中世纪的火怪"④,"他的两种彼此矛盾的天性——水与火——在他身上合二为一了,形成了一种奇特的素质,我不知道,这种素质是好还是坏,是神力还是魔鬼的力量,但我可以肯定地说,这是一种非人的

---

① 梅列日科夫斯基:《反基督——彼得大帝和皇太子》,刁绍华、赵静男译,哈尔滨:黑龙江人民出版社,1997年,第411页。
② Лотман Ю. М. Успенский Б. Миф‐имя‐культура // Лотман Ю. М. Избранные статьи. В 3 т. Таллинн: Александра, 1992. Т. 1. С. 75.
③ Там же. С. 68.
④ 梅列日科夫斯基:《反基督——彼得大帝和皇太子》,刁绍华、赵静男译,哈尔滨:黑龙江人民出版社,1997年,第130页。

力量"①。因此,在梅列日科夫斯基的三部曲中,这些形象和神话名字一样,具有抽象的元描写(Метаописание)语言作用,或者用尤·米·洛特曼的话讲,具有"某种抽象的结构意义,此结构在这种描写语言之外就没有意义了"②。

因此,借助神话语境,作家一方面可以极端简化象征,有意识地限制其"含义潜能"(尤·米·洛特曼语),但与此同时却最大限度地"深化"了它。而且,使用象征—借代作为"解码器",在很大程度上促进了这一总括过程,因为象征—借代本身就是巨大的含义能量"团",它紧紧地包围着整个情节。除了上面提到的神话名字普罗米修斯、阿波罗、温顺的羔羊外,圣经形象"摩西"也可以归到此类型中。像摩西一样,俄罗斯皇帝也质问上帝:"你为什么折磨你的奴隶?我为什么没有得到你的恩惠,而你却把全体人民的重担都压在我身上?"③

可见,梅列日科夫斯基在象征中遵循着其"普遍化二元对立诗学"原则,"弱化"联想因素而"强化"概括因素,创造出一种独特的象征体系,在其中元象征的"极限"特征很容易就被最简单的寓意所替代。所以彼得不仅是反基督,而且也是舵手、大锤,而俄罗斯相对应就是大船和铁砧。不过,这里仍需要补充一点,这个象征体系也服从于主要风格规律(二元论),并按照"对比"原则建立起来,大量的象征性二律背反印证了这一点,它们从头到尾贯穿在《基督与反基督》三部曲中,不仅把这三部小说连成一个整体,而且把作家的整个创作也连成一个整体。

三、句法结构的紧张强化

与在政论和批评作品中一样,梅列日科夫斯基的主要风格趋势在三部曲的句法结构方面也得到了更加鲜明和完整的表达,通

---

① 梅列日科夫斯基:《反基督——彼得大帝和皇太子》,刁绍华、赵静男译,哈尔滨:黑龙江人民出版社,1997年,第132页。

② Лотман Ю. М. Успенский Б. Миф‐имя‐культура // Лотман Ю. М. Избранные статьи. В 3 т. Таллинн: Александра, 1992. Т. 1. С. 68.

③ 梅列日科夫斯基:《反基督——彼得大帝和皇太子》,刁绍华、赵静男译,哈尔滨:黑龙江人民出版社,1997年,第396页。

过"句法压缩法"和"语调加重法"对形象进行了最大限度的概括。

（一）句法压缩法

梅列日科夫斯基有意识地把自己的语言（其实也是其人物的语言）分割成简洁的但同时也是充满含义和能量的句子，并且使这一"句法压缩"（维·符·维诺格拉多夫语）过程达到极限，所以三部曲的句法结构常常压缩为非扩展句或极其简短的句子，使文本具有不连贯性和清晰性，并因此获得特殊的言语能量。梅列日科夫斯基通过把一个嵌入结构堆砌到另一个结构中拖长叙述，但句法结构却没有失去逻辑的简洁性，这主要是因为句法结构具有突出的对称性特点。例如，阿芙罗西娅的歌，其对称性特点就是模拟民间抒情歌谣的风格：

> 我的花环沉下去了，
> 我的心儿受伤了。
> 我的花环被践踏了，
> 我的情人把我遗弃了。①

但是，在三部小说中最常见的是排比句形式，它们常常被渲染上民间创作的色彩，不按行为对比主体与客体，而按特点进行对比："**狐狸**有**洞穴**，**鸟儿**有**窠**，可**我**已经没有**安身立足之地**了。"②

梅列日科夫斯基又充分利用"排比"这种手法，通过词汇、语调、图解等方法多次重复它，并最终赋予"对称"结构以镜子般的等同形式。例如，采用成对的直接反义词或间接反义词（"他**知道**得很**少**，**做**得却很**多**"③），有时借助"极端性"修饰语加以强化（"玛丽娅是**完全的爱**，安娜是**完全的知**"）；图解手段："人民的声音——上帝的声音"④等。所有这些复杂化手段更加突出了作家对句法结构的执着追求。

---

① 梅列日科夫斯基：《反基督——彼得大帝和皇太子》，刁绍华、赵静男译，哈尔滨：黑龙江人民出版社，1997年，第457页。
② 梅列日科夫斯基：《诸神的复活——列奥纳多·达·芬奇》，刁绍华、赵静男译，哈尔滨：北方文艺出版社，2002年，第358页。
③ 同上书，第289页。
④ 同上书，第459页。

此外,梅列日科夫斯基还经常使用人所共知的引文(出自《圣经》或神话)来达到这一目的,他多次重复引文并使之到达超尖锐化程度。例如,军团士兵的一句对白:"**反基督!**"①不仅揭示了血红色背景中的风景象征含义(预言性),而且还对小说《诸神之死》的第一部做了总结,稍后在第二部分中,在尤里安皇帝那充满激情的独白末尾又加以重复:"我——是生活的报信者,我——是解放者,我——是**反基督!**"②

在三部曲中,句法结构的风格特点还表现在其他形式中。例如,作家广泛使用各种"确切语"(近义词和句子)和"重复"(同根同义词反复)手法:"**Труп на трупе, жертва на жертве**"(**尸体**压着**尸体,牺牲**接着**牺牲**)③,"**в этих обыкновенных мыслях обыкновенных людей**"(在这些**平常**人的**平常**思维里)④,以及"层递"手法。由于作家的创作个性具有一种特殊的力量,所以利用"层递手法"能够冲破外部的偶然因素而到达隐秘的含义深处。在三部曲中"层递结构"不计其数,构成作家句法结构的典型特点,例如,"皇太子一动不动地站着,垂下头,毫无目的地注视着自己的前面,但尽力**什么都不看,什么都不听,什么都不想**"⑤;"我们**粗鲁、贫穷、无耻、酗酒、发臭,比野蛮人还坏,比牲畜还坏**"⑥;"而我是——**你的奴隶,你的忠犬,你脚下的一条虫。渺小的费多斯卡!**"⑦("渺小"一词使人物的微末渺小达到了极限)。因此,正是通过这种"层递"手法,我们看到了作家的主要意图。

可见,梅列日科夫斯基刻意追求句法"公式化",甚至达到了"几何般"规整的程度,如果在政论和批评中这还可以理解,那么在

---

① 梅列日科夫斯基:《诸神之死——叛教者尤里安》,刁绍华、赵静男译,哈尔滨:北方文艺出版社,2002年,第203页。
② 同上书,第224页。
③ 同上书,第25页。
④ 梅列日科夫斯基:《诸神的复活——列奥纳多·达·芬奇》,刁绍华、赵静男译,哈尔滨:北方文艺出版社,2002年,第541页。
⑤ 梅列日科夫斯基:《反基督——彼得大帝和皇太子》,刁绍华、赵静男译,哈尔滨:黑龙江人民出版社,1997年,第517页。
⑥ 同上书,第164页。
⑦ 同上书,第224页。

文艺作品中就显得有些奇怪了,所以招致同时代人的批评、误解和讥笑。例如,瓦·瓦·罗扎诺夫就曾用讥笑的口气说:"这样头脑清醒、一板一眼的作家我还没遇到过呢"①。我们认为瓦·瓦·罗扎诺夫的批评并不公允,确切说,是片面的,因为这只是梅列日科夫斯基个性特点的一个方面。安·别雷对梅列日科夫斯基个性中的双重性特点表达得非常准确:"你靠近他,会看到:一张蜡黄、冷漠的脸,死人一般,在瞬间闪现着内心的活力,因为在微微能捕捉到的眼睛周围的皱纹里、在嘴角处、在宁静的眼睛里燃烧着隐秘的火焰……灵感……他有两张脸:一张像灰烬,另一张像被心灵照亮的熊熊蜡烛。"②

(二) 语调加重法

尽管梅列日科夫斯基有着"异常清醒的头脑"和"冷漠的面容",但他对待文学的态度却始终充满了激情。在三部曲中,语言结构的"抽象图示"和"精确公式"同样流露着他的满腔热情。最好的例证就是他用各种方法强化作品的叙事情感:用大写字母开头(例如,最常见的是"他"和"加利利人"③)或者用黑体字标出(例如,《圣经》和神话引文)关键词,大量采用感情色彩强烈的疑问句、感叹句、呼语、重复、层递等修辞手法。所有这些传统方法创造出一种"响亮的"朗诵语调,与其他风格形式成分一样,打上了作家"艺术意识"的特殊烙印,叶·鲍·塔格尔在评论符·符·马雅可夫斯基时将这种"艺术意识"称之为"紧张"和"强化":"在自己的艺术中他不能忍受诗歌表达力的丝毫**弱化**,不允许一个成分片刻排除在其美学体系那张高度**紧张**的网之外"④。所以,三部曲的人物言语,与作家的言语一样,都是用形式和内容几乎绝对相同的两

---

① Розанов В. В. Трагическое остроумие // Николюкин А. Н. Мережковский: Pro et contra. Изд. Русского Христианского гуманитарного института. СПб., 2001. С. 106.
② Мережковский Д. В тихом омуте. М., Сов. Писатель, 1991. С. 5.
③ 由于文字表达上的差异,俄语中大量用大写字母开头的词,如"他""她""加利利人""基督"等在汉语译本中都只能用黑体词表示出。
④ Тагер Е. Б. О стиле Маяковского // Тагер Е. Б. Избранные работы. М., Сов. Писатель, 1988. С. 263.

倍、三倍的感叹句和疑问句重复出来,具有这种特殊的内部"紧张化"和"戏剧化"特点,例如,"畜牲,畜牲,畜牲!"①"原谅我吧,原谅我吧,亲爱的!""爱你,爱你,像爱自己的灵魂一样,我的心肝,我的欢乐!""相信,相信!""你能做到吗?你能做到吗?"②等。这样一来,作家那些冰冷的"死"句法图示就因热情洋溢的"说教式语调",变得充满了"活"的物质感,不论是愤怒,还是嘲讽,都达到了最高程度的表现。

  为了创造特殊的感情氛围,梅列日科夫斯基也经常引入"音响"表现法,例如,在下面这段文字里,音响效果就非常明显"…не сама ли Церковь, Царству покоренная, обесчещенная》и сквозь омерзения, сквозь ужас бездумный восторг, упоение властью кружили ему голову"(……岂不就是那个属于皇权的教会吗?透过那种厌恶和惊恐,可以看出,他头脑中萦绕着的是对权势狂热的渴求)③,这里咝辅音(с,ц,з)和唏辅音(сч,щ)的增加使说话人对事物的否定评价和批评激情变得更加清晰。注重语言的"音响效果"是许多象征派诗人和作家追求的目标,安·别雷就曾说,写作的主要任务就是"使声音、色彩、形象、情节、情节意向内在地相互渗透,使声音和色彩充满意义,使情节意向富于声音和色彩"④,梅列日科夫斯基将象征派的诗歌"音响"技巧扩展到散文中来,使其散文具有了诗歌的韵律美。

  除了注重语调的表现力功能外,梅列日科夫斯基还赋予其重要的构义作用。因为"普遍化二元对立诗学"规律不允许有"单纯的"词汇存在,即具有中立语义色调的词,因此,作家想方设法使它们变得充满艺术气息和强烈的诗意。这里正是语调起着重要作用,它用充满激情的内容丰富着词汇的语义,使其变得更加饱满和

---

① 梅列日科夫斯基:《反基督——彼得大帝和皇太子》,刁绍华、赵静男译,哈尔滨:黑龙江人民出版社,1997年,第360页。
② 同上书,第362页。
③ 同上书,第225页。
④ Белый А. Как мы пишем. Benson, Vermont, Chalidze Publications,1983. P. 20.

第三章 《基督与反基督》——"普遍化二元对立诗学"的造型体现

具有意义。在梅列日科夫斯基笔下,这种"使词汇产生特别动人内容"①的手法多种多样。

首先,在三部曲中非常普遍地使用一种打破习惯语法次序的方法。当某个最有分量的词被作家有意放在句末时,这个词在整个句子中就变得非常突出,语调得到强调,例如,"и Юлиан прошептал слово, слышанное от Мардония:'**Галилеянин**!'"(于是尤里安低声地说出一个从玛多尼乌斯那里听来的一个词:'**加利利人**!')②,"По лесам и пустыням сами себя сожигают люди, страха ради **антихристова**"(人们在森林和荒原里自焚,就是由于害怕**反基督**)③。而且,在梅列日科夫斯基笔下这个末尾词经常非常暴露,也就是说没有修饰语和比喻形式加以修饰,因为它本身就具有意义,而语调只是将这种含义揭示出来,并使词中蕴含的丰富感情含义变得更加清晰。

其次,语调作为最重要的构义因素,其含义和那些具有不明显语义的词(代词)一起被揭示出来。按照词法特点,代词只履行指示作用(代替名词),失去了固定的物体意义,但是,在梅列日科夫斯基笔下,强大的"语调加重法"大大增强了代词的意义感,所以,"在文本中代词指代的没有出现的内容好像与代词融合在一起了"④。例如,在三部曲中,作家对两个真理(基督教与多神教)的认识,其中代词"他"(Он)起着非常重要的作用。在小说《诸神之死》中,"他"的概念首先是新柏拉图主义学者扬布克里斯指点给尤里安的:"**他**刚出现。这就是**他**。**他**是世界的否定,是一切存在的否定。**他**是虚无。**他**是一切。……我们应该回到**他**那里,在那里,人人都将成为神,神就在每个人身上。……**他**高于任何存在,高于

---

① Тагер Е. Б. О стиле Маяковского // Тагер Е. Б. Избранные работы. М., Сов. Писатель, 1988. С. 264.
② 梅列日科夫斯基:《诸神之死——叛教者尤里安》,刁绍华、赵静男译,哈尔滨:北方文艺出版社,2002年,第40页.
③ 梅列日科夫斯基:《反基督——彼得大帝和皇太子》,刁绍华、赵静男译,哈尔滨:黑龙江人民出版社,1997年,第187页.
④ Тагер Е. Б. О стиле Маяковского // Тагер Е. Б. Избранные работы. М., Сов. Писатель, 1988. С. 266.

任何本质,高于任何生命。"①可以说这里的"**他**"概念还十分笼统,十分模糊,似乎包罗万象,又似乎什么也没说。似乎这里的"**他**"掺杂了东方式神秘的世界本原的概念。但正是未知的"**他**"唤醒了尤里安追求真理的激情,他大声惊叫道:"**他**是谁?**他**是谁?我们呼唤**他**,**他**为什么不回答?**他**的名字叫什么?我想要认识**他**,想要听听**他**,想要看看**他**!**他**为什么躲开我的思想?**他**在哪里?……"②。后来,马克西穆斯告诉了尤里安"**他**"是谁:"我可以告诉你,没有降临的**他**是什么样的,**他**是未知者,是两个世界的调解者"③。但是随着三部曲创作的进行,作家的思想也渐渐发生了转变,他不再硬把两个真理,基督与反基督融合在一起,而是在基督身上找到了早已融合在一起的真理,"**他**"就是"**基督**"。阿尔西诺亚在最后的领悟中将"**他**"的含义升华,他就是上帝:"**他**爱孩子们,也爱自由、欢宴的欢乐和白色的**百合花**。"④我们看到,随着代词"**他**"的每一次新重复,语调重音不断增强,隐藏在代词外表后的深刻含义也不断增长。"语调加重法"使代词性修饰语在句子中成为支柱词,具有了特殊的含义,掩盖了代词的"零"语义。

* * *

综上,我们看到,梅列日科夫斯基追求最大限度地概括形象,所以他需要极端强化含义和形式。当然,强烈追求形象的句法表现力并不只是梅列日科夫基的特点,也不只是象征主义的特点,它也是世纪之交的现实主义艺术所具有的特点。换句话说,这不是某种艺术倾向或潮流的特征,而是形成艺术家特殊认识的时代特征。新时代的灾变将整个资产阶级社会的命运问题和 20 世纪全球规模的历史变动和重大事件提到日程上来,所有人都被卷入其中,诚如叶·鲍·塔格尔所说,新时代的灾变向艺术提出任务——

---

① 梅列日科夫斯基:《诸神之死——叛教者尤里安》,刁绍华、赵静男译,哈尔滨:北方文艺出版社,2002 年,第 65-66 页。
② 同上书,第 67 页。
③ 同上书,第 261 页。
④ 同上书,第 338 页。

第三章 《基督与反基督》——"普遍化二元对立诗学"的造型体现

"创造更加完整、明确和紧张的'世界图景'"①。为了解决这一独特的创作任务,艺术家必须寻找新的形式——简洁、经济、能够揭示现象的深刻本质的形式。如果这种从"全景式描写转向更集中的概括形式"②的艺术"风格转向"促使晚年的列·尼·托尔斯泰获得"敏锐的艺术视觉",打破"掩饰现实残酷面貌的所有幻想"③,暴露出当代社会和国家的罪恶;促使安·巴·契诃夫创造出一种潜台词,"在司空见惯的生活外表中"猜出"消沉世界秩序的总体画面"④,那么,在梅列日科夫斯基那里,这种"打破"司空见惯的现实的倾向就表现在"最极端化"的形式中。他坚定地简化生活,设计出容量巨大的"形象—公式",拒绝再现具体的现实,而是通过暴露某种绝对的、包罗万象的、固定不变的、形而上学的本质的方法,揭示世界的"内部形象"。因此,我们认为,梅列日科夫斯基在这方面的功绩在于,他善于把自己的这种美学目标体现在艺术作品的所有成分中,其中包括各种语言成分:句法、构词法,甚至三部曲的词汇表,都具有梅列日科夫斯基执着追求的那种"普遍化二元对立诗学"特征。

第二节 情节结构的循环性和对比性

许多研究者都多次指出,梅列日科夫斯基的多卷本遗产有着令人惊奇的完整性,这首先是由作家的世界观决定的,无论其多么深刻,却始终不变。而且作家本人也清楚地意识到自己的创作逻辑,所以在《诸神之死》的前言中提供了自己的"作品简图":"三部曲《基督与反基督》描写的是两种本原在世界历史上的斗争,这是过去的斗争。《列·托尔斯泰与费·陀思妥耶夫斯基》《俄国革命的先知:纪念陀思妥耶夫斯基》《尤·列·莱蒙托夫——超人类诗

---

① Тагер Е. Б. У истоков XX века // Тагер Е. Б. Избранные работы. М., Сов. Писатель, 1988. С. 295.
② Там же. С. 294.
③ Там же. С. 296.
④ Там же. С. 295.

人》《果戈理与魔鬼》——描写的是俄国文学中的这一斗争,这是现在的斗争。《未来的无赖》《不是和平,而是利剑:基督教的未来批判》《在寂静的漩涡里》《重病的俄罗斯》描写的是俄国社会生活中的这种斗争。《古代悲剧》《意大利故事集》《永恒的旅伴》《诗集》则以路标的形式记下了把我引向一个唯一的包罗万象的问题的各条旁系道路,这个问题就是关于两个真理——神的与人的——在神人显现中的关系。最后,第二个三部曲——《保罗一世》《亚历山大一世》《十二月十四日》——则从这两种本原的斗争对俄国未来命运的关系的角度来探讨这种斗争。"①

但是,我们认为,梅列日科夫斯基忠实于自己所确立的美学原则和风格原则才是这个庞大元文本的强有力连接因素。例如,利·安·科洛巴耶娃就把"系列化"看做是梅列日科夫斯基的重要美学创作原则:"在某种意义上,梅列日科夫斯基的整个创作是一个构思宏伟的系列,在这个系列的中心是整个世界的命运,人类的命运。"②所以,不论在涵义方面,还是在艺术方面,这个链条上面最重要的一环,毫无疑问就是三部曲《基督与反基督》。三部曲表达了一个共同的构思理念,在这一理念的基础上,"象征"把"基督教"与"多神教"的对立表达为人类历史转折时刻的哲学思想斗争,各部分之间场景、细节、人物的追求相互渗透,彼此呼应,围绕着"基督"与"反基督"这两个最大的象征意向一唱三叹。

一、循环映照的情节"链条"

我们看到,在三部曲中,后面的每一部小说都"记得"前面的小说。例如,第二部小说《诸神的复活》的开篇(发掘古代神祇的片断)就是第一部小说《诸神之死》的直接延续:"风在绳缆中间呼啸。大海掀起了波涛。哈尔西奥涅在哀鸣。从西方投来阴影,大海昏暗了。乌云越聚越多。响起了沉闷的雷声。夜和暴风雨降临

---

① 梅列日科夫斯基:《1911—1913 版全集序言》// 梅列日科夫斯基:《诸神之死——叛教者尤里安》,刁绍华、赵静男译,哈尔滨:北方文艺出版社,2002 年,第 379 页。
② Колобаева Л. А. Мережковский‐романист// Колобаева Л. А. Русский символизм. Изд. МГУ. 2000. С. 240.

第三章 《基督与反基督》——"普遍化二元对立诗学"的造型体现

了。然而,在阿纳托利、阿米阿努斯和阿尔西诺亚的心中,已经出现了**复兴**的伟大欢乐,像是永远不落的太阳。"①尽管离"文艺复兴"还有十个世纪,但是阿尔西诺亚却宣布:"他们将在我们**结束的地方开始**。有朝一日,人们将挖掘出埃拉多斯的圣骨、大理石神像的残片,并且将重新为他们而祈祷和恸哭……"②第三部小说《反基督》的开篇不仅是第二部小说中提到的古代神祇在俄罗斯的命运的直接延续,也是第一部小说的直接延续。

梅列日科夫斯基就使用这种方式将过去、现在和未来连接在一起,为自己的小说找到了强大的文化基础,并挖掘到永恒的东西——即在不同历史时代固定不变的东西。在三部曲中贯穿于三部小说的维纳斯—阿佛罗狄忒形象就是为这一不断深化和强化的目标服务的,正是她使罗马皇帝尤里安和列奥纳多的学生乔万尼内心颤抖:"她在这里跟从前在佛罗伦萨的山岗上是一样的,当年列奥纳多·达·芬奇的一个学生看着她产生了迷信般的惊奇;也像从前在卡帕多亚古代马采鲁姆城堡的地下,在荒废了的神庙里一样,她的最后一个崇拜者,身穿黑衣的苍白瘦削的男孩,未来的皇帝叛教者尤里安向她祈祷"③,她的匀称比例使画家列奥纳多迷惑不解,她的美妙裸体使俄国皇太子阿列克塞窘迫慌张:"她还是那样纯洁无瑕和贪淫好色,赤身裸体而又不为自己的裸露而羞耻。自从在那里,在佛罗伦萨走出千年的坟墓之日起,她越走越远,从一个世纪到另一个世纪,从一个民族到另一个民族,在任何地方也没有停留下来,直到最后在胜利的进军中到达了地球的最后边缘——极北的斯基泰,再往前除了黑夜和混沌,别无其他。"④

当然,梅列日科夫斯基并不只用维纳斯雕像把自己的创作主题之一——"肉体美"纳入到三部曲中,他还用众多的女主人公形

---

① 梅列日科夫斯基:《诸神之死——叛教者尤里安》,刁绍华、赵静男译,哈尔滨:北方文艺出版社,2002年,第365页。
② 同上书,第363页。
③ 梅列日科夫斯基:《反基督——彼得大帝和皇太子》,刁绍华、赵静男译,哈尔滨:黑龙江人民出版社,1997年,第29页。
④ 梅列日科夫斯基:《反基督——彼得大帝和皇太子》,刁绍华、赵静男译,哈尔滨:黑龙江人民出版社,1997年,第29页。

象丰富这一主题,诚如尼·符·巴尔科夫斯卡娅指出:"爱情女神**一次又一次**地变为现实。在被遗弃的少年体校里掷铁饼的裸体少女阿尔西诺亚,像古代雕塑家菲狄亚斯的大理石雕像,像克尼得斯的阿佛罗狄忒。乔万尼觉得蒙娜丽莎像维纳斯——'白色魔鬼'。阿芙罗西娅(皇太子阿列克塞的情人)的名字和外貌像女神阿佛罗狄忒;'这是女奴阿芙罗西卡,也是女神阿佛罗狄忒——是二者的合一'①。"②

服从于"循环映照规律"(利·安·科洛巴耶娃语)的不仅有各种人物,还有众多的整体情节"结"。例如,《诸神之死》中尤里安执政期间的宫廷神学辩论会③、《诸神复活》中摩罗的米兰宫廷举行的"学术决斗"④、《反基督》中俄罗斯分裂教派的"长苔"隐修院大会⑤,三者之间"相互呼应",都是揭露历史基督教的亵渎神明行为(每一次的争论最后都变成了"野兽在相互吞食"⑥),所以那些"精神贵族"与这种历史基督教势不两立:尤里安、列奥纳多、吉洪⑦。

除了上述例子外,运用这种"普遍化"加强原则的例子还有很多,例如,《反基督》中描写的在彼得堡剧院上演的《达芙妮斯被阿波罗所追求因而化为桂树》⑧,令人想起《诸神之死》中的一个片段——在达佛涅小树林里举办的祭祀阿波罗的神圣庆典:"据诗人说,有一天,一个贞节的自然女神为了躲避阿波罗的追求,逃离皮

---

① 梅列日科夫斯基:《反基督——彼得大帝和皇太子》,刁绍华、赵静男译,哈尔滨:黑龙江人民出版社,1997年,第330页。
② Барковская Н. В. Поэтика символистского романа. Екатеринбург: Урал. гос. пед. ун-т, 1996. С. 29.
③ 梅列日科夫斯基:《诸神之死——叛教者尤里安》,刁绍华、赵静男译,哈尔滨:北方文艺出版社,2002年,第228页。
④ 梅列日科夫斯基:《诸神的复活——列奥纳多·达·芬奇》,刁绍华、赵静男译,哈尔滨:北方文艺出版社,2002年,第300页。
⑤ 梅列日科夫斯基:《反基督——彼得大帝和皇太子》,刁绍华、赵静男译,哈尔滨:黑龙江人民出版社,1997年,第461页。
⑥ 梅列日科夫斯基:《诸神之死——叛教者尤里安》,刁绍华、赵静男译,哈尔滨:北方文艺出版社,2002年,第246页。
⑦ Барковская Н. В. Поэтика символистского романа. Екатеринбург: Урал. гос. пед. ун-т, 1996. С. 29, 30.
⑧ 梅列日科夫斯基:《反基督——彼得大帝和皇太子》,刁绍华、赵静男译,哈尔滨:黑龙江人民出版社,1997年,第147页。

涅斯河岸,来到奥龙特斯河岸时已经被太阳神追赶得筋疲力尽。她向自己的母亲拉托娜求助,为了使自然女神免遭太阳神拥抱,托拉娜把她变成了月桂树——达佛涅。"①再如,在第三部《反基督》中作家直接将太子妃夏洛塔的葬礼与皇后玛尔法的葬礼加以对比:"她的安葬仪式是在黄昏时进行的,非常隆重。出殡时从死者的家到彼得保罗大教堂,越过冰封的涅瓦河,一路上两侧布满燃烧着的火把〈……〉两个月以前正是沿着这条路线用送葬的三桅战舰运送太子妃殿下的遗体的。当时安葬第一位外国公主;而现在则是安葬最后一位俄国皇后。"②

因此,我们再次看到,梅列日科夫斯基执著追求的"超概括"普遍主义,又在他所确立的不同时代之间的类比中得到表现,而且像通常那样有意识地"强化"和"深化"它,达到暴露风格的目的。

二、二元对立的情节"图式"

梅列日科夫斯基在思想和风格方面的自我暴露简直达到了极致,他不满足于三部曲之间的情节联系只限于众多事件的内在联系和人类冲突的相似性③,而是直接利用情节模式本身加以"强化"和"突出",而这种模式的基础就是我们多次提到的黑格尔的三段论原则。

几乎所有的批评家和研究者都指出梅列日科夫斯基那种尽人皆知的"二元性"结构,但我们认为多里宁的论述最为重要。他指出,在梅列日科夫斯基的小说中"到处都是对立性:两分的上帝、两分的人、两分的思想、命运、事件、生活、陈设,等等。图示化达到了最后的极限,几乎到了荒谬绝伦的地步"④。的确,从第一部小说

---

① 梅列日科夫斯基:《诸神之死——叛教者尤里安》,刁绍华、赵静男译,哈尔滨:北方文艺出版社,2002年,第277页。
② 梅列日科夫斯基:《反基督——彼得大帝和皇太子》,刁绍华、赵静男译,哈尔滨:黑龙江人民出版社,1997年,第190页。
③ Барковская Н. В. Поэтика символистского романа. Екатеринбург: Урал. гос. пед. ун-т, 1996. С. 41—43.
④ Долинин А. С. Дмитрий Мережковский // Русская литература XX века (Под ред. С. А. Венгерова) М., 1916. Ч. 2. С. 310—311.

《诸神之死》开始梅列日科夫斯基就聚精会神在各种反题上,而没有特别关注这些反题的性质差别。例如,描写酒馆主人西拉克斯的狡猾时采用了两组对立名字:"店主以**摩西**的名义,以**丁底墨涅**的名义,以**基督**的名义,以**赫耳库勒斯**的名义起誓发愿"①;尤里安的两位老师——多神教徒玛多尼乌斯和基督教修士欧特罗比乌斯;祭司奥林匹奥多罗斯的两个女儿——黑头发、快乐活泼的大女儿阿玛里利斯和浅头发、忧郁寡欢的小女儿普希赫亚。类似的对立人物还有罗马元老戈尔吉斯的两个女弟子——高傲的古希腊文化信徒阿尔西诺亚和温顺的有坚定信念的基督徒米拉。

　　这种对立性例子在三部曲中不计其数。除了对立形象体系外,二元性还组成了三部小说的**调色板**(其中最突出的是黑白两色)、**空间关系**(例如,在小说《反基督》中彼得堡与隐形城基捷日和新耶路撒冷对立,这种对立不仅表现在本体论方面(基捷日——东方,彼得堡——西方),也表现在价值论方面(新耶路撒冷——"天上的王国"、天堂,彼得堡——"反基督之城"、地狱)、**声象**(例如,在小说《反基督》中,分裂派教徒—掘墓者凄凉、缠绵悠悠的歌声与从夏园里的维纳斯节传出的旖旎、令人陶醉的小步舞曲极不协调)、**室内装饰**(例如,在小说《反基督》中,皇太子阿列克塞在那不勒斯总督达翁伯爵的客厅里看到:"墙上挂着的巨幅宗教画出自古代名家之手:一群罗马士兵像是屠夫,有的焚烧,有的鞭打,有的用刀割,有的用锯锯,有的用其他方法折磨基督教受难者:这使人联想到宗教裁判所的屠杀或刑讯。天棚四边有涡形和贝壳状装饰,中间画着奥林波斯众神〈……〉这些男女神祇都好像是肥猪的酮体,小爱神则好像是粉红色的小猪崽,——奥林波斯山上的诸神都和牲口一样,供基督教屠宰,供宗教裁判所严刑拷打"②),等等。

　　此外,在三部曲的每部小说中,甚至有许多章节都是按照"对

---

① 梅列日科夫斯基:《诸神之死——叛教者尤里安》,刁绍华、赵静男译,哈尔滨:北方文艺出版社,2002年,第19页。丁底墨涅是希腊神话中天上万神和地上万物之母库柏勒的别称。赫耳枯勒斯(即赫拉克勒斯),希腊的人民英雄。
② 梅列日科夫斯基:《反基督——彼得大帝和皇太子》,刁绍华、赵静男译,哈尔滨:黑龙江人民出版社,1997年,第333—334页。

第三章 《基督与反基督》——"普遍化二元对立诗学"的造型体现

比"原则结合在一起的。例如,在小说《诸神的复活》的第二部中("这是神——这是人"),第七章和第八章的对比关系也是一个明显的例证,它们共同阐释了"这是神——这是人"这一格言式的二律背反标题的意义。这两章讲述的是列奥纳多同时创作两幅作品:第七章讲述创作《最后的晚餐》中的基督形象,第八章讲述创作粘土"巨型雕塑"——骑马的弗兰切斯科·斯福尔扎,在这座雕塑的底座上列奥纳多亲手刻上"这是神!"①。这两个形象对画家列奥纳多来说是"一对孪生子"②,而对乔万尼来说却是"一对矛盾体":"'神,'乔万尼重复道,望着巨型泥塑和被胜利者斯福尔扎的马蹄践踏的牺牲者的人,想起了圣玛丽娅修道院寂静无声的食堂、锡安山蓝色的峰巅、约翰脸上天神般的美以及静悄悄的最后的晚餐,那是个神,但可以说他:'这是人!'"③

通过上述分析我们确信,对梅列日科夫斯基来说,二律背反的含义阐释和文本显现要比其性质差异重要得多。正是在这一点上我们看到了梅列日科夫斯基"普遍化二元对立诗学"的独特性,并有充分理由称其为"极端诗学",因为在作家笔下每个明确的"是"都有一个明确的"否"与之对应。

作家如此精心地组织和排列材料,使三部曲的情节结构图示变成了一幅规模宏大、晶莹剔透的对称图,与亚·亚·勃洛克的长诗《十二个》非常接近④。亚·亚·勃洛克用诗名《十二个》搭建了一个象征平台,那就是耶稣的十二个门徒,以此来象征十二个赤卫军战士。长诗在结构上也如诗名一样,由十二个小诗节组成,在大的整体象征框架下,通过分散的"小象征"来抒写新旧制度交替之中的俄罗斯社会现实,如"黑夜""骤风""暴风雪""恶狗"等象征意象多次出现在诗歌中,分别象征着"旧社会制度""世界性的工人革命风潮""俄国革命""被推翻了政权的旧世界"等。如果说亚·

---

① 梅列日科夫斯基:《诸神的复活——列奥纳多·达·芬奇》,刁绍华、赵静男译,哈尔滨:北方文艺出版社,2002年,第62页。
② 同上书,第63页。
③ 同上书,第62—63页。
④ Эткинд Е. Г. О музыкально-поэтическом строении поэмы А. Блока《Двенадцать》 // Блок и музыка. Л., 1972. С. 58-85.

亚·勃洛克在某种意义上对俄国象征主义做出了总结,并"超越了"其美学原则,他竭力掩饰自己长诗的这种"生硬结构",将其变得"不可感知"①,那么梅列日科夫斯基在很大程度上预示了亚·亚·勃洛克的创作探索,并在时代面前提出了确立新的创作原则的必要性,但与亚·亚·勃洛克相反,梅列日科夫斯基在自己的探索中不断地"强化"自己作品的结构图,将其变得"明显可感"。我们认为,正是这种美学和风格追求使梅列日科夫斯基把小说中的情节加以"图式化"。

三、相互反映的情节"文本"

在三部曲中,除了上面我们已经详细描述过的各种文本呼应外,还有一种重要的情节结构——"文本之文本",包括日记、梦境和镜像等。

(一)"文本之文本"之日记

与在批评和政论文中一样,梅列日科夫斯基在艺术作品中也给自己提出了最高任务,那就是深入到人的内心秘密中,深入到其"活的灵魂"中,所以他广泛使用真实的或虚构的日记形式。在三部曲中,主人公的日记、笔记、札记等成为揭示其内心秘密的重要手段。例如,小说《反基督》的第三部标题是"阿列克塞皇太子的日记",但实际上同时出现了两部日记(皇太子的日记和宫廷女官阿伦海姆的日记),而且皇太子的日记嵌入到阿伦海姆的日记结构之中。按照尤·米·洛特曼的观点,这种情况初看起来,是建立在"假定"与"现实"的对立基础之上的②。确实,梅列日科夫斯基把阿伦海姆的日记看做是**可见的现实**,因为其中充斥着过多的日常生活速写和真实可信的细节描写,而皇太子的日记充满了宗教哲学思考,因此被作家看做是**阅读的文本**。但仔细观察后会发现,这两种文本与其说是对立关系,不如说是独特的"镜像关系",即"相

---

① Эткинд Е. Г. О музыкально-поэтическом строении поэмы А. Блока《Двенадцать》// Блок и музыка. Л., 1972. С. 74.
② Лотман Ю. М. Текст в тексте // Лотман Ю. М. Избранные статьи. В 3 т. Таллинн: Александра, 1992, Т. 1. С. 156.

互反映关系"。两部日记的统一主题就证明了这一点(两部日记都从各自的角度描写了波尔塔瓦战役的胜利情景、彼得堡的建设情况,彼得一世确立帝位的经过,等等),正是因此,这种"相互反映"的强化作用就不只是离开具体的现实进入抽象的思想世界里,而是"穿透"充满秘密和猜想的外部世界到达真正的本质。在这方面最能说明问题的就是阿伦海姆的日记中有大量的反问句(例如,"也许我对皇太子是不公正的?也许他的确不像我们想象的那样?"①,"他残忍吗?这是个问题"②,"他像看上去那样纯朴吗?这也是个问题"③,"俄国的王子难道不可以仿效哈姆雷特吗?不可以'裹一张最普通兽皮藏身于兽群里去'吗?")以及大量具有"秘密"和"不解"含义的词汇(例如,"我仿佛是窥见了一桩最古老的**秘密**"④,"他用各种**假面具**把自己遮盖起来。'木匠沙皇'岂不也是一种**假面具**——'荷兰式的**假面具**'吗?"⑤,"这个真叫人**捉摸不透**。这些俄国人一般来说都**难以捉摸**。永远都无法预见到他们将说些什么和做些什么。我越想,就越发觉得,他们身上有一种东西是我们欧洲人所**不理解**的,而且永远也**不会理解**:他们对于我们来说——好像是**别的星球**上的人"⑥等等)。阿伦海姆正是这样解释自己的日记和皇太子的日记出现的意义的:"我决定写日记,仿效古代寓言中的那个饶舌家,他不能把自己的**秘密**泄露给他人,便向沼泽的芦苇倾诉。我不希望这些日记有朝一日能公之于众;可是它们要是能让我的伟大导师高特弗里德·莱布尼茨看见,我则非常高兴,因为唯有他的意见对于我来说才比世上的一切都珍贵"⑦,"假如这本日记得以传给后代,那就让它来揭露他或者为他辩解

---

① 梅列日科夫斯基:《反基督——彼得大帝和皇太子》,刁绍华、赵静男译,哈尔滨:黑龙江人民出版社,1997年,第117页。
② 同上书,第138页。
③ 同上书,第138页。
④ 同上书,第137页。
⑤ 同上书,第139页。
⑥ 同上书,第156页。
⑦ 同上书,第104页。

吧,最低限度可以澄清事实真相"①。所以,我们说,两本日记的关系是特殊的"镜像关系"。如果阿伦海姆在日记中只是冷淡地再现修士大司祭费奥多斯对彼得说的话:"你是人间的上帝"②,那么阿列克塞则对它做出宗教阐释并且加以深化:"巴比伦王纳乌霍多诺索尔说:'朕即神'。如若不为神,即成为畜牲也"③。

在小说《诸神的复活》中,作家同样用整整一部(第六部)叙述"乔万尼·贝特拉菲奥的日记",而且继续按照"对比原则"安排材料,即达·芬奇的现实创作观念与乔万尼的"意识"评价进行对比。与《反基督》不同的是,在乔万尼的日记中嵌入了一种特殊形式的"日记"——乔万尼记录下来的达·芬奇的"讲话",而实际上这些讲话都来源于达·芬奇本人的"真实日记"④。在15世纪的文化背景中,达·芬奇的日记是文化发展的精华,因为它是一种创作意识模式——掌握自古以来人类不理解自己与世界创造的真正联系⑤。引入达·芬奇的真实日记,借他自己的"口"直接说出创作的意义和目的,虽然对其周围人来说他仍是"斯芬克斯之谜",但对读者来说他却不再是一个谜了。达·芬奇在"日记"中真诚地与人分享关于"存在"和"艺术"的思考,但乔万尼不善于用自己的"意识"去理解它,陷入了深深的内心分裂痛苦之中,并最终误入歧途走向死亡。

在小说《诸神之死》中,虽然没有直接的"日记"形式,但在小说的结尾部分梅列日科夫斯基却特意安排了历史学家阿米阿努斯·马尔切利努斯写作"远征日记"的情节⑥。阿米阿努斯·马尔切利努斯是古罗马最后一位大历史学家,曾先后服役于君士坦丁二世

---

① 梅列日科夫斯基:《反基督——彼得大帝和皇太子》,刁绍华、赵静男译,哈尔滨:黑龙江人民出版社,1997年,第169页。

② 同上书,第143页。

③ 同上书,第186页。

④ Дефье О. В. Д. Мережковский: преодоление декаданса (раздумья над романом о Леонардо да Винчи). М., Мегатрон, 1999. C. 78.

⑤ Там же. C. 80.

⑥ 梅列日科夫斯基:《反基督——彼得大帝和皇太子》,刁绍华、赵静男译,哈尔滨:黑龙江人民出版社,1997年,第347—349页。

和尤里安军中,参加远征波斯。他在远征日记中详细记录下尤里安的一言一行,并写进其《罗马史》中。最明显的一个例证就是,尤里安在远征波斯受伤后发出的叫喊:"你胜利了,加利利人!",在易卜生的作品《皇帝与加利利人》中也同样响起,所以,有学者认为,两位作家创作尤里安的史料都来源于阿米阿努斯·马尔切利努斯的《罗马史》。不仅如此,梅列日科夫斯基还让阿米阿努斯与小说中的两位寻神者阿尔西诺亚和阿纳托利同行,记录下他们两人关于尤里安叛教的谈话,因为他"是天生的历史学家,是我们这个火热的时代的冷静的裁判者",能"把两种敌对的智慧调和在一起"①。可见,在这里梅列日科夫斯基仍通过将"真实日记"与"虚构日记"融合在一起的方法,表达出当代人对历史"死"文本的现实"活"理解。

(二)"文本之文本"之梦境

在三部曲中,"文本之文本"的另一种表现方法就是"梦境"。与真实可靠的外部事件相比,梦的虚幻性更接近世界的真正本质。例如,皇太子阿列克塞经常噩梦缠身,因为童年时他听到许多关于父亲彼得残酷处死火枪手的故事(玷污暴乱头目大贵族伊凡·米罗斯拉夫斯基的坟墓和遗骸),他的梦不只再现了那些故事,而且也预示了他本人的悲剧命运。所以,小说中那首《阿廖努什卡妹妹和伊万努什卡哥哥》的童话歌谣多次重复不是偶然的,它预示着阿列克塞(阿廖申卡)的被杀命运:"阿列克塞在这个梦里起初好像是什么都没有看见,只是听见关于阿廖努什卡妹妹和伊万努什卡哥哥的童话里一只可怕的歌,他童年时祖母,皇太后娜塔丽娅·基里洛芙娜·纳列什金娜,彼得的母亲时常给他讲述这篇童话。伊万努什卡哥哥变成了小山羊;召唤阿廖努什卡妹妹;但是在这个梦中听到的不是'阿廖努什卡',而是'阿廖申卡'——这两个名字的谐音带有预见性,让人害怕:

阿廖申卡,阿廖申卡!

---

① 梅列日科夫斯基:《诸神之死——叛教者尤里安》,刁绍华、赵静男译,哈尔滨:北方文艺出版社,2002年,第364页。

> 熊熊的火烧得正旺,
> 锅里的水翻滚沸腾,
> 他们正在磨刀霍霍,
> 准备要把你杀掉。①

歌谣围绕着梦,与其说它给虚构的现实贴上标记,不如说它打破了现实与梦境之间的界限:"他觉得自己的躯体是在天上,好像是别人的。他骑在那里像个死人似的,他觉得梦还在继续,他是在梦中醒来的"②。但这只可怕的歌谣最后一次在主人公的意识里听起来已经不是做梦,而是真实现实。

在小说《诸神之死》中,作家同样借助梦境,一方面揭示出尤里安分裂性格形成的原因,另一方面预示着他的悲剧性结局。尤里安童年时常常梦见自己的亲人惨遭杀害的情景:"他分辨不清是睡着了还是没有睡着,夜间的风在呼啸,或者是如同命运女神帕耳开一样衰老的拉布达在嘀咕,伏在他的耳朵上悄悄地讲述着可怕的家族传说。他从她那里所听到的,他在童年时代所看见的,全都混合成一种令人痛苦的梦境"③。童年的梦境给他幼小的心灵蒙上了难以磨灭的阴影,为了苟且偷生,他学会了如何保护自己:"口是心非,而且做得滴水不漏,简直不像是个孩子"④。童年的梦境也预示着他日后的"复仇"计划和悲剧命运:推翻当权者的统治,成为权力和自由的最高统治者,废除当权者的宗教信仰——基督教,恢复与之对立的"多神教"信仰。但他的企图最终失败了,因为已经退出历史舞台的多神教注定要灭亡,基督教的时代业已开始。尤里安的悲剧在于他逆历史潮流而动,因此背上了"叛教者"的千古骂名。

---

① 梅列日科夫斯基:《反基督——彼得大帝和皇太子》,刁绍华、赵静男译,哈尔滨:黑龙江人民出版社,1997年,第238页。
② 同上书,第240页。
③ 梅列日科夫斯基:《诸神之死——叛教者尤里安》,刁绍华、赵静男译,哈尔滨:北方文艺出版社,2002年,第24—25页。
④ 同上书,第325页。

(三)"文本之文本"之镜像

在梅列日科夫斯基笔下,"绝对对称"的物质标志经常是镜子形象,它具有特殊的概念含义和空前的表现力。在三部曲中,除了"镜子"的直接命名意义外(即光滑闪亮的玻璃或金属表面,能映照位于其前面的物体),还经常遇到这个词的转义意义:眼睛、水面镜像、同貌人和创作隐喻。但不论在哪种情况下它都可能是变形的:透明的、昏暗的(最常是黑暗的)和弯曲的,它们承担着各种符号功能。

在三部曲中,镜子的首要功能也是主要功能自然就是其反射功能和双倍成像功能。例如,在小说《反基督》的开篇,当维纳斯雕像从国外运抵涅瓦河时,彼得大帝亲自举行盛大的烟火庆祝活动,作家在这里特意多次使用了反射和双倍成像的镜像:"无数颗烟火呼啸着腾空而起,像是一捆火的谷穗,直奔天际,在很暗的天空中散开红蓝绿紫等各种颜色的星星,缓缓地下降,消失。涅瓦河在自己的**黑色镜面**中映照出来,并且把它们加大了一倍"[1],"突然,一声轰响,一颗烟火腾空而起,在黑暗的夜空中雨点儿般地洒落下彩虹似的繁星;它们映照在涅瓦河里,在它那面**黑色的镜子**里加大了一倍——也燃起了焰火"[2]。这些镜像的描写凸显了在水天合一的闪耀烟火中像巨人神普罗米修斯一样的俄国雕塑师彼得大帝形象,令人联想到反基督:"光辉,胜过一切的光辉笼罩着他,他本是黑暗的最高长官。他把白天变成黑夜,把黑夜变成白天,吧太阳和月亮变成鲜血,把火从天上驱走……"[3]。这样就拉开了"反基督降临"的序幕,也契合了小说的主题。与此同时,作家借这种既非白天又非黑夜的天空暗示了彼得统治下的彼得堡是昏暗的冥界、死城,而在小说的尾声中,为扣合主题"就要降临的基督",作家则用另一种镜像描述了一座圣岛,与死城彼得堡形成鲜明的对比:"湖水**平滑如镜**,天水相连,分不清哪里是水,哪里是天;仿佛天就

---

[1] 梅列日科夫斯基:《反基督——彼得大帝和皇太子》,刁绍华、赵静男译,哈尔滨:黑龙江人民出版社,1997年,第31页。
[2] 同上书,第62页。
[3] 同上书,第43页。

是湖,湖就是天。死一般的寂静,甚至鸟儿也都沉默了。这神圣的荒野,这严峻而又温情的天堂,给人的心灵带来一种非人世的寂静,永恒的安宁"①,"岛子的岸边清晰地映照在**平滑如镜的湖水**中,直到云杉尖顶上最后一个枝杈都能看得一清二楚,仿佛是下面还有另一个岛屿,跟上面的完全一样,只是颠倒过来"②。作家借这种反射和双倍成像的镜像描写,不仅烘托了小说的"神秘气氛",也将作品的叙事情节有机地贯穿起来。

在三部曲中,镜子的另一个重要功能是"加深"功能。按照尤·米·洛特曼的观点,"借助镜子放大一倍从来都不是简单的重复:改变'左右'轴,而是更常在画布或屏幕的表面添加垂直于镜子的轴,以制造深度"③。例如,林中之湖——这是"天上的一个深坑落到了地上"④。除了镜子、水面外,作家还赋予镜子似的眼睛这种功能。眼睛是心灵的窗户,镜子和眼睛似乎总是结伴而行,从而成为具有隐喻性质的意象。眼睛之所以具有"加深"功能,是因为它能穿透人的"内心深处",揭示其隐藏的秘密。例如,蒙娜丽莎的眼睛(或者说她整个人)就充当了达·芬奇的一面镜子,另一个"他者",使达·芬奇在对"他者"的凝视中认出了自己:"蒙娜丽莎被寂静与现实生活所隔绝——除了画家的意志之外,她对一切都置之不理,——直接盯着画家的**眼睛**,面带充满神秘感的笑容,像是静静的流水,完全透明,但深不可测,不管如何努力窥探,不管如何体察,都无法洞察到底,——那也是他本人的微笑"⑤。所以,乔万尼觉得蒙娜丽莎的那种目光"像一面**镜子**,也反映出列奥纳多的目光"⑥。可见,眼睛在这里充当了一个重要的镜子隐喻。

---

① 梅列日科夫斯基:《反基督——彼得大帝和皇太子》,刁绍华、赵静男译,哈尔滨:黑龙江人民出版社,1997年,第600页。
② 同上书,第601页。
③ Лотман Ю. М. Текст в тексте // Лотман Ю. М. Избранные статьи. В 3 т. Таллинн: Александра, 1992, Т. 1. С. 157.
④ 梅列日科夫斯基:《反基督——彼得大帝和皇太子》,刁绍华、赵静男译,哈尔滨:黑龙江人民出版社,1997年,第465页。
⑤ 梅列日科夫斯基:《诸神的复活——列奥纳多·达·芬奇》,刁绍华、赵静男译,哈尔滨:北方文艺出版社,2002年,第538页。
⑥ 同上书,第549页。

第三章 《基督与反基督》——"普遍化二元对立诗学"的造型体现

通常,人们认识"自我"的方法有两种,一是自我反省,二是借助媒介进行反省。由于自我反省永远无法将自己像他人一样作为一个完全的客体摆在自己的面前,因而具有先天的局限性。从这个意义上讲,镜子以及类似镜子的物体(如,眼睛)就为自我反省提供了媒介,为主体提供了一个可以参照的客体。拉康曾指出,镜子作为一个意象在主体的自我意识、自我形象确立和培养的过程中始终存在,它的功能就是帮助主体进行自我认证,并且这种功能也可以落实或转移到其他意象上的。换言之,镜子和镜子之外的处于现实关系中的他人也具有帮助人们进行自我反省与认证的作用。在没有镜子的情况下,人们必须以他人为认识"自我"的媒介,从而使他人变成了生存的必须。因此,可以说,"达·芬奇之谜"的最终揭秘不是靠主人公的自我反省,而是借助"他者"——蒙娜丽莎这个媒介才得以最终实现。蒙娜丽莎是达·芬奇最终认清自我的一面镜子,她的目光"反映了他的心灵,而在她的脸上如同映照在**镜子**里,深化到无限"[1],她那冷漠而又和蔼的微笑能够洞察一切,不仅知道达·芬奇的局限:"仅有好奇心还嫌不够,还需要别的更重要的东西才能够洞悉山洞里最后的,也许是最奇异的秘密"[2],也知道他的力量所在:"他的安静比狂风暴雨还厉害"[3]。

在三部曲中,镜子的第三个功能是其"无限性"功能,这也是最吸引梅列日科夫斯基的一个功能。而赋予这种"无限性"效果的是由两个相互反射的镜子组成的系统,也可能是两个同貌人组成的系统。"水面镜"特别富有"无限性"这种能力。正如尤·伊·莱温所言,水面镜与一般的玻璃镜和金属镜不同,它很容易被打破,但很快又能复原如初,水面镜本身具有深度,而且它的水平面能"映射天空(天空好像翻倒在深度里)并指出'向上——向下'对立的世界方向,同时把这种对立的各种成分混合在一起"[4]。正是因此,

---

[1] 梅列日科夫斯基:《诸神的复活——列奥纳多·达·芬奇》,刁绍华、赵静男译,哈尔滨:北方文艺出版社,2002年,第572页。
[2] 同上书,第572页。
[3] 同上书,第566页。
[4] Левин. Ю. И. Зеркало как потенциальный семиотический объект // Зеркало. Семиотика зеркальности. Учен. зап. тартуского ун-та. Тарту, 1988. Вып. 831. С. 10.

扎·格·明茨认为,在三部曲中就出现了作家整个创作中的一个中心象征主题——"两个深渊",它起源于柏拉图的形象—哲学象征意义和费·伊·丘特切夫的抒情诗,但在梅列日科夫斯基笔下获得了独特的阐释①。叶·康·索京娜在《镜子象征意义作为世纪之交的俄罗斯诗歌风格现象》一文中令人信服地证明了这一点,她认为,在梅列日科夫斯基笔下,能观察到"费·伊·丘特切夫的'两个深渊'分裂成一系列平行镜子,大地和天空彼此就是这样的平行镜子"②。例如,在《诸神的复活》中,作家借用水面镜将摩罗黑暗、罪恶的一生与像白天鹅一样纯洁无瑕的达·芬奇的一生进行对比:"这些安静洁白的天鹅在银灰色的月光下显得更加美丽。天空倒影在水里,它们在水面上游来游去,被水中的点点繁星所包围,充满神秘感,置身于两重天之间,如梦似幻,——**头顶上的天和身下的天**——一个离开它们十分遥远,一个就在身下"③。再如,在《反基督》中,分裂教派对沙皇彼得的种种"反基督"恶行充满恐惧,纷纷逃离魔鬼之地彼得堡:"他们照旧坐在木筏上,在这漆黑的天和漆黑的水之间,形成孤零零的一小堆,被遗忘了,犹如孤悬在这**两重天际中间的空中**。万籁俱寂。木筏一动不动。然而,他们却觉得好像是在迅速地飞翔,坠入黑暗——漆黑的无底深渊,那头野兽的巨口,走向无法逃脱的末日"④。

由两个同貌人组成的系统也具有镜子的"无限性"功能。因此,在三部曲中,作家有意识地利用同貌人系统揭示主人公的内心矛盾和分裂性。例如,《诸神的复活》中的第九部"同貌人",《反基督》中的第八部"变形人"。按照作家的观点,同貌人是两个同样

---

① Минц З. Г. О трилогии Мережковского《Христос и Антихрист》// Мережковский Д. С. Христос и Антихрист. Трилогия. Из лит. наследства. М., Книга, 1989. Т. 1. С.59.
② Созина Е. К. Зеркальная символика как явление стиля русской поэзии рубежа веков // XX век. Литература. Стиль. Екатеринбург, 1998. Вып. 3. С.50.
③ 梅列日科夫斯基:《诸神的复活——列奥纳多·达·芬奇》,刁绍华、赵静男译,哈尔滨:北方文艺出版社,2002年,第346页。
④ 梅列日科夫斯基:《反基督——彼得大帝和皇太子》,刁绍华、赵静男译,哈尔滨:黑龙江人民出版社,1997年,第64页。

第三章 《基督与反基督》——"普遍化二元对立诗学"的造型体现

"深渊"的必然分裂和分离,它们是正题和反题。这两个因素是同质同量的,它们彼此应该完全等同,就像一个一分为二的一个苹果:两半彼此没有任何差别,只是一半是左边,另一半是右边。这样,"两个深渊"问题就变成了两个极端、两个极限、两个对立的问题。在作家看来,任何一对同貌人都是二律背反,其中都有两个本质相同但互相排斥的因素。因此,如果任何一对同貌人彼此都完全相似,那么未必能说哪个应该被看做是同貌人,哪个应该被看做是被同貌人。更确切说,原则上根本不能把一对儿人分成同貌人和被同貌人,因为实际上两个成分、两个极端完全相等、同样真实、同时存在。从这种意义上讲,他们也可被称作"镜像",具有同一内容,但方向相反("上"和"下")。按照拉康的观点,在没有镜子的情况下,人们必须以他人为认识"自我"的媒介,并且需要在若干个有差别的形象中辨认出自己,因而人的主体意识确立的基础必须是我与非我的共存。这样一来,"非我"就成为了我的构成要素之一。不管主体与他者之间具体是何种关系,他者在促进我形成的同时也对主体构成了某种威胁,使"自我"与"他者"之间的关系变得非常微妙。但是,正是这种既共谋又互斥的关系使两者构成了一个充满张力的空间。从这个意义上说,达·芬奇与其众多同貌人一方面建立了一种相互确认的关系,同时,他们之间作为一种异己的力量又相互排斥,充满了对立:乔万尼是其精神探索的同貌人,蒙娜丽莎是其艺术追求的"女同貌人",教皇亚历山大六世与萨沃纳罗拉、克里斯托弗·哥伦布与奎多·贝拉迪是列奥纳多多重人格的成对对立同貌人,则体现出列奥纳多身上"灵与肉""有为与无为"的对立。

在三部曲中,镜子的第四个功能是其"界限"功能。俄罗斯著名哲学家、文化历史学家康·格·伊苏波夫认为,镜子能够左右颠倒的物理特性,保证了其"恶魔名声"[①]。由此,镜子就成为一种"谎言模型"或扭曲的"哈哈镜"母题,后者在梅列日科夫斯基的三

[①] Исупов К. Г. Сакральная акцентуация универсалий культуры и цивилизации (в стилистике словарных дефиниций) // Сакральное в истории культуры: Сб. Науч. тр. СПб, 1997. С. 5.

部曲中表现得最为稳定。例如,"乔万尼在这个爬行的蛇形魔鬼的形象中好像是在模糊不清的**镜子**里认出了善蛇被扭曲了的形象,这就是那个长着翅膀的恶魔,奥菲俄莫夫,最高解放智慧之子,像晨星一样带来光明的撒旦,或者提坦神普罗米修斯"①。这样,镜子在复制现实世界的同时,也在自己的影像中创造了另一种现实——幽灵形象。例如,皇太子觉得在昏暗的镜子里映射出来的自己的脸,是"一张苍白的**幽灵**般的面孔"②。正是这一点决定了镜子在三部曲中的另一个作用——界限作用,即标志着进入某个相反的境界、后镜子中。用尤·伊·莱温的话讲,后镜子的重要特点就是"能将'右/左''上/下'和其他各种调整物理宇宙和道德宇宙的主要对立面反转"③。例如,列奥纳多用左手写着"反写字母",把自己的秘密思想写进日记里,这种字母只能在镜子里阅读。

在三部曲中,镜子的第五个功能是其"预言"功能。梅列日科夫斯基不仅对镜子的否定特点和功能感兴趣,还特别认真研究了民间创作中的"**占卜魔镜**"主题,即预言命运、展示此刻视线看不到的东西。例如,宫廷女官阿伦海姆在镜子里看见皇太子阿列克塞和他的妻子太子妃夏洛塔的影像:"我今天从镜子里看见他们俩时,——好像是在'**占卜魔镜**'里一样,我觉得这两张脸完全不一样,可是有一点相同——某种悲伤的预感,仿佛他俩都将成为牺牲品,他们二人都将遭受大苦大难"④。再如,皇太子阿列克塞在意大利逃亡时,在镜子里看到除了父亲的两个差人外,还有父亲本人的幻影,所以他实际上已经预料到自己的悲剧命运:"杀人凶手,你们两个都是杀人凶手!你们是爸爸派来杀我的!"⑤

---

① 梅列日科夫斯基:《诸神的复活——列奥纳多·达·芬奇》,刁绍华、赵静男译,哈尔滨:北方文艺出版社,2002年,第599页。
② 梅列日科夫斯基:《反基督——彼得大帝和皇太子》,刁绍华、赵静男译,哈尔滨:黑龙江人民出版社,1997年,第335页。
③ Левин. Ю. И. Зеркало как потенциальный семиотический объект // Зеркало. Семиотика зеркальности. Учен. зап. тартуского ун-та. Тарту, 1988. Вып. 831. С. 11.
④ 梅列日科夫斯基:《反基督——彼得大帝和皇太子》,刁绍华、赵静男译,哈尔滨:黑龙江人民出版社,1997年,第118页。
⑤ 同上书,第341页。

第三章 《基督与反基督》——"普遍化二元对立诗学"的造型体现

综上所述,我们看到,在创造个人的总体象征形象——"不变量"（Инвариант）（尼·符·巴尔科夫斯卡娅语）时,梅列日科夫斯基不同于亚·亚·勃洛克,与其说他扩展了"不变量"的意义,不如说他追求最大限度的全面阐述,暴露隐藏在事物背后的普遍化思想,以反映他的整个艺术世界的结构规律——"普遍的类似和一致规律"①。

第三节 主题系统的极化性和扩张性

在探索包罗万象的宇宙含义时,梅列日科夫斯基找到更加鲜明的新方法来完善他的艺术思维,它表现在三部曲的主题系统中。"主题"这一术语来源于希腊语中 thema 一词,意指被置于基础之地的东西。在文艺学中,这一术语常常被用来表示各种不同的意义,是对事件和对象的归纳、概括和抽象。俄罗斯当代文艺学家瓦·叶·哈利泽夫认为,主题是指"所有成为作者兴趣、反思与评价之对象的一切东西"②。鲍·维·托马舍夫斯基也有类似的见解:"主题就是作品的种种独立要素之意义的统一,我们可以讨论整个作品的主题,亦可讨论作品中各个独立部分的主题"③。也就是说,主题能将艺术结构的各种成分凝聚起来,并引发读者的兴趣。所以,利·安·科洛巴耶娃认为,三部曲中,正是那些具有明显"极化"和"扩张"特点的主题"将叙事情节的各个环节牢牢地连接起来"④,为我们提供了一个经过深思熟虑达到几何般完美构造的直观例子。各种主题系统在文本中初看起来好像是偶然杂乱地交织在一起,但实际上却严格服从于作家的主要风格公式,服从于其极端清晰的图画,保证了三部曲的形象体系和结构的完整性。在三部曲中"情节"是最主要的,"主题"与其平行运动,好像是为了

---

① Барковская Н. В. Слово и образ в русской поэзии начала XX века（к проблеме интенсификации лирической формы）// XX век. Стиль. Литература. 1994. Вып. 1. С. 62.

② 哈利泽夫:《文学学导论》,周启超等译,北京:北京大学出版社,2006年,第54页。

③ Томашевский Б. В. Теория литературы. Bradda books LTD. 1971. C. 176.

④ Колобаева Л. А. Мережковский—романист // Колобаева Л. А. Русский символизм. Изд. МГУ. 2000. С. 252.

加强和暴露二律背反的"情节"结构。各种主题是梅列日科夫斯基小说诗学能量的主要来源,它们的作用不仅是巩固和加强抒情的激情,还丰富三部曲的思想内涵。所以,我们把三部曲中各种主题的主要功能确定为普遍化的强化和深化功能。在英·维·科列茨卡娅看来,梅列日科夫斯基利用主题不只是作为重复一个词,评价一个特点或描述一个事件,还作为重要的结构因素,因为它们"能代替许多重要含义,指引读者寻找作品的深刻思想;主题的象征意义是从被塑造到被表达的某种桥梁,是从作品外部到作品本质的某种桥梁"①。本节将重点论述贯穿三部曲的几个重要主题。

一、"风暴——寂静"主题

这一主题取自《圣经》:"主是在寂静中,而不是在狂风暴雨中"②,贯穿于整个三部曲,形成了一个象征性二律背反:"**风暴——寂静**",各种不同的形象概念与其紧密联系在一起。

在小说《诸神之死》中,这一象征性二律背反包含着作家关于人类历史上基督教与多神教斗争的思想。小说第二部中的第六章、第七章、第八章都是围绕着这一思想斗争展开的。基督徒和多神教徒在主教会议上发生了面对面的激烈冲突,作家正是通过"风暴——寂静"这一对立主题展现了他们之间的差别。在第六、第七章中,"风暴——寂静"这一象征性对立主题具有"多神教——基督教"的对立含义:多神教派尤里安及其拥护者平和、明理、冷静,而与其形成鲜明对比的各基督教派却敌视、仇恨、偏执:多神教徒皇帝尤里安心平气和,"表情安详,态度冷静,仿佛这里说到的根本就不是他;只是嘴角上偶尔掠过一丝冷笑"③,"他表情安详而英明,很像一位古代伟人"④;而双目失明的基督教主教玛里斯则神情激

---

① Корецкая И. В. Андрей Белый:《корни》и《крылья》// Связь времен: Проблемы преемственности в русской литературе конца XX—начала XX в. М., Наследие, 1992. С. 227.
② 梅列日科夫斯基:《诸神的复活——列奥纳多·达·芬奇》,刁绍华、赵静男译,哈尔滨:北方文艺出版社,2002年,第633页。
③ 梅列日科夫斯基:《诸神之死——叛教者尤里安》,刁绍华、赵静男译,哈尔滨:北方文艺出版社,2002年,第249页。
④ 同上书,第251页。

第三章 《基督与反基督》——"普遍化二元对立诗学"的造型体现

昂、引经据典、"言辞豪放","他说最后几句话时拖着长腔,像诵经一样。受到震动的人群发出雷鸣般的欢呼声对他的话作出反响"①。作家还把基督徒表现加以"等级化":开始是"脸色通红,声音慷慨激昂",接着是"亚美尼亚主教握紧拳头叫了起来",最后是"像杂技爱好者观看舞台上的野兽在相互吞食"②。但第八章却是对前两章的独特反驳,因为"风暴——寂静"这一对立被反转过来,显露出其内在的双重性。开篇的"风暴"海景("这是一个暴风雨之夜。**乌云翻滚**,偶尔穿透云缝的月光与闪电的光芒奇特地汇合在一起。温暖的风夹带着腐烂的海草的咸味,猛烈地吹来,雨点倾斜地从天而降"③)与后面的"宁静"修道院小院风景("他走进一个很整齐的院子。这里的一切都散发着**宁静温馨**的气息。墙上爬满朱槿花。在温暖而又动荡的空气中,这些花朵散发着浓烈的香味,又给人一种惊恐不安的感觉"④)形成鲜明的对比,具有明显的象征意味,突出了尤里安热情而澎湃的多神教世界与阿尔西诺亚凄怆而平静的基督教心灵的对比。

在第二部小说《诸神的复活》中,"风暴——寂静"这一对立主题是列奥纳多·达·芬奇与米开朗基罗·布奥纳罗蒂的创作和个性矛盾的人格化体现。列奥纳多为了创作斯福尔扎纪念碑花费了16年时间,而米开朗基罗以"难以置信的速度"昼夜不停地工作,只用了25个月就用大理石雕刻好大卫雕像。所以,列奥纳多很佩服米开朗基罗的巨大力量和伟大天才,但与此同时他也意识到自己的优势所在,因为他一生都在"追求比米开朗基罗·布奥纳罗蒂更重大的和更高尚的理想——追求联合,追求最后的和谐,这是布奥纳罗蒂所不知道而且也不想知道的——他处于无限的分裂、愤怒、狂暴和混乱之中。〈……〉他的力量如狂风,能让山崩地裂,在主的面前使万仞高山坍塌,可是他列奥纳多却比米开朗基罗更有

---

① 梅列日科夫斯基:《诸神之死——叛教者尤里安》,刁绍华、赵静男译,哈尔滨:北方文艺出版社,2002年,第249页。
② 同上书,第246页。
③ 同上书,第251页。
④ 同上书,第252页。

力量，犹如**寂静**胜过**狂风暴雨**一样，因为主是在寂静之中，而不是在狂风暴雨中〈……〉人的灵魂迟早要回到他列奥纳多所指出的道路上来，摆脱混乱，走上和谐，摆脱分裂，走上统一，摆脱狂风暴雨，走上寂静"①。如果"风暴——寂静"在小说《诸神之死》中是消极因素的体现②，那么在《诸神的复活》中就是积极因素的体现，列奥纳多与米开朗基罗的创作风格差异正在于此。

在小说《反基督》中，"风暴——寂静"这一对立主题主要表现在彼得的"急速"与阿列克塞的"无为"对立。彼得"就是急速。他就是运动。他不是在走，而是在跑"③，因为"让时间溜掉，就等于死亡，一去不复返"④，所以他"不知道休息，仿佛是一生都在匆匆忙忙地奔往什么地方。即使是想要休息，但也不能，不能停下"⑤。他的"错误似乎是在于他太急于求成了。做任何事情都想一蹴而就：毛毛糙糙，一艘舰船造好了。跟这种贪快而出错的人是无法争辩的。譬如说，马马虎虎凑合成一个车轮子，坐上去就赶起来，啊，挺好；回头一看——辐条掉一地"⑥。正是这种"急速"性格决定了彼得的改革是一场"暴风骤雨般的残酷斗争"，他梦想一夜之间改变俄罗斯的落后面貌，使其成为欧亚强国，结果触犯了封建贵族的利益，遭到他们的强烈反抗，包括他的同父异母姐姐索菲亚发动宫廷政变和亲身儿子阿列克塞出国叛逃。与彼得的"急速"性格形成鲜明对比的是皇太子的"无为"，甚至"懒惰"，而恰是这一点似乎使阿列克塞变得比彼得"更有力量"，因为这些"性格"被人民视为是俄国的固有传统，皇太子也因此被视为是这种传统的忠实"维护者"，是俄罗斯的"红太阳"和"希望"，是未来基督的儿子。这一切

---

① 梅列日科夫斯基：《诸神的复活——列奥纳多·达·芬奇》，刁绍华、赵静男译，哈尔滨：北方文艺出版社，2002年，第633页。
② Барковская Н. В. Поэтика символистского романа. Екатеринбург: Урал. гос. пед. ун-т, 1996. С. 37, 39.
③ 梅列日科夫斯基：《反基督——彼得大帝和皇太子》，刁绍华、赵静男译，哈尔滨：黑龙江人民出版社，1997年，第130页。
④ 同上书，第130页。
⑤ 同上书，第130页。
⑥ 同上书，第157页。

必然遭到彼得的强烈不满,所以他毫不留情地废黜了阿列克塞的太子之位,并将其迫害致死。

这样一来,象征性二律背反"风暴——寂静"不仅突出和强化了主题的语义,而且被作家赋予"混乱、分裂——和谐、联合"的对比意义。因此,我们又看到,出于个人的天性和创作特点,梅列日科夫斯基把彼此相去甚远的概念放入两个对立主题中,从而获得巨大的概括意义。

二、"上升——下降"主题

在三部曲中,"**上升——下降**"主题具有固定不变的主题意义,它直接与神话传统联系在一起,并且具有宗教道德训诫含义。例如,"上升"总是指获得领悟、获得新力量和新知识。正是因此"**山峰**"强烈地吸引着列奥纳多:"在苍白天空的衬托下,冰川**雪峰**更加清晰分明,仿佛是上帝在两个世界中间竖起的一堵巨大的墙壁,它们吸引着他,仿佛翻越过去,就是他一直渴望认知的那个最后的秘密。那些可亲可爱的**雪峰**,虽然有深不见底的深渊把他与之隔开了,可是他却觉得近在咫尺,仿佛是伸手可触,雪山在望着他,好像是死人在看着活人——永远露出微笑,跟乔昆达的微笑一样"[①]。

这种对"高处"的追求在小说《诸神的复活》中成为真正的总体追求,不仅主要人物执着地追求它,次要人物也如此。例如,幻想振翅**高飞**的列奥纳多的学生亚斯特罗,把自己的门徒们带到**高山**上进行教诲和布道的圣马可修道院院长萨沃纳罗拉:"一条陡峭的小径仿佛是通向天际,他们沿着这条小径攀登菲索雷山〈……〉这菲索雷山顶上荒凉的树林里处处是音乐和歌声,周围是湛蓝的天空,他们真像天堂里上帝的天使一般"[②]。最重要的是,这种追求贯穿于文本的不同层面中。例如,在小说中占重要地位的风景背景就服从于这种"上升"思想,包括高山地形和建筑物,尤其是圣母玛丽娅大教堂,作家按照塔式原则对其进行描写:首先进入视野的是

[①] 梅列日科夫斯基:《诸神的复活——列奥纳多·达·芬奇》,刁绍华、赵静男译,哈尔滨:北方文艺出版社,2002年,第644页。
[②] 同上书,第210页。

"钟乳石状的尖塔林立,尖形塔顶高耸入云",接着是一只"燕子叫着从石匠的头顶上掠过",之后是"阿尔卑斯山陡峭的巅峰白雪皑皑,闪着银光,如大教堂顶端林立的尖塔",最后是冲破天际,进入形而上学的境界:"这庞大的建筑物也像活了似的,在呼吸,在成长,伸向天际,对圣母玛丽娅唱着永恒的赞歌"①。

在梅列日科夫斯基笔下,"下降"主题经常与"**阶梯**"象征形象联系在一起,下"**阶梯**"等于下降到灵魂死亡的阴间世界。例如,对列奥纳多老年的描写:"……把他与周围世界联系起来的线索一根接一根被斩断了,他日益陷入无声无息的荒漠之中,他有时觉得他沿着一条狭窄的**阶梯**走进黑暗的地下用铁锹在嶙峋的巨石中开辟一条路来⟨……⟩也许是愚蠢地指望着在地下有一条通向另一重天的通道"②。但是,正如俄罗斯语文学家符·尼·托波罗夫指出的那样,这种"下降"经常具有特殊的特点:"尽管在运动方向上与下降到阴间相吻合,但在目的上却与阴间相对立,因此,在意义上它是为了生"③。换句话说,梅列日科夫斯基的人物在"低处的深渊"里探寻生命含义的最后秘密,试图获得新的力量。在三部曲中确实有不少这样的例子。例如,在小说《诸神之死》中马克西穆斯为尤里安揭示两个真理——提坦神的真理和加利利人的真理秘密时,就是从主人公沿着陡峭光滑、深不可测、没有尽头的阶梯走到地下的山洞开始的:"他被带着往前走。一扇铁门也许是生锈了,嘎吱一声开了;他被带进门里,浑浊的空气向他扑面而来;脚下是滑溜溜的陡峭的**台阶**。他开始沿着没有尽头的**阶梯**拾级而下。死一般的沉寂。散发着腐烂发霉的气味。他觉得他来到了**地下很深的地方**"④。类似的例子还有《反基督》中一个教派分子为吉洪揭

---

① 梅列日科夫斯基:《诸神的复活——列奥纳多·达·芬奇》,刁绍华、赵静男译,哈尔滨:北方文艺出版社,2002年,第139页。
② 同上书,第607页。
③ Топоров В. Н. Петербург и《Петербургский тест русской литературы》// Миф. Ритуал. Символ. Образ. Исследования в области мифопоэтического: Избранное. М.: Изд. Группа《Прогресс》《Культура》, 1995. С. 248.
④ 梅列日科夫斯基:《诸神之死——叛教者尤里安》,刁绍华、赵静男译,哈尔滨:北方文艺出版社,2002年,第79页。

第三章 《基督与反基督》——"普遍化二元对立诗学"的造型体现

示新信仰的含义:"你固步自封起来,犹如是钻进**坟墓**里一样。于是你成为一个死人,可是这个神秘的死人会复活过来,圣灵附到你身上来,你不管怎样生活,不管做什么,都不会失去他了"①。

因此,"阶梯"形象在三部小说中具有双重性特点。我们认为,这种"极化"现象在某种程度上解释了形象的"多起源特点"②。梅列日科夫斯基在很多方面通过费·米·陀思妥耶夫斯基,首先是通过他的小说《罪与罚》接近神话传统,因为在这部小说中"阶梯"形象(既是下降,也是上升)的"含义和目的也发生了逆转"③。但是,我们也看到,"极化"的真正原因在于梅列日科夫斯基笃信"某种统一的艺术思维原则"④,首先是"普遍化的二元论规律",由于在主题方面也严格遵循这种风格原则,所以像以前一样,我们能够发现那种按照"形式辩证法"规律搭建起来的纯理性主义的严整结构。

三、"末日——救赎"主题

"末日论"是基督教教义的重要内容,是关于人类和世界最终命运的预言和解说。《圣经》新约和旧约对此都有描绘。《但以理书》宣告:"至高者的圣民,必要得国享受,直到永永远远……国度、权柄和天下诸国的大权,必赐给至高者的圣民。他的国是永远的,一切掌权的都必侍奉他、顺从他"⑤。《启示录》中的末世论表明,基督很快就会复临人间,届时会有各种异象出现,天使与魔鬼将展开大决战,魔鬼以失败告终,基督将治理"新天新地",这标志着耶稣基督完成了对人类的救赎,从此人类将开始一个充满爱的

---

① 梅列日科夫斯基:《反基督——彼得大帝和皇太子》,刁绍华、赵静男译,哈尔滨:黑龙江人民出版社,1997年,第586页。
② Минц З. Г. Функции реминисценции в поэтике Блока. 1980. Вып. 535, C. 403—407.
③ Топоров В. Н. Петербург и《Петербургский тест русской литературы》// Миф. Ритуал. Символ. Образ. Исследования в области мифопоэтического: Избранное. М.: Изд. Группа《Прогресс》《Культура》, 1995. C. 248.
④ Колобаева Л. А. Мережковский—романист // Колобаева Л. А. Русский символизм. Изд. МГУ. 2000. C. 250.
⑤ 《圣经·旧约》,中国基督教协会,1998年,第872—873页。

全然公义的新时代。

在俄罗斯东正教中,末世论的观念异常强烈。尼·亚·别尔嘉耶夫指出:"无论在我们的平民阶层,还是在文化程度最高的阶层中,在俄罗斯作家和思想家那里,启示录始终起着很大作用。在我们的思维中末日论问题占有很大的地盘,这是西方思维无法相比的"①。俄罗斯知识分子也一直把这种渗透着基督教精神的理想作为自己的追求——寻求终极的、永恒的完美。他们期待终结,而且终结在他们那里具有积极的意义,并不意味着死亡,而是意味着开端、希望和崭新的未来,它标志着苦难世界的结束和一个充满光明与幸福的世界的来临。俄罗斯思想家巴·尼·叶夫多基莫夫把这种对人类终极世界的向往称之为最高纲领主义,即"冲破一切界限、注目深渊的不可遏制的欲望,不是别的,正是对于绝对物的永恒的、不可休止的渴望"②。

对"世界末日"的预言也是梅列日科夫斯基"新基督教"哲学的重要内容。在三部曲中,他除了直接引用《启示录》的预言外,还通过自然象征意义(雷、闪电)和星辰象征意义(彗星),以及某些具有重要情节意义的时间点来表达这一内容,例如,**"落日时刻"**。用托波罗夫的话讲,这是"混乱、模糊、未卜力量开始占上风的时刻"③,是"决定命运的时刻,各种关键行动都在这种时刻预谋或发生"④。正是在这一时刻尤里安决定用多神教替代基督教:"尤里安跪在战旗前,向着银神像伸出双手,高呼:'光荣属于不可战胜的太阳神,诸神的主宰!如今奥古斯都礼拜永恒的赫利俄斯,光明之神、理智之神、欢乐与美的奥林匹斯神!'太阳的余晖映到得尔菲神像冷酷无情的脸上;他的头部笼罩着银光;他微笑了。在血红色的晚霞

---

① 别尔嘉耶夫:《俄罗斯思想:19世纪至20世纪初俄罗斯思想的主要问题》,雷永生、邱守娟译,北京:生活·读书·新知三联书店,2004年,第190—191页。

② 叶夫多基莫夫:《俄罗斯思想中的基督》,杨德友译,上海:学林出版社,1999年,第31页。

③ Топоров В. Н. Миф. Ритуал. Символ. Образ. Исследования в области мифопоэтического: Избранное. М., Изд. группа《Прогресс》《Культура》, 1995. С. 201.

④ Там же. С. 201.

中,在这最后一个祭司血红色的法衣中,在树木凋零的红叶中——在这一切中,都显示出不祥的殡葬时的辉煌和死亡的壮丽"①。也正是在这一时刻人物的内心怀疑变得特别尖锐。例如,在小说《诸神的复活》中,乔万尼从关于列奥纳多的双重性的痛苦思想转到更为可怕的思想——关于基督本人的双重性,也发生在一个冬天的黄昏时刻:"天边还残留着一抹黄铜色的霞光,显得很凄凉。〈……〉乔万尼想着列奥纳多画的基督两副不同的面容,虽然他自己不愿意承认这种想法,并且在理智上竭力驱赶这些想法,可是他仍然无法摆脱。只要他一闭上眼睛,这两副不同的面容就同时活灵活现地出现在他的眼前:一副是让人感到亲切的充满人的软弱的面容,就是在橄榄山上忧愁难过的基督的面容,他流出的汗水像是鲜血,天真地祈求着出现奇迹;另一副超人地安详,英明,但与人格格不入,让人害怕。乔万尼也想到,有可能在他无法解决的矛盾中——这两副面容都是真实的"②。在小说《反基督》中"落日时刻"使寻神者吉洪产生了神秘的幻觉:"在死气沉沉的蓝色的、紫色的、黑色的,或者火红色的,好像是被鲜血染成的云彩中,他觉得,时而出现一条巨蛇,把莫斯科盘了起来,时而出现一头长着七只脑袋的怪兽,一个淫荡的女人骑在上面痛饮下流无耻之杯,时而出现天使的大军,在驱赶魔鬼,用火焰击毙它们,结果是天上流血成河,时而出现光辉的锡安山,由未来的主率领降临人间的隐形城"③。

在梅列日科夫斯基笔下,这些事件都具有"承载命运"的特点,不仅表现在个人身上,也表现在全民族、全人类的生活方面。例如,最后一位俄国皇后玛尔法·马特维耶芙娜的葬礼被宫廷女官阿伦海姆和作家本人都看做是不祥之兆:"她的安葬仪式是在黄昏时进行的,非常隆重。〈……〉我们走在死者的后面,自己也好像是

---

① 梅列日科夫斯基:《诸神之死——叛教者尤里安》,刁绍华、赵静男译,哈尔滨:北方文艺出版社,2002年,第202—203页。
② 梅列日科夫斯基:《诸神的复活——列奥纳多·达·芬奇》,刁绍华、赵静男译,哈尔滨:北方文艺出版社,2002年,第338—339页。
③ 梅列日科夫斯基:《反基督——彼得大帝和皇太子》,刁绍华、赵静男译,哈尔滨:黑龙江人民出版社,1997年,第73—74页。

死人,走向永久的黑暗。也好像是俄国通过她最后一位皇后在安葬旧的俄国,彼得堡——在安葬莫斯科。〈……〉皇太子认为她的死对于自己来说,对于自己的整个命运来说是一种不祥的预兆。送葬过程中,他好几次伏在我的耳朵上说:'如今一切全都完了'"①。因此,从这种神秘主义的角度看,"落日"是三部曲中最固定的象征成分之一,它不仅把"末世论"情节连接起来,还把"牺牲"情节连接起来,成为其明显的预兆。例如,在宫廷女官阿伦海姆的日记中就把"落日"与"牺牲"连接在一起:"今天的落日更是奇怪。整个天空被染成一片血红。血红大云朵像是被鲜血染红的衣裳碎片,散在天际,仿佛是从天上刚刚进行过屠杀,或者是可怕的献牲。鲜血从天上流到地上。炭一般黝黑的参差不齐的云杉林间一块块大红色粘土像是斑斑的血迹"②。这种可怕的落日预示了皇太子阿列克塞最后死在父亲彼得血淋淋的皮鞭下:"太阳熄灭了。皇太子长出了一口气,好像孩子睡眠时出气那样"③。

"末世论"这一传统象征主题在梅列日科夫斯基笔下变得色彩更加浓重,成了黑色、紫色和深红色,这些颜色与其说相互对立(就色差而言),不如说是相互调和(就饱满性而言)。从这种意义上说,三部曲的象征颜色并没有失去本身的"色彩"特点,作家有目的地增加颜色的浓度,达到了极度饱满。例如,落日的余晖可能是玫瑰色、铜黄色、红色,但最常是深红色,甚至是血红色:"在夕阳**血红色**的光辉中,火炮、铠甲、头盔、长矛寒光四射,塞萨尔好像是沉浸在冬季的**紫色**晚霞中,以胜利者的姿态,耀武扬威地朝着西斜的**血红色**的巨大太阳走去"④;"在**血红色**的阳光照耀下,颜色更加鲜艳,给人以神秘莫测之感"⑤。

---

① 梅列日科夫斯基:《反基督——彼得大帝和皇太子》,刁绍华、赵静男译,哈尔滨:黑龙江人民出版社,1997年,第190—191页。
② 同上书,第162页。
③ 同上书,第556页。
④ 梅列日科夫斯基:《诸神的复活——列奥纳多·达·芬奇》,刁绍华、赵静男译,哈尔滨:北方文艺出版社,2002年,第461页。
⑤ 梅列日科夫斯基:《反基督——彼得大帝和皇太子》,刁绍华、赵静男译,哈尔滨:黑龙江人民出版社,1997年,第12页。

第三章 《基督与反基督》——"普遍化二元对立诗学"的造型体现

最后,在三部曲中,"世界末日"还与虚幻、缥缈、噩梦般的"彼得堡"末日有直接联系。小说《反基督》的第四部"洪水"直接运用《圣经》中挪亚时代洪水泛滥的象征:国人的罪恶太大导致耶和华上帝后悔造人,用大洪水来毁灭人,同样,彼得肆意建立彼得堡,信奉多神教,尤其推崇爱神维纳斯,搞得彼得堡道德没落,于是洪水暴发:"大水汹涌澎湃,仿佛不仅是水面,而且一直到底,都在沸腾和翻滚,好像是架在猛火上的锅里一样。这片汪洋的大水就是涅瓦河——好像蛇腹部的皮一样,彩色斑斓,有黄,有黑,掀起白浪,它有些疲惫了,但仍然还很狂暴,在跟大地一样灰色的低矮的天际下,更加令人惊惧"①,"这座城市要从地面上消失,像所多玛和蛾摩拉一样。〈……〉人们感到新的前所未有的惊恐,仿佛是世界末日已经来临"②。洪水过后彼得堡克里姆林宫里又发生了火灾,"木房和砖房里面的一切,教堂、十字架、房盖、圣像壁和圣像全都焚毁殆尽"③,这是主发怒的征兆。在"一片荒凉"的第五部中,渗透着《圣经·旧约》里洪水漫延四十日后的荒凉:"凡在地上有血肉的动物,就是飞鸟、牲畜、走兽和爬在地上的昆虫,以及所有的人都死了",而克里姆林宫的大火则使阿列克塞"在没有尽头的废墟上呆了很长时间,逐个查看被焚的宫殿和房舍。〈……〉阿列克塞没有找到,或者说没有认出他童年住过的房子"④,这种火灾过后的废墟荒凉正是《旧约》中上帝发水毁灭一切的荒凉的象征。

四、"圣灵——恶魔"主题

在三部曲中,"基督与反基督"的对立在主要主人公身上表现为"圣灵性"(神性)与"恶魔性"(兽性)两种对立因素的永恒斗争。

梅列日科夫斯基主要借**翅膀**来表现主人公的"圣灵性"和"恶魔性"。在基督教传统中,"翅膀"这个形象具有对立的语义

---

① 梅列日科夫斯基:《反基督——彼得大帝和皇太子》,刁绍华、赵静男译,哈尔滨:黑龙江人民出版社,1997年,第212页。
② 同上书,第211页。
③ 同上书,第255页。
④ 同上书,第255—256页。

（尤其在《启示录》中，长翅膀的鸽子被看做是圣灵的象征，而长翅膀的蛇则被作为撒旦的象征），作家就是以此为出发点，想方设法深化这种双重性。因此，"翅膀"的色度分析和主观所属（即谁的翅膀）变得非常重要。

在小说《诸神之死》中，具有民间诗歌象征意义的白色翅膀（天鹅的）和黑色翅膀（雄鹰的）的对立，被看做是"善——恶"的对立斗争。尤里安被认为是"恶"的象征，因此他是"雄鹰的翅膀"："你的翅膀不是白的，不是天鹅的，而是可怕的，是黑的，你的爪子是弯的，凶恶的，如同猛禽一般，——可是这关我什么事？我爱所有被摒弃的人，你听见了吗，尤里安，我爱孤独的和骄傲的雄鹰胜过于白天鹅"①。在许多神话中"雄鹰"都是"雷神"的体现，即把火种从天上带到地上的神，把尤里安比作"雄鹰"，充分说明了他与反基督的相似之处。

在小说《反基督》中，白色翅膀（鸽子的）和黑色翅膀（蝙蝠的）的对比被赋予非常重要的思想含义和结构意义。"白色翅膀"作为皇太子阿列克塞的特征："只见他在喂鸽子。鸽子把他包围起来。落在他的手上，肩上和头上。他站在高处，凌驾于仿佛是烧焦了的黝黑的森林之上，在好像是血染的红色天空的衬托下，全身笼罩着**白色的翅膀**，仿佛是穿着白色衣服"②，而"黑色翅膀"揭露了彼得的走狗修士大司祭费奥多西两面三刀的本质："虽然他的脸上表现出波兰人的傲慢——他出生于波兰小贵族，虽然佩戴着蓝色的勋绶和宝石小圣像，一面画有皇上肖像，另一面是耶稣受难图——一面镶嵌的宝石比另一面多而且大，〈……〉他身材矮小，瘦弱，为人机灵，戴着一顶高大的僧帽，穿着肥大的倍贝尔袈裟，很像一只飞翔的大蝙蝠，两只肥大的袖子如伸展开的翅膀"③，"他以演说家的热情，挥动着肥大的袈裟袖子，像是挥动着**黑色的翅膀**，——他更

---

① 梅列日科夫斯基：《诸神之死——叛教者尤里安》，刁绍华、赵静男译，哈尔滨：北方文艺出版社，2002年，第123页。

② 梅列日科夫斯基：《反基督——彼得大帝和皇太子》，刁绍华、赵静男译，哈尔滨：黑龙江人民出版社，1997年，第164页。

③ 同上书，第35页。

加像是一只蝙蝠了,〈……〉他头戴黑色僧帽,身穿肥袖黑色袈裟,生着一张难看的很尖的小脸,被炉中将要熄灭的红色火光从下面照射着,的确是很像一只大蝙蝠"①,"他给他(阿列克塞)叩头,袈裟的两个肥大袖子伸展开,像是家蝙蝠的两个巨大翅膀,悬挂在胸前的镶嵌宝石刻着沙皇肖像的十字架碰到地上,发出响声。〈……〉他觉得,伏在他脚下的并不是无赖,'渺小的费多斯卡',而是另一个强大而威严的,主宰一切的人——他曾经是只雄鹰并且变成了夜间飞行的家蝙蝠,岂不就是那个属于皇权的教会吗?"②。

但是,在《诸神的复活》中,翅膀的"天然特点"或"人造特点"比其"颜色特点"具有更重要的意义。梅列日科夫斯基赋予翅膀的"基督教象征意义"以19—20世纪之交的文化意识特征③,这种意识把世界的合理结构看做是"群魔乱舞"。例如,马基雅弗利的象征性梦境就是最好的例证:"我有一天做了一个有预言性的梦:我仿佛是被领到一群饥饿和肮脏的流浪者中间,他们是僧侣、妓女、奴隶、弱智的残疾者,关于这些人,宣布说:'精神贫乏的人是幸福的,因为天国是他们的'。然后又把我带到另一个地方,我在那里看到了一大群伟人,像是在古代元老院里一样;这里有统帅、皇帝、教皇、立法者、哲学家——荷马、亚历山大大帝、柏拉图、马可·奥勒留;他们在谈论科学、艺术、国家大事。告诉我,这是地狱和罪人的灵魂,他们遭到上帝的惩罚,因为他们喜欢独立思考和标新立异,而这在天主面前恰恰是愚蠢的行为。问我希望到哪里去,进入天堂还是坠入地狱?我回答道:'当然是坠入地狱,跟智者和英雄们在一起!'"④。

当然,最有趣的还是象征性类比"列奥纳多——反基督"。在小说中,"飞翔"的主题贯穿始终,"天然的翅膀"和"人造的翅膀"

---

① 梅列日科夫斯基:《反基督——彼得大帝和皇太子》,刁绍华、赵静男译,哈尔滨:黑龙江人民出版社,1997年,第221页。
② 同上书,第224页。
③ Барковская Н. В. Поэтика символистского романа. Екатеринбург: Урал. гос. пед. ун-т, 1996. С. 21, 50, 51.
④ 梅列日科夫斯基:《诸神的复活——列奥纳多·达·芬奇》,刁绍华、赵静男译,哈尔滨:北方文艺出版社,2002年,第530—531页。

被赋予"基督"与"反基督"的象征意味。"人的翅膀"是列奥纳多一生奋斗的最终目标,小时候他"梦见在摇篮里飞了起来,一只老鹰飞到我面前,把我的嘴给张开,用羽毛摩挲了很多次,仿佛是预示我将终生谈论翅膀"①。他从幻想自己"缓缓地平稳地飞翔起来,扇动着巨大的翅膀,翱翔在广阔无垠细浪翻腾的原野的上空"②,到坚信自己"将会长上翅膀!不是我,就是别人,反正都一样——人要飞起来。精灵没有说谎:有知识的人会长上翅膀,像神那样!"③。所以,他不停地试验,试图"把飞行的奇迹寄托在力学原理上"④并创造出飞行器、人的翅膀,像反基督一样,蓄意侵犯"神的本质",用飞翔诱惑"小鬼"亚斯特罗:"一旦看见有人用翅膀在空中飞翔,将会惊得目瞪口呆。这已经不是木制的天使,只会扇动翅膀让百姓们开开心!他们看见了还不会相信,会以为是神仙。当然啦,不会把我当成神仙,很可能把我当成鬼,可是您要是用翅膀飞翔,那可真的像神仙一样。也许他们会说——是反基督。会害怕的,跪到地上给您叩头。您可能随便对待他们"⑤。但由于飞翔是"魔鬼的特点",所以试验没有完成,学生的大胆飞翔也以坠落和残废而告终。因此,当看到站在山顶上的列奥纳多,**深红色**的披风被风吹向背后打成许多皱褶,像一只大鸟的翅膀时,乔万尼想起了奥尔维托大教堂里路加·西诺列利的壁画上的反基督画像。

可见,梅列日科夫斯基在不同的文化—历史语境中充分利用"翅膀"这种象征主题并不断强化它(又把它归结为基督与反基督的对立),目的是保持形象的内在双重性,尽管这次这种"双重性"获得了自己的必然结局,但仍具有"两个深渊"联合思想的特点,因此,在小说的结尾部分出现了有**白色**翅膀的先知约翰形象。

---

① 梅列日科夫斯基:《诸神的复活——列奥纳多·达·芬奇》,刁绍华、赵静男译,哈尔滨:北方文艺出版社,2002年,第430页。
② 同上书,第429页。
③ 同上书,第432页。
④ 同上书,第364页。
⑤ 同上书,第365—366页。

第三章 《基督与反基督》——"普遍化二元对立诗学"的造型体现

五、"分裂——联合"主题

在三部曲中,"分裂"主题表现为三位主人公尤里安、列奥纳多和彼得身上多种对立因素的斗争:灵与肉、基督教与多神教、天与地、基督与反基督等。他们苦苦追求两者的"**联合**",但结果都是"**分裂**":"尤里安既没复辟了多神教,也没战胜自己身上的矛盾,既没成为反基督,也没接受基督。列奥纳多用'永恒的第一推动力'偷换了上帝。彼得一世使教会服从于国家,建立了野兽王国"①。因此,尼·符·巴尔科夫斯卡娅说:"三部曲的主要人物都想接近联合,但却都远离了联合,而三个次要人物——阿尔西诺亚、乔万尼、吉洪,反而比主要人物更接近真正的联合,因此,他们对实现作家的构思更有价值、更有意义。主要人物的双向运动和次要人物的'价值分散'不仅是小说'静态结构中的隐蔽动态'表现,也是作家有目的地回到自身,回到三部曲的中心思想、回到自己特有的风格公式的例证"②。

在小说《诸神之死》中,尤里安的"分裂"表现在他"不仅从基督徘徊到反基督,而且又从反基督徘徊到阿波罗,从阿波罗徘徊到狄奥尼索斯"③。尤里安身上的这些神话投影是靠大量的巧合加以强化的:在君士坦丁堡举行祭祀酒神游行时,他扮演狄奥尼索斯;远征波斯时,他妄图像狄奥尼索斯那样吞并亚洲。这种象征性比喻结构的作用,作家在第一部的最后一章中进行了揭示,他用一连串情节详尽描述了尤里安亵渎基督教的犯罪行为:首先用热血祭祀太阳神;之后在军队面前高声宣布对奥林匹亚诸神表示感谢:"我的孩子们!我们的困难结束了。感谢奥林匹斯诸神赐给我们胜利"④;接着

---

① Барковская Н. В. Слово и образ в русской поэзии начала XX века (к проблеме интенсификации лирической формы) // XX век. Стиль. Литература. 1994. Вып. 1. С. 43.
② Там же. С. 44—48.
③ Белый А. Мережковский // Николюкин А. Н. Мережковский:Pro et contra. СПб., 2001. С. 262.
④ 梅列日科夫斯基:《诸神之死——叛教者尤里安》,刁绍华、赵静男译,哈尔滨:北方文艺出版社,2002年,第201页。

对神幡进行侮辱,从神幡的旗杆上拽下绣金十字架,从"拉伯龙"旗上撕下用宝石缀成的"基督"两个花体字,镶上阿波罗神像;最后,用"德尔菲神像冷酷无情的脸"①取代基督的脸。所有这一切把读者引向小说第一部分结尾的关键词——"反基督",以及象征等同"尤里安＝阿波罗＝反基督"。而且,作家好像不相信读者的联想力,特意使用了许多有支撑作用的词汇:"魔鬼""亵渎神明""灾难""背叛"等,解释整个场景以及主要人物的特点。很显然,这种"同语反复"成为作家创造与本情节主题相一致的不祥气氛的必要工具。

  在《诸神的复活》和《反基督》中,"分裂"具有比较复杂的特点,尽管失去了以往的清晰性,但仍表现得非常明显。在《诸神的复活》中,列奥纳多的众多"同貌人"更加清晰地说明了他的内心二元性:"一张朝着基督,另一张朝着反基督。……哪个是真的,哪个是假的?! 或者两个都是真的?"②。首先,这是其精神探索的同貌人——乔万尼,他的心灵忍受不了各种怀疑的折磨,忍受不了女巫卡珊德拉用"人所未知的最后的释疑者"——"狄奥尼索斯——加利利人"的最后秘密诱惑他,最后终于走向毁灭。与其不同的是,列奥纳多在心灵的煎熬中终于走向了最后的秘密——"生与死合二为一";其次,这是其艺术追求的"女同貌人"——蒙娜丽莎,在她的"神秘微笑"中他找到了世界的秘密,蒙娜丽莎的美原来就是他在自然界中贪婪好奇寻求的一切,世界的奥秘原来就是蒙娜丽莎的奥秘;第三,这是其多重人格的成对对立同貌人,教皇亚历山大六世与萨沃纳罗拉体现的是其身上"灵与肉"的对立,克里斯托弗·哥伦布与奎多·贝拉迪体现的是其身上"有为与无为"的对立;最后,这也可能是其"形而上的同貌人"(尼·符·巴尔科夫斯卡娅语)——圣法兰西斯和魔鬼:"怎么? 同是一个人——既带着天真的笑容,像**圣法兰西斯**一样,为鸽子祝福,又在地狱的铁器作

---

① 梅列日科夫斯基:《诸神之死——叛教者尤里安》,刁绍华、赵静男译,哈尔滨:北方文艺出版社,2002 年,第 202 页。
② 梅列日科夫斯基:《诸神的复活——列奥纳多·达·芬奇》,刁绍华、赵静男译,哈尔滨:北方文艺出版社,2002 年,第 193 页。

坊里发明那种装配着血淋淋蜘蛛爪子的钢铁怪物,——同是一个人吗?不,不可能,这不能忍受!什么都好,但愿不是这样!不信神也比同时把**上帝的仆人**和**魔鬼的仆人**合为一体要好,基督的面容和暴虐者福尔扎的面容长在一个人身上!"①。

在小说《反基督》中,"翻转性"取代了"双重性",即"世界的纯理性主义分割状态被不合逻辑的非理性主义杂乱合并所代替"②。彼得大帝既是反基督、野兽,也是新俄罗斯的缔造者,而皇太子阿列克塞既是祭祀的羔羊、圣者阿列克西、人神,但同时也是罪人阿列克塞。难怪说父子俩如此可怕地相似:"阿列克塞垂下眼睛,沉默不语。他的脸现在也跟彼得的脸一样,好像是从死人脸上拓下来的面具。面具对着面具——二者突然间奇怪地变得非常相像——处于对立中的相似。阿列克塞那张瘦削的长脸仿佛是彼得那张宽大的胖脸反映在凹镜上,奇异地变窄了,拉长了"③。

在三部曲中,梅列日科夫斯基把各种对立的"**联合**"与"**艺术**"主题联系在一起。按照他的观点,只有在艺术家的内心和其作品中多神教和基督教两个真理的联合才可能是真实的。所以,在小说《诸神之死》中,心地纯朴的画家帕尔忒尼乌斯修士在工作时没有觉察到"他赋予亚当以古代酒神狄奥尼索斯的奥林匹斯式的美"④。尤里安的精神导师阿尔西诺亚也正是在艺术中找到了她在古希腊文化和僧侣生活中苦苦难寻的东西:"有一次,在沙漠的乱石中间,我发现一块洁白的大理石碎片;我拾了起来,长时间地欣赏着,它在阳光下熠熠生辉,我突然想起了雅典,想起了自己的时代,想起了艺术,也想起了你,仿佛是如梦初醒——于是我决定重新回到人世间来,作一个艺术家而生活,作一个艺术家而死去,上

---

① 梅列日科夫斯基:《诸神的复活——列奥纳多·达·芬奇》,刁绍华、赵静男译,哈尔滨:北方文艺出版社,2002年,第194页。
② Барковская Н. В. Поэтика символистского романа. Екатеринбург: Урал. гос. пед. ун-т, 1996. С. 59.
③ 梅列日科夫斯基:《反基督——彼得大帝和皇太子》,刁绍华、赵静男译,哈尔滨:黑龙江人民出版社,1997年,第248页。
④ 梅列日科夫斯基:《诸神之死——叛教者尤里安》,刁绍华、赵静男译,哈尔滨:北方文艺出版社,2002年,第228页。

帝就是把我造就成这样一个人的"①。小说最后,她创作了一尊美丽绝伦的奥林匹斯神,"脸部充满非人世的悲哀;——阿纳托利亚本想要问问她,这是哪个神,是狄奥尼索斯还是基督?可是一直还没有下决心"②,她面带奇异的欢快的微笑,仿佛是在自言自语:"他应该像密多罗—狄奥尼索斯一样,在荣耀和力量方面心肠如铁石和令人可畏,同时又像加利利的耶稣一样,仁慈而恭顺"③。在小说《诸神的复活》中,画家列奥纳多的作品更为作家的"联合"思想找到了看得见的证明,正如扎·格·明茨所说:"……《岩间圣母》中的形象是'地上的形象'和'天上的形象';在最后的作品《先知约翰》中约翰令人猜到酒神巴克科斯。这些沉浸在列奥纳多所熟悉的'明亮的黑暗'中的形象,其秘密在于预示基督教和多神教的未来融合"④。在小说结尾处,也是通过艺术——俄罗斯圣像画家叶夫季希创作的先知约翰的经典形象,象征性地体现了列奥纳多关于"飞人"的理想:列奥纳多在乔万尼的日记中读到一段令他惊讶的文字:"前几天,贝内德托的修道院里来了一个僧侣,他是从雅松山来的,拿出一卷古代羊皮纸给我看,上面有一幅彩色装饰画,画着生有翅膀的先知约翰。〈……〉四肢和头部细而长。面容奇特,让人害怕。身上穿着骆驼毛的衣服,毛茸茸的,像是鸟的羽毛。——'派出我的天使,他将给我铺路,你们所期待着的我主突然走进庙里,还有你们所希望见到的约言天使。你们看,他走来了,'——但这不是天使,不是精灵,而是一个长着巨大翅膀的人"⑤。按照季·马·玛戈梅多娃的观点,在这里梅列日科夫斯基提出了解决关键问题的新方法:"如果西方文化不容易掌握综合,那么摆脱西方教条的俄罗斯文化能不能掌握它呢?"⑥。这就是第

---

① 梅列日科夫斯基:《诸神之死——叛教者尤里安》,刁绍华、赵静男译,哈尔滨:北方文艺出版社,2002年,第337页。
② 同上书,第361页。
③ 同上书,第361—362页。
④ Минц З. Г. О трилогии Д. С. Мережковского «Христос и Антихрист» // Мережковский Д. С. Христос и Антихрист. М., Книга, 1989. Т. 1. С. 20.
⑤ 梅列日科夫斯基:《诸神的复活——列奥纳多·达·芬奇》,刁绍华、赵静男译,哈尔滨:北方文艺出版社,2002年,第617—618页。
⑥ Магомедова Д. М. О Д. С. Мережковском и его романе «Юлиан Отступник» // Мережковский Д. С. Смерть богов. М., 1993. С. 14.

第三章 《基督与反基督》——"普遍化二元对立诗学"的造型体现

三部《反基督》要探讨的问题了。

* * *

综上所述,我们看到,虽然梅列日科夫斯基的思想具有非常明显的"主观性特点",但并不具有"复杂的多义性特点,即只有在作家创作世界的共同语境中才能被解释的特点"①。相反,为了追求极端简洁明了的含义,他的形象主题始终目标明确地显现在统一的象征性元文本中——强调这种思想的永久意义。正是在这种意义上,玛·亚·尼基京娜把梅列日科夫斯基的创作风格定义为"缜密的象征主义"(Продуманный символизм)②。她认为,与费·库·索洛古勃的"直观的象征主义"(Интуитивный символизм)③不同,他的象征主义是由日常生活现象发展起来的,而梅列日科夫斯基的历史小说则是在自己的理论作品直接影响下创作出来的,关于这一点可由作家的直接自我引证证明。这种例子非常之多,我们只举其中的两个。例如,三部曲中的"蜘蛛"形象体现了作家周围世界的所有慌乱恐惧、单调乏味和庸俗不堪,它引证的是研究性专著《列·托尔斯泰与费·陀思妥耶夫斯基》中的两个形象:"神秘主义的蜘蛛"和"上帝—野兽"。而《诸神之死》中的象征形象——精致的**透光雪花石膏双耳罐**引证的是其"象征主义宣言"《论当代俄国文学衰落的原因及其新兴流派》中的形象:"象征主义把诗歌的风格和艺术物质变得充满灵性、晶莹剔透,就像**透光雪花石膏双耳罐**的薄壁"④。

在三部曲中,形象主题除了具有巨大的"收缩"趋势外,还具有非常明显的"扩展"倾向,它同样服务于"普遍化二元对立诗学"目

---

① Корецкая И. В. Андрей Белый: «корни» и «крылья» // Связь времен: Проблемы преемственности в русской литературе конца XX—начала XX в. М., Наследие, 1992. С. 227.

② Никитина М. А. «Заветы» реализма в романах старших символистов («Христос и Антихрист» Д. Мережковского и «Мелкий бес» Ф. Сологуба) // Связь времен. С. 207.

③ Там же. С. 207.

④ Мережковский Д. С. 《О причинах упадка и о новых течениях современной русской литературы》// Мережковский Д. С. Л. Толстой и Достоевский. Вечные спутники. М., Изд. Республика, 1995. С. 528.

的(关于这一点我们在前面的章节中已经指出过)。作家通过各种形式对其进行揭示,力求全面直观地阐释情节。因此,在文本中多次重复的任何一个"含义点"都可能充当主题,包括**声音**、**颜色**、**词语**、**性格**、**细节**、**事件**等。

声音:例如,在《诸神的复活》中,多次出现的教堂钟声就预示着某种终结:"修道院的钟发出凄凉的有节奏的响声,这是晚祷的钟声"①,"有气无力的晚祷钟声显得很凄凉,像是给古罗马集议场敲响的哀婉的送葬曲"②,"教堂黄昏祈祷的钟声仍然有气无力,听起来更加凄凉,好像是给罗马集议场敲的丧钟,为它的死亡而哭泣"③。

颜色:例如,在上章中讲过,"灰色"具有魔鬼含义,它在小说《反基督》的象征调色板中与黄色结合在一起,表现"魔鬼之城"彼得堡的黄色雾霭:"有时在阴暗的早晨,在肮脏的黄色雾霭中,他觉得整个这座城市与雾一起腾空而起,像梦一样飘散"④。

词语:经常是解释性的引文。例如,在小说《诸神之死》中皇后玛尔法的可怕预言"彼得堡建立在荒地上",在小说《诸神的复活》中蒙娜丽莎对列奥纳多的评价"比狂风暴雨还厉害的安静"以及列奥纳多对蒙娜丽莎死亡的绝望"切莫寄希望于明天",在小说《反基督》中预示阿列克塞悲剧命运的童话歌谣。

性格:例如,在小说《诸神的复活》中,梅列日科夫斯基始终强调列奥纳多对鸟类的热爱,既体现了其爱惜生物的圣者本性,也凸现了其终生的理想追求——"像鸟一样振翅飞翔":"他那披散着的头发上洒满金色的阳光,他仿佛是孑然一人站在天上,金光灿灿。一群白色的鸽子在他的脚下盘旋。在他周围飞来飞去,信任地落到他的肩膀上、手上和头上。他亲切地逗它们,用嘴喂它们。然后挥动双手,仿佛是在为它们祝福,——鸽子纷纷飞起,翅膀发

---

① 梅列日科夫斯基:《诸神的复活——列奥纳多·达·芬奇》,刁绍华、赵静男译,哈尔滨:北方文艺出版社,2002年,第109页。
② 同上书,第528页。
③ 同上书,第531页。
④ 梅列日科夫斯基:《诸神之死——叛教者尤里安》,刁绍华、赵静男译,哈尔滨:北方文艺出版社,2002年,第83页。

出柔和的扇动声,飞走了,如一片片白雪,消失在蓝天里。他带着慈祥的笑容目送着它们"①,最有意味的一幕是列奥纳多死后,那只曾被他驯化的小燕子在他上面盘旋了几圈后,"突然飞起来,在室内又盘旋几圈,然后从开着的窗户向天上飞去,发出欢快的叫声。弗兰切斯科觉得老师最后一次做了他所喜欢的事——把带翅膀的俘虏放归自由的天地了"②。

细节:例如,"微笑"这一细节不仅突出了列奥纳多内心世界的复杂性和神秘性,也揭示了其对永恒艺术的追求,正是他那"捉摸不定、充满诱惑和秘密"的微笑使他与大地女神库柏勒和蒙娜丽莎相接近,后来甚至与俄罗斯皇帝彼得相接近。乔万尼怀着一种无法解释的惊讶想起来,他曾多次看见过这种微笑:"用手指捅着基督的伤口不相信主能够复活的多马面带这种微笑,——那是韦罗基奥以年轻的列奥纳多为模特而塑造的多马雕像,始祖母夏娃在知识树前面带这种微笑,——那是老师在其处女作中画的,《岩间圣母》中的天使面带这种微笑,跟化身为天鹅的宙斯在一起的勒达面带这种微笑,老师早在认识蒙娜丽莎之前无论是绘画还是雕塑,凡是刻画妇女形象时多数情况下在她们脸上描绘这种微笑,——好像是他一生在自己的一切作品中所寻求的就是反映他个人的美,最后终于在乔达昆身上找到了"③。

事件:例如,在小说《反基督》中的"牺牲"情节:彼得杀死阿列克塞,分裂教派的"基督长老"阿维里扬卡烧死新生儿也常成为主题。

英·维·科列茨卡娅在论述安·别雷的《彼得堡》时指出,"主题"在象征主义小说中成为真正的"总体风格特征"④,它赋予艺术材料缜密细致的装饰图案特点。这一观点也适用于梅列日科夫斯基,因为他不仅使用大量高度浓缩的"重复",还把各种主题连接成

---

① 梅列日科夫斯基:《诸神的复活——列奥纳多·达·芬奇》,刁绍华、赵静男译,哈尔滨:北方文艺出版社,2002年,第191页。
② 同上书,第680页。
③ 同上书,第535—536页。
④ Корецкая И. В. Андрей Белый:《корни》и《крылья》// Связь времен. М., Наследие, 1992. С. 228.

统一的情节整体以加强"重复"的含义。可以说,梅列日科夫斯基的小说主题系统是20世纪初文学领域里叙事形式、语言、诗学和文艺作品更新的一个范例。作家不断变换"重复"手法,并加入各种平行进程和情景,使散文具有"韵律"特点。因此,梅列日科夫斯基是把主题从"个人手法"(在列·尼·托尔斯泰、费·米·陀思妥耶夫斯基、安·巴·契诃夫的创作中)转变成"基本结构原则"的先行者之一①,他不仅是安·别雷的象征主义小说艺术实验的预见者,还是所谓的"装饰性美文"(Эстетическая проза)(维·马·日尔蒙斯基语)的代表人物之一(安·别雷、弗·维亚·伊万诺夫、叶·巴·列昂诺夫、亚·谢·绥拉菲莫维奇等)。而且不论对前者还是对后者,精细的语言工作都不是目的本身,而是必须解决时代提出的革新内容工作的直接结果。但是,如果装饰性使结构的音乐原则绝对化,并逐渐失去自己的活力,常常变成某种"成块的"杂乱风格(尤·尼·特尼亚科夫语),那么梅列日科夫斯基的整个情节和部分主题系统却由于作家的天性和艺术才能(能把任何自然现象变得有组织有秩序)变得相辅相成,在历史的外部动态中突显出永恒的、时间之外的含义。

第四节　人物形象的概念性和对称性

人物是小说的构成要素之一,因为只有通过人物,作品的主题和情调才能得到体现。能否塑造成功的人物形象,是作家艺术功力的重要表现。不同的作家在人物的塑造上有不同的艺术原则和手段。梅列日科夫斯基的象征主义思想观念渗透于其小说的方方面面,尤其指导并融合于小说人物形象的塑造之中。那么,梅列日科夫斯基在其人物身上寄予着怎样的审美原则和理想呢?

梅列日科夫斯基认为,多神教与基督教的结合将是未来基督教的伟大胜利,所以他的艺术创作也始终在追寻这种和谐:作品中

---

① Кожевникова Н. А. Из наблюдений над классической («орнаментальной») прозой // Изв. АН СССР. Сер. лит. и яз. 1976. Т. 35. N 1. C. 59.

第三章 《基督与反基督》——"普遍化二元对立诗学"的造型体现

的主要人物以及每一个不足称道的小人物都成为一种象征,一种思想的象征,或者说一种矛盾的思想的象征,他始终在各种思想的冲突和斗争中寻求或预言着某种调和,永远处于对"圣灵王国"启示的期待中。这样,梅列日科夫斯基小说中的人物形象就突出地体现了象征主义小说的形象特点,那就是极端象征性。人物形象不是传统理论中以丰满圆润的性格特征为标志,而是体现了一种极其炽热的宗教信仰以及在这种思想统率下的性格与行为特征,也就是说,在塑造各种各样的人物形象时,并没有严格按照现实,而是在他们往往显得夸张而神秘的外表或言语,及其身上寄寓了深刻的象征意味,扩大了文字的感受力。积极使用"对比手法"使梅列日科夫斯基塑造人物形象的技巧与他构思的结构相得益彰——他们精神动机的不同取向,在三部曲的思想结构中,通常被表现为互相对立的两极——基督与反基督。"基督"作为"基督教"的寓意形象,表达的是一种"天上的真理",其思想精髓是"博爱主义""禁欲主义"和"来世主义"。"多神教"作为"反基督"的寓意形象,表达的是关于"地上的真理",这种古希腊罗马文化的思想精髓是"世俗主义",体现了人的现世生活的需求,给人以美和力量。

在三部曲中,人物的排列具有"几何般严格的对称性",许多研究者按照人物所表达的"思想概念"将其进行了分类,例如,彼·谢·科甘就将三部曲的人物分成以下几类:1)"未来和黄金时代思想的代表"(马克西穆斯、卡珊德拉、雷子约翰);2)在"奥林匹斯"和"各各他"之间动摇不定的"寻神者"(阿尔西诺亚、乔万尼、吉洪);3)只知晓"一半真理的代表"(欧特罗比乌斯、马多尼乌斯、多库金等);4)"多神教徒",他们也只知晓一半真理,但比正统的基督徒更接近未来的基督教,这就是三部曲的主要人物——尤里安、列奥纳多和彼得①。根据科甘的划分原则,并结合本论文的论述特点,我们将三部曲的人物分成以下四类:超人形象、预言者形象、寻神者形象、永恒女性形象,在这些人物身上充分体现着作家

---

① Коган П. С. Мережковский // Коган П. Очерки по истории новейшей русской литературы. М., Заря, 1911. Т. 3. Вып. 3. С. 75.

的哲学思想和诗学追求。

一、人神与神人的较量——超人形象

在三部曲中,知识和作家的幻想并存,历史事实和神话传说兼容。按照梅列日科夫斯基的观点,"神话传说不是历史……但有时在神话传说背后是历史的最高真理"①,因为在其中折射着民族精神——"人类发展中的永恒精神元历史倾向"②,所以,利·安·科罗巴耶娃说:"神话诗学思维是梅列日科夫斯基历史小说的起源,它首先不是被纯理性知识,而是被自由的直觉所推动,这种直觉导致无意识的象征意义"③。

梅列日科夫斯基的神话诗学思维基础就是"新宗教意识",其中心是关于基督教与多神教的联合、灵与肉的交融、天与地的结合、人神与神人的较量等问题,它们构成三部曲的主题基础。基督教与多神教的斗争被作家用不同时代的材料进行研究:以关于尤里安、达·芬奇和彼得一世的历史情节为基础,产生出包含错综复杂的神话与象征的"超情节",创造出新神话主义文本。梅列日科夫斯基采用尼采的"超人"思想,并将《圣经》中的神性特征——意志(Воля)、智慧(Разум)、行动(Действие)分别赋予三位"超人"主人公:尤里安——意志,列奥纳多——智慧,彼得——行动,他们好像是人类精神从过去走向未来的三个向上的阶梯,在他们身上集中表达了"人神"(反基督)和"神人"(基督)两种对立因素的激烈斗争,从对基督的公开敌对(尤里安),通过弱化敌对(列奥纳多),到期待"新王国"的来临(反基督彼得)。

在小说《诸神之死》中,主人公尤里安的形象与尼采的"超人"思想相一致④,因为他既残忍又险恶,敢于反抗基督教的价值观念。但与尼采的"超人"也略有不同,因为尤里安也是古希腊的悲剧人

---

① Мережковский Д. С. Было и будет. Дневник 1910—1914. М., 2001. С. 136.
② Колобаева Л. А. Мережковский—романист // Колобаева Л. А. Русский символизм. Изд. МГУ. 2000. С. 249.
③ Там же. С. 242.
④ Данилевский Р. Ю. Русский образ Ф. Ницше. На рубеже XIX и XX вв. Л., 1991. С. 5.

物,命运的力量左右着他,他所面临的是一个抉择问题:选择多神教还是基督教,就实质而言这是一个无法解决的问题。他虽然崇拜希腊诸神,唾弃"加利利人",但"人神"(多神教)与"神人"(基督教)的意象在他身上奇怪地混合在一起,构成了他的形象的复杂性。他追求多神教的美,自己却吃素,弃绝女色,多愁善感,仁慈;他自称是基督教的敌人,可自己却是个基督徒;在多神教的神秘仪式上,"大天使"叫他三次发誓弃绝基督,而这正与基督教的入教仪式里三次发誓弃绝魔鬼形成对照;魔法师把他引向高地,把手伸向地平线,指着大海和陆地说:"看吧,这一切——全是你的"①,这完全是在模仿魔鬼在荒野里诱惑基督的一幕:"魔鬼又带他上了一座最高的山,将世上的万国,与万国的荣华,都指给他看,对他说,你若俯伏拜我,我就把这一切都赐给你"②。尤里安面临着一个伟大的任务:"你会找到**他**。假如你能够办到,你就把提坦的真理与加利利人的真理结合在一起吧——于是你将比人世间所有女人生的人都伟大"③。很显然,这样的任务对于"超人"尤里安来说是无能为力的,因为他对于希腊宗教的迷狂使他成为基督教的背叛者,但是希腊罗马世界的基督教化使他同他的诸神一样在历史中不会长久。诸神已经死了,尤里安无能为力。虽然他热爱古希腊文化,然而他来得太晚了,毕竟基督教已经兴盛两个世纪了,要恢复旧文化,逆流而上,是注定要毁灭的。但作为文艺复兴的先驱,他来得又太早了,因为世界还没有预备好接受他,诸神要到一千多年后才能复活,因此,尤里安不属于他的时代。而真正属于自己的时代应运而生的是列奥纳多·达·芬奇。与尼采不同,梅列日科夫斯基的"超人"还是一个宗教哲学概念,因为这一个性能够将两个对立起源——基督教和多神教在通往未来第三王国的道路上联合起来。因此梅列日科夫斯基的"超人"思想与符·谢·索洛维约夫的

---

① 梅列日科夫斯基:《诸神之死——叛教者尤里安》,刁绍华、赵静男译,哈尔滨:北方文艺出版社,2002 年,第 87 页。
② 《马太福音》4:8—9。http://www.bbintl.org/bible/gb/gbMat4.html
③ 梅列日科夫斯基:《诸神之死——叛教者尤里安》,刁绍华、赵静男译,哈尔滨:北方文艺出版社,2002 年,第 88 页。

"万物统一说"和"神人说"相一致。

在小说《诸神的复活》中,梅列日科夫斯基发展并略加改变了关于"超人"的神话,将其转变成新的文化历史语境——文艺复兴时代。如果在第一部小说中只有尤里安有权被看做是不愿意接受基督教价值和悲剧性的选择问题的"超人",那么在小说《诸神的复活》中"超人"的范围扩大了,清楚地突出两种"超人"。在小说中马基雅弗利形成了与尼采的思想相近的"超人"概念:"为了达到某些目的,存在两种方法——合法的和强制的。第一种是人性,第二种是兽性。希望取得统治地位的人,对这两种方法都应该精通,也就是掌握这样的本领——能随心所欲地想当人就当人,想当兽就当兽……普通人经受不住自由,害怕它超过了死亡,犯下罪行便陷入悔恨的痛苦之中。唯有英雄才是命运的选民,有力量经受自由——能够无所畏惧地超越法律,不受良心的谴责,作恶时能够心安理得,像兽和神一样"[①]。在小说中这种"英雄"首先是那些国务活动家和宗教活动家:为了攫取王位杀死自己侄子的摩罗公爵;杀人血流成河的博尔吉亚·凯撒;对一切不法行为和罪恶行为视而不见的教皇亚历山大六世等。但是也有另一种"超人",他们是文艺复兴时代的伟大思想家和艺术家。按照梅列日科夫斯基的想法,天才和创作都具有恶魔特点。画家——这是巨人、创造者,等同于上帝,列奥纳多·达·芬奇、马基雅弗利、拉斐尔、米开朗基罗都被归到这一类"超人"之列。当然,列奥纳多·达·芬奇位居首位。他是一位天才、创造者、巨人,他不单是一位艺术家,同时还是数学家、力学家、机械师、解剖学家,有着"超人般"的智慧和能量。他沉醉于创作与科学,脱离世俗生活,执着地追求着美与善,是一个理想主义式的孤军奋战的"超人英雄"。他是那样的善良、宽厚和完美,以至于梅列日科夫斯基说:"大自然再也不能造就另一个这样的人物了!"[②]他不被当时的人们所理解,他们称他为"黑暗的天使""反基督的奴仆和先行者"。他自己虽然钟爱科学和艺术,但

---

① 梅列日科夫斯基:《诸神的复活——列奥纳多·达·芬奇》,刁绍华、赵静男译,哈尔滨:北方文艺出版社,2002年,第488页。
② 同上书,第681页。

第三章 《基督与反基督》——"普遍化二元对立诗学"的造型体现

却深深知晓理性与科学的局限以及它们与信仰之间的鸿沟:"有谁设想,逻辑学和哲学能证明信仰的真理,他就是个蠢货。难道信仰的强烈光辉还需要科学微弱的光亮,天主的英明卓识还需要人的浅薄才智?一个无知的老太婆只要尽心尽力地在圣像前祈祷,——就能比所有的聪明人和学者更接近对上帝的认识。逻辑学和哲学在最后审判的日子里并不能拯救他们!"①。实际上他反对的是当时盛行的"荣耀神学",就是人不依靠超自然的恩典和信心的恩赐,而是想通过人类的理性发现上帝的真理。说到底,这种中世纪的神学方法是企图通过上帝的工作认识上帝,而达·芬奇则更倾向于透过基督的苦难认识上帝,这实际是一种"十字架的神学"。梅列日科夫斯基认为,正是达·芬奇具有"超人般的特殊能量",他超越于任何党派和政治之上,似乎吸收了"两种真理",在自己的创作中能够接近并实现两种本源的联合:多神教和基督教。例如,在他画的施洗者约翰身上可以观察到酒神巴克科斯,在巴克科斯身上看到施洗者约翰的形象,他可以同时创作《弗兰切斯科·斯福尔扎纪念碑》(暴虐者斯福尔扎)和《最后的晚餐》(基督的面容)。

在小说《反基督》中,我们又观察到"超人"概念的发展。在这里"超人"因素的承载者是彼得一世,它不仅凸现在彼得的外貌中("彼得的身材跟雕像一样,也是超人的。他那张正常人的脸跟神的脸在一起也毫不逊色:人是配得上女神的"②),也体现在其性格中,尤其是在其改革活动中。他对外多年与土耳其和瑞典作战,夺取了大片土地,使原来几乎是一个内陆国家的俄罗斯在波罗的海有了出海口,并在涅瓦河口建成新都彼得堡。他对内进行行政、军事、工业、文化、宗教等各个领域的改革,使俄罗斯在很短的时间内从一个落后的国家变成了强国。他的改革触犯了封建贵族的利益,遭到他们的强烈反抗,但他毫不手软,对他们进行了残酷的镇

---

① 梅列日科夫斯基:《诸神的复活——列奥纳多·达·芬奇》,刁绍华、赵静男译,哈尔滨:北方文艺出版社,2002年,第212页。
② 梅列日科夫斯基:《反基督——彼得大帝和皇太子》,刁绍华、赵静男译,哈尔滨:黑龙江人民出版社,1997年,第29页。

压,他不仅平息了掀起叛乱的火枪兵,并先后把自己的姐姐和妻子送进修道院,后来他又与自己的儿子皇太子阿列克塞发生激烈的冲突,并在严刑拷打中亲手将其杀死。与列奥纳多一样,彼得也具有"一种非人的力量","很像地下的巨神提坦",他也与芸芸众生和人民对立,"一个人反对所有人",但是,如果在列奥纳多身上这种矛盾主要是消极的无所作为,那么,在彼得身上恰恰相反,是积极追求改变世界:"彼得喜欢机械,把国家变成一部机器的想法一直吸引着他"①,他要"创造出新品种的人"②。按照梅列日科夫斯基的观点,彼得是"超人"因素最鲜明的体现。他表现为一个改革者,号召人们创造一个崭新的俄罗斯,在这种意义上他是神,是巨人:"我是像挪亚一样在为俄国制造方舟"③。尽管"在他的重压之下,人们连气都喘不过来,大地在呻吟"④,但彼得认为"他身为沙皇就是上帝手中的铁锤,在锻造俄国。他通过可怕的敲击唤醒了俄国。假如不是他,俄国至今还在酣睡不醒"⑤。他在自己儿子的鲜血中感到了最高命运的旨意,他没有后悔,没有绝望,尽管他承担了巨大的悲伤。彼得是个人自由意志的表达者,阿列克塞则体现着"人民的精神"(在作品中等同于教会),父与子之间的矛盾象征灵与肉的冲突,强有力的彼得获得了胜利,但阿列克塞预感到两种真理将在即将到来的神明世界融为一体,所以,梅列日科夫斯基认为,在小说中真正的联合宗教的承载者不是"超人"彼得,而是人民——寻神者,特别是吉洪——未来的新基督教会的第一个儿子。

综上所述,我们看到,关于"超人"的神话贯穿于整个三部曲。梅列日科夫斯基采用了尼采的"超人"思想,并注入了新的文化哲学内涵。梅列日科夫斯基认为,"超人"理念的含义无论如何不会是西方的自由派(或者俄国的西化派)以为的绝对自由,也不会是西方的保守派(或者俄国的斯拉夫派)想象的传统的民族神话精

---

① 梅列日科夫斯基:《反基督——彼得大帝和皇太子》,刁绍华、赵静男译,哈尔滨:黑龙江人民出版社,1997年,第373页。
② 同上书,第151页。
③ 同上书,第118页。
④ 同上书,第564页。
⑤ 同上书,第564页。

神。自由派和保守派虽然对立,其实都是现代的精神,而"超人"精神根本上是反"现代"的。"超人"精神的提出,标志着现代性问题意识的根本性转向,这种转向标志着现代性问题从历史平面转向宗教深渊:"超人,是具有忿怒孤寂、离群索居之个体永恒根源的欧洲哲学伟大山脊的极点,最突兀的顶峰。没有更多可去的地方,历史之路已经走完,往后就是悬崖和深渊,或堕落或飞跃,是超历史之路、是宗教"①。如果"超人"对尼采来说——这是"存在"的理想,那么"超人"对梅列日科夫斯基来说——就只是人类发展中的一个阶段,如果尼采的"超人"是"否定",那么梅列日科夫斯基的"超人"就是"和解与联合"。

二、历史与未来的交错——预言者形象

在三部曲中,为了传达自己的历史哲学观点——向"未来王国"前进,梅列日科夫斯基对称地安排了三位"未来和黄金时代思想的代表"②(彼·谢·科甘语),他们实际上都是具有某种"神力"的"预言者"。

在《诸神之死》中,这是"魔法师"马克西穆斯。他是作品中一个公式化的象征符号,代表一种尚未被认识的、他在的神秘力量,他自己声称是"来自**他**的光明的光明,来自**他**的精神的精神。可是我并不是**他**。我是希望,我是报信者"。他教授尤里安古代哲人的智慧,又引导他走上一条"反基督"之路。在神秘仪式上,他俨然就是诱惑者蛇的化身,或者说具有蛇的诱惑的智慧,是他向尤里安揭示了"**他**"(即支配世界的绝对原则)的秘密:"没有降临的**他**是什么样的,他是**未知者**,是两个世界的**调解者**"③,"**他**就要出现了,犹如闪电出自乌云,将带来死亡,同时又把一切全都照亮。**他**既可怕又不可怕。在**他**身上,善与恶,恭顺与高傲融汇在一起,犹如光明

---

① 梅列日科夫斯基:《托尔斯泰与陀思妥耶夫斯基》,杨德友译,沈阳:辽宁教育出版社,1999年,第36页。
② Коган П. С. Мережковский // Коган П. С. Очерки по истории новейшей русской литературы. М., Заря, 1911. Т. 3. Вып. 3. С. 75.
③ 梅列日科夫斯基:《诸神之死——叛教者尤里安》,刁绍华、赵静男译,哈尔滨:北方文艺出版社,2002年,第261页。

与黑暗在朦胧的晨曦中一样。人们顶礼膜拜**他**,不仅是因为**他**仁慈,而且也因为**他**残忍:这残忍中包含着神奇的力量与美"①,人类要经过迷失才能到达"未来王国"。他最后对尤里安的告白(不如称之为预言)蕴含着更为深邃复杂的意义:"我是无名者。……我的爱与自由的秘密对于他们来说比死亡都可怕。……人们将要诅咒你,可是永远都不会忘记你,因为你身上打着我的印记,你是我所创造的,你是我的智慧之子。未来数百年以后,人们将从你的身上认出我来,从你的绝望中认出我的希望来,透过你的耻辱认出我的伟大来,犹如透过浓雾认出灵魂来一样"②。谁是"无名者"?"我闭着嘴,蒙着脸从人群旁走过。因为我能向人群说些什么呢?我说出的第一句话,他们都不能明白"③。他预言的形象极像是旧约时代中传达神意却常常为人所不能理解的先知们,也很像在预言其后漫长的时代中探索真理却为人所不能理解的先贤们。梅列日科夫斯基把马克西穆斯描绘成是穿越古今、无所不在的人间真理的探索者,是人类灵魂深处不可言说之物的神秘象征,是综合了人类宗教精神的全新的"真正的"宗教精神。但他的到来要经历无数磨难和时间的考验:"我的时机未到,我已经数次来到世界上,还将要不止一次来到世界上。人们害怕我,忽而把我叫做大智者,忽而叫做诱惑者,忽而叫做魔法师"④,只有非凡的智者才能领会他的"真理"。梅列日科夫斯基借此给自己的新宗教哲学罩上了神秘的光环,预言了它在未来的实现,也把推翻旧信仰的神龛、融合人类生存信仰的使命赋予了尤里安这样的"反基督"者,他们的毁灭是新宗教兴起的"铺路石",是在通向必然真理的道路上倒下的困惑的勇者,也是牺牲品。

　　在《诸神的复活》中,这是"女巫"卡珊德拉。在作品中她也是以一种神秘智慧的象征出现的,虽然关于她的描写与欧洲中世纪

---

① 梅列日科夫斯基:《诸神之死——叛教者尤里安》,刁绍华、赵静男译,哈尔滨:北方文艺出版社,2002年,第261页。
② 同上书,第262页。
③ 同上书,第261页。
④ 同上书,第261页。

以来流传的女巫魔鬼的传说没有什么不同,但作家把巫魔会这种虚构的情节纳入具有诗学性质的小说,正是他的象征主义创作思维的充分展开。卡珊德拉崇尚智慧的神奇力量,称智慧是撒旦,像蛇一样,是对人类的诱惑。正是她预言了列奥纳多的意义:"仿佛他集奥林匹斯诸神和地上的提坦神于一身"①,可是他"只是朝着这个方向努力,可是没有达到目的,只是在探索,可是并没有找到,只是有知识,可是并没有达到自觉的程度。他是个先行者,自有后来人追随着他,而且都将超过他"②,不过他的所作所为可以称得上是真正有信仰的人,正所谓"完善的信仰就是完善的知识……完美的信仰是无言的,它的秘密高于宗教……"③。卡珊德拉的内心装着许多关于人类未来宗教信仰的理想,她用与马克西穆斯同样的话讲述着"未来之神":"只有当光明与黑暗,上面的天与下面的天结合在一起的时候,诸神才能复活,到那时,二将成为一……但是,现在还为时尚早"④。她认为尤里安没有明白这一点,所以"白白地把自己的灵魂奉献给了奥林匹亚斯诸神"⑤,而关于这一切的秘密她还没来得及告诉乔万尼——或许这本是不可言说也无法言说的。正如尼·亚·别尔嘉耶夫所说,世界的理性可分为"小理性"和"大理性",小理性是唯理论的,大理性是神秘的;小理性是推论的,大理性是直觉的⑥。卡珊德拉所要揭示的或许正是神秘的宇宙理性,即"以知识偷换信仰"⑦的诺斯替派所想借助理性来表达的"逻各斯"。

在《反基督》中,扮演预言者角色的是一位虚幻的"圣愚"——"须发皆白的小老头",他自称是"主的使者",来世间宣告"基督的

---

① 梅列日科夫斯基:《诸神的复活——列奥纳多·达·芬奇》,刁绍华、赵静男译,哈尔滨:北方文艺出版社,2002年,第590页。
② 同上书,第590页。
③ 同上书,第586页。
④ 同上书,第585页。
⑤ 同上书,第590页。
⑥ 别尔嘉耶夫:《自由的哲学》,董友译,桂林:广西师范大学出版社,2001年,第23页。
⑦ 同上书,第29页。

复活"。皇太子临死前,在睡梦中看到了他,并在他身上认出了"雷子约翰",谛听到了"基督复活"的消息,一股兴高采烈之情充溢了灵魂,感到"没有悲伤,没有恐惧,没有疼痛,没有死亡,只有永生,永恒的太阳——基督"①。吉洪在寻神路上昏迷时也看到"须发皆白的小老头",并且在他身上认出了"雷子约翰"。这次,他向吉洪预示了"第三王国"很快就会到来,所有"寻找未来之城"人的苦难很快就会结束:"雷击石头,将流出活命水。第一部《旧约》是圣父的王国,第二部《新约》是圣子的王国,第三部,也就是最后一部约法,是圣灵的王国。一是三,三是一。主是守信誉的,允诺了,他昔在今在,以后定会来!"②吉洪正是在他的指引下解脱了痛苦:"趴到地上,像是死了,永远失语了"。

不难发现,梅列日科夫斯基笔下的这三位预言者都引用《启示录》来预言"未来之神",也许,这是因为艺术地描绘完整的未来图景是梅列日科夫斯基力所不及的,也是许多大艺术家无法达到的,难怪列夫·尼·托尔斯泰用《福音书》引文来结束《复活》,费·米·陀思妥耶夫斯基用阅读《福音书》来结束《罪与罚》。在梅列日科夫斯基笔下正是这一方法具有最小的艺术说服力,正是"预言者"的形象具有明显的图示化倾向,所以作品本身的艺术性就隐藏在这种倾向之后。

三、知识与信仰的抉择——寻神者形象

人类生存的一种需要就是从圣殿走下来,去面临生存的世界,或者说离开主的怀抱去追求世俗的知识和进行科学技术的创造,这是世纪之交的俄罗斯宗教哲学家们一直关注和企图解决的问题。物质技术文明对人的生活的控制,迫使人必须提升自己的精神,没有这种精神的提升,人就会被世界的黑暗状态所扼杀。因此,在世纪之交的俄罗斯知识分子中就出现了"寻神派"和"造神派",他们呼唤宗教的复兴,主张人应该像基督那样,积极地改变自

---

① 梅列日科夫斯基:《反基督——彼得大帝和皇太子》,刁绍华、赵静男译,哈尔滨:黑龙江人民出版社,1997年,第551页。
② 同上书,第614页。

第三章 《基督与反基督》——"普遍化二元对立诗学"的造型体现

己,改变世界,世俗的创造应该获得宗教意义。梅列日科夫斯基对知识和信仰关系的奥秘也一样感到困惑和痛苦,所以,他总是希望在基督教以外发现上帝的启示,呼唤着一种时代的宗教精神。他不仅提出"新基督教"的宗教主张,而且还通过艺术创作生动地加以体现。

在三部曲中,梅列日科夫斯基"对称地"安排了三位"寻神者形象"——阿尔西诺亚、乔万尼、吉洪,他们在"奥林匹斯"和"各各他"之间动摇不定,在他们身上不仅思想地体现着作家的思考和矛盾,也艺术地体现着作家的"普遍化二元对立诗学"原则——"尖锐的二元性"。

在《诸神之死》中,寻神者是阿尔西诺亚。她的第一次出场是在少年体校废墟上裸体掷铁饼,带给人震撼的远古的力感与美感,如同鸟儿在天空轻快地飞翔——这是古老的斯巴达体育竞技精神和希腊女神阿佛洛狄忒的完美结合①,完全没有邪念,没有禁忌,没有基督教徒所害怕的诱惑,"像是神"②。她迷恋科学,尤其是物理学,后又钻研雕塑,这种崇尚人的创造力、崇尚艺术的魅力的精神无疑是对多神教信仰中人之神性的赞颂。她曾经是尤里安的知心密友,和尤里安达成"力量"的同盟,崇尚多神教的"美和力量",给尤里安的反抗以力量和信心:"谎言——是你的力量。……你是一头披着驴皮的狮子,是一个穿着修士服装的英雄!"③,"你若愿意,我们可以结成同盟:你给我以力量,我给你以美"④。可是,当她的妹妹基督徒米拉离开人世后,她却被一种对世界的冷漠和轻蔑所俘获,完全忘记了和尤里安的结盟,而去实现对米拉为上帝献身的承诺,并虔诚地接受和恪守基督教的教义,成了一位弃绝尘世一切的修女。她的心灵完全发生了改变,她说自己这样做是为了那种主宰自己的"权势"和自由,因为她想要有信仰,所以她残害自己的

---

① 梅列日科夫斯基:《诸神之死——叛教者尤里安》,刁绍华、赵静男译,哈尔滨:北方文艺出版社,2002年,第107页。
② 同上书,第108页。
③ 同上书,第122页。
④ 同上书,第123页。

肉体，用饥渴使它干瘪，变得比石头还麻木不仁。在经历修道的磨难之后，她从像当时一个普通的基督徒那样去信（"我要把理性扼杀，因为它是魔鬼！——到时便有了自由！"①），到领悟了一种新的真理（"我在他们那里寻找自由，可是那里并没有自由"②）。每一次描写尤里安的反基督行为与基督徒们荒唐混乱的相互攻击之后，阿尔西诺亚总是作为一名平和的调解者出现在尤里安面前，她调解的是尤里安和"加利利人"的矛盾。阿尔西诺亚的信仰历程也是尤里安的寻神历程的折射，同时也是梅列日科夫斯基在创作和思索中的"寻神"历程，阿尔西诺亚代表的正是梅列日科夫斯基的心声："未来就在我们身上，就在我们的悲哀之中。……我们是与众人格格不入的，是孤独的，现在应该在屈辱中，在默默无言中忍受到底，我们应该把最后一粒火星埋藏在灰烬里，以便能让后代能有点燃新的火炬的火种。他们将在我们结束的地方开始"③。最后她和同伴们聆听着牧童纯净的笛声与修士们唱的主祷文融合在一起，直达天际，"他们心中出现了复兴的伟大欢乐"④。在这里阿尔西诺亚似乎成了未来十几个世纪的预言者，又是作家思想的代言人。她并不是一个活生生的人物形象，而是"思想"，是象征，是被梅列日科夫斯基信念的光芒照亮的"蜡人"（别雷语）。她来到《叛教者尤里安》的艺术世界，完成了作家的宗教哲学思维在奥林匹斯诸神和基督教世界的游历，并且她是作为一个艺术家，对人类存在的神秘而深不可测的两极进行着思考和探索。

在《诸神的复活》中，寻神者是乔万尼，他是达·芬奇的学生。面对老师的"两重性"特点——一张脸朝着基督，另一张脸朝着反基督，今天是鹰犬，明天又是主的仆人，他分不清究竟哪一个是真的。《圣经》中使徒说，知识来源于爱，而老师却认为爱来源于知识，要他相信哪一个？这种困惑折磨得他几近疯狂。他非常执著，

---

① 梅列日科夫斯基：《诸神之死——叛教者尤里安》，刁绍华、赵静男译，哈尔滨：北方文艺出版社，2002年，第254页。
② 同上书，第337页。
③ 同上书，第363页。
④ 同上书，第365页。

第三章 《基督与反基督》——"普遍化二元对立诗学"的造型体现

但身体虚弱,不是精神"巨人",他在艺术(列奥纳多)和伦理(萨沃纳罗拉)世界之间踯躅,与此同时,他又经受着"女巫"卡珊德拉的种种诱惑,精神世界不断斗争和颠覆。在他身上集中体现着人的精神世界中知识与信仰的矛盾。从他的经历和心理斗争的历程,可清晰地看到人类信仰中两种因素——基督和反基督、灵魂与肉体、对科学的信仰和对宗教的执迷等等在人内心搏斗的轨迹。这种矛盾自古希腊的理性和基督教产生以来便一直折磨着人类的灵魂,它是人们无法看清、无法解决的,所以乔万尼也注定在痛苦的追问中走向毁灭。

在《反基督》中,寻神者是吉洪。梅列日科夫斯基对人类痛苦的宗教精神探索从阿尔尼诺亚、乔万尼身上一脉相承传递给了他,"如果说乔万尼是被两个巨人的争夺所肢解的不幸灵魂,那么吉洪则更像是一个离开母亲的怀抱迷路的孩子,他在不断地寻找母亲,寻找普世性光照下的群体"①。吉洪他继续着乔万尼的路线,但比后者更勇敢和果断,他走的是当时俄国贵族通常走的道路(上学、到欧洲留学),并把自己的精神漫游与人民联系在一起。他出生在一个没落的公爵家族,8岁时目睹了作火枪兵首领的父亲的头颅被彼得挂在城墙的木杆上。他成了孤儿,在长老们对反基督彼得的议论中领会了关于世界末日、基督第二次降临等思想。16岁时被送进"数学和航海技艺学校",处在那些被沙皇用鞭子向脑子里灌输科学的成年人中间,在那里学到了很多科学知识,也听到了许多关于哲学和人的信仰的言论,这使他对长老们的预言有了新的看法。他不愿意为自己的"杀父仇人"彼得服务,于是隐姓埋名,"去追求新的未来"。遇到科尔尼利长老后,他开始了漫长的朝圣之路。他在"红死"中体验到了世界末日的惊恐和兴奋,在迷狂淫乱的娱神活动"白死"中感到了魔鬼般嗜血的疯狂,虽然历经磨难,遭遇种种迷途和困境,他始终怀着坚定的信心,相信母亲一定在一个神秘的地方呼唤着他,等待着他。在历尽精神和肉体的种种劫难

---

① 刘琨:《未来王国的曙光——〈基督与反基督〉的宗教思想》//《充盈的虚无——俄罗斯文学中的宗教意识》,金亚娜等著,北京:人民文学出版社,2003年,第191页。

之后，吉洪"精神饱满，轻快地走着，好像是长上了翅膀，他心情愉快而又恐惧，他知道，他将永远这样无言地走下去，直到走遍世上所有的路，走进约翰教堂，向就要降临的主高呼：'奥莎那'"①，这就是圣灵驻入人心的过程。梅列日科夫斯基始终坚信俄罗斯的未来必须通过宗教才能得到拯救，所以他赋予了吉洪全部寻神者的希望——他是人类永恒精神探索的象征。宗教在梅列日科夫斯基这里之所以获得如此重要的意义，是来自于他对整个人类命运的关注，他强烈地期待着人间天国和世界的永久和平。

综上所述，我们看到，三位寻神者都具有"科学知识"（阿尔西诺亚热爱物理学、雕塑，乔万尼师从达·芬奇学绘画，吉洪到国外受过高等教育），但正是知识与信仰之间的奥秘令他们感到困惑和痛苦，使他们的内心处于激烈的"分裂状态"，难怪阿尔西诺亚喟叹道："未来就在我们身上，就在我们的悲哀之中！"②，乔万尼呐喊道："我不能再忍受了！我完了，想到这些相互矛盾的思想，透过基督的面容看到反基督的面孔，我要发疯了"③，吉洪继续着乔万尼的痛苦，不断地发出感叹："主哇！主哇！主哇！"④。但除了痛苦和期待外什么也没发生，"所有人物只是作家思想的方法，它的发展和变体"⑤，因为他们所信仰的东西不在他们自己的内心深处，而是期待着某种从外而来的力量，所以这种无根的追寻注定了悲剧性的结局。阿尔西诺亚不仅自己经历了信仰转变的痛苦，也目睹了其"同盟者"尤里安叛教之后的内心矛盾和痛苦，以及最终毁灭的命运；乔万尼也是一样，内心的虚空和缺乏上帝使他无力对抗外来的一切诱惑和影响，因为一切都是那么难辨真伪，使他无所适从，

---

① 梅列日科夫斯基：《反基督——彼得大帝和皇太子》，刁绍华、赵静男译，哈尔滨：黑龙江人民出版社，1997年，第617页。
② 梅列日科夫斯基：《诸神之死——叛教者尤里安》，刁绍华、赵静男译，哈尔滨：北方文艺出版社，2002年，第363页。
③ 梅列日科夫斯基：《诸神的复活——列奥纳多·达·芬奇》，刁绍华、赵静男译，哈尔滨：北方文艺出版社，2002年，第201页。
④ 梅列日科夫斯基：《反基督——彼得大帝和皇太子》，刁绍华、赵静男译，哈尔滨：黑龙江人民出版社，1997年，第598页。
⑤ Ломтев С. В. Проза русских символистов // Пособие для учителей. М., Интерпракс. 1994. С. 22.

第三章 《基督与反基督》——"普遍化二元对立诗学"的造型体现

终于在痛苦和绝望中自杀;吉洪因害怕反基督而逃跑,经历了各种教派的可怕的娱神仪式,最后在"雷子约翰"的召唤下永远失语。这也许就是梅列日科夫斯基本人在虚无的荒漠中苦苦寻找宗教的真谛但又缺乏神启的力量的最好表达吧。

四、此岸与彼岸的融合——永恒女性形象

"永恒女性"形象是与俄罗斯19世纪末20世纪初流行的"索菲亚学说"联系在一起的。"索菲亚"一语来源于希腊语,意为"智慧",在欧洲思想界原意指"神的智慧",也即《启示录》中那位"身披太阳的妇人"。此词在谢林笔下也曾出现过,但在符·谢·索洛维约夫之前,还没有人把它发展成为一种学说,所以当代德国哲学家米哈埃尔·弗列契称符·谢·索洛维约夫的"索菲亚学说"是"欧洲思想数世纪以来发展的顶峰"①,"具有了哲学本体论的意义,而符·谢·索洛维约夫的哲学之所以可以被命名为'永恒女性的哲学',也正是因为这一点"②。

"索菲亚学说"是俄罗斯宗教哲学的核心主题之一,"它既是东正教思想的体系化,也整合了俄罗斯及世界各民族早期传统中多神教的成分,同时又保持了与柏拉图主义(从理念说到爱欲说)的天然联系"③。在符·谢·索洛维约夫那里,"索菲亚"具有多重意义:作为神的世界观念之体现的核心,她是"世界的灵魂";作为献身于上帝而又从上帝那里获得自己形式的一种被动本原,她则是一位"永恒的女性"④;对她的崇拜就是对理想人类的崇拜,对她的迷恋就是对神圣宇宙之美的迷恋。符·谢·索洛维约夫认为,要拯救人类,恢复对于"上帝的力量"的信念,就必须实现和"世界的

---

① 转引自张冰:《俄罗斯文化解读——费人猜详的斯芬克斯之谜》,济南:济南出版社,2006年,第165页。
② 同上书,第166页。
③ 梁坤:《末世与救赎——20世纪俄罗斯文学主题的宗教文化阐释》,北京:中国人民大学出版社,2007年,第10页。
④ 洛斯基:《俄国哲学史》,贾泽林等译,杭州:浙江人民出版社,1999年,第131页。

灵魂"的融合,这灵魂就是索菲亚——"永恒的女性"①。在《爱的意义》一文中,符·谢·索洛维约夫还把人类性爱和对索菲亚的崇拜联系起来,指出爱的意义就在于它是获得个性和世界的有机联系、克服彼此疏远与孤独的唯一途径,而"整个世界历史的进程就是索菲亚以不同的形式在不同层面上的实现"②,按符·谢·索洛维约夫之说,世俗女子只是我们实现对索菲亚的爱的途径,每一个女性都是索菲亚、永恒女性的化身。每一个人都渴望对索菲亚的爱。这种爱可以通过柏拉图式的男人对女人的爱实现。纯洁的柏拉图之爱唤醒对具体的女性作为索菲亚之爱。虽然索菲亚只有一个,但可以通过各种女性呈现出来,似乎没有什么可以影响我们改变"哲学之爱"。符·谢·索洛维约夫给白银时代的"索菲亚说"即"永恒的女性"主题注入了宗教想象的激情,还通过文学创作把"索菲亚"变成抒情诗的女主人公,使之成为象征派的旗帜。

  梅列日科夫斯基作为俄国象征派的先驱和俄国宗教哲学的倡导者之一,对世界的未来和俄国的命运充满了忧虑和探索,他倡导的"新宗教意识"就是建立在圣母("永恒女性")拯救的基础之上。他认为,圣父的宗教是上帝在世界中的临在,圣灵—母亲的宗教是上帝在人性中的临在。人类历史遵循这一神性次序,在旧约和新约之后,历史进入了安慰者圣灵的"第三约言"。早在《永恒的旅伴》一书中,梅列日科夫斯基就探讨了世界史中的"永恒的女性观念",这可以说是在符·谢·索洛维约夫之后对其理念的一种发挥。他认为,圣灵是被人的形象所掩盖的拯救世界的真正力量,圣灵的位格是女性的,是圣母玛利亚的化身。"永恒女性"既包含了整个人类对女性的集体意识,也包含了女性个人的个性。在俄罗斯文化中,特别强调索菲亚的女性和母性特征,所以赋予尘世具有母性功能的女性、母亲和大地母亲以潜在的神圣性,从而形成了对"永恒女性"崇拜的文化传统。女性崇拜观念历经了漫长的历史岁

---

① 汪介之:《弗·索洛维约夫与俄国象征主义》//《外国文学评论》,2004年,(01),第62页。
② Вл. Соловьев Смысл любви, см.: Русский Эрос или Философия любви в России, М., Прогресс, 1991. С. 63.

月,已经渗透到民族集体无意识的深处,对文学中女性形象的塑造具有决定性的意义。在俄罗斯文学中不难看到对索菲亚幻化出来的各种形象——圣母、"永恒女性""美妇"、大地母亲、妻子、情人、纯洁少女等。到了19世纪,俄罗斯文学中形成了一种倾向——作品中女性地位的中心化。女性形象被理想化和审美化,在后来的文学创作中发展成为一个强大的传统,位于其高端的就是亚·谢·普希金笔下的头上罩着光环的达吉雅娜。之后"永恒女性"有了悠久的发展线索,从尤·列·莱蒙托夫到屠格涅夫直线发展而来。尤·列·莱蒙托夫是"天国之处女母亲"的歌手,费·伊·丘特切夫是"大地恋人的歌手",尼·阿·涅克拉索夫是"大地母亲的歌手",屠格涅夫是"全世界永恒女性的歌手"。梅列日科夫斯基常把"永恒女性"的歌者称作神秘主义者,而他心目中的神秘主义者既与神性本事世界相关,也与永恒女性观念相关①,因为"所有真正的神秘主义世界观都是和埃罗斯(Эрос)相关联的,对世界的神秘感受是爱的感受这个词的最高意义……世界上的全部断裂和全部结合都与性相关"②。在梅列日科夫斯基心目中,"永恒女性"包含了整个人类对女性的集体意识,既具有"**彼岸**"的神性本质,也具有"**此岸**"的"属现象"本质,是"此岸"与"彼岸"融合的"纽带"。

梅列日科夫斯基秉承俄罗斯文学中的"永恒女性"描写传统,并将其拓展到世界历史文化中,上升为具有超时空意义的哲学和美学涵义。在三部曲中他描绘了多位具有不同象征意义的"永恒女性"形象,她们既有俄罗斯19世纪典型"永恒女性"的身影,也有由一系列爱神和美神等多神教原型净化而成的世界历史文化中的"永恒女性"形象。她们是爱、美、智慧、神秘、生命、生活的本体形象,作家将她们神化并赋予某种神秘力量。在她们身上往往有着比男主人公更加超验的、受到某种神秘启示的特质,她们的精神超乎被反基督诱惑的男主人公,表现为坚定的、充满神启的智慧,为内心分裂的男主人公指点迷津。她们同时也是"爱"与"美"的化

---

① 张冰:《俄罗斯文化解读——费人猜详的斯芬克斯之谜》,济南:济南出版社,2006年,第168页。
② 别尔嘉耶夫:《自由的哲学》,董友译,上海:学林出版社,1999年,第234页。

身,以"肉体美"与"精神美"的和谐统一出现在现实世界,体现着作家对彼岸圣灵的赞美,对"爱与美"能拯救世界理念的企望。因此,在三部曲中,尤里安与阿尔诺西亚之间、达·芬奇与蒙娜丽莎之间、乔万尼与卡珊德拉之间、阿列克塞与阿芙罗西妮娅之间的爱情事件无一不与对"神"的探索紧密关联。每个人物都是一种宗教情绪的弥散,他们或迷惑着彼此,或缠绕着彼此,或离异着彼此,或吸附着彼此,显示着在灵与肉的搏斗中人物的苦痛、迷惘、追问、求索……他们的爱不是脱离了"肉欲"的纯粹的精神之爱,而是充满着宗教意味的"肉欲"的爱,他们的结合与离弃都浸染着浓浓的宗教意味与倾向。

在《诸神之死》中,具有"索菲亚"特点的女性形象是阿尔西诺亚和米拉,她们分别代表着"多神教"和"基督教"两种不同的信仰。"基督"作为"基督教"的寓意形象,表达的是一种"天上的真理",其思想精髓是"博爱主义""禁欲主义"。"多神教"作为"反基督"的寓意形象,表达的是关于"地上的真理",其思想精髓是"世俗主义"。梅列日科夫斯基认为,多神教体现的"美"是与基督教的"真"与"善"相对立的,因此在本质上是反基督的。姐姐阿尔西诺亚是多神教徒,在她身上充溢着女神般的力量和美。她第一次出现在少年体校废墟上裸体掷铁饼,就带给人震撼的远古的力感与美感,如同鸟儿在天空轻快地飞翔——这是古老的斯巴达体育竞技精神和希腊女神阿佛洛狄忒的完美结合,完全没有邪念,没有禁忌,没有基督教徒所害怕的诱惑,"像是神"①。她迷恋科学,尤其是物理学,后又钻研雕塑,这种崇尚人的创造力、崇尚艺术的魅力的精神无疑是对多神教信仰中人之神性的赞颂。她曾经是尤里安的知心密友,和尤里安达成"力量"的同盟,崇尚多神教的"美和力量",给尤里安的反抗以力量和信心。可是,当她的妹妹基督徒米拉离开人世后,她却被一种对世界的冷漠和轻蔑所俘获,完全忘记了和尤里安的结盟,而去实现对米拉为上帝献身的承诺,并虔诚地

---

① 梅列日科夫斯基:《诸神之死——叛教者尤里安》,刁绍华、赵静男译,哈尔滨:北方文艺出版社,2002年,第108页。

第三章 《基督与反基督》——"普遍化二元对立诗学"的造型体现

接受和恪守基督教的教义,成为一位弃绝尘世一切的修女。阿尔西诺亚作为一个寻神者,从她的经历和心理斗争的历程,可清晰地看到人类信仰中的两种因素基督和反基督、灵魂与肉体、对科学的信仰和对宗教的执迷等等在人内心搏斗的轨迹。这种矛盾自古希腊的理性和基督教产生以来便一直折磨着人类的灵魂,它是人们无法看清、无法解决的,所以她的内心充满了困惑和痛苦,一直处于激烈的"分裂状态"。阿尔西诺亚的信仰历程不仅是尤里安的寻神历程的折射,同时也是梅列日科夫斯基在创作和思索中的"寻神"历程。阿尔西诺亚代表的正是梅列日科夫斯基的心声:"未来就在我们身上,就在我们的悲哀之中。……我们是与众人格格不入的,是孤独的,现在应该在屈辱中,在默默无言中忍受到底,我们应该把最后一粒火星埋藏在灰烬里,以便能让后代能有点燃新的火炬的火种。他们将在我们结束的地方开始"[①]。阿尔西诺亚似乎成了未来十几个世纪的预言者,又是作家思想的代言人。她不是一个活生生的人物形象,而是"思想",是"象征",是被梅列日科夫斯基信念的光芒照亮的永恒女性。她曾经是尤里安的知她完全是以"先知"的形象出现的,在尤里安叛教的路上多次指点过"迷津"。她在多神教世界和基督教世界之间的思索,她对哲理、创造和美的追求和在这些方面的优秀才能从多个侧面诠释了梅列日科夫斯基的宗教命题,但却没能明确指出二者的矛盾实质所在,因为梅列日科夫斯基本人无法解决这些问题,他只是把这个无力道破的秘密隐藏在阿尔西诺亚的神秘预言之下。阿尔西诺亚的妹妹米拉则是虔诚恪守基督教禁欲主义的信徒,她有着对上帝的无比忠诚和为基督献身的精神,表面看来,她虽是历史基督教禁欲主义的牺牲品,但不可否认,在她身上笼罩着神圣的光环。虽然疾病缠身,却仿效修女严格恪守斋戒,在她苍白消瘦的脸上洋溢着贞洁的、非人世的美,她总是怀着一种对所信仰的东西幸福的憧憬,认为"所有

---

① 梅列日科夫斯基:《诸神之死——叛教者尤里安》,刁绍华、赵静男译,哈尔滨:北方文艺出版社,2002年,第363页。

的人,无一例外地,都能得救——上帝那里不会剩下一个毁灭的人"①。她为了对基督的爱而幸福地死去。作家这样描写她,显然是把她当作信仰的化身,体现着上帝形象永恒的美的光照,她宁静的肉体死亡在基督复活的神迹之光的照耀下获得了永生的意义。也许,正是她对人类美好生活的祝福,激起了阿尔西诺亚结束从前不要信仰的生活,要代替她到荒原中去寻找信仰。

在《诸神的复活中》,同样有两位不同品性的"索菲亚"形象——蒙娜丽莎和卡珊德拉,她们分别代表着"神"与"巫"的"神秘智慧"。与第一部小说中的两位女性一样,这两位女性也是精神的启迪者,她们神圣而又神秘,因此令男主人公们产生纯洁的柏拉图之爱。蒙娜丽莎是女性、美丽、圣洁和智慧的象征,是一种救赎理想。她首先作为美神为达·芬奇而存在,她以肉体美和精神美的和谐统一出现在现实世界中,契合着费·米·陀思妥耶夫斯基"美拯救世界"的理念。她的美丽就是达·芬奇在自然界中贪婪好奇地寻求的一切,就是世界的奥秘所在。她也是"智慧女神",正是她深刻地揭示出达·芬奇艺术力量的秘密所在:他具有神在其中的那种安静,比狂风更强而有力。她更是爱的化身,是来自"天上的"阿芙洛狄忒,代表一种高尚纯洁的爱,值得人们真正向往与追求。她一出场,就充满了圣灵的光环,展示了与达·芬奇之间高尚纯洁、超凡脱俗的爱情。他俩之间的爱情以其纯洁、真挚、奉献获得了道德力量,显现出"非尘世的美":她"仿佛不是一个活人,而是一个类似于幽灵的人,是个变形人,是达·芬奇本人的女性同貌者,他们彼此映照着对方的影像,互相深化到无极无限"②。这种"雌雄同体"表现也是"柏拉图式的索菲亚之爱"的最高体现,因为"人的价值的回归是男女之间爱的本质,而柏拉图的男女之爱是这种价值回归的唯一方式"③。达·芬奇对蒙娜丽莎的精神之恋正是

---

① 梅列日科夫斯基:《诸神之死——叛教者尤里安》,刁绍华、赵静男译,哈尔滨:北方文艺出版社,2002年,第170页。
② 梅列日科夫斯基:《诸神的复活——列奥纳多·达·芬奇》,刁绍华、赵静男译,哈尔滨:北方文艺出版社,2002年,第538页。
③ 梁坤:《末世与救赎——20世纪俄罗斯文学主题的宗教文化阐释》,北京:中国人民大学出版社,2007年,第38页。

第三章 《基督与反基督》——"普遍化二元对立诗学"的造型体现

这一价值的体现,同时也是作家宣扬的"神圣肉体"思想的反映。作家让蒙娜丽莎带着圣爱的光辉来到混乱的世界,成为一种救赎的力量,为这个混乱的世界带来慰藉和温暖。小说中的另一个"永恒女性"是卡珊德拉。她的父亲给她取这个名字,是为了纪念悲剧《阿伽门农》的女主角卡珊德拉——特洛伊的公主,即能预知人的命运和即将发生的事情的预言者。虽然她是个女巫,但梅列日科夫斯基却让她以"神秘智慧"的"索菲亚"象征形象出现,不仅具有古希腊神话悲剧的印迹,还具有外在和内在的诱人魔力。她是个充满善意的美丽女巫,是复活了的阿芙洛狄忒,"白色魔鬼",头上总是罩着光环,虽然是黑色的光环。她的美丽令乔万尼神魂颠倒,而她的"智慧"不仅在乔万尼信仰缺失的精神裂变过程中起着重要作用,而且在对达·芬奇的历史意义做出预言时也起着重要作用。卡珊德拉的内心装着许多关于人类未来宗教信仰的理想,她用与马克西穆斯同样的话讲述着"未来之神":"只有当光明与黑暗,上面的天与下面的天结合在一起的时候,诸神才能复活,到那时,二将成为一……但是,现在还为时尚早"[①]。她认为尤里安没有明白这一点,所以"白白地把自己的灵魂奉献给了奥林匹亚斯诸神"[②],而关于这一切的秘密她还没来得及告诉乔万尼——或许这本是不可言说也无法言说的。正如尼·亚·别尔嘉耶夫所说,世界的理性可分为"小理性"和"大理性",小理性是唯理论的,大理性是神秘的;小理性是推论的,大理性是直觉的[③]。卡珊德拉所要揭示的或许正是神秘的宇宙理性,即"以知识偷换信仰"[④]的诺斯替派所想借助理性来表达的"逻各斯"。可以说,卡珊德拉集古代诺斯替教的神秘启示、中世纪的巫魔形象和文艺复兴的认知之美于一身,是梅列日科夫斯基未来基督教思想的预言者。

在《反基督》中,具有"索菲亚"特点的女性形象是彼得的皇后

---

① 梅列日科夫斯基:《诺神的复活——列奥纳多·达·芬奇》,刁绍华、赵静男译,哈尔滨:北方文艺出版社,2002年,第585页。
② 同上书,第590页。
③ 别尔嘉耶夫:《自由的哲学》,董友译,上海:学林出版社,1999年,第23页。
④ 同上书,第29页。

卡简卡和皇太子阿列克塞的情妇阿芙罗西尼娅。但与前两部作品中的"索菲亚"女性不同,她们不是"智慧"的化身,在她们身上没有超验的、受到某种神秘启示的特质,她们只是普普通通的俄罗斯女性,具有俄罗斯传统女性的典型特点——美丽、善良、温顺,她们给予男主人公的多是肉体上的安抚,而缺乏精神上的指引,也就是说,她们只是"索菲亚"之爱在此岸的世俗阶段的体现。但作家认为"神圣肉体"与"神圣精神"是同等重要的,所以他仍赋予这两位女性重要意义。虽然她们都是出身低贱的女奴,没有更多的机会接触"上流社会"的知识,思想境界只局限于现实的生活,但也不可否认,正是她们"纯洁的肉体"温暖着男主人公的孤独灵魂,涤荡着他们的龌龊心灵。两位女性截然不同的境遇和命运也反映了"父与子"之间的关系。彼得作为至高无上的君主,有着"超人"一般的钢铁意志,但也有柔情似水的一面,他不计卡简卡出身低微,真心地爱着他,不惜废黜皇后(阿列克塞的生母)而娶卡简卡为妻,并对她充满依恋:"卡简卡一向是沙皇忠诚的妻子和得力的助手。和他共同分担一切困难和危险。作为一个普通女兵,跟随他长征。在普鲁特远征中'像个男人,而不像女人',拯救了全军。他把她称作自己的'保姆'。一旦离开她,他就感到孤立无援,像个孩子似的"①。在皇后卡简卡身上兼有"母爱"和"妻爱"的特征。由于母爱直接产生于母亲的本性和美德,是"永恒女性"的一种基本体现,所以它犹如圣母对人的爱,崇高、恒久而又无私。正是这种最无私的爱使孤愤的"地上的提坦巨人"反基督彼得有了精神的寄托和慰藉。卡简卡温柔、宽厚、忠诚、坚忍,富有自我牺牲精神,这些品德都是"妻爱"的具体表现,也是优秀俄罗斯妇女的性格特质,即我们所称谓的"妻性",亦即"永恒女性"的一个重要方面。而阿列克塞作为皇太子,在父亲的强势之下显得意志薄弱、优柔寡断、不求上进,在爱情方面也唯唯诺诺、缺乏激情,不仅冷落和害死了无助的太子妃夏洛塔,也导致了阿芙罗西尼娅的不幸命运。这位农奴出

---

① 梅列日科夫斯基:《反基督——彼得大帝和皇太子》,刁绍华、赵静男译,哈尔滨:黑龙江人民出版社,1997年,第382页。

第三章 《基督与反基督》——"普遍化二元对立诗学"的造型体现

身的女仆,有着女神阿佛罗狄忒的身姿,既是"美"的化身,又是体现着"恶"的"白色魔鬼"。皇太子对她神魂颠倒,经常把她与维纳斯雕像联系在一起,并残暴地占有了她,但他对她的爱只是出于肉体的占有和凌辱。她身上原有的那份人性的本真而又原始的东西——渴望生存,渴望爱和繁衍后代,得到一份平静幸福的生活,被皇太子无情地夺取了,因此她对皇室生活充满了仇恨和蔑视:"我已经看够了你们的皇室——你们都不要脸,干尽了下流勾当!你们宫廷里跟狼窝里一样:相互监视,这个恨不得咬断那个的喉咙。你爸爸——是一头大野兽,你——是一头小的:大野兽要把小野兽吃掉。〈……〉窝囊废,完全是个窝囊废,软弱无能,龌龊不堪!〈……〉你也想要爱情!难道这样的人也有人爱?……"①。最终,这个"美"的形象与阿列克塞代表的"基督"的"真"与"善"对立起来,成为一种毁灭性的力量。在梅列日科夫斯基看来,美与真是无法结合起来的,美使人在真与善中误入歧途,甚至给人造成灾难。阿列克塞正是由于迷恋阿芙罗西尼娅而陷入"无底的深渊"。正是这个"恭顺"的女人把他从逃亡中送回彼得的手中,决定了他可悲的命运。

以"永恒女性"为象征的索菲亚神话的创造是俄罗斯文化一个独特而复杂的现象,它是俄罗斯知识分子面对世纪之交的社会剧变对诸多哲学概念所做出的最重要的思考问题之一。索菲亚作为"爱"与"美"的化身,成为象征派诗人和作家期望的救赎之路。梅列日科夫斯基作为俄国象征派的代表人物以及索洛维约夫"索菲亚学说"的积极追随者,他对彼岸圣灵的赞美,对披着层层面纱的"美人"的膜拜,体现了对爱与美的倾心。因此,梅列日科夫斯基笔下的这些女性形象不论是真实的还是虚构的,都充满了神圣感和神秘感,她们是综合了基督教的"贞洁之美"和异教的"智慧之美"的自由精神,在她们身上存在着未来之永在者的预言。作为"永恒的女性",她们以"肉体美"与"精神美"的和谐统一出现在现实世

---

① 梅列日科夫斯基:《反基督——彼得大帝和皇太子》,刁绍华、赵静男译,哈尔滨:黑龙江人民出版社,1997年,第358—359页。

界里,成为"此岸"与"彼岸"融合的桥梁。为了突出这一理念,梅列日科夫斯基用维纳斯雕像把"肉体美"这一主题纳入到三部曲中,用这些女性形象丰富这一主题,使爱情女神一次又一次地变为现实。在被遗弃的少年体校里掷铁饼的裸体少女阿尔西诺亚,像古代雕塑家菲狄亚斯的大理石雕像,像克尼得斯的阿佛罗狄忒;在闪电的照耀下,卡珊德拉的脸被照亮,变得煞白,"像是以前在磨坊岭上从千年古墓中出现在乔万尼面前的那尊女神雕像的脸"①;在列奥纳多精心布置的画室里蒙娜丽莎的面孔被赋予特殊的魅力,像维纳斯一样,是"白色魔鬼";在皇太子阿列克塞的眼中阿芙罗西卡的名字和外貌就像女神阿佛罗狄忒:"这是女奴阿芙罗西卡,也是女神阿佛罗狄忒——是二者的合一"②。这就是作家执著追求的"超概括"意义。

本章小结

在白银时代这个号称"文化复兴"的时代里,"诗人成为哲学家,小说家成为批评家,哲学家成为诗人,这是一种对普遍化整体性的追求,对意识综合的追求。梅列日科夫斯基的所有创作就是在这种标志下发展起来的。从他的小说中可以看出,他同时也是一位批评家、政论家、诗人、思想家,而在他的批评中,同样可以看出他是一位杰出的小说家"③。

《基督与反基督》三部曲的创作充分体现出梅列日科夫斯基的主观性和虚构性本质特征,在题材内容方面完全不符合现实主义"按照生活的本来样子来描写生活"的要求,而是按照他自己的主观需要来重塑历史任务,来重组历史构成。这种强烈的主观性正是现代主义文学中"象征主义"流派的选材特征。具有"尖锐二元

---

① 梅列日科夫斯基:《诸神的复活——列奥纳多·达·芬奇》,刁绍华、赵静男译,哈尔滨:北方文艺出版社,2002年,第108页。
② 梅列日科夫斯基:《反基督——彼得大帝和皇太子》,刁绍华、赵静男译,哈尔滨:黑龙江人民出版社,1997年,第330页。
③ Колобаева Л. А. Мережковский—романист // Колобаева Л. А. Русский символизм. Изд. МГУ. 2000. С. 238.

第三章 《基督与反基督》——"普遍化二元对立诗学"的造型体现

对立"特征的象征主义"普遍化二元对立诗学"原则贯穿于作品的所有构成成分中：语言构成、情节结构、主题系统、人物形象。

梅列日科夫斯基追求最大限度地概括形象，所以他需要极端强化含义和形式。这种强烈追求不只是梅列日科夫基特有的，也不只是象征主义特有的，它也是世纪之交的现实主义艺术所具有的。这不是某种艺术倾向或潮流的特征，而是形成艺术家特殊认识的时代特征。梅列日科夫斯基善于把自己的这种美学目标体现在艺术作品的所有成分中，其中包括各种语言成分：句法、构词法，甚至三部曲的词汇表，都具有梅列日科夫斯基执着追求的那种"普遍化二元对立诗学"特征。三部曲的词汇都是按照作家风格的整体要求严格规定的，也就是说词汇构成的本质都被归纳为表现**两种绝对极端性**，与此同时，它们也表现出"互相**弥补**、**反转**、**重合**，打破了严格的对称"的特点。作家通过增加同一事物的符号手段，用多物描述一物，达到所期望的暴露和强化关键词的概念意义的目的，把"关键词"变成承载作家思想的结构，实现其普遍化二元对立诗学的新原则。

通过**相似原则**，把相距遥远的事物和现象联系在一起，把自然世界和人类世界联系在一起，把高级的和低级的联系在一起，就像一个巨大的漩涡，把各种看似不能相容的物体吸进里面，创造出众多象征形象。通过**神话语境**，一方面极端地简化象征，有意识地限制其"含义潜能"，但与此同时却最大限度地深化了它，达到象征意义的缩放并蓄。在象征中遵循"普遍化二元对立诗学"原则，通过弱化联想因素而强化概括因素，从而创造出一种独特的象征体系。这个体系服从于主要风格规律，并按照"对比"原则建立起来，它们从头到尾贯穿在《基督与反基督》三部曲中，不仅把这三部小说连成一个整体，而且把作家的整个创作也连成一个整体。

梅列日科夫斯基的多卷本遗产有着令人惊奇的完整性，这首先是由作家的世界观决定的，而忠实于自己所确立的美学和风格原则是这个庞大元文本的强有力连接因素。三部曲的基本思想冲突是一致的，各部分之间场景、细节、人物的追求相互渗透，彼此呼应，围绕着"基督"与"反基督"这两个最大的象征意向展开。正是这种物物相印,作为一种内在逻辑力量,把联想之链上的所有环节连接在一起的,把叙述文本中各种主题的跳跃组织起来,把文本世界的各种成分连接起来——不管它们是一个形象还是形象的某部分,不管它们是原生自然还是人化自然,不管它们是可以思考的现象还是非理性的现象。如同外在的经验世界一样,小说艺术世界由"物物相印""相互体现"的内在逻辑而构成一个自足自立的实体。

这样,三部曲就以其艺术形式有机地融入到作家整体创作的总体风格语境中,它不仅表达出作家整体创作的结构,也揭示出其严密的统一性。可以说,三部曲不仅包括了作家在批评和政论文中宣扬的那种重要的艺术规律性,而且由于形式的一贯性更加暴露和强化了它。

第四章　诗学的创新
——梅列日科夫斯基的历史文化价值

20世纪90年代,随着白银时代文学研究序幕的拉开,梅列日科夫斯基的研究热潮也开始在国内外掀起。1990年阿格诺索夫在《苏联科学院情报所文摘杂志》第7辑和《苏联文艺学》第5期上对主要发表在苏联的一些梅列日科夫斯基研究成果作了整体评价,1991年在莫斯科召开的"纪念梅列日科夫斯基诞辰100周年国际学术研讨会"上发表了大量的最新研究和发现,1996年在诺夫格勒德召开的"白银时代俄罗斯文学批评国际学术会议"上也多次提到梅列日科夫斯基的名字,充分肯定了其历史文化价值。这之后,国内外批评界开始客观地评价梅列日科夫斯基在世纪之交俄罗斯文化和文学形成和发展过程中的地位和影响。例如扎·格·明茨、利·安·科洛巴耶娃、尼·符·巴尔科夫斯卡娅三位女学者在自己的研究中都提到了梅列日科夫斯基的象征主义诗学创新和历史贡献。我国学者周启超先生在《俄国象征派文学研究》和《俄国象征派文学理论建树》两部专著中也充分肯定了梅列日科夫斯基在象征主义理论建树方面的独特创新。本章将从我们所确立的梅列日科夫斯基象征主义诗学总体原则出发,在前人研究的基础上,进行综合概括,以全面展现梅列日科夫斯基在19世纪末20世纪初俄罗斯"白银时代"文化和文学形成中的作用,以及对整个20世纪俄罗斯文学和世界文学的影响。

第一节 梅列日科夫斯基在白银时代文化形成中的作用

关于梅列日科夫斯基在俄罗斯白银时代文化形成中的地位和作用问题早在其同时代就得到普遍公认,例如,尼·亚·别尔嘉耶夫在《俄罗斯思想》中写道:"梅列日科夫斯基在唤醒文学和文化的宗教旨趣以及掀起宗教哲学的复兴浪潮过程中起了主要作用"①。当代研究者也充分肯定了其历史文化作用,例如,米·米·叶尔莫拉耶夫在《梅列日科夫斯基之谜》一文中指出:"梅列日科夫斯基在俄国文化中产生了奇特的作用,对他的时代的影响是巨大的"②;美国学者马克·斯洛宁在其专著《现代俄国文学史》中也评价道:"梅列日科夫斯基代表一种思潮与文化趋向;他的散文大都是研究革命前的知识分子的,因此十分重要。这些散文促发新见解,惹起笔战,并且成为20世纪初俄国宗教复兴的媒介"③。

一、掀起俄罗斯宗教哲学的复兴浪潮

梅列日科夫斯基不仅以文学家闻名,也以宗教哲学家而著称于世。他虽然没有像其他宗教哲学家那样留下完整的哲学思想体系(哲学著作),但"在同时代的哲学界他具有很大的影响,曾经不同程度地信奉民粹主义和马克思主义的哲学人士是受到梅列日科夫斯基和符·谢·索洛维约夫等人的影响而转向了宗教哲学"④。例如,他对尼·亚·别尔嘉耶夫从新康德主义转向基督教存在主义观点的演化过程给予了重要影响,关于这一点尼·亚·别尔嘉

---

① 别尔嘉耶夫:《俄罗斯思想》,雷永生等译,北京:生活·读书·新知三联书店,1995年,第219页。
② 叶尔莫拉耶夫:《梅列日科夫斯基之谜》,车晓冬摘译,《俄罗斯文艺》,1999年,第1期,第51页。
③ 马克·斯洛宁:《现代俄国文学史》,汤新湄译,北京:人民文学出版社,2001年,第117页。
④ 刘小枫:《圣灵降临的叙事》,北京:生活·读书·新知三联书店,2003年,第139页。

耶夫在自己的著作中也予以肯定："与梅列日科夫斯基夫妇的交往在我有很重要的影响。我由此认识了一个此前并不知晓的灵魂结构。恰恰是在20世纪初,在我们中间出现了思想双重分裂的人们。梅列日科夫斯基是完全站在欧洲文化高度上的俄罗斯作家。他是最初将尼采的要义引进俄罗斯文学的人士之一。他的整个创作都在揭示隐秘的双重性、双重涵义、选择的无力、对语言呼应现实的无意志力,例如,'基督与反基督徒''精神与肉体''最高的和最低的深渊'"①。

梅列日科夫斯基作为俄罗斯宗教改革运动的急先锋,不仅因为他较早开始思考和探索俄罗斯的宗教哲学问题,也因为他最先倡导成立宗教哲学协会,号召全社会关注这一问题。他的探索和倡导同时也是时代的精神需求,因为在当时"宗教哲学是填补信仰真空的一种精神文化"②,所以得到社会各界的广泛支持和响应。经过多年准备和组织,终于在1901年在他和妻子济·尼·吉皮乌斯的倡议下,成立了"彼得堡宗教哲学协会",为宣扬自己的"新宗教意识"(把东正教与天主教融合起来,把东方的"神人"与西方的"人神"结合在一起,创造"第三约言王国")和广泛讨论宗教哲学问题提供了有利的机会和场所。作为宗教协会的主要组织者之一,他在其中的地位是非常重要的,正是在他和瓦·瓦·罗扎诺夫等人的积极努力下,文学界和宗教界才首次在协会里得以接触,广泛交流和讨论俄罗斯社会面临的种种宗教和哲学问题,从而掀起了俄罗斯宗教哲学复兴的浪潮。1903年梅列日科夫斯基等人又创办了《新路》杂志,其宗旨是为"新宗教意识"奠基,宣扬改革的宗教道德理念,唤醒社会的宗教哲学思想,回答当代人意识的精神需求。这一杂志的出版进一步引起全社会新宗教哲学思想的活跃。通过梅列日科夫斯基的中介作用,从谢·巴·佳吉列夫的《艺术世界》分化出来的一批人(梅列日科夫斯基、瓦·瓦·罗扎

---

① 别尔嘉耶夫:《别尔嘉耶夫集》,汪剑钊选编,上海:上海远东出版社,1999年,第392页。
② 张冰:《论白银时代俄国文化的人文主义精神》//《20世纪世界文化语境下的俄罗斯文学》,森华编,北京:外语教学与研究出版社,2007年,第172页。

诺夫、尼·马·明斯基、德·符·费洛索福夫)与之前的"合法马克思主义者"(尼·亚·别尔嘉耶夫、谢·柳·弗兰克、谢·尼·布尔加科夫等)结成同盟,成为俄罗斯宗教哲学运动的主要代表人物。

  梅列日科夫斯基的宗教哲学探索和宗教活动对当时文艺美学思想的建树起着非常重要的作用。在他的宗教活动和宗教哲学探索中,表现出关于未来的"新基督教"的独特思想,例如他反对宗教上的个人主义,主张宗教的社会性;反对历史基督教的禁欲主义,强调肉体的神圣性;反对任何形式的国家权力以及对"第三圣灵王国"的期待和预言等。梅列日科夫斯基对基督教的这种新发现与领悟,也许有可能使人类摆脱一直无法逃脱的其自设的两极对立与悖谬,从而使人类有可能达到和谐。然而,他的"新基督精神"的意义也许不在于它是可行的,还是乌托邦的,而在于他"从费·米·陀思妥耶夫斯基敞开现代性深渊出发,企图推导一场精神的更新,所谓的象征主义大概是这种精神更新的另一种表达式。象征主义小说与社会小说和市民小说及其社会性文学批评的论争格局的形成,成了俄国现代思想史上的重大事件:知识人的'世纪末'精神应该面对的是宗教的深渊,而非献身'神圣的泥土'"①。他的"新宗教"所确立的具有宗教—道德特点的价值观(世间的神的王国、爱、自由、和平、真理),一方面看,是基督教传统的东西,另一方面看,在它们的认识意义上却具有原则性的创新,因为梅列日科夫斯基追求确立的不是它们在等级上的从属关系,而是在统一与和谐中认识它们的意义,解决传统产生的爱与自由、信仰上帝和自由、爱与认知、信仰与认知之间的矛盾。这些理想是俄罗斯人倍感亲近的,所以说,正是在宗教哲学的领衔之下,带动了白银时代文化领域的全面复苏和全面更新,为濒临灭亡的俄罗斯文化带来了转机和生气。这就是梅列日科夫斯基为俄国的宗教复兴事业所做出的重要贡献,"由于他的艺术哲学观点的创新和独特性使他成

---

① 刘小枫:《圣灵降临的叙事》,北京:生活·读书·新知三联书店,2003年,第139页。

为'文化复兴之父'之一"①。

世纪之初的宗教哲学运动余声在今天仍回响着,大量文学作品和哲学思想著作的出版和研究就是最好的证明。"在当今俄国社会转型、道德失范、信仰危机、价值迷惘的情况下,人们自然会想到要到自己祖国的精神文化遗产中寻找对各类问题的答案和解决各类问题的精神资源了"②。因此,转向研究梅列日科夫斯基的"新宗教"具有良好的作用,因为它确定了具有宗教—伦理特点的价值体系——和平、自由、爱、真理、正义、公正,这些都与探寻当代正面价值体系的基础有关。

梅列日科夫斯基作为一个研究永恒价值问题的思想家在今天也具有重要意义,有关生存的"老大难"问题、人类的个性价值问题、自由问题、在尘世寻找理想的爱情问题、战胜恶的问题在他的著作中都能找到独特的阐释,使现代人可以从新的角度揭示它们的涵义。

二、唤醒现代文学和文化的宗教旨趣

梅列日科夫斯基认为,俄国文学到了19世纪90年代已处于深刻的危机边缘,这是由于它过于靠近现实,所以,他要摈弃艺术上的庸俗唯物主义、实证主义和功利主义。他认为"永恒的宗教神秘感情"构成真正艺术的基础,并寓言式地指出,能使俄罗斯文学复兴的"新思潮"——"取代功利主义和庸俗的现实主义的理想的新艺术"的三大基本要素是:神秘的内容、象征和艺术感染力的扩张。可见,他的文学思想已不是仅囿于象征主义这一流派,而且涉及俄国19世纪末20世纪初众多新兴的文学思潮、流派之间相通的哲学美学诗学趋向——"寻求上帝"的精神和政治文化的趋向。梅列日科夫斯基既是预言者,又是先行者。

---

① Дефье О. В. Д. Мережковский и новое эстетическое сознание Серебряного века русской культуры // Время Дягилева: Универсалии Серебряного века. 1993., Пермь, С. 168.
② 张冰:《论白银时代俄国文化的人文主义精神》//《20世纪世界文化语境下的俄罗斯文学》,森华编,北京:外语教学与研究出版社,2007年,第173—174页。

关于梅列日科夫斯基对于俄罗斯象征主义宗教哲学及文学观念的形成所起的作用,同时代的批评界虽歧见迭出,但无论如何,有一个事实不容否认,那就是在长达半个世纪的时间里,无论在俄国还是在侨居国,梅列日科夫斯基在思想界和精神界都占据着显著的地位,所以,有人说梅列日科夫斯基的存在方式在民族文化中是十分独特的。安·别雷在回顾梅列日科夫斯基夫妇沙龙在当时俄国文化界的影响力时指出:"在这里,在梅列日科夫斯基家里,的确创造了一种文化,而在这个屋里说出的话,被那些狡猾的语言的投机商们贩卖到各处。围绕着梅列日科夫斯基形成了整整一系列新流派出口现象,人们在谈及他们从中汲取养料的流派时,都不会提及它们的来源。所有人都曾在此学习过,捕捉过这里的一言半语。人们争先恐后地读着他的书,不得不拜倒在他的批评艺术、他的哲学美学体系、他那寻神论者的神秘主义激情之下。〈……〉他对同时代许多人,甚至包括安·别雷、亚·亚·勃洛克和尼·亚·别尔嘉耶夫等人都产生过深刻的影响"①。尼·亚·别尔嘉耶夫就承认自己是梅列日科夫斯基的学生,并在多篇文章中肯定了他的作用:"我们要公正地对待梅列日科夫斯基,对他表示感激。以他为代表的俄罗斯新文学、新美学、新文化开始转向宗教主题。他多年来一直在唤起人们的宗教思想,充当着文化和宗教之间的中介人,激发着文化中的宗教感情和宗教意识"②,"梅列日科夫斯基的作用在于,他认清伟大俄罗斯文化的真正含义和意义,改变了知识分子的思想意识,为了创作自由和精神自由反对功利主义、实证主义和唯物主义,改变了美学意识并赋予艺术巨大意义"③,"20 世纪初梅列日科夫斯基在唤醒文学和文化中的宗教旨趣和不安中,在

---

① 转引自张冰:《白银时代俄国文学思潮与流派》,北京:人民文学出版社,2006 年,第 48—49 页。
② Бердяев Н. А. Новое христианство (Д. С. Мережковский) // Николюкин А. Н. Мережковский: Pro et contra. Изд. Русского Христианского гуманитарного института. СПб., 2001. С. 353.
③ Бердяев Н. А. О новом религиозном сознании // Бердяев Н. А. О русских классиках. М., Высш. шк, 1993. С. 220.

俄罗斯象征主义的建树中扮演着一个非常重要的角色"①。尼·亚·别尔嘉耶夫将这种"不安"的原因解释为:"梅列日科夫斯基竭力将精神和艺术创作从实证主义这种在19世纪末成为不断成长的'机器'文明的新信仰中解救出来,使其免遭实证主义各种条条框框的破坏性影响(首先是'社会利益',它对人活动的所有形式都提出严格的要求)"②。

确实,梅列日科夫斯基给予白银时代以巨大影响,他唤醒了人们对宗教探索的兴趣,"人们从来没有像现在这样从内心深处感觉到信仰的必要性,也从来没有像现在这样用理智去抵制无需信仰的观念"③。梅列日科夫斯基用自己的创作充实了这种探索,并提出了许多迫切的文学和哲学问题。许多重要倾向在他的作品和在他创造的"第三约言王国"宗教范畴中都能找到反映,这一宗教范畴应该能促进基督教真义的回归,在教会中复兴自由和创造精神。所以,他不知疲倦地强调宗教对精神、道德和社会生活的重要作用。他通过自己的创作将尼采的思想和新鲜的气息带进世纪之交的俄罗斯文学中,用自己的作品《列·托尔斯泰和费·陀思妥耶夫斯基》打开了理解俄罗斯经典作品的新视野。这本书从它出现的那一刻起,无论是与他关系密切的人,还是与他关系比较疏远的人,都给予了极高的评价。此后,尽管有的人与他有原则分歧,有的与他在个别问题上有分歧,但他们都不止一次地称道这本书是俄罗斯文艺批评及文学理论发展进程中的一部划时代的著作(正是在这部巨著中,梅列日科夫斯基确立了两种对立的作家世界观——"肉体的预言家"(列·尼·托尔斯泰)和"精神的预言家"(费·米·陀思妥耶夫斯基),成为他整个文学创作的美学基础)。例如,尼·亚·别尔嘉耶夫就认为《列·托尔斯泰和费·陀思妥耶

---

① 别尔嘉耶夫:《俄罗斯思想》,雷永生等译,北京:生活·读书·新知三联书店,1995年,第219页。
② Дефье О. В. Д. Мережковский и новое эстетическое сознание Серебряного века русской культуры // Время Дягилева: Универсалии Серебряного века. 1993. Пермь, С. 168.
③ 俄罗斯科学院高尔基世界文学研究所:《俄罗斯白银时代文学史》(4卷本),谷羽、王亚民等译,兰州:敦煌文艺出版社,2006年,第2卷,第286页。

夫斯基》是梅列日科夫斯基的一部重要著作,因为他第一次开始关注俄罗斯两位文学天才的宗教问题,因此在俄罗斯思想史上具有重要意义。正是通过梅列日科夫斯基的独特阐释费·米·陀思妥耶夫斯基才变得真正可以亲近,所以著名文学理论家雷纳·韦勒克说,梅列日科夫斯基是"充分认识到费·米·陀思妥耶夫斯基的历史意义和艺术重要性的第一个人"①。作为当年"寻神派"的最大代表,梅列日科夫斯基的论著中贯穿着批判实证主义的激情,而这一点恰好适合了当今某些人对共产主义意识形态倍感失望的社会心理。"而当今俄国意识形态的再次定向,始终伴随着对俄国文学巨擘列·尼·托尔斯泰和费·米·陀思妥耶夫斯基的重新解读"②。

梅列日科夫斯基还以这部巨著中确立的"二元对立"为基础,对亚·谢·普希金、尼·瓦·果戈理、尤·列·莱蒙托夫、尼·阿·涅克拉索夫、安·巴·契诃夫以及其他许多作家作品做出过评价。无论这些评价根据的充足程度与恰如其分的程度如何,都无可争议地成了文化觉醒过程中有重要影响的因素。正是在他的指引下,人们喜欢上费·伊·丘特切夫的诗歌,认识到符·谢·索洛维约夫的重要意义。而且这种影响不仅仅局限于俄罗斯国内,很多西方的研究者也反复确认过这样一个事实:梅列日科夫斯基的文艺批评和他对经典著作的诠释,与他的小说作品一样,在世纪之初让欧洲人加深了对俄罗斯宗教思想以及俄罗斯文学的宗教探索的兴趣。所以说,梅列日科夫斯基是文学领域为宗教呐喊的先驱,是一种全新的文学主题和表述方式的开辟者,这也许就是他的文化意义和价值。

今天,在梅列日科夫斯基逝世近70年后,重提他在世纪之交俄罗斯文化和文学中的重要地位仍不过时,这是因为我们通过他作品的主题,能够看到他努力保护文化不受任何侵害的倾向,看到他的反战意识,看到他构建和谐世界的思想。他有资格与世纪初

---

① 韦勒克:《陀思妥耶夫斯基评论史概述》,邵殿生译,《世界文论(5)——波佩的面纱》,北京:社会科学文献出版社,1995年,第146页。
② 张冰:《白银时代俄国文学思潮与流派》,北京:人民文学出版社,2006年,第41页。

"宗教文化复兴"时期很多同道者分享俄罗斯文学领域里"优雅的悲剧式人物"(瓦·瓦·罗扎诺夫语)这一美誉。格·维·阿达莫维奇最早提出了梅列日科夫斯基对之后俄罗斯文学发展的影响以及他的创作对俄罗斯文学的意义等问题:"我们很多批评家,甚至也包括很多作家都没有完全认识清楚,梅列日科夫斯基的财富对他们来讲意味着什么,为此,他们应该如何感谢他:翻阅旧书总是有益的"[1]。

第二节　梅列日科夫斯基对象征主义小说的影响

梅列日科夫斯基在俄国象征主义中的特殊作用在于,他最早提出了"象征主义宣言",创造了象征主义文化体系,对象征做出了独特阐释:象征是使不同文化领域与人的个性接近和谐统一的标志。他在确定世界观和内心精神世界取向的同时,指出了在浪漫主义与现实主义中潜在的象征主义因素,这就让他很自然地把"新艺术"解释为自古以来就有的一种创作类型,从而为更广泛地——从宗教哲学方面和寻找艺术"永恒模式"的象征意义方面理解这一流派的实质与起源奠定了基础,后来以维亚·伊·伊万诺夫和安·别雷为首的"年轻一代"象征派就经常运用这一理念,梅列日科夫斯基成为他们心目中现代主义文艺与"文艺分型时代的文化精神"紧密结合的化身。因此,格·维·阿达莫维奇说:"没有梅列日科夫斯基俄罗斯的现代主义就可能是真正意义上的'颓废派',正是他从一开始就将严格性、严肃性和纯洁性带进了'颓废派'这一概念中"[2]。梅列日科夫斯基的贡献还在于把象征艺术发展到了小说领域。在他之前,象征艺术主要活跃于诗歌和戏剧领域,而梅列日科夫斯基则将之推广至叙事体裁,他虽不是唯一的象征主义小说家,却是最优秀的象征主义小说家,诚如奥·维·杰菲

---

[1] Адамович Г. В. Мережковский // Николюкин А. Н. Мережковский: Pro et contra. Изд. Русского Христианского гуманитарного института. СПб., 2001. С. 292.

[2] Там же. С. 391.

耶所说:"评论界不接受梅列日科夫斯基小说的缺点,但这丝毫也没使读者感到窘迫,《诸神之死——叛教者尤里安》再版 23 次,《诸神的复活——列奥纳多·达·芬奇》是在俄罗斯和西方被阅读最多的一部小说"①。梅列日科夫斯基是世纪之交在俄罗斯境外少有的最负盛名的作家,他的作品被译成多种欧洲语言。1930 年初,梅列日科夫斯基曾被推荐为诺贝尔奖金的候选人,这也证明了人们承认他是杰出的俄罗斯作家之一。事实证明,梅列日科夫斯基是象征主义散文诗学的创造者,他在小说创作中进行的多方面艺术探索,极大地开拓了"艺术印象"的范围,丰富了小说的艺术表现手法,为俄国象征主义小说的发展奠定了牢固的基础。

一、奠定了象征主义小说的主题方向

尼·符·巴尔科夫斯卡娅在《象征主义小说诗学》一书中将梅列日科夫斯基的三部曲《基督与反基督》定义为"前象征主义寓言小说"(Предсимволистские романы-притчи)②,认为它为之后的俄国象征主义小说家奠定了基本主题和人物类型。扎·格·明茨也在三部曲《基督与反基督》的再版序言中指出:"关于三部曲对 20 世纪俄罗斯文学的影响可以谈许多,例如,借用主题(安·别雷的《彼得堡》),借用结构(从安·别雷到 20 世纪 20 年代的散文家在散文的主题结构方面),借用情节(寻神者吉洪的路线和马·高尔基的《忏悔录》)等。还可以谈到影响和论战(阿·尼·托尔斯泰的《彼得大帝》"③)。

确实,《基督与反基督》三部曲是梅列日科夫斯基宗教思想主题和象征主义文学艺术结合的杰出代表,其在文学史上的地位在于它把象征主义文学发展到了小说体裁领域,体现了俄国象征

---

① Дефье О. В. Д. Мережковский: преодоление декаданса (раздумья над романом о Леонардо да Винчи). М.: Мегатрон, 1999. С. 10.
② Барковская Н. В. Поэтика символистского романа. Екатеринбург: Урал. гос. пед. ун-т, 1996. С. 8.
③ Минц З. Г. О трилогии Д. С. Мережковского «Христос и Антихрист» // Мережковский Д. Христос и Антихрист. Трилогия. М., Книга, 1989. Т. 1. С. 10.

主义小说的最高水平。梅列日科夫斯基的象征主义小说把哲学、宗教、历史、心理等问题统统囊括在美学领域里，构成一个统一整体，实现了象征派诗人超越艺术界限并使象征主义成为一种新宗教、世界观、创作观的追求，正是在小说体裁中俄罗斯象征派诗人的自我意识发生了根本变化。对于象征派作家来说"世界"——这是艺术世界、文化空间；"人"——这是创造者、艺术家，他们的创作可以把意义和完整性带入世界；艺术作品——这是世界的象征。

世纪之交的生存状况使人们的怀疑感、恐惧感、失落感更加强烈，象征主义作家试图用和谐消除这些混乱，呼吁具有自我价值的绝对个性。他们追求将神话的普遍性带入现实的混乱中，既可以看到世界发展的末世论情景，也可以看到给人以希望的历史哲学前景。梅列日科夫斯基正是将注意力集中在人的尘世存在问题上，关注人的"瞬间生活"，认为它的价值丝毫不亚于"非尘世之地"。在这种具体的历史生活中，他预感到那些通常认为属于彼岸世界的"秘密"和"恐惧""深处"和"深渊"。于是想通过"元历史"的方法来阐释真实的现实，目的是排除或忽略历史的、瞬间的东西，确立其与永恒的、形而上学的宇宙之间的联系。他认为，如果作家能找到不同历史文化时代之间的相同性、类似性、相互联系，并在具体的局部现象之中发现全世界的历史真理，那么"元历史主义小说"就可以提供不同历史时代的统一方法。符·费·霍达谢维奇公正地指出："对于历史小说作家来说重要的是各个时期和现象的差别，而对于梅列日科夫斯基来说重要的则是相似；历史小说作家根据全面的历史现实致力于揭示现实事件的不同表现形式，而梅列日科夫斯基的目的则完全相反：绕开对他来说并非本质的差别，去发现直接或间接的相似，并将各种历史现象的意义隐含其中"[①]。因此，梅列日科夫斯基采用"多神教"与"基督教"这两种历史发展中的宗教文化来表现人类历史的主体精神存在，这既是他

[①] 霍达谢维奇：《关于梅列日科夫斯基》// 霍达谢维奇：《摇晃的三脚架》，隋然、赵华译，北京：东方出版社，2000年，第352页。

的"第三约圣灵王国"的社会理想,也是他所强调的象征主义小说三要素之一——"神秘主义内容"的体现。

梅列日科夫斯基的象征主义小说处在寻找"精神与肉体""地上与天上""人和神""综合"的源头,为整个象征主义小说提供了主要的思想和主题,例如,瓦·雅·勃留索夫在自己的小说中所提出和所要解决的问题很多方面都接近梅列日科夫斯基,同时,在艺术风格上,他也与梅列日科夫斯基如出一辙(列奥纳多与《愤怒的天使》中的人文主义者形象)。安·别雷也通过揣摩相当熟练地掌握了梅列日科夫斯基的风格,他在构思《银鸽》和《彼得堡》这两部小说时,就直接借鉴了梅列日科夫斯基的经验,借用了与梅列日科夫斯基相近的语义体系:肉体——灵魂、东方——西方,同时,在遣词造句和塑造象征"阴暗"的形象时,也使用了以"引文"突出主题的方法。

梅列日科夫斯基的象征主义小说预言了其后象征主义小说的探索方向,后来的安·别雷、费·库·索洛古勃、瓦·雅·勃留索夫等人正是沿着这条路线前行的①。"对瓦·雅·勃留索夫来说弥足珍贵的是继承各个文化时代的思想、拥有自由研究的激情、拥有人类智慧和热情的英雄主义精神价值;费·库·索洛古勃看到难以排遣的'充满恶意的世俗苦闷',于是在《创造的传奇》②世界里为孤独的个性寻找出路;安·别雷接受了俄罗斯的弥赛亚和聚议性思想,提出把通神术——创造生活作为艺术的主要任务"③。尽管这些作家以各自不同的方法寻求国家和个人摆脱世纪危机的出路,但他们的小说主题都与世纪之交的俄罗斯生活有关,人物的类型也相应地发生着变化:超人(皇帝、沙皇、天才艺术家、"巫婆""魔法师""天使"等)被具有俄罗斯特点的"普通人"(老师、诗人、学生等)所代替,而且,作者与人物的关系也在发生着变化,如果在

---

① Барковская Н. В. Поэтика символистского романа. Екатеринбург: Урал. гос. пед. ун-т, 1996. С. 16.
② 索洛古勃:《创造的传奇》,张冰译,北京:新星出版社,2007年。
③ Барковская Н. В. Поэтика символистского романа. Екатеринбург: Урал. гос. пед. ун-т, 1996. С. 278.

梅列日科夫斯基的小说中作者对于作品的内部世界占据着绝对的外位性地位，人物被描述成是客观化的"他"，那么，在瓦·雅·勃留索夫的小说中作者与人物彼此相似，"你"就是"我"；在费·库·索洛古勃的小说中作者和人物是在文本中作为"你"被揭示出来的，他们共存于文本的创作过程中；在安·别雷的小说中，叙事与抒情联系在一起，作者、人物和读者共生共存，连接成"我们"①。

总之，梅列日科夫斯基的象征主义小说叙事所彰显出来的宗教追求，不仅在文学上超越了社会小说和市民小说的思想视野，而且在思想上超越了西方派和斯拉夫派的思想冲突。人神与神人的冲突是"全部的世界性矛盾"，这就是现代性的深渊。费·米·陀思妥耶夫斯基的小说以俄罗斯式的精神力量踏入了这个现代性的深渊，梅列日科夫斯基则把解决"地球上存在的两种最为对立的理念的冲撞"视为自己的使命。因此，他的全部创作都深深地与宗教紧密地联系在一起。对那些在世纪之交崭露头角的钟情于象征主义的作家来说，梅列日科夫斯基的三部曲《基督与反基督》已经成了一种独特的"词典"，他们都曾深深迷恋梅列日科夫斯基式的巧妙构思，梅列日科夫斯基对他们的影响，无论从深度还是广度上，都比符·谢·索洛维约夫对他们的影响更大。

二、创造了象征主义小说的象征体系

扎·格·明茨在《基督与反基督》三部曲再版前言中指出："三部曲是一部独特的象征主义主题'词典'：天与地、生与死、人与神（造神、寻神）、人与历史的二律背反（《基督与反基督》）、世界末日、俄罗斯在世界进程中的地位、彼得堡作为俄罗斯历史之谜、人民与世界、人民与国家、人民与知识分子等。三部曲还是主要象征母题'词典'：火、水、激情、两个深渊、落日、镜子等"②。

---

① Барковская Н. В. Поэтика символистского романа. Екатеринбург: Урал. гос. пед. ун-т, 1996. С. 280.
② Минц З. Г. О трилогии Д. С. Мережковского «Христос и Антихрист» // Мережковский Д. Христос и Антихрист. Трилогия. М., Книга, 1989. Т. 1. С. 10.

象征在三部曲中起着重要作用,扎·格·明茨将它们划分为两类:第一类是外部象征,来自世界文化宝库中的各种象征意义:古希腊罗马文化、基督教和东方神话传说以及其他神话中的各种形象、伟大艺术家作品中的形象(最常是亚·谢·普希金、费·米·陀思妥耶夫斯基、费·伊·丘特切夫);第二类是文本内的象征意义:重复、自我引用、平行情节、对应等(其中"对应"是这类象征的基础。例如,尤里安是列奥纳多的先驱,列奥纳多在很大程度上预告了彼得的形象。与此同时这种统一不仅是一种象征,也传达出三部曲的一个主要思想——世界历史的重复性和统一性思想。三部小说的结尾就是内部文本象征(每一部的结尾都与下一部小说联系在一起))①。而我国学者刁绍华在《诸神之死——叛教者尤里安》的译者前言中也将梅列日科夫斯基三部曲中的象征划分为两类,第一类与扎·格·明茨相同,第二类他认为是"直接从现实生活中提炼出来的",梅列日科夫斯基"在周围世界中处处寻找'感应'关系:火与水、天与地、生与死、灵与肉、人与神、群众与君主、人民与国家,等等,无一不与人的主观世界发生神妙莫测的'感应'关系,从而获得了无限的象征意义"②。

通常认为,世纪末的"世界流行病"笼罩着俄国象征派,在很大程度上发端于梅列日科夫斯基的创作,他的象征具有真正包罗万象的特点,它们贯穿于各种文化层面和语境中,获得极其丰富的内涵,成为众多元象征(Метасимвол)。例如,启示录的野兽、肉体之美、谎言、中庸、人神、有三副面孔的未来无赖(君主专制、东正教、无赖阶层)、作为谎言革命的恐怖主义——所有这些具有自身价值的彼此遥远的概念和现象在梅列日科夫斯基的笔下都被归结为一个统一的、具有丰富内涵的概括形象——反基督。后来的象征派作家都从梅列日科夫斯基的"元象征"中汲取灵感,例如,安·别雷

---

① Минц З. Г. О трилогии Д. С. Мережковского 《Христос и Антихрист》// Мережковский Д. Христос и Антихрист. Трилогия. М., Книга,1989. Т. 1. С. 25.
② 刁绍华:《德·梅列日科夫斯基及其长篇三部曲〈基督与反基督〉》// 梅列日科夫斯基:《诸神之死——叛教者尤里安》,刁绍华、赵静男译,哈尔滨:北方文艺出版社,2002年,第14页。

的"深渊"主题就是源于梅列日科夫斯基的"两个深渊"主题。"深渊"的意象在《彼得堡》中发挥着重要的作用,它是心理描写和神话象征手法相结合的"贯穿性主题"。安·别雷常借这个意象来渲染20世纪初俄国的时代氛围,借以揭示旧俄罗斯必将覆灭的命运。在《银鸽》中也曾多次运用这个意象,通过反复运用"深渊""深渊的感觉"和"无底深渊"来象征个人命运和国家命运中的一种极端处境。

三、凸现了象征主义小说的表现手法

利·安·科洛巴耶娃在《梅列日科夫斯基——小说家》一文中指出,梅列日科夫斯基的历史作品诞生在象征主义怀抱中,并显示出现代主义小说的发展形式,同时具有俄罗斯和欧洲长篇小说诗学的某些传统。俄罗斯现实主义经典作品以其变体形式——始于费·米·陀思妥耶夫斯基的"幻想现实主义",折射到梅列日科夫斯基的小说上。但是梅列日科夫斯基的小说与这种类型的经典现实主义作品不同的是,在其中假定性、幻想性的作用明显增强,这与在他的艺术意识中确立的"普遍化"象征意义的方法有关。他的小说结构被各种象征所控制,它们倾向于包罗万象的宇宙涵义,而这就有使形象变得抽象的危险,用米·米·巴赫金的话说,"象征通常使形象'变得苍白无力'"①。但是梅列日科夫斯基选择历史小说作为自己的艺术散文的主要形式——这一点也显示出他巨大的艺术分寸,因为正是历史散文能够部分地中和、减小这种危险性。原因在于,那种讲述消逝久远的、谁也无法知晓、作家无法亲身体验的生活的历史作品,不可能是非常真实可信的,从这种意义上看它是'现实的'"②,所以,尼·米·巴赫金在《梅列日科夫斯基与历史》一文中指出:"对往事的任何认识(个人往事和历史往事都一样)都必然地不相符。有某种根本不能达到也难以表达的东

---

① Бахтин М. М. Роман воспитания и его значение в истории реализма// Бахтин М. М. Эстетика словесного творчества. М., 1986. С. 237.
② Колобаева Л. А. Мережковский—романист // Колобаева Л. А. Русский символизм. Изд. МГУ. 2000. С. 242.

西,它一旦完成就变成了过去。记忆,就像万能的上帝,'既不隐藏,也不公开,但只能标志'。所以,再现过去——不是欺骗性的,当然,——就其本质来说是象征性的、假定性的"①。

　　梅列日科夫斯基的小说尽管外部特征毫无疑问是历史小说,但也确实是现代主义"新型小说",具有现代主义小说的各种特征和原则。这首先是由作品强烈的主观性、虚构性决定的。这种主观性表现在他的小说取材于历史,可是小说的情节、人物、情境等内容因素并不是真实的客观的社会历史本身,而是对这种社会历史的完全自我的主观改造。表现在小说的思想主题上,那便是作者"第三约圣灵王国理想"——"基督教人道主义"的激情宣泄,它表现了现代派文学在题材与思想特征方面"向内转、重主观"的审美特征。

　　在遵循贯穿全篇主旨的基础上,梅列日科夫斯基尽可能使用各种叙述手段。例如预言性的梦境、幻象、传说、预感、神启等形式。这些神秘离奇的内容都是现代主义小说通常所具有的特点,它们在三部曲中无所不在,使梅列日科夫斯基的小说有了浪漫主义文学的内涵,甚至更多的是有浪漫主义小说之最的"哥特式小说"的艺术色彩。所有这些成分都是用来向读者传达某种宗教哲学思想,梅列日科夫斯基对小说所描绘的时代的所有事件的阐释都源于这些思想。因此,可以说,历史资料是梅列日科夫斯基创造自己所理解的某一历史时代的出发点,但是这些资料都是被他用自己的宗教哲学观点加以阐释的,这就使他对某个具体历史时代的艺术认识具有独特性。在三部曲中他通篇使用象征,并把所塑造的带有某种思想共性的形象予以提升,把艺术题材拓展为具有史料价值的神话情节,这些情节独具艺术魅力,生动无比。俄罗斯诗人、散文家、翻译家、文学批评家尤·康·捷拉皮阿诺对此评价道:"梅列日科夫斯基的题材和他的议论方法,以及他对历史材料

---

① Бахтин Н. М. Мережковский и история. // Николюкин А. Н. Мережковский: Pro et contra. Изд. Русского Христианского гуманитарного института. СПб., 2001. С. 363.

不同寻常的列举手法,还有他那对现象的玄妙本质的直觉的洞察力,甚至那运用于梅列日科夫斯基股掌之中的最不寻常的情节——所有这些在他周围制造了一种类似真空的环境——我认为在当代作家中没有比他更称得上是优秀的了"①。确实,梅列日科夫斯基善于在情节转折时巧妙地把历史资料、引文以及精彩的模拟片段糅合在一起,使人深刻地感觉到他作品的艺术性。拉·瓦·伊万诺夫—拉祖姆尼克高度评价了他小说的中"引文魅力":"读一读(这部巨著)是让人赏心悦目的事,多少次,梅列日科夫斯基小说中的人物——其实就是他自己——为了某种很细小的原因,他们就'回忆起'别人的话,想起福音书和其他书里的名言警句"②。梅列日科夫斯基通过这部作品树立了一种典范的风格,而这种风格的顶峰后来与费·库·索洛古勃、安·别雷、阿·米·列米佐夫的名字紧密联系在一起,同时,他还为后来的象征小说作家制定了大规模叙述形式环节的独特标准,安·别雷的三部曲《反基督》(未完成)和费·库·索洛古勃的三部曲《创造的传奇》都遵循了这一标准。

第三节 梅列日科夫斯基对俄罗斯文学的贡献

梅列日科夫斯基的象征主义小说并没有摒弃俄国文学的传统,他的小说在细节描写上可以说与19世纪俄国现实主义小说一脉相承,既发展了费·米·陀思妥耶夫斯基的传统,但又不拘泥于传统,不墨守陈规,体现出象征主义的基本原则。三部曲题材之广泛,气势之宏伟,无论在俄国文学还是在西欧文学中都是前所未有的。因此,扎·格·明茨在《基督与反基督》三部曲的再版序言中高度评价了它的意义:"三部曲在俄罗斯象征主义小说的主题学和诗学形成中以及在20世纪初的俄罗斯散文史中起着极其重要的

---

① 转引自俄罗斯科学院高尔基世界文学研究所:《俄罗斯白银时代文学史》(4卷本),谷羽、王亚民等译,兰州:敦煌文艺出版社,2006年,第2卷,第281页。
② 同上书,第281、298页。

作用。……正是梅列日科夫斯基第一个将普遍化的象征主义世界图景与对历史的兴趣联系在一起,并将整个运动方向引向20世纪俄罗斯文化的主要道路上"①。我国学者周启超先生对俄国象征派诗学的创新也进行了高度概括,他指出,梅列日科夫斯基和其他象征派小说家在象征主义诗学方面的种种探索,奠定了一种独特的非现实主义小说诗学的基础,影响着象征派以后的小说艺术方向。象征派的小说艺术经验,对于叶·伊·扎米亚京、谢·尼·布尔加科夫、符·符·纳博科夫这样一些杰出的小说家,对于20世纪20年代苏联小说创作中的"构成主义"(Конструктивизм)②、"谢拉皮翁兄弟"的"装饰性小说"(Орнаментализм, Орнаментальная проза)③,对

---

① Минц З. Г. О трилогии Д. С. Мережковского《Христос и Антихрист》// Мережковский Д. Христос и Антихрист. Трилогия. М., Книга, 1989. Т. 1. С. 10.

② "构成主义"是苏联20世纪20年代艺术中出现的一个文艺流派。他们把"构成人们周围物质环境"当作自己的任务。在文学领域里,第一个构成主义文学团体"构成主义者文学中心"于1924年成立,参加的人有符·亚·卢戈夫斯科伊、薇·米·英贝尔、鲍·尼·阿加波夫、爱·格·巴格里茨基等,理论家是伊·沃·谢里文斯基和科·柳·泽林斯基。在他们的理论纲领中强调诗歌的"特别的权利",把诗歌这个作为全人类精神文化现象的发展规律归结为追求技术装备这一目标上。在诗歌创作上,他们主张"紧缩""简洁",力求用最少的语言表达复杂的思想,为此提出"词的重负荷化",即要求给每一个词都要加上最大程度的思想负荷;另一方面,强调表达的"局部原则",也就是要求运用与所写题材最接近的词汇、韵律来描写。由于他们过分强调这两个方面,从而使他们创作的诗歌常常使人费解。该团体于1930年自动解散。

③ "谢拉皮翁兄弟"1921年初成立于彼得格勒,名称取自德国浪漫主义作家霍夫曼的同名小说集。参加者大多是当时世界文学出版社翻译训练班的成员,主要有:符·维·伊凡诺夫、米·米·左琴科、米·列·斯洛尼姆斯基、列·纳·隆茨、韦·亚·卡维林、尼·谢·吉洪诺夫、康·亚·费定等。叶·伊·扎米亚京和维·鲍·什克洛夫斯基在训练班任教,"兄弟"们在不同程度上受过他们的影响。1922年列·纳·隆茨发表了《为什么我们是"谢拉皮翁兄弟"》一文,公开宣扬"为艺术而艺术",反对任何倾向性,否定一切功利主义,强调形式和技巧,最求情节的复杂性和戏剧性,故事情节的新颖奇特和叙述艺术的生动有力,有志于把19世纪俄罗斯文学传统和西方文学经验结合起来,表现当代主题。1926年"谢拉皮翁兄弟"宣告解散,但成员之间的友好关系却一直保持下来,其中很多人后来成了著名的作家,例如尼·谢·吉洪诺夫和康·亚·费定后来曾执苏联文坛之牛耳,半世坎坷的米·米·左琴科现被人们称为经典的讽刺作家。

于 70 年代以来涌现出来的所谓"异样小说"(Иная проза)①的艺术探索的影响,已经为愈来愈多的评论家们所确认。在象征主义小说艺术中所凸现的对主题情节、叙述形式、结构方式和叙述语言本身的执著开掘与更新,对这些诗学手段与形式本身的有意袒露与张扬,不仅使象征主义小说成了一个风格独具的品种,一种令人回味无穷的象征世界,而且它还以其新的"音象"与"视象"丰富了"意象"的类型,凸现了作家的主体形象,规范着新型的阅读方式,培养着更富创造性的读者②。本节将沿着这些学者提出的方向对梅列日科夫斯基在俄罗斯和世界文学史上的影响做一概括总结。

一、开创了"思想小说"的先河

关于梅列日科夫斯基小说的类型归属问题早在作品诞生之际就引起了广泛的争论。安·别雷就曾说:梅列日科夫斯基的"风格极具吸引力,但谁又能指出其魅力所在? 要弄清梅列日科夫斯基的创作活动就必须想象出一种我们时代还不曾出现过的创作形式"③。正是这种非传统的包罗万象的艺术方法(现代主义)的不定形性,使众多研究者都想给三部曲的体裁材形式找到一个合适的定义,例如,尼·亚·别尔嘉耶夫称之为"象征主义小说"(Символический роман),维·伊·鲁季奇称之为"现代哲学小说的开山之作"(Основоположник современного философского

---

① "异样小说"是指 20 世纪 80-90 年代俄罗斯文坛上悄然兴起的一股愈来愈为世人瞩目的学"新浪潮"。俄罗斯文学批评家谢·伊·秋普里宁将其称之为"异样文学"(或"异样小说")。其中有 60 年代末期形成的作家,如维·符·叶罗费耶夫、维·瓦·叶罗费耶夫等,70-80 年代出现的作家,如柳·斯·彼特鲁舍夫斯卡娅、叶·阿·波波夫、维·阿·皮耶楚赫、塔·尼·托尔斯塔娅等。这些作家重视表现普通人的生存境况,把目光投向普通人的生活,而不是背负起探求时代特征和历史规律的使命,或专注于"重大题材"的创作;淡化典型,不再塑造"时代的英雄","生活的主人",以一种超然的眼光,尽可能地给出一种生活状态和心态,或者是向读者托出形形色色的"底层人""小人物";艺术观念和表现手法上具有多样性和包容性,是当代俄罗斯文学最有发展前景的一支。
② 周启超:《俄国象征派文学研究》,北京:社会科学文献出版社,1993 年,第 271—272 页。
③ 叶尔莫拉耶夫:《梅列日科夫斯基之谜》,车晓冬摘译,《俄罗斯文艺》,1999,(1),第 51 页。

романа),符·韦·阿格诺索夫称之为"哲学小说"(Философский роман)①,尼·符·巴尔科夫斯卡娅称之为"前象征主义寓言小说"(Предсимволистские романы-притчи),等等。可以说,这些研究者对三部曲的体裁定义遵循着共同的标准,那就是从历史叙事转向神话诗学叙事再转向象征主义叙事②。也有许多研究者从"历史小说"的特点出发,将三部曲的体裁定义为"历史小说"或"新历史小说",例如,利·安·科洛巴耶娃。但符·费·霍达谢维奇拒绝把梅列日科夫斯基列入历史小说家的行列,这促使他对梅列日科夫斯基的作品体裁特点做出独特的阐释:"梅列日科夫斯基所写的一切不是那种'时而才有的'东西,而是那种过去有、现在有、将来也有的东西。这使得他的作品不属于历史小说或者其他任何种类小说的范畴。我不想给他的作品确立一个文学定义。如果愿意的话,我想这些作品更接近于启示录(Роман-притчей),而不是小说,但这中间的距离也是非常之大"③。

当代学者扎·格·明茨继承了尼·亚·别尔嘉耶夫和符·费·霍达谢维奇对梅列日科夫斯基小说的哲学阐释传统,提出了一个非常独特的思想:就是"历史哲学思想"是三部曲的主要人物,"它的形成是本书的情节动机",《基督与反基督》是一部"思想小说"(Роман мысли),在文学体裁分类的发展进程中,它成为"俄罗斯文学和世界文学从费·米·陀思妥耶夫斯基的'复调小说'到20世纪的'概念小说'道路上的重要里程碑"④。

我国学者刁绍华先生在《诸神之死——叛教者尤里安》的译者前言中对扎·格·明茨的观点作了进一步阐释,他指出:"梅列日

---

① Дефье О. В. Д. Мережковский: преодоление декаданса (раздумья над романом о Леонардо да Винчи). М., Мегатрон, 1999. С. 63—64.
② Барковская Н. В. Поэтика символистского романа. Екатеринбург: Урал. гос. пед. ун-т, 1996. С. 16.
③ 霍达谢维奇:《关于梅列日科夫斯基》// 霍达谢维奇:《摇晃的三脚架》,隋然、赵华译,北京:东方出版社,2000年,第353页。
④ Минц З. Г. О трилогии Д. С. Мережковского 《Христос и Антихрист》 // Мережковский Д. С. 《Христос и Антихрист》. Трилогия. М., Книга, 1989. Т. 1. С. 10.

科夫斯基的'思想'小说虽然概括广泛,并偏重于'思想',但绝非枯燥无味的说教,而是文笔流畅,感情色彩极其浓烈,情节曲折,变化突兀,具有很强的艺术感染力。三部小说中登场的多为真实的历史人物,但决不囿于真人真事,而是选材灵活,想象丰富,大胆虚构,情节发展迂回曲折,气氛神秘离奇,颇有欧洲浪漫主义小说,甚至前浪漫主义'哥特小说'的色彩"①。梅列日科夫斯基小说的最主要特点在于"把广阔的生活画面、真实的细节描写与寓意丰富的象征结合在一起,形成一种崭新的艺术风格,充分体现了象征主义的艺术特点"②。

俄罗斯学术界有这样的观点,认为陀思妥耶夫斯基是"思想小说"的鼻祖。但我们要指出的是,梅列日科夫斯基的"思想小说"与费·米·陀思妥耶夫斯基的"思想小说(复调小说)的区别在于对"思想"的不同处理上。根据米·米·巴赫金的观点,在世界文学作品中"思想"有两种类型,一类是"独白型的思想",一类是"对话型的思想"。独白型的思想是一元论的、凝固的和排他性的,对话型的思想则是多元论的、相对性和争辩性的。两者在以下几点上是有原则区别的:这就是思想究竟是个人的还是依靠别人形成的,人对真理的认识究竟是靠个人的思索还是同他人的交锋和对话,人对客观世界的认识是凝固的还是未完成的。费·米·陀思妥耶夫斯基和梅列日科夫斯基的小说的区别在于两位作家在赋予主人公思想以形式的时候,采取的是两种截然相反的立场。在梅列日科夫斯基的小说中,将现实世界中各种与作者思想不相融合并与之分庭抗礼的思想客体化,完全置于作者的思想之下,因此这些思想是"封闭"的,是以"完成性"为前提的,真正能够成为思想家的只有作者一人。换句话说,整部作品被作者声音及其统一的理念所笼罩,主人公声音不是失去了独立性,就是本身只能成为某种理念或统一的思想的附庸,这就是传统的独白型小说的创作方法。

---

① 刁绍华:《德·梅列日科夫斯基及其长篇三部曲〈基督与反基督〉》// 梅列日科夫斯基:《诸神之死——叛教者尤里安》,刁绍华、赵静男译,哈尔滨:北方文艺出版社,2002年,第13页。
② 同上书,第13页。

费·米·陀思妥耶夫斯基则能够使不同的思想成为主人公的意识、思考的对象,这样不但保证了他人思想在现实世界中的那种不完结、永无定论的特征,也保证了思想直接有未完成和不可完成的对话特征,即对话的开放性的特征,这是复调小说对话的本质特点之一。

梅列日科夫斯基的小说创作违逆了从客观现实到主观精神活动的现实主义程序,而是由主观精神思想挂帅,到客观历史现实中去挖掘与筛选社会生活素材,再由抽象和形象思维将这些生活素材作了强力改造后成为人文的题材,从而建立了他的象征主义表现模式——即主题先行的模式。在他的小说中(甚至包括他的诗歌、评论文集、传记、散文等诸多题材的文艺作品中),思想主题均来源于他的思想,该思想是一种"新宗教精神"——追求"基督教信仰"与"人文精神"完美融合的理想。

梅列日科夫斯基作为一个散文作家的实践所具有的意义,对于当代人来讲并不仅仅局限于历史浪漫主义精神,他在俄罗斯象征主义作家中首先尝试使用总体模仿的手法,使自己作品的形式"完全符合作品中所表现的时代"。基于他对未来文学的理解,作为一个革新者,在文学流派方面,他首先创建了"历史诡辩主义",而人们经常把它定义为"世界观型思想小说的变体"①。他的创作理念不单单是从根本上影响到与其相近的同类现代主义作品,而是远远超出了这个范围:在以后的几十年中,他的经验对几乎所有用俄语写历史小说的人都在某种程度上是重要的。在世纪之交的文学界,梅列日科夫斯基的两个三部曲的出现,使历史题材作品的地位得到了显著的提高,此后,诸多前卫作家越来越多地光顾这一题材。

二、确立了"系列小说"的原则

在梅列日科夫斯基的小说艺术结构中,历史的与超历史的、历

---

① 俄罗斯科学院高尔基世界文学研究所:《俄罗斯白银时代文学史》(4卷本),谷羽、王亚民等译,兰州:敦煌文艺出版社,2006年,第2卷,第275页。

史的与神话的因素结合在一起,因为"真正的象征主义要求真切地感觉到两个世界,真实地接触到彼岸世界"①。在历史的因素中发现"元历史"的超概括因素的首要的也是最重要手段就是"普遍化"——即确立巨大规模的历史时代之间的相似性。这种倾向引起作家转向三部曲形式——即同一主题的三部作品构成统一整体的系列。三部曲的完整性不仅取决于贯穿三部小说的"元情节",而且在每部作品中还必须折射着整体的共同思想(例如,将过去、现在和未来联系在一起的情节"链条"——"维纳斯—阿佛罗狄忒"就是作家为自己的小说找到的强大文化基础,和永恒的东西——即在不同历史时代固定不变的东西)。古希腊罗马时代、文艺复兴时期、彼得大帝时代是人类精神与超个人世界规律发生悲剧冲突中的三个阶段,只有在三部曲的同一整体中,单独的每一部才能获得自己应有的意义。

梅列日科夫斯基不同时期的小说都保持着共同的美学基础,忠实于某种统一的艺术思维原则,其中最主要的原则之一就是"系列性"(Цикличность)②,长篇小说就像一首抒情诗,由于感觉到自己的渺小,所以力图冲出自己的界限,超越自身,成为某种比既定规模更大的东西,无限地扩展其所控制的时间和空间,正是因此长篇小说组成某种系列——三部曲或两部曲,甚至与其他种类的文学作品结合在一起(非传统体裁诗学意义上的"交响曲""剧体小说",例如,梅列日科夫斯基的《野兽的王国》三部曲就是由两部小说《亚历山大一世》《十二月十四日》和一部戏剧《保罗一世》组成)。按时间顺序来说,后面的作品都清楚地"记着"前面的作品,并在某种重要意义上(不是情节意义)继续着前面作品的主题,例如,《野兽的王国》三部曲继续着第一个三部曲《基督与反基督》的主题——反基督、基督的新表现主题——政权和阴谋,推翻政权的暴动。关于亚历山大和十二月党人的第二个三部曲《野兽的王国》

---

① Барковская Н. В. Поэтика символистского романа. Екатеринбург: Урал. гос. пед. ун-т, 1996. С. 22.
② Колобаева Л. А. Мережковский—романист // Колобаева Л. А. Русский символизм. Изд. МГУ. 2000. С. 239.

相对于第一个三部曲《基督与反基督》而言,是将行为的时间向前推移,推向未来,使其接近我们,接近现代性,而"东方系列"小说——《诸神的诞生》和《弥赛亚》,正相反,是将行为的时间向后推进,推向基督教之前的埃及文明的久远古代。梅列日科夫斯基这样做是为了在时代的最深处,在其微弱的反射光线中窥视到人类的某些精神之根——那些不是建立在仇恨之上而是建立在爱好和平之上的信仰足迹,并确立人类原始起源的思想,这一起源建立在世界宗教的相似性基础之上。

这种"系列化"（Циклизация）倾向不只是梅列日科夫斯基个人的艺术追求,也成为 20 世纪的抒情类作品和叙事作品(即不同文学体裁和种类的作品)的创作标志。世纪之交的社会状况和思想探索促使作家们追求将哲学、宗教、历史、心理等问题在美学方面连成一个统一的整体,梅列日科夫斯基即是这种追求的先行者(他一生共写了三个三部曲,除上面的两部外,还有历史文化三部曲:《三的秘密:埃及与巴比伦》《西方的秘密:大西洲与欧洲》和《不为人知的耶稣》)。他的成功尝试为之后的许多作家效仿,包括安·别雷、费·库·索洛古勃、伊·阿·布宁、马·亚·阿尔达诺夫、阿·尼·托尔斯泰、安·彼·拉京斯基等。例如,安·别雷的四部《交响曲》〈包括《北方交响曲:第一英雄交响曲》(1903)、《第二交响曲:戏剧交响曲》(1902)、《归来:第三交响曲》(1905)、《暴风雪高脚杯:第四交响曲》(1908)〉和未完成的《反基督》三部曲;费·库·索洛古勃的长篇小说三部曲《阴间的诱惑》,包括《创造的传奇》(1907)、《血滴》(1908)、《奥尔特鲁达女皇》(1909)〈后来,这三部小说和小说《烟与灰》(1912—1913)一起被作家压缩成长篇小说三部曲《创造的传奇》(1907—1914)〉;伊·阿·布宁的系列小说:"乡村写生系列"〈中篇小说《乡村》(1910)、《苏霍多尔》(1911)与长篇小说《扎哈尔·沃罗比耶夫》(1912)、《最后的一天》以及《春天的夜晚》(1914)等近 30 篇农村题材小说〉,"文明批判系列"〈短篇小说《兄弟们》(1914)、《从旧金山来的绅士》(1915)、《圆耳朵》(1916)、《同胞》(1916)等〉,"爱情悲剧系列"〈《爱情文法》(1915)、《轻盈的呼吸》(1916)、《阿强的梦》(1916)等〉;阿·

尼·托尔斯泰的《苦难的历程》三部曲:《两姐妹》(1921)、《一九一八年》(1926)、《阴暗的早晨》(1941);马·亚·阿尔达诺夫写了一系列历史题材著作,但"事实上,他终生都在写作一部大书,这本书谈的就是俄罗斯在欧洲历史中的地位"①,尽管每部长篇或中篇都有相当的独立性,但这些中长篇还是构成了多部贯穿着某种统一思想的三部曲和四部曲,第一部这样的四部曲,就是由《思想者》的总题统领起来的四部长篇小说:《热月九日》(1921—1922)、《鬼桥》(1924—1925)、《阴谋》(1926—1927)、《圣赫勒拿,一座小岛……》(1921),第二部是关于1917年革命和俄国侨民生活的三部曲:《钥匙》(1929)、《逃亡》(1930—1931)、《洞穴》(1932—1935)②;安·彼·拉京斯基的历史小说三部曲:《当赫尔松涅斯城陷落的时候》(Когда пал Херсонес)(1959)、《安娜·雅罗斯拉夫娜——法国女王》(Анна Ярославна—королева Франции)(1967)、《弗拉基米尔·莫诺马赫的最后道路》(Последний путь Владимира Мономаха)(1966)(第三部未完成)③。

三、拓宽了"历史小说"的范畴

按照传统说法,"历史小说"(Исторический роман)就是现在众所周知的由英国作家司各特创造的一种小说体裁,任何"体裁分类"都会提到他。司各特的艺术发现本质在于,长篇小说的故事情节有机地将历史真实人物和虚构人物结合在一起,而且后者充当的不是群众角色,而是历史的真正创造者,与著名历史活动家并驾齐驱。司各特第一次将"个人"纳入到历史过程中,使其变得艺术可信和历史的真实。司各特的艺术发现极大地影响着19世纪上半叶的审美意识。

俄国最伟大的历史小说《战争与和平》表面上看也属于公认的

---

① 阿格诺索夫:《俄罗斯侨民文学史》,刘文飞、陈方译,北京:人民文学出版社,2004年,第247页。
② 同上书,第268页。
③ 拉京斯基(Антонин Петрович Ладинский, 1896—1961),俄罗斯诗人、作家、翻译家。著有5本诗集和历史小说三部曲及历史小说《十五军团》。

"历史小说模式",但就其深刻实质来看却是"一种全新的没有受到司各特影响的现象,因为列·尼·托尔斯泰不仅没把'个人',就连历史伟人也没看做是历史的真正创造者,他对'历史个人主义'不感兴趣,对人对历史的某种影响形式不感兴趣,他塑造的是历史中的人,被历史潮流吞没的人。历史本身是由比个人更强大无比的社会力量创造的,这一思想是19世纪的一种艺术发现"①。《战争与和平》的主题思想就来源于此:"人民是历史的创造者"。这一思想多次被众多历史小说家利用,但大多数人却不接受列·尼·托尔斯泰关于"个人在历史中的消极性"思想,梅列日科夫斯基就是其中之一。他的历史小说都是写巨大转折时代的伟大历史活动家。按照他的观点,这些人物的伟大绝不是虚假的,这些人类的"伟大同行者"是历史的真正创造者。不过,梅列日科夫斯基不仅善于展示"伟大同行者"的伟大,也善于展示那些遭遇历史剧变的"普通人"的巨大精神热情和内心悲痛,这不是单个人的遭遇,而是对历史进程具有巨大反作用力的深刻历史推动结果。马·亚·阿尔达诺夫把有意识地关注历史小说体裁中的历史解释为是梅列日科夫斯基具有独立重大意义的宗教思想价值,他将宗教思想置于历史真理和小说艺术价值之上。

  把梅列日科夫斯基的《基督与反基督》三部曲看做是"历史小说",既有其同时代的研究者——阿·瓦·阿姆菲加特罗夫、安·伊·波格丹诺维奇、亚·亚·伊兹梅洛夫,也有当代的批评家——德·瓦·潘琴科、奥·尼·米哈伊洛夫等,其理由是:"在这三部小说中情节服从于所选历史事件的进程,它们是作家以非常渊博的知识再现出来的,并且整体上相当准确"②。但也有不少批评家(伊·亚·伊里英、尼·康·米哈伊洛夫斯基、亚·康·沃伦斯基、彼·阿·克鲁泡特金等)持反对意见,他们指责梅列日科夫斯基的

---

① Балакин Ю. В. Исторический роман в современном своём выражении // Пилигрим, № 4 июль — декабрь 2002. http://piligrim.omskreg.ru/04/04_public_balakin.html.

② Колобаева Л. А. Мережковский—романист // Колобаева Л. А. Русский символизм. Изд. МГУ. 2000. С. 239.

小说缺乏历史真实,时代错乱,历史事件充斥着太多的现代化气息(即把过去的事物当作后来事物发展的源泉来表现,后来,安年斯基在自己的悲剧中,瓦·雅·勃留索夫在《愤怒的天使》中,也都用了类似的把历史现实化的手法),所有的形象都屈从于既定的观念。对此当代学者符·韦·阿格诺索夫的解释是:"这些批评家都犯了同一个错误,因为,看小说不是为了研究历史,要研究历史就该去读教科书。梅列日科夫斯基是在有意地违背他熟知的历史事实,其目的在于其观点,在于其象征主义的观点:在现实的、日常的事件和事实的后面寻找有预见的含义,寻找生存的内涵"①。其实,这些指责主要是基于他们不能接受他小说中的象征主义神话色彩,而实质上作家在忠于事实的基础上融进了自己的看法乃至有意曲解,因为他意识到,主观态度在对待具有实证科学基础的客观事物中,同样是重要的。在近年的许多研究著作中,对梅列日科夫斯基小说运用史实的特点,以及他安排历史人物形象始终坚持的宗旨,表现得越来越专注了②。对待史实的随意性,可以用纯美学的观点解释——作家把引文、史实、语言的时代特征等等故意搞混,从而达到作家自己追求的艺术效果。对于梅列日科夫斯基来说,牺牲历史的"字面意义",是为了洞察历史的密码,在这种情况下,属于观念方面的宗旨最为重要,其中包括准确地把握现实,理解存在于过去与现在之间的同义关系及因果关系,在这种联系的背后可以看到更加深广的——预测性的含义。

---

① 阿格诺索夫:《俄罗斯侨民文学史》,刘文飞、陈方译,北京:人民文学出版社,2004年,第117页。
② См. Юхименко Е. М. Старообрядческие источники романа Д. С. Мережковского 《Петр и Алексей》 // De visu. M., 1994, N 3/4. С. 47-59. Ваховская А. М. Исторический роман Д. Мережковского 《Антихрист. Петр и Алексей》: Субъективное толкование или прозрение? // Рос. литературовед. журн. М., 1994, N5—6. С. 90—104. Пономарева Г. А. Заметки о семантике " перепутанных цитат " в исторических романах Д. С. Мережковского // Классицизм и модернизм. Тарту, 1994. С. 102—111. Круглов О. Ю. Историческая реальность и художественный вымысел в романе《Антихрист. Петр и Алексей》 и драме 《Павел Первый》 Д. С. Мережковского: Автореф. дис. канд. филол. Наук. // Моск. пед. гос. ун-т им. В. И. Ленина. М., 1996.

所以,利·安·科洛巴耶娃将《基督与反基督》三部曲称作是"新型历史小说"——"宗教历史小说",因为梅列日科夫斯基的三部曲取材于历史,以某个历史人物的生活道路为基础来组织故事情节,但又有别于传统的现实主义历史小说,并不侧重于描写社会阶级矛盾和揭示历史发展的客观规律,而多为"借题发挥",由一点而无穷大。"历史"被梅列日科夫斯基看做是宗教和文化的斗争过程,是基督和反基督的对立,所以他完全站在宗教哲学的角度来重新审视历史人物和历史事件,把历史人物的生平事迹和历史事件与多神教与基督教有关的内容无限地扩展开去,借以进行宗教哲学探索,表达自己的"新基督教"思想。在基督教的独特思想影响下,他努力深入开掘人类历史与宗教的关系问题,从宗教的角度揭示人类历史的命运,把欧洲和俄国的历史发展轨迹纳入基督教和多神教、灵与肉之间的斗争过程加以审视。所以,扎·格·明茨公正地指出:"三部曲完全不是追求造型目的,而其中的细节和现实经常是象征性的。在大量的可见和可闻事件背后展现的是精神本质世界"①。

梅列日科夫斯基的小说具有宗教哲学特点,但他不是偶然谈到宗教—历史认识方法的,这一特点也是他的作品有别于职业历史学家的研究和大多数历史小说作家的作品的原因。据济·尼·吉皮乌斯证明,梅列日科夫斯基在创作重要作品时,都要认真阅读和研究与他所感兴趣的题目有关的书面资料。任何一位历史作家在进行创作时都要预先研究其所构思的小说的历史时代,但与其他作家不同的是,梅列日科夫斯基非常广泛和接近文本地将这些资料"引用到"自己的历史小说中,这一特点使他的历史小说有别于这一体裁的其他作品,而接近于历史研究。例如,许多研究者都指出,他的小说《诸神的复活——列奥纳多·达·芬奇》一半以上的文本是靠详细的文献支撑的。但与历史学家不同,梅列日科夫斯基没有把"引文"与自己的文本分开,而是将"引文"有机地融入

---

① Минц З. Г. О трилогии Мережковского «Христос и Антихрист» // Мережковский Д. С. Христос и Антихрист. Трилогия. Из лит. наследства. М., Книга, 1989. Т. 1. С. 10.

到文本中,并通过不同人物的口说出,因此,这些文献支撑就不像在科学文献中那样,需要逐字逐句,一字不差地加以引用。

利·安·科洛巴耶娃在《梅列日科夫斯基——小说家》一文的最后指出,梅列日科夫斯基"丰富了历史小说的体裁形式,稍后的尤·尼·特尼亚诺夫①、阿·尼·托尔斯泰显然借鉴了梅列日科夫斯基的艺术经验"②。梅列日科夫斯基的创作对于 20 世纪文学来说并不是悄无声息的,他创作的"新型历史小说"不只影响到与其时代相近的同类现代主义作品,而且远远超出这个范围:在以后的几十年中,他的经验对几乎所有用俄语写历史小说的人都在某种程度上是重要的。在世纪之交的文学界,他的《基督与反基督》三部曲和《野兽的王国》三部曲的出现,使历史题材作品的地位得到了显著的提高,此后,有许多作家光顾这一题材,例如,尤·尼·特尼亚诺夫、马·亚·阿尔达诺夫、阿·尼·托尔斯泰等。雅·索·卢里耶在《托尔斯泰之后。托尔斯泰的历史观和 20 世纪问题》一文中也论述了这几位小说家及梅列日科夫斯基与列·尼·托尔斯泰的历史小说《战争与和平》之间的承继关系③。利·安·科洛巴耶娃认为,不排除三部曲《基督与反基督》对谢·尼·布尔加科夫的长篇小说《大师与玛格丽特》影响的可能性,因为在两位作家的作品中存在某些相同的形象:在梅列日科夫斯基的小说《诸神的复活》中卡珊德拉和谢·尼·布尔加科夫《大师与玛格丽特》的玛格丽特飞行去参加巫婆狂欢夜会;两位作家采用了特殊的名字变形:伊苏斯(Иисус)——耶稣(Иешуа)。利·安·科洛巴耶娃认为,最

---

① 尤·尼·特尼亚诺夫(Юрий Николаевич Тынянов, 1894—1943)俄罗斯作家、文艺理论家。他的理论著作既注重文学史,也注重文艺理论,代表作有《诗歌语言问题》《仿古者和普希金》《普希金和丘特切夫》等。他的小说把科学和文学有机地融为一体,对人物的描写切合人物所处的时代,作品的语言富有表现力,主要作品有描写十二月党人的长篇小说《丘赫利亚》(1925)、以格里鲍耶陀夫为主人公的《瓦济尔—穆赫塔尔之死》(1927)、三卷本历史小说《普希金》(1935—1943,未完成)等。
② Колобаева Л. А. Мережковский—романист // Колобаева Л. А. Русский символизм. Изд. МГУ. 2000. С. 251.
③ Лурье Я. С. После Толстого: Исторические воззрения Толстого и проблемы XX века. СПб., 1993.

出色的地方是作为两个文本情节结构组织基础的时间原则的统一:"在一个艺术整体范围内将两个非常遥远的时代聚在一起,比较基督、'人类起源'和现代三个时代;在某种意义上是历史的终结和开端的比较"①。

奥列霞·拉加希娜在其博士论文《梅列日科夫斯基和阿尔达诺夫的历史小说》中详细论述了受梅列日科夫斯基历史小说影响的具体作家:马·亚·阿尔达诺夫、安·彼·拉京斯基、阿·尼·托尔斯泰、亚·伊·索尔仁尼琴等②。他指出,马·亚·阿尔达诺夫与梅列日科夫斯基的"历史观"不尽相同,前者认为"历史小说作家的艺术,可以简化为对出场人物'内在性的揭示',可以简化为给他们安排一次合适的漫游,在那样的安排中,他们解释了时代,时代也解释了他们"③。在这样一种历史—哲学态度和历史—心理态度中,包含着马·亚·阿尔达诺夫的历史小说与梅列日科夫斯基历史小说的区别:让历史服从于先验的宗教哲学观念。但是马·亚·阿尔达诺夫作品的"系列性"和"统一性"特点却与梅列日科夫斯基很相似。梅列日科夫斯基对阿·尼·托尔斯泰的《彼得大帝》的影响是非常明显的,不需要详细的证明,只需列举以下一些事实:人物(安德烈·戈利科夫和吉洪);火烧迹地的场景和分裂派教会长老涅克塔里;"诸神复活"的主题;制造飞行器的铁匠库兹马·热莫夫的故事与列奥纳多的学生阿斯特罗飞行失败的故事相似,等等。在安·彼·拉京斯基的小说中议论哲学问题的人物在多神教和基督教真理之间奔忙,采用的就是梅列日科夫斯基的主题诗学和形象的象征化手法。梅列日科夫斯基也影响到安·彼·拉京斯基的情节选择。例如,小说《十五军团》(XV легион)(1937)④的思

---

① Колобаева Л. А. Мережковский—романист // Колобаева Л. А. Русский символизм. Изд. МГУ. 2000. С. 256.
② Олеся Лагашина Исторический роман Д. Мережковского и М. Алданова. Диссертация. Тарту, 2004. С. 86—87.
③ 阿格诺索夫:《俄罗斯侨民文学史》,刘文飞、陈方译,北京:人民文学出版社,2004年,第255页。
④ 历史小说《十五军团》中的事件是在罗马帝国衰落的背景下展开的,那时希腊世界正在覆灭、生活和道德败坏、多神教和基督教势不两立。

想就是从梅列日科夫斯基的《西方的秘密》(1930)中汲取的,其中出现的历史人物后来成为安·彼·拉京斯基的主人公,非常典型的例子就是在安·彼·拉京斯基的作品中,也出现梅列日科夫斯基笔下描述的主人公的哲学—宗教争论情节。文艺学家们把亚·伊·索尔仁尼琴的长篇史诗《红轮》列入20世纪非传统历史哲学小说之列,其理由是在这部作品中充满了历史哲学问题,与梅列日科夫斯基的"新历史小说"有相似之处。

四、树立了"装饰美文"的典范

在白银时代那个"审美至上"的时代里,梅列日科夫斯基在象征主义小说语言和手法方面的探索和创新使他的三部曲在20世纪初的一段时间里赢得了特别的文学地位,成了当时"美文"的典范和无数文学青年效仿的对象。他的小说不论是在当时还是在现在都受到人们的欢迎,其原因就在于他"所描写的景色、人物和历史细节都是竭力精致铺张的"①。

梅列日科夫斯基小说的美学风格,首先得益于其在语言修辞方面的天赋,对此其同时代人和当代研究者都予以证实。例如,马·亚·阿尔达诺夫指出:"梅列日科夫斯基的精致修辞和语言手法相当有名,常常被人们模仿。但他并不是刻意为之的,因为他是个天生的修辞家,'天赐的'修辞家"②。为了证明这一点,马·亚·阿尔达诺夫随便举了《列·托尔斯泰与费·陀思妥耶夫斯基》中的几行作为例子:"他(费·米·陀思妥耶夫斯基)爱惜地碰了一下那只破旧不堪、令人蔑视的器皿,里面的珍贵液体眼看就要燃完了;奄奄一息的液体突然蹿起火苗回应着他的怜爱之火;玻璃器皿的四壁震颤起来,发出叮叮当当的声响;千年的霉层突然像鱼鳞一样从上面脱落下来——玻璃壁又变得透明起来:僵死的、令人难忍的教条重新变成鲜活的、充满生命的象征"③。这样的描写在梅

---

① 马克·斯洛宁:《现代俄国文学史》,汤新湄译,北京:人民文学出版社,2001年,第117页。
② Алданов М. А. Д. С. Мережковский. Некролог // Николюкин А. Н. Мережковский: Pro et contra. Изд. Русского Христианского гуманитарного института. СПб., 2001. С. 406.
③ Мережковский Д. С. Л. Толстой и Достоевский. Вечные спутники. М., Республика, 1995. С. 246.

列日科夫斯基之前还寥寥无几。所以,米·奥·蔡特林说梅列日科夫斯基是"继瓦·瓦·罗扎诺夫之后最好的俄罗斯随笔作家。他的语言准确、纯净,充满强烈的情感和激情,富丽堂皇的句子'闪耀着金属和大理石的光芒,有时给人造成一种冰冷的错觉,有时又充满愤怒的刺人嘲讽'"①。

其次,得益于其对语言的功能意义、音响意义、色彩意义等方面的执著追求。梅列日科夫斯基善于把自己的这种美学目标体现在艺术作品的所有成分中,其中包括各种语言成分:句法、构词法,甚至三部曲的词汇表,都具有他执着追求的那种"普遍化二元对立诗学"特征。他满腔热情对待自己的言语结构,"不允许自己的巨大文学作品的一个成分片刻排除在其美学体系那张高度紧张的网之外"②。他不仅利用大量的问句、感叹句、呼语、重复句等这些传统手法创造出一种"响亮的"朗诵语调,还广泛利用现代主义文学的各种手法诸如大写关键词的开头字母、黑体字、意识流等,创造特殊的感情氛围,达到语言的紧张化和戏剧化效果。此外,他还将象征派的诗歌"音响"技巧扩展到散文中来,使散文具有诗歌的韵律美,那些冰冷的"死"句法图示由于热情洋溢的"说教式语调",变得充满了"活"的物质感,不论是愤怒,还是嘲讽,都达到了最高程度的表现。

第三,得益于其真实、细腻的现实主义描写。出于对象征主义"对应说"的追求,梅列日科夫斯基在周围世界中处处寻找"对应"关系,自然界里的一切都被涂上浓重的神秘色彩,天空大地,日出日落,风云雷电,山川草木等自然力,色彩奇异,变幻莫测,体现着神力或魔鬼的邪恶,获得了某种"生命",似乎是直接参与人类的社会生活和个人的命运安排。富于寓意的自然景物描写,不仅体现了作家对社会与生活的深刻独特思索,也使小说的许多篇幅成为

---

① Цетли М. О. Д. С. Мережковский (1865—1941) // Николюкин А. Н. Мережковский: Pro et contra. Изд. Русского Христианского гуманитарного института. СПб., 2001. С. 412—413.

② Тагер Е. Б. О стиле Маяковского // Тагер Е. Б. Избранные работы. М., Сов. Писатель, 1988. С. 263.

优美的散文诗,意境深远,具有特殊的艺术魅力,作家本人也因此成为所谓的"装饰性美文"(Эстетическая проза)①的先驱,其后的象征派作家安·别雷和现实主义作家叶·巴·列昂诺夫、亚·谢·绥拉菲莫维奇以及"谢拉皮翁兄弟"等都在不同程度地表现出对语言"装饰性"功能的追求。

本 章 小 结

　　梅列日科夫斯基不仅以自己的宗教哲学活动影响着世纪之交的俄国社会文化的建设,更以自己的文学创作表达着"新宗教意识"的理想。他在象征主义小说方面的种种探索,不仅拓展了象征主义文学的体裁领域,也影响着其后的众多俄罗斯作家。马·亚·阿尔达诺夫在《悼念梅列日科夫斯基》一文中指出梅列日科夫斯基创作的意义:"梅列日科夫斯基的文学功绩是伟大的。他的著作《列·托尔斯泰与费·陀思妥耶夫斯基》为最新的俄罗斯批评奠定了基础。他首先'极其深入和透彻地'理解和阐释了列·尼·托尔斯泰的艺术方法,揭示了阿·马·高尔基的创作特点。所谓的'形式主义者们'在许多方面都要归功于他,尽管他们缄口不谈这一点,尽管他由于自己的心性离他们很遥远"②。

　　梅列日科夫斯基留给俄罗斯文学的遗产是巨大的,他对俄罗斯和世界文学的影响也是有目共睹的。但对这一巨大遗产的研究不论是在俄罗斯还是在国外(包括在我国),还只是刚刚开始,有待于进一步挖掘、整理和研究。

---

① "装饰性美文"(Эстетическая проза)即节奏散文的一种,其本质就在于突出语言本身的功能意义、音响、色彩意义,强化语言的节奏功能(维·马·日尔蒙斯基语)。
② Алданов М. А. Д. С. Мережковский. Некролог // Николюкин А. Н. Мережковский: Pro et contra. Изд. Русского Христианского гуманитарного института. СПб., 2001. С. 405.

结　语

　　19世纪末20世纪初的俄罗斯是一个社会大变革的时代,危机频仍、灾祸不断、充满动荡和转折的悲剧氛围,梅列日科夫斯基的人生际遇、思想探索和文学实践活动都体现了与这一时代的密切联系。在这个新旧社会交替的十字路口,俄国知识分子的精神创造活动表现得极为复杂多样,充满了坚定与彷徨、充实与空虚、清醒与困惑、追求与退缩等矛盾心态。当此之际,俄国思想界、文化界各派都试图为现实开一剂良方,然而,在梅列日科夫斯基看来,他们都"像用剑击灵魂一样",不是错拿了武器,就是击错了对象。他深刻地领悟到,整个俄罗斯"现在都伫立在某种终点上,在深渊之上徘徊",若不想坠落深渊,就必须选择超历史之路——宗教。于是,梅列日科夫斯基将全部精力投入到对宗教问题的关注上,不仅通过宗教小说《基督与反基督》的象征主义叙事进行一种新宗教哲学思想的探索,而且在其全部著作中持续不变地探讨宗教问题,实践着自己的"新基督教"主张。

　　透视梅列日科夫斯基的象征主义,我们可以看出其中浓重的宗教哲学色彩和政治文化色彩。他的象征主义是对人类的历史、现在、未来的宗教哲学思考,因此,象征主义在他那里不仅是一种艺术思潮,而且第一次被作为一种思想而具有独特的世界观意义。他提出"新基督教"主张,目的是利用基督教概念和形象解决"生命的精神基础"这一哲学问题。长期以来,人的崇高性、超越性、精神价值,只能是与不可知的超验的"上帝"与"神"的观念相联系,但经过漫长的历史过程,基督教的观念和形象在某种程度上已经超出了教会的范围,甚至超出了宗教界限,而成为一般哲学和文化因素。所以,梅列日科夫斯基的象征主义同时又具有与实证主义、功利主义相对立的政治文化色彩,他将其与20世界初的宗教哲学领域的精神更新运动结合在一起,共同走向了"寻找上帝"的"文化基督教"的探索之路。

梅列日科夫斯基不仅在自己的心灵中敏锐地感觉和意识到两个世纪的"交战"、新与旧的"交战",还异常准确地猜测到这一矛盾的巨大世界性特点。他把周围现实的一切方面都归结为两种绝对因素——基督和反基督,这种哲学世界观的"最高纲领主义"将他变成了世纪之交的真正"英雄"。这个世纪之交具有全面推进的特点,既发生在社会和文化结构中,也发生在人们的精神组织结构中。正是这种对绝对性、对物质和现象的神秘本质的执着追求,使梅列日科夫斯基产生强烈的"自我意识"并在"普遍化二元论"风格形式中加以表达,从而深化和突出了这种形式的各种成分:这是抽象思想压倒外部艺术可塑性的"语言公式";这是作家克服材料限制而关注永恒不变意义的"象征图示";这是镜子般对称的"句法结构";这是专注于一个思想的人物——"偏执狂患者";这是最强化的"色度分析"。

而"对比"是这种极度强化的艺术形式的主要结构,实际上也是普遍化的结构,作家诗学的各个方面都服从于它:**一、貌离而神合的词语修辞**。词汇修辞具有特殊的"逆饰"特点——即排除合成极端性因素的"弱化逆饰",它使极端性的冲突变得更加暴露、更具戏剧性;**二、万象而归一的象征图示**。作家将包罗万象的象征建立在积极的概括和分类基础之上,增强了其概括性,减弱了其联想性和多义性,目的是把读者的各种联想指向需要的轨道,帮助其克服象征主义的多义性迷雾,简化并分辨出最主要的东西;**三、简洁而延宕的句法结构**。一方面,具有安·巴·契诃夫式的"崇高简洁"特点和逻辑性:极其简短的简单句结构、对称性结构;另一方面,又具有某种拖延性和语调的从容不迫性:句子被丰富的引文、多权的比较和无数的确切成分所"加重",反映了作家的注意力集中在思想的极端清晰性和准确性上。这种简洁性和紧凑性与繁琐性和松散性相互结合,却不失句法的普遍化特点;**四、严整而错综的情节模式**。一方面,作家追求几何般的严整、确定,甚至某种简单;另一方面,又追求特殊的复杂形式,依靠各种手法,让它们在各自需要的方向上"工作",达到既图示化简洁又多样化复杂的目的;**五、简明而深化的结构框架**。采用"对称"的方法"简化"和"深化"人物身上的"二元性"矛盾,通过"逻辑公式化"建立宇宙模式,把对立的"时空范畴"(莫斯科——彼得堡,东方——西方,天上——地下)"成倍放大",使其像在镜子中一样无止境地互相反射。

但是,所有这些轮廓分明的艺术形式的对比,都服从于作家创作的最高任务——"达到最后的本质"。所以作家始终能回到包罗万象的两种世界因素的矛盾对立上,这就使其风格结构具有空前的稳定和磐石般的完整性。这样,作家的"思想最高纲领主义"就在"风格最高纲领主义"中找到了完全相应的体现,而这种"风格最高纲领主义"在作家19世纪90年代末的那些批评作品中开始出现并在20世纪初最终形成。

如果说到艺术散文(尤其是长篇小说三部曲《基督与反基督》),那么在这里梅列日科夫斯基仍坚定不移地采用各种方法,将自己的风格既定"公式"磨炼到至善至美的程度(达到"炉火纯青"的最高境界)。正是在这种意义上,我们说作家的创作演化过程与其说是一个变化和发展的过程,不如说是一种特殊的复杂化过程——即通过多次磨炼和反复运用的方法达到暴露结构原则的目的。

我们认为,如此露骨地勾勒"新艺术"的主要规律,是任何创新者不可避免的甚至也是迫不得已的方法。最好的证明就是文化在其自身发展的某些转折阶段会不断地"返璞归真"。例如,现实主义文学大师巴尔扎克注定要过分注重细节,同样,阿克梅派力图克服象征派的捉摸不定和令人费解,却走向了另一个极端——绝对简洁和具体可感。

但是,梅列日科夫斯基较早就预感到这种初露端倪的20世纪文化的最重要进程,也许是由于意识到自己担负着预见性的"弥赛亚"角色,这就促使他向极其简化的形式转变,暴露自己的风格规律。

所以,"大量分裂"原则成为《基督与反基督》三部曲中真正普遍化的原则,与非艺术散文(批评和政论作品)相比,它极大地拓展了自己在文本中的影响范围:

(一)它使象征对立物互相弥补、反转、重合,打破严格的对称。极端紧缩的象征"环"代替大量用以明确和深化主要象征意义的象征性二律背反,而且环环相扣,使意义对比达到荒谬的程度,从而得到强烈暴露。

(二)它使三部曲的情节结构找到了体现。通过"链条""图式""文本"等连接手段将三部曲的情节连成一个前后呼应的有机整体。

(三)它使三部曲的各种主题与中心主题有机联系在一起。它们与情节平行运动,仿效情节原则,维持着情节的发展。

(四)它使三部曲的主要人物的内心分裂得到加强并具有戏剧性。列奥纳多的众多同貌人代替了尤里安纯理性主义的严格清晰的二元论,这些同貌人更清楚地说明列奥纳多性格中的不同方面,而在第三部小说中这种极端性通常混合在一起,创造出会变化的人物(彼得和阿列克塞)。

尽管梅列日科夫斯基是一位专业的语文学家和精细的修辞学家,但他也清楚地意识到,如果像在批评和政论文中那样过于夸张地显露风格,那么对小说是有害的。所以他要为自己的"风格操纵"寻找一些更加灵活的形式——少些强硬但非常有效的形式,这种形式就是"扩展倾向"(首先在其作品的词汇方面)。尽管这种倾向具有偶然性("以偏概全"取代作家惯用的"以全概偏"),但却是非常有力的加强方法,达到了强化艺术形式的预期结果。

因此,我们看到,梅列日科夫斯基那种初看起来庞大多层的"金字塔"风格,经过比较集中的分析研究后,变成一种极其简洁、清晰的结构,甚至有些生硬,其理性的冰冷被异常灼热的说教者的热情所中和。梅列日科夫斯基的"凶残的祭司咒语公式"(Свирепые формулы жреческих проклятий)(费·库·索洛古勃语)就是这样出现的,它们既充分体现了作家自己的内心二元论,也体现了其所处时代的"世纪之交性"特点。

确实,如果不考虑当时在俄罗斯文化生活中形成的那些倾向,就不可能充分阐明梅列日科夫斯基三部曲的风格特点。所以抽象主义奠基人瓦·瓦·康定斯基令人惊奇地准确指出,真正艺术家的风格和时代的风格总是创造出一种"统一的形式"①。在这种意义上,不仅梅列日科夫斯基的《基督与反基督》,还有瓦·雅·勃留索夫、费·库·索洛古勃、安·别雷的象征主义小说,以及其后谢·尼·布尔加科夫的《大师与玛格丽特》,都发展了一种"元历史主义原则"②;诗人奥·埃·曼德尔施塔姆和安·安·阿赫玛托娃的诗歌,尽管各有各的独特风格形式,但都表达了同样的难以排遣的"对世界文化的苦闷";在一定程度上甚至符·符·马雅可夫斯基的创作也创造出一幅真正的规模宏大的世界图景。

这种对"绝对存在"的追求,即对"时空之外存在"的追求,不仅是文学具有的特点,也是20世纪初整个艺术领域具有的特点。例如,库·谢·彼得罗夫—沃德金、马·扎·沙加尔、巴·尼·菲洛诺夫等画家创造出自己时代的大容量象征主义"公式"。巴·尼·菲洛诺夫号召画家在自己的作品中"从个别的尽善尽美"向"普遍的尽善尽美"运动,他甚至用"公式"这个关键词命名自己的油画:《宇宙的公式》《春天的公式》《空间的公式》《革命的公式》。而至上主义画家卡·谢·马列维奇被"第四维"思想所吸引,在其中画家看到了被内部心灵视觉所认识的另一个高级现实,他想方设法摆脱自己画中的地球三维性,其油画的名字就足以证明这一点:《足球运动员的绘画现实——第四维中的颜料》《二维自画像》《太太。第四维和第二维中的颜料》。

在声音中表达"物体的心灵",而不是其外部真实,这成为作曲家伊·亚·萨茨的现代主义实验目的。他为莫里斯·梅特林克的戏剧《青鸟》谱写了著名的音乐,其中"糖果"的心灵用精彩的小号

---

① Кандинский В. В. О духовном в искусстве. М., Архимед, 1992. С. 59.
② Барковская Н. В. Поэтика символистского романа. Екатеринбург: Урал. гос. пед. ун-т, 1996. С. 17.

独奏曲来描绘,而"水"的永恒运动,通过婉转悠扬的七和弦和短笛、木琴、拨弦竖琴发出的清脆嘹亮的"水滴"跳音来表现。

但是,正如抽象派画家瓦·瓦·康定斯基指出的,这种"深入艺术本身"的方法,必然使创作者集中注意自己的材料,他"试验它,将它的各种成分都放在内部价值的精神天平上称量"①。由此可见,先锋派对形式、颜色的浓厚兴趣是一种真正的"对外形轮廓的崇拜"(亚·亚·费多罗夫-达维多夫语),它充分表现在20世纪初的俄罗斯现代派艺术中,亚·尼·伯努阿的线条画就是例证,用叶·格·埃特金德的话说,他的线条画具有极端的"工艺性"②特点。

因此,充满戏剧化特点的时代会在创作个性面前提出新的美学任务——最大限度地强化艺术的塑造性,创造出包罗万象的总体形式。梅列日科夫斯基也许感觉到自己不是某种"总结",而是某种"开始",所以最早对时代及其文学和文化这一呼唤做出回应,他在自己的"普遍化二元对立诗学"中勾勒并预示出以后整个20世纪文学和文化发展的主要路标。

作为二元论的俘虏,在梅列日科夫斯基笔下无论讨论什么问题,都是以"二元对立"方式提出来的,这在哲学心理学层面上是可以理解的,因为"他本来就是这样观察世界的,这种方式是他所固有的,他只能按照这种方式来看世界"③。但在历史文化层面上这种方式却不无可批评之处,因为他必然要面对历史事实的检验,而历史事实却是很固执的。历史,作为一种理念来说,是一种相对价值,而梅列日科夫斯基更多是在形而上学层面上讨论历史的,历史时代在其小说中更多地表现为静态而非动态,这有悖于时代的动态性特点,所以,他探求的是自外于时间的"超历史"主题。这就是理解其《基督与反基督》三部曲的一把钥匙。梅列日科夫斯基正是以"超历史"的艺术原则,以"史诗规模"从事神话创造的姿态,成为

---

① Кандинский В. В. О духовном в искусстве. М., Архимед, 1992. С. 37.
② Эткинд Е. Г. Александр Николаевич Бенуа. 1870—1960. М., Искусство, 1965. С. 45.
③ 张冰:《白银时代俄国文学思潮与流派》,北京:人民文学出版社,2006年,第50页。

一名真正的象征派小说家。

梅列日科夫斯基用先验的思想来解释纷繁复杂的世界,有强加于现实之嫌,过度主观性是其二元对立思想的缺点。当然,梅列日科夫斯基对其固有的"二元论"缺陷并非毫无觉察,实际上他终生都在致力于解决这一根本矛盾,尽管他提出了"圣三位一体"的新宗教意识作为解决方案,但也未能挽救其二元论的根本缺陷。

梅列日科夫斯基留给俄罗斯文学的遗产是巨大的,他对俄罗斯和世界文学的影响也是深远的。尽管有大量作品研究这位作家和思想家,但是不论是在哲学水平上,还是在艺术体系水平上,我们对其还是不够熟悉,因为没有他创作的完整概念,也不可能从关于他的大量研究作品中演绎出这样的概念。梅列日科夫斯基的遗产只是个别方面得到思考,而整体的本质核心部分暂时还没有发现,从他的遗产中结晶出来的统一的、内在的、非矛盾的"世界图景"还没形成,有待于进一步挖掘、整理和研究。

参 考 文 献

1. Аверинцев С. С. Вячеслав Иванов // Иванов В. Стихотворения и поэмы. Л. , Сов. Писатель, 1976.
2. Аверинцев С. С. Антихрист // Мифы народов мира. Т. 1. М. , 1980.
3. Алексеева М. А. Об эстетическом и стилевом самоопределении раннего Б. Пастернака // XX век. Литература. Стиль. 1996. Вып. 2. С. 99—106.
4. Балакин Ю. В. Исторический роман в современном своём выражении. // Пилигрим, № 4 июль — декабрь 2002. http:// piligrim. omskreg. ru/04/04_public_balakin. html.
5. Барковская Н. В. Слово и образ в русской поэзии начала XX века (к проблеме интенсификации лирической формы) // XX век. Стиль. Литература. 1994. Вып. 1. С. 58—69.
6. Барковская Н. В. Поэтика символистского романа. Екатеринбург: Урал. гос. пед. ун-т, 1996.
7. Бахтин М. М. Роман воспитания и его значение в истории реализма // Бахтин М. М. Эстетика словесного творчества. М. , 1986.
8. Белый А. Арабески. М. , 1911.
9. Белый А. Как мы пишем. Benson, Vermont, Chalidze Publications, 1983.

10. Белый А. Мережковский. Силуэты // Мережковский Д. С. В тихом омуте: Статьи и исследования разных лет. М., Сов. Писатель, 1991.

11. Белый А. Символизм как миропонимание. М., 1994.

12. Бердяев Н. А. О новом религиозном сознании // Бердяев Н. А. О русских классиках. М., Высш. шк, 1993.

13. Блок А. А. Собр. Соч. В 8 т. М. Л., Гослитиздат, 1962.

14. Быков Л. П. Русская поэзия начала XX века: стиль творческого поведения (к постановке вопроса) // XX век. Литература. Стиль. Екатеринбург, 1994. Вып. 1. С. 163—174.

15. Ваховская А. М. Исторический роман Д. Мережковского 《Антихрист. Петр и Алексей》: Субъективное толкование или прозрение? // Рос. литературовед. журн. М., 1994, N5—6. С. 90—104.

16. Венгеров С. А. Русская литература XX века. М., 1916. Ч. 2.

17. Виноградов В. В. Стилистика. Теория поэтической речи. Поэтика. М., 1963.

18. Виноградов В. В. Поэтика русской литературы. Избранные труды. М., Наука, 1976.

19. Виноградов В. В. О языке художественной прозы. М., Наука, 1980.

20. Воронский А. К. Советская литература и белая эмиграция // Воронский А. К. Избранные статьи о литературе. М., Худ. лит, 1982.

21. Гайденко П. П. Владимир Соловьёв и философия Серебряного века, М., 2001.

22. Гаспаров М. Л. Поэтика // Литературный энциклопедический словарь. М., 1987.

23. Гей Н. К. Сопряжение пластического и аналитического // Теория литературных стилей. Типология стилевого развития

XIX в. М. , Наука, 1977.

24. Гинзбург Л. Я. О лирике. Изд. 2-е доп. Л. , Сов. Писатель, 1974.

25. Гинзбург Л. Я. О литературном герое. Л. , Сов. Писатель, 1979.

26. Горький М. О белоэмигрантской литературе // Горький М. Собр. соч. В 30 т. М. , Госиздат, 1953. Т. 24.

27. Данилевский Р. Ю. Русский образ Ф. Ницше. На рубеже XIX и XX вв. Л. , 1991.

28. Дворцова Н. П. М. Пришвин между Д. Мережковским и В. Розановым // Филологические науки, 1995. №. 2. С. 110—119.

29. Дефье О. В. Д. Мережковский и новое эстетическое сознание Серебряного века русской культуры // Время Дягилева: Универсалии Серебряного века. 1993. , Пермь

30. Дефье О. В. Д. Мережковский: преодоление декаданса (раздумья над романом о Леонардо да Винчи). М. , Мегатрон, 1999.

31. Долгополов Л. К. На рубеже веков: О русской литературе конца XIX—начала XX века. Л. , Сов. Писатель, 1985.

32. Драгомирецкая Н. В. Слово героя как принцип организации стилевого целого // Теория литературных стилей. Многообразие стилей советской литературы. Вопросы типологии. М. , Наука, 1978.

33. Живов В. М. Успенский Б. Метаморфозы античного язычества в истории русской культуры XVII—XVIII вв. // Материалы научн, конф. «Античность в культуре и искусстве последующих веков». М. , 1984.

34. Иванов-Разумник Р. В. Мертвое мастерство // Иванов-Разумник Р. В. Творчество и критика. Пб. , «Прометей», 1911.

35. Игнатов И. Н. Мережковский // Энциклопедический словарь Русского библиографического Ин-та Грант. М. , Т. 28.

36. Измайлов А. А. Пророк благодатных дней // Измайлов А. А. Пестрые знамена: Литературные портреты безвременья. М., И. Д. Сытин, 1913.

37. История русской литературы. XX век. Серебряный век / Под ред. Ж. Нива, И. Сермана, В. Страда, Е. Эткинда. М., 1995.

38. Исупов К. Г. Сакральная акцентуация универсалий культуры и цивилизации (в стилистике словарных дефиниций) // Сакральное в истории культуры: Сб. Науч. тр. СПб, 1997.

39. Каграманов Ю. М. Божье и вражье. Вчитываясь в Мережковского // Континент. 1994. №. 81. С. 308—313.

40. Кандинский В. В. О духовном в искусстве. М., Архимед, 1992.

41. Кедров К. А. Поэтический космос. М., 1989.

42. Коган П. С. Мережковский // Коган П. С. Очерки по истории новейшей русской литературы. М., Заря, 1911. Т. 3. Вып. 3. С. 75—83.

43. Кожевникова Н. А. Из наблюдений над классической («орнаментальной») прозой // Изв. АН СССР. Сер. лит. и. яз. 1976. Т. 35. N 1. С. 55—66.

44. Кожевникова Н. А. Словоупотребление в русской поэзии начала XX в. М., Наука, 1986.

45. Козьменко М. В. Хроника: Международная конференция, посвящённая жизни и творчеству Д. С. Мережковского // Изв. АН СССР. Сер. Лит. и яз. 1991. Т. 50. № 4. С. 380—383.

46. Колобаева Л. А. Концепция личности в русской литературе рубежа XIX—XX вв. М., Изд-во МГУ, 1990.

47. Колобаева Л. А. Русский символизм. Изд. МГУ. 2000.

48. Кондаков Б. В. «Стилевой переход» в русской литературе рубежа XIX—XX веков (творчество В. В. Розанова) // XX

век. Литература. Стиль. Екатеринбург, 1996. Вып. 2. С. 18—27.

49. Коренева М. Ю. Д. С. Мережковский и немецкая культура // На рубеже XX и XX веков. Л., «Наука», 1991.

50. Корецкая И. В. Андрей Белый: «корни» и «крылья» // Связь времен: Проблемы преемственности в русской литературе конца XX—начала XX в. М., Наследие, 1992.

51. Круглов О. Ю. Историческая реальность и художественный вымысел в романе «Антихрист. Петр и Алексей» и драме «Павел Первый» Д. С. Мережковского: Автореф. дис. канд. филол. наук. // Моск. пед. гос. ун-т им. В. И. Ленина. М., 1996.

52. Лагашина О. Исторический роман Д. Мережковского и М. Алданова. Диссертация. Тарту, 2004.

53. Левин. Ю. И. Зеркало как потенциальный семиотический объект // Зеркало. Семиотика зеркальности. Учен. зап. тартуского ун-та. Тарту, 1988. Вып. 831. С. 6—24.

54. «Литературная энциклопедия» Т. 9. 1935. http://feb-web.ru/feb/litenc/encyclop/le9/le9-2151.htm.

55. Ломтев С. В. Проза русских символистов // Пособие для учителей. М., Интерпракс. 1994.

56. Лотман Ю. М. Избранные статьи. В 3 т. Таллинн, Александра, 1992.

57. Лундберг Е. Г. Мережковский и его новое христианство. СПб., 1914.

58. Лурье Я. С. После Толстого: Исторические воззрения Толстого и проблемы XX века. СПб., 1993.

59. Ляцкий Е. А. «Петр и Алексей» Д. С. Мережковского. СПб, 1905 // Вестник Европы. 1905. N 12. С. 824—829.

60. Магомедова Д. М. О Д. С. Мережковском и его романе «Юлиан Отступник» // Мережковский Д. С. «Смерть

богов». М., 1993.

61. Малевич. Художник и теоретик. М., Сов. Художник, 1990.

62. Мережковский Д. С. Записная книжка 1919—1920 // Вильнюс. 1980. N6. С. 130—143.

63. Мережковский Д. С. Записные книжки и письма // Русская речь. 1993. № 4. С. 30—35.; № 5. С. 25—40.

64. Мережковский Д. С. Полн. Собр. Соч. В 24 т. М., И. Д. Сытин, 1914.

65. Мережковский Д. С. Собр. Соч. В 4 т. Изд. «Правда». «Огонёк». 1990.

66. Мережковский Д. С. Акрополь: Избранные литературно-критические статьи. М., Кн. Палата, 1991.

67. Мережковский Д. С. В тихом омуте. М., Сов. Писатель, 1991.

68. Мережковский Д. С., Гиппиус З. Н. 14 декабря: Роман. Дмитрий Мережковский: Воспонинания // Сост., вст. Ст. О. Н. Михайлова. М.: Моск. рабочий, 1991.

69. Мережковский Д. С. Эстетика и критика. М.: Искусство; Харьков: СП., «Фолио», 1994. Т. 1.

70. Мережковский Д. С. Л. Толстой и Достоевский. Вечные спутники. М., Республика, 1995.

71. Мережковский Д. С. Было и будет. Дневник 1910—1914. М., 2001.

72. Минц З. Г. О некоторых «неомифологических» текстах в творчестве русских символистов // Уч. зап. Тарт. Ун-та. Тарту, 1979. Вып. 459. С. 96—118.

73. Минц З. Г. А. Блок в полемике с Д. Мережковским // Блоковский сборник. Тарту, 1980. Вып. 535. С. 116—123.

74. Минц З. Г. Функции реминисценции в поэтике Блока. Блоковский сборник. Тарту, 1980. Вып. 535. С. 403—407.

75. Минц З. Г., Обатнин Г. В. Символика зеркальности в

ранней поэзии В. Иванова (сборники «Кормчие звезды» и «Прозрачность») // Зеркало. Семиотика зеркальности. Учен. зап. тартуского ун-та. Тарту, 1988. Вып. 831. С. 59—65.

76. Минц З. Г. О трилогии Мережковского «Христос и Антихрист» // Мережковский Д. С. Христос и Антихрист. Трилогия. Из лит. наследства. М., Книга, 1989. Т. 1.

77. Мислер Н., Боулт Д. Э. Филонов. Аналитическое искусство. М., Сов. Художник, 1990.

78. Муратова К. Д. История русской литературы конца XIX—начала XX века: Библиогр. Указ. М.-Л., 1963.

79. Неведомский М. П. В защиту художества (О наших «модернистах» «мистиках» «мифотворцах» и т. д.) // Современный мир. 1908. № 3. С. 211—229. № 4. С. 204—243.

80. Никитина М. А. «Заветы» реализма в романах старших символистов («Христос и Антихрист» Д. Мережковского, «Мелкий бес» Ф. Сологуба) // Связь времён: проблемы преемственности в русской литературе конца 19—начала 20 века. М., 1992.

81. Николюкин А. Н. Мережковский: «Pro et contra». Изд. Русского Христианского гуманитарного института. СПб., 2001.

82. Новикова К. М., Щепилова Л. В. Русская литература XX века. М., Высшая школа, 1966.

83. Письма Д. С. Мережковского к П. П. Перцову // Русская литература. 1991. N2. С. 156—181.

84. Письма Д. С. Мережковского к А. В. Амфитеатрову // Звезда. 1995. N7. С. 158—169.

85. Поварцов С. Н. Траектория падения (О литературно-эстетических концепциях Д. Мережковского) // Вопросы

литературы. 1986, 11, С. 153—191.

86. Поварцов С. Н. Люди разных мечтаний (Чехов и Мережковский) // Вопросы литературы. 1988. № 6. С. 153—183.

87. Полонский В. П. Из 《Очерков литературного движения революционной эпохи》(1917—1927) // Полонский В. О литературе. Избранные работы. М., 1988.

88. Пономарева Г. А. Заметки о семантике "перепутанных цитат" в исторических романах Д. С. Мережковского // Классицизм и модернизм. Тарту, 1994, С. 102—111.

89. Поляков М. Я. Вопросы поэтики и художественной семантики. М., Сов. Писатель, 1986.

90. Поспелов Г. Н. Вопросы методологии и поэтики. М., 1983.

91. Рецензия на сборник Мережковского 《Больная Россия》// Русское богатство. СПб, 1990. N 3. С. 150.

92. Розанов В. Дмитрий Мережковский. Любовь сильнее смерти. Итальянская новелла XV-го века. Книгоиздательство 《Скорпион》. Москва. 1902 (Рецензия) // Исторический вестник. СПб, 1902. Т. 87. № 3. С. 1138—1140.

93. Русская литературная критика серебряного века: Тез. докл. и сообщ. Междунар. науч. конф.: 7—9 октября 1996 г. / Отв. ред. С. Г. Исаев. Нов. ГУ им. Ярослава Мудрого, МГУ им. М. В. Ломоносова. Новгород, 1996.

94. Сарабьянов Д. В. Русская живопись конца 1900-х—начала 1910-х годов: Очерки. М., Искусство, 1971.

95. Сарабьянов Д. В. История русского искусства конца XX—начала XX века. М., Изд-во МГУ, 1993.

96. Сарычев Я. В. Религия Дмитрия Мережковского. Липецк, 2001.

97. Сквозников В. Д. Претворение метода в стиле лирических произведений // Теория литературных стилей. Современные

аспекты изучения. М. , 1982.

98. Слоним М. Л. Живая литература и мёртвые критики // Литература русского зарубежья: Антология. В 6 т. М. , Книга, 1990. Т. 1.

99. Созина Е. К. Зеркальная символика как явление стиля русской поэзии рубежа веков // XX век. Литература. Стиль. Екатеринбург, 1998. Вып. 3. С. 48—60.

100. Соколов А. Н. Теория стиля. М. , худ. изд. 1968.

101. Соловьев Вл. Смысл любви, см. : Русский Эрос или Философия любви в России, М. , Прогресс, 1991.

102. Стернин Г. Ю. Русская художественная культура второй половины XIX — начала XX в. М. , 1984.

103. Струве Н. А. Православие и культура. М. , 1992.

104. Тагер Е. Б. Избранные работы. М. , Сов. Писатель, 1988.

105. Терещенков С. М. Проповедник конца. Г. Мережковский о Толстом и Достоевском // Русская мысль. 1903. Кн. 3. С. 60—63.

106. Томашевский Б. В. Теория литературы [M], Bradda books LTD. 1971.

107. Топоров В. Н. Миф. Ритуал. Символ. Образ. Исследования в области мифопоэтического: Избранное. М. , Изд. группа 《Прогресс》《Культура》, 1998.

108. Тынянов Ю. Н. Поэтика. История литературы. Кино. М. , Наука, 1977.

109. Флорова Л. Н. Трилогия Мережковского 《Христос и Антихрист》: история изучения и вопросы поэтики. Автореф. На соискание уч. ст. канд. филол. наук. М. , 1997.

110. Флоровский Г. В. Пути русского богословия. Париж, 1937.

111. Фридлендер Г. М. Д. С. Мережковский и Генрих Ибсен // Русская литература. 1992. № 1. С. 43—57.

112. Чуковский К. И. От Чехова до наших дней: Литературные портреты и характеристики. СПб. и М., М. О. Вольф, 1908.

113. Шатских А. С. Казимир Малевич. М., Слово / Slovo, 1996.

114. Эйдинова В. В. Стиль художника. М., Худ. лит, 1991.

115. Эйдинова В. В. Дуалистическая природа стиля О. Мандельштама (проза поэта) // XX век. Литература. Стиль. 1994. Вып. 1. С. 80—86.

116. Эйдинова В. В. Идеи М. Бахтина и «стилевое состояние» русской литературы 1920 — 1930-годов // XX век. Литература. Стиль: Стилевые закономерности русской литературы (1900—1930). Екатеринбург, 1996. Вып. 2. С. 7—18.

117. Эйхенбаум Б. М. Мелодика русского лирического стиха. Пб., Опояз, 1922.

118. Эйхенбаум Б. М. О прозе. О поэзии. Л., Худ. лит, 1986.

119. Эйхенбаум Б. М. Молотой Толстой // Эйхенбаум Б. М. О литературе. М., Сов. Писатель, 1987.

120. Эльсберг Я. Е. Индивидуальные стили и вопросы их историко-теоретического изучения // Теория литературы. В 3 т. М., 1965.

121. Энциклопедический словарь. СПб., Изд. И. А. Ефрон и Ф. А. Брокгауз, 1896. Т. XIX [37].

122. Эткинд Е. Г. Александр Николаевич Бенуа. 1870—1960. М., Искусство, 1965.

123. Эткинд Е. Г. О музыкально-поэтическом строении поэмы А. Блока «Двенадцать») // Блок и музыка. Л., 1972.

124. Юхименко Е. М. Старообрядческие источники романа Д. С. Мережковского «Петр и Алексей» // De visu. М., 1994, N 3/4. С. 47—59.

125. (爱沙尼亚)扎娜·明茨,伊·切尔诺夫:俄国形式主义文论选[C],王薇生译,郑州:郑州大学出版社,2005年。
126. (俄)阿格诺索夫:白银时代俄国文学[M],石国雄、王加兴译,南京:译林出版社,2001年。
127. (俄)阿格诺索夫:俄罗斯侨民文学史[M],刘文飞、陈方译,北京:人民文学出版社,2004年。
128. (俄)巴赫金:陀思妥耶夫斯基诗学问题[M],白春仁、顾亚铃译,北京:生活·读书·新知三联书店,1988年。
129. (俄)别尔嘉耶夫:别尔嘉耶夫集[M],汪剑钊选编:上海:上海远东出版社,1999年。
130. (俄)别尔嘉耶夫:俄罗斯思想:19世纪至20世纪初俄罗斯思想的主要问题[M],雷永生、邱守娟译,北京:生活·读书·新知三联书店,2004年。
131. (俄)别尔嘉耶夫:俄罗斯思想[M],雷永生、邱守娟译,北京:生活·读书·新知三联书店,1995年。
132. (俄)别尔嘉耶夫:历史的意义[M],张雅平译,上海:学林出版社,2002年。
133. (俄)别尔嘉耶夫:自由的哲学[M],董友译,桂林:广西师范大学出版社,2001年。
134. (俄)俄罗斯科学院高尔基世界文学研究所:俄罗斯白银时代文学史(四卷本)[M],谷羽、王亚民等译,兰州:敦煌文艺出版社,2006年。
135. (俄)霍达谢维奇:大墓地[M],袁晓芳、朱霄鹏译,上海:学林出版社,1999年。
136. (俄)霍达谢维奇:摇晃的三脚架[M],隋然、赵华译,北京:东方出版社,2000年。
137. (俄)吉皮乌斯:梅列日科夫斯基传[M],施用勤、张以童译,北京:华夏出版社,2001年。
138. (俄)列夫·托尔斯泰文集(第15卷)[M],北京:人民文学出版社,2000年。
139. (俄)洛斯基:俄国哲学史[M],贾泽林等译,杭州:浙江人民出版社,1999年。

140. (俄)梅列日科夫斯基:但丁传[M],刁绍华译,沈阳:辽宁教育出版社,2000年。

141. (俄)梅列日科夫斯基:基督与反基督——彼得大帝和皇太子[M],刁绍华、赵静男译,哈尔滨:黑龙江人民出版社,1997年。

142. (俄)梅列日科夫斯基:列·托尔斯泰与费·陀思妥耶夫斯基[M],杨德友译,沈阳:辽宁教育出版社,1999年。

143. (俄)梅列日科夫斯基:先知[M],赵桂莲译,北京:东方出版社,2000年。

144. (俄)梅列日科夫斯基:永恒的旅伴[M],傅石球译,上海:学林出版社,1999年。

145. (俄)梅列日科夫斯基:重病的俄罗斯[M],杜文娟、李莉译,昆明:云南人民出版社,1999年。

146. (俄)梅列日科夫斯基:诸神的复活——列奥纳多·达·芬奇[M],刁绍华、赵静男译,哈尔滨:北方文艺出版社,2002年。

147. (俄)梅列日科夫斯基:诸神之死——叛教者尤里安[M],刁绍华、赵静男译,哈尔滨:北方文艺出版社,2002年。

148. (俄)纳乌莫夫等著:俄国民粹派小说特写选(上)[M],石田等译,北京:外国文学出版社,1987年。

149. (俄)索洛古勃:创造的传奇[M],张冰译,北京:新星出版社,2007年。

150. (俄)叶尔莫拉耶夫:梅列日科夫斯基之谜[J],车晓冬摘译,俄罗斯文艺,1999年,(1):51—55。

151. (俄)叶夫多基莫夫:俄罗斯思想中的基督[M],杨德友译,上海:学林出版社,1999年。

152. (法)丹纳:艺术哲学[M],傅雷译,北京:人民文学出版社,1963年。

153. (美)马克·斯洛宁:现代俄国文学史[M],汤新湄译,北京:人民文学出版社,2001年。

154. (美)韦勒克、沃伦:文学理论[M],刘象愚等译,北京:生活·读书·新知三联书店,1984年。

155. (美)韦勒克:陀思妥耶夫斯基评论史概述[M],邵殿生译,《世界文论(5)——波佩的面纱》,北京:社会科学文献出版社,1995年。

156. (苏)哈利泽夫:文学学导论[M],周启超等译,北京:北京大学出版社,2006年。

157. (苏)赫拉普钦科:作家的创作个性和文学的发展[M],上海人民出版社编译室译,上海:上海人民出版社,1977年。

158. (苏)什克洛夫斯基:俄国形式主义文论选[M],方珊等译,北京:生活·读书·新知三联书店,1989年。

159. (苏)维谢洛夫斯基:历史诗学[M],刘宁译,天津:百花文艺出版社,2003年。

160. (英)以赛亚·伯林:俄国思想家[M],彭淮栋译,南京:译林出版社,2001年。

161. 《列宁全集》第10卷[M],北京:人民出版社,1986年。

162. 曾艳兵:莎士比亚戏剧中的"矛盾修饰法"[J],外国文学研究,2008年,(3):90—94。

163. 耿海英:梅列日科夫斯基的象征主义理论及文学主张[J],郑州大学学报(哲学社会科学版),2003年,(04):25—29。

164. 耿海英:象征主义叙事精神——梅列日科夫斯基初探[D],郑州:郑州大学,2003年。

165. 黄晋凯:象征主义·意象派[M],北京:中国人民大学出版社,1987年。

166. 金亚娜:充盈的虚无——俄罗斯文学中的宗教意识[M],北京:人民文学出版社,2003年。

167. 黎浩智:20世纪俄罗斯文学史[M],北京:北京大学出版社,2006年。

168. 李新梅:俄罗斯后现代主义文学中的一只奇葩——莫斯科概念主义[J],西安外国语大学学报,2007年,(2):73—76。

169. 梁坤:末世与救赎——20世纪俄罗斯文学主体的宗教文化阐释[M],北京:中国人民大学出版社,2007年。

170. 林精华：梅列日科夫斯基：从俄国到苏联诗学转换的重要作家——关于〈基督与反基督〉的叙事时间研究[J]，佳木斯大学社会科学学报，1999年，(1)：11—17。

171. 刘琨：梅列日科夫斯基历史小说及其个性化特征[J]，俄罗斯文艺，2005年，(2)：22—25。

172. 刘锟：《基督和反基督》的宗教阐释[J]，俄语语言文学研究（文学卷第一辑），北京：人民文学出版社，2002年：49—90。

173. 刘小枫：圣灵降临的叙事[M]，北京：生活·读书·新知三联书店，2003年。

174. 马太福音：4：8—9。[EB/OL]：http://www.bbintl.org/bible/gb/gbMat4.html

175. 裴连山：从《基督与反基督三部曲》看梅列日科夫斯基的宗教思想[J]，金陵神学志，2004年，(3)：177—191。

176. 石南征：明日观花——七八十年代苏联小说的形式、风格问题[M]，北京：社会科学院文献出版社，2007年。

177. 汪介之：符·索洛维约夫与俄国象征主义[J]，外国文学评论年，2004年，(1)：59—67。

178. 汪介之：现代俄罗斯文学史纲[M]，南京：南京出版社，1995年。

179. 徐凤林：索洛维约夫哲学[M]，北京：商务印书馆，2007年。

180. 张冰：白银时代俄国文学思潮与流派[M]，北京：人民文学出版社，2006年。

181. 张冰：俄罗斯文化解读——费人猜详的斯芬克斯之谜[M]，济南：济南出版社，2006年。

182. 张冰：论白银时代俄国文化的人文主义精神[J]//20世纪世界文化语境下的俄罗斯文学[C]，淼华编，北京：外语教学与研究出版社，2007年：171—185。

183. 张冰：梅列日科夫斯基的文学批评[J]，俄语语言文学研究，2004年，(2)：14—19。

184. 张冰：陌生化诗学——俄国形式主义研究[M]，北京：北京师范大学出版社，2000年。

185. 张敏:白银时代俄罗斯现代主义作家群论[M],哈尔滨:黑龙江大学出版社,2007年。
186. 中国基督教协会:《圣经·旧约》[M],1998年。
187. 周启超:白银时代俄罗斯文学研究[M],北京:北京大学出版社,2003年。
188. 周启超:俄国象征派文学研究[M],北京:社会科学文献出版社,1993年。

附录一 梅列日科夫斯基主要生平及创作年表

1865 年：8 月 2 日出生于彼得堡一个宫廷小官吏家庭。

1880 年：在父亲的引见下结识了费·米·陀思妥耶夫斯基并朗诵了自己的诗作，但遭到费·米·陀思妥耶夫斯基的否定。结交了谢·雅·纳德松，认识了《祖国纪事》杂志的秘书阿·尼·普列谢耶夫。父亲在亚历山大二世被刺后退休。

1881 年：第一首诗发表在诗集《回声》上。

1884 年：古典中学毕业后进入彼得堡大学历史语文系。迷恋实证主义、托尔斯泰主义。到俄罗斯各地旅行。

1885 年：春天拜访了病中的谢·雅·纳德松。结识了伊·叶·列宾等巡回派画家。

1888 年：春天大学毕业。与尼·马·明斯基一起到高加索旅行。6 月底结识了济·尼·吉皮乌斯。7 月 11 日向她求婚。秋天和未婚妻一起举办文学晚会，参加的人有康·米·福法诺夫、阿·尼·普列谢耶夫、亚·康·沃隆斯基、尼·马·明斯基，费·库·索洛古勃。在《北方导报》上发表文章。出版第一部书《诗集》（1883—1887）。

1889 年：1 月 8 日，在第比利斯举行婚礼。

1890 年：夏天开始创作小说《叛教者尤里安》。

1891 年：春天夫妇两人到意大利（期间与安·巴·契诃夫和

阿·谢·苏沃林同行)和巴黎旅行。开始"寻神活动"。

1892 年：春天沿意大利和希腊旅行；完成随笔《卫城》《小普林尼》《意大利故事集》、诗歌。出版诗集《象征集》(诗歌和长诗)。

1893 年：发表讲稿《论当代俄国文学衰落的原因及其新兴流派》，1892 年底讲完。12 月在意大利旅行时结识了德·符·费洛索福夫。

1895 年：经过长时间的波折终于在《北方导报》上以《被摈弃者》为名发表了长篇小说《叛教者尤里安》(主编亚·康·沃伦斯基)。与济·尼·吉皮乌斯、亚·康·沃隆斯基一道沿意大利旅行，为小说《列奥纳多·达·芬奇》收集材料。构思《彼得一世》，开始创作论文《列·托尔斯泰与费·陀思妥耶夫斯基》。

1897 年：出版文集《永恒的旅伴》。与瓦·雅·勃留索夫相遇，结识瓦·瓦·罗扎诺夫。

1898—1899 年：与《艺术世界》接近，结识了亚·尼·伯努阿、列·萨·巴克斯特、谢·帕·佳吉列夫等。打算创建"新教会"、"圣灵"教会。

1900 年：开始在《艺术世界》上发表论文《列·托尔斯泰与费·陀思妥耶夫斯基》。寻找志同道合者创建新教会。在杂志《宗教世界》上发表长篇小说《诸神的复活——列奥纳多·达·芬奇》。在《艺术世界》上发表论文《列·托尔斯泰与费·陀思妥耶夫斯基》的第一部和第二部。

1901 年：3 月 29 日，梅列日科夫斯基夫妇和德·符·费洛索福夫完成自己的新教会祈祷仪式。前往莫斯科，遇到康·德·巴尔蒙特、瓦·雅·勃留索夫。萌生成立"宗教哲学协会"的想法。11 月 29 日在正教院总监波别多诺斯采夫的允许下举行"宗教哲学协会"第一次会议。主席是彼得堡神学院院长安东尼，5 位全权创始人是：梅列日科夫斯基、德·符·费洛索福夫、瓦·瓦·罗扎诺夫、瓦·亚·捷尔纳夫采夫和维·谢·米洛留博夫。12 月 6 日结识安·别雷。

1902 年：3 月 26 日结识亚·亚·勃洛克。同年打算创建杂志《新路》。10 月 14 日梅列日科夫斯基翻译的欧里庇得斯的《希波吕托斯》在亚历山大剧院首演,开幕词是"古代悲剧的新意义"。

1903 年:冬天在《新路》的创刊号上发表关于尼·瓦·果戈理的文章。4月5日根据正教院的命令"宗教哲学协会"活动被取缔。开始创作小说《彼得大帝和皇太子》,深入俄国内地,了解分裂派教徒和旧派教徒的日常生活情况。济·尼·吉皮乌斯激烈抨击亚·亚·勃洛克的《美妇人诗集》。

1904 年:在《新路》上发表小说《彼得大帝和皇太子》。5月到雅斯纳亚·波良纳拜访了列·尼·托尔斯泰。8月为挽救《新路》杂志梅列日科夫斯基与唯心主义哲学家谢·尼·布尔加科夫和格·伊·丘尔科夫联合起来。出版诗集《1883—1903 诗歌集》。

1905 年:1月结识了尼·亚·别尔嘉耶夫,稍后结识了鲍·康·扎伊采夫。1月5日梅列日科夫斯基夫妇和德·符·费洛索福夫产生想法成立"三人帮"作为新的宗教联盟并遁入"精神荒漠"。1月9日为了表示抗议派遣代表关闭马林斯基剧院。在莫斯科模范剧院上演了戏剧《快乐将至》,导演是符·伊·涅米洛维奇—丹钦科。3月与亚·亚·勃洛克彻底绝交。夏天开始创作戏剧《保罗一世》。遇见阿·米·列米佐夫。发表文章《未来的无赖》《现在或永远不》《关于新的宗教活动》。

1906 年:1月24日梅列日科夫斯基翻译的索福克勒斯悲剧《安提戈涅》首演,由于高尔基的计划和他的一伙在演出中大闹,演出拖延了很久。2月25日出国到法国。春天~秋天,构思稿子《无政府主义与神权国家》,希望在此基础上准备出版这一主题的文章,包括以《利剑》为总标题的几本文集,梅列日科夫斯基、济·尼·吉皮乌斯、德·符·费洛索福夫三人文集《俄罗斯的专制与革命》(巴黎)——论俄罗斯的专制和革命问题。把准备好的文章译成法语。结识阿纳托尔·法朗士、鲁道尔夫·施泰纳和一些著名天主教活动家。与安·别雷频繁交往。年底遇见让·若列斯,对左翼党产生兴趣,打算举办联合集会。稍后结识了彼·阿·克鲁泡特金、格·瓦·普列汉诺夫、亚·费·克伦斯基,与鲍·维·萨温科夫接近。出版书籍《果戈理与魔鬼》《未来的无赖》。

1907 年:1月结识列·尼·古米廖夫。4月22日"三人帮"

（梅列日科夫斯基夫妇、德·符·费洛索福夫）单独庆祝复活节。创作祈祷词"伟大的星期五"。夏天写完戏剧《保罗一世》。开始创作文集《不是和平，而是利剑》。"宗教哲学协会"开始举办会议，梅列日科夫斯基参加了筹备工作。

1908 年：刚刚印好的《保罗一世》被查封。7月11日返回俄罗斯。参加尼·亚·别尔嘉耶夫发起的"宗教哲学协会"，拒绝继续担任该协会主席。9月12日杂志《教育》和报纸《晨报》实际上转到梅列日科夫斯基夫妇的手里。创作《亚历山大一世》。12月12日在文学协会的会议上发言替亚·亚·勃洛克辩护，恢复了他们之间的关系。出版文集《在寂静的漩涡里》《不是和平，而是利剑：基督教的未来批判》。

1909 年：担任《俄罗斯思想》的文学编辑。刊登维·罗普申（即鲍·维·萨温科夫）的长篇小说《灰马》。12月14日为阿·米·列米佐夫举办了一场晚会，演出了梅列日科夫斯基的剧本《保罗一世》中的两幕。出版了《尤·列·莱蒙托夫：超人类诗人》。

1910 年：5月应鲍·维·萨温科夫邀请来到巴黎，鲍·维·萨温科夫等待梅列日科夫斯基赞扬他恢复恐怖"战斗组织"。主教萨拉托夫斯基·格尔莫根要求把大批俄罗斯当代作家驱除教会，其中包括梅列日科夫斯基。弗·埃·梅耶霍德演出了梅列日科夫斯基的剧本《保罗一世》中的两幕。出版《重病的俄罗斯》和《1883—1910诗集》。

1911 年：9月完成小说《亚历山大一世》（刊登在《俄罗斯思想》上）。年底前往巴黎。开始出版17卷版全集（沃尔夫出版社）。

1912 年：3月25日在边境维尔日鲍洛夫所有手稿被查抄，包括《亚历山大一世》。因出版戏剧《保罗一世》，根据刑法第128条："亵渎最高政权……"，当局通知梅列日科夫斯基和出版商皮罗日科夫一起到法庭。法庭定于4月16日受审。梅列日科夫斯基夫妇接受朋友的劝告，回来4天后马上再度返回巴黎避难。5月得到消息，案件被延期到9月。复活节后维亚·伊·伊万诺夫经常拜访梅列日科夫斯基夫妇。9月18日案件开庭审理，宣告两人无罪。

1913 年：1月14日前往巴黎，之后到了法国的芒通。在意大利的圣雷莫拜访了鲍·维·和伊·伊·布纳科夫。遇见格·瓦·普列汉诺夫,回国。

1914 年:因在《新时代》上发表梅列日科夫斯基给阿·谢·苏沃林的信而陷入窘境。出版最完整的文集(24 卷本,瑟京版)。

1915 年:出版《俄罗斯诗歌的两个秘密:尼·阿·涅克拉索夫和费·伊·丘特切夫》《过去与未来:1910—1914 日记》。

1916 年:5 月—6 月结识奥·列·科斯杰茨卡娅,并对其产生暗恋。10 月 22 日在亚历山大剧院首演戏剧《浪漫主义者》,由弗·埃·梅耶霍德主演,获得巨大成功。

1917 年:戏剧《保罗一世》在各省多次上演。3 月遇到亚·费·克伦斯基,成为梅列日科夫斯基夫妇家的常客。出席在冬宫举行的会议。8 月遇到鲍·维·萨温科夫。秋天开始创作有关埃及的书。

1918 年:1 月 21 日与阿·阿·阿赫玛托娃、费·库·索洛古勃一起参加为"红十字会"举办的晚会"俄罗斯的早晨"。在亚·亚·勃洛克的文章《知识分子与革命》发表后与之彻底绝交。号召与诗人断绝关系。出版小说《十二月十四日》。

1919 年:4 月抛售藏书。秋天被召去参加社会工作:扛原木、挖战壕等。12 月 24 日假借给红军部队演讲与济·尼·吉皮乌斯、德·符·费洛索福夫和符·阿·兹洛宾离开彼得堡。

1920 年:1 月"三人帮"和符·阿·兹洛宾越过波兰国境线逃往国外。得到毕苏茨基统帅的接见。与梅尔希西德克主教接近,成功举办演讲。在华沙促使鲍·维·萨温科夫加入毕苏茨基为首的联盟。3 月 25 日在彼得格勒的大戏剧院首映戏剧《阿列克塞皇太子》,亚·亚·勃洛克参加了准备工作。夏天开始创作关于布尔什维克的书《俄国革命启示录》。作为鲍·维·萨温科夫最亲近的副手开展宣传活动。6 月 23 日参加在布列斯特—立陶夫斯克举行的组建俄罗斯军队的秘密委员会会议。6 月 25 日毕苏茨基在贝尔韦代雷的军事统帅部接见了梅列日科夫斯基。写赞美文章《约瑟夫·毕苏茨基》。7 月 10 日开始出版侨民报《自由报》,在上面刊登自己的文章,包括《宣布波兰和俄国战争的告俄罗斯侨民和全体俄罗斯人民书》。与鲍·维·萨温科夫首次发生摩擦。7月31日前往但泽(今格但斯克)。9月初返回华沙。在明斯克签署波兰—苏维埃停战协议后对波兰人和鲍·维·萨温科夫大失所望。10月26日前往巴黎。11月德·符·费洛索福夫拒绝梅列日科夫斯基夫妇的真诚请求,继续与鲍·维·萨温科夫来往,多年的"三人帮"就此中断。12月16日在巴黎科学协会的大厅举办首场法语演讲,后来讲稿以《欧洲与俄国》为题单独收录在《反基督王国》一书中。

1921年:夏天转往威斯巴登。创作关于埃及的书。结识并接近伊·阿·布宁。用德语出版梅列日科夫斯基、济·尼·吉皮乌斯、德·符·费洛索福夫、符·阿·兹洛宾的文集《反基督王国》(俄语版1922年在慕尼黑出版)。

1923年:与《时代纪事》合作,发表了长篇小说《三的秘密:埃及与巴比伦》的部分章节。在《新闻报》《复兴报》、亚·费·克伦斯基主办的《新俄罗斯报》上发表文章,在杂志《数字》和《新船》上发表文章。11月在莫斯科模范剧院上演戏剧《阿列克塞皇太子》,导演是符·伊·涅米洛维奇—丹钦科,阿列克塞的扮演者是尼·费·莫纳霍夫,布景和服装师是亚·尼·伯努阿。

1924年:小说《克里特岛上的图坦卡蒙》因与历史不符被布拉格出版社退回修改。

1924—1926年:在《时代纪事》上刊登小说《诸神的诞生。克里特岛上的图坦卡蒙》《弥赛亚》。出版《三的秘密:埃及与巴比伦》(布拉格,1925)。按照彼得堡的文学—哲学晚会模式恢复"星期天聚会"。

1927年:2月5日在文学—哲学协会"绿灯社"第一次会议上演讲。此协会是在"星期天聚会"基础上组建的(主席是格·符·伊万诺夫,秘书是符·阿·兹洛宾)。7月亚·伊·库普林、伊·阿·布宁、符·费·霍达谢维奇来访。为杂志《新家》和《新船》撰稿。

1928年:9月作为俄罗斯作家代表成员在贝尔格莱德拜见了南斯拉夫国王亚历山大一世。因创作活动被授予圣萨瓦勋章,与国王和王后一道进早餐。在贝尔格莱德和扎格勒布演讲。10月9日在贝尔格莱德剧院观看了《彼得与阿列克塞》的排练。

1929 年：在贝尔格莱德出版小说《拿破仑》。

1930 年：夏天在格拉斯遇见伊·阿·布宁、康·瓦·莫丘利斯基、符·费·霍达谢维奇、马·亚·阿尔达诺夫。8 月根据亚·谢·普希金的《鲍里斯·戈都诺夫》创作电影剧本。年底与伊·阿·布宁竞选诺贝尔奖正式候选人。在贝尔格莱德出版《西方的秘密：大西洲与欧洲》。

1932 年：年初国际拉丁语科学院、南斯拉夫语科学院、维尔纽斯大学推荐授予梅列日科夫斯基诺贝尔奖。4 月 15 日建议伊·阿·布宁分享诺贝尔奖，不论谁获得（被伊·阿·布宁拒绝）。11 月在选举诺贝尔获得者前夕，梅列日科夫斯基的名字频繁出现在新闻报刊上。

1934 年：12 月 4 日在罗马的维尼斯宫受到墨索里尼的接见，梅列日科夫斯基建议在罗马出版自己的作品《但丁传》，并表示愿意撰写关于墨索里尼的书。在罗马拜访了维亚·伊·伊万诺夫。出版周刊《利剑》，梅列日科夫斯基在巴黎担任主编，德·符·费洛索福夫在华沙担任主编。

1935 年：12 月 14 日举办宴会，庆祝梅列日科夫斯基 70 岁大寿，会上维亚·伊·伊万诺夫宣读了贺信。伊·阿·布宁和法国人民教育部长马里奥·鲁斯坦主持了宴会。

1936 年：与伊·阿·布宁、鲍·康·扎伊采夫、济·尼·吉皮乌斯、伊·谢·什梅廖夫一起开始在《插图俄罗斯》编辑委员会工作。6 月应墨索里尼邀请访问了罗马和佛罗伦萨。创作《但丁传》。6 月 11 日被墨索里尼召见。11 月 20 日为《墨索里尼》一书写前言并致信请求召见，墨索里尼同意只通过秘书接见，这之后梅列日科夫斯基决定不再不去意大利。开始将《但丁传》译成法语。12 月 8—10 日在报纸上发表关于墨索里尼的文章。

1937 年：6 月 20 日前往意大利商讨拍摄有关列奥纳多电影的事宜。创作《路德传》。

1938 年：完成并出版《从耶稣到我们的圣者面孔（保罗、奥古斯丁、圣弗朗西斯科·阿齐兹）》（柏林）、《圣女贞德与第三圣灵王国》（柏林）、《但丁传》（布鲁塞尔）。

1939 年：9 月 9 日,宣布总动员后去了比亚利茨。12 月 9 日,返回巴黎。

1940 年：修订和校对旧诗。6 月 5 日被迫前往比亚利茨。朋友们为梅列日科夫斯基举办 75 岁大寿,他名利双收。搬到一座不大的别墅里。创作《西班牙神秘主义者》系列作品：耶稣圣女小德肋撒;圣十字若望;小德肋撒(1959—1984 年出版)和《改革家(路德、加尔文、帕斯卡尔)(1941—1942 用法语出版)。收集关于歌德的资料。关于达·芬奇和帕斯卡尔的演讲遭到天主教徒的强烈抨击。关于拿破仑的演讲遭到德国人的禁止。

1941 年：7 月初由于欠租搬出别墅。借债度日。在巴黎的电台发表题为"布尔什维主义与人类"的讲话(见 1993 年 6 月 23 日《独立报》)。12 月 5 日参拜圣女小德肋撒堂,梅列日科夫斯基夫妇对圣女小德肋撒(今译小德兰)仰慕多年。12 月 7 日死于脑溢血。12 月 10 日,在亚历山大·涅夫斯基教堂举行安魂祈祷,简葬于圣—日涅维耶夫—吉尤—布阿俄罗斯公墓。

(译自 K. 卡尔巴科夫的资料)

附录二　俄汉人名译名索引

（按俄语姓氏顺序排列）

1. 阿达莫维奇,格·维　　　　Адамович, Георгий Викторович
2. 阿尔达诺夫,马·亚　　　　Алданов, Марк Александрович
3. 阿尔特曼,纳·伊　　　　　Альтман, Натан Исаевич
4. 阿格诺索夫,符·韦　　　　Агеносов, Владимир Вениаминович
5. 阿赫玛托娃,安·安　　　　Ахматова, Анна Андреевна
6. 阿加波夫,鲍·尼　　　　　Агапов, Борис Николаевич
7. 阿拉克切耶夫,阿·亚　　　Аракчеев, Алексей Андреевич
8. 阿列克谢耶娃,玛·亚　　　Алексеева, Мария Александровна
9. 阿姆菲加特罗夫,阿·瓦　　Амфитеатров, Александр Валентинович
10. 阿韦林采夫,谢·谢　　　　Аверинцев, Сергей Сергеевич
11. 阿泽夫,叶·费　　　　　　Азеф, Евно Фишелевич
12. 埃特金德,叶·格　　　　　Эткинд, Ефим Григорьевич
13. 艾季诺娃,维·维　　　　　Эйдинова, Виола Викторовна
14. 艾兴包姆,鲍·米　　　　　Эйхенбаум, Борис Михайлович
15. 安德烈耶夫,列·尼　　　　Андреев, Леонид Николаевич
16. 奥多耶夫采娃,伊·符　　　Одоевцева, Ирина Владимировна
17. 巴尔科夫斯卡娅,尼·符　　Барковская, Нина Владимировна
18. 巴尔蒙特,康·德　　　　　Бальмонт, Константин Дмитриевич
19. 巴格里茨基,爱·格　　　　Багрицкий, Эдуард Георгиевич
20. 巴赫金,米·米　　　　　　Бахтин, Михаил Михайлович
21. 巴赫金,尼·米　　　　　　Бахтин, Николай Михайлович
22. 巴克斯特,列·萨　　　　　Бакст, Лев Самуилович

23.	巴扎罗夫,符·亚	Базаров, Владимир Александрович
24.	鲍列夫,尤·鲍	Борев, Юрий Борисович
25.	彼得罗夫—沃德金,库·谢	Петров-Водкин, Кузьма Сергеевич
26.	彼特鲁舍夫斯卡娅,柳·斯	Петрушевская, Людмила Стефановна
27.	别尔别洛娃,尼·尼	Берберова, Нина Николаевна
28.	别尔嘉耶夫,尼·亚	Бердяев, Николай Александрович
29.	别尔佐夫,彼·彼	Перцов, Пётр Петрович
30.	别雷,安	Белый, Андрей
31.	别林斯基,维·格	Белинский, Виссарион Григорьевич
32.	波波夫,叶·阿	Попов, Евгений Анатольевич
33.	波格丹诺维奇,安·伊	Богданович, Ангел Иванович
34.	波捷勃尼亚,亚·阿	Потебня, Александр Афанасьевич
35.	波利亚科夫,马·雅	Поляков, Марк Яковлевич
36.	波隆斯基,维·巴	Полонский, Вячеслав Павлович
37.	波斯佩洛夫,根·尼	Поспелов, Геннадий Николаевич
38.	波瓦尔佐夫,谢·尼	Поварцов, Сергей Николаевич
39.	勃洛克,亚·亚	Блок, Александр Александрович
40.	勃留索夫,瓦·雅	Брюсов, Валерий Яковлевич
41.	伯努阿,亚·尼	Бенуа, Александр Николаевич
42.	布尔加科夫,谢·尼	Булгаков, Сергей Николаевич
43.	布纳科夫,伊·伊	Бунаков-Фондаминский, Илья Исидорович
44.	布宁,伊·阿	Бунин, Иван Алексеевич
45.	车尔尼雪夫斯基,尼·加	Чернышевский, Николай Гаврилович
46.	楚科夫斯基,科·伊	Чуковский, Корней Иванович
47.	蔡特林,米·奥	Цетлин, Михаил Осипович
48.	丹尼列夫斯基,罗·尤	Данилевский, Ростистав Юрьевич
49.	德拉戈米茨卡娅,娜·符	Драгомирецкая, Наталья Владимировна
50.	德瓦尔佐娃,纳·彼	Дворцова, Наталья Петровна
51.	杜勃罗留波夫,尼·亚	Добролюбов, Николай Александрович
52.	多利宁,阿·谢	Долинин, Аркадий Семёнович
53.	菲洛诺夫,巴·尼	Филонов, Павел Николаевич
54.	费定,康·亚	Федин, Константин Александрович
55.	费洛索福夫,德·符	Философов, Дмитрий Владимирович
56.	弗兰克,谢·柳	Франк, Семён Людвигович

57.	弗利德连杰尔,格·米	Фридлендер, Георгий Михайлович
58.	弗洛罗夫斯基,格·瓦	Флоровский, Георгий Васильевич
59.	高尔基,阿·马	Горький, Алексей Максимович
60.	古米廖夫,列·尼	Гумилёв, Лев Николаевич
61.	果戈理,尼·瓦	Гоголь, Николай Васильевич
62.	哈利泽夫,瓦·叶	Хализев, Валентин Евгеньевич
63.	赫尔岑,亚·伊	Герцен, Александр Иванович
64.	赫拉普钦科,米·鲍	Храпченко, Михаил Борисович
65.	赫列勃尼科夫,维·弗	Хлебников, Виктор Владимирович
66.	霍达谢维奇,符·费	Ходасевич, Владислав Фелицианович
67.	吉洪诺夫,尼·谢	Тихонов, Николай Семенович
68.	吉皮乌斯,济·尼	Гиппиус, Зинаида Николаевна
69.	佳吉列夫,谢·巴	Дягилев, Сергей Павлович
70.	加斯帕罗夫,米·列	Гаспаров, Михаил Леонович
71.	迦尔洵,符·米	Гаршин, Всеволод Михайлович
72.	捷尔纳夫采夫,瓦·亚	Тернавцев, Валентин Александрович
73.	捷拉皮阿诺,尤·康	Терапиано, Юрий Константинович
74.	杰菲耶,奥·维	Дефье, Олег Викторович
75.	金兹堡,利·雅	Гинзбург, Лидия Яковлевна
76.	卡格拉马诺夫,尤·米	Кагманов, Юрий Михайлович
77.	卡维林,韦·亚	Каверин, Вениамин Александрович
78.	康定斯基,瓦·瓦	Кандинский, Василий Васильевич
79.	柯罗连科,符·加	Короленко, Владимир Галактионович
80.	科甘,彼·谢	Коган, Пётр Семёнович
81.	科济缅科,米·瓦	Козьменко, Михаил Васильевич
82.	科列茨卡娅,英·维	Корецкая, Инна Витальевна
83.	科洛巴耶娃,利·安	Колобаева, Лидия Андреевна
84.	科米萨尔热夫斯卡娅,维·费	Комиссаржевская, Вера Фёдоровна
85.	科热夫尼科娃,娜·阿	Кожевникова, Наталья Алексеевна
86.	科斯杰茨卡娅,奥·列	Костецкая, Ольга Леонидовна
87.	克德罗夫,康·亚	Кедров, Константин Александрович
88.	克鲁泡特金,彼·阿	Кропоткин, Пётр Алексеевич
89.	克伦斯基,亚·费	Керенский, Александр Фёдорович
90.	孔达科夫,鲍·符	Кондаков, Борис Вадимович

91.	库普林,亚·伊	Куприн, Александр Иванович
92.	拉京斯基,安·彼	Ладинский, Антонин Петрович
93.	拉里奥诺夫,米·费	Ларионов, Михаил Фёдорович
94.	莱蒙托夫,尤·列	Лермонтов, Михаил Юрьевич
95.	莱温,尤·伊	Левин, Юрий Иосифович
96.	隆茨,列·纳	Лунц, Лев Натанович
97.	利亚茨基,叶·阿	Ляцкий, Евгений Александрович
98.	列昂诺夫,叶·巴	Леонов, Евгений Павлович
99.	列宾,伊·叶	Репин, Илья Евфимович
100.	列米佐夫,阿·米	Ремизов, Алексей Михайлович
101.	列宁,伏·伊	Ленин, Владимир Ильич
102.	卢里耶,雅·索	Лурье, Яков Соломонович
103.	卢戈夫斯科伊,符·亚	Луговский, Владимир Александрович
104.	卢那察尔斯基,阿·瓦	Луначарский, Анатолий Васильевич
105.	鲁季奇,维·伊	Рудич, Вера Ивановна
106.	罗扎诺夫,瓦·瓦	Розанов, Василий Васильевич
107.	洛特曼,尤·米	Лотман, Юрий Михайлович
108.	伦德贝格,叶·格	Лундберг, Евгений Германович
109.	玛戈梅多娃,季·马	Магомедова, Дина Махмудовна
110.	马列维奇,卡·谢	Малевич, Казимир Северинович
111.	马雅可夫斯基,符·符	Маяковский, Владимир Владимирович
112.	曼德尔施塔姆,奥·埃	Мандельштам, Осип Эмильевич
113.	梅列日科夫斯基,德·谢	Мережковский, Дмитрий Сергеевич
114.	梅耶霍德,弗·埃	Мейерхольд, Всеволод Эмильевич
115.	米哈伊洛夫,奥·尼	Михайлов, Олег Николаевич
116.	米哈伊洛夫斯基,尼·康	Михайловский, Николай Константинович
117.	米洛留博夫,维·谢	Миролюбов, Виктор Сергеевич
118.	明茨,扎·格	Минц, Зара Григорьевна
119.	明斯基,尼·马	Минский, Николай Максимович
120.	莫纳霍夫,尼·费	Монахов, Николай Фёдорович
121.	莫丘利斯基,康·瓦	Мочульский, Константин Васильевич
122.	纳博科夫,符·符	Набоков, Владимир Владимирович
123.	纳德松,谢·雅	Надсон, Семен Яковлевич

124.	尼基京娜,玛·亚	Никитина, Мария Александровна
125.	涅克拉索夫,尼·阿	Некрасов, Николай Алексеевич
126.	涅米洛维奇—丹钦科,符·伊	Немирович-Данченко, Владимир Иванович
127.	涅维多姆斯基,米·彼	Невидомский, Михаил Петрович
128.	潘琴科,德·瓦	Панченко, Дмитрий Вадимович
129.	皮萨列夫,德·伊	Писарев, Дмитрий Иванович
130.	皮耶楚赫,维·阿	Пьецух, Вячеслав Алексеевич
131.	普列汉诺夫,格·瓦	Плеханов, Георгий Валентинович
132.	普列谢耶夫,阿·尼	Плещеев, Алексей Николаевич
133.	普希金,亚·谢	Пушкин, Александр Сергеевич
134.	契诃夫,安·巴	Чехов, Антон Павлович
135.	恰达耶夫,彼·雅	Чаадаев, Пётр Яковлевич
136.	丘达科夫,亚·叶	Чудаков, Александр Евгеньевич
137.	丘尔科夫,格·伊	Чулков, Георгий Иванович
138.	丘特切夫,费·伊	Тютчев, Фёдор Иванович
139.	秋普里宁,谢·伊	Чупринин, Сергей Иванович
140.	日尔蒙斯基,维·马	Жирунский, Виктор Максимович
141.	萨茨,伊·亚	Сац, Илья Александрович
142.	萨拉比亚诺夫,德·符	Сарабьянов, Дмитрий Владимирович
143.	萨温科夫,鲍·维	Савинков, Борис Викторович
144.	斯科沃兹尼克夫,维·德	Сквозников, Виталий Дмитриевич
145.	斯克里亚宾,亚·尼	Скрябин, Александр Николаевич
146.	斯洛尼姆,马·利	Слоним, Марк Львович
147.	斯洛尼姆斯基,米·列	Слонимский, Михаил Леонидович
148.	斯米尔诺娃,亚·奥	Смирнова, Александра Осиповна
149.	沙茨基赫,亚·谢	Шатских, Александра Семеновна
150.	沙加尔,马·扎	Шагал, Марк Захарович
151.	什克洛夫斯基,维·鲍	Школовский, Виктор Борисович
152.	什梅廖夫,伊·谢	Шмелёв, Иван Сергеевич
153.	苏沃林,阿·谢	Суворин, Алексей Сергеевич
154.	索尔仁尼琴,亚·伊	Солженицын, Александр Исаевич
155.	索京娜,叶·康	Созина, Елена Константиновна
156.	索科洛夫,亚·尼	Соколов, Александр Николаевич

157.	索罗金,符·格	Сорокин, Владимир Георгиевич
158.	索洛维约夫,符·谢	Соловьёв, Владимир Сергеевич
159.	索洛古勃,费·库	Сологуб, Фёдор Кузьмич
160.	绥拉菲莫维奇,亚·谢	Серафимович, Александр Серафимович
161.	塔格尔,叶·鲍	Тагер, Евгений Борисович
162.	特尼亚诺夫,尤·尼	Тынянов, Юрий Николаевич
163.	屠格涅夫,伊·谢	Тургенев, Иван Сергеевич
164.	托波罗夫,符·尼	Топоров, Владимир Николаевич
165.	托尔斯塔娅,塔·尼	Толстая, Татьяна Никитична
166.	托尔斯泰,列·尼	Толстой, Лев Николаевич
167.	托尔斯泰,阿·尼	Толстой, Алексей Николаевич
168.	托马舍夫斯基,鲍·维	Томашевский, Борис Викторович
169.	陀思妥耶夫斯基,费·米	Достоевский, Фёдор Михайлович
170.	维诺格拉多夫,维·符	Виноградов, Виктор Владимирович
171.	维谢洛夫斯基,阿·尼	Веселовский, Алексей Николаевич
172.	文格罗夫,谢·阿	Венгеров, Семён Афанасьевич
173.	沃隆斯基,亚·康	Воронский, Александр Константинович
174.	乌斯宾斯基,格·伊	Успенский, Глеб Иванович
175.	谢里文斯基,伊·沃	Сельвинский, Илья Львович
176.	叶尔莫拉耶夫,米·米	Ермолаев, Михаил Михайлович
177.	叶夫多基莫夫,巴·尼	Евдокимов, Павел Николаевич
178.	叶罗费耶夫,维·符	Ерофеев, Виктор Владимирович
179.	叶罗费耶夫,维·瓦	Ерофеев, Венедикт Васильевич
180.	伊格纳托夫,伊·尼	Игнатов, Илья Николаевич
181.	伊里英,伊·亚	Ильин, Иван Александрович
182.	伊苏波夫,康·格	Исупов, Константин Глебович
183.	伊万诺夫,弗·维亚	Иванов, Всеволод Вячеславович
184.	伊万诺夫,格·符	Иванов, Георгий Владимирович
185.	伊万诺夫—拉祖姆尼克,拉·瓦	Иванов-Разумник, Разумник Васильевич
186.	伊万诺夫,维亚·伊	Иванов, Вячеслав Иванович
187.	伊兹梅洛夫,亚·亚	Измайлов, Александр Александрович
188.	英贝尔,薇·米	Инбер, Вера Михайловна
189.	扎雷金,谢·巴	Залыгин, Сергей Павлович

190. 扎米亚京,叶·伊　　　　Замятин, Евгений Иванович
191. 扎伊采夫,鲍·康　　　　Зайцев, Борис Константинович
192. 兹洛宾,符·阿　　　　　Злобин, Владимир Ананьевич
193. 泽林斯基,科·柳　　　　Зелинский, Корнелий Люцианович
194. 左琴科,米·米　　　　　Зощенко, Михаил Михайлович

附录三 论当代俄国文学衰落的原因及其新兴流派

德·梅列日科夫斯基

一、俄罗斯诗歌与俄罗斯文化

屠格涅夫和托尔斯泰是敌人。这是一种自发的、无心的、极度的敌对。当然,两位作家可能超越偶然情况之外,这样敌对就清楚明了了。但与此同时两个人都感觉到,他们并不情愿为敌,而是天性使然。两个不同的人是如此可我们的心,他们彼此针锋相对,就像两个处于永恒斗争中的原始人类的伟大代表。从托尔斯泰给费特的信中可以看出,两人的争吵差点以决斗结束。从这些信可以得出结论,托尔斯泰常常怀着深深的厌恶之情评价屠格涅夫的作品。屠格涅夫对此也心知肚明。

所以在临死前他写了下面这封信:

"布日瓦勒①,1883 年 6 月 27 日或 28 日

亲爱的列夫·尼古拉耶维奇,很久没有给您写信了,恕我直言,因为我一直处于弥留之中。我不可能康复了,也不奢望什么了。我亲自给您写信,是想告诉您'我多么荣幸与您成为同时代人',同时也想向您表达我最后的恳求。

---

① 法国城市。

我的朋友，请您回到文学活动中来吧！ 要知道您的这一天赋来自哪里，就要用之哪里。哎，如果我的恳求能对您管用，我该多么幸福！我呢是一个行将就木的人了……走不动，吃不下，睡不着，还有什么！甚至懒得重复这些！我的朋友，俄罗斯大地伟大的作家——请听听我的请求吧！请告知我，如果您收到这张小纸，并允许我再一次拥抱您、您的妻子、您的所有亲人……我写不动了……累了！"

这就是屠格涅夫的临终遗言。行将就木了他才明白，他的这位宿敌比所有朋友更贴心，甚至在地球上，也许，他是他唯一的朋友。他给自己这位敌人、兄弟、"俄罗斯大地伟大的作家"的遗言是：对他来说生命中最宝贵的东西就是俄罗斯文学的未来。

有一种迷信的观点，说人临死前能预料到未来的灾难，预料到俄国文学的衰落。对屠格涅夫来说，这是可能降临到俄国人地的重大灾难之一。

他是对的：语言是民族精神的体现；这就是为什么俄语和俄罗斯文学的衰落同时也是俄罗斯精神的衰落。这真的是最沉重的灾难，它会让泱泱大国感到震惊。我使用**灾难**这个词完全不是为了比喻，而是十分真诚和准确。实际上，从第一个人到最后一个人，从小人物到大人物，对我们大家来说，俄罗斯意识、俄罗斯文学的衰落，可能不太明显，但是现实的可怕灾难丝毫不亚于战争、疾病和饥饿。

我很清楚，这一话题很早以前就是评论家们最喜欢的共同话题，是所有文学阵营、所有自怨自艾的尖锐武器。在普希金时代，评论家们也像在屠格涅夫、陀思妥耶夫斯基和托尔斯泰时代那样，慨叹过俄国文学的无望衰落。老人们喜欢用这一武器对付年轻人。过来人坚信，在他们的青春时代，天那么蓝，地那么肥，姑娘那么漂亮，作家那么有才。但是这种对文学衰落的恶意的和无端的抱怨的典型特点只是一种个人所见，一种得意洋洋和**幸灾乐祸**。

有人可能会给我另一种反驳："陀思妥耶夫斯基、冈察洛夫、托尔斯泰、屠格涅夫的伟大时代刚刚结束，甚至还没有结束，因为托尔斯泰的最后几部作品属于最近的当代文学。关于衰落的种种原因我本人无话可说,因为它们本身太清楚不过了。文学追随者的时代正在到来。而天才却没有,因为不管一个历史时代多么硕果累累,没有一个民族能连续不断地培育出众多天才。但是在我们今天出现了一股和以前一样强大的新生力量,所以谈不上什么文学衰落。"

首先,我应该把文学和诗歌分开。我事先准备同意,在本质上有时这是个几乎觉察不到细微差别的问题,但对我的任务来说它们具有重要意义。诗歌是一股原始的、永恒的、**自发的**力量,是一种无意识的、直接的天赋。人们几乎控制不了它,就像控制不了自然界的各种无意义的美好现象,天体的升起和降落,海洋的宁静和风暴。诗的天启是给孩子、野蛮人、歌德、船夫、唱八度音的塔索、荷马的。诗人在完全的孤独中才可能是伟大的。灵感的力量不应当依赖于倾听歌手的是一个人、两个人、三个人,甚至没有人。

文学建立在诗歌的自发力量之上,就像世界文化建立在自然的原始力量之上一样。沿伊奥尼亚河①两岸流浪、在希腊英勇善战部落中穿行的盲人老人荷马的歌,当然,不可能是文学力量。但是几个世纪后,在雅典,在伯里克利②时代,在伟大的希腊作家和哲学家中荷马获得了全新的意义,不只是诗歌的,还有文学的。荷马成了艺术家和作家整个流派的鼻祖。希腊文学几乎每一行都打上了他不可磨灭的天才烙印。迄今为止,你们仍能感觉到荷马精神存在于坟墓大理石上某处半磨灭的碑文中,在柏拉图的对话中,在阿里斯托芬③的笑话中,在色诺芬④的行军日记中,在像帕特农神庙⑤大理石一样温柔、像基督教赞歌一样纯洁的索福克勒斯⑥的抒情合

---

① 土耳其历史地名。
② 伯里克利(Pericles,约公元前495—前429),古希腊奴隶主民主政治的杰出代表者,古代世界最著名的政治家之一。
③ 阿里斯托芬(Aristophanes,约公元前446—前385),古希腊早期喜剧代表作家,有"喜剧之父"之称。
④ 色诺芬(Xenophon,约公元前430—前354),古希腊历史学家、作家,著有《远征记》《希腊史》。
⑤ 希腊雅典卫城的名胜古迹。
⑥ 索福克勒斯(约公元前496—前406),雅典三大悲剧作家之一,有杰出的音乐才能。

唱中。荷马精神是希腊所有个别诗歌现象之间牢不可破的文学纽带,尽管这些现象多么千奇百怪。许多世纪过去了,在变成化石的拜占庭,在昏暗的半僧侣的狄奥多西大帝①时代,在文学极度衰落时,在隆格②的爱情田园诗《达芙妮与克洛伊》中,古代伊奥尼亚的史诗片段仍散发着经久不衰、永不磨灭的芬芳。伟大的文学直到最后一息仍忠实于自己的鼻祖。在隆格的抒情散文中,有时好像可以听到古代六步诗《奥德赛》的最后回音,就像伊奥尼亚河波浪的遥远巨响。

本质上讲,文学就是这种诗歌,但只是不从某些艺术家的个人创作角度看,而是作为一种推动所有时代、所有民族沿既定文化道路前进的力量,作为世代相传的、由伟大历史因素连接在一起的诗歌现象的传承。

任何一股文学潮流都产生了诗歌,就像著名的绘画流派和著名的风格产生于建筑一样。

类似的天才,例如像多梅尼哥·基尔兰达约③或者韦罗基奥④这样成就了佛罗伦萨绘画艺术繁荣的画家,也可能出现在其他国家,其他时代。但是在世界上任何地方他们都不会像在这块小土地上,在圣米尼亚托大殿⑤底座旁,在浑浊发绿的阿尔诺河⑥两岸边拥有那样惊人的意义。这里,只有在基尔兰达约这里才可能出现米开朗基罗这样的学生,在韦罗基奥这里出现列奥纳多·达·芬奇这样的学生。需要的正是佛罗伦萨画室这样的艺术氛围,充满颜料气味和大理石粉尘的空气,才能绽放出稀有的、前所未有的人类天才之花。实际上,好像桀骜不驯的人民,其自由、蒙昧的炽烈心灵长久受无言的煎熬,踯躅前行、苦苦寻觅,但却找不到表达

---

① 狄奥多西一世(约346—395),罗马帝国皇帝(379—395),392年统治整个罗马帝国。
② 隆格(Λόγγος),古希腊作家和诗人,据推测生活在公元2世纪。
③ 多梅尼哥·基尔兰达约(Domenico Ghirlandaio, 1449—1494),佛罗伦萨画家。
④ 安德烈亚·韦罗基奥(Andrea del Verrocchio,约1435—1488),文艺复兴早期意大利画家及最著名的雕刻家之一,也是15世纪下半叶最具影响力的艺术家之一。
⑤ 圣米尼亚托大殿(Basilica di San Miniato al Monte)是一座罗马天主教的宗座圣殿,坐落在佛罗伦萨的制高点之一,被称为托斯卡纳最好的罗曼式建筑,以及意大利最美丽的教堂之一。
⑥ 意大利中部托斯卡纳(Toscana)区的主要河流。

方式。它刚刚破晓，犹如思想穿过沉重的半睡半醒状态，白光刺破黎明的乌云，在画家契马布埃①那些半拜占庭式圣像画的圣母沉思大眼中，它在乔托②的强大现实主义中逐渐变得清晰，在基尔兰达约、韦罗基奥那里已经闪着耀眼的光芒，在弗拉·安杰利科③的宗教绘画中发生暂时偏离，之后，突然，终于像闪电穿过乌云，带着耀眼的光芒挣脱出来，在巨人般的米开朗基罗身上和神秘莫测的达·芬奇身上绽放出光芒。对人民来说这是何等的胜利！从今以后佛罗伦萨精神得到了充分表达，获得了不可磨灭的形式。它周围可能发生各种各样的变革，一切都可能坍塌：文艺复兴的佛罗伦萨自己发现了自己，它存在，它不朽，就像伯里克利时期的雅典娜，奥古斯都时期的罗马。我在但丁·阿利吉耶里的三行连环韵诗体的金属压模声中认出了多纳杰罗④的强大刀具。在所有东西上都留下蒙昧、自由和桀骜的佛罗伦萨精神的印记。这种精神能在建筑的最细微处感觉到，就在这些无与伦比的漂亮铁雕刻中，它们被钉进宫殿拐角处的街道十字路口石头里，以便夜里支撑火炬。在希腊的两步诗中我认出了荷马精神，在被青苔和泥土半掩盖的大理石微小残片里，有伊奥尼亚河石柱的风格。

在所有真正伟大文明的创造物上，比如在硬币上，都有一位统治者的头像，这位统治者就是民族天才。

今天某些类似的东西，哪怕是在最小程度上，都在继承法国的文学流派。在浪漫主义时代，在全民的狂喜气氛中，在残酷无情的争论中，在拉丁区⑤的各个独创小组中有某种生命的悸动，有某种

---

① 契马布埃(Giovanni Cimabue,1240—1302)，原名本奇维耶尼·迪·佩波，契马布耶是其绰号（意思是"公牛头型"）。代表作有《圣母子》《圣母和天使》《圣母和圣·佛兰西斯》等。
② 乔托·迪·邦多纳(Giotto di Bondone,约1267—1337)，意大利画家与建筑师，被认定为是意大利文艺复兴时期的开创者，被誉为"欧洲绘画之父""西方绘画之父"。
③ 弗拉·安杰利科(1387—1455)，意大利佛罗伦萨画派画家，原名圭多·迪彼得罗(Guido di Pietro)，约1420年左右进入修道院，取名菲耶索基的乔瓦尼(Giovanni da Fiesole)，安杰利科（意为天使）是后人给他的美称。
④ 多纳泰罗(Donatello,1386—1466)，意大利早期文艺复兴第一代美术家，也是15世纪最杰出的雕塑家。
⑤ 拉丁区处于巴黎五区和六区之间，从 Saint-Germain-des-Prés 到卢森堡公园，是巴黎著名的学府区。

创作的微澜,它无疑对其后的法国所有文化生活都产生了极大影响。后来反对派反对浪漫主义的谎言,将文学带向了荒谬之极、粗俗冷酷、至今僵死的自然主义。所以当民族天才在最初含糊不清的条件下寻找新的创作途径,将生活真理与最伟大的理想主义结合在一起的时候,我们也参与到其中。现在在塞纳河畔吹拂的空气就是500年间在阿尔诺河畔吹拂的空气。自发分散的诗歌现象三个世纪以来在这里已经变成了一个严整强大的系统,就像曾经在希腊那样,就像佛罗伦萨的绘画,这要归功于那些由世界历史因素联合起来的整整几代文学家的传承。

我们时时处处都能看到——在当代巴黎,在15世纪的佛罗伦萨和伯里克利时代的雅典,在歌德时代的魏玛文学小组,在伊丽莎白时代的英国,看到需要某种特殊的气氛天才的巨大潜能才能完全表现出来。在气质各异甚至完全对立的作家中间,就像在对立的两极之间,确立特殊的思想潮流,制造充满创作气息的特殊空气,而且只有在这种雷雨交加的美好天才气氛中,那种意想不到的思想火花、那种人们一直期待的有时整整几个世纪都等不到的民族意识的耀眼闪电才会迸发。文学是一种宗教。民族天才对信仰它的信徒们说:"哪里有两三个人为我而聚,我就出现在他们中间"。人只有在类似于自己的人中间才能成为真正的人。请记住《使徒行传》中一则浅显的象征故事:

"五旬节到了,门徒都聚集在一处。忽然,从天上有响声下来,好像一阵大风吹过,充满了他们所坐的屋子;又有舌头如火焰显现出来,分开落在他们各人头上"。(《使徒行传》第2章1—3)。

毫无疑问,在俄国曾有过真正的伟大诗歌现象。但问题是,在俄国是否有过真正的伟大文学,能与其他世界文学并驾齐驱?

有时普希金本人也发牢骚抱怨孤独。在一些信中他承认,俄罗斯诗人好像一点也不知道自己作品的命运:因为他是在荒原中创作。这位大作家绝望到了极点,准备诅咒他出生的土地:**"鬼猜得出我这个有心灵有天才的人出生在俄罗斯!"**(1836年5月18日,从莫斯科寄至彼得堡给妻子的信)。他在流浪的茨冈人群中、在比萨拉比亚的草原深处感到孤独,在彼得堡上流社会的溜冰小组里,在格列奇和布尔加林的文学圈子里也感到孤独。同样的孤独也是果戈理的命运。这位老人一生都在为笑的权力而斗争。果戈理身上那种筋疲力尽的、招致死亡的对祖国的**徒劳无益的爱**的情感比普希金更加强烈。它长久地打破了他的内心平衡,近乎于疯狂。莱蒙托夫已经是一个完全的自然现象。这是一个坚强的人,在他身上有那么多令人想起的真正英雄、命运的宠儿,他对俄罗斯文学家的称号感到惭愧,因为这个称号有点侮辱性和讽刺性。他突然闪烁后又熄灭了,像一颗意外的神秘流星,来自人所不知的民族精神的原始深处,又几乎在其中瞬间湮没。

在俄罗斯第二代作家身上那种无能为力的孤独感不仅没有减少,确切说还在增长。奥勃洛摩夫的作者一生都是个孤僻、高傲的文学苦行僧。陀思妥耶夫斯基在普希金纪念会上发表过热情洋溢的关于俄罗斯民族的全人类宽容态度的讲话,但由于对西方派充满憎恨,在《群魔》中用讽刺手法来表现俄罗斯最伟大的诗人和普希金的最合法继承者之一——卡尔马季诺夫①。涅克拉索夫、谢德林以及由他们聚集起来的整个圈子,都对"残酷的天才"——陀思妥耶夫斯基怀着毫不妥协的——你们要注意——依旧不是个人的,而是无私的、公民的仇恨。屠格涅夫,我本人承认,他感觉到一种无意识的、甚至是本能的对涅克拉索夫诗歌的厌恶。关于托尔斯泰和屠格涅夫之间那种令人悲伤的、俄罗斯文学典型的敌对状况,我在文章开头就已经讲过。

也许,40年里两、三个俄罗斯作家只能相遇一次,但不是在所有人面前,而是在某个角落里,悄悄地在某个暗处,持续一瞬间,之后就永远分开了。例如普希金和果戈理。在沙漠中的一次短暂偶然相遇!之后是别林斯基小组。在那里人们第一次开始理解普希金,欢迎屠格涅夫、冈察洛夫和陀思妥耶夫斯基。但是一股敌对的微风吹来——一切就都瓦解了,只留下几乎被遗忘的传说。不是,在整整一百年的时间里,俄国作家从来还没有"**一致地聚在一起**"。人民意识的圣火,那种在《使徒传》中讲到的充满激情的语言,正在

---

① 卡尔马季诺夫是对屠格涅夫的丑化。——原注

寻找才能超群的人，它甚至燃烧了一瞬间，但又立刻熄灭了。俄罗斯的生活没有珍视它。所有这些昙花一现的小组都太不牢固，所以在它们之中没有产生伟大的历史奇迹，即可以称之为降临到文学中的民族精神。显然，俄罗斯作家安于自己的命运：至今他都在完全的孤单中生活并死去。

我明白涅克拉索夫和谢德林之间的关系。但是迈科夫和涅克拉索夫之间的关系怎样呢？批评界对此默不作声呢还是急忙确定，没有任何关系而且也不可能有，因为迈科夫和涅克拉索夫相互否认。肩并肩在一个城市里，在一样的外部环境中，几乎和同一读者圈一起，但每个文学小组都过着特殊的生活，好像生活在孤岛上一样。有一个公民岛，是涅克拉索夫和《祖国纪事》。无法逾越的深渊和界限分明的文学泥潭把它与独立的美学家诗歌岛分开——迈科夫、费特、波隆斯基。在岛与岛之间——从一类到另一类——是极端的达到血族复仇程度的敌视。如果诗人—幻想家陷入公民岛，那么不幸就会降临到他的头上。我们的批评家充满着真正的食人者习性。60年代的俄国评论家，就像旅行者讲述的野蛮岛民，不管什么都吞食，实际上，他们吞食的是《祖国纪事》上无辜的费特或者波隆斯基。但是后来诗歌岛上无忧无虑的居民不也是用同样的血仇报复公民岛的诗人吗？在迈科夫和涅克拉索夫之间，就像在西欧派屠格涅夫和民族神秘主义者陀思妥耶夫斯基之间，屠格涅夫和托尔斯泰之间，没有那种生动的、宽容的、和谐的环境，那种文化气氛，在其中对立的独特气质互相碰撞、彼此加强、促进活动。

所谓的俄罗斯小组比俄罗斯人的孤独还糟：第二代人比第一代人更苦。难怪屠格涅夫憎恨它们。作为例子值得指出斯拉夫派。这是一群持同一观点的真正莫斯科人；不是真正天才之间那种生动、自由的相互影响，而是某种文学**角落**，在那里就像在所有类似的角落里一样，拥挤、沉闷、黑暗。

在最近半个世纪里，俄国才华横溢的天才们的联合使俄罗斯文学、当之无愧的俄罗斯伟大诗歌的缺乏变得更加令人吃惊。至今，俄国的作家们带着纯粹民族斯拉夫的讽刺语调，有权相互说：我们的诗歌伟大而强盛，但是在其中既没有文学继承性，也没有自

附录三　论当代俄国文学衰落的原因及其新兴流派

由的相互影响。这就是为什么在明天我们这里可能会出现与屠格涅夫并驾齐驱的新小说家,与莱蒙托夫相提并论的新诗人,并且可能写出天才的作品,但是具有世界意义的伟大俄国文学他创作不出来。所以,在他去世后,马上会出现我们现在正在经历的那种衰落、那种野蛮和荒芜。接下来无处可去。难怪眼光短浅的评论家们会如此悲伤地为缺乏天才而哭泣。在任何情况下这种现象都是自然的、暂时的。看样子,只要等一等,文学就可能会和第一位天才一起诞生。但不幸的是,我们现在正在经历的危机极其深刻和严重,它归结为下面这个问题:俄罗斯有没有伟大的文学,即体现民族意识的文学。

未来的俄国文化历史学家,绕过许多现在令人心醉和激动的东西,怀着极大的惊奇踯躅在一个享有世界荣誉的诗歌之王之一的重要形象面前——列·托尔斯泰,他穿着农民服装正在犁地,就像在列宾的一幅著名油画中画的那样。不管人们怎么说他虚荣,不管人们怎么嘲笑或争论,这个形象都高高地屹立在 19 世纪中并且不由自主地引人注目。我觉得,在俄国诗人的叛乱暴动中反对的东西,就是欧洲的优秀人物伟人歌德和魔鬼拜伦怀着战栗和景仰十分崇敬的东西,很遗憾,可能**过分**虔诚。托尔斯泰在清晰的裸体中发现的东西,首先显露在我们作家的生活和作品中。这是他们的力量、独创性,但与此同时也是他们的弱点。

在普希金身上,也许是在游牧吉普赛人群中获得了自己灵感中最大胆的东西,在果戈理身上是他的神秘主义呓语,在莱蒙托夫身上是对人、对现代文明的蔑视,对大自然全身心的佛教般的爱,在陀思妥耶夫斯基身上是妄想扮演**弥赛亚**角色,即上帝指派俄罗斯的温顺人民将来修正欧洲所做的一切,在所有这些作家身上,都有和列·托尔斯泰身上一样的自然因素:**逃离文化**。

现在请你们把身穿农民服装犁地的托尔斯泰与世界历史文化的代表形象歌德进行一番比较。在像宫殿或博物馆一般的魏玛家里,在艺术和科学的宝藏中有一位神圣的老者,他是《曼弗雷德》①

---

① 《曼弗雷德》(Manfred)是拜伦的代表作之一。

的创作者所崇敬的那个人,作为其学生,作为"封侯"!难道歌德不曾被那种在30岁时毁掉了泰斗拜伦,使他绝望并堕落自杀的世界悲痛所压抑?不管怎样,歌德善于在这种悲痛中活着并享受着生活!当他听说证明颜色的理论或生物进化的理论有新发现时,80岁时突然闪烁着轻年人的喜悦。在所有世纪和所有民族那里从来没有出现过这样的文化现象,即它无所不包的智慧不与它联系,它清晰嘹亮的心灵不与它回应。

所以,请你们注意,歌德的**自然**创造力在任何情况下也并不比俄罗斯诗人的**自然**创造力少。这位超凡脱俗的人自己经常讲到那种黑暗的、深夜的、理性难以理解的"恶魔"东西,他喜欢用"恶魔"这个词表达(来源于 δα？μων——божество 神),他与之斗争并被它操纵了一生。当你们读到浮士德的咒骂时,你们认不出那个理智的文化代表歌德,他能创作出温和的卢克莱修六音步长短诗①,论述动物和植物的选种。类似的**自然**力在毁灭者拜伦身上没有。科学使歌德接近大自然,并在他面前更多地显露出它的神性秘密:

> 他明白星星的天书,
> 他倾听海浪的倾诉。②

他不害怕科学和文化使他脱离自然、土地和祖国,因为他知道,高水平的文化,同时也是高水平的民族性。

歌德不仅是最典型的真正伟大诗人,也是真正的伟大**文学家**。托尔斯泰是个伟大的诗人,但从来也不曾是个文学家。在自己的自传性作品中托尔斯泰不止一次说过,他真的非常鄙视自己的创作。这种鄙视不由自主地唤起人们对俄罗斯文学命运的思考。如果我们的一个最伟大的诗人都鄙视诗歌的意义,那么,我们还能期待从其他人那里得到什么呢?不,歌德从不鄙视自己的作品。他可能会认为,像托尔斯泰那样对待自己作品的态度对他来说就是亵渎文化。这就是把诗歌从文学中分离出来的深渊。实际上,这

---

① 提图斯·卢克莱修·卡鲁斯(Titus Lucretius Carus,约前99—约前55),罗马共和国末期的诗人和哲学家,以哲理长诗《物性论》(De Rerum Natura)著称于世。
② 出自巴拉廷斯基的诗歌《致歌德之死》(1832)。

正是把自然与人类分开的那一深渊。不管我们还有多少天才的作家,但只要俄罗斯没有自己的文学,它就不会有代表民族精神的歌德。大自然的勇士、古俄罗斯壮士歌中的英雄,举不起来装着世界重量、地球重量的小小"搭肩包"。

> 斯维托格尔从马背上下来,
> 他用双手抓住一个小包,
> 将小包举过双膝;
> 但是斯维托格尔的一只膝盖陷入地里,
> 而他煞白的脸上——不是泪水,而是鲜血在流……①

世界的重量一个民族是不可能扛起来的,不管它有多么强大。古代勇士如果到最后都不承认,除了他至今仍相信的那种力量外,还有另一种更大的力量存在,那么他会被自然力量压得越陷越深。

二、读者的情绪、语言毛病、小型刊物、稿费体系、出版商、编辑

当你思考那些现在在俄罗斯读书和写作的人的心情的时候,在你眼前就会不由自主地出现一幅熟悉的俄罗斯风景画。在中部省份的某个地方,在铁路路面旁。贫穷的大自然被更加贫乏的文明消耗殆尽。沼泽里遍布树根和碳草及砍光的森林残余物,浅浅的凄凉小溪。在斜坡上有几座灰色的小房子,最大的一座上写着"旅店"两个字。在铁轨上一群醉酒的工匠穿着城里人的外衣,手里拿着手风琴,唱着荒唐的歌。远处耸立着工厂的烟囱。还有大家需要的寒冷、凛冽得像死人一样的白天,无聊的北方天空:

> 我的红面颊的批评家,讥诮人的大肚汉,
> 你永远在嘲笑我们痛苦的缪斯的伤感。
> 来吧,我请求你坐上车子,和我一起,
> 让我们试试,能否处置这该死的忧郁。
> 瞧,这是怎样的景象……②

---

① 出自壮士歌《斯维托格尔和地球引力》的结尾。
② 出自普希金的诗歌《我的脸色绯红的批评家,大肚翩翩的讽刺家》(1830)。

如果你们碰巧打开当代的"厚"杂志或报纸,那么你们就会遇到同样的情绪,同样的僵死调子,同样的无聊,同样的丑陋和半野蛮文明的文字,以及同样单调、失望的无聊话。

我记得,实际上,当我从国外巴黎回到国内时,就曾懊丧地经历过这种昔日亲近的、被普希金描绘过的无聊。没有任何政治和哲学见解,只有在林荫道上,在人群中,在剧院中,在广告中,在展览会上,在咖啡馆里,在这种人海般的不断怨声中才能感觉到,那里**有生命存在**。

在任何地方,甚至在俄罗斯,也没有充满像在文学小组中那样的无聊。又是没有任何高深的政治和哲学见解,只是感觉,这里**没有生命**。当你一下子从欧洲的空气中、从紧张的活动和思想气氛中转到这最无聊的一个岗哨里,转到一个最不幸的彼得堡编辑部里的时候,你会非常痛苦地聆听那些无聊同事的无聊谈话。如果编辑部轻浮,那么你就会觉得闯入了令人生疑的查询室;如果编辑部严肃,你就会感觉自己落入官场中。

我记得一个前途无量的年轻作家文学小组。那里聚集着一大帮女作家太太,崭露头角的小说家,还有旧时值得尊敬的天才作家。然而,那里无聊透顶了。大家只是假装在干正经事,干某人需要的事,而心里却很难受。有一次,有人把一个很普通的儿童玩具纸苍蝇带到了编辑部,上足发条后,苍蝇用翅膀吱吱地叫着在房间里飞来飞去。大家多么开心,笑得多欢……! 一张张阴森的面孔露出了光彩,女士们都拍起手来。从那时起,六年过去了,但我清楚地记得这个小小的、不是当地色彩的日常情景。

在自己的最后一首散文诗中屠格涅夫写道:

"在彷徨的日子里,在痛苦地思索着祖国命运的日子里,唯有你给我支持和依靠,啊,伟大的、威力无比的、纯真的、自由的俄罗斯语言! 要是没有你——谁能目睹故土所发生的一切而不陷于绝望? 然而,这样的语言,如果不是赐予一个伟大的民族,那是难以置信的!"①

---

① 即屠格涅夫的散文诗《俄罗斯语言》,创作于 1882 年 6 月。

有三种主要分解力引起语言的衰落。第一种力量是批评。早从皮萨列夫起就采用一种特殊的具有讽刺意味的几乎是对话式的手法。应该公正地评价它,这种简洁的手法虽然像巴扎罗夫的语言有些高傲,但是引人入胜的有力语言成为他手里极好的适合于破坏的武器。皮萨列夫蒙骗了俄罗斯60年代整整一代评论家。《祖国纪事》的批评栏目不接受用其他语言写作。但是,和往常一样,模仿者只学到了皮毛,他们把有力变成了粗鲁,把讽刺变成了和读者的侮辱性狎昵,把简单变成了对最起码礼节的鄙视。任何东西也不能腐化原始的、真诚的、永远严肃的民族语言,就像这种粗俗的文学机敏。

第二种力量,对文学语言产生破坏性的影响,就是那种特殊的讽刺方式,即被萨尔蒂科夫称之为"奴才似的伊索语言"。他的这种风格很漂亮,充满了致命的毒药、神秘的报复心理和独特的邪恶之美,如果可以这样表达的话!萨尔蒂科夫掌握了本民族的言语精神。但是众多模仿萨尔蒂科夫的自由派和保守派(或曾经是)、小报和《警钟》杂志的评论家、小品文作者、揭发性记者都把伊索语言变成了什么。勉强作出的晦涩机智、狡猾的暗示、装腔作势、讽刺的鬼脸——所有这些都成了报纸行话的血肉(主要内容)。奴才式的语言也许只能以最高的内在高雅和无畏的讽刺证明自己正确;否则它就是无益的和令人讨厌的。言语的清晰性、简洁性成为越来越稀有的优点。

请你们试着把我们的当代杂志放在一边,长时间里只阅读外国的书籍和俄国上一代著名作家的作品,然后再打开当代的新鲜报纸,那么,你们就会感到震惊,你们被不愉快的气氛包围着,荒谬的新词,粗俗的语言,小报尤甚:好像你们从自由的空气里走进了一间臭气熏天的房间里一样难受。17世纪的法国也是这样的宫廷修辞和华丽辞藻,18世纪的德国在歌剧《维特》①出现之前也是庸

---

① 《维特》(Werther)是法国作曲家马斯内的歌剧,完成于1892年,脚本由爱杜亚·布劳(Edouard Blau)、保罗·米利耶(Paul Milliet)以及乔治·哈特曼(Georges Hartmann)根据歌德的小说改编而成。全剧于1892年2月16日,在维也纳宫廷剧院首次演出。

俗的多愁和过分的甜腻，现在在俄罗斯毁坏本民族生动语言的是这种虚伪的讽刺方法、做作的俏皮和伤风败俗、鄙视风格、粗俗随便的文学基调。

　　第三点，差不多也是语言衰落的最主要原因：日益增多的不学无术。如果在我们这里，也像在法国那样，有牢固的文学传统种子，那么，如此经常悲伤地进入大众浪荡派文学的危险就会小些。但是没有这样的种子。未来的俄国报刊历史学家定会收集到许多悲伤的描述这种低水平教育的笑话。我曾在一份彼得堡大报上看到一则消息，说戏剧家易卜生的著名戏剧《娜拉》首演获得巨大成功——啊，真可怕！——在魏玛剧院，当时是歌德在管理！在另一份报纸上把法国诗人勒贡特·德·列尔的名字译成德·列尔伯爵。这样的荒唐事很多。

　　完全不懂有时比一知半解好。普希金相信，可以向莫斯科的烤圣饼女人学习地道的俄语。许多人虽然完全没有文化，但是他们和人民保持着联系，所以也能掌握纯正的、甚至美丽的语言。但是在半无知、半有知、已经脱离人民而且还没达到文明水平的环境中，正是在这种环境中，语言变得僵死和离散，而所有的文学艺人、所有的大报纸浪荡派都出自这种环境。

　　文学衰落的另一个原因是稿费体系。

　　托·卡尔雷利①曾说过，在当代欧洲，在资本主义制度的空前胜利中，按照他的说法，只有作家可能变成唯一永远抗议金钱力量、抗议清贫的代表。意大利的但丁曾一贫如洗，之后是英格兰的塞缪尔·本·约翰逊、法国的卢梭、美国的埃德加·坡。在俄国也有部分这样类型的人——别林斯基。色情作家和轻歌剧作家的任何报酬、任何文学资本、数百万的稿费至今也不可能消灭大众和作者本人对无私文学劳动的景仰。深刻的感人含义正在于此。普通民众完全远离文学，还不知道出卖灵感，他们把艺术家、评论家、诗人看做是天才，看做是来自理想王国的人，尽管这些人不可能完全

---

①　托马斯·卡莱尔（Thomas Carlyle, 1795—1881），苏格兰评论家、讽刺作家、历史学家。

值得这样尊敬。不管教会的舞弊行为多么令人发指,中世纪的善良民众也是这样看待神甫和僧侣的。当对教会代表的大公无私的信仰彻底消失后,中世纪的社会也就瓦解了,因为只有在信仰某种无私的原则的基础上才能创建任何一个社会。当代读者完全深入到文化市场的粗俗**神职交易**中,并彻底失去了对自己精神领袖的天真信仰,文学就会像中世纪的教会一样失去道德含义。

事实上,每一个作家提供给读者的作品都是一件**礼物**。在地球上创造甚至最微小的一份美对人们来说都是一种道德功绩、一种高尚活动,是任何金钱无法衡量的。所以,人们知道这一点。尽管有全额的稿费,但是地球上的艺术家、学者和诗人至今仍是过于功利的时代中最后的不切实际的人、最后的幻想家。在资产阶级工业和资本主义理想的胜利中生活着一位刚强的皇家乞丐偶像,阿利盖利·但丁。他从一个城市流浪到另一个城市,并且承认,驱逐的面包、别人的面包对他来说并不香甜。埃德加·坡像一个最后的酒鬼,像乞丐一样死去了,几乎是在世界上最富有的国家的最宽阔道路上,在一个稿费惊人和新闻发达的国家里。

当稿费彻底失去任何理想意义,当它不再是作家精神赤贫的象征,不再是人们无比感谢的标志时,当它变成日常的正式劳动报酬,变成雇工的物质报酬时,它就成为最大的破坏力量,衰落的最主要原因之一。稿费体系作为文学市场的一种工业交易,是一种武器,读者借助它奴役自己的短工、自己的作家:因为就是他们用鄙视和威胁的方法报复自己,玩弄自己。

有两种方法控制大众的注意力:第一种方法,创作真正天才的作品。但是创作这样的作品需要一代人或者两代人的共同努力,而且那些人几乎一直都在无私地奉献着。另一种方法,更可信、更容易:满足大众的低级趣味。而且对书的满意要求越低,读者圈就越广,那些向大众出卖甚至一点点才能的人致富就越神速。这样,稿费成了付给最损害自尊心的一种出卖灵魂工作的真正酬金——即通过它读者和作家互相道德败坏。报纸和杂志成了具有商业工业交易性质的巨大市场,成了没有灵魂的按日计酬的文学工厂。人们可能会反驳我,何时何地都这样,在西欧我们会看到文学依赖资本的更加强烈损害自尊心的形式。

第一,在俄罗斯,甚至三四十年前还没有出现类似的事情。普希金在给雷列耶夫的一封信中这样写道:"我们的作家都来自上层社会。贵族的骄傲与他们的作家自爱融为一体,我们不想被平等的人保护,这就是沃隆佐夫①不明白的。他认为,俄罗斯诗人出现在他的客厅时都带着献词或颂歌,而那位诗人却带着尊重的要求出现,就像是600年的贵族一样。"

普希金是对的。他完全正确地提出划定阶层界限,在很长时间内保护了俄国文学免受过分粗俗的市场风气的侵袭。但是,从那时起,正如这几行信所写的,过了近70年。600年的贵族在俄罗斯文学中变得越来越少了,贵族堡垒彻底坍塌了。确实,俄罗斯文学由于向所有轻浮的人打开,容忍所有的侵袭,甚至没被大众读者而只是**被低级趣味**的读者践踏,所以在日益增长的新的**金钱野蛮**的粗暴压力面前,在资本的权力面前,从来没这么无自卫能力。

在西欧有数世纪从事脑力劳动的贵族,而且这种强大的文化支柱牢不可摧,与那些世袭贵族相比,普希金好像寄后者太大的希望。但是这种脑力劳动的贵族支柱,这种保护文学圣者之神圣免遭市场资本入侵的伟大的文化历史忠诚,很可惜,在我们俄罗斯过去没有过,现在没有,上帝也不知道还会多久没有。这就是为什么文学的野蛮掠夺行径和出卖行为在俄国比在其他任何地方更发达。什么样的人物!什么样的道德!而且,可怕的是,这些人都朝气蓬勃、精神饱满、充满希望……当你看到文学、诗歌这些人类精神创造中最抽象、最温情的东西越来越多地陷入这位吞食一切的莫洛赫②和当代资本主义的控制之中!……

我们的一些所谓**厚**杂志的评论家们习惯带着鄙夷的眼光看待小期刊,甚至干脆忽视它们的存在。我们有时在新年前困惑地看到在报纸的最后一页上那些半俄尺长的奇怪广告字母,介绍一本

---

① 米哈伊尔·谢苗诺维奇·沃隆佐夫(Михаил Семёнович Воронцов,1782—1856),俄罗斯国务活动家。
② 莫洛赫——古代闪米特人神话中的天神、太阳神、火神和战争之神,祭祀莫洛赫时以大量的人作为牺牲品。

新的微型杂志，它一下子提供出某种令人吃惊的诱饵，比如，未出版的果戈理作品，而在果戈理旁边是一本最新的挂历。从这则预告可以看出，编辑对挂历和果戈理寄于同样的希望。

过了一段时间。大家甚至忘记了新杂志的存在。在各个文学小组中都不知道它的名字；但突然，过了几年，它拥有了二三十万的订户。谁也弄不清楚，他们是从哪里冒出来的，是奔着什么诱饵去的。毕竟，二三十万的俄罗斯读书人，虽然他们来自最大众化的甚至没有教养的环境，但是也值得给予一定的关注和认真的杂志批评。带有插图的小型报刊在快速增长的阅读需求下，可能变成一股巨大的令人快乐的文化力量。那些大型杂志的评论家和读者的高傲鄙视并没妨碍，反而相反，帮助这些内行的文学实业家们数十年来每天用粗俗无味的艺术、廉价粗劣的油画、庸俗低级的小说毒害二三十万人，尽管他们是"微小的力量"。这些街头小出版社有着微生物般可怕的繁殖能力。它们中的每一个都是单独的、不起眼的，但联合起来就是一股非常可怕的力量。就是在现在，有时也很难区分特点，清晰地确认哪里是街头小报的尾，哪里是"严肃"报纸和"厚"杂志的头。在**小报刊**中，在这极大的文学中，就像在高倍显微镜下的一滴腐水，你们可以发现所有疾病的胚胎，所有的恶习，所有的道德败坏。

而且这一切是那么活跃、那么迅速和快乐，小得可怕：它们瞬间相互蚕食，瞬间又都复活。周而复始，生生不息！它们无意识地、盲目地、静静地创造着文学瓦解的事业——数不胜数，难以捕捉。

至今为止，在俄罗斯书籍几乎没有任何独立的生命，完全依赖于期刊出版。如果作者没有吸引力和极大的声望，如果他想让有教养的俄国人和文学小组关注他的作品，那么他就不会去找小报刊，而是必须去找五、六本厚杂志中的某个编辑。在西欧书籍具有与报刊同样的价值，或者甚至更大的价值，这当然是文学的幸福，因为书能给个性以充分自由。每个独立的天才不能不对自己的主人、编辑、小心谨慎的未成年读者的教育者的最微小干涉感到义愤填膺。每一个独特的作家都和"有权力的"大众讲话，而编辑作为大众的服务者，如果只有他自己不是真正的天才，不是艺术家，不是学者,那么一生中哪怕有一次创造点新鲜生动的东西也好。但不幸的是,在当代俄国杂志的五六个编辑中没有一位文学家或公认的学者具有天生的而不是假装的艺术或科学知识。所有这些人都是受过教育的、大公无私的、值得深深尊敬的人,但是在自己的文学审美中是无可救药的道德说教者和未成年读者的胆怯教育者。他们甚至没有在某个党派范围内的那种自由和勇气,例如,涅克拉索夫和谢德林所在的党派。他们是否会发现新的天才,之后他们胆怯的编辑之心会马上想悄悄地,不用苛刻,而是,这么说吧,用父亲般的仁慈、教育者的影响把生动的、不驯服的独特性放进自己钟爱的那些古老小框子里,也许是为了新颖,但主要是更合适、更整齐、更平淡。

我从一位文学家那里听到下面这个相当可信的比喻:我们的作家还没有胆量在独立的书中单独出现在读者面前。为了不死在当代文学的沙漠中,他们应该聚集在杂志和驮运队中并一起去旅行。在这种驮运队中既有领袖、编辑,也有驮兽、拙劣的抄袭作家,还有胆大的发起者、评论家。旅行家说,驮运队在撒哈拉大沙漠中通常随身带着某种动物的尸体上路,以便在夜里投掷给掠食性野兽,防止它们攻击。这种尸体在我们当代杂志中经常是最枯燥的冗长小说。

而俄国读者实际上是一股黑暗的、自发的、极挑剔的力量。编辑感觉到自己身下这块松动的、粗野的土壤,但却不相信它。像所有具有胆小平庸审美口味且会讨好大众的鉴赏家一样,他们的梦寐理想是有外在的文学**体面**。尽管冷得像冰一样,但遵守最严格的礼仪,尽管僵死,但是在彼得堡的每一个资产阶级贵族沙龙里可以大胆地大声朗读。有时这种关心外在礼貌而缺乏内在审美的做法达到了如此吹毛求疵的程度,显然是出自下列这则典型的笑话,虽然不可思议,但完全真实可信。

一位作家投给一本严肃杂志的编辑一部希腊悲剧译著。仔细阅读后编辑宣布:

"出版是不可能的。"

"为什么呢?"

"您看见没有……埃斯库罗斯的悲剧——这是,么说吧,**在当代暗淡的俄国小说文学天地里这是一朵过于耀眼的古典主义之花**。"

"但耀眼更好啊!……"

"我是说——过于耀眼的**古典主义**之花——从希腊文翻译过来的作品。"

"从希腊文翻译过来怎么了?"

"求求您,我们在社会编年史中一直反对古典主义文学教育系统,突然出现整整一部埃斯库罗斯的悲剧。"

实际上,稿费市场系统、资本家出版商、大公无私但缺乏艺术感觉的编辑们,所有这些力量只是外在的,所以不管它们对文学的影响多么致命,但这种影响不可能与内在的破坏力作用相比,其中最主要的就是批评。

三、当代俄罗斯批评

伊·阿·丹纳①第一次尝试把严密的科学方法应用于艺术。但审美心理学领域研究得实在太少了,还不能把这一尝试看做是完善的。

无论如何,在同样方向上的活动,也就是研究创作规律、创作对心理学和社会科学的态度规律,艺术家与文化历史环境的相互作用,它们在将来可能会卓有成效。

另一种更重要、更常用的研究方法是**主观艺术**批评方法。在圣伯夫②、赫尔德③、勃兰兑斯④、莱辛⑤、卡莱尔、别林斯基的所有

---

① 依波利特·阿道尔夫·丹纳(Hippolyte Adolphe Taine,1828—1893),法国批评家和历史学家。
② 沙尔—奥古斯丁·圣伯夫(Charles-Augustin Sainte-Beuve,1804—1869),法国作家、文艺批评家。
③ 约翰·哥特弗雷德·赫尔德(Johann Gottfried Herder,1744—1803),德国哲学家、路德派神学家、诗人。其作品《论语言的起源》成为狂飙运动的基础。
④ 勃兰兑斯(Georg Morris Cohen Brandes,1842—1927),丹麦文艺家、批评家。
⑤ 戈特霍尔德·埃夫莱姆·莱辛(Gotthold Ephraim Lessing,1729—1781),德国启蒙运动时期最重要的作家和文艺理论家之一,他的剧作和理论著作对后世德语文学的发展产生了极其重要的影响。

最好批评研究中,你们会发现许多文章,在其中批评家变成了独立诗人。

可见,在我们的时代之前几乎就出现了一种人所不知的但越来越发达的艺术创作形式。歌德在自己那些关于艺术和世界文学的评论中,在讽刺短诗和格言诗中,在席勒的部分创作中,都提供了批评诗的最初典范。对主观艺术批评家来说《艺术世界》起到了同样的作用,就像现实世界对于画家一样。书是活生生的人。人们对它爱恨交加,靠它生活,也因它死亡,享受它,也备受折磨。这种诗歌在清晰性和现实力量方面失去的东西,在无限的高尚气质和温柔情调中赢得了。卡莱尔和勒南①的某些文章在灵感的深度和独创性方面丝毫也不逊色于丁尼生②或雨果的最好作品。

诗人—批评家反映的不是现实事物的美,而是反映这些事物的诗歌形象的美。这是诗歌的诗歌,也许,苍白、透明、没有血色,但却是以前任何一个世纪人所不知的一种新的、血肉相连的、**我们的思想诗歌**,它是 19 世纪的产物,具有其无限的精神自由和顽强的认知悲伤。在美的反映中可能有一种人所不知的、神秘的魅力,你们甚至在美本身中也找不到它:就像在微弱的月亮反射光中有一种魅力,它在月光的来源中没有,在强大的阳光中没有。

主观艺术批评方法,除诗歌意义外,也许还具有重要的科学意义。创作的秘密、天才的秘密,有时诗人—批评家比客观科学研究者更容易达到。在拜伦、司汤达、福楼拜、普希金的书信和日记中对读过书的偶然评论胜过专业评论家最严谨的文章。如果一位艺术家阅读另一位艺术家的作品,就会产生一种心理体验,这种体验与科学实验室里所研究的那种一个物体作用于另一个物体的化学反应实验相符合。

俄国的批评,除了别林斯基、格里戈利耶夫、斯特拉霍夫的优秀文章,屠格涅夫、冈察洛夫和陀思妥耶夫斯基的某些随笔特写,

---

① 约瑟夫·厄内斯特·勒南(Joseph Ernest Renan,1823-1892),法国作家、历史学家、语文学家。
② 阿佛烈·丁尼生(Alfred Tennyson,1809—1892),华兹华斯之后的英国桂冠诗人,也是英国著名的诗人之一。

普希金散落在信件中的那些天才的评论外,总是一种反科学和反艺术的力量。痛苦在于,我们的批评家既不是真正的科学家,也不是真正的诗人。但在上一代人那里,在杜勃罗留波夫和皮萨列夫那里,政论不管怎么样还是致力于哲学和科学批评。他们中的一个英勇追随者,当代俄国杂志评论家的典型普罗托波波夫①完全公开地宣称,批评家应该是政论家,而且只是政论家。

在普罗托波波夫先生那里有一只所谓的"麻利的笔",有公认的报人所具有的机智和政治气质。如果他出生在法国,他可能会变成街头流行工人小报的编辑,每天撰写流行的大标题社论,就像《不妥协报》(L'intransigeant)的罗什福尔②,而且,谁知道,甚至会接待工厂无产者的感恩代表团。但在俄国当代新闻界他除了成为评论家—政论家外,什么也不是。那些人的理想是把文学变成报刊舒适的小讲台。如果天才的生动独创性不顺从他,也不想充当政治宣传家的垫脚石,那么,普罗托波波夫先生就会愤怒并且枪毙它。他不解释,而是像踩台阶一样践踏作者的个性,以便更方便登上自己的讲台。当然,政论是值得尊敬的报纸职业。对于没有文化和未成年的人群来说普及甚至最基本的道德思想是必须的。但是把那种创作《最后的审判》《浮士德》或《最后的晚餐》的世界天才的无限力量带到次要报刊职业的政论水平上——这甚至不是犯罪,这是我们古老的而且,哎!至今在广大读者中存在的一种深刻的民族的普遍无知。

令普罗托波波夫先生和他的许多同僚们焦虑的一个问题:艺术为了生活,还是生活为了艺术?这样的问题对于活人,对于真诚的诗人来说是不存在的:爱美的人都知道,诗歌不是偶然的上层建筑,不是外在的附属物,而是呼吸本身,生命的心跳,是那种没有它生命变得比死亡更可怕的东西。当然,艺术为了生命,当然,生命

---

① 亚历山大·德米特里耶维奇·普罗托波波夫(Александр Дмитриевич Протопопов,1866—1918),俄罗斯政治家、大地主和工业家,俄罗斯帝国最后一位内务大臣。
② 亨利·德·罗什福尔—卢西(Henri de Rochefort-Luçay,1831—1913),法国政客和新闻工作者。

也是为了艺术。一个没有另一个是不可能的。如果你们从生命中夺走美丽、知识、公正,那么还会剩下什么呢?如果你们从艺术中夺走生命,那么这将是,用《福音书》的说法,盐将不再是咸的。不懒惰的人,不懒惰的艺术家从来也没争论这样的问题,他们总是从第一个词就彼此理解,他们总是彼此同意,不管在多么不同的甚至对立的领域中工作。同样最伟大的和最难于表达的东西,歌德称之为美,马可·奥勒留①称之为公正,亚西西的圣方济各②和圣德肋撒③称之为对神的爱,卢梭和拜伦称之为人类的自由。对于活人来说这一切都是统一的,一个太阳的光芒,一种因素的表现,就像光、热、运动——物理世界中一种力量的变体。美为了生活还是生活为了美,这是问题仅对于死人存在:对于那些没经历过**活生生的生活**和不知道活生生的美的报刊的经院哲学家来说存在。

而与此同时,这些像普罗托波波夫先生一样的政论家的所有激烈辩论,多年的一切活动,都围绕着这个死问题转。最不幸的是,在他们那里至今有相当广泛的读者和崇拜者圈子。我们的可悲旧误解,对自由美感的极端不信任,胆怯地要求艺术服从于教育道德的条条框框,这一切正在蔓延。

斯卡比切夫斯基④,我们当代批评的另一位代表,他比普罗托波波夫先生的大胆辩论和机智少,但对作家的真诚和"认真态度"

---

① 马可·奥勒留(Marcus Aurelius,121—180),全名为马可·奥勒留·安东尼·奥古斯都(Marcus Aurelius Antoninus Augustus),著名的"帝王哲学家",于161年至180年在位。他不但是一个很有智慧的君主,同时也是一个很有造就的思想家,有以希腊文写成的著作《沉思录》传世。

② 亚西西的圣方济各(San Francesco di Assisi,1182—1226),简称方济,成立方济会又称"小兄弟会"。他是动物、商人、天主教教会运动以及自然环境的守护圣人。

③ 圣德肋撒亚维拉的德兰(St. Teresa of Avila),又称耶稣的圣德兰,旧译德肋撒或圣女德肋撒,洗名德肋撒·桑切斯·西佩达·阿乌马达(1515—1582),是一位杰出的西班牙神秘主义者、罗马天主教圣人、加尔默罗会修女、反宗教改革作家,通过默祷过沉思生活的神学家。她是加尔默罗会的改革者,并被认为与十字若望一起创建了赤足加尔默罗会。因与里修的德兰区分,又被称为大德兰。在她死后40年,于1622年被教宗额我略十五世册封为圣人,1970年,教宗保禄六世敕封其为教会圣师。

④ 亚历山大·米哈伊洛维奇·斯卡比切夫斯基(Александр Михайлович Скабичевский,1838—1911),俄罗斯自由主义—民粹派文学批评家和历史学家。

要多。他为未来的俄罗斯文学历史学家收集和准备了大量的有趣材料。他的随笔特写在俄罗斯书刊检查机关历史中具有重要意义。但是,作为一个天才的文学道德编年史家,斯卡比切夫斯基就自己的气质而言,是一位艺术特点最少的批评家。在他的艺术观中有那种致命的平庸特点,即服从于社会公认的大众审美情趣,指出这种特点比表达和确定它更容易。

有一次,在巡回展派画展上我看到一位著名俄罗斯画家的画,大概内容是:一个酒鬼,应该是个手艺人,带着威胁的目光举着拳头站在酒馆的门槛上。他想进去,但是一个头发蓬乱面色悲惨的女人,可能是手艺人的妻子,不让丈夫进去。她发疯似地伸出头并张开"苍白枯槁的双手",像波塔片科①或兹拉托夫拉茨基②一定会说的,她用整个身体挡住酒馆的门。受惊吓的小孩在发生假想的悲剧前死死抓住不幸母亲的破衣烂衫并用恳求的目光望着心狠的父亲。画画得非常出色,不在意技术,用一些灰暗的自然颜料。但观众都停留在它前面:在有教养的女士们的脸上都露出同情的神色。她们用法语谈论贫苦人民的痛苦、酗酒,解释画家的意图。人人都懂的、**平庸的**悲伤永远都会对大众产生影响。

在任何社会和任何时代里都有许多人——不计其数,他们被时髦的、虚假的感觉紧紧地吸引着,就像钓竿上的诱饵吸引鱼类一样。我相信,如果在读者中,在画的前面站着斯卡比切夫斯基先生,那么,这位可敬批评家的敏感心也会被画中安平凡、虚伪的悲伤所感动,就像大众的心一样。一个有良心、有人性的评论家肯定会有强烈的愿望赞扬画家对人民的热情态度、令人惊奇的真诚直觉、合理的现实主义清醒冷静。我不知道其他人怎样,但在类似的赞扬中我会对无可争辩的善良品德产生一种不可遏制的愤恨。罪恶至少有一个优点,那就是人们永远也不会用那种庸俗的赞扬、那种致命的资产阶级同情、那种俗气和丑陋愚弄它,就像愚弄可怜的

---

① 伊格纳季·尼古拉耶维奇·波塔片科(Игнатий Николаевич Потапенко,1856—1929),俄罗斯散文家和戏剧家,19世纪最流行的作家之一。
② 尼古拉·尼古拉耶维奇·兹拉托夫拉茨基(Николай Николаевич Златовратский,1845—1911),俄罗斯作家。

善良品德那样。啊,大路的寂寞!啊,大众在其钟爱的流行伟大思想的庸俗面前的永恒感动!

难道斯卡比切夫斯基先生对波塔片科作品中的这种钓竿上的诱饵不高兴,对平凡的人道感情和虚假的民粹主义现实主义不高兴?他现在白白地极力否认和愤恨自己喜欢的人。波塔片科先生完全从令人可敬的批评家内部走出来,从他本性难移的道德高尚的心里走出来,就像雅典娜从宙斯的头里走出来一样。这位不幸的小说家有不容置疑的天才、真诚的幽默、了解一点人民——但他的成功秘密不在这些。我相信,许多善良的人在波塔片科先生的作品面前流出真诚的眼泪,而且完全赞同斯卡比切夫斯基先生,就像他们的父亲在30年代的感人小说面前流泪一样。但正是这些读者的真诚眼泪成为审美全面衰落的不祥征兆。

艺术的最高**道德**意义完全不在于感人的道德特征,而在于艺术家大公无私、不为利诱的**真实**,在于他无所畏惧的真诚。形象的美不可能是虚假的,因此也不可能是不道德的,只有丑陋,只有艺术中的庸俗才是不道德的。任何色情作品,任何诱惑人的罪恶图画都不能腐化人类的心灵,就像关于善良的谎言,就像献给善良的庸俗颂歌,就像天真的读者在虚伪的人道情感和资产阶级道德面前的这些热泪。谁习惯为谎言哭泣,谁就会带着冰冷的心与真理和美擦肩而过。

在《启示录》中有一个可怕的地方:"……圣灵对教会说:你要写信给在老底嘉教会的使者,说:'那位阿们的,忠信真实的见证人,上帝创造万有的根源,这样说:我知道你的行为,**你不冷也不热;我巴不得你或冷或热。因为你好像温水,不热也不冷**,所以我要把你从我口中吐出去。因为你说:我富足,我得了财富,我一无所缺;却不知你正是那惨苦、可怜、贫穷、瞎眼、赤身的。"① 这些伟大的字眼把不可磨灭的印记印在任何一种平庸上,任何一种直感上,不管在宗教还是艺术中都一样。喜欢庸俗悲剧效果的人,类似斯卡比切夫斯基先生和波塔片科先生那样公认的人道思想的宣传

---

① 《启示录》3:14—17。

者,既不是严寒,也不是烈火,而是所谓的"亲切的**温暖**感",这种可恨的温水,取代了说教小说中的真诚,他们想想起《使徒福音》中的可怕审判:"啊,我巴不得你或冷或热!因为你好像**温水**,不热也不冷,所以我要把你从我口中吐出去。"

像普罗托波波夫先生和斯卡比切夫斯基先生那样的人,完全不自觉地在干破坏性的事。实际上,这是整个无政府主义思想、普遍误解的无辜牺牲品。他们继续向作家们指出能拯救民粹派现实主义的规范,很认真,就像书法老师画倾斜和横线,以便学生轻松地写出字帖的字母。但是不管这些善良、诚实的人们如何害怕艺术习字课老师,如果他们突然能够理解,艺术是什么样的深渊,什么样的秘密,那么在无限的大自然创作自由中他们的小教育尺子是多可笑。他们将终生认真地谈论灵感、诗歌,尽管从来也没见过美,而且至死也看不到它。这也许是有益的、机智的政论家,但在艺术中需要的是糊里糊涂、**先天失明的人**。

歌德有一首迷人的抒情诗《玉液琼浆》。当弥涅尔瓦①讨好自己最喜爱的普罗米修斯时,她带来满满一碗玉液琼浆,为的是使创造他们的人们感到幸福,并用对美好事物的热爱满足他们的心灵,女神着急,担心朱庇特②看见她,所以"金碗晃了一下,几滴玉液洒在绿草上"。一些昆虫扑向这几滴玉液——蜜蜂,蝴蝶……

> 甚至连畸形的蜘蛛
> 也品尝了神的玉液。

当我想到大自然就连像普林尼那样的作家有时也不否认有某种艺术才能时,我想起了这则关于昆虫的美丽传说。不过,也许他从来没有品尝过一滴玉液琼浆,但至少从远处闻过它的芳香,所以他比那些像普罗托波波夫先生和斯卡比切夫斯基先生一样善良、诚实、绝望盲目的人们更接近诗歌。

也许,很少有人知道,这位现在冷酷无情的好嘲笑人的人在遥远的青年时代曾有过几乎是真挚的抒情感奋。普林尼,无论怎样

---

① 弥涅尔瓦,古罗马神话中的智慧女神,庇护科学、艺术和手艺,后为战争女神。
② 朱庇特,罗马神话中的最高神,相当于希腊神话中的宙斯。

疯狂和奇怪,曾写过一些诗情画意的爱情哀歌。这是有某种意味的。在任何情况下,普罗托波波夫先生都不会写易读的哀歌。应该公正地对待普林尼。在他那些诙谐滑稽的讽刺模拟作品和文学普及型小品中,有一种不容置疑的印迹——我不说是天才,但在别人身上,在其他条件下,可能会成为天才。他有一种邪恶的,当然,是卑劣、粗暴和庸俗的但不管怎么说是真正的邪恶之笑。写抨击性小品是需要一些创作天分的,哪怕那是昆虫的创造。蜘蛛编织自己的网,因为它曾品尝过玉液,那不是给蜘蛛的,而是给普罗米修斯的孩子们的。

但是在普林尼的许多作品中,在他的中篇小说、悲剧、抨击性小品、短篇小说、长篇小说、讽刺性作品中有一个最突出的典型特征——那就是令人吃惊地缺乏文学道德情感。他就是这样被创造的——

> 连蛆虫也获得肉体的快感,
> 更不用说上帝面前的天使。①

对此你无可奈何。甚至没有精神指责他。如果布林尼们能出人头地并获得影响,那么就应该指责那种普遍的文学屈辱程度。人们经常讲述一些令人吃惊的笑话,说他对待作家不诚实。大家都知道,他是什么样的人。但是关于这种人必须认真谈论,像谈论俄国文学批评家那样。这已经是一个非常令人失望的衰落和普遍误解的征兆。腐败的萌芽正在到处扩散,但只有在死亡应该发生的地方,它们才会活着并获得力量。普林尼顺利地庆祝了纪念日,感到自己在荣誉的顶峰,人们能容忍他而且很多人甚至害怕他,他的文学**无道德性**对于我们当代期刊的道德来说是一种非常重要的现象。

有趣的是,普林尼在诗歌领域中的不公正性也在引起同样的后果,就像普罗托波波夫先生和斯卡比切夫斯基先生那样的低级趣味。批评,也就是说对美好事物的无私评价,不论在什么情况下

---

① 出自席勒的《欢乐颂》。

都是不可能的。只要普林尼停止开玩笑和嘲笑,只要他想严肃地说话,他就会变得极其乏味,甚至比斯卡比切夫斯基先生更沉重。当丢掉他的妒忌和仇恨时,他就变得极其无助,没有自己的语言、自己的思想,感觉他简直无话可说。

我总觉得非常有教育意义的是,诗歌同样是完全没有审美的人和完全不公正的人无法企及的。艺术的本质,是不能用任何语言、任何定义表达的,它既不以美结束,也不以道德结束,它比美高尚,比道德宽广,它是那种能流淌出优雅感、公正感的本源,它能把两者结合在一个活生生的人心里并只把正义变成美好,把美好变成正义。它们的分离定会引起它们的衰落。

但最悲伤的是,这种过早的年老力衰、这种文学分解的溃疡正弥漫到完全年轻的、刚刚开始创作的作家身上,例如,一份新型报刊的代表之一——沃隆斯基,《北方导报》的年轻、大胆的评论家。

首先我应该承认,沃隆斯基斯对我来说具有双重性。在第一个好的沃隆斯基斯身上,除了讨人喜欢外,我什么也没发现。他不久前出版了一本珍贵的书《斯宾诺莎书信集》,是 Л.Я. 古列维奇女士的出色译本①。但愿俄罗斯出版更多这样的书!……科勒尔②的幼稚传记、斯宾诺莎被革除犹太教的可怕行动——所有这一切都被沃龙斯基译得出奇的美。在他的注释、评论、编者脚注中吸引你们的与其说是科学的严谨,不如说是感人的、虔敬的爱,几乎是对导师迷信般的忠诚。是的,正是应该用这种迷信般的狂热的爱去爱伟人!沃隆斯基论述康德的流行文章也是这样优美和严谨。

在沃隆斯基斯的所有著作中,有一个典型的特点——不是俄国人的但非常讨人喜欢的特点。在这位伟大犹太哲学家的崇拜者身上的这种炽热得有些干巴但崇高的神秘主义中,在对实证主义的庸俗耿耿于怀中,在这种民族的,这样说吧,对最细微的形而上学的抽象概念的天生能力中,马上能感觉到闪米特人的道德和哲学气质。最吸引我对这种闪米特人气质感兴趣的是由衷的纯洁、

---

① 此书由古列维奇女士译自拉丁文,沃隆斯基主编和注释。
② 约翰内斯·科勒尔(Johannes Coler, 1566—1639),德国勃兰登堡州的牧师,德国首批描写农村经济的作家之一。

哲学热情的质朴、炽热的同时也是纯真的智慧热情。难怪犹太的民族性至今仍是可怕的神赐之火——上帝数千年的渴望——的体现者。多少次,它冒着死亡,用自己的烈火孕育宁静的雅利安文化,可是科学唯物主义和实证主义的沉着却用不孕威胁着这种文化。

在普林尼的粗鲁扮滑稽相中,在普罗托波波夫先生和斯卡比切夫斯基先生的庸俗民粹派现实主义中,在一种新型的政论家—哲学家沃隆斯基身上,我发现了这种多产的神秘主义烈火的火花,我不能不兴高采烈地欢迎它。

可能,我有些夸大了第一个好的沃隆斯基的意义,但是,好吧!……这是出自对第二个沃隆斯基的仇恨,因为他与第一个没有任何共同点,出自对他的不幸同貌人的仇恨。像通常那样,丑陋的同貌人是对自己原型的痛苦丑化!文学评论家沃隆斯基者假装成哲学家沃隆斯基最温柔和最忠实的朋友,为的是毁灭他。民族气质,真诚事业中的得力助手,只要不干自己的事,他就马上全力反对他,变得无比软弱。那么,抽象的闪米特族的形而上学在沃隆斯基的哲学文章中则完全合适,它以致命的枯燥和不孕令他的艺术观念吃惊。你们好像了解《塔米德经》导师们内心冷酷、目光短浅、充满愤恨的宗教狂热和形而上学兴奋。多么微不足道!多么沮丧!他为什么说喜欢美、喜欢生活呢?

批评家沃隆斯基鄙视哲学家沃隆斯基的朴实人类语言。当他身上没有什么与俄罗斯人相同的东西的时,他甚至假装成俄国爱国主义者。他挖掘出某些难以置信的早已绝迹的修辞花朵,十足滑稽,因此变得不是可笑,而是令读者内心恐怖,就像那些奢侈物、那些曾经是不好的迷人小饰物,经过数千年后被人们从棺材里的死人骨头中发现后引起的恐怖一样。去它的轻松讽刺吧,去它的沃隆斯基的无忧无虑的幽默吧!这种用死人般的双唇和呆板的华丽辞藻对斯宾诺莎的不祥讽刺,是在宣传僵死的塔木德神。在埃德加·坡的那些神奇短篇小说中出现短暂复活的死人被赋予艺术生命。他们行动、行走、说话,甚至发笑,完全像活人。他们没有血色的脸上没有什么善良的征兆,眼中充满紧张、慌乱的光芒。所以，真正的活人带着不祥的预感看着他们并想到：**要倒霉**！《北方导报》的年轻评论家总令我感觉是埃德加·坡短篇小说中的这种死人，他被赋予某种反自然的生命。他写文章，宣传上帝，猛烈抨击唯物主义，甚至表现出幽默的企图，完全像个活人，但我说什么也不相信，我也想到：**要倒霉**。

当你们看着上一代那些可敬的人，看着那些变得像石头一样的编辑，看着那些类似于普罗托波波夫先生和斯卡比切夫斯基先生那样的批评家时，你们会突然感到，这些人，实际上，早已是死人，从他们身上甚至好像散发出死亡和腐烂的气味，应当承认，这种感觉相当可怕。但是，不过，还可以忍受它：毕竟他们也曾有过自己的青春、自己的生命。但是当文学中开始出现年轻人，或者最好说，像沃隆斯基一样的年轻死人时，当从最年轻的、刚刚开始创作的人身上已经散发出坟墓的寒气，可怕的死亡和腐烂气味，这是整个一代人的末日征兆：这里已经毫无疑问**要倒霉**！

事实上，我们是否正站在深渊面前？Caveant consules①。如果当代文学的无政府状态沿着同样的道路向前发展，想一想都可怕，再过 20 年、30 年我们将到哪里？

未必拯救在于有没有可能出现新的伟大天才。天才可以复兴诗歌，但是创造不出文学，因为文学不可能没有伟大的文化原则，即拥有全人类的意义而不仅仅是一个俄罗斯民族的意义。而这种联合在一起的原则我们的文学，或者最好说，我们的自然诗歌迄今为止还没有自觉地制定过。

如果我们对伟大的过去沾沾自喜，那么，我们就会自我安慰：那个有普希金、屠格涅夫和托尔斯泰的国家不会遭受完全的文学野蛮。过去时代的那些神赐天才如果不值得自己的人民尊敬，那么他们就会与自己的人民断绝关系。在 16 世纪的英国人那里莎士比亚就曾是这样，但在 17 世纪民族生活的主要潮流选择了另一种轨道，于是莎士比亚在自己的国家里变成了好像是陌生人。谁知道，当代俄国文学可能最终变得有损于伟大的过去，有损于普希

---

① 拉丁语，让执政官们警惕。

金:普希金变成荒芜文学中的陌生人,而且他的天才,可怕地说,会与自己的人民断绝关系。Caveant consules!

什么在那里,在我们面临的黑暗未来中?

民族文学的死亡——最大的灾难——整个民族的缄默,它的创作天才的无言死亡。

在下面的章节中我将尽量展现一些新的创造力量,一种新的文学潮流,它使人充满希望,俄国诗歌不会遭受那种可怕的灾难。这种潮流,或者最好说,这种整整一代人的模糊需求,勉强可以确定,但几乎无法用言语表达,不是产生于形而上学的概括,而是直接产生于活生生的心灵,产生于当代整个欧洲和俄罗斯的精神深处。我甚至不知道,是否可以称这种需求为文学潮流。这确切说只是第一股溢出的地下水,微弱但充满生命力。它的典型特点是两种深刻对立物——最有力和最无力的统一。我说它微弱,确实,没有什么能比嘲笑它和摒弃它、轻蔑地说它是老歌谱写的新调更容易。但是嘲笑和否定之后它会照旧存在,甚至发展和壮大,因为它是活生生的,它追求满足人类心灵的永恒需求。

就像有时新生的植物嫩芽从沉重的石头下钻出。好像它们必然要死亡,因为被石头压在下面。但世界上没有一种力量能够阻止它们顽强坚定地生长,虽然它们如婴儿般软弱和无助,它们迟早会破土而出,如果需要,会用生命的力量举起死沉的巨石。

我想看到新生文学的最初嫩芽,微弱但充满生命力。

四、屠格涅夫、冈察洛夫、陀思妥耶夫斯基和列·托尔斯泰作品中的新理想主义因素

在幼稚的神学和教条主义的形而上学盛行的时代,**不可知的**领域总是与**尚未认识的**领域混杂在一起。人们不善于将它们区分开来,也不理解自己的无知深渊和绝望。神秘感闯入精确的实验研究之中并将其毁掉。另一方面,庸俗的教条唯物主义驯服着宗教感。

最新的认识论筑起一道坚不可摧的堤坝,它将人们所能踩踏的坚实大地与我们认识之外那漫无边际的黑暗大洋永远地隔开。而且这一大洋的波涛已经不能再涌入居住着人类的大地,涌入精密科学的领域。康德为19世纪的伟大认识论这座庞大建筑物奠定了基础和最初的几块基石。从那时起,对认识论的研究不断进行着,而且堤坝也愈筑愈高。

科学与信仰的界限从未如此清晰而又捉摸不定,人们的双眼也从未经受过如此难以承受的光与影的对照。但是,当现象这一侧的坚实科学土壤注满了灿烂的阳光,而堤坝另一侧的领域,用卡莱尔的话说——"神圣的无知深渊"——黑夜,我们大家从中走出而又必须返回,却比以往更加不可理解。以前时代的形而上学给它披上自己闪亮而又朦胧的外衣。原始神话虽然用微弱的光稍微照亮了这一深渊,但只是安慰人的光。

现在,最后的教条主义外衣被永远地撕掉了,最后的一缕神秘主义光线正在熄灭。所以当代人毫无防御,面对面带着难以言传的昏暗,站在光与影的分界线上,再也没有什么东西能保护他们的心灵免受深渊散发出的可怕寒气的侵袭。

不论我们走向何处,不论我们怎么样藏身于科学批评的堤坝之后,我们的整个身心总是感到神秘近在咫尺,汪洋就在眼前。没有任何拦阻物!我们自由而孤独!……过去时代的任何一种被征服的神秘主义都不能与这种恐怖相提并论。人们从来还没这样用心灵感受到信仰的必要性,也从来没用理智理解信仰的不可能性。在这种极难解决的不协调中,在这一悲剧性的矛盾中,如同在前所未有的思想自由中,在否定的大胆中那样,包含着19世纪神秘主义需求的最典型特点。

我们的时代应该用相互对立的两个特点来确定——这是一个最极端的**唯物主义**时代,同时也是一个最狂热的**理想主义**精神高涨的时代。我们处在两种人生观、两种完全相反的世界观的意义重大的伟大斗争之中。宗教感的最后要求与实验知识的最终结论发生冲突。

贯穿于19世纪的思想斗争不可能不反映到当代文学上来。

大众的主导审美到目前为止仍是现实主义的。艺术上的唯物主义与科学和道德上的唯物主义相一致。否定的鄙俗一面,崇高理想文化的缺乏,巨大技术发明中的文明野蛮——这一切无不在当代大众对艺术的态度上打下了自己的烙印。

左拉曾就法国青年诗人,即所谓的**象征主义者**,向朱尔斯·呼热图先生①——报纸采访记者,曾写过《法国文学发展研究》一书,谈了如下十分有代表性的话。我愿原封不动地引述这段话,以便不至于因翻译而使其受到损害:

"他们将推出什么来取代我们呢?仿佛与近50年来庞大的写实作品相对峙,他们提出,'象征主义'这个掩饰毫无才气的劣诗的不确定的商标。为了完成这个伟大世纪的惊人的结局,为了表达怀疑的普遍痛苦,渴望某种定规的智慧的恐慌,他们含糊不清地喳喳乱叫,给我们送来了饭馆的常客们胡编的那种卑微、胡诌的歌。所有这些年轻人(顺便说一句,他们都三、四十岁了),在各种想法经历着历史性发展的如此重要的时刻,都忙于这类傻事,这类孩子般的胡闹。我觉得他们简直是尼亚加拉大瀑布上蹦来蹦去的小胡桃壳。"②

鲁贡玛卡③的作者有权得意洋洋。似乎,在过去那些最天才的作品中还不曾有一部作品拥有这种物质成就,拥有这种雷鸣般的报纸广告的声望,像实证主义小说那样。记者们虔敬又而羡慕地计算着,用《娜娜》《家常小事》这些黄色小册子可以建造起多大高度的金字塔。甚至世界文学中最伟大的作品还没有以通俗易读的方式译成俄语,而左拉的最后一部小说已被热心地译过五六遍了。还是那位最富求知欲的朱尔斯·呼热图,他费力地找到了象征派诗人首领保尔·魏尔伦,在他喜爱的一家位于圣米歇尔林荫路的低级咖啡馆里。坐在采访者面前的是一位饱经沧桑、萎靡不振的

---

① 朱尔斯·呼热图(Jules Huret, 1863—1915),法国记者,最出名的是他与作家的采访。
② 原文为作者引用的法语原文。
③ 即左拉的作品《鲁贡玛卡家族》。下文中的《娜娜》《家常小事》《崩溃》也是左拉的作品。

中年人,有一副敏感的"法俄诺斯式①"脸,目光沉于幻想而又温柔,硕大的秃后脑勺。保尔·魏尔伦面色十分苍白,不无《被侮辱与被损害的》中的人们所特有的高傲,他将"I'assitance publique"——"社会救济"称作自己惟一的母亲。当然,这类人远远达不到那些与皮埃尔·洛蒂②平起平坐的科学院职位,左拉对此抱着热烈而又充满妒嫉的幻想。

但是不管怎么说,《崩溃》一书的作者,作为一名真正的巴黎人,被现代性、文学瞬间的喧闹和奔忙深深吸引。

认为艺术理想主义是巴黎时髦的昨日发明,这是一个不可原谅的错误。这是向从来不曾死去的古老与永恒的回归。

也许,这就是左拉对这些年青的文学叛逆者感到可怕的东西。两个人中的一位是在监狱和医院中度过半辈子的乞丐,另一位是文学主宰者——即使今天不是,明天也会成为科学院院士,这关我什么事呢?其中一位的身边有黄色小册子堆积起来的金字塔,而象征主义者的身边却是"四行蹩脚诗",这与我又何干呢?而且四行抒情诗可能比一系列鸿篇巨制的小说更美、更真实。这些幻想者的力量就在于他们的**愤怒**。

实际上,19世纪末整整一代人内心深处对令人窒息的、僵死的实证主义怀着同样的愤怒,它像一块石头积压在我们的心上。很有可能,这些人会毁灭,最终会一无所成。但是会有另一批人走上来继续他们的事业,因为这是**富于生命力的**事业。

"是的,很快人们将怀着极大的渴望去追寻那曾被排斥一时但却纯洁而高尚的事物"。这就是《浮士德》的作者60年前预见过的,而且现在我们发现,他的预言已变成事实。"现实本身是什么?它的真实描写可以带给我们满足,因为这种描写会给我们更多关于某些事物的清晰知识;但是,对我们身上的崇高东西的本身益处包含在来自诗人内心深处的理想中"。后来,歌德将这种思想更有力地概括为:"**诗歌作品愈是独具一格,对于理智来说愈是无法企**

---

① 法俄诺斯是罗马神话中森林、田野之神,牧群和牧人的保护神。
② 皮埃尔·洛蒂(神父皮埃尔·洛蒂)化名朱利安维奥(朱利安 Viaud,1850—1923),法国水手和小说家,法兰西学院院士(1891)的成员。创建"殖民小说"的风格。

及,那么,它也就愈是完美"。左拉不妨回忆一下,这些话并非属于任性的幻想者—象征主义者,在尼亚加拉河上蹦来跳去的可怜的胡桃壳,而是属于19世纪最伟大的自然派诗人。

就是这位歌德说过,诗歌作品本该是**象征的**。什么是象征呢?

在阿克罗波尔①那座公元前的帕特农神庙②额枋上,保留着浅浮雕的不少痕迹,上面雕刻了一个最平常、最不起眼的场面:一些赤身裸体、体态匀称的年轻人牵着青壮的马匹,用肌肉发达的双臂镇静而兴奋地驯服着它们。这一切都是用浓重的现实主义手法完成的,如果你们愿意,甚至还可以说用自然主义手法,人体和大自然的知识。但是,要知道埃及壁画中几乎是更大的自然主义。而且它同样对观众产生完全**不同的**作用。你们观看它就像在观看一部令人好奇的民族学文献,好像在翻阅一部当代实验小说一样。是一种全然不同的东西将你们吸引到帕特农神庙的浅浮雕面前。你们感觉得到,其中洋溢着**理想的**人类文化,自由的古希腊精神的**象征**。人驯服野兽。这不仅仅是日常生活场面,同时也是我们精神的神性一面的完整启示。这就是为什么这种不可摧毁的伟迹如此镇静和充沛的生命力之所以会保存在飞越数千年的残损的大理石块中的原因。这种象征主义贯穿在古希腊的所有艺术作品中。难道欧里庇得斯笔下冒死救夫的阿尔刻提斯③不是使男女之爱变得高尚的那慈母般的怜悯心的象征吗?难道索福克勒斯笔下的安提戈涅④不是尔后反映在中世纪的圣母像中的女性形象的宗教—处女美的象征吗?

在易卜生的《娜拉》中有一个典型的细节:在对于全剧十分重要的两个剧中人的对话期间,一个女仆端着一盏灯走了进来。在被照亮了的房间里谈话的声调立刻有了变化。这是地道的自然主义生理学者的特点。生理上的明暗变化对我们的内心世界产生了

---

① 雅典的城堡。
② 雅典的主要神庙,为纪念护城神雅典娜而建。
③ 欧里庇得斯的悲剧《阿尔刻提斯》中的女主角。
④ 希腊神话中底比斯王俄狄甫斯和伊俄卡斯忒的女儿。

影响。在现实主义的细节下面藏着艺术的**象征**。很难说是什么，但您久久不会忘记在谈话变调和照射着幽暗的黄昏的灯盏之间这种意味深长的对应关系。

象征应当自然而然地从现实深处流溢出来。如果作者为表达某种思想而人为地把它们臆造出来，它们就会变成僵死的寓意，像其他一切死物一样，除反感外是什么也引不起的。在流浪乐师的卑俗爱情歌曲伴随下包法利夫人度过的最后弥留时刻，《魔鬼》中悲惨之夜过后在朝阳初照下的疯狂场面，比起实证小说最大胆的人类文献来，都写得更具无情的心理**自然主义**风格，对现实主义更深的介入。但在易卜生、福楼拜笔下，除了用语言表达的思想流溢外，你还会不由自主地感到有另一种更深层的东西流溢出来。

"说出的思想便成谎言"。在诗歌中，未经说出而闪烁着象征之美的东西，较之用词语表达出来的东西对心灵的作用更为强烈。象征主义使风格本身，使诗的艺术实体本身富有灵性，晶莹剔透，**就像透光雪花石膏双耳罐的薄壁**。

典型也可以成为象征。桑桥·潘萨和浮士德，唐吉可德和哈姆莱特，唐璜和福斯塔夫，用歌德的话来说都是"活的雕塑"。

折磨人类的梦景有时世世重复，代代伴随着人类。用任何词汇都难以表达这类**象征典型**的思想，因为词语只是定义、限制思想，而象征则表达思想的无限方面。

与此同时，我们不能满足于试验用照片那种有点粗陋的摄影精确性。按照福楼拜、莫泊桑、屠格涅夫、易卜生的暗示，我们期望着并预感到新的、尚未发现的感染力世界。这种对未体验事物的渴望，对不可捉摸的细致差别的追寻，对我们感情中黑暗而无意识的东西的追寻——这就是未来理想主义诗歌的典型特征。波德莱尔和埃德加·坡就曾说过，美好的东西应该给人几分**惊奇**，好像出人意料又十分罕见。法国批评家们还算成功地称这个特点为**印象主义**。

以上就是新兴艺术的三大要素：**神秘的内涵、象征和艺术感染力的扩展**。

一代杰出的俄罗斯伟大作家：托尔斯泰、屠格涅夫、陀思妥耶夫斯基、冈察洛夫带着无与伦比的力量和丰富性正在重现理想主义诗歌的三大要素。

我首先从屠格涅夫开始。俄国评论家很不妥当地把他看成政论家，并从这个角度向他提出各种要求，是否带着应有的赞扬或谴责描述30年代的人？然后是40年代的人，再后是70年代的虚无主义等等。有些人替屠格涅夫辩护，有些人确信他是代表巴扎罗夫侮辱年轻的一代。现在读这些辩护、这些攻击感到很奇怪！这种误解可能出现只是由于根本不理解他。但是，屠格涅夫自己也提供了一部分误解的理由。

他以时髦的社会主题，即所谓的当下迫切问题，创作自己的几部长篇小说。在这位伟人身上，不管怎么说，曾有个追赶文学时髦的人，即法国人称之为"现代派"。几乎像所有的诗人一样，他也没有意识到他的独特性和力量究竟在哪里。

屠格涅夫在给《欧洲导报》的编辑邮寄《散文诗》时写的一封信就是最典型的一个例子。伟大的俄罗斯诗人好像央求斯塔修列维奇宽容地对待自己的那些佳作。显然，他自己也不明白它们的价值，而且也不是没有些犹豫地在俄国读者面前**只是个诗人**，所以，他为缺乏通常的现实主义形式和时髦的主题而感到抱歉。艺术家没有怀疑，在20行"散文诗"中，他做出了完整的诗歌发现，这些"小摆设"几乎比那些严肃的社会典型更珍贵、更不朽，例如罗亭、拉夫列茨基、英沙罗夫。在屠格涅夫的几部长篇小说中研究政治主题、讨论当下的迫切问题、捕捉各种迹象都冠以这种给人强烈印象的题目，例如《处女地》《父与子》《前夜》《春潮》，这些东西正开始过时，变得老套，与我们格格不入，退到次要的位置。

这样，在我们面前越来越多地出现另一个不时髦的但也不过时的屠格涅夫，我们的现实主义批评家几乎都不怀疑他。

当然，屠格涅夫像所有真正的诗人一样，了解生活和人民。冷静的观察者，怀着苦恼认识现实社会的庸俗和丑陋，敏锐的当代怀疑论者，他同时也是那个近似幻想的、他一个人可以到达的世界的主人。请你们回想一下那些散文长诗,好像充满了普希金诗行的完美。《活骷髅》《别任草地》《狗》①《满足》②《幻影》③,特别是《胜利的爱情之歌》④和《散文诗》。这就是独一无二、有独创性的屠格涅夫的地方,他自己不知道自己的价值,这就是他成为迷人世界的主宰的地方。在这里普通典型的滑稽可笑、丑陋、人的庸俗都服务于他,为的是发现幻想事物的美。他和费特、丘特切夫、波隆斯基、迈科夫一起,继续着普希金的事业,他超越了我们**俄罗斯理解的美**的界限,占据了未知感觉的整个领域,发现了俄语的新发音、新东西。

屠格涅夫身上那种对幻想事物的倾心是如此不可抗拒,显然是出自那些重要社会小说中的女性形象。这是无肉无血的幻象,是埃德加·坡短篇小说中的亲姐妹莫雷娜⑤和丽姬娅⑥。这种理想的姑娘和女性无论是在俄国还是在地球上的什么地方从未有过。屠格涅夫用这些妇女的观点,虽然它们有时与小说的实际情况极不和谐,来摆脱活人的而不是幻想之人的庸俗和丑陋,摆脱他头脑亲近的——而不是内心亲近的当下迫切问题。

除了女性之外,大自然也是他从未改变自己的领域。诗人是多么相信大自然的超自然生命啊!这位19世纪的怀疑论者多么善于用孩子般的眼睛观察它!他掌握了语言的秘密,不管在哪里,不管我们感觉到什么,这些秘密都会意想不到地、无可争辩地在我们身上唤起对大自然的清晰幻觉的着迷:春天的愉悦,秋天的忧郁,在芬斯特拉峰⑦雪上的白绿色天空,在旧式地主的偏僻之地那宁静、长满杂草的池塘。在谈论自然时,屠格涅夫总是善于将最普通的俄语词搭配在一起,它们突然变化,变成新的词,第一次说出就出人意料地贴心:它们对心灵产生一种**强烈的奇效**,就像真正的

---

① 这三部作品均出自屠格涅夫的《猎人笔记》。
② 屠格涅夫《死艺术家笔记》中的一个片段。
③ 屠格涅夫的中篇小说。
④ 屠格涅夫的最后一部中篇小说。
⑤ 同名小说。
⑥ 《丽姬娅》是埃德加·坡于1838年创作的短篇小说。
⑦ 阿尔卑斯山的一个最高峰。

诗歌咒语：无法抗拒它们，无法不马上看到诗人希望展示给我们的东西。

有许多俄国作家，他们的艺术现实主义力量、心理分析和社会主题超过屠格涅夫，但是没有这种迷人的、强大的**魔语**。屠格涅夫是伟大的俄罗斯印象派艺术家。正是因为自己创作的这种最重要的无意识特点几乎完全没有被我们的批评家深入研究，所以，他是新理想艺术的真正预言者，这种未来的艺术在俄国定会取代实证的庸俗现实主义。

同样的批评误解伴随着冈察洛夫。

人们认为他，而且他本人也认为，自己是一位非常现实的艺术家，农奴制时代地主生活的真实风俗派作家。

人的性格在屠格涅夫的小说—史诗中，或作为时髦人物和当代社会主题的代表，或在半神话的理想昏暗中作为他的姑娘和妇女，或者最后作为衬托神话世界的幽默道具。陀思妥耶夫斯基描绘人物只是在心灵力量极度紧张的状态中，在非自然的心理体验的明亮光线中，在他需要的高涨热情气质中，为的是暴露在正常状态中隐秘的、没表现出来的性格深处。在托尔斯泰笔下，单个人的个性特点几乎总是服从于自然和人类的力量，服从于群众运动、战争、死亡、疾病、生育、无法解决的上帝问题、永恒问题、真理问题。但是，真正和谐宁静的艺术家，活生生的人类灵魂的创造者只有冈察洛夫一个人。他选取人的整个特点，将其看做是活生生的自然、历史、时间、社会的产物。没有人能这样强迫自己书中的人物过着单独的、自己的生活。但与此同时，冈察洛夫的典型人物与我们遇到的**非常普通的**典型完全不同，例如，在奥斯特洛夫斯基和皮谢姆斯基、狄更斯和萨克雷笔下的人物。除了奥勃洛摩夫的生活典型性外，吸引你们的还有那些永恒喜剧形象的完美（如福斯塔夫、堂吉诃德、桑乔·潘萨）。这不仅是你们昨天好像还看见穿着长袍的伊利亚·伊里奇，而且也是对俄罗斯生活的完整方面的巨大思想概括。

在我们的作家中冈察洛夫具有与果戈理同样巨大的象征主义天赋。他的每一部作品都是艺术形象体系，在其下面隐藏着灵感思想。阅读它们,你们会体验到同样特别的、无可比拟的广阔感情,宏伟的建筑能激发这种感情,你们仿佛走进一座庞大、明亮、美丽的建筑物中。典型人物只是整体的一部分,就像放在建筑物中的单独雕像和浅浮雕,只是诗人需要的一些象征,为了读者从个别现象的观察转向对永恒现象的观察。

在冈察洛夫身上对性格的哲学概括能力异常强大;有时它像刀锋,刺穿小说的活生生的艺术织物,并出现在完美的裸体中:例如斯托尔兹①已经不是一个象征,而是一个死人的寓喻。这些典型的对立,例如,实际的玛尔法和诗意的薇拉,美学家拉伊斯基和虚无主义者沃洛霍夫,好幻想的奥勃洛摩夫和好活动的斯托尔兹——难道这不是最纯粹、同时也是无意识的、**深刻的现实象征主义**!冈察洛夫自己在一篇批评文章中承认,《悬崖》中的祖母对他来说不仅是一个活人的典型,也是俄罗斯的体现。请你们回想一下那完美的一幕,薇拉在一座古老教堂的救世主形象面前和通向**悬崖**、通向马克沃洛夫等她的亭子的小路前驻足了一分钟。薇拉作为当代人心灵的理想体现,她踌躇、困惑,真理究竟在哪里——在这里,在救世主温顺、严厉的双眸中,或在那里,在**悬崖**后面,在新人那满怀愤恨的可怕的迷人传道中?

所以,我们的文学法官们把这种诗人看做是颓废的美学家典型,看做是精确但肤浅的地主道德的风俗派艺术家!但是,如果从现实主义批评,从它如此赞美的**日常生活**喜剧和小说中没有留下一点痕迹,那么,在我们这个艺术理想主义时代很少被理解的冈察洛夫的作品就会在完美的理想美中复兴。他是当代欧洲文学中最伟大的人类心灵创造者、**象征派艺术家**之一。

冈察洛夫和屠格涅夫在野蛮的现实主义时代里,凭借不可抗拒的本能下意识地发现了一种新形式,陀思妥耶夫斯基和托尔斯泰——发现了一种新理想艺术的神秘内容。

也许,当代欧洲作家中没有人像陀思妥耶夫斯基那样感觉到过去的最伟大书籍——《福音书》中蕴含的无尽的、无人发现的**新**

---

① 小说《奥勃洛摩夫》中的人物。

意。根据他最喜欢的人物,例如伊凡·卡拉马佐夫、拉斯科尔尼科夫、斯塔夫罗金的坦言可以清晰地看到,信徒陀思妥耶夫斯基不怕靠近怀疑的最后极限,也没有在极端无望的结论面前闭上眼睛,尽管这些结论的无法反驳性是用当代深刻的智慧加以认识和理解的。如果你们读了《宗教大法官》的忏悔和《群魔》中基里洛夫的自白和自杀场面,你们就会同意,在陀思妥耶夫斯基身上有这种叛逆思想的犯罪好奇心理,这种蓄意侵犯责任和信仰的最伟大圣物的粗鲁行为,就是拜伦身上的那种恶魔东西,波德莱尔称之为**撒旦**。

陀思妥耶夫斯基是一位敢于无限怀疑但同时又拥有无限信任力量的人。

斯塔夫罗金、伊凡·卡拉马佐夫的无道德性——不是由于软弱和庸俗,而是由于精力过剩,由于鄙视可怜的世俗美德目标——使人想起毕巧林的无道德性,陀思妥耶夫斯基的全部神秘主义与莱蒙托夫的神秘主义有着深刻的因袭关系。

帕斯卡尔一直被世界神秘感、深渊感、17 世纪不可知论的内心恐惧所控制,几乎变得疯狂。陀思妥耶夫斯基不是被恐惧,而是被对深渊的爱所控制,他对深渊一点也不害怕,他从来没有走出深渊。深渊不和他在一起,就像帕斯卡尔一样,在他自身中。我们每个人都具有这种内在的心理深渊,但是我们的意识只是划过它的表面,我们生生死死,但不理解自己的内心深处。

陀思妥耶夫斯基甚至像托尔斯泰一样不害怕死。对他来说,几乎没有这种可怕的通道,生死之间没有界线。

对他来说,"死屋"中的彼得堡高利贷者和囚犯的灵魂、最平常的灰色生活——**像死亡一样神秘不可理解**。他早就习惯了心理深渊感,就像鸟儿习惯了空气,鱼儿习惯了水一样。沿着深渊的边缘走我们的头会眩晕,他轻松自由地沿着最陡峭的悬崖小路行走,就像我们走在宽阔的大道上一样。所以,在那一刻,感觉艺术家眼看就要死亡,继续向前无路可走,这已经不是艺术,而是当代的神经衰弱,痛苦的疯狂,他走出深渊,兴高采烈,体验了生命的永恒真理,体验了感动和对人的信仰,体验了无人能达到的、稀有的、只生长在悬崖之上的诗歌之花。

他到处都像一个带着矿灯的矿工,用令人目眩的及其贪心的心理分析,用这种破坏性的、撕下所有覆盖物的现代知识的**粗鲁好奇心**武装起来,深入地下矿井和坑道里。在他这位虔诚的基督教恭顺布道者身上,就像在拜伦和莱蒙托夫笔下那些最高傲的叛逆者身上一样,有一颗不畏惧地上一切的灵魂。

但是,看一眼这位面色苍白、疲倦但仍强壮的俄罗斯作家的脸就能感觉到,这完全不是像乔治·桑和狄更斯那样大众可以达到的朴素人道思想的天真热烈捍卫者,啊,不是!首先,这是毁灭力量的当选者,像来自地狱的但丁一样,只是来自内部的、永恒的、任何科学发现和任何怀疑都破坏不了的地狱。

这就是他。整体灵魂都由对立组成,由绕成死结的矛盾组成。

他是如何理解贞操美的!他的女性形象的美是温柔的、害羞的——不是浪漫的、理想的,事实上,地球上从来不存在屠格涅夫那种幻想的贞洁——这是活生生的、甚至热烈的女性纯洁之美。

而他的少年形象呢!请你们回想一下阿廖沙·卡拉马佐夫。他多么热爱孩子!在这种俄罗斯人对儿童的怜悯面前,狄更斯虚情假意的感伤显得多么微不足道。陀思妥耶夫斯基比所有艺术家更深刻地理解了救世主的话:"我真诚地告诉你们:谁像孩子一样不接受主的王国,谁就进不去它。"

因此,正是这个人是最高雅、最病态和最痛苦的淫徒。他的人物身上那些忧郁的、毁灭性的狂热感觉近似于癫痫与残酷。淫欲是深渊,所以他带着无畏的好奇心去研究它,像人的所有内心深渊一样。可怕的是,没有这样深重的罪恶,在那里他可以忘记可爱,忘记纯洁的天使般的美丽。请你们回想一下《罪与罚》中斯维德里盖洛夫在自杀前的呓语:他看到一个5岁的女孩已经沉溺于淫荡……但是,不能转述这一点:陀思妥耶夫斯基笔下可怕的东西变得丑陋。在《群魔》中虚无主义者,或者确切地说是俄罗斯新佛教徒基里洛夫,他用自己儿童般幼稚、半文化的有力语言宣扬从生活中解放出来的理论:他打算采取自杀,为的是战胜死亡的恐惧——战胜对人的诅咒和侮辱——达到更高的自由快乐,用他自己的表述,为的是"**表现恣意妄为**"。像斯维德里盖伊洛夫和斯塔夫罗金这样的人,其特别的、绝对不是庸俗的也不是粗鲁的性欲冲动只是有意识的基里洛夫自杀的另一种形式。吸引他们堕落的不仅是动物的情欲,还有因践踏债务枷锁的自由而充满最高的理想的狂热,以及对反对伟大道德准则的愤怒。他们兴高采烈地跨过禁线,"**表现恣意妄为**"并侵犯神圣之物!这种感觉只是一缕细丝,一个难以摸清的特点就把它与禁欲主义分开。如果尼古拉·斯塔夫罗金和斯维德里盖洛夫在地球上发现了某种东西,为了它,**毫无疑问**值得拒绝因罪恶的粗鲁举动而产生的狂热,他们可能变成童男子和禁欲者直到完全放弃生命而自杀,像克里洛夫一样。

在陀思妥耶夫斯基的最好作品中,例如,《地下屋手记》,充满了对人的过分强烈同情。甚至在这本书中你们害怕这种使人痛苦的怜悯:它诱惑人。不能逍遥自在地阅读陀思妥耶夫斯基的这些作品——在阅读之后某种荆棘会长时间留在心中,刺痛并扰乱冷漠人们的宁静。正是他这方面的才能最令西欧年轻一代作家吃惊。陀思妥耶夫斯基是一位先知,在新的**俄罗斯怜悯**史上还从未有过。

但同时,他也是一位最残酷的诗人。仇恨像所有的感情一样,在他心里达到了狂热,达到了快感。请你们再读一下《群魔》中卡尔马济诺夫诽谤屠格涅夫的片段。多么恶毒!这种丑陋的感觉、微小的嫉妒报复——在这样人的内心里!他从自己灵魂的同一深处提炼出关于佐西马长老的神话和不朽的典型——下流的走狗斯梅尔加科夫。这就是可怕的东西!他自己究竟是谁?他是谁,我们的折磨者还是朋友,陀思妥耶夫斯基?黑暗的天使,还是光明的天使?艺术家的心究竟在哪里?在佐西马长老的基督徒恭顺中,还是在虚无主义者基里洛夫达到疯狂的高傲中,在阿廖沙的纯洁中,还是在斯塔罗金的欲望中,在白痴的怜悯中,还是在大法官对人们的蔑视中?……他在哪里?既不在那里,也不在这里。也许,既在这里也在那里!可怕的是,在人类的心里可能同时存在那种善与恶毗邻的深渊,那种无法忍受的矛盾……

俄罗斯的现实批评家们!他们拿这种人怎么办?有人认为他是像乔治·桑和狄更斯一样的人道主义宣传家,有人认为他是"残酷的天才",有点像文学中的托尔克马达①。这些人站在神秘的诗歌现象面前,站在上帝创造的活人面前,就像两手空空的人们站在没有台阶的陡峭花岗石悬崖前。他们甚至没有怀疑在和谁打交道。他们精致的审美和道德框架,脆弱得如玻璃,在这块坚硬的、自古以来就有的石头上破碎。可怜的现实主义批评家们!

一位遭遇悲惨命运的俄罗斯作家,用这样的思想来安慰自己:用普希金那样的现象回答历史上最凄凉的现象的那个民族还没有死亡。所有的侮辱,所有的钢铁打击,都像是用消耗不尽的打火石做成,从民族的心灵中找出宽容的、无法反驳的答案,从天才的火花中找出30年代的普希金,80年代的托尔斯泰!

我想,我们中许多人都心情沉重地从彼得堡聚会上那些无聊的、无意义的关于俄罗斯社会现状的交谈中走出来,从上演令俄罗斯演员和俄罗斯观众羞辱的戏剧的当代墨尔波墨涅②教堂里走出来,在这种绝望时刻只要说出一个名字——托尔斯泰!一下子就变得轻松了……感谢上帝——**他在我们这里!** 只要一个民族有这样一个人,不管什么考验,人民都无权拒绝希望,他们有一个伟大的未来!

而且,在托尔斯泰身上,像在所有当代人身上一样,有同样的痛苦分裂。在他身上,除了无意识的、迄今还没被研究的创造力外,还隐藏着一位讲究实惠、条理分明的布道者,有点像当代清教徒。在《忏悔录》中他很真诚地承认,自己一生中最伟大的诗意作品是悲伤的误解,他认为它们是不道德的,否认《战争与和平》,否认《安娜·卡列尼娜》。啊,当然,这种亵渎的否认,这种对本身天才的责难,也就是说对他身上的圣灵的责难,写这些的不是伟大的自由诗人,而是目光短浅的虔诚清教徒。艺术家花时间在那些关于酗酒的小册子上,带着清教徒的天真热情,就像那个条理分明、顽强坚毅的挪威人皮叶克尼斯谢③,编写青年人童贞实践指南,编写关于怀孕、素食的论文前言,他坚信,人们吸烟是为了良心安慰。

---

① 托尔克马达(Tomas de Torquemada,约1420—1498),西班牙宗教裁判所首脑。
② 墨尔波墨涅是希腊神话中司悲剧的缪斯。
③ 皮叶克尼斯(Vilhelm Djerknes,1862—1951),挪威地球物理学家。

但如果人的良心是这样的,它不能抗拒甚至烟草的烟雾,那么值得如此关心它吗?所有这些实用小册子上都印着某种冰冷、忧伤的学究气。利益!利益!谁的明亮智慧没有让这个词在我们这个世纪变得暗淡?……虚伪的仁爱、道德教友团从单身汉那里抢走烟斗,从工人那里夺走酒杯,使本来已经相当狭窄和昏暗的生活变得更加狭窄黑暗,赋予它某种慈善的、良好的、有美德的残疾人栖身之地的特点。

真正的爱情预言家不是那样的。救世主喜欢没药的芬芳从石膏花瓶中飘落到他的脚上,他预言了各各他,没有从人们的宴会上离开,而是在加利利的迦拿用美酒祝愿新婚夫妇和平快乐、幸福。这就是《福音书》不可替代的美好之处:在里面没有道德学究气的痕迹、清教徒的枯燥。这是一本最自由和快乐的书,一本无私的诗集。

由于实利主义的过分严谨,由于这永恒的忧郁副歌"利益!利益!",人民的心变得越来越冷、越来越紧。不是耶稣的门徒,而是阴暗、怯懦、品德高尚的伪君子,就像当代英国和我们的奖励清醒的"托尔斯泰"协会成员。在《福音书》中到处都有神的微笑。人民对于救世主来说像小孩儿一样。可以从孩子那里夺走他们的快乐吗!他那么怜悯他们,所以与他们一起高兴地举杯庆祝,和他们一起在乞丐拉撒路①的棺材上哭泣。

清教徒托尔斯泰带着恐惧否认的东西,例如,否认犯罪,它也正是他在人类的评判面前、在最高审判面前感到无罪的东西。他使我们不相信,人们更需要的是关于怀孕的新作品,而不是《安娜·卡列尼娜》。他那些关于酗酒和吸烟的小册子将很快进入文学历史的笑话领域。但是那些**宝贵—无益的**章节,例如,《战争与和平》中安德烈公爵的死,却永远也不会停止震撼人们的心灵,因为人们真正**需要的只是宝贵的和无益的东西**。

可是,关于类似的美不能说……应该在沉默中从旁边走过。与那些宣布《安娜·卡列尼娜》是反动的批评家—政论家相反,与

---

① 拉撒路是《圣经》中的乞丐。

艺术家本人的清教徒否认相反,我们大家,俄罗斯人都知道这是什么,这值得什么。最好说,我们不知道,但我们预感到了。当人们心中对当代的实证主义感到疲劳并不知疲倦地期盼一种新的信仰时,那么就会转向上帝,只有在那个时候人们才完全评价,这个连自己也不了解自己的天才他为他们做了什么。

我们部分地预测到我们两种神秘主义作家的价值——托尔斯泰和陀思妥耶夫斯基,并看到他们对当代西方人产生怎样的影响。至今,我们只从欧洲那里攫取,却什么也没回馈给它。现在我们正发现我们对世界诗歌的影响征兆。这是俄罗斯精神的第一次胜利。在托尔斯泰和陀思妥耶夫斯基身上,在他们的深刻神秘主义中,我们感到了自己的精神力量,但还不相信它并为它感到惊奇。

普希金给我们展现了"俄罗斯的美标准",托尔斯泰和陀思妥耶夫斯基向欧洲展示了俄罗斯的自由宗教情感的标准。他们俩的基督教,像普希金的美一样,从人民的心中流出。而只有来自人民心中的运动,才能将文学变成真正的民族文学,与此同时也是全人类的文学。

现在我们从伟大作家转到当代文学的追随者。他们的一切不幸可以用一个词语定义:**伟人之后**。他们出生在两个世界之间。深渊将他们和以前的幼稚现实主义者分开,类似皮谢姆斯基、格·乌斯宾斯基,甚至奥斯特洛夫斯基。他们从屠格涅夫那里获得艺术印象主义,从冈察洛夫那里获得哲学象征语言,从托尔斯泰和陀思妥耶夫斯基那里获得深刻的神秘内容。他们将新理想艺术的所有这些成分变得更有意义,甚至企图将它们带进批评中,脱离无关的现实主义特点,**强化**并**弱化**它们。在这个文学庸俗性和艺术实证主义极度盛行的时代里,他们无力与日益迫近的野蛮斗争。说出需要的东西,真理的词语,但用的是**低低的声音**,所以远处的人群听不见。好像在他们胸中没有足够的呼吸,在活人身上没有血液。软弱、温顺的夜晚黄昏之子。

歌德作为类似几代悲剧人们的象征,他的想象在《浮士德》的

第二部中创造了何蒙库鲁兹①,奇怪的人物,半儿童半老人的样子。何蒙库鲁兹对经验和智慧感到厌烦,所以他没开始生活。他知道一切,看到世界的秘密,但却被精致的瓦格纳曲颈瓶晶体与世界分开。他讲出人们需要的真理,但用软弱的儿童声音。他害怕自然却又渴望它,想从曲颈瓶挣脱出来获得自由,想生活但又不可能出生。轻盈地移动在女妖五朔节②之夜的上空,他看到健康和生命女神,她的美丽裸体刚从咸海的泡沫中出来。一个小生命爱她爱得发抖,用曲颈瓶清脆的声音发出叮当声并飞到她的脚下。可是,唉!曲颈瓶撞碎在女神的台座上,她生命的第一刻成为死亡的一刻。

也许,俄罗斯作家的当代追随者们正在壮大和加强。毕竟,他们现在在俄罗斯是唯一生动的文学力量。在他们心里有足够的热情和勇气,在衰老的世界中完全属于未来。

他们用自己没有经验的还很无力的双手举起对他们来说过分沉重的未来理想主义大旗。

无论怎样指责当代这一代人,无论怎么嘲笑他们,他们定会完成自己的英雄**召唤**——为了传给下一代更幸福的一代新生活的火花而去献身。

五、爱人民:柯里佐夫、涅克拉索夫、格·乌斯宾斯基、尼·康·米哈伊洛夫斯基、柯罗连科

首先,在我转到俄罗斯当代理想主义作家这一代之前,我必须说几句关于另一股强大文学潮流的情况,它也是完全当代的,拥有巨大未来的流派,只是因为误解,我们的大多数批评家赋予它强烈的实利性和现实主义特点。实际上,这一潮流非常接近理想主义。我理解**民粹派**。

---

① 何蒙库鲁兹(Homunculus),意指欧洲的炼金术师创造出的人工生命,也指这种创造人工生命的工作本身。
② 女妖五朔节,据中世纪迷信传说,在德国的山上,女妖举行狂欢聚会。

柯里佐夫的诗歌在我们的诗歌中几乎是最完整、最严谨的,至今还很少对俄罗斯农民的耕种生活做出评价的诗歌。我们这里不是指只爱人民的人,即接近人民的人,而是来自人民不与人民断绝深刻内心联系的人:可以说,千年沉默的俄罗斯人民自己用柯里佐夫的嘴说话。降临到人民身边的歌手们说,人民是不幸的。

> 走上伏尔加河畔:在伟大的俄罗斯河上
> 那回响着的是谁的呻吟?
> 这呻吟在我们这里被叫作歌声——
> 那是拽着纤索的纤夫们在行进!……
> 哪里有人民——哪里就有呻吟……①

柯里佐夫有愤怒的呼喊,有极度的自由渴望,甚至,如果愿意的话,是狂怒和痛苦的愤怒呼喊,但是软弱无力的呻吟声和这抱怨的哭泣声,充满了有文化诗人的这首抑抑扬格,在柯里佐夫那里却没有。当然,有文化的歌手们的任何呻吟也不可能表达出那么深的隐秘、高傲、沉默的痛苦,他把它埋藏在自己心里。这种痛苦,人民的痛苦——真的一点也不少于我们的世界痛苦、拜伦的**"黑暗"**。

> 比山重
> 比夜黑
> 躺在心里的
> 是黑色的思想……②

不管怎么说他没有呻吟。他不想抱怨,他只渴望意志。

> 为了有时在灾难面前
> 保护一下自己,
> 在命运的雷雨下
> 不退后一步:
> 为了带着痛苦去宴会

---

① 出自涅克拉索夫的诗歌《大门前的沉思》(1858)。
② 出自柯里佐夫的诗歌《请不要吵,黑麦》(1834)。

> 带着愉快的笑脸,
> 迈向死亡——
> 像夜莺一样唱歌!①

这种力量和骄傲在俄罗斯只有一个诗人莱蒙托夫拥有……人民那种伟大的、自愿的顺从,陀思妥耶夫斯基说过那么多,甚至说得太多了,由于意识到这种可怕的内在力量,由于意识到任何不幸也消灭不了未来的胜利,这种顺从是否正在过去?

> 给马配上鞍……
> 飞向森林,
> 驻足在那片森林里
> 自由自在地生活。
> 和亲爱的谁
> 我步行还是骑马相遇,——
> 任何人都会向好汉
> 抛下帽子在地上!②

难道这是呻吟?要知道,那些站在大门口被有文化的诗人怜悯过的男子汉中,每个人都在某个地方,在内心的深处,有同样神奇的俄罗斯骄傲和力量。不是我们怜悯人民。确切说,我们应该**自怜**。为了自己不死在抽象、沙漠、寒冷、无信仰中,我们必须与任何力量和任何信仰的源泉——人民——保持血肉联系。

这就是卓越的东西:真正的人民诗人柯里佐夫,在自己的精神上他更接近莱蒙托夫——最伟大的神秘主义者、鄙视利益的理想和酷爱超自然的美的孤独幻想家,而不是现实的涅克拉索夫,他一生都是那样痛苦热切地想接近人民。

> 力量有——但意志没有……③

----

① 出自柯里佐夫的诗歌《道路》(1839)。
② 出自柯里佐夫的诗歌《勇猛的人》(1833)。
③ 出自柯里佐夫的诗歌《爱情时刻》(1837)。

> 我的朋友,战友啊
> 大家把我一个人抛下……
> 你好啊,禾垛下的力量
> 去要求你效劳——
> 给我意志,以前的意志。
> 我用心向你发誓。①

诗人如此热爱意志,他准备把自己的心交给黑暗的恶势力,只要给自己买到失去的意志的无上幸福!难道这不是莱蒙托夫高傲的愤怒吗?

有文化的人民歌手认为美和诗歌的理想,即所谓的"**纯艺术**",是与对人民的无限热相矛盾的。

> 你却要怀着才华可耻地昏睡,
> 更可耻的是,在灾难的年代
> 你还要歌颂美丽的山谷、
> 天空和大海,歌颂那恋人的抚爱!②

他羞于歌唱**永恒的东西**,即爱和美,当人民不幸时。但是,人民本身比为他痛苦更痛苦,他们不为美而感到羞愧,而是热爱它,像爱生命、爱自由、爱自己的力量、爱急需的粮食一样。美对于他们来说不是奢华也不是休息,美对于他们来说是生活的太阳,是他们歌中的灵感,是他们痛苦中的祈祷。哦,不,他们不为美感到羞耻。而且,也说实话,人民歌唱春天和花朵、红色的朝霞,甚至心上人的爱抚——生活中的一切甜美东西、神的一切恩赐,他们唱得不坏,而是比民粹派最喜爱的诗人费特唱得更好、更有力、更动听。所以,你们要注意,他们歌唱它们正是**无私的**,既不考虑思想,也不考虑利益,而是感觉到美和挣脱世俗枷锁的怡然自得。男子汉,就是那个为了他我们认为需要为美而羞愧的男子汉,像普希金创作它们一样,创作自己的诗歌。

---

① 出自柯里佐夫的诗歌《意志的痛苦》(1839)。
② 出自涅克拉索夫的诗歌《诗人与公民》(1856)。

> 我们歌唱并不是为了
> 贪婪、战争或世人的狂潮。①

　　所以,请你们看一看,在古代壮士歌中,在歌谣中,在柯里佐夫的诗歌中,那些最具抒情特色的日常生活和耕作生活细节——面包、金钱、婚宴,甚至家庭争执——所有东西是如何变成了美,变成了"诗歌纯金"——用别林斯基的话说。人民怎能不爱美呢?他们本身就是最伟大的美!难道普希金不是从这种永恒不竭的**俄罗斯美**的源泉中,从民族精神中,从人民的语言中借用了自己所有的神赐坚强和力量?谁懂得和热爱普希金身上的美,谁就爱的不是某种别的、遥远的、敌对的东西,而是俄语的灵魂本身,即俄罗斯人民。像一切伟大的东西和一切有生命的东西一样,美不会把我们与人民分开,而是与其接近,使我们与人民的精神生活的最深刻方面有关系。为了爱人民而感到害怕或羞耻这是极不理智的事。

> 田野、果园,
> 绿地,
> 农村的人儿
> 看不够。
> 农村的人儿
> 耐心地等待
> 并祈祷
> 上帝的怜悯。②

　　所以,诗人正在告诉我们,什么样"珍贵的和平想法"在他们身上和春天一起被唤醒。他们的第一个想法:"粮食从仓库装进袋子,用货车拉走"。第二个想法:"用畜力从农村及时出去"。正如你们所看到的,这是最实际的想法——商业和贸易。当然,粮食对于人民来说是最关切的问题。在柯里佐夫的诗歌中粮食发挥的作

---

① 出自普希金的诗歌《诗人与群众》(1828)。
② 出自柯里佐夫的诗歌《收成》(1835)。

用,完全不小于在知识分子诗人的诗歌中担忧和悲痛人民的经济破落所发挥的作用。**粮食是怎样来的**——这就是柯里佐夫最优秀和最诗情画意的诗歌的现实内容的实质所在。

最出色的是,这位务实的人是一位研究过日常生活的真正批发商,在他的那些对必需粮食、对收成、对满满粮囤的关心中,观点完全不是功利的、经济的,像许多为人民而悲伤的知识分子作家那样,相反,是最崇高的、理想的,甚至,如果你们愿意的话,是**神秘的**。顺便说一下,这绝对不妨碍实际的合理意义。当诗人列举农民的和平春天想法时,第三个想法显得那样神圣,以至于他不敢谈论它。所以,只是虔敬地说出:"第三个想法人们是怎么想出来的,**向上帝祷告**"。之后我们看到,人民的这种可怕的神圣想法——好像把种子播到地里就能等到新的收成。还是那个关于必需粮食的想法!我们,有知识的人,谈了很多关于必需粮食的事,"首先应该养活挨饿的人,然后再关心最高尚的思想文化"。

对人们来说,关于**粮食**的可怕想法与关于上帝的更可怕的伟大想法是分不开的。上帝给他们粮食。

> 我去看一看,
> 欣赏一下,
> 上帝派来了什么
> 为人们的劳动;
> 齐腰高的
> 颗粒饱满的黑麦……
> 如同上帝的宾客
> 到所有方向上
> 为快乐的日子
> 微笑。①

啊,这怎么不像死板的人死板地谈论人民的经济富裕,怎么不像我们枯燥徒劳的杂志争论农民问题,从这种争论中长不出一粒

---

① 出自柯里佐夫的诗歌《收成》(1835)。

鲜活的种子。当我们谈论粮食的时候,我们的心里有一种难以置信的担忧,我们正变得平庸和枯燥,感觉"**谎言在我们身上**",带着墨菲斯特式的微笑用统计员的数字对抗理想主义者的理想。我们用深渊把人民必需的粮食问题与关于上帝、美、生活的意义问题分开。但人民不能,也不敢谈论粮食,更不用说谈论上帝。他们有信仰,它能把所有的自然现象、所有的生活现象连接成一个神圣的美好整体!对他们来说没有散文,因为在他们心里没有像我们一样的谈论粮食、谎言和自相矛盾的养尊处优的人。对他们来说粮食的诞生——这是神赐的、无法理解的奇迹:

> 田野里钻出了小草,
> 谷穗在长大,
> 开始歌唱,披上
> 金黄色的彩缎……
> 带着静静的祈祷
> 我耕地,播种:
> 为我生长吧,上帝,
> 粮食是我的财富!①

而且这一主题到处都在重复:**上帝产生粮食**。这就是人民的世界观和人民诗歌最深刻的**神圣**基础所在之处。

我们的知识分子民粹派太常忽视俄国农耕生活的这一理想方面,太常害怕脱离美和诗歌,承认它们是老爷式的奢侈,太常采取非常经济的、令人痛苦的观点,在自己的务实研究中忘了上帝给人民什么——这意味着给他们粮食。如果我们提供粮食只是按照实用的统计结果,只是在冰冷的、理性的经济必要性的意识中,没有情感,没有充满同情的、兄弟般的信任——人民有最神圣的东西,那么,粮食将是不幸的:

> 看见太阳,
> 收割期结束:

---

① 出自柯里佐夫的诗歌《耕地者之歌》(1835)。

> 太阳寒冷地
> 走向秋天；
> 但农民的
> 蜡烛燃烧
> 在圣母的
> 圣像前。①

如果在知识分子的心里**这种**神圣的光辉永远地熄灭,那么任何统计、任何政治经济学、任何对必需粮食的关心,都不能使我们这些冷酷的、不信神的、僵死的人重新返回到人民的活心灵中。只有靠近上帝,我们才能靠近人民,靠近自己伟大的基督教人民。没有其他道路。当然,那时我们既不羞愧于美、普希金、诗歌、欧洲文化、同样的统计学和政治经济学,因为这一切都是需要的,而且人民需要的不比我们少,而是更多,或者,至少**将需要**。

有时涅克拉索夫采用的观点功利、相当经济,与自由的艺术格格不入,那时他的诗歌就变成冰冷的散文,他的强大抒情诗变成了杂志讽刺作品。正是这种对当下迫切问题的关注,也就是说,涅克拉索夫软弱的一面,我们的现实主义批评家们大加赞赏。他们完全疏忽了还有另一个涅克拉索夫——伟大的自由诗人,他不顾自己的意愿,"不为生活波澜、不为利益、不为斗争"而创作,忽视了涅克拉索是一位理想主义者,忽视了涅克拉索夫像多多少少的俄国人一样,是一个神秘主义者,忽视了涅克拉索夫信仰钉在十字架上的神圣的苦难上帝形象——人民精神的最纯洁、最神圣的体现。他也有像陀思妥耶夫斯基和列夫·托尔斯泰一样的力量,用全世界、全人类的爱去爱俄罗斯大地。所以,从这个意义上说他完全不是杂志"斗士",不是当下迫切问题的服务者,而是像普希金、莱蒙托夫一样的**永恒诗人**。我们有权利,我们也应该在欧洲面前为涅克拉索夫感到骄傲。他是最有力量的俄国文学家之一,俄国文化独创天赋的代表之一。他将永远伟大,因为他发现了**新的美**,在当代诗歌的琴弦中找到了新的、在他之前没有人知道的对人民炽热

---

① 出自柯里佐夫的诗歌《收成》(1835)。

的无限的爱的歌声。这就是他的力量所在!

山顶上闪现一座教堂,
虔诚的信仰
陡然袭涌心上。
无可否认,毫无怀疑。
有一种超凡的声音在耳边鸣响:
捕捉那令人感动的时刻吧,
快脱帽走进去!
异国的海洋无论多么温暖,
异国的远方无论多么漂亮,
而它既不能消除我的痛苦,
也不能排遣俄罗斯的忧伤!
叹息的神殿,忧郁的庙宇——
你这国土上残破的教堂:
无论罗马的圣彼得大教堂,还是科洛西姆斗兽场,
都不曾听见过有比这更痛苦的悲伤!
不胜忧愁的神圣负担,
你将你所热爱的人民
带到了这儿来——
然后离去了,一身轻快!
你进来吧!耶稣
将以神圣的意志动手
把你灵魂的枷锁、内心的悲哀
和善良心地的溃疡统统摘下来……
我听从了……我像孩子一般感动……
我久久地痛哭流涕,
并以头连连碰撞古老的石板,
好让被压迫的上帝,悲痛者的上帝。
和那站在这寂寞的祭坛前的
世世代代的人们的上帝
将我宽恕,把我庇护,

并向我画着十字表示祝福！①

这就是真正的涅克拉索夫,不朽的俄国诗人！这是最纯洁的精神启示,即最崇高的自由的宗教。所以,请你们注意,在这些诗行中他是怎样远离琐碎的日常生活问题,远离当下迫切问题,远离数据和官方统计。诗人达到了伟大的**美**,并无私地为它服务,像普希金、莱蒙托夫那样,像世界上所有真正的诗人那样曾经或将来为它服务。不顾自己的意志涅克拉索夫证明:不被现实主义民粹派理解的普希金是正确的。确实,诗人——

> ……我们是为了灵感而生,
> 为了美妙的音节和祈祷。②

对他来说,整个一生,直到咽气,祖国都与已故母亲神秘而纯洁的幻景结合在一起。这是对祖国大地热爱的最高象征,这种大地只存在于俄罗斯诗歌中:

> 你远离尘世的纷扰,
> 眼睛里带着非凡的表情,
> 淡褐色的鬈发,浅蓝色的眼睛,
> 苍白的嘴唇上,有淡淡的哀愁在浮动。
> 你庄严而沉默,年轻又美丽,
> 在暴风雨的打击下你竟遽然死去!
> 如今在这发着奇异光彩的月华下,
> 你又以同样的姿态出现在我的面前。
> 是啊! 我看见了你,你面色苍白,
> 于是我把我自己交给你来评判。
> 你教导我的缪斯
> 在真理女皇的面前不要羞怯:
> 朋友的惋惜并不觉得可怕,
> 敌人的欣喜我也毫不遗憾,

---

① 出自涅克拉索夫的诗歌《寂静》(1857)。
② 出自普希金的诗歌《诗人与群众》(1828)。

> 你,最纯洁的爱的神灵,
> 你就说一句宽恕的话吧!①

所以,诗人渴望令人痛苦的死亡,为了证明对**她**的爱——对母亲或者祖国都一样——这两个伟大的、多灾多难的形象对于他来说已经融为一体。难道这样的诗歌不是宗教?

在作为记者、怀疑的当代人、干练的出版商、以当下迫切问题为主题创作犀利的讽刺诗歌的讽刺家涅克拉索夫身上,有很多空虚的、病态的、甚至罪恶的东西。但那些认为他不是文学家的人,他们在只停留在粗糙的、平庸的、冰冷的表面,他们不善于洞察诗歌的深意。在那里,在论战背后、在功利的丑陋背后、在肮脏的彼得堡昏暗背后,在他的灵魂深处,人民的福音书理想的安静、恭顺的光辉没有熄灭,关于这点柯里佐夫曾说得很好:

> 但农民的
> 蜡烛燃烧
> 在圣母的
> 圣像前。②

而且涅克拉索夫自己也感觉到了这一点。在疑惑、绝望中,在接近坟墓边缘的时候他把自己的手伸向她,伸向母亲,他知道,她能治好他并哄他入睡;他知道,对祖国的无限爱是他的力量,是他在人民和上帝之前无罪的证明,是他的美。因此在和生命告别时他带着热情洋溢的荣耀感叹地说:

> 啊,缪斯!我已走到坟墓的门边!
> 让我多多地告罪吧,
> 让人的怨恨将我的罪怨?
> 去夸大一百倍吧——
> 但不要哭!我们的命运令人欣羡,
> 人们不会咒骂我们:

---

① 出自涅克拉索夫的诗歌《片刻的骑士》(1863)。
② 出自柯里佐夫的诗歌《收成》(1835)。

> 我和一些正直心灵之间
> 那活生生的血肉联系,
> 你不能让它长久地中断!
> 看着这被打得遍体伤痕、
> 面色惨白、浑身是血的缪斯,
> 而竟无动于衷,他就不是俄罗斯人……①

他是对的。任何所谓的纯艺术的崇拜者的漠不关心,任何假美学家的不公正的抨击,都不会消灭这个饱经忧患的光环!

很遗憾,我们的现实主义批评家很少评价涅克拉索夫诗歌**永恒的**一面。他们怀着小肚鸡肠热衷于他的论战和讽刺,热衷于他的枯燥而平庸无奇的生活观,热衷于他对美的否定和对当下迫切问题的关心。后继的民粹派中天才者和聪明者少得多,他们从他身上摘掉神圣的受难者光环和荆冠花环,限定并缩小涅克拉索夫那种强大而炽热的爱,从充满灵感的诗歌高度把这种爱归结为是商业统计学和政治经济学的独特优势。确实,他们经常谈论对人民的爱,但在他们的言论中,在他们无聊而冰冷的论战中,既没有烈火,也没有鲜活的爱的战栗。出现了某种特别的、完全不是人民的而是**庄稼汉**的文学——老套、僵死、伤感。对立的美学派阵营的批评家们表达了一种相当奇怪和滑稽的抗议,他们相信,庄稼汉使他们厌烦,庄稼汉最终让他们简直窒息,所以他们故意激怒民粹派,过分称赞费特那些十分肤浅的、贪图享受的灵感。对纯艺术的虚构理想的反动平庸崇拜,以数量不少于无天分的民粹派的软弱、丑陋的作品淹没了俄国文学。

但根据某些特征可以得出结论,在俄国文学中那种我称其为对人民的爱的潮流,至今都是生动和深刻的。它**不必**与粗俗的实证主义和讲求实际的枯燥、不理解美有关系。只要作家们试图描述的不是阶层代表——穿着破烂草鞋和外套的庄稼汉,而是人民身上人的活灵魂,只要他们开始用宗教的博爱去爱人——不是几百万个经济单位,而是"奴隶模样的天皇"的体现——用丘特切夫

---

① 出自涅克拉索夫的诗歌《啊,缪斯!我已走到坟墓的门边》(1877)。

的话说,那么,立刻自然而然地在他们身上出现灵感、火、力量和美。没有美人们就不会有任何伟大的感觉,就像没有光就不会有强大的火焰!①

柯罗连科的第一部作品《马卡尔的梦》是他最好的作品。宗教灵感启发了诗人。一旦在生活中清醒聪明的民族学观察者服从于这种力量,那么,就请看一看,它对他做了什么,它如何抓住他并把他带到那种他从没达到过的高度,或许,以后也达不到。

《马卡尔的梦》在年轻的民粹派文学中完全处于孤立状态。像迦尔洵的最好小说一样,这是一首抒情散文长诗。虽然你很久没有重读它,但在心里仍然经常想起它:想起雄伟的梦景,想起庄严而洪亮的旋律,像西伯利亚冻土带上空的森林喧嚣声。

这是最纯洁的宗教传说,幼稚、天真却深刻,就像过去数个世纪的优秀传说。

"微小力量"中的一个人,甚至不是俄罗斯的庄稼汉,而是雅库特人——愚笨、肮脏、丑陋,在阴间,在"众光之父"面前、在难于用言语表达的宇宙正义和理性面前接受可怕的审判。你们会预感到,判官的一句话,一个眼神,马上就会把这个可怜的东西粉碎、消灭。他能反驳什么,他能为自己的无罪带来什么?他耷拉着脑袋,沉默地等待着判决。就像受迫害的野兽一样,在这里,在阴间,他按照老习惯,采用自己的世俗小花招,他想欺骗全知的上帝。所以众人揭发他……现在已经毫无疑问,他死不超生。但突然,在最后一刻,从人类精神的某个可怕的、无人知道的深处传来的不是哀求,而是自由的呼喊,极度渴望的不是正义,而是爱。

当《圣经》的宗主教在自己的圣体化为灰烬的时候,当歌德的浮士德和拜伦的曼弗雷德或者该隐带着这种愤怒的良心奔向最高审判庭的时候,你们会感觉到,他们有权呼喊。作为高等精灵,代

---

① 在当代俄国散文经典作家之一德·瓦·格里戈罗维奇的作品中,其令人惊讶的和谐性与完整性难道仅可以与屠格涅夫的《猎人笔记》媲美,很显然,在自己的原始来源中民粹派潮流与对美的迷信和盲目崇拜、与对普希金美学传统的景仰、与极讲究的欧洲文明和无与伦比的优雅形式分密不可分。——原注

表人类,代表整个世界,他们应该面对未知的东西。但是来自冰封的西伯利亚冻土上的狂暴半野兽是狂醉、畸形、肮脏的雅库特人,他是否也有同样的权力像人类精神的古代大力士一样发出自由的、愤怒的喊声呢?是的,有!……甚至应该有更大的权力,因为他们衰弱、野蛮、粗鲁,而且与这一切相反的是,他是**人**,而不是野兽,他是**地球上类似上帝的形象**。确实没有这种降落深度,人没有权力从里面向自己的父呼喊:"主啊,我不要你的审判,而要你的爱!"

像《马卡尔的梦》这样的作品表明,生命的精神、俄罗斯人民的精神还没有离开我们的年轻文学。只是在表面有衰落、麻木、寒冷,而在深层里,天知道,有多少未触动的、未见过的力量在颤抖。我们的诗人刚刚地,好像是偶然地,甚至是顺便地,触及到人民的福音书理想,在他们身上就出现意想不到的威力,就像在安泰那里一样,当他接触到大地的时候:仿佛充满活力的温暖血液进入到他们的血管里……于是他们复活了。

同样的奇迹有时候也发生在另一位当代民粹派身上——格·伊·乌斯宾斯基。

我们的现实主义批评家把他捧上了天,而我们的美学家几乎把他和污垢混在一起,或者傲慢地沉默,无视他的存在。

毫无疑问,对任何诗歌来说都致命的功利风尚触及到乌斯宾斯基的程度远比涅克拉索夫要大。乌斯宾斯基好像不敢服从灵感,在"当下迫切问题"的压迫下写作,采用论战取代打动读者的心,他想通过数字和统计资料证明只有用爱才能证明的东西。他有那种难以遏制的对**美的羞愧**,我在涅克拉索夫身上指出过这点,它也是其他许多俄罗斯作家特有的。不过,乌斯宾斯基的缺点也太明显,值得长时间谈论它们。每个初级读者都可以轻易地确定它们。我想,甚至是乌斯宾斯基的追随者也同意,他没有一部像涅克拉索夫那样严整、和谐、优美、完成的作品。

但是,我要重复一下,在他身上发生的同样奇迹也发生在其他民粹派身上,他变成了一位真正的诗人,吸引他的同样是对人民的伟大的神圣的爱的力量。

乌斯宾斯基谈论和谐,谈论农耕生活的美(《土地的威力》)——所有这一切都好极了。这是对柯里佐夫的一首优秀诗歌——《收成》的最好诠释。所有这一切都不是出自政治经济学观点,而是出自诗人的创作精神——亲近人民。在这里乌斯宾斯基好像克服了永恒的禁欲主义的"对美羞愧",并且他心里明白,美不是享乐,不是奢侈,而是**所有人**的真实需求,它是人民生活的最深刻基础之一,就像任何完整的生活一样。你们会突然怀着不由自主的惊讶感觉到,乌斯宾斯基不仅如此,还**为了美**而爱人民,为了人民的伟大古风的美与和谐而爱人民。

是的,这个当代知识分子一生都在俄罗斯大地旅行、观察、倾听手艺人、僧侣、农夫、异教徒、农村小贩、乞丐的谈话,到处都作为一位清醒、悲伤、不满的诗人和科学研究者,寻找19世纪末俄罗斯人民身上的**上帝真理**。上帝的真理!如果他从来没把两个伟大的词语翻译成知识分子的实用语言,那么他就会把它们理解**为只是地上的真理**,只是社会的、经济的、脱离上帝真理的一种真理。

人民的这两个真理融合成不可分割的整体,而且它们在乌斯宾斯基的优秀作品中就是这样不可分割的,例如特写《傻子帕拉蒙》。

在外省的一个小城里,在一个普通的资产阶级家里来了一位非此世界的人——傻子帕拉蒙,他是来自人民的真正上帝使者。饱食终日、头脑简单的官僚们害怕或者侮辱他。但是孩子们惊奇、着迷于他的力量、忘我的耐性、温柔、他的诗歌和美。

这就是乌斯宾斯基创作的最伟大的形象。上帝真理的探寻者,被铁枷锁锁住的受难者,这个婴儿般温顺、沉闷的俄罗斯人民形象长久不能从我们的记忆中抹去。

数字、杂志论战、功利主义的清醒和枯燥,所有这一切都在表面上,像在涅克拉索夫身上一样,所有这一切只是当代外衣,而在那里,在深处——是普通的俄罗斯人,衣服下是折磨人的铁枷锁、溃疡、从中流出的血。涅克拉索夫的"被鞭子抽打的缪斯"在屈辱中保留着权力特征——她是高傲的。乌斯宾斯基没有这种力量。

但是，在这双温柔的、好像熄灭了的眼睛里，在这张疲惫的脸上，有一种对人的轻轻怜悯，好像是对某人的不断责备，也好像是为他们祈祷。我们今天冰冷的、不信神的一代可能冷漠地从这样的人旁边经过并抛下庸俗的责备："这是政论家，根本不是艺术家！"他们不明白，在对人民的痛苦爱中违背美学的所有条条框框不可能不是诗歌，不可能不是美。

在同样的文学潮流中，最接近乌斯宾斯基的还有一位当代批评家，他曾经而且至今仍对俄罗斯年轻一代有着重要影响，他就是尼·康·米哈伊洛夫斯基。

人类恶习中几乎最丑陋、最卑鄙的就是——忘恩负义。遗憾的是，应当承认，这一恶习是俄罗斯当代政论家素有的。

哎！我们不久前还有机会在一位年轻、大胆的评论家对米哈伊洛夫斯基的态度中（他的名字我就不说了）观察到一个典型的忘恩负义的例子。当超越某种辩论的愤怒极限时，所有流派的人都会在道德的愤怒中联合在一起。如果看见一位年轻人，偶然的来访者，举起一只手指向一位在文学中已经过时的人，指向没有被人指责过、一生都充满高尚的骑士风度的活动家，那么，所有人都感到难以遏制的道德愤怒。不，不好，这并不好，甚至这不是对文学优点的侮辱，简直是对人类特点的侮辱：因为，我再重复一遍，在我们的所有恶习中，只有在忘恩负义中有某种与人的特点相对立的、非固有的丑陋。只有学会珍视前辈身上的善良和美德，原谅他们的不足，并承认他们的力量的那样一代人，才有权利期望未来。过去和现在的积极相互影响和容忍——这就是任何文明的伟大基础。

有许多人争论米哈伊洛夫斯基的所谓"主观方法"，证明它完全没有科学说服力。但是，除了精确知识能力外，除了人身上的纯粹哲学抽象理性外，还有另一种伟大力量，它曾创造过所有艺术、所有宗教，在科学家和哲学家身上激起灵感的火花——这就是**创造力**。主观方法就是一种创造方法。

很多人认为米哈伊洛夫斯基是彻底的实证主义者。的确，他是实证主义者，在对待艺术和美时就像大多数的俄罗斯评论家一样。他不想屈从于高深的、意识的、神圣的理想主义,他像他那个年代的许多人一样,认为它是逝去的、迷信的、神秘主义的反动复活。但在自己年轻时的那些关于达尔文和斯宾塞的文章中,他却是位理想主义者。这仍是那种难以熄灭的对人民的爱之火,它可以在乌斯宾斯基、涅克拉索夫,甚至更早的别林斯基、杜勃罗留波夫、皮萨列夫身上观察到。当进化论的拥护者们坚信人是社会机体的"脚趾"时,当虚假的达尔文主义者鼓吹相互残杀能促进自然选择的神赐规律时——那时连最无礼、最可怜的具有神的形象和面貌的人,都会有充分的**道德**权利起来反抗理智之王,反抗精确知识诸神,并且对他们说:"你们的所有科学都会灭亡,如果它们应该把我带向这种残暴行为!"这就是为什么业余爱好者米哈伊洛夫斯基作为拥有权利的人,作为一个人,可以礼貌地甚至和当代科学的**奥林匹亚诸神**讲话。他不可能也不应该用其他方式讲话。他作品的所有独特力量就在于其深刻、高涨的主观性。

但是,如果他不是一个学者,不是一个诗人,那么,最终,他的意义在哪里呢?米哈伊洛夫斯基有一篇极好的关于莱蒙托夫的文章,他在莱蒙托夫身上发现了非凡的英雄主义意志、不可摧毁的骄傲和力量、某种君王一样的"**权力标志**"。

我认为,在这种人的完美无缺的美好文学生活中,像米哈伊洛夫斯基本人一样,有某种**英雄主义的东西**。这就是这种人的力量所在,这就是他们的魅力秘密所在。这不是诗人,不是学者,不是哲学家。他们没有办法用文学、文字表达自己身上的美好东西。词汇只有在那种情况下才能完全起作用,即当它本身对本身来说就是奖励和目标,词语对它们来说只是工作的工具或者战斗的利剑,而目标就是生活本身,也就是说意志作用于其他人的意志。

19世纪末的一个罕见现象是——人与怀疑格格不入!为了这样无可责难地信仰一种不管怎么说也是圣物的东西,应该有力量。

我们生活在一个奇怪的时代,像解冻一样。空气中有某种不健康的衰弱和柔顺。一切都在融化……那些曾经纯洁、干净得像雪一样的东西,已变成肮脏、松软的东西。在水上如履薄冰。人们议论纷纷,而且从最可疑的源头流出浑浊的春潮。

在这种折磨人的、有些肮脏的俄罗斯解冻和泥泞中,愉快地看着那些像米哈伊洛夫斯基一样的人身上的宁静力量、坚定不移和无瑕纯洁。这就是人!在 25 年的工作中,他从未改变自己的行为、想法、感情,至死也不会改变。

> 他有一个梦想,
> 智力难以达到,
> 一个深刻的印象
> 钻入他的心里①。

因此,他无所畏惧地、不怕责难地把骑士精神真诚地献给了这种神圣之物。光荣属于这些无可指摘的"**圣灵骑士们**"——这是海涅的神奇表述。这样的人在俄罗斯不多,而且他们在一天天减少,所以,我们来不及评价他们。我知道,我们的美学家会带着蔑视的微笑经过这些人。美学家!美神可能会告诉他们,从前导师如何对伪君子们说:"这些人用自己的嘴巴尊敬我,而他们的心却远离我"。在米哈伊洛夫斯基的骑士精神中,就像在涅克拉索夫的"苍白的被鞭子抽打的缪斯"身上,有一种崇高的**爱之美**,在那些不知道它的人身上是僵死的、冰冷的。

但问题是,过去时代的优秀代表,例如,米哈伊洛夫斯基,是否应该倾听当代人在说什么?有时父亲们是否觉得,在孩子们身上只有**必须的下一个**发育时刻,这是一种背叛?谁知道呢,也许,米哈伊洛夫斯基发现了不仅是无才和自大,还有某种真诚的东西,即其后的年轻人在讲什么。我知道,米哈伊洛夫斯基有充分的权利争辩:"这些年轻人是谁?请指出他们……他们在说什么,我没听过他们,我不知道他们……"

是的,他们的声音很微弱。但是哪怕这是低语,它也是一种声音。我们,很柔弱,是些微不足道的人,今天互相低声耳语,说未来的天才会强迫人们在人民的屋顶上和广场上宣布。难道是第一次伟大始于渺小,始于唾弃和嘲笑?……请你们记住《马太福音》中

---

① 出自普希金的诗歌《曾经有一个贫穷的骑士》(1829)。

关于芥菜种的比喻。至今为止可以说在人类的心里神圣的理想主义好像这粒芥菜种:"**有人拿去种在田里。这原是百种里最小的,等到长起来,却比各样的菜都大,且成了树,天上的飞鸟来宿在它的枝上。**"①

当代人的神秘主义需求的自由满足用什么来反对米哈伊洛夫斯基、乌斯宾斯基、涅克拉索夫对人民的爱的理想呢?可以说,一切反对披着神圣理想主义外衣的**外部**形式的东西,谁也不会像追求它复兴的人那样同情它。但是不能证明,神秘主义感情与自己的局限历史形式有着密不可分的必然联系。只有完全从它们中解放出来,这种感情才能获得那种对人类来说必须的和将拥有的意义。世界诗歌最深刻的近源之一就是对人民的爱,它不可能从任何的功利算计中、从任何的政治经济学需求中流出,只能来自人民对福音书圣物的自由信仰中,只能来自神圣的理想主义中。

六、当代文学一代

有人曾对乐观的歌德说:"德国作家是德国的苦行僧。"可以有更大权利说:"俄国作家是俄国的苦行僧。"

迦尔洵是完整意义上的当代俄罗斯文学苦行僧。那些哪怕在生活中只看到一次迦尔洵的人,就很难忘记他。

这样的脸对人们来说过于真诚。在他深邃的眼睛里那个令人不宁的、始终一贯的、好像莫名其妙的问题从来没有熄灭。带着这一问题,带着漂亮嘴唇上温柔的微笑,用自己轻轻的嗓音平等地对待所有的人。所以,大家都喜欢他,似乎预感到他和我们在不长久,对人们来说这是太纯洁的上帝创造物。

谁没对迦尔洵的自杀留下印象?在同近似疯狂的恐惧痛苦斗争后,他穿过栏杆,飞向肮脏的彼得堡楼梯。怎么样的死亡!这是真正的当代悲剧,它使人想起陀思妥耶夫斯基小说中的呓语。

---

① 马太福音13章:31—32节。

我们看到这张熟悉的美丽面孔是在烛光包围的送葬灵车上,在一座小教堂里挤满了人。具有特殊审美的彼得堡人群善于埋葬自己的文学家们。青年人聚集在一起。我们悲伤一代人的代表的命运那时似乎对我们大家来说都是不幸的预兆……

我记得,在死者的脸周围放满了鲜花——它们过去走向他,就像现在正走向一位年轻的姑娘。他安静地躺着,几乎是高兴地躺着。那个令人不宁的问题,他一生都在人们那里寻找但没有找到答案,所以在他的眼中熄灭了。困惑消失了,而伟大的宁静留在苍白的脸上……俄国作家是俄国的苦行僧!

迦尔洵的所有作品可能装在一个册子里就够了。但是,这本小书任何时候都不会从俄罗斯文学中消失。在其中有完美的艺术,即任何时间和任何情况都不可能破坏的唯一东西。

迦尔洵甚至是自己的伟大先辈之后的一个勇敢革新者。他坚定不移地彻底摆脱了日常生活的现实主义小说的刻板传统,它主宰了19世纪中期而且只是现在才在我们的眼中开始减弱。在他写的所有东西中,从第一行到最后一行,没有一种犹豫的声音。绝对的、无限的真诚唤起读者的无限信任。在这种诗歌中有某种神圣的、可怕的东西,就像在忏悔中一样。他创造了一种独特的语言,从未有过的出奇简练:从迦尔洵的散文中,就像从抒情诗、歌曲中一样,你删不掉一个词。在世纪末,尽管受到前辈和长篇小说的伟大创作者的压制影响,但是迦尔洵仍回到19世纪初拥有的理想形式上——抒情长诗。

但世纪初的浪漫主义者歌颂理想的人物——希腊女人、恶魔、海盗、仙女。迦尔洵为自己的抒情散文诗挑选了最不理想的人物,尽管他的散文的音乐形式不亚于最好的诗行。这些人物是——不治之症的病人而且同时患有难看的疾病——脓肿坏疽病、妓女、被丢在战场上与腐烂尸体一起的伤员、疯子。迦尔洵没有向粗俗、残酷的现实抛下诗意的感情。他在任何东西面前都没有止步,一直在寻找真理,不管它多么狰狞可怕,都撕下所有的覆盖物,揭露所有的溃疡。除了抒情诗人外,在他身上还体现出一个无情的生理学家和自然科学家,在文学中起着空前的作用。在迷人的精巧形式和无法忍受的可怕内容的对比方面,我们会遇到某种只有在埃德加·坡的短篇小说里才会有的类似东西。

迦尔洵的第一篇小说是继托尔斯泰后以军事为主题的《四日》。但是,无疑的一个巨大力量特征是——它给人带来一种全新的感受,不同于《战争与和平》和《塞瓦斯托波尔故事》。

迦尔洵首先想要表达自己亲身经历的一种感觉——在毫无意义的丑陋战争面前的恐惧。作为一个诗人,一个抒情家,他为满腔激情牺牲了一切。他直奔目标,不浪费一个多余的词。他丢掉心理情节、典型描写、琐碎细节。我不知道谁是这个被遗忘在战场上的伤员,他的过去是什么样的。我只知道他是像我一样的人,这就够了。我站在他的角度,或者,最好说,作者忘记了我的个性,忘记了人物的个性,迫使我体验自己的亲身感受。他给我的不多,但是他给的一切都在无可争辩地发挥作用。我永远也不会忘记,这个有知识的善良人怀着什么样的感觉奔赴战场杀人,是出于当代的道德准则,把刺刀刺入毫无罪过的土耳其人身体里。天空的一角、灌木丛、大地的一块——这就是整个场景。各种回忆片断。这里主要的是:**两个象征**,两个人,活人和死人,刽子手和牺牲品,**人们和战争**。穿着带闪亮扣子的士兵制服的尸体在炎热的太阳下散发出恶臭,差点变成了**战争**的一切恐惧和丑恶的体现。伤者在尸体旁——这是以对祖国的自然爱为名而开始战争的理智人类的体现。因此,那个无个性特点、无名字、不认识的人所经历的一切对我们来说获得深刻意义,而且自然主义在描写可怕腐朽过程里产生了一系列诗意的象征。现实中篇小说变成了抒情长诗。

陀思妥耶夫斯基、冈察洛夫、托尔斯泰操控艺术画布上的整体群众、巨大尺寸、诗意视野的整个场景。迦尔洵却相反,将自己的活动场景压缩和限定到最后的界限。他提供最低限度的形象和印象,汲取够他人创作整部长篇小说的广泛材料中的精华。他没有把自己的思想和自己的感性拓宽到复杂的人类戏剧程度,他把它们简化并集中在一个艺术形象中。这种集中的抒情力量的作用更有限,但叙事文学的作用更深刻。这样的作品像刀子一样进入读者的心中。它弯曲,好像很脆弱,但诗人不需要过大的力气,因为在他刀子的末端有一点致命的毒药,这是思想的毒药,是那种无法解决的怀疑的毒药,它使迦尔洵近乎疯狂。而且,他几乎只需要小力气的、几乎柔弱的针,就能让毒药进入血液中并害死自己的读者。

这种抒情家很少对人类性格的独特个性感兴趣。迦尔洵有时会完全抛下人们。在非常优美的长诗《棕榈树》中,女主人公是一棵华丽的棕榈树。她想从温室的玻璃里获得自由。但是南方过于娇柔的植物经不起我们严酷的北方自由。在故事的每个词中你们都可以感受到那种崇高的象征主义,就像在屠格涅夫的最后作品中。对于迦尔洵来说,现实就是杀害女主人公的寒冷。迦尔洵自己就像这种优雅的娇弱植物,不是为我们的残酷天空创造的。柔软的绿叶与钢铁斗争、对自由的不倦渴望——所有这一切都是诗人自己悲惨命运的象征,这样的抒情散文长诗就是《红花》。谁也没有带着恐怖的现实主义描写过疯狂。迦尔洵为可怕的精神病试验付出了自己的整个生命。

对于狂人来说世界的恶包含在这种神秘的血的象征中,包含在**红花**中。谁敢摘下它,在地球上消灭恶,那么他自己也会完蛋。疯子主人公带来了伟大而无益的牺牲品,摘下花并为了人们而牺牲。就像在《棕榈树》中对自由的渴望,在这里伟大的爱的自我牺牲导致了美好的但谁也不需要的狂人死亡。带着怎么的温柔和悲痛诗人使爱的理想、自由的理想丧失了荣誉!

迦尔洵的心像这位疯狂的苦行僧的心,不倦地渴望神奇的事物,渴望上帝。但是他没有白写颂歌,哪怕是《棕榈树》中无法达到的自由颂歌。他的思想、他的世界观完全出自否定,出自60年代的伟大自由运动。平庸的**世俗**幸福和**世俗**自由理论没有满足他内心的宗教需求。他所做的一切都是为了消除这种粗俗需求,和它奋斗到最后一滴血,但没有胜利。诗人不幸降生在那个否定成为脑力的同义语的时代和国度里,他为了信仰而被创造,而且只有对**无尽理想**的信仰,才能拯救他。像他那个时代的所有人一样,他把神秘主义感觉看做是叛教、听命、返回旧的枷锁。致命的错误!他的心软弱而温柔,忍受不了这种痛苦的分裂。19世纪的悲剧矛盾,我们已经在托尔斯泰和陀思妥耶夫斯基身上看到——需要信仰,不能信仰,在迦尔洵身上达到了最后的极限,达到了疯狂的界限。

在去世前不久,他读完了契诃夫的小说《草原》,并高兴地欢迎新的天才。他真诚地高兴后者对大自然的直觉、对健康、对平静生活的爱,他确信,《草原》好像治好了他,让他片刻忘记了痛苦。确实,在心理对立矛盾方面迦尔洵应该比任何人更深地感觉到契诃夫的力量。很难找到艺术气质的巨大反差。

迦尔洵对人们不感兴趣,并且很少了解他们。但是契诃夫喜欢并了解人们。迦尔洵关注于自己,精力集中在无法解决的真理、生和死的问题上;而契诃夫带着艺术家的无忧无虑沉浸于充满各种声响的、丰富多彩的大自然和生活的印象中。迦尔洵像陀思妥耶夫斯基一样是个彼得堡诗人,他从沉闷的房间环境里走出来,渴望但害怕自由的空气,就像《棕榈树》一样,疏远大自然;而对于契诃夫来说,大自然是他的所有力量、强壮和健康的源泉,他**不是彼得堡人**。《草原》的作者来自俄罗斯的深处。迦尔洵几乎例外地刻画了一个分裂、病态的当代人性格。契诃夫善于塑造普通的、直接的、很少思考和深刻感觉的人们,迦尔洵本身就有病,而契诃夫甚至是太强壮了,大概对他来说不幸的是有些**忽视健康**。由于自身的健康,他很少理解当代生活的许多问题和潮流。

所以,即使气质迥然不同,你们也可以立刻感觉到迦尔洵和契诃夫是一个时代的孩子。

契诃夫与迦尔洵相似,抛开所有多余的东西、所有的虚伪外表、对批评家的殷勤,恢复优美的简洁,令人陶醉的淳朴和简洁,这些使散文变得像诗一样简洁。他从沉重的日常生活和民族学特写、从实证主义长篇小说的事务文件转向了理想艺术的形式,不是主观的抒情形式,像迦尔洵那样,而是小型散文**叙事**史诗。

一些人好像天生就是旅行家。契诃夫有这种对新印象的渴望以及旅行家的好奇心。他的头脑清醒而宁静,也许,对于当代诗人来说**过于**清醒和宁静了。但是拯救他的是那种对无穷无尽的、令人神往的像女人和孩子一样的艺术敏感性,(对于过分健康、冷漠的艺术家来说是幸运的),可以说它**异常准确**。他看到难以察觉的东西。每一个生活的颤动都会在诗人的神经上得到响应,例如,柔嫩植物叶子上的极小触及。这种贪婪的敏感性永远渴望新的、未体验过的东西,寻找在最单调、熟悉的现实中从未听过的声音、从未见过的色彩。契诃夫像迦尔洵一样,不需要宽广的画布。在转瞬即逝的心情中,在微小的角落里,在生活的原子里,诗人发现了无人涉猎的整个世界。画家头脑清醒宁静,但是他的神经是那样的敏感,像过分绷紧的琴弦,即使在微风中,也会发出微弱的优美声音。

有时沿着沉闷的彼得堡楼梯爬上某处的五层楼:你会感到自己被那些庸俗、粗陋的生活琐碎事情所激怒。但突然,在转角处,从别人公寓半开的门内传来钢琴的声音。天知道为什么正是在这一瞬间,以前从来没有,音乐浪潮立刻充满了心灵。周围的一切都好像被强烈的、意想不到的光照射着,你明白,其实,任何的不开心,任何的日常烦恼现在都不存在了,而且以前也没有过,所有这一切都是幻觉,而有的只是一种在世界上重要的和必需的东西,这些音乐浪潮偶然令人想起的那种东西,在任何瞬间都能如此轻松和意外地从生活的负担中让人的心灵得到解放的东西。

契诃夫的小型长诗就是这样发挥自己的作用的。诗歌激情瞬间飞过,占据心灵,把心灵从生活中抽出来,又同样瞬间离去。在结尾和弦的意外中,在简短中——所有的秘密是不能被任何语言确定的音乐诱惑。读者来不及清醒。他不能说出,这里是什么样的思想,这种感觉多有益还是多有害。但是在心中却留下了**新鲜**。就好像带进房间一束鲜花,或者刚刚看到一个可爱女孩子脸上的微笑……

打破中篇小说或长篇小说的老套小说形式、露出像诗歌一样的散文的朴实和简洁、对未知印象的好奇、渴望新的美,契诃夫用这些东西贴近当代艺术家。我们看到,迦尔洵用象征发挥作用。在通向新的未来理想主义道路上契诃夫是伟大导师屠格涅夫的最忠实的追随者之一。他像屠格涅夫一样，是**印象主义者**①。把这种潮流连在一起的还有当代诗体诗歌，我从其众多天才代表中选取对我的研究来说最典型的福法诺夫和明斯基。

在一个艺术展览中我高兴地观察到，在列宾一幅画前那种理智的资产阶级面孔上的极端疑惑。这是福法诺夫的肖像。画家成功地将诗人的形象置于轻盈的蓝灰色背景中。福法诺夫高傲、天真地将丑陋的、充满灵感的脸抬向自己的抒情天空。对于彼得堡官员和讲求实际的小姐们来说，这是多么奇怪的情景！从他们许

---

① 这里，在我的叙述中不完全性和未完成性几乎是无法补救的。除了迦尔洵和契诃夫外，我们也有其他当代俄罗斯文学散文代表。我不打算确定，只是提一下将他们列到当代理想主义潮流中的那些独特特征。彼·德·博博雷金，好像是首批在俄罗斯采用西欧试验小说方法的人之一。他尽可能将这种程式化的小说从沉重的无聊中解放出来，并赋予其优美的轻松。但是伟大的当代潮流也涉及俄罗斯自然派。在博博雷金的最好作品日记小说《在什么面前》中（《北方导报》），聪明、灵敏、天才的当代生活观察者彻底打破了自然主义传统。也许，我们的评论家并不看重这部作品，因为它太独特和新颖。叔本华的反叛悲观主义与斯宾诺莎的有神论顺从的斗争在当代人的心里，在黑暗、狂暴和痛苦90年代气氛中，被描绘成与那种崇高、大胆的理想主义力量的斗争，我们当代作家中少许几个人正在获得这一力量。另一位作家伊·伊·亚辛斯基发生了非常典型的内在转变。在这位转向理想主义的以前自然派身上，保留着人们多方面的枯燥的认识、痛苦而可笑的经验、善于描绘灰暗的生活背景。但是，所有这些都需要，就像有时在沉闷、多尘、空虚的城市上空的最高的云彩影子，飞过某种昏暗迷人的神秘主义迹象，它们赋予亚辛斯基的作品神秘的魅力。他也像契诃夫一样，是印象派作家。我可以观察到陀思妥耶夫斯基那些最深刻和最痛苦的篇章影响着天才的心理研究，有时是精神学研究，关于80年代的无信仰、退化、忧郁、精神衰弱，例如阿尔博夫和戈利岑（德·穆拉夫林）。我觉得十分典型的还有《腐败的沼泽》和《森林被砍，刨花飞扬》的作者米哈伊洛夫（亚·康·谢勒），他是彼得堡小官僚和资产阶级的行家以及天才的风俗派作家，出色地掌握了城市日常安宁生活的柔软色彩，感觉需要抛弃熟悉的环境，从当代彼得堡正好飞到阿尔塔薛西斯国王时代的古波斯，飞到古老风俗的幻想世界。他描绘宏伟的异国图景，用圣经题材——埃斯菲拉创作长篇史诗。在这一领域列斯科夫一生都忠于自己。这位巨大天才能够永远突然独特地靠近人民的灵魂，他太少被我们肤浅的批评界评价。他的《序幕》中的神秘传说令人神往。多么美好的清新，多么纯真的优雅！这是千年的干枯花朵，带着微微发觉的淡淡香气，夹在古老教堂的或分裂派教徒的布满灰尘的羊皮纸书页内，在作家的笔下突然神奇般地复苏了，发育生长，闪烁着春天的色彩，就像刚刚染色的，刚刚摘下来的……读者可以至少部分地根据这一流畅的评论判断，所有的文学气质，所有的潮流，所有的流派都充满一种激情，一股强大深刻的浪潮，一种神圣的理想主义的预感，一股对冷酷的实证方法的愤怒，一种与未知事物的新的宗教或哲学调和的不倦需求。这种热情的、尽管还不确定也没被承认的潮流，其包罗万象的广度和力量使人相信，伟大的未来属于它。——原注

多人嘴上我都看到了怀疑的甚至嘲弄的微笑。但与此同时,在这张憔悴的脸上有一种东西,它在许多强壮、理智的脸上现在没有以后也永远不会有。第一眼可以感觉到,这是"**上帝恩典的诗人**"。

请你们再读一下刊登在《俄罗斯评论》上的几封费特的书信。你们将会认识一种非常有趣的俄罗斯美学家和享乐主义者的典型。实际上,《耳语,胆怯的呼吸》的作者是一个非常能干的有经验的地主。他是多么认真老练地讨论经济、资本、利息。在他的商业观点中有一种对诗人来说相当贫乏、可怕、务实的枯燥。从这些自传性书信的前几个词中你们就会感觉到,在你们面前的是一个太慷慨地被赋予生活智慧并且很少有天真的人。但是在这位无聊的、谁都不感兴趣的地主身上隐藏着我们了解和喜欢的另一个费特。显然,在作为人的费特和作为艺术家的费特之间没有任何内在的联系,当然,这对艺术家的幸福并无益。那种差不多是主要的、被反动批评家称作费特的著名"纯艺术",只是地主闲暇生活的崇高的、无益的装饰品、人的浅薄肤浅知识,即在农村的幽静中,在叔本华、贺拉斯和经济统计之间度过愉快生活的人。是的,适度的为艺术服务的享乐主义不需要自我牺牲和英雄主义,但是我们的反动美学家们几乎没有夸大类似艺术的意义和永久性。

福法诺夫首先不是像费特一样的享乐主义者,只是在外表看来有些类似。美对于他来说可能是一种有害的可怕享受,但不管怎么说,都不是平静的休息,不是奢侈。福法诺夫像迦尔洵一样,带着痛苦的爱喜欢美和诗歌,对他来说,这是生与死的问题。

如果你在艺术中寻找健康,那就不应该看福法诺夫的作品。在俄罗斯文化中我不知道更不稳定、病态和不协调的诗人。一点也不值得嘲弄和暴露滑稽的方面。勉强在他那里找到一首诗,从第一行到最后一行都十分严整。无论是冷淡的或者敌对的批评家都能从福法诺夫的作品中选出许多野蛮和荒谬的诗句。但与此同时,你们也会遇到伟大的灵感亮光。这是强烈的、痛苦的、不和谐的诗。这是城市诗人,那些最无望的彼得堡大雾的产物,从中走出陀思妥耶夫斯基半疯癫的神秘人物。在他的每一个灵感后面你都会感觉到朦胧的、从未沉睡的首都的喧哗,好像呓语,在白夜的昏暗中,带寒酸家具的房间里的孤寂把被一切抛弃的人们带向了绝望,带向了自杀。在彼得堡肮脏街道的布景下,这些街道突然在傍晚的某一时间里,当雾茫茫的晚霞色彩与浅蓝色的电灯颜色混在一起时,变成了像虚幻的幽暗梦境。你们开始相信,这完全不是玩笑,当诗人给你们讲述精神错乱的恐惧、自己的疾病、贫困、死亡的时候,相信在写过类似诗句的手里确实曾有过疟疾颤抖,相信讲述饥饿的诗人根据经验知道,什么是饥饿。在韵律间你们能听到有活人的呻吟声。这就是诗歌中最珍贵的东西,这就是为此可以宽恕一切。为了这几滴直接从心脏掉落到书页上的人的温暖血液,可以原谅的还有形象的野蛮、形式的笨拙,以及那些按照中学地理教科书编写的热带特点的天真描写。

> 首都在自己的忧郁烟雾中呓语,
> 追捕买卖,
> 公共马车吵闹的铃声,
> 混合着全体船员的叮当声,
> 杂乱的运动看不到尽头,
> 夜晚的昏暗降临下来,
> 煤气灯口的闪亮灯芯
> 在镜子般的窗户里摆动。①

这是在"大花园"的一角,这是旅馆院子里最平淡无奇的商店。请你们想象一下自己身处日常生活的人群中,旁边是"买和卖",出乎意料的现象,有点像中世纪的骑士抒情歌手——带着一张苍白、憔悴、极富幻想面孔的诗人。他是多么相信自己的神圣使命!需要一种力量,为的是带着这种对周围现实的忘却在当代彼得堡人群中进行布道:

> 宇宙在我心中,我在宇宙的灵魂中,
> 我的出生使我与它结交,
> 在我的心中燃烧着它的圣火,

---

① 出自福法诺夫的诗歌《首都在自己的忧郁烟雾中呓语》(1884)。

在它之中一直有我的存在。
……………………………
只要我活着,宇宙就会发光,
我死了,它也会无所畏惧地和我一道去死;
我的精神使它焕发、焕发和燃烧,
没有我的精神它就微不足道并黯淡。①

　　试着不同意诗人或者嘲笑他。完全手无寸铁,完全无法攻击,他甚至不怕你们的嘲笑,所以,他的美与严整在于他不明白可以怀疑或嘲讽。他说话像个天真的孩子和"拥有权力"的人,像不是来自此岸世界的人。我同意,这是不和谐的、离奇的诗歌。但它们饱经痛苦,在其中有生命的悸动。这是享乐主义者—抒情家、业余爱好者—地主费特理想完美的精致作品。为每一行诗、每一个可能笨拙的词汇诗人都付出了自己的所有心血、贫困、眼泪、生命和死亡。难道你们感觉不到,这是个真诚的人吗?这就是迷人的东西!而且迦尔洵是个真诚的人,他讲述自己的疯狂,还有纳德松,讲述自己的死亡。也许这些人是柔弱的,甚至因为柔弱而死亡。但是他们毕竟给艺术带来了某种从未有过的东西,某种**自己的东西**,他们将我们的当代悲痛和我们的信念需求到达了最后的极限。福法诺夫像迦尔洵一样,几乎不了解人,也很少了解大自然。他的画面单调:永恒的"琥珀色霞光""闪闪发光的星星""芳香之露""白夜"——事实上,这是相当过时的兵器陈列馆。但是要知道,吸引类似抒情家的不是大自然本身,而是躺在那里、在它界线之外的那些东西。他多么笨拙地将黑溪或新村上某处发现的风景特征与自己内心世界的幻想色调和仙女混合在一起。对他来说,所有物体、所有现象在很高程度上都是**透明的**。他看它们就像看有生命的象形文字,就像看活的象征,在其中隐藏着世界的神秘。他只追求它,他只为它歌唱!在当代冷漠的人群中,这比神秘主义者要多得多,这是**未卜先知者**,古人称之为**预言家**的那些罕见的、可怕的人之一。

　　你们在任何地方也没这样感觉到像在彼得堡一样的美妙春天。

---

① 出自福法诺夫的诗歌《宇宙在我心中》(1880)。

最好在没有空气、阳光、树叶的憋闷房间里住上七、八个月,才会明白,这是什么样的快乐、什么样的温柔情感——我们的北方春天。

福法诺夫的城市诗歌可以和彼得堡墙之间刚刚散发出来的芳香相比拟。在疾病、疟疾、贫困、沉闷的房间空气中,在接近发疯的沉重抑郁中,你们会突然感到这种未死的诗歌青春、永恒的春天胆怯、无助的爱抚。在不多的幸福、健康诗人那里这种诗歌显得那样令人陶醉。

在当代俄罗斯诗歌中另一流派的代表是明斯基。福法诺夫是位直率的、几乎无意识的天才。文化环境对他的影响微乎其微,所以,福法诺夫不可挽救的弱点正在于此,它永远限制他的活动范围。他从来不会挣脱来自仙女王国的噩梦,从来不会进入当代意识生活中。明斯基是位思想诗人,不管这两词的组合多么奇怪,它在新文学中是完全可能的——诗人—批评家。

他的天才发展是当代历史非常典型的特点。他是从模仿涅克拉索夫开始,从所谓的"公民"诗歌主题开始的。这是一种非常失败和软弱的尝试。在他的《祖国之歌》《白夜》中勉强可以找到一行诗,令人想起涅克拉索夫强大、热情和愤怒的诗歌。在这些城市独白中充满了冷漠和华丽。与此同时,在明斯基的作品中只有《祖国之歌》和《白夜》拥有外部成就。批评家—政论家在这里感觉到相似的平庸,15年前大学生和培训班学员从《欧洲导报》上摘抄到纪念册和笔记本上:

啊,我的祖国,啊,痛苦的祖国!①

但是,明斯基这位真诚、独特的诗人从冷漠的公民演讲者中苏醒过来,从平坦宽阔的道路上转弯,为自己找到一条僻静、充满荆棘的危险小路。这种深刻的当代内部堕落80年代的人都非常熟悉,他自己在一本有趣的书中描述过,虽然这本书受到大挫,被所有的文学派别嘲笑和踩踏。这本书曾冠以一个有些奇异的标题《在良心的世界下》。尽管受到报纸杂志的迫害,但这本书还是得到不多敏感人士的关注,谁知道,也许它为19世纪末俄罗斯神秘

---

① 出自明斯基的诗歌《在别人的宴会上》(1880)。

主义运动的未来历史学家们提供了有趣的文献。我很少对明斯基的形而上学体系感兴趣,这是诗人的奇怪臆想,是3世纪和4世纪亚历山大里亚的狂热诺斯替教在当代彼得堡、在布林尼和斯卡比切夫斯基之间的独特复活。但是我觉得对于我们经历的脑力时代来说,诗人的忏悔深刻、真诚、重要。在这里,同样的悲伤、同样的痛苦不安和对新理想主义的热切需求,也出现在所有的年轻作家那里:如迦尔洵、福法诺夫和契诃夫。那些曾是上一代圣物的东西、民粹派现实主义、艺术中的公民主题、社会正义问题对于像明斯基一样的当代人来说完全不会消失:它们只是转向了更广阔的领域。关于无限、死亡和上帝的问题——即所有实证主义者想强行拒绝的东西,所有出现在托尔斯泰、屠格涅夫、陀思妥耶夫斯基的那些迷人的艺术形式中的东西,正在重新产生,但已经没有了以前的美,几乎没有形象,在自己的一切悲剧裸体中,强烈的、无法忍受的痛苦东西——在哲学论文中像忏悔,在哲学抒情诗中像患有慢性致命疾病的人的日记。

这是19世纪的顽固不治之症。早在30年代一位最崇高的、热情的俄罗斯哲学抒情诗人——叶·阿·巴拉廷斯基就预见并准确描述了它的症状。

> 总是思想,思想! 词汇贫乏的艺术家!
> 啊! 思想的献身者! 你没有忘记:
> 一切都在这里,而且这里有人、有光明,
> 有死亡、有生命、有没有遮盖的真理。①

诗人,思想的受难者,羡慕冷漠的演员—享乐主义者,因为他们在情欲美中获得忘却,拥有色彩、声音、大理石。

> 在和平的节日里他有美酒。
> 但在你面前就像在赤裸的利剑面前,
> 思想,是一束利光! 世上的生命变得苍白。②

---

① 出自巴拉廷斯基的诗歌《总是思想,思想》(1840)。
② 同上。

破坏性的、无望的、但毕竟充满灵感的辩证法在明斯基身上胜过直观感受。

这首诗没有许诺任何快乐，它不关心征服还是喜爱；不，确切说，它使心灵受伤，使心灵痛苦。这首诗的灵感在于其微妙的、不为大众觉察的高超**讽刺**，在于对旧的诸神的仇恨！思想在这样的诗中没有遮盖、没有形象，几乎没有美，是冰冷的、赤裸的，用巴拉廷斯基的表述："思想是一束利光"，而且放肆。生活中的所有一切在它面前都退却，一切都被分解并变得苍白——爱情、信仰、诗歌本身。但是，最终，在讽刺和否定之后，在诗人的心中仍保留着那种思想破坏不了的东西，在它面前思想本身被分解，变得苍白：这是关于不可能的神圣之物的悲痛、对信念的无望需求、对上帝难以抑制的渴望：

> 只有那种我们现在认为美梦的东西，——
> 对某种非人间之物的不清晰的忧郁，
> 不安的渴望会去哪里，
> 敌视存在的东西，预感的胆怯之光
> 迫切渴望不存在的神圣之物，
> 这只是冷漠的过眼云烟……
> ……………………………
>
> 所以不是谁在善与恶中超越他人，
> 谁就能在世上永生，
> 谁是荣誉的易碎碑铭
> 像梦一样的无目标故事，
> 人群在谁面前——就是像他一样的尘埃，——
> 人群尊敬还是害怕。
>
> 但是谁穿过尘埃谁就比所有人不朽
> 有个新世界在远处隐约可见——
> 它是不存在的但却永恒的，
> 谁对非人间的目标如此渴望和痛苦，
> 蜃景自己用渴望的力量为自己创造什么。

在无边无际的沙漠中。①

我们的读者直到现在仍带着婴儿般的困惑注意哲学语言。他们或者感觉,或者讨论,但没学会**思考**。最深刻和最热情的思想诗歌。我们的评论家们不善于将理智的演说与饱经痛苦、具有灵感的哲学诗人的思想区别开来。

对像明斯基一样的作家的最好赞扬,是普希金向不被俄罗斯批评家理解和接受的巴拉廷斯基表示敬意的那种赞扬:"他是独特的,因为他在思考……他走自己的路,一个人并独立着"②。

---

① 出自明斯基的诗歌《人们的事业和意愿如何经过梦境……》(1887)。
② 所以,在这里,我不由自主地放下自己随笔中十分重要的问题。我只选择了当代俄罗斯诗歌中的两个代表,作为我正在研究的那种向理想主义转变的最典型的文学现象,如果我的任务在于更详细地研究诗歌,那么,我应该从普希金和莱蒙托夫的真正继承者的作品开始,我应该指出,19世纪的崇高理想主义是如何反映在诗人迈科夫、波隆斯基、梅伊,特别是丘特切夫的那些庄严灿烂、宏伟神圣的诗歌中的。费特的意义有些夸大。当然,精细的鉴赏家们把很少被承认但更深刻的哲学诗人、无与伦比的丘特切夫放得高于费特。这不是大众歌手,这是歌手的歌手。波隆斯基也是同样真诚和直接的抒情诗人。难怪屠格涅夫喜欢他也理解他。这是当代少有的保留古老自然和神秘关系的人之一。在他的最好诗歌中,依我看,有比在费特那些充满诏媚和过分殷勤的抒情诗中更多昏暗的、无美好声音的、像大自然的启示的东西。还有一位作家属于老一代诗人,他独自站在他们之间——阿·尼·普列谢耶夫。他的诗有着惊人的简洁和清晰的形式。一些人错误地认为这是简单是贫乏。孩子们有时候是最好的诗歌评判人("像孩子一样简单"也属于美的领域),难怪当普列谢耶夫和他们说话时他们是那么喜欢和信任他。这是温柔和温顺的忧郁缪斯,席勒称之为听命,俄罗斯的悲伤缪斯。她是那些感到厌烦、多疑、冷漠的美学家们难以接近的,只有那些最普通,甚至在诗歌中有些天真的、心灵纯洁的人才能理解她。在普列谢耶夫的诗行中,最好的东西就是你可以不由得感觉到其中有一颗明亮、安静、美丽的人类心灵。我可以停在纳德松上,我们的评论家已经完全评价和理解他。对痛苦无力的意识、对功利思想的失望、在神秘、死亡面前的恐惧、没有信仰和渴望信仰的苦恼——纳德松的所有这些当代主题不仅给年轻人,甚至也给80年代的青少年留下短促而深刻的印象。我应该指出,自由的宗教感情的复苏反映在阿普赫金的最好作品《修道院中的一年》中,阿普赫金是巴拉廷斯基和丘特切夫最温顺、最优雅和最高尚的继承者之一。最后,我应该指出,自然界中最伟大的安宁、生与死的和解、那种最深刻的令人想起菩萨的宗教"涅槃"的俄罗斯顺从,这些东西是如何启迪戈连采夫-库图左夫创作出最好的作品——《黎明》,这是一首陌生的长诗,完全不被批评家理解和评价。如果所有这些散乱现象直到现在没被一个研究者关注和研究并联成一幅生动的图画、一个巨大的不可分割的证据,也许,就连最怀疑的读者也会感觉到,有多少隐秘力量在当代俄罗斯诗歌中颤动。——原注

在另一处普希金指出:"我们的文学不是人民的需要。作家获得名声靠局外环境,读者却很少关注它们;作家阶级受限制,控制他们的那些杂志评判文学像评判政经济学,评判政治经济学像评判音乐,也就是说未加思索地听别人说,没有任何基本规则和知识,更多的是凭借个人推测"。普希金31岁时写的这段话,60年后可以重复他的评论用于当代俄罗斯文学。只有当最终不孕的**诗歌太监**——批评家—政论家停止奴役艺术时,只有当响起艺术家对艺术的真诚声音的时候,我们才能从这种普遍的误解中,从这种文学混乱中摆脱出来。

谢·阿·安德烈耶夫斯基就其艺术气质来说是一位真正的诗人—评论家。在他的诗歌中有时有女性的迷人和优雅,但毕竟在自己的评论作品中他更多地表现为一个独立的和独特的艺术家。他论述俄罗斯作家的出色专著——屠格涅夫、莱蒙托夫、托尔斯泰、巴拉廷斯基、涅克拉索夫、陀思妥耶夫斯基,就像一幅幅用轻快的铅笔线条勾出的肖像画,但是在与原型的生动相似方面,在优美简洁和深入作家的个性方面,都令人非常惊奇。如果你们愿意的话,这仍是那种深刻的当代文学种类,简洁的小散文长诗,像契诃夫和迦尔洵的短篇小说,只是批评长诗。毕竟,在崇高的艺术**简洁**方面它们怎么也不像我们那些知名批评家—政论家用政治社论体写的冗长、复杂、沉重的文章。从美的事物中获得的印象只可以用美的语言来表达,而不是用报刊报告那种庸俗的、平淡的"沃拉皮尤克语"语来表达。例如,当斯卡比切夫斯基沉醉于涅克拉索夫或莱蒙托夫时,他使用的那种风格,好像是在谈论俄罗斯的个人所得税或谈论城市杜马的最后一次会议。

用安德烈耶夫斯基的随笔艺术语言,你们会感觉到他所研究的那位作家的诗歌痕迹和芳香。阅读喜欢的书的时候他总是能看到活生生的与他亲近的人,看到作家的痛苦心灵。不是政论家谈论抽象思想的代表,而是人谈论人,艺术家谈论艺术家。事实上,安德烈耶夫斯基没有客观、严肃的科学分析。但是,那种**主观艺术**评论的深刻灵感是**活生生的爱**。只有爱才可能深入到诗人的心灵中。

有多少人写莱蒙托夫,激烈的政论家争论他的社会和政治思想,认真负责的出版商仔细、细心地比较着草稿,有多少文稿因为微小的差异成为严肃的教授与记者之间的激烈的论战!所有这些研究人员只是**围着**艺术家转,谁也没试着或敢于**进入他的内心世界**,用歌德的说法,谁也没有进入"**他的土壤**",不论对于谁,莱蒙托夫不只是一个活生生的、可亲可近的人。但是,当诗人走近诗人——秘密就解开了。他说着真诚的话,因而也是深刻的话。事实上,用俄语创作的几乎是最好的关于莱蒙托夫的作品是安德烈耶夫斯基的短小艺术专作。在饱读僵死的书本后,你们好像在和一位活人——莱蒙托夫本人讲话,而不是和适用于争论的报刊思想的抽象代表讲话。

那种在自我见解中自由的评论家,站得高于敌对的文学派别和阵营。涅克拉索夫的冷静、讽刺、强大的公民灵感并不妨碍安德烈耶夫斯基理解巴拉廷斯基那种远离日常生活的哲学,以及"被自己的神圣出身折磨的"莱蒙托夫的神秘主义。他高度评价了陀思妥耶夫斯基的社会主题,也没因托尔斯泰怀疑人类文化的理想而把他看成是反动作家。

这位新批评家几乎具有俄罗斯文学中最罕见的两个品质——真诚地尊重作家的道德自由、**高度的文化宽容态度**。让文学阵营在无休止的和毫无结果的论战中互相仇视、争论和残杀吧。诗人可以理解诗人。一个友善的表示,一个微笑就可以打破由暴怒的杂志集团竖起的障碍物。他们是同一个伟大家庭里的孩子。在这里充满了自由和宽容。应该欢迎安德烈耶夫斯基的这种艺术宽容,因为这种现象在俄罗斯当代文学中还是前所未有的。

但是宽容完全不是否定个人关系和个人审美。就像许多同时代人一样,在安德烈耶夫斯基身上同样能感觉到对功利主义和实证艺术的冷淡、同样的神秘主义迹象的标志,这种迹象也横扫了整个欧洲文学。作家如何对待关于上帝、死亡、爱、大自然等永恒问题最使新批评家感兴趣,也就是说正是上一代政论家带着冷漠和不了解从旁边经过的那种诗歌方面:好像所有的社会理想、世俗的公正性和平等不是建立在这些永恒的、轻率地拒绝和现在的新力量、新痛苦有联系的重新出现的问题之上。

这种典型的哲学思绪转向我也应该在另一位当代批评家身上指出——他就是符·达·斯帕索维奇。

就自己的活动时间和年龄来说斯帕索维奇属于过去的一代。不过,我仍然认为他不是一个老人。就他的过人精力、对最近生活需求的惊人反应、过量的爱好和流芳百世的诗歌而言——他是年轻的。至少,这个年轻的老年更像是一段充满激情和灵感的生活时期,胜过当代许多年轻人的青春。这就是为什么我有充分权利不把斯帕索维奇归到上一代,而是归到新的文学一代。

他那些论述拜伦、密茨凯维奇、斯洛瓦茨基①、莱蒙托夫、普希金的作品是用非常完美的语言写就的。这是第一个毫无疑问的批评天才的特征!艺术批评的必须条件是——**艺术的、而不是手工业的批评本身形式**。

在斯帕索维奇的语言中你们感觉到不是完全的伟大俄语口音,但它不仅没有破坏,而且相反,赋予他的风格独特的清新和简洁。这种口音清洗掉我们当代文学语言刻板的僵死牙釉质,使它接近所有坚固和力量的源泉,接近活的人民语言的精神:因为无论如何俄语的纯天然特点都是古斯拉夫共有的天然特点。斯帕索维奇没有这种令所有平庸作家感到亲近的狡诈的、用来表达那些平滑单调思想的**平滑**语言。他不在乎自己的方言,热情急切地想表达一种思想,不寻找形象:因为它们自己不知不觉地从他的语言中飞出,就像贴切的民间谚语。在广大博学、学术引文、论据引证、精确和持久的研究中,在这一强大的语言中迸发出诗歌灵感的火花:就像铁匠手里的巨大重锤一样,铁匠想的只有工作,而不是美,它们自己会迸发出奇妙的美丽火花!

所以,尽管有可爱、天真的斯拉夫口音,尽管简洁和接近人民的活的精神,但你们仍能感觉到批评中的巨大文化修养。读读关于拜伦的出色研究。关于这篇文章可以说相同的一句话,那就是

---

① 尤里·斯洛瓦茨基(Юлий Словацкий;польск. Juliusz Słowacki,1809—1849)波兰诗人、戏剧家。

普希金曾评论维亚泽姆斯基的文章时说的——这就是**欧洲的**批评。当代俄罗斯文学中极其重要的一个现象！我们的政论家们，甚至是最有才华的别林斯基，最缺乏**欧洲知识**。这种高度的**文化性**赋予斯帕索维奇如此罕见的哲学广度和批评观点的自由宽容态度。

像所有新一代一样，斯帕索维奇也是位理想主义者。他既不满足于我们的批评家—政论家的刻板民粹派现实主义，也不满足于实证主义艺术。他带着深切的同情指出了在拜伦、密茨凯维奇、莱蒙托夫身上的信仰和悲伤的神圣理想主义，追求人类伟大复兴的叛逆的、大胆的和自由的理想主义

符·谢·索洛维约夫沿着同样的道路前行，只是在另一个区域中。用索洛维约夫的例子可以看出，在新人身上深厚的宗教感情可以和真诚伟大的尘世正义渴求结合在一起。到现在为止，俄罗斯政论家们认为神秘感是反动同情的明显特征，不管这种感情多么自由，他们承认它是对自由主义旗帜的某种背叛，甚至是叛教。在我们的公共生活外部条件下偏见是可以理解的。这是18世纪伟大的自由主义教育的遗产。当然，不是歌德的艺术泛神论和拜伦的神圣悲伤，而是西欧天主教**教条**太久充当所有僵死的中世纪因素的旗帜。神圣理想主义的历史形式长期以来一直是奴役和消灭人类精神的危险工具。在俄罗斯，60年代那场伟大的富有成果的运动，由于俄罗斯民族气质的特点，伴随着功利和实证的清醒、实用事物的枯燥、拒绝美和诗歌，即欧洲解放文化的繁荣，最后，伴随着对最伟大的生活问题的蔑视，即对宗教问题和基督教道德性的蔑视。但是，揭穿平淡的、功利的自由和功利的正义永远也不会俘获人类的心。多年之后，就像在普希金、别林斯基、所有优秀的俄罗斯人的年轻时代，爱人民和社会正义再次出现在索洛维约夫身上，作为一种无限的神圣理想，作为一种灵感，在美和诗的**光环中**。

任何实证利益，任何实用计算都不能，而只有对**某种无限的和不朽的东西的创造信仰**才可能点燃人类的灵魂，造就英雄、殉难者和先知。要知道直到现在也没有一种工业、军事工具、蒸汽、机器

和电力能够支配各民族,但是神灵的当选人的大公无私的自我牺牲却能担当这一任务。18世纪及其局限的怀疑主义是错误的。不！人们需要信仰,需要狂喜,需要英雄和殉难者的神圣疯狂。

只有无限的东西我们才能用无限的爱来去爱它,也就是爱到自我否定,爱到恨自己的生命,爱到死。没有这种爱地球将变成一块巨冰,尽管冰块会因功利的和实证的力学几何学规律而融化。

没有对世界神圣起源的信仰在地球上就没有美,没有正义,没有诗歌,没有自由！

尽管百无聊赖、无所事事、破坏语言、报刊混乱、缺乏巨大天才和莫名其妙的停滞,但是我们正在经历俄罗斯文学历史发展中最重要的一刻。这是一种地下的、半意识的、从未见过的潮流,就像任何一种创造力量在最初那样。新生活、新诗歌的秘密嫩芽柔弱地、但不可抑制地冲到神的世界里,趁文学的粗俗和野蛮的胜利还只是在表面达到最后的界限。

我们看到,俄罗斯上一代作家怀着前所未有的天才表达了19世纪那种难以抑制的神秘主义需求,尽管还是日常生活小说的外部现实主义。所以,在冈察洛夫的广泛哲学概括和象征中,在失望的、对什么也不相信的怀疑主义者屠格涅夫的艺术敏感性、印象主义、渴望梦幻般的美妙中,更主要是在陀思妥耶夫斯基的深刻心理学中,在托尔斯泰孜孜不倦地追求新真理、新信仰中——到处都感觉到永恒的理想主义艺术的复兴,这种理想艺术在俄罗斯只是暂时被功利的民粹派的迂腐批评所遮盖,在欧洲被粗鲁的唯物主义实验小说所遮盖。当代年轻俄罗斯作家试图继续这一运动。

在我们面前是一项巨大的,可以这么说,过渡的准备工作。**我们应该从一个创造的、直接的、自然的诗歌时期进入到一个批评的、自觉的、文化的时期！**这是两个世界,它们之间有整整一道深渊。当代人不幸降生在这两个世界之间,降生在深渊之前。这就说明了他们的软弱、痛苦焦虑、贪婪寻找新理想和某种命中注定的徒劳。天才的最好青春和活力不是用到了生动的创作上,而是用到了内部破坏和与过去斗争上,用到了跨越深渊到达那一边,到达那一岸,到达自由神圣的理想主义边界。有多少人死于这种过渡或完全丧失了力量。

最近两个世纪的伟大实证和科学工作,当然,也不是白白地就过去了。复兴中世纪的**教条主义**形式已经不可能。因此,我们有权把艺术中的这种古老的、永恒的理想主义称之为**新的**理想主义,因为在与精确知识的最新结论结合方面,在无限自由的科学批评和科学自然主义方面,它还是前所未有的,就像任何怀疑都消灭不了人类的内心需求一样。

也许,在有意识地用文学体现这种自由的神圣理想主义的艰巨任务前面,当代人是软弱无力的,也许,他们甚至会在它的重压之下死亡。

有一次,在塞瓦斯托波尔战斗中,俄国士兵前去进攻。在我方和敌方的防御工事之间有一道深深的沟壑。第一排士兵倒下后死人和伤员填满了三角堡垒,后排踩着尸体过去。这样的三角堡在历史上经常有。通过它没有别的办法,只有踩着尸体过。

然而,即使当代人注定要牺牲,但他们拥有世上唯一的喜悦,那就是有机会看到最初的一缕阳光,感受到新生活的第一次悸动,感受到伟大未来的第一个征兆。

当上帝的灵魂在大地上空飞过时,谁也不知道他从哪里飞来又将飞到哪里去……但是不可能抗拒他。

他比人类的意志和理性强大,比生命强大,比死亡本身强大。

1892 年

后　　记

2002年赴俄访学之前，我专门拜访了自己的硕士导师李兆林教授，希望他推荐几个俄罗斯文学研究热点问题作为自己出国的研究课题。因为自1993年硕士毕业后，我一直在工科院校从事大学俄语教学工作，文学专业几乎完全放弃了，对之后的俄罗斯文学发展状况可以说几乎了无所知。如果不是出国前学校申请到了俄语专业硕士生点和学科建设的需要，我可能不会再回到俄罗斯文学中去了。在导师列出的10个选题中，我选了白银时代的两位作家阿赫玛托娃和梅列日科夫斯基，因为白银时代文学对我来说是一个完全陌生的领域，需要恶补一下。经导师的介绍和分析，我最终选择了梅列日科夫斯基，因为他的文学遗产庞大，可进行持续研究。定下作家后，我抓紧出国前的几个月，通读了当时国内译介的梅列日科夫斯基的所有作品。我深深地被他作品的内容和思想吸引。他的作品令我改变了以往的阅读方式，我对作品中所凸现的叙事形式、结构方式、叙述语言和各种象征、神话、寓意倍感兴趣，但在兴奋之余我也感到忐忑不安，这样一位哲学思想复杂、宗教意识深邃、文学遗产丰厚的文学家、思想家、哲学家、宗教家，我能够驾驭得了吗？也许，越是困难越有研究的价值和动力。带着这样的想法我开始了梅列日科夫斯基的研究之路。

2002—2003年在俄罗斯访学期间，我有幸旁听了普希金俄语学院著名文学教授Н. В. 库利宾娜开设的特色课《白银时代的文学与文化》。教授从具体文本出发，生动形象地分析了白银时代各大

后　　记

　　流派的创作特色,尤其是对梅列日科夫斯基的小说语言风格特色的深入细致的分析使我受益匪浅。正是在她的启发和多方帮助下,我才能比较系统地对梅列日科夫斯基作品的言语特色做出分析。在此对她的帮助表示衷心的感谢。

　　为了提高自己的文学研究水平,胜任俄语专业研究生文学课程的教学和研究工作,2006年我考上了北京师范大学张冰教授的博士,开始系统学习俄罗斯文学,并专门研究梅列日科夫斯基的象征主义诗学。张老师为人随和,学识渊博,尤其对白银时代的研究造诣颇深,令我十分仰慕和钦佩。学习期间,张老师深厚的理论知识和严谨的治学态度对我的学术成长影响颇大。我终于在离开俄罗斯文学十多年后又回到了那熟悉的文学氛围中。在论文的写作思路、材料收集和写作过程中,张老师对我的疑问和困惑给予了详尽的解答和点拨,令我茅塞顿开。特别感谢张老师在我生活、工作、学习压力很重的时候给予我的鼓励和信任,正是这一点激励着我坚持攻克这一难题,2009年顺利通过论文答辩。现在,在我准备将博士论文整理成书时,张老师又一次给了我认真的指导,对一些概念和细节问题提出了修改建议。在此,我表示深深的感谢。

　　本书的写作还得到郑海陵、夏忠宪、李正荣、张百春、方珊、赵桂莲几位教授的大力帮助和支持,在此表示衷心的感谢。同时,还要感谢好友梁玉洁、李学岩多次为我从国外购买图书和复印资料,尤其是帮我购到梅列日科夫斯基作品的全集光盘,这对我的文本分析非常重要;感谢北京师范大学俄语外教阿纳斯塔西娅·阿列克谢耶芙娜在俄语和文学方面对我的无私帮助;感谢俄罗斯友人亚历山大·伊万先科和古则丽·富祖琳娜多次特意为我到列宁图书馆复印资料。

　　梅列日科夫斯基留给俄罗斯文学的遗产是巨大的,对他的研究可以说才刚刚迈出第一步,今后的道路还很漫长,但我不会因此止步,因为有了前期的诸多积累,还有那么多人不断地为我鼓劲和加油,我会坚持走下去的。

　　最后,我想把此书献给我的已故导师李兆林教授,以表示我对他的感谢和思念。